國家出版基金項目

歷代唐詩珍稀選本彙編

（唐宋金元卷）

8

詹福瑞　陳紅彥　主編

唐人選唐詩八種

國家圖書館藏汲古閣刻傅增湘校跋本

鳳凰出版社

目次

才調集（二）

國家圖書館藏崇禎元年汲古閣刻本，傅增湘校跋並録何焯等批校、題識

才調集目録卷四

杜牧　三十三首

池州春日送人　長安送人
過華清宫　又
街西　江南春
寄人　寄遠
南陵道中　寄遠
赤壁　月
隋苑　遣懷
題水口草市　漢江

柳　　傷友人悼吹簫妓
贈别　　又
泊秦淮　　代人寄遠
又
張泌　十八首
惜花　　寄人
又　　邊上
長安道中蚤行　　洞庭阻風

贈韓道士　　　　潭州使院書情寄江

夏賀蘭副端

宋邕　一首

春日

曹唐　二十四首

病馬五首呈鄭校書章三吳十五先輩

又　　又

又　　又

劉晨阮肇遊天台　劉阮洞中遇仙
仙子送劉阮出洞　仙子洞中有懷劉阮
劉阮再到天台不復見仙子
張碩重寄杜蘭香　玉女杜蘭香下嫁於
張碩　蕭史攜弄玉上昇
黄初平将入金華山
織女懷牽牛　漢武帝思李夫人
小遊仙　又

又

孫棨 四首

贈妓人　　題妓王福娘墻

題北里妓人壁　　又

崔珏 七首

和友人鴛鴦之什　　又

又　　有贈

又　　和人聽歌

又

司空曙　三首

病中遣妓　江村即事

峽口送友人

項斯　一首

咸陽送處士

才調集目録卷四終

才調集卷之四　古律雜歌詩一百首

□□□杜牧　三十三首

□□□題桐葉

去年桐落故溪上把葉因題歸燕詩江樓今日送歸燕正是去年題葉時葉落燕歸真可惜東流玄髮且無期笑筵歌席反惆悵朗月清風見別離莊叟彭殤同在夢陶潛身世兩相遺一丸五色成虛語石爛松薪更不疑哆侈不勞文似錦進趨何必

利如錐錢神任爾知無敵酒聖「本集作量」於吾亦庶幾
江畔秋光蟠閣鏡檻前山色茂陵眉導香輕冴數
枝蒴篠影斜侵半局棊休指宦遊論巧拙只將愚
直禱神祇三吳煙水平生念寧向關人道所之

題齊安城樓

嗚軋江樓角一聲微陽瀲瀲落寒汀不用憑欄苦
迴首故鄉七十五長亭

揚州二首

煬帝雷塘土迷藏有舊樓誰家唱水調明月滿揚州煬帝開汴渠成自作水調駿馬宜閑出千金好暗遊喧闐醉年少半脱紫茸裘

又

秋風放螢苑春草鬬雞臺金絡擎雕去鸞鬟拾翠来蜀船紅錦重越槖水沉堆處處皆華表淮王奈却迴

九日齊安登高

江涵秋影雁初飛與客攜壺上翠微塵世難逢開口笑菊花須揷滿頭婦但將酩酊酬佳節不用登臨歎落暉古往今来只如此牛山何必獨沾衣

早雁

金河秋半虜絃開雲外驚飛四散哀仙掌月明孤影過長門燈暗數聲来須知胡馬紛紛在豈逐春風一一廻莫厭瀟湘少人處水多菰米岸莓苔

舊遊

閑吟芍藥詩悵望久嚬眉盼眄迴眸遠纖衫整鬢遲重尋春晝夢笑把淺花枝小市長陵住非郎爭得知（笑一作凝）

村舍燕

漢宮一百四十五多下珠簾閉瑣窗何處營巢夏将半茅簷煙裡語雙雙

題宣州開元寺水閣（閣下宛溪夾溪居人）

六朝文物草連空天淡雲閑今古同鳥去鳥來山

色裡人歌人哭水聲中深秋簾幙千家雨落日樓
臺一笛風惆悵無因見范蠡參差煙樹五湖東
為人題贈二首
我乏凌雲稱君無買笑金虛傳南國貌爭奈五陵
心桂席塵瑶珮瓊爐燼水沉凝魂輕蔫夢低耳悔
聽琴日落珠簾卷春寒錦幙深誰家樓上笛何處
月明砧蘭徑飛蝴蝶筠籠語翠禽和簪抛鳳髻將
淚入鴛衾的的添新恨迢迢絕好音文園終病渴

休咏白頭吟

又

綠樹鶯鶯語平江燕燕飛梳前聞雁去樓上送春

歸半月緉雙臉凝腰素一圍西墻苔漠漠南浦夢

依依有恨簪花嬾無憀鬭草稀雕籠長慘澹蘭晼

謗芳菲鏡斂青蛾黛燈拋皓腕肌避人匀迸淚拖

袖倚殘暉有貌雖桃李單栖足是非雲軿載馭去

寒夜看裁衣

池州春日送人「集作池州春送前進士蒯希逸」

芳草復芳草，斷腸還斷腸。自然堪下淚，何必更殘陽。楚岍千萬里，燕鴻三兩行。有家歸未得，況舉别君觴。

長安送人「集作長安送友人遊湖南」

子性極弘和，愚衷深褊狷。相捨囂譊中，吾過何由鮮。楚國饒風煙，湘岸苦縈宛。山密夕陽多，人稀芳草遠。青梅繁枝低，斑筍新梢短。莫哭葬魚人，酒醒

且眠飯

「過華清宮」「或刻」驪山感舊二首

新豐綠樹起黃埃數騎漁陽探使迴霓裳一曲千峯上舞破中原始下来

「又」

長安迴望繡成堆山頂千門次第開一騎紅塵妃子笑無人知道荔枝来

街西

碧池新漲浴嬌鴉深鎖長安富貴家遊騎偶同人
鬬酒名園相倚杏交花銀鍬騕褭嘶宛馬繡鞅璁
瓏走鈿車一曲將軍何處笛連雲芳樹日將斜

、江南春

千里鶯啼緑暎紅水村山郭酒旗風南朝四百八
十寺多少樓臺煙雨中

寄人集作寄揚州韓綽判官

青山隱隱水迢迢秋盡江南草木凋二十四橋明

月夜玉人何處教吹簫

寄遠三首　極遠

前山遠極碧雲合清夜一聲白雪微欲寄相思千

里月傍溪殘照雨霏霏

「南陵道中」或誤作「寄遠」

南陵水面謾悠悠風緊雲輕欲變秋正是客心孤

迴處誰家紅袖倚江樓

「寄遠」

隻影隨鷩雁單栖鎖画籠向春羅袖薄誰念舞臺風

赤壁

折戟沉沙鐵未銷自將磨洗認前朝東風不與周郎便銅雀春深鎖二喬（橋）

月

三十六宮秋夜深昭陽歌斷信沉沉惟應獨伴陳皇后照見長門望幸心

隋苑　或刻定子注定子牛相小青

紅霞一抹廣陵春定子當筵睡臉新却笑丘墟隋
煬帝破家亡國為誰人

遣懷　或刻題揚州

落托江南載酒行楚腰纖細掌中輕十年一覺揚
州夢贏得青樓薄倖名

題水口草市

倚溪侵嶺多高樹誇酒書旗有小樓驚起鴛鴦豈

無恨一雙飛去却回頭

漢江

溶溶漾漾白鷗飛綠淨春深好染衣南去北來人自老夕陽長送釣船歸

柳

日落水流西復東春光不盡柳何窮巫娥廟裏低含雨宋玉宅前斜帶風不將榆莢共爭翠深感杏花相暎紅灞上漢南千萬樹幾人遊宦別離中

傷友人悼吹簫妓

玉簫聲斷歿流年滿眼春愁隴上煙艷質已隨雲雨散鳳樓空鎖月明天

贈別二首

娉娉嫋嫋十三餘荳蔻梢頭二月初春風十里揚州郭卷上珠簾總不如

又

多情却似總無情但覺罇前笑不成蠟燭有心還

惜別替人垂淚到天明

泊秦淮

煙籠寒水月籠沙夜泊秦淮近酒家商女不知亡國恨隔江猶唱後庭花

代人寄遠二首（一本作一首）

河橋酒旆風軟候館梅花雪嬌宛陵樓上春晚我郎何處情饒

又

繡領任垂蓬髻丁香閙結春梢賸肯新年歸否江南綠草迢迢

張泌十八首

惜花

蝶散鶯啼尚數枝日斜風定更離披看多記得傷心事金谷樓前委地時

寄人

別夢依依到謝家小廊迴合曲欄斜多情只有春

庭月猶為離人照落花

又

酷憐風月為多情還到春時别恨生倚柱尋思倍惆悵一場春夢不分明

邊上

戍樓吹角起征鴻獵獵寒旌背晚風千里暮煙愁不盡一川秋草恨無窮山河慘澹關城閉人物蕭條市井空只此旅魂招未得更堪回首夕陽中

長安道中蚤行

客離孤館一燈殘牢落星河欲曙天雞唱未沉函谷月雁聲新度灞陵煙浮生已悟莊周蝶壯志仍輸祖逖鞭何事悠悠策羸馬此中辛苦過流年

洞庭阻風

空江浩蕩景蕭然盡日菰蒲泊釣船青草浪高三月渡綠楊花撲一溪煙情多莫舉傷春目愁極兼無買酒錢猶有漁人數家住不成村落夕陽邊

春日旅泊桂州

暖風芳草竟芊綿多病多愁負少年弱柳未勝寒食雨好花爭奈夕陽天溪邊物色堪圖画林伴鶯聲似管絃獨有離人開淚眼強憑盃酒亦潸然

晚次湘源縣

煙郭遥聞向晚雞水平舟静浪聲齊高林帶雨楊梅熟曲岸籠雲謝豹啼二女廟荒汀樹老九疑山碧楚天低湘南自古多離怨莫動哀吟易慘悽

惆悵吟

秋風丹葉動荒城慘澹雲遮日半明晝夢却因惆悵得晚愁多為别離生江淹彩筆空留恨莊叟玄譚未及情千古怨蒐銷不得一江寒浪若為平

秋晚過洞庭

征帆初挂酒初酣暮景離情兩不堪千里晚霞雲夢北一洲霜橘洞庭南溪風送雨過秋寺澗石驚龍落夜潭莫把羈魂弔湘鬼九愁凝絶鎖煙嵐

九愁凝绝當有误

題華嚴寺木塔

六街晴色動秋光雨霽憑高只易傷一曲晚煙浮渭水半橋斜日照咸陽休將世路悲塵事莫指雲山認故鄉回首漢宫樓閣𦶟數聲鐘鼓自微茫

經舊遊

暫到高唐曉又還丁香結夢水潺潺不知雲雨歸何處歷歷空留十二山

碧戶

碧戶扃魚鑠蘭窗掩鏡臺落花疑悵望歸燕自徘
徊咏絮知難敵傷春不易裁恨從芳草起愁為晚
風來衣惹湘雲薄眉分楚岫開香濃眠舊枕夢好
醉春盃小障明金鳳幽屏點翠苔寶筝橫塞雁怨
笛落江梅卓氏仍多酒相如正富才莫教琴上意
翻作鶴聲哀

芍藥

香清粉澹怨殘春蝶翅蜂鬚戀蘂塵閑倚晚風生

帳望靜留遲日學因循休將薜荔爲青瑣好與玫瑰作近鄰零落若教隨草雨又應愁殺別離人

春晚謡

雨微微煙霏霏小庭半拆紅薔薇鈿箏斜倚画屏曲零落幾行金雁飛蕭關夢斷無尋處萬疊春波起南浦凌亂楊花撲繡簾晚窗時有流鶯語

所思

空塘水碧春雨微東風散漫楊柳飛依依南浦夢

猶在脉脉高唐雲不歸江頭日暮多芳草極目傷
心煙悄悄隔江紅杏一枝明似玉佳人俯清泪休
向春臺更廻望銷魂自古因惆悵銀河碧海共無
情兩處悠悠起風浪

春夕言懷

風透疎簾月滿庭倚欄無事倍傷情煙垂柳帶纖
腰軟露滴花房怨臉明愁逐野雲銷不盡情隨春
浪去難平幽窗謾結相思夢欲化西園蝶未成

春江雨

雨溟溟風零零老松瘦竹臨煙汀空江冷落野雲重村中鬼火微如星夜驚溪上漁人起滴瀝篷聲滿愁耳子規叫斷獨未眠罨岸春濤打船尾

戴叔倫 四首

早行寄朱山人放 一作刻秋日行

山曉旅人去天高秋氣悲明河川上沒芳草露中衰此別又千里少年能幾時青冥剡溪路心與謝

公期

巡諸州漸次空霧戍

寒盡鴻先至春回客未歸蚤知名是幻不敢繡為
衣霧積川原暗山多郡縣稀明朝下湘岸更逐鷓
鴣飛

贈韓道士

日落秋風吹野花上清歸客意無涯桃源寂寂煙
雲閑天路悠悠星漢斜還似世人生白髮定知仙

骨變黃芽東城南陌遥(頻)相見應是壺中別有家

潭州使院書情寄江夏賀蘭副端

雲雨一蕭散悠悠關復河俱從泛舟(役)没近隔洞庭波楚水去不盡秋風今又過無因得相見却恨寄書多

宋邕一首

春日

輕花細葉滿林端昨夜春風曉色寒黃鳥不堪愁

裏聽綠楊宜向雨中看

曹唐二十四首

病馬五首呈鄭校書章三吳十五先輩

騄駬何年別渥洼病来顏色半泥沙四蹄不鑿金

砧裂雙眼慵開玉筯斜墮月兔毛乾觳觫失雲龍

骨瘦牙槎平原好牧無人放嘶向秋風苜蓿花

又

隴上沙蔥葉正齊騰黄猶自跼羸蹄尾蟠夜雨紅

絲脆頭捽秋風白練低力憊未思金絡腦影寒空

望錦障泥階前莫怪垂雙淚不遇孫陽不敢嘶

又

不翦焦毛鬣半翻何人别是古龍孫雪侵病骨無

驕氣土蝕驄花見臥痕未噴斷雲歸漢苑曾追輕

練過吳門一朝千里心猶在誰肯潛施秣飼恩

又

空被秋風吹病毛無因濯浪刷洪濤臥來總怪龍

風吹

適

忘

秣誤餗

蹄跙瘦盡誰驚虎口高追電有心猶欵段逢人相
骨強斷號欲將鬐鬣重裁剪乞借新成利鈹刀

又

病久無人著意看玉華衫色欲凋殘飲驚白露泉
花冷喫怕清風荳葉寒長襜敢辭紅錦重舊韉寧
畏紫絲蟠王良若許相擡策千里追風也不難

劉晨阮肇遊天台

樹入天台石路新雲和草靜迴無塵煙霞不省生

前事水木空疑夢後身往往雞鳴岩下月時時犬吠洞中春不知此地歸何處須就桃源問主人

劉阮洞中遇仙人

天和樹色靄蒼蒼霞重嵐深路渺茫雲竇滿山無鳥雀水聲沿澗有笙簧碧沙洞裏乾坤別紅樹枝邊日月長願得花間有人出免令仙犬吠劉郎

仙子送劉阮出洞

慇懃相送出天台仙境那能却再来雲液既歸須

強飲玉書無事莫頻開花當洞口應長在水到人
間定不廻惆悵溪頭從此別碧山明月照蒼苔

仙子洞中有懷劉阮

不將清瑟理霓裳塵夢那知鶴夢長洞裏有天春
寂寂人間無路月茫茫玉沙瑶草連溪碧流水桃
花滿澗香曉露風燈零落盡此生無處訪劉郎

劉阮再到天台不復見仙子

再到天台訪玉真青苔白石已成塵笙歌寂莫惟

深洞雲鶴蕭條絕舊鄰草樹總非前度色煙霞不
似昔年春桃花流水依然在不見當時勸酒人

張碩重寄杜蘭香

碧落香銷蘭露秋星河無夢夜悠悠靈妃不降三
清駕仙鶴空成萬古愁皓月隔花追歎別瑞煙籠
樹省淹留人間何事堪惆悵海色西風十二樓

玉女杜蘭香下嫁於張碩

天上人間兩渺茫不知誰識杜蘭香来經玉樹三

山遠去隔銀河一水長怨入清塵愁錦瑟酒傾玄
露醉瑤觴遺情更説何珍重擘破雲鬟金鳳皇
　簫史攜弄玉上昇
豈是丹臺歸路遥紫鸞煙駕不同飄一聲洛水傳
幽咽萬片宮花共寂寥紅粉美人愁未散清華公
子笑相邀緱山碧樹青樓月腸斷春風爲玉簫
　黄初平將入金華山
莫道真遊煙景賒瀟湘有路入金華溪頭鶴樹春

常在洞口人家日易斜一水暗鳴關遶澗五雲長
往不還家白羊成隊難收拾喫盡溪邊巨勝花

織女懷牽牛

北斗佳人雙淚流眼穿腸斷為牽牛封題錦字凝
新恨抛擲金梭結舊愁桂樹三春煙漠漠銀河一
水夜悠悠欲將心向仙郎説借問榆花早晚秋

漢武帝思李夫人

惆悵朱顔不復歸晚秋黄葉滿天飛迎風細荇傳

香粉隔水殘霞見画衣白玉帳寒鴛夢絶紫陽宫

遠雁書稀夜深池上蘭橈歌斷續歌聲徹太微

小遊仙三首

偷来洞口訪劉君緩步輕擡綠繡裙細掐桃花擲

流水更無言語倚形雲

又

風動閬天清桂陰水精簾外冷沉沉西妃少女多

春思斜倚彤雲盡日吟

又

方士飛軒駐碧霞酒香風冷月初斜不知誰唱歸春曲落盡溪頭白葛花

長安春舍敘郃陵舊宴懷永門蕭使君五首

郃陵佳樹碧葱蘢河漢西沉宴未終殘漏五更傳海月清笳三會揭天風香薰舞席雲鬟緑光射頭

又

盤蠟燭紅今日却懷行樂處兩床絲竹水樓中

不知何路却飛翻虗受賢侯鄭重恩五夜清歌敲
玉樹三年洪飲倒金罇招攜永感雙魚在報畣空
知一劍存狼籍梨花㵠城月當時長醉信陵門

又

粉疊形軒画障西水雲紅樹窣璇題鷓鴣欲絶歌
聲定鸜鵒初驚舞袖齊坐對玉山空甸線細聽金
石怕低迷東風夜月三年飲不省非時不似泥

又

木魚金鑰鎖重城夜上紅樓縱酒情竹葉水繁更
漏促桐花風軟管絃清百分散打銀船溢十指寬
催玉筯輕星斗漸稀賓客散碧雲猶戀艷歌聲

又

三年身逐漢諸侯賓榻容居最上頭飽聽笙歌陪
痛飲熟尋雲水縱閑遊朱門鎖閉煙嵐暮鈴閣清
泠水木秋月滿前山圖不動更邀詩客上高樓

施肩吾二首

夜讌曲

蘭釭如畫買不眠玉爐夜起沉香煙青娥一行十二仙欲笑不笑桃花燃碧窗弄嬌梳洗晚戶外不知銀漢轉被郎嗔罰屠蘇盞酒入四肢紅玉軟

代征婦怨

寒窗羞見影相隨嫁得五陵輕薄兒長短艷歌君自解淺深更漏妾偏知畫裙多淚鴛鴦濕雲髻慵梳玳瑁垂何事不看霜雪裏堅貞惟有古松枝

趙光遠三首

題北里妓人壁

魚鑰獸環斜掩門萋萋芳草憶王孫醉凭青瑣窺韓壽閑擲金梭惱謝琨不夜珠光連玉匣辟寒釵影落瑶罇欲知腸斷相思處役盡江淹别後魂

咏手二首

糚成皓腕洗凝脂背接紅巾掬水時薄霧袖中拈玉斝斜陽屏上撚青絲喚人急拍臨前檻摘杏高

揎近曲池好是琵琶絃畔見細圓無節玉參差

又

撚玉磋瓊軟復圓綠窗誰見上琴絃慢籠彩筆閑書字斜指瑶堦笑打錢指面試香添麝炷舌頭輕點貼金鈿象床珍簟宫棊處拈定文楸占角邊

孫棨四首

贈妓人

綵翠仙衣紅玉膚輕盈年在破瓜初霞盃醉勸劉

郎睹雲髻慵邀阿母梳不怕寒侵緣帶寶每憂風
舉倩持裾誘圖西子晨粧樣西子元来未得如

題妓王福娘墻 或混作題北里妓人壁三首

移壁迴窗費幾朝指鐶偷解博紅椒無端鬬草輸
鄰女更被拈将玉步摇

題北里妓人壁

寒繡衣裳餉阿嬌新團香獸不禁燒東鄰起樣裙
腰闊剩蹙黄金線幾條

又

試共卿卿語笑初画堂連遣侍兒呼寒肌不耐金
如意白獺為膏郎有無

崔珏七首

和友人鴛鴦之什三首

翠鬣紅毛舞夕暉水禽情似此禽稀暫分煙島猶
迴首只渡寒塘亦共飛瞞霧盡迷珠殿瓦逐梭齊
上玉人機採蓮無恨蘭橈女笑指中流羨爾歸

「又」

寂寂春塘煙晚時兩心如影共依依溪頭日暖眠沙穩渡口風寒浴浪稀翡翠莫誇饒彩飾鸊鵜須羡好毛衣蘭深芷密無人見相逐相呼何處歸

「又」

舞鶴翔鸞俱别離可憐生死兩相隨紅絲毳落眠汀處白雪花成蹙浪時琴上只聞交頸語窗前空展共飛詩何如相見長相對肯羡人間多所思

有贈二首

莫道粧成斵客腸粉胸綿手白蓮香煙分項上三

層緑劔截眸中一寸光舞牒柳枝腰更軟歌嫌珠

貫曲猶長雖然不似王孫女解愛臨卭賣賦郎

又

錦里芬芳少佩蘭風流全占似君難心迷曉夢窗

猶暗粉落香肌汗未乾兩臉夭桃從鏡發一眸春

水照人寒自嗟此地非吾土不得如花歲歲看

和人聽歌二首

氣吐幽蘭出洞房樂人先問調宮商聲和細管珠纔轉曲度沉煙雪更香公子不隨腸萬結離人須落淚千行巫山唱罷行雲過猶自微塵舞画梁

又

紅臉初分翠黛愁錦筵歌板拍清秋一樓春雪和塵落午夜寒泉帶雨流座上美人心盡死尊前旅客淚難收莫辭更送劉郎酒百斛明珠異日酬

司空曙 三首

病中遣妓

萬事傷心在目前一身垂淚對花眠黃金用盡教
歌舞留與他人樂少年

江村即事

罷釣歸来不繫船江村月落正堪眠縱然一夜風
吹去只在蘆花淺水邊

峽口送友人

峽口花飛欲盡春天涯去住淚沾巾來時萬里同
為客今日翻成送故人

項斯一首

咸陽送處士

古道自迢迢咸陽離别橋越人無水處秦樹帶霜
朝駐馬言難盡分程望易遥秋來未相見此意各
蕭條

才調集卷之四 第十二月二十六日重校

才調集目録　卷五

元稹　五十七首

又 又
又 雜憶詩
又 又
又 又
有所教 襄陽為盧竇紀事
又 又
又 又
初除浙東妻有沮色因以四韻曉之

會真詩三十韵

鄭谷 十一首

登杭州城　曲江春草

十月菊　淮上漁者

弔故禮部韋員外　席上貽歌者

淮上與友人別　雪中偶題

鷓鴣　京師冬暮咏懷

趙璘郎中席上賦得蝴蝶

詠雙白鷺

劉禹錫 十二首

自朗州至京戲贈看花諸君子

再遊玄都觀　聽舊宫人穆氏唱歌

楊柳枝詞　又

又　竹枝詞

又　又

寄樂天　鸚鵡

和樂天送鶴

白居易 八首

送鶴與裴相臨別贈詩

王昭君　邯鄲冬至夜思家

題王侍御池　藍橋驛見元九詩

聞龜兒咏詩　同李十一醉憶元九

憶晦叔

武元衡 二首

詶嚴司空別萬見寄

送張諫議赴闕

才調集目録卷五終

才調集卷之五 第五

中古律歌詩一百首

□□元稹 五十七首

□□□ 夢遊春七十韻

昔歲夢遊春夢遊何所遇夢入深洞中果遂平生
趣清泠淺漫流畫舫蘭篙渡過盡萬株桃盤旋竹
林路長廊抱小樓門牖相迴互樓下雜花叢叢邊
繞鴛鷺池光漾彩霞曉日初明煦未敢上堦行頻
移曲池步烏龍不作聲碧玉曾相慕漸到簾幙間

遂果疑誤

徘徊意猶懼闕窺東西閤奇玩叅差布偶子碧油
糊駞鈎紫金鍍逡巡日漸高影響人將寤鸚鵡飢
亂鳴嬌娃睡猶怒簾開侍兒起見我遥相諭鋪設
繡紅茵施張鈿裝具潛褰翡翠帷瞥見珊瑚樹不
辨花貌人空驚香若霧迴身夜合偏斂態晨霞聚
睡臉桃破風汗粧蓮委露裴裶百葉髻金蹙重臺
屨紕軟鈿頭裙玲瓏合歡袴鮮妍脂粉薄闇澹衣
裳故最似紅牡丹雨來春欲萛夢魂良易驚霧境

難久寓夜夜望天河無由重沿泝結念心所期迗
如禪頓悟覺来八九年不向花廻顧雜合兩京春
喧闐衆禽護我到看花時但作懷仙句浮生轉經
歷道性尤堅固近作夢仙詩亦知勞肺腑一夢何
足云良時自婚娶當年二紀初嘉節三星度朝蕣
玉珮迎高松女蘿附韋門正全盛出入多歡裕甲
第漲清池鳴騶引朱軺廣榭舞萎蕤長筵賓雜厝
青春詎幾日華實潛幽蠹秋月照潘郎空山懷謝

傳紅樓嗟壞壁金谷迷荒戍石厭破闌干門摧舊
梐枑雖云覺夢殊同是終難駐悰緒竟何如棼絲
不成絇卓女白頭吟阿嬌金屋賦重壁盛姬臺青
塚明妃墓盡委窮塵骨皆随流波注幸有古如今
何勞縑比素況余當盛時蚤歲諧如務詒冊冠賢
良諫垣陳好惡三十再登朝一登還一仆寵榮非
不蚤邅迴亦云屢直氣在膏肓氛氳日沉痼不言
意不快快意言多忤忤誠人所賊性亦天之付乍

可沉為香不能浮作瓠誠為堅所守未為明所措
事事身已經營營計何誤美玉琢文珪良金填武
庫徒謂自堅貞安知受龍鑄長絲羈野馬密網羅
陰兔物外各迨迨誰能遠相錮時来既若飛禍速
當如鶩曩意自未精此行何所訴努力去江陵笑
言誰與晤江花縱可憐奈非心所慕石竹逞奸黠
蔓菁誇畝數一種薄地生淺深何足妬荷葉水上
生團團水中住瀉水置葉中君看不相汚

桐花落

莎草遍桐陰桐花滿莎落盖覆相團圓可憐無厚薄昔歲幽院中深堂下簾幙同在後門前因論花好惡君誇沉檀樣云是指撝作暗澹滅紫花拘連戲金藥都繡六七枝闘成雙孔雀尾上稠疊花又將金解絡我裳看不已君煩睡先著我作繡桐詩繫君裙帶著别来苦脩道此意都蕭索今日竟相牵思量偶然錯

夢昔時

閑窓結幽夢此夢誰人知夜半初得處天明臨去時山川已久隔雲雨兩無期何事来相感又成新別離

恨粧成

曉日穿隙明開帷理粧點傅粉貴重重施朱憐冉冉柔鬟背額垂藂鬢隨釵斂凝翠暈蛾眉輕紅拂花臉𪗋頭行小梳當面施圓靨最恨落花時粧成

獨披掩

古決絕詞三首

乍可為天上牽牛織女星不願為庭前紅槿枝七月七日一相見故心終不移那能朝開暮飛去一任東西南北吹分不兩相守恨不兩相思對面且如此背面當何如春風撩亂伯勞語況是此時抛去時握手苦相問竟不言後期君情既決絕妾意亦參差借如死生別安得長苦悲

又

噫春氷之將泮何余懷之獨結有美一人於焉曠
絶一日不見比一日於三年況三年之曠別水得
風兮小而已波笋在苞兮高不見節矧桃李之當
春競衆人之攀折我自頋悠悠而若雲又安能保
君皚皚之如雪感破鏡之兮明睹淚痕之餘血幸
他人之既不我先又安能使他人之終不我奪已
焉哉織女別黃姑一年一度暫相見彼此隔河何

事無

又

夜夜相抱眠幽懷尚沉結那堪一年事長遣一宵說但感久相息何暇暫相悦虹橋薄夜成龍駕侵晨列生憎野鶴性遲廻死恨天雞識時節曙色漸曈曈華星欲明滅一去又一年一年何可徹有此迢遰期不如生死別天公何是妬相憐何不便教相決絶

櫻桃花

櫻桃花一枝兩枝千萬朶花塼曾立摘花人窣破
羅裙紅似火

曹十九舞緑鈿

急管清弄頻舞衣纔攬結含情獨摇手雙袖參差
列騦褭柳牽絲炫轉風迴雪凝眄嬌不移往往度
繁節

閨晚

紅裙委鏄堦玉爪蒡朱橘素臆光如砑明瞳艷凝
溢調絃不成曲學書徒弄筆夜色侵洞房香煙透
簾出

曉將别

風露曉淒淒月下西墻西行人帳中起思婦枕前
啼屑屑命僮御晨裝儼已齊將去復攜手日高方
解攜

薔薇架 清水驛

五色堦前架一張籠上被般紅稠疊花半綠鮮明
地風蕚羅裙帶露英蓮臉淚多逢走馬郎可惜簾
邊思

月暗

月暗燈殘面墻泣羅纓斗重知啼濕真珠簾斷蝙
蝠飛燕子巢空螢火入深殿門重夜漏嚴柔□□
□□年急君王掌上容一人更有輕身何處立

新秋

旦莫已淒涼離人遠思忙夏衣臨曉薄秋影入簷
長前事風隨扇歸心燕在梁殷勤寄牛女河漢正
相望

贈雙文

艷極翻含怨憐多轉自嬌有時還暫笑閑坐更無
聊曉月行看墮春酥見欲消何因肯垂手不敢望
迴腰 舞曲二名

春別

幽芳本未闌君去蕙花殘河漢秋期遠關山世路難雲屏留粉絮風幌引香蘭腸斷廻文錦春深獨自看

和樂天示楊瓊

我在江陵少年日知有楊瓊初喚出腰身瘦小歌圓緊依約年應十六七去年十月過蘇州瓊来拜問郎不識青衫玉貌何處去安得紅旗遮頭白我語楊瓊瓊莫語汝雖笑我我笑汝汝今無復小腰

身不似江陵時好女楊瓊為我歌送酒爾憶江陵縣中否江陵王令骨為灰車来嫁作尚書婦盧戡及第嚴㵎在其餘死者十八九我今賀爾亦自多爾得老成亦白首楊瓊本名播少為江陵酒妓去年姑蘇過瓊敘舊及今見樂天此篇因走筆追書此曲

魚中素

重疊魚中素幽緘手自開斜紅餘淚蹟知著臉邊来

代九九

昔年桃李月顔色共花宜迴臉蓮初破低蛾栁並
垂望山多倚樹弄水愛臨池遠被登樓識潛曰倒
影窺隅林徒想像上砌轉透迤謗擲庭中果虚攀
墻外枝強持文玉珮求結麝香縭阿母憐金重親
兄要馬騎把将嬌小女嫁與冶遊兒自隱勤勤索
相要事事隨每常同坐卧不省暫参差纔學羞兼
妬何言寵便移青春来易皎白日誓先虧僻性嗔

来見邪行醉後知別床鋪枕席當面指瑕疵妾貌
應猶在君情遽若斯的成終世恨爲用此宵爲鸞
鏡燈前撲鴛衾手下嘌參商半夜起琴瑟一聲離
努力新䕺艷狂風次第吹

盧十九子蒙吟盧七員外洛川懷古六韻命

余和

聞道盧明府閑行詠洛神浪圓疑靨笑波鬬憶眉
嚬蹀躞橋頭馬空濛水上塵草芽猶犯雪氷岍欲

消春寓目終無限通辟未有因子蒙将此曲吟似
獨眠人

劉阮妻二首

仙洞千年一度開等閒偷入又偷迴桃花飛盡秋
風起何處消沉去不来

又

芙蓉脂肉緑雲鬟罨画樓臺青黛山千樹桃花萬
年藥不知何事憶人間

桃花

桃花淺深處似匀深淺粧春風助腸斷吹落白衣裳

萛秋

看著墻西日又沉步廊迴合戟門深栖烏滿樹聲聲絶小玉上床鋪夜衾

壓墻花

野性大都迷里巷愛將高樹記人家春來偏認平

陽宅為見墻頭拂面花

舞腰

裾裾旋旋手迨迨不趂音聲自趂嬌未必諸郎知曲悮一時偷眼為廻腰

白衣裳二首

雨濕輕塵隔院香玉人初着白衣裳半含惆悵閑看繡一朶梨花壓象床

又

藕絲衫子柳花裙空著沉香慢火薰閒倚屏風笑
周昉枉抛心力畫朝雲

憶事

夜深閒到戟門邊却遶行廊又獨眠明月滿庭池
水淥桐花垂在翠簾前

寄舊詩與薛濤因成長句 序在別卷

詩篇調態人皆有細膩風光我獨知月夜咏花憐
暗澹雨朝題柳為欹垂長教碧玉藏深處總向紅

戕寫自隨老大不能收拾得與君聞似好男兒

友封體［黔府賓輩字友封］

雨送浮涼夏簟清小樓腰褥怕單輕微風暗度香

囊轉朧月斜穿隔子明樺燭焰高黄耳吠柳堤風

靜紫騮聲頻頻聞動中門鎖桃葉知嗔未敢迎

看花

努力少年求好官好花須是少年看君看老大逢

花樹未折一枝心已闌

斑竹 得之湘流

一枝斑竹渡湘沅萬里行人感別魂知是娥皇廟前物遠隨風雨送啼痕

箏

莫愁私地愛王昌夜夜箏聲怨隔墻火鳳有凰求不得春鶯無伴囀空長急揮舞破催飛燕慢逐歌詞弄小娘死恨相如新索婦枉將心力為他狂

春曉

半欲天明半未明醉聞花氣睡聞鶯狌（娃）兒撼起鐘

聲動二十年前曉寺情

「古豔詩」「或刺春詞」

深院無人草樹光嬌鶯不語趁陰藏等閒弄水浮

花片流出門前賺阮郎

所思二首

庾亮樓中初見時武昌春柳似腰肢相逢相失還

如夢為雨為雲今不知

「又」

鄂渚濛濛煙雨微女郎魂逐暮雲歸只應長在漢陽渡化作鴛鴦一隻飛

「鶯鶯詩」或混刻離思詩六首

殷紅淺碧舊衣裳取次梳頭闇淡粧夜合帶煙籠曉日牡丹經雨泣殘陽依稀似笑還非笑彷彿聞香不是香頻動橫波嬌不語等閑教見小兒郎

「離思詩」

自愛殘粧曉鏡中環釵謾篸緑絲叢須臾日射燕

脂頰一朶紅蘇旋欲融

又

山泉散謾遶堦流萬樹桃花暎小樓閒讀道書慵

未起水晶簾下看梳頭

又

紅羅著壓逐時新杏子花紗嫩麴塵第一莫嫌材

地弱些些紕縵最宜人

又

曾經滄海難為水，除却巫山不是雲。取次花叢懶迴顧，半緣脩道半緣君。

又

尋常百種花齊發，偏摘梨花與白人。今日江頭兩三樹，可憐和葉度殘春。

雜憶詩五首

今年寒食月無光，夜色纔侵已上床。憶得雙文通

内裏玉櫳深處暗聞香

「又

花籠微月竹籠煙百丈絲繩拂地懸憶得雙文人

静後潛教桃葉送鞦韆

「又

寒輕夜淺繞廻廊不辨花叢暗辨香憶得雙文朧

月下小樓前後捉迷藏

「又

山榴似火葉相兼亞拂低墻半拂簷憶得雙文獨
披掩滿頭花草倚新簾

又

春氷消盡碧波湖漾影殘霞似有無憶得雙文衫
子薄鈿頭雲暎褪紅酥

有所教

莫画長眉画短眉斜紅傷豎莫傷垂人人總解争
時勢都大須看各自宜

襄陽為盧竇紀事五首

帝下真符召玉真偶逢遊女暫相親素書三卷留為贈從向人間說向人

又

風弄花枝月照堦醉和春睡倚香懷依稀似覺雙環動潛被蕭郎卸玉釵

又

鶯聲撩亂曙燈殘暗覓金釵動曉寒猶帶春酲嬾

相送櫻桃花下隔簾看

又

瑠璃波面月籠煙暫逐蕭郎走上天今日帰時最腸斷廻江還是夜来舩

又

花枝臨水復臨堤閒照江流亦照泥千萬春風好擡舉夜来曾有鳳皇棲

初除浙東妻有沮色因以四韵曉之

嫁時五月歸巴地今日雙旌上越州興慶首行千
命婦余在中書日妻以郡君朝太后於興慶宮猥為班首會稽傍帶六諸侯
海樓翡翠閑相逐鏡水鴛鴦暖共遊我有主恩羞
未報君於此外更何求

會真詩三十韵

微月透簾櫳螢光度碧空遙天初縹緲低樹漸蔥
朧龍吹過庭竹鸞歌拂井桐羅綃垂薄霧環珮響
輕風絳節隨金母雲心捧玉童更深人悄悄晨會

雨濛濛珠瑩光文履花明隱繡櫳寶釵行彩鳳羅
帔掩丹虹言自瑶華浦將朝碧帝宫因遊洛城北
偶向宋家東戲調初微拒柔情已暗通低鬟蟬影
動迴步玉塵蒙轉面流花雪登床抱綺䕺鴛鴦交
頸舞翡翠合歡籠眉黛羞頻聚唇朱暖更融氣清
蘭蕊馥膚潤玉肌豐無力慵移腕多嬌愛斂躬汗
光珠點點髮亂綠鬆鬆方喜千年會俄聞五夜窮
留連時有限繾綣意難終慢臉含愁態芳詞誓素

籠与下龍複疑誤也

東贈環明運合留結表心同啼粉流清鏡殘燈進

暗蟲華光猶冉冉旭日漸曈曈乘鶩還歸洛吹簫

亦上嵩衣香猶染麝枕膩尚殘紅冪冪臨塘草飄

飄思渚蓬素琴鳴怨鶴清漢望歸鴻海濶誠難度

天高不易冲行雲無處所簫史在樓中

鄭谷十一首

登杭州城

故國江天外登臨返照間潮來無别浦木落見他

山沙島晴飛遠漁人夜唱閒歲窮帰未得心逐片
帆還

曲江春草

花落江堤簇煖煙雨餘草色遠相連香輪莫碾青
青破留與游(愁)人一醉眠

十月菊

節去蜂愁蝶不知曉庭還遶折殘枝自縁今日人
心別未必秋香一夜衰

月作日误

淮上漁者

白頭波上白頭翁家逐船移浦浦風一尺鱸魚新

釣得兒孫吹火荻花中

弔故禮部韋員外有序別卷

臘雪初晴共舉盃便期攜手上春臺高情惟怕酒

不備長慟可悲花正開曉奠鶯啼殘漏在風幃燕

覓舊巢来杜陵芳草年年綠醉魄吟魂無復廻

席上贻歌者

花月樓臺近九衢清歌一曲倒金壺座中亦有江
南客莫向春風唱鷓鴣

淮上與友人別

楊子江頭楊柳春楊花愁殺渡江人數聲風笛離
亭晚君向瀟湘我向秦

雪中偶題

亂飄僧舍茶煙濕密灑歌樓酒力微江上晚来堪
画處漁人披得一簑歸

鷓鴣

暖戲平蕪錦翼齊品流應得近山雞雨昏青草湖邊過花落黃陵廟裏啼遊子乍聞征袖濕佳人纔唱翠眉低相呼相應湘江浦苦竹叢深春日西

京師冬暮咏懷

覓句千名秪自勞苦吟殊未補風騷煙開水國花期近雪滿長安酒價高舊業已荒青藹逐寒江空憶白雲濤不知春到情何限惟恐流年損鬢毛

趙璘郎中席上賦得蝴蝶

尋艷復尋香似閑還似忙暖煙沉蕙徑微雨宿花房書幌輕隨夢歌樓誤採粧王孫深屬意繡入舞衣裳

秦韜玉八首

長安書懷

涼風吹雨滴寒更鄉思欺人撥不平長有歸心懸馬首可堪無寐枕蛩聲嵐收楚岫和空碧秋染湘

江到底清蚤晚身間着簑去橘香深處釣船横

春雪

雲重寒空思寂寥玉塵如糝滿春朝片纔着地輕輕陷力不禁風旋旋消惹砌任他香粉妬縈簷自學小梅嬌誰家醉卷朱簾看絃管堂深暖易調

對花

長共韶光暗有期可憐蜂蝶却先知誰家促席臨低樹何處横釵戴小枝麗日多情疑曲照和風得

路合偏吹向人雖道渾無語幾勸王孫到醉時

貧女

蓬門未識綺羅香擬託良媒益自傷誰愛風流高格調共憐時世儉梳粧敢將十指誇偏巧不把雙眉鬭画長苦恨年年壓金線為他人作嫁衣裳

鸚鵡

每聞別雁競悲鳴却歎金籠寄此生蚤是翠衿爭愛惜可堪紅嘴強分明雲湯隴樹魂應斷歌按秦

樓夢不成辛自禰衡人未識賺他為賦被時輕

織錦女婦

桃花日日覓新奇有鏡何曾及画眉秪恐輕梭難作足豈辭纖手遍生胝合蟬巧間雙盤帶聯雁斜啣小折枝豪貴大堆酬曲徹豈知辛苦一絲絲

獨坐吟

客愁不盡本如水草色含情更無已又覺春愁似草生何人種在情田裏

咏手

一雙十指玉纖纖不是風流物不拈鸞鏡巧梳勻翠黛画樓閒望擘珠簾金盃有喜輕輕點銀鴨無香旋旋添因把剪刀嫌道冷泥人呵了弄人鬚

紀唐夫 一首

送温庭筠

何事明時泣玉頻長安不見杏垣春鳳皇詔下雖沾命鸚鵡才高却累身且盡綠醽銷積恨莫思黄

綬拂行塵方城若比長沙遠猶隔千山與萬津

雍陶一首

咏雙白鷺

雙鷺應憐水滿池風飄不動頂絲垂立當青草人先見行傍白蓮魚未知一足獨拳寒雨裏數聲相叫蚤秋時林塘得爾須增價況是詩家物色宜

劉禹錫十二首

自朗州至京戲贈看花諸君子

紫陌紅塵拂面来無人不道看花回玄都觀裏桃千樹盡是劉郎去後栽

再遊玄都觀

百畝庭中半是苔桃花淨盡菜花開種桃道士歸何處前度劉郎今又〔復〕来

聽舊宫人穆氏唱歌

曾隨織女渡天河記得雲間第一歌休唱貞〔正〕元供奉曲當時朝士已無多

楊柳枝詞三首

花萼樓前初種時美人樓上鬬腰肢如今抛擲長街裏露葉如啼欲向誰

又

煬帝行宮汴水濱數株殘柳不勝春晚来風起花如雪飛入宮墻不見人

又

城外春風吹酒旗行人揮袂日西時長安陌上無

窮樹惟有垂楊管別離

竹枝詞三首

城西門前灩澦堆年年波浪不曾摧懊惱人心不如石少時東去復西来

又

瞿塘嘈嘈十二灘此中道路古来難長恨人心不如水等閑平地起波瀾

又

楊柳青青江水平聞郎江上唱歌聲東邊日出西邊雨莫道無晴還有晴

寄樂天

莫嗟華髮與無兒却是人生久遠期雪裏高山頭白早海中仙果子生遲于公必有高門慶謝守何煩曉鏡悲幸免如新分非淺祝君長咏夢熊詩

鸚鵡

隴西鸚鵡到江東養得經年嘴漸紅常恐思歸先

剪翅每因餧食暫開籠人憐巧語情雖重鳥憶高飛意不同應似朱門歌舞妓深藏牢閉在房中

和樂天送鶴

昨日看成送鶴詩高籠提出白雲司朱門乍入應迷路玉樹容棲莫揀枝雙舞庭中花落處數聲池上月明時三山碧海未歸去且向人間呈羽儀

白居易 八首

送鶴與裴相臨別贈詩

司空憐爾爾須知不信聽吟乞鶴詩羽翼勢高寧
惜别稻粱恩厚莫愁飢夜棲莫共鳥争樹曉浴先
饒鳳占池穩上青雲莫迴顧的應勝在白家時

王昭君

漢使却回憑寄語黄金何日贖蛾眉君王若問妾
顔色莫道不如宫裏時

邯鄲冬至夜思家

邯鄲驛裏逢冬至抱膝燈前影伴身想得家中夜

按詩意似以冬至為是

深坐還應説著遠行人

題王侍御池亭

朱門深鎖春池滿岏落薔薇水浸莎畢竟林塘誰是主主人来少客来多

藍橋驛見元九詩

藍橋春雪君歸日秦嶺秋風我去時每到驛亭先下馬循墻繞柱覔君詩

聞龜兒咏詩

憐渠已解咏詩章搖膝支頤學二郎莫學二郎吟太苦纔年四十鬢如霜

同李十一醉憶元九

花時同醉破春愁醉折花枝當酒籌忽憶故人天際去計程今日到梁州

憶晦叔

遊山弄水携詩卷看月尋花把酒盃六事盡思君作伴幾時歸到洛陽来

武元衡二首

「訓嚴司空别萬見寄」或刻荊帥

金貂再入三公府，玉帳連封萬戶侯。簾卷青山巫峽曉，煙開碧樹渚宮秋。劉琨坐嘯風清塞，謝朓裁詩月滿樓。白雪調高歌不得，美人南望翠蛾愁。

送張諫議赴闕

詔書前日下丹霄，頭戴儒冠脱皁貂。笛怨柳營煙漠漠，雲愁江館雨蕭蕭。鵷鴻得路爭先翥，松檜凌

霜獨後凋歸去朝端有如問玉門關外老班超

才調集卷之五第

十二月二十七日重校此卷畢

才調集目録　卷六

李白　二十八首

李商隱 四十首

鏡檻　曉坐

碧城　又

又　飲席代官妓贈兩從

事　代元城吳令暗爲㑹

杏花　燈

代魏宮私贈　齊宮詞

銀河吹笙　題二首後重有戲贈

任秀才　春雨

富平少侯　促漏

江東　七夕

可嘆　曉起

賜　獨居有懷

代贈　又

宮辭　追代盧家人嘲堂内

訪人不遇留題別館

代應　楚吟

龍池　淚

即日　水天閒話舊事

漢宫詞　席上作

留贈畏之　馬嵬

離亭賦得折楊柳　又

深宫

李涉　十五首

唐彦謙　十七首

垂柳　牡丹

春雨　秋晚高樓

上巳日寄韓八　長溪秋望

離鸞　曲江春望

柳　春陰

春深獨行馬上有作

寄蔣二十四　漢代

春残　小院

寄懷　玫瑰

才調集目録卷六終

才調集卷之六

古律雜歌詩一百首

□□李白二十八首

□□□長干行二首

妾髮初覆額折花門前劇郎騎竹馬来遶床弄青梅同居長干里兩小無嫌猜十四為君婦羞顏未嘗開低頭向暗壁千喚不一迴十五始展眉願同塵與灰常存抱柱信豈上望夫臺十六君遠行瞿唐灩澦堆五月不可觸猿聲天上哀門前遲行跡

一一生緑苔苔深不能埽落葉秋風蚤八月蝴蝶
来雙飛西園草感此傷妾心坐見紅顏老蚤晚下
三巴預將書報家相迎不道遠直至長風沙

又

憶妾深閨裏煙塵不曾識嫁與長干人沙頭候風
色五月南風興思君下巴陵八月西風起想君發
揚子去来悲如何見少别離多湘潭幾日到妾夢
越風波昨夜狂風度吹折江頭樹淼淼暗無邊行

人在何處好乘浮雲驄佳期蘭渚東鴛鴦綠蒲上

翡翠錦屏中自憐十五餘顔色桃花紅郍作商人

婦愁水復愁風

古風集中古風五十九首此首缺

泣與親友別欲語再三咽朂君青松心努力保霜

雪世路多險艱白日欺紅顔兮手各千里去去何

時還

古風

秋露白如玉團圓下庭緑我行忽見之寒早悲歲
促人生鳥過目胡乃自結束景公一何愚牛山淚
相續物苦不知足得隴又望蜀人心若波瀾世路
有屈曲三萬六千日夜夜當秉燭

又

燕趙有秀色綺樓青雲端眉目艷皎月一笑傾城
歡常恐碧草晚坐泣秋風寒纖手怨玉琴清晨起
長歎焉得偶君子共乘雙飛鸞

長相思

日色欲盡花含煙月明欲素愁不眠趙瑟初停鳳
皇柱蜀琴欲奏鴛鴦絃此曲有意無人傳願隨春
風寄燕然憶君迢迢隔青天昔時橫波目今作流
淚泉不信妾腸斷歸来看取明鏡前

烏夜啼

黄雲城邊烏欲棲歸飛啞啞枝上啼機中織錦秦
川女碧紗如煙隔窗語停梭悵然憶遠人獨宿孤

房淚如雨一作停梭向人問故夫知在流沙淚如雨

白頭吟

錦水東流碧波蕩雙鴛鴦雄巢漢宮樹雌弄秦草芳相如去蜀謁武皇赤車駟馬生輝光一朝再覽大人作萬乘忽欲凌雲翔聞道阿嬌失恩寵千金買賦要君王相如不憶貧賤日位高金多聘私室茂陵姝子皆見求文君歡愛從此畢淚如雙泉水行墮紫羅襟五更雞三唱清晨白頭吟長吁不整

縹雲鬢仰訴青天哀怨深城崩杞梁妻誰道土無
心東流不作西歸水落花辭枝羞故林頭上玉燕
釵是妾嫁時物贈君表相思羅袖幸時拂莫卷龍
鬚席從他生網絲且留琥珀枕還有夢來時鷫鸘
裘在錦屏上自君一往（挂）無由披妾有秦樓鏡照心
勝照井願持照新人雙對可憐影覆水却收不滿
盃相如還謝文君廻古来得意不相負秖今惟有
青陵臺

贈漢陽輔録事

鸚鵡洲橫漢陽渡水引寒煙没江樹南浦登樓不
見君君今罷官在何處漢口雙魚白錦鱗令傳尺
素報情人其中字數無多少只是相思秋復春

擣衣篇

閨裏佳人年十餘嚬蛾對影恨離居忽逢江上春
歸燕銜得雲中尺素書玉手開緘長歎息狂夫猶
戍交河北萬里交河水北流願為雙燕（鳥）汎中洲君

邊雲擁青絲騎妾處苔生紅粉樓樓上春風日將
歇誰能攬鏡看愁鬢曉吹員管隨落花夜擣戎衣
向明月明月高高刻漏長真珠簾箔掩蘭堂横垂
寶幄同心結半拂瓊筵蘇合香瓊筵寶幄連枝錦
燈燭熒熒照孤寢有便憑将金剪刀為君留下相
思枕摘盡庭蘭不見君紅巾拭淚生氤氲明年若
更征邊塞願作陽臺一段雲

大堤曲

漢水臨襄陽花開大堤暖佳期大堤下淚向南雲
滿春風復無情吹我夢魂亂不見眼中人天長音
信斷

對酒　或刻青山獨酌

蒲萄酒金巨（一作破）羅吳姬十五細馬馱青黛画眉紅錦
靴道字不正嬌唱歌玳瑁筵中懷裏醉芙容帳底
奈君何

久別離

别来幾春未還家玉窗五見櫻桃花况有錦字書

開緘使人嗟此腸斷彼心絶雲鬟綠鬢罷梳結愁

如迴飈亂白雪去年寄書報陽臺今年寄書重相

催東風兮東風為我吹行雲使西来待来竟不来

落花寂寂委青苔

紫騮馬

紫騮行且嘶雙翻碧玉蹄臨流不肎渡似惜錦障

泥白雪關山遠黃雲海樹迷揮鞭萬里去安得念

小小五首題紫宫樂
在相逢紅塵内一首後
會别離前

春閨

宫中行樂詞（三首） 或刻三首作宫中行樂又另五首作紫宫樂今從宋刻本集次

小小生金屋盈盈在紫微山花插寶髻石竹繡羅衣每出深宫裏常隨步輦歸只愁歌舞散化作彩雲飛

又

柳色黄金嫩梨花白雪香玉樓巢（一作關）翡翠金（珠）殿鎖鴛鴦選妓隨雕輦徵歌出洞房宫中誰第一飛燕在

盧橘 寒雪水淥 三首
題宮中行樂詞

昭陽 三

又

盧橘為秦樹蒲萄出漢宮煙花宜落日絲管醉春風笛奏龍吟水簫鳴鳳下空君王多樂事還與萬方同

又

玉樹春歸日金宮樂事多後庭朝未入輕輦夜相過笑出花間語嬌来燭下歌莫教明月去留著醉

姮娥二

又

繡戸香風暖紗窗曙色新宫花争笑日池草暗生春緑樹聞歌鳥青樓見舞人昭陽桃李月羅綺自相親四

又

今日明光裏還須結伴遊春風開紫殿天樂下珠樓艷舞全知巧嬌歌半欲羞更憐花月夜宫女笑

藏鈎

又

寒雪梅中盡春風柳上歸宫鶯嬌欲醉簷燕語還

飛遲日明歌席新花艷舞衣晚来移綵仗行樂泥

光輝

又

水緑南薰殿花紅北闕樓鶯歌聞太液鳳吹遶瀛

洲素女鳴珠珮天人弄綵毬今朝風日好宜入未

央遊

愁陽春賦

東風歸来見碧草而知春蕩瀁惚恍何垂楊旖旎之愁人天光清而妍和海氣緑而芳新綵翠兮阡眠雲飄飄而相鮮演瀁兮黄緣窺青苔之生泉縹緲兮翩躚見遊絲之縈煙䰟與此兮俱斷醉風光兮悽然若乃隴水秦聲江猿巴吟明妃玉塞楚客楓林試登高而望遠痛切骨而傷心春心蕩兮如

波春愁亂兮如雪兼萬情之悲歡茲一感於芳節
我所思兮湘水濱隅雲霓而見無因灑別淚於尺
波寄東流於情親若使春光可攬而不滅兮吾欲
贈天涯之佳人

寒女吟

昔君布衣時與妾同辛苦一拜五官郎便索邯鄲
女妾欲辭君去君心便相許妾讀蘼蕪書悲歌淚
如雨憶昔嫁君時曾無一夜樂不是妾無堪君家

婦難作起来強歌舞縱好君嫌惡下堂辭君去去

後悔遮莫

相逢行

相逢紅塵內高揖黄金鞭萬戶垂楊裏君家阿鄉

邊

會別離

結髮生別離相思復相保如何日已遠五變庭中

草渺渺天海途悠悠漢江島但恐不出門出門無

此首接紫宮樂五首之後

遠道遠遠行寄難家貧衣復單嚴風吹雨雪晨起
鼻何酸人生各有志豈不懷所安兮明天上日生
死誓同歡

江夏行

憶昔嬌小姿春心亦自持為言嫁夫壻得免長相
思誰知嫁商賈令人却愁苦自從為夫妻何曾在
鄉土去年下揚州相送黃鶴樓眼看帆去遠心逐
江水流只言期一載誰謂歷三秋使妾腸欲斷恨

君情悠悠東家西舍同時發北去南来不逾月未
知行李遊何方作箇音書能斷絶適来往南浦欲
問西江舩正見當壚女紅粧二八年一種為人妻
獨自多悲悽對鏡便垂淚逢人只欲啼不如輕薄
兒旦暮長追隨悔作商人婦青春長別離如今正
好同歡樂君去榮（容）華誰得知

相逢行

朝騎五花馬謁帝出銀臺秀色誰家子雲車珠箔

開金鞭遥指點玉勒近遅廻夾轂相借問疑從天上来邀入青綺門當歌共銜盃銜盃暎歌扇似月雲中見相見不得親不如不相見相見情已深未語可知心胡為守空閨孤眠愁錦衾錦衾與羅帷纏綿會有時春風正澹蕩莫雨来何遅願因三青鳥更報長相思光景不待人須臾髮成絲當年失行樂老去徒傷悲持此道密意無令曠佳期一本無此六句

李商隱四十首

鏡檻「或刻錦檻」

鏡檻芙蓉入香臺翡翠過撥絃驚火鳳交扇拂天鵞隱忍陽城笑喧傳郢市歌仙眉瓊作葉佛髻鈿為螺五里無因霧三秋只見河月中供藥剩海上得綃多玉集胡沙割犀留聖水磨斜門穿戲蝶小閣鎖飛蛾騎襜侵韉卷車帷約幰鈋傳書兩行雁取酒一封駝橋迴涼風壓溝横夕照和待烏燕太

子駐馬魏東阿想像鋪芳縟依稀解醉羅散時簾
隔露臥後幙生波梯穩從攀桂弓調任射莎豈能
拋斷夢聽鼓事朝珂

曉坐　一云後閣

後閣罷朝眠前墀思黯然梅應未假雪柳自不勝
煙淚續淺深綆腸危高下絃紅顏無定所得失在
當年

碧城三首

碧城十二曲闌杆犀辟塵埃玉辟寒閬苑有書多附鶴女墻無樹不栖鸞星沉海底當窗見雨過河源隔座看若是曉珠明又定一生長對水精盤

又

對影聞聲已可憐玉池荷葉正田田不逢蕭史休迴首莫見洪崖又拍肩紫鳳放嬌銜楚珮赤鱗狂舞撥湘絃鄂君悵望舟中夜繡被焚香獨自眠

又

七夕来時先有期洞房簾箔至今垂玉輪頋兔初生魄鐵網珊瑚未有枝撿與神方教駐景收將鳳紙寫相思武皇内傳分明在莫道人間總不知

飲席代官妓贈兩從事

新人橋上著春衫舊主江邊側帽簷（隋獨孤信舉止風流曾風吹帽簷側觀者塞路）頋得化為紅綬帶許教雙鳳一時銜

代元城吳令暗為答

背關歸藩路欲分水邊風日半西曛荊王枕上元

無夢莫枉陽臺一片雲

杏花

上國昔相值亭亭如欲言異鄉今暫賞脉脉豈無恩援少風多力墻高月有痕為含無限意遂對不勝繁仙子玉京路主人金谷園幾時辭碧落誰伴過黃昏鏡拂鉛華膩爐藏桂燼溫終應催竹葉先擬咏桃根莫學啼成血從教夢寄魂吳王採香逕失路入煙村

燈

皎潔終無倦煎熬亦自求花時隨酒遠雨夜背窗休冷暗黃茅驛暄明紫桂樓錦囊名画掩玉局敗棊收何處無佳夢誰人不隱憂影隨簾押轉光信簟文流客自勝潘岳儂今定莫愁固應留半焰廻照下幃羞

代魏宮私贈　黃初三年已隔存沒追代其意何必同時亦廣子夜魏歌之流

来時西館阻佳期去後漳河隔夢思知有宓妃無

限意春蘭秋菊可同時（松一作蘭）

齊宫詞

永壽兵来夜不扃金蓮無復印中庭梁臺歌管三更罷猶自風摇九子鈴

銀河吹笙

悵望銀河吹玉笙樓寒院冷接平明重衾幽夢他年斷別樹羈雌昨夜驚月榭故香因雨發風簾殘燭隔霜清不須浪作緱山意湘瑟秦簫自有情

題二首後重有戲贈任秀才「或刻無二首二字」

一丈紅薔擁翠筠羅窗不識繞街塵峽中尋覓常（長）逢雨月裏依稀更有人虛為錯刀留遠客枉緣書札損文鱗遥知小閣還斜照羨殺烏龍卧錦茵

春雨

悵（帳）卧新春白袷衣白門寥落意多違紅樓隔雨相望冷珠箔飄燈獨自歸遠路應悲春晼晚殘宵猶得夢依稀玉璫緘札何由達萬里雲羅一雁飛

富平少侯

七國三邊未到憂十三身襲富平侯不收金彈抛
林外却惜銀床在井頭綵樹轉燈珠錯落繡檀迴
枕玉雕鎪當關不報侵晨客新得佳人字莫愁

促漏

促漏遥鐘動静聞報章重疊杳難分舞鸞鏡匣收
殘黛睡鴨香爐换夕薰歸去定知還向月夢來何
處更爲雲南塘漸暖蒲堪結兩兩鴛鴦護水紋

江東

驚魚撥刺燕翩翾獨自江東上釣船今日春光太

飄蕩謝家輕絮沈郎錢

七夕

鸞扇斜分鳳幄開星橋横過鵲飛迴争將世上無

期别换得年年一度来

可嘆

幸會東城宴未迴年華憂共水相催梁家宅裏秦

宮入趙后樓中赤鳳来氷簟且眠金鏤枕瓊莚不
醉玉交盃宓妃愁坐芝田館用盡陳王八斗才

曉起

擬盃當曉起呵鏡有微寒隔箔山櫻熟褰帷桂燭
殘書長為報晚夢好更尋難影響輸雙蝶偏過舊
畹蘭

腸

有懷非惜恨不奈寸腸何即夕迴彌久前時斷固

多熱應翻急燒冷欲徹空波隔樹㶏㶏雨通池點
點荷倦程山向背望國關嵯峨故念飛書及新懽
借夢過染筠休伴淚繞雪莫追歌擬問陽臺事年
深楚語訛

獨居有懷

麝重愁風逼羅疎畏月侵怨魂迷恐斷嬌喘細疑
沉數急芙蓉帶頻抽翡翠簪柔情終未達遥妬已
先深浦冷鴛鴦去園空蛺蝶尋蠟花長遞淚筝柱

鎮移心覓使嵩雲萆廻頭灞峵隂只聞涼葉院露

井近寒砧

代贈二首

樓上黄昏欲望休玉梯横絶月中鈎芭蕉不展丁

香結同向春風各自愁

又

東南日出照高樓樓上離人唱石州總把春山埽

眉黛不知供得幾多愁

宮辭

君恩如水向東流得寵憂移失寵愁莫向尊前奏
花落涼風只在殿西頭

追代盧家人嘲堂内

道卻橫波字人前莫謗羞只應同楚水長短入淮
流

訪人不遇留題別館

卿卿不惜瑣窗春去作長楸走馬身閒倚繡簾吹

柳絮日高深院斷無人

代應

本来銀漢是紅墻隔得盧家白玉堂誰與王昌報

消息盡知三十六鴛鴦

楚吟

山上離宫宫上樓樓前宫畔莫江流楚天長短黄

昏雨宋玉無愁亦有愁

龍池

龍池賜酒敞雲屏羯鼓聲高衆樂停夜半宴歸宮
漏永薛王沉醉壽王醒

淚

永巷長年怨綺羅離情終日思風波湘江竹上痕
無限峴首碑前灑幾多人去紫臺秋入塞兵殘楚
帳夜聞歌朝來灞水橋邊問未抵青袍送玉珂

即日

地寬樓已迥人更迥于樓抽思輕春物傷醒屬暮

愁望睽殊易斷恨久欲難收大執真無利多情豈

自由空園兼樹廢敗港攤花流書去青楓驛鴻歸

杜若洲單栖應分芝辭疾索誰憂更替林鴉恨驚

頻去不休

水天閒話舊事 集刺楚宮

月姊曾逢下彩蟾傾城消息隔重簾已聞珮響知

腰細更辨絃聲覺指纖暮雨自歸山峭峭秋河不

動夜猒猒王昌且在墻東住未必金堂得免嫌

漢宫詞

青雀西飛竟未回君王長在集靈臺侍臣最有相如渴不賜金莖露一盃

席上作　一云予為桂州從事故府鄭公出家妓令賦高唐詩

淡雲輕雨拂高唐玉殿秋来夜正長料得也應憐宋玉一生惟事楚襄王

留贈畏之　時將赴職梓潼遇韓朝迴三首

待得郎来月已低寒暄不道醉如泥五更又欲向

何處騎馬出門烏夜啼

馬嵬

海外徒聞更九州「鄒衍云九州之外復有九州」他生未卜此生休空聞虎旅鳴宵柝無復雞人報曉籌此日六軍同駐馬當時七夕笑牽牛如何四紀為天子不及盧家有莫愁

離亭賦得折楊柳二首

暫憑尊酒送無憀莫損愁眉與細腰人世死前惟

有別春風爭擬惜長條

又

含煙惹霧每依依萬緒千條拂落暉爲報行人休

盡折半留相送半迎歸

深宫

金殿銷香閉綺櫳玉壺傳點咽銅龍狂飈不惜蘿

陰薄清露偏知桂葉濃斑竹嶺邊無限淚景陽宫

裏及時鐘豈知爲雨爲雲處只有高唐十二峰

李涉十五首

寄荊娘寫真

章華臺南莎草齊長河柳色連金堤青樓曈曨曙光蚤（早）梨花滿巷鶯新啼章臺玉顏年十六小来能唱西梁曲教坊大使久知名郢上詞人歌不足少年才子心相許夜夜高唐夢雲雨五銖香帔結同心三寸紅戕替傳語緣池竝戲雙鴛鴦田田翠葉紅蓮香百年恩愛兩相許一夕不見生愁腸上清

仙女徵遊伴欲從湘靈住河漢只愁陵谷變人寰
空歎桑田歸海岍顧兮精魄之形影永似銀壺挂
金井名得丹青絕世工寫真與身真相同忽然相
對兩不語疑是粧成来鏡中豈期人願天不違雲
軿却駐從山歸画圖封裹寄箱篋洞房艷艷生光
輝良人翻作東飛翼却遣江頭問消息經年不得
一封書翠幕雲屏遶空壁結客有少年名總身姓
江征帆三十里前月發豫章知我別時言識我馬

上郎恨無羽翼飛使我徒怨滄波長開篋取画圖
寄我形影與客将如今憔悴不相似恐君重見生
悲傷蒼梧九疑在何處斑斑竹淚連瀟湘

與李渤新羅劍歌

我有神劍異人與暗中往往精靈語識者知從東
海来来時一夜因風雨長河臨曉北斗殘秋水露
背青螭寒肸夜大梁城下宿不借跌跌光顏看刃
邊颯颯塵沙鈌𤺌痕半是蛟龍血雷煥張華久已

無沉寃知向何人説我有愛弟都九江一條直氣
今無雙青光好去莫惆悵必斬長鯨須少壯
六歎 只書兩首
綺羅香風翡翠車晴明獨傍芙蓉渠上有雲鬟洞
仙女垂羅掩縠煙中語風月頻驚桃李時滄波久
別鴛鴦侶獨傳一札孤飛翼山長水遠無消息却
鏁重門一院深半夜空庭明月色
又

深院梧桐夾金井上有轆轤青絲索美人清晝汲
寒泉寒泉欲上銀瓶落迢迢碧甃千餘尺竟日倚
闌空歎息惆悵不来照明鏡却掩洞房抱（花）寂寂

重過文上人院

南随越鳥北燕鴻松月三年别遠公無限心中不
平事一宵清話又成空

潤州聽（「）葺（」）角

江城吹角水茫茫曲引邊聲怨思長驚起葺天沙

上雁海門斜去雨三行

再宿武關

遠別秦城萬里遊亂山高下出商州關門不鎖寒
溪水一夜潺潺送客愁

鷓鴣詞二首

湘江煙水深沙岸隔楓林何處鷓鴣飛日斜斑竹
陰二女空垂淚三閭枉自沉惟有鷓鴣啼獨傷行
客心

「又」

越岡連越井越鳥更南飛何處鷓鴣啼夕煙東嶺

帰嶺外行人少天涯北客稀鷓鴣啼別處相對淚

沾衣

牧童詞

朝牧牛牧牛下江曲夜牧牛牧牛度村谷荷蓑出

林春雨細蘆管臥吹莎草緑亂挿蓬蒿箭滿腰不

怕猛虎欺黄犢

竹枝詞

荊門灘急水潺潺兩岸猿啼煙滿山渡頭少年應官去月落西陵望不還

「又

巫峽雲開神女祠緑潭紅樹影參差不勞戍口初相問無義灘頭剩別離

「又

石壁千重樹萬重白雲斜掩碧芙蓉昭君溪上年

年月偏照嬋娟色最濃

又

十二峰頭月欲低空聆灘上子規啼孤舟一夜東歸客泣向東風憶建溪

京口送朱晝之淮南或刻寄贈妓人

兩行客淚愁中落萬樹山花雨後殘君到揚州見桃葉為傳風水渡江難

唐彥謙十七首

垂柳

絆惹春風別有情世間誰敢鬭輕盈楚王江畔無端種餓損宫娥學不成

牡丹

真宰多情巧思新故将能事送殘春為雲為雨徒虚語傾國傾城不在人開日綺霞應失色落時青帝合傷神嫦娥娶女曾相送留下鴟黄作蕋塵

春雨

綺陌夜来雨春樓寒望迷遠容迎燕戲亂響隔鶯
啼有恨開蘭室無言對李蹊花歒渾拂檻柳重欲
垂堤燈藥昏魚目薰爐咽麝臍別輕天北鶴夢怯
汝南雞入戸侵羅幌梢簷潤繡題新豐樹已失長
信艸初齊亂蝶寒猶舞驚烏瞑不栖庾郎盤馬地
却怕有春泥

秋晩髙樓

松拂踈窗竹瞑欄素琴幽怨不成彈清霄霽極雲

離岫紫禁風高露滿盤晚蝶飄零經宿雨葺鵁凌
亂鄣秋寒高樓瞪目歸鴻遠始信嵇康欲畫難

上巳日寄韓八一云寄難八

上巳接寒食鶯花寥落晨微微潑火雨草草踏青
人涼似三秋景清無九陌塵與余同病者對此合
傷神

長溪秋望

柳短莎長溪水流雨微煙暝立溪頭寒鵁閃閃前

山遠杜曲黄昏獨自愁暗一作短

離鸞

聞道離鸞思故鄉也知情領嫁王昌塵埃一別楊朱路風月三年宋玉墻下疾不成雙點淚斷多難到九迴腸庭前佳樹名梔子試結同心寄謝孃

曲江春望

杏艷桃嬌奪晚霞樂遊無廟有年華漢朝冠蓋皆陵墓十里宜春下苑花

柳

春思春愁一萬枝遠村遥岓寄相思西園有雨和苔長南内無人拂檻垂遊客寂寥緘遠恨暮鶯啼叫惜芳時晚来飛絮如霜鬓恐為多情管別離

春陰

一寸廻腸百慮侵旅愁危涕雨争禁天涯已有銷魂別樓上寧無擁鼻吟感事不關河裏笛傷心應倍雍門琴春雲更覺愁于（於）我閒盖低村作暝陰

春深獨行馬上有作

日烈風高野草香百花狼籍柳披猖連天瑞靄千門遠夾道新陰九陌長衆飲不歡逃席酒獨行無味放遊韁年来與問閒遊者若个傷春向路旁

寄蔣二十四

鳥囀蜂飛日漸長旅人情味悔思量禪門澹泊無心地世事生疎欲面墻二月雲煙迷柳色九衢風上帶花香亦知高士禁愁寂試倚闌干莫斷腸

漢代

漢代金為屋吳宮綺作寮艷詞傳靜婉新曲定妖嬈箭響猶殘夢籤聲報早朝鮮明臨曉日迴轉度春宵半袖籠清鏡前絲壓翠翹靜多如有待閒極似無憀梓澤花猶滿靈和柳未凋障昏巫峽雨屏掩浙江潮未信潘名岳應疑史姓蕭漏因歌暫斷燈為雨頻挑飲酒闌三雅投壺賽百嬌鈿蟬新翅重金鴨舊香焦水淨疑澄練霞孤欲建標別隨秦

柱促愁爲蜀絃么玄晏難瘳痺臨邛但發痟聯詩
徵弱絮思友咏甘蕉王氏憐諸謝周郎定小喬黼
幃翹綵雉波扇畫文鰩荇密妨垂釣荷欹欲度橋
不因衣帶水誰覺路迢迢

春殘

景爲春時短愁隨别夜長暫碁寧號隱輕醉不成
鄉風雨曾通夕莓苔有衆芳落花如便去樓上即
河梁

小院

小院無人夜煙斜月轉明清宵易惆悵不必有離
情

寄懷

有客傷春復怨離夕陽亭畔草青時淚從〔隨〕紅蠟無
由制腸比朱絃恐更危梅向好風惟是笑柳因微
雨不勝垂雙溪未去饒歸夢夜夜孤眠枕獨欹

玫瑰

麝炷騰清燎鮫紗覆綠蒙宫粧臨晓日錦段落東

風無力春煙裏多愁𦬊雨中不知何事意深淺兩

般紅

才調集卷之第六 十二月廿七日再校

才調集目録　卷七

又　又

又　又

悼亡

岑參 四首

題苜蓿峯寄家人　玉關寄長安李主簿

逢入京使　春夢

賈曾 一首

有所思

許渾 二十首

金谷園桃花　洛陽道中

塞下曲　放猿

郊園秋日寄洛中友人

南樓春望　穎州從事西湖亭讌

餞　南遊泊船江驛

題段太尉廟　寓懷

題潼關西蘭若　虞元長者永興公之

後工書屬文近從軍河中奉使宣歙因

贈　凌歊臺

咸陽城西樓晚眺　姑熟官舍

凌歊臺送韋秀才　南庭夜坐貽開元禪

定二道者　秋日早朝

題勤尊師歷陽山居

淮陰阻風寄楚州韋中丞

油蔚　一首

贈別營妓卿卿

張祐 六首

觀杭州柘枝妓　周貟外出雙舞柘枝

觀楊瑗柘枝

感王將軍柘枝妓歿

貴家郎　病宮人

来鵬 二首

宛陵送李明府罷任歸江州

清明日與友人遊玉塘莊

施肩吾 四首

夜宴曲　　効古詞

山中得劉秀才京書

望夫詞

劉得仁 一首

悲老宫人

高輧 四首

步虛詞　寫懷

又　風箏

李端　一首

代棄婦答賈客

趙嘏　十一首

長安秋望　長安月夜與友生話

故人　汾上宴別

曲江春望懷江南故人

自遣　　新月
東望　　寄歸
寒食新豐别友人　感懷
茅山道中
朱絳一首
春女怨
姚倫一首
感秋

江上逢王將軍

薛逢 二首

開元後樂　漢武宫詞

崔塗 一首

讀庾信集

項斯 一首

蒼梧雲氣

崔岢 一首

江上書懷

李宣遠　一首

塞下作

陶翰　二首

古塞下曲　新安江林

温憲　三首

春鳩　郊居

杏花

李頻 六首

湖口送友人　　送友人往太原

寄遠　　鄂州頭陀寺上方

辭夏口崔尚書　　古意

王駕 一首

古意

于鵠 三首

送客游塞　　江南曲

題美人

徐寅一首

初夏戲題

才調集目録卷七終

才調集卷之七

古律雜歌詩一百首

李宣古一首

聽蜀道士琴歌

至道不可見正聲難得聞忽逢羽客抱綠綺西別峨嵋峰頂雲初排□面躡輕響似擲細珠鳴玉上忽揮素爪畫七絃蒼崖劈烈迸碎泉憤聲高怨聲咽屈原叫天兩妃絕朝雉飛雙鶴離屬玉夜啼獨鶩悲吹我神飛碧霄裏牽我心靄入秋水有如驅

逐太古来邪淫辟蕩貞心開孝為子忠為臣不獨
語言能教人前𦍒嘯後𦍒嚬一舒一慘非冬春從
朝至莫聽不足相將直説瀛洲宿更深殫罷背孤
燈窗雪蕭蕭打寒竹人間豈合值仙蹤此别多應
不再逢抱琴却上瀛洲去一片白雲千萬峰

王之渙十三首

惆悵詩

八蠶薄絮鴛鴦綺半夜佳期並枕眠鐘動紅娘喚

歸去對人勻淚拾金鈿「鶯鶯」

「又」

李夫人病已經秋漢武看来不舉頭得所穠（濃）華銷

歇盡楚魂湘血一生休「李夫人」

「又」

謝家池館花籠月蕭寺房廊竹颭風半夜酒醒憑

檻立所思多在別離中

「又」

隋師戰艦欲亡陳國破應難保此身訣別徐郎淚

如雨鑑鸞分後屬何人「樂昌」

「又」

七夕瓊筵隨事陳兼花連蔕共傷神蜀王殿裏三

更月不見驪山私語人「楊妃」

「又」

夜寒春病不勝懷玉瘦花啼萬事乖薄倖檀郎斷

芳信驚嗟猶夢合歡鞋「小玉」

「又」

嗚咽離聲管吹秋妾身今日為君休齊奴不説平

生事忍看花枝謝玉樓「緑珠」

「又」

青絲一路墮雲鬟金剪刀鳴不忍看持謝君王寄

幽怨可能從此住人間「楊妃」

又

陳宫興廢事難期三閣空餘緑草基狎客淪亡麗

華死他年江令獨来時「嚴華」

「又」

晨肇重来路已迷碧桃花謝武陵溪仙山目斷無

尋處流水潺湲日漸西「劉阮」

「又」

少卿降北子卿還朔野離觴慘別顔却到茂陵惟

一慟節旄零落鬢毛斑「蘇李」

「又」

謝作榭誤

夢裏今明入漢宫覺来燈背錦屏空紫臺月落關山曉腸斷君恩信画工　明妃

悼亡

春来得病夏来加深掩粧窗臥碧紗為怯暗藏秦女扇怕驚愁度阿香車腰肢暗想風欺柳粉態難忘露洗花今日青門葬君處亂蟬衰草夕陽斜

岑參　四首

題首蓿峰寄家人

苜蓿峰邊逢立春胡蘆河上淚沾巾閨中只是空

相憶不見沙場愁殺人

玉關寄長安李主簿

東去長安萬里餘故人何惜一行書玉關西望腸

堪斷況復明朝是歲除

逢入京使

故園東望路漫漫雙袖龍鍾淚不乾馬上相逢無

紙筆憑君傳語報平安

只作占誤

無李字

長安作長沙誤

春夢「英靈集同」

洞房昨夜春風起遥憶美人湘江水枕上片時春夢中行盡江南數千里

賈曾一首

有所思「宋之問害劉希夷認此詩為己作故諸集錯見兹又刻賈曾削幾聯恐誤」

洛陽城東桃李花飛来飛去落誰家幽閨女兒愛顔色坐見落花長歎息今歳花開君不待明年花開復誰在故人不共洛陽東今来空對落花風年

年歳歳花相似歳歳年年人不同

許渾二十首

金谷園桃花

花在舞樓空年年一度紅淚光停曉露愁態倚春風開日妾先死落時君亦終東流兩三片應到夜泉中

洛陽道中

洛陽多舊跡一日幾堪愁風起林花晚月明宫樹

秋興亡不可問自古水東流

塞下曲

夜戰桑乾雪秦兵半不歸朝来有鄉信猶自寄征衣

放猿

殷懃解金鎖别夜雨凄凄山淺憶巫峽水寒思建溪遠尋紅樹宿深入白雲啼好覓南歸路煙蘿更莫迷

郊園秋日寄洛中友人

楚水西来天際流感時傷别思悠悠一罇酒盡青山暮萬里書廻碧樹秋日落遠波驚宿鴈風吹輕浪起眠鷗嵩陽親友如相問潘岳閒居欲白頭

南樓春望

南樓春一望雲水共昏昏野店歸山路危橋帶郭村暗煙和草色夜雨漲溪痕下岍誰家住殘陽半掩門

潁州從事西湖亭讌餞

西湖清讌不知回一曲離歌酒一盃城帶夕陽聞鼓角寺臨秋水見樓臺蘭堂客散蟬猶噪桂檝人稀鳥自來獨想征帆去鞏洛此中霜菊繞潭開

南遊泊舩江驛（一作泊松江渡）

漢漢故宮地月涼雲水幽雞鳴荒戍曉雁過古城秋楊柳北歸路蒹葭南渡舟去鄉今已遠更上望京樓

題段太尉廟

静想追兵緩翠華古碑荒廟閉松花紀生不向滎陽死豈有山河屬漢家

寓懷

南國浣紗伴盈盈天下姝盤金明繡帶動珮響羅襦素手怨瑤瑟清心悲玉壺春花坐搖落爭忍嫁狂夫一云未忍泣蘼蕪

題潼關西蘭若

来往幾經過前山桃大河遠帆春水濶高寺夕陽
多蝶影下紅藥鳥聲喧綠蘿故山歸未得徒咏採
薇歌

虞元長者永興公之後工書屬文近從軍河
中奉使宣歙因贈一作贈河東虞押衙

呉門風水各萍流月滿花開懶獨遊萬里山川分
曉夢四鄰歌管送春愁昔年顧我長青眼今日逢
君已白頭莫向罇前悲易水古来投筆盡封侯

凌歊臺當塗縣西宋高祖築今太平州

宋祖凌歊樂未回三千歌舞宿層臺湘潭雲盡暮煙出巴蜀雪消春水來行殿有基荒薺合寢園無主野棠開百年便作萬年計岩畔古碑空緑苔

咸陽城西樓晚眺

一上高城萬里愁蒹葭楊柳似汀洲溪雲初起日沉閣山雨欲來風滿樓鳥下緑蕪秦苑夕蟬鳴黄葉漢宫秋行人莫問當年事故國東來渭水流

姑熟官舍

草生官舍似閒居雪照南窗滿素書貧後始知為吏拙病来還喜識人疎青雲豈有窺梁燕濁水應無避釣魚不待秋風便歸去紫陽山下是吾廬

凌歊臺送韋秀才

雲起高臺日未沉數村殘照半巖陰野蠶成繭桑柘盡溪鳥引雛蒲稗深帆勢依依投極浦鐘聲杳杳隔前林故山迢遞故人去一夜月明千里心

南庭夜坐貽開元禪定二道者

茸茸焚香何處宿西巖一室暎疎藤光陰難駐跡如客寒暑不驚心是僧高樹有風聞夜磬遠山無月見秋燈身閒境静日為樂若問其自餘非我能

秋日早朝

宵衣應待絶更籌環珮鏘鏘月下樓井轉轆轤千樹曉鎖開閶闔萬山秋龍旗盡列趨金殿雉扇纔分拜玉旒虛戴鐵冠無一事滄江歸去老漁舟

題勤尊師歴陽山居 并序

師即思齊之孫頃為故相國蕭公録用相

國致政尊師亦自邊將入道因贈是詩

三十知兵在羽林中年潛識子房心蒼鷹出塞胡

塵滅白鶴還鄉楚水深春坼酒瓶浮藥氣晚攜碁

局帶松陰雞籠山上雲多處自斸黄精不可尋

淮陰阻風寄楚州韋中丞

垂釣京江欲白頭江魚堪釣却西遊劉伶臺下稻

花晚韓信廟前楓葉秋淮月未明先倚檻海雲初
起更維舟河橋有酒無人醉獨上高城望庾樓

油蔚一首

贈别營妓卿卿 時為淮南幙職奉使塞北

憐君無鄭是多情枕上相看直到明日照綠窗人
去住鴉題紅粉淚從横愁腸只向金閨斷白髮應
從玉塞生為報花時少惆悵此生終不負卿卿

張祜六首

觀杭州柘枝

舞停歌罷皷連催軟骨纖蛾暫起来紅罨画衫纏腕出碧排方胯背腰来旁収拍拍金鈴擺却踏聲聲錦袎摧看著遍頭香袖摺粉屏香帕又重隈

周貟外出雙舞柘枝妓

画鼓拖環錦臂攘小娥雙換舞衣裳金絲蹙霧紅衫薄銀蔓垂花紫帶長鸞影乍迴頭並舉鳳聲初歌翅齊張一時折腕招殘拍斜斂輕身拜玉郎

觀楊瑗柘枝

促疊蠻鼉引柘枝卷簷虛帽帶交垂紫羅衫宛蹲
身處紅錦靴柔踏節時微動翠蛾拋舊態緩遮檀
口唱新詞看看舞罷輕雲起却赴襄王夢裏期

感王將軍柘枝妓歿

寂寞春風舊柘枝美人休舞曲停吹鴛鴦鈿帶拋
何處孔雀羅衫付阿誰画鼓不聞招節拍錦靴虛
想挫腰肢今來座上翻如醉曾見梨園教徹時

貴家郎

二十便封侯名居第一流緑鬟深小院清管下高樓醉把金船擲閒敲玉鐙遊帶盤紅鼴鼠袍砑紫犀牛碧瓦坊墻上朱橋柳巷頭眼前長少貴㒷信有春愁

病宮人［或重見第九卷作表不約今删］

佳人卧病動經秋簾幕繿縿不挂鈎四體強扶藤夾膝雙鬟慵揷玉搔頭花顔有幸君王問藥餌無

徵待詔愁惆悵近来銷瘦盡淚珠時傍枕函流

来鵬 二首

宛陵送李明府罷任歸江州

菊花村晚鴈来天共把離盃向水邊官滿便尋垂釣侶家貧已用賣琴錢浪生盆浦千層雪雲起爐峰一炷煙儻見吾鄉舊知已為言憔悴過新年

清明日與友人遊玉塘莊

幾宿春山逐陸郎清明時節好風光歸穿緑荇船

頭滑醉踏殘花屐齒香風急嶺雲飄迴野雨餘田
水落方塘不堪吟罷東回首滿耳蛙聲正夕陽
施肩吾 四首

夜宴曲
蘭釭如晝買不眠玉堂夜起沉香煙青娥一行十
二仙欲笑不笑桃花燃碧窗弄嬌梳洗晚戶外不
知銀漢轉被郎嗔罰瑠璃盞酒入四肢紅玉軟

効古詞

姊妹無多兄弟少舉家鍾愛年最小有時繞樹山
鵲飛貪看不待画眉了

山中得劉秀才京書

自笑家貧客到踈滿庭煙草不能鋤今朝誰料三
千里忽得劉京一紙書

望夫詞

手爇寒燈向影頻回文機上暗生塵自家夫壻無
消息却恨橋頭賣卜人

劉得仁一首

悲老宫人

白髮宫娃不解悲滿頭猶自插花枝曾緣玉貌君王寵準擬人看似舊時

高駢四首

步虚詞

清溪道士人不識上天下地鶴一隻洞門深鎖碧窗寒滴露研硃（朱）點周易

寫懷二首

漁竿消日酒消愁一醉忘情萬事休却恨韓彭典
漢室功成不向五湖遊

又

花滿西園月滿池笙歌搖曳画船移如今暗與心
相約不動征旗動酒旗

風箏

夜靜絃（弦）聲響碧空宮商信任往来風依稀似曲纔

堪聽又被風吹別調中

李端一首

代弃婦荅賈客 一刻妾薄命

五疊城邊争走馬銅堤市裏共槳舟鳴環動佩恩

能盡掩袖低巾涙不流疇昔将歌邀客醉如今欲

舞對君羞忍懷賤妾平生曲獨上襄陽舊酒樓

平生曲誤作不生好

趙嘏十一首

長安秋望

雲物淒清拂曙流漢家宮闕動高秋殘星幾點雁
橫塞長笛一聲人倚樓紫艷半開籬菊靜紅衣落
盡渚蓮愁鱸魚正美不歸去空戴南冠學楚囚

長安月夜與友生話故人

宅邊秋水浸苔磯日日持竿去不歸楊柳風多潮
未落蒹葭霜在雁初飛重嘶匹馬吟紅葉却聽疎
鍾憶翠微今夜秦城滿樓月故人相見一沾衣

汾上宴別

雲物如故鄉山川知異路年来未歸客馬上春色
算一罇花下酒殘日水西樹不待管絃終摇鞭背
花去

曲江春望懷江南故人

杜若洲邊人未歸水寒煙暖想柴扉故園何處風
吹柳一雁南来雪滿衣目極思隨原草遍浪高書
到海門稀此時愁望情多少萬里春流遶釣磯

自遣

晚樹疎蟬起別愁遠人回首憶滄洲江連故國無窮恨日帶殘雲一片秋久客轉諳時態薄多情只共酒淹留到頭生長煙霞者須向煙霞老始休

新月

玉鈎斜傍画簷生雲匣初開一寸明何事𡨚能傷少婦夜来依約落邊城

東望

楚江横在草堂前楊柳洲邊載酒船兩見梨花歸

不得每逢寒食一潸然斜陽暎闇山當寺微綠含
風樹滿川同郡故人攀桂盡把詩吟向泬寥天

寄歸

三年鞜盡化衣塵只見長戈不見春馬過雪街天
未曙客迷關路淚空頻桃花塢接啼猿寺野竹亭
通畫鷁津早晚相酬身事了水邊歸去一閒人

寒食新豐別友人

一百五日家未歸新豐雞犬獨依依滿樓春色傍

人醉半夜雨聲前計非繚繞溝塍含緑晚荒涼樹

石向川微東風吹淚對花落顛頷故文相見稀

感懷一刻江樓舊感

獨上江樓思渺然月光如水水如一作連天同来望月人

何處在風景依稀似去年

茅山道中

煙樹重重水亂流馬嘶殘雨晚程秋門前便是仙

山路目送帰鴻不得遊

朱絳一首

春女怨

獨坐紗窗刺繡遲紫荊花下囀黄鸝欲知無限傷春意盡在停針不語時

姚倫一首

感秋（中興集作感秋林）

試向疎林望方知節候殊亂聲千葉下寒影一巢孤不蔽秋天雁驚飛夜月烏霜風與春日幾度遺

柰枯中興集疎作東知作悲

劉方平二首

秋夜泛舟御覽詩無秋夜二字

林塘夜泛舟蟲響荻颼颼萬影皆因月千聲各為秋歲華空復晚鄉思不勝愁西北浮雲外伊川何處流御覽詩泛作發勝作堪

春怨

紗窗日落漸黄昏金屋無人見淚痕寂寞閒庭春

欲晚梨花滿院不開門「御覽詩開作空院作地開作關」

陳羽一首

長安卧病秋夜言懷

九重門鎖禁城秋月過南宫漸䁔樓紫陌夜深槐露滴碧空雲盡火星流風清刻漏傳三殿甲第歌鐘樂五侯楚客病来鄉思苦寂寥燈下不勝愁

薛能三首

游嘉州後溪

山屐經過滿逕蹤隅溪遥見夕陽舂當時諸葛成
何事只合終身作卧龍

老圃堂

邵平瓜地接吾廬穀雨乾時偶自鋤昨日春風欺
不在就床吹落讀殘書

銅雀臺

魏帝當時銅雀臺黄花深映棘叢開人生富貴須
回首此地豈無歌舞来

校字题识

李郢 一首

江上逢王将軍

虬髯憔悴羽林郎曽入甘泉侍武皇鵰沒夜雲知

御苑馬隨春仗識天香五湖帰去孤舟月六國平

来兩髩霜惟有桓伊江上笛卧吹三弄送殘陽

薛逢 二首

開元後樂

莫奏開元舊樂章樂中髙曲斷人腸邠王玉笛三

更咽虢國金車十里香一自犬戎生薊北便從征
戰老汾陽中原駿馬搜求盡沙苑年来草又芳

漢武宮詞

武帝清齋夜築壇自斟明水醮仙官殿前童女移
香案庭際金人捧露盤絳節有時還入夢碧桃何
處更驂鸞茂陵煙雨埋冠劒石馬無聲蔓草寒

崔塗一首〔或不載姓名〕

讀庾信集

四朝十帝盡風流建業長安兩醉遊唯有一蒿楊柳曲江南江北為君愁

項斯一首

蒼梧雲氣

何年化作愁漠漠便難收數點山能遠平鋪水不流濕連湘竹葬濃盖舜墳秋亦有思歸客看来盡白頭

崔峒一首

江上書懷

骨肉天涯別江山日落時淚流襟上血髮白鏡中絲吴越書難到存亡夢豈知登高迴首處形影自相隨

李宣遠一首

塞下作御覽集同

秋日弁州路黄榆落故關孤城吹角罷數騎射鵰還帳幙遥臨水牛羊自下山征人正垂淚烽火起

雲間

陶翰 二首

古塞下曲

進軍飛狐北窮寇勢将變日落沙塵昏背河更一戰駿馬黄金勒雕弓白羽箭射殺左賢王帰奏未央殿欲言塞下事天子不名見亜出咸陽門哀哀淚如霰

新安江林

江源南去永野飯暫維梢古戍懸漁網空林露鳥
巢雪晴山脊見沙淺浪痕交自笑無謀者逢人作
解嘲

温憲三首

春鳩

村南微雨新平緑淨無塵散睡桑條煖閒鳴屋脊
春遠聞和曉夢相應在諸隣行樂花時節追飛見
亦頻

郊居

村前村後樹，寓賞有餘情。青麥路初斷，紫花田未畊。雉聲聞不到，山勢望猶横。寂寞春風裏，吟酣信馬行。

杏花

團雪上晴梢，紅明暎碧寥。店香風起夜，村白雨休朝。静落猶和蔕，繁開正蔽條。澹然閒賞久，無以破妖嬈。

李頎 六首

湖口送友人

中流欲暮見湘煙葦岸無窮接楚天去雁遠衝雲夢澤離人獨上洞庭船風波盡日依山轉星漢通宵向水連零落梅花過殘臘故園歸去醉新年

送友人往太原

離亭聊把酒此路徹邊頭草白雁来盡時清人去遊汾河流晉地塞雪滿并州明日相思起蕭條上

北樓「集作別後相思夜遥看北斗愁」

寄遠

槐欲成陰分袂時君期十日復金扉槐今落葉已將盡君向遠鄉猶未歸化石早曾聞節婦沉湘何必獨靈妃須知此意同生死不學他人空寄衣

鄂州頭陀寺上方

高寺上方無不見天涯行客思迢迢西江帆挂東風急夏口城銜楚塞遥沙渚漁歸多濕網桑林蚕

後盡空絛感時歎物尋僧話惟向禪心得寂寞

辭夏口崔尚書

一飯仍難受淹留已半年終期身可報不擬骨空
鑴城晩風高角江春浪起船同來栖止地獨去塞
鴻前

古意

白馬遊何處青樓日正長鳳簫拋舊曲鸞鏡嬾新
粧玄鳥空巢語飛花入戶香雖非竇滔婦錦字已

戍章

王駕一首

古意

夫戍蕭關妾在吳西風吹妾妾憂夫一行書信千行淚寒到君邊衣到無

于鵠三首

送客遊塞

若到幷州北誰人不憶家塞深無去伴路盡有平

沙磧冷唯逢雁天春不見花莫隨邊將意垂老事
輕車

江南曲

偶向江邊採白蘋還隨女伴賽江神衆中不敢分
明語暗擲金錢卜遠人

題美人「舊刻韋蘇州集中」

秦女窺人不解羞攀花趁蝶出墻頭胸前空帶宜
男草嫁得蕭郎愛遠游

徐寅一首

初夏戲題

長養薰風拂曉吹漸開荷芰落薔薇青蟲也學莊周夢化作南園蛺蝶飛

才調集卷之七第

壬子十二月朔挍時已三鼓忠兒在燈下學書能輟華代我對挍可喜也

才調集目録　卷八

羅隱　十七首

憶夏口　龍丘東下却寄孫員

外　金陵夜泊

寄前宣州竇尚書　牡丹

柳　煬帝陵

李頎 一首

放歌行畣從弟墨卿

崔顥 一首

黃鶴樓

于武陵 九首

夜與故人別　洛陽道中

別友人　寄北客

洛陽晴望　東門路

長信愁　感懷

勸酒

李涉 一首

山中

戎昱 四首

中秋感懷　聞笛

客堂秋夕　霽雪

韓琮 六首

春愁　萛春滻水送别

駱谷晚望　公子行

二月二日遊洛源　題商山店

李德裕 一首

長安秋夜

高蟜　二首

下第後上永崇高侍郎

金陵晚眺

高適　二首

封丘縣

九月九日酧顧少府

朱慶餘　一首

宫詞

曹松 三首

春日長安書事　九江荢春書事

古塚

錢起 一首

闕下贈裴舍人

羅鄴 九首

牡丹　巴南旅舍言懷

下第呈友人　登凌歊臺

長信秋詞　採蓮

閨怨

李嘉祐　四首

送嚴員外　赴南中留別褚少府

湖上林亭　送陸澧還吳中

送王牧往吉州謁王使君

鄭準　四首

代寄邊人　題宛陵北樓

雲　寄進士崔魯範

祖詠 一首

七夕

吉師老 四首

題春夢秋歸故里　看蜀女轉昭君變

放猿　鴛鴦

盧鄴 七首

薄命妾　聞雁

秋夕寓居精舍書事

和李秀才邊庭四時怨四首

竇鞏 一首

寄南遊兄弟

韓偓 五首

小隱　　贈易卜崔江處士

殘春旅舍　　夜深

寄鄰莊道侶

崔魯 一首

葬春對花

才調集目録卷八 終

才調集卷之第八

古律雜歌詩一百首

羅隱　七首

偶懷

白丁攘臂犯長安翠輦蒼黃路屈盤丹鳳有懷雲外遠玉龍無主渡頭寒靜思貴族謀身易危覺文皇創業難不將不俟何計是釣魚船上淚闌干

桃花

暖觸衣襟漠漠香間梅遮柳不勝芳數枝艷拂文

君酒半里紅欹宋玉墻盡日無人疑悵望有時經
雨乍淒涼舊山山下還如此回首東風一斷腸

中元夜泊淮口

木葉迎飈水面平偶停孤棹已三更秋涼霧露侵
燈下夜靜魚龍逼峴行欹枕正牽題柱思隔樓誰
轉遶梁聲錦帆天子狂魂魄應過揚州看月明

西上（或刺所思）

西上青雲未有期東浮滄海一何遲酒闌夢覺不

稱意花落月明空所思長恐病侵多事日可堪貧
過少年時鬭雞走狗五陵道惆悵輸他輕薄兒

梅花

吴王醉處十餘里照野拂衣今正繁經雨不隨山
鳥散倚風疑共路人言愁憐粉艷飄歌席静愛寒
香撲酒尊欲寄所思無好信為君惆悵又黄昏

登夏州城樓

寒聲獵獵戍旗風獨倚危欄悵望中萬里山川唐

土地千年魂魄晉英雄離心不忍聽邊馬往事應
須問塞鴻好脫儒冠從校尉一枝長戟六鈞弓

曲江春感

江頭日暖花又開江東行客心悠哉高陽酒徒半
凋落終南山色空崔嵬聖代也知無棄物侯門未
必用非才一船明月一竿竹家在五湖歸去来

西川與蔡十九同別子超

相歡雖則不多時相別那能不斂眉蜀客賦高君

解夔楚宫腰細我還知百年恩愛無終始萬里因
緣有夢思腸斷門前舊行處不堪全屬五陵兒

春日獨遊禪智寺

遠樹連天水接空幾年行樂舊隋宫花開花謝長
如此人去人来自不同楚鳳調高何處酒呉牛蹄
健滿車風思量只合騰騰醉煑海平陳一夢中

綿谷廻寄蔡氏昆仲

一年兩度錦城遊前值東風後值秋芳草有情皆

礙馬好雲無處不遮樓山將別恨和心斷水帶離聲入夢流今日因君試回首澹煙喬木隔綿州

憶夏口

漢陽渡口蘭為舟漢陽城下多酒樓芳年不得盡一醉別夢有時還重遊襟帶可憐吞楚塞風煙只好狎江鷗月明更想曾行處吹笛橋邊木葉秋

龍丘東下却寄孫貟外

穀江東下幾多程每泊孤舟即有情山色已隨遊

子遠水紋猶認主人清恩如海岳何時報恨似煙花觸處生百尺風帆兩行淚不堪迴首望崢嶸

金陵夜泊

冷煙輕雨傍衰藂此夕秦淮駐斷蓬棲雁遠驚沽酒火亂鴉高避落帆風地銷王氣波聲急山帶秋陰樹影空六代精靈人不見思量應在月明中

寄前宣州竇尚書一作常侍

往年西謁謝玄暉尊酒留歡醉始歸曲檻柳濃鶯

未老小園花嫩蝶初飛噴香瑞獸金三尺舞雪佳
人玉一圍今日亂離尋不得滿蓑風雨釣魚磯

牡丹 本集不同

艷多煙重欲開難紅蕋當心一抹檀公子醉帰燈
下見美人朝插鏡中看當庭始覺春風貴帶雨方
知國色寒日晚更將何所似太真無力凭欄干

柳

灞岸晴来送別頻相偎相倚不勝春自家飛絮猶

無定争解垂絲絆路人

煬帝陵

入郭登橋出郭船紅樓日日柳年年君王忍把平陳業只博雷塘數畝田

李頎一首

放歌行畣從弟墨卿

小来好文恥學武世上功名不解取雖沾寸禄已後時徒欲出身事明主柏梁賦詩不及宴長楸走

馬誰相數歛迹俛眉心自甘高歌擊節聲半苦由
是蹉跎一老夫養雞牧豕東城隅空歌漢代蕭相
國肯事霍家馮子都徒爾當年聲籍籍濫作詞林
兩京客故人斗酒安陵橋黄鳥春風洛陽陌吾家
令弟才不羈五言破的人共推興来逸氣如濤湧
千里長江帰海時别離短景何蕭索佳句相思能
間作舉頭遥望魯陽山木葉紛紛向人落

崔顥一首

黄鶴樓「黄鶴乃人名也。英靈集國秀集小異」

昔人已乘白雲去此地空餘黄鶴樓黄鶴一去不復返白雲千載空悠悠晴川歷歷漢陽樹春草萋萋鸚鵡洲日暮鄉關何處是煙波江上使人愁

于武陵九首

夜與故人别

白日去難駐故人非舊容今宵一别後何處更相逢過楚水千里到秦山幾重話来天未曉月落滿

城鐘

洛陽道中

浮世若浮雲千迴故復新旋添青草塚更有白頭

人歲暮容將老雪晴山欲春行行車馬客不盡洛

陽塵

別友人

行子與秋葉各隨南北風雖非千里別還阻一宵

同過盡少年日尚如長路逢猶爲布衣客羞入故

關中

寄北客

窮邊足風慘何處醉樓臺家去數千里月圓十二

廻寒山隨日遠雪路向城開游子久無信年年空

雁来

洛陽晴望

九陌盡風塵囂囂畫復昏古今人不斷南北路長

存葉落上陽樹草衰金谷園亂鴉歸未已斜日半

前軒

東門路

東門車馬路此路在有浮沉白日不西落紅塵應更深從来名利地皆起是非心所以青青草年年生漢陰

長信愁

簟涼秋夜初長信恨如何拂黛月生指理鬟雲滿梳一從悲画扇幾度泣前魚坐聽南宮樂清風摇

翠裾

感懷「或刻有感」

青山長寂寞南望獨高歌四海故人盡九原新壠多西沉浮世日東注逝川波不使年華駐此生看幾何

勸酒

勸君金屈卮滿酌不須辭花發多風雨人生足別離

李涉　一首

山中

無奈牧童何放牛喫我竹隔林呼不譍叫笑如生
鹿欲報田舍翁更深不歸屋

戎昱　四首

中秋感懷

八月更漏長愁人起常早閑門寂無事滿院生秋
草昨宵非窗夢夢入荊南道遠客歸去来在家貧

亦好

聞笛

入夜思帰切笛聲寒更哀愁人不願聽自到枕前
来風起塞雲斷夜深關月開平明獨惆悵飛盡一
庭梅

客堂秋夕

隔窗螢影滅復流北風微雨虚堂秋蟲聲竟夜引
鄉淚蟋蟀何知人自愁四時不得一日樂以此方

知客游惡寂寂江城無所聞梧桐葉上偏蕭索

霽雪

風捲寒雲暮雪晴江煙洗盡柳條輕簷前數片無人埽又得書窗一夜明

韓琮六首

春愁

金烏長飛玉兔走青鬢長青古無有秦娥十六語如絃未解貪花惜楊柳吳魚嶺雁無消息水誓蘭

情別来久勸君年少莫遊春煖風遲日濃於酒

　　葬春滻水送別

緑暗紅稀出鳳城葬雲樓閣古今情行人莫聽宮前水流盡年光是此聲

　　駱谷晚望

秦川如画渭如絲去國還家一望時公子王孫莫来好嶺花多是斷腸枝

　　公子行

紫袖長衫色銀蟬半臂花帶裝盤水玉鞍繡坐雲
霞别殿承恩澤飛龍賜渥洼控羅青褭轡鏤象碧
熏葩意氣傾歌舞闌珊走鈿車袖彰雲縹緲釵轉
鳳欹斜珠卷迎歸箔紅籠晃醉紗唯無難夜日不
得似仙家

二月二日遊洛源

舊苑新晴草似苔人還香在踏青迴今朝此地成
惆悵已後逢春更莫来

題商山店

商山驛路幾經過未到仙娥見謝娥紅錦機頭拋

皓腕綠雲鬟下送橫波佯嗔阿母留賓客暗為王

孫換綺羅碧澗門前一條水豈知平地有天河

李德裕一首

長安秋夜

內官傳詔問戎機載筆金鑾夜始歸萬戶千門皆

寂寂月中清露點朝衣

高蟾二首

下第後上永崇高侍郎

天上碧桃和露種日邊紅杏倚雲栽芙蓉生在秋江上不向東風怨未開

金陵晚眺

曾伴浮雲歸晚翠旋陪落日泛秋聲世間無限丹青手一片傷心画不成

高適二首

封丘縣 英靈集刻封丘作孜 本集另有封丘作

我本漁樵孟諸野，一生自是悠悠者。乍事狂歌草澤中，寧堪作吏風塵下。秖言小邑無所為，公門百事皆有期。拜迎官長心欲碎，鞭撻黎庶令人悲。歸来向家問妻子，舉家盡笑今如此。生事應須南畝田，世情付與東流水。夢想舊山安在哉，為銜君命日遲迴。乃知梅福徒為爾，轉憶陶潛歸去来。

九月九日酧顔少府 英靈集小異

此處錄惆悵詩一首　案惆悵詩已見前卷今此景宋本重出誤也

落前白日應可惜籬下黄花為誰有行子迎霜未授衣主人得錢始（喜）沽酒蘇秦顦顇時多厭蔡澤恓惶世看醜縱使登高秖斷腸不如獨坐空搔首

朱慶餘一首

宮詞

寂寂花時閉院門美人相並立瓊軒含情欲說宮中事鸚鵡前頭不敢言

此首景宋本所無

曹松三首

春日長安書事

浩浩看花晨六街揚遠塵塵中一丈日誰是晏眠人御柳舞著水野鶯啼破春徒云還楚計猶自惜離秦

九江茸春書事

楊柳城初鎖帰愁不計重「集作輪蹄息去蹤」春流無舊岍夜色失諸峰影動漁邊火聲遲語後鐘明朝廻去雁誰向北郊逢

古塚

代遠已難問纍纍次古城民田侵不盡客路踏還平作穴虵分蟄依岡鹿遶行唯應風雨夕鬼火出林明

錢起一首

闕下贈裴舍人中興集小異

二月黄鸝飛上林春城紫禁曉陰陰長樂鐘聲花外盡龍池柳色雨中深陽和不散窮途恨霄漢長

首次句互易

懸捧日心獻賦十年猶未遇羞將白髮對華簪

羅鄴九首

牡丹

落盡春紅始著花花時比屋事豪奢買栽池館恐無地看到子孫能幾家門倚長衢攢繡轂幄籠輕日護香霞歌鍾滿座争歡賞誰信流年鬢有華

巴南旅舍言懷

萬浪千巘首未回無憀相倚上高臺家山如画不

歸去客舍似讐誰遣来紅淚罷窺連曉燭碧波休
引向風盃後時若有青雲望何事偏教羽翼摧

下第呈友人

清世誰能便陸沉相逢休作憶山吟若教仙桂在
平地更有何人肯苦心去國漢妃還似玉亡家石
氏豈無金且安懷抱莫惆悵瑶瑟調高尊酒深

登凌歊臺

高臺今古境長閒因想興亡自慘顏四海已歸新

雨露六朝空謁舊江山槎翹獨鳥沙汀畔風遮連
檣雪浪間好是輪蹄来往便誰人不向此躋攀

下第

謾把青春酒一盃愁襟寧信酒能開江邊依舊空
歸去帝里還同不到来門掩殘陽鳴鳥雀花飛何
處好池臺此時惆悵便堪老何用人間歲月催

東歸

日日唯憂行役遲東歸可是有家歸都緣桂玉無

門住不算山川去路危秦樹夢愁黄鳥囀吳江釣
憶錦鱗肥桃夭杏艷清明近惆悵當年意盡違

僕射陂晚望

離人到此倍堪傷陂水蘆花似故鄉身事未知何
日了馬蹄唯覺到秋忙田園牢落東歸晚道路辛
勤北去長却羨無愁是沙鳥雙雙相趂下斜陽

芳州

廢苑墻南殘雨中似袍顔色正蒙茸微香暗惹遊

人步遠緑纔兮鬭雉蹤三楚渡頭長恨見五侯門
外却難逢年年縱有春風便馬跡車輪一萬重

聞子規

蜀魄千年尚怨誰聲聲啼血向花枝滿山明月東
風夜正是愁人不寐時

章碣一首

焚書坑

竹帛煙銷帝業虛關河空鎖祖龍居坑灰未冷山

東亂劉項元来不讀書

李益 一首

同崔邠登鸛雀樓

鸛雀樓西百尺墻汀洲雲樹共茫茫漢家簫鼓空流水魏國山河半夕陽事去千年猶恨速愁来一日即為長風煙併是思歸望遠目飛春亦自傷

王昌齡 三首

長信秋詞 英靈集作長信宫或誤作王建宫詞

奉帚平明金殿開且将團扇共徘徊玉顔不及寒鴉色猶帶昭陽日影来

採蓮「集内作越女」

越女作桂舟還将桂為檝湖上水瀰漫清江初可涉摘取芙蓉花莫摘芙蓉葉将歸問夫壻顔色何如妾

閨怨

閨中少婦不知愁春日凝粧上翠樓忽見陌頭楊

柳色悔教夫壻覓封侯

李嘉祐　四首

送嚴員外　一作吴中贈別嚴士元　或云劉長卿作

春風倚棹闔閭城水國春寒陰復晴細雨濕衣看不見閑花落地聽無聲日斜江上孤帆影草緑湖南萬里情君去若逢相識問青袍今已誤儒生

赴南中留别褚少府湖上林亭　一刻赴南巴留別褚少府　亦見劉長卿集中

種田東郭傍春陂萬事無情把釣絲綠竹放侵行逕裏青山常對卷簾時紛紛花發門空閉寂寂鶯啼日更遲從此別君千萬里白雲流水憶佳期

送陸澧還吴中（六言）

瓜步寒潮送客楊花暮雨沾衣故鄉南望何處秋水連天獨歸

送王牧往吉州謁王使君叔　中興間氣集作送王牧吉州謁使君

細草緑汀洲王孫耐（掾）薄遊年華初冠帶文體舊弓裘野渡花爭發春塘水亂流使君憐小阮應念倚門愁

鄭準 四首

代寄邊人

君去不来久悠悠昏又明寸心因卜解殘夢過橋驚聖澤如垂餌沙場會息兵凉風當為我一一送砧聲

題宛陵北樓

雨来風静緑蕪鮮凭著朱闌思浩然人語獨畊燒後嶺鳥飛斜沒望中煙松梢半露藏雲寺灘勢横流出浦船若遣謝宣城不死必應吟盡夕陽川

雲

片片飛来静又閑樓頭江上復山前飄零盡日不歸去貼破清光萬里天

寄進士崔魯範

洛陽才子舊交知別後干戈積詠思百戰市朝千
里夢三年風月幾篇詩山高雁斷音書絶谷背鶯
寒變代遲會待路寧歸去得酒樓漁浦重相期

祖詠一首

七夕

閨女求天女更闌意未闌玉庭開粉席羅袖捧金
盤向月穿針易臨風整線難不知誰得巧明旦試
相看

旦鈔本作月綫

吉師老四首

題春夢秋歸故里

故國歸路賒春晚在天涯明月夜来夢碧山秋到家開窗聞落葉遠墅見晴鴉驚起曉庭際鶯啼桃杏花

看蜀女轉昭君變

妖姬未著石榴裙自道家連錦水濆檀口解知千載事清詞堪歎九秋文翠眉嚬處楚邊月画卷開

時塞外雲說盡綺羅當日恨昭君傳意向文君

放猿

放爾千山萬水身野泉晴樹好為鄰啼時莫向瀟湘峴明月孤舟（清風）有旅人

鴛鴦

江島濛濛煙靄微綠蕪深處刷毛衣渡頭驚起一雙去飛上文君舊錦機

盧綸七首

薄命妾

君恩已斷盡成空追想嬌歡恨莫窮長為蕣花光曉日誰知團扇送秋風黄金買賦心徒切清路飛塵信莫通閒凭玉欄思舊事幾回春莫泣殘紅

聞雁

秋風蕭瑟靜埃氛邊雁迎風響咽群瀚海應嫌霜下早湘川偏愛草初薰蘆洲宿處依沙岸榆塞飛時度晚雲何處最添羈客恨竹窗殘月酒醒聞

秋夕寓居精舍書事

葉滿苔階杵滿城此中無限恨難平踈簾看織蟰蛸網暗隙愁聽蟋蟀聲醉卧欲拋羈客思夢歸偏動故鄉情覺来獨步長廊下半夜西風吹月明

和李秀才邊庭四時怨

春

春風昨夜到榆關故國煙花想已殘少婦不知歸不得朝朝應上望夫山

夏

盧龍塞外草初肥雁乳平蕪曉不飛鄉國近來音信斷至今猶自著寒衣

秋

八月霜飛柳遍黄蓬根吹斷雁南翔隴頭流水關山月泣上龍堆望故鄉

冬

朔風吹雪透刀瘢飲馬長城窟更寒半夜火来知

有敵一時齊保賀蘭山

竇鞏一首

寄南遊兄弟

書来不報幾時還知在三湘五嶺間獨立衡門秋

水濶寒鴉飛去日銜山

韓偓五首

小隱

借得茅齋嶽麓西擬将身世老鋤犂清晨向市煙

含郭寒夜帰村月照溪爐為窗明僧偶坐松因雪折烏驚啼靈椿朝菌由来事却笑莊生始欲齊

贈易卜崔江處士

白首窮經通祕義青山養老度危時門傳組綬身能退家學樵漁跡更奇四海盡聞龜策妙九霄堪歎鶴書遲壷中日月將何用借與閑人試一窺

殘春旅舍

旅舍殘春宿雨晴恍然心地憶咸京樹頭蜂抱花

鬚落池面魚吹柳絮行禪伏詩魔帰浄域酒衝愁

陣出奇兵兩粱免被塵埃汚拂拭朝簪待眼明

夜深

清江碧草兩悠悠各自風流一種愁正是落花寒

食雨夜深無伴倚空樓

寄鄰莊道侶

聞說經旬不啓關藥窗誰伴醉開顔夜来雪壓村

前竹剩見溪南幾尺山

杜荀鶴八首

春宫怨

早被嬋娟誤欲妝臨鏡慵承恩不在貌教妾若爲容風煖鳥聲碎日高花影重年年越溪女相憶採芙蓉

經九華費徵君墓

凡弔先生者多傷荊棘間不知三尺墓高却九華山天地有何外子孫無亦閒當時若徵起未必得

身還

冬末同友人泛瀟湘

殘臈泛舟何處好最多吟興是瀟湘就船買得魚偏美踏雪沽来酒倍香猿到夜深啼嶽麓雁知春近別衡陽與君剩採江山景裁取新詩入帝鄉

山中寄詩友

山深長恨少同人覽景無時不憶君庭果自從霜後熟野猿頻向屋邊聞琴臨秋水彈明月酒就東

山酌白雲仙桂算攀攀合得平生心力盡於文

溪興

山雨溪風卷釣絲瓦甌篷底獨斟時醉来睡着無人喚流下前灘也不知

馬上行

五里復五里住時無住時日將家漸遠猶恨馬行遲

春日山居寄先達

野吟何處最相宜春景暄和好入詩高下麥苗新
雨後淺深山色晚晴時半巖雲脚風牽斷平野花
枝鳥踏垂倒載干戈是何日近来麋鹿欲相隨

旅館過雨（集作旅懷）

月華星彩坐来收嶽色江聲暗結愁半夜燈前十
年事一時和（隨）雨到心頭

張喬二首

荊楚道中

前程曾未到岐路擬〔已奚〕何為返照行人急荒郊去鳥
遲春宵多旅夢〔夏〕〔閏〕遠相期處處牽愁緒無窮是
柳絲

題終南山白鶴觀

上徹煉丹峰求玄意未窮古壇青草合往事白雲
空仙境日月外帝鄉煙霧中人間足煩暑欲去戀
清風

崔魯　一首

莫春對花

病香無力被風欺多在青苔少在枝馬上行人莫

回首斷君腸是欲殘時

才調集卷之八 第

才調集目録　卷九

王表 二首

清明日登城春望寄大夫使君

成德樂

張安石 二首

玉女詞　　苦别

張諤 一首

還京

于濆 三首

題周瑜將軍廟

李群玉 二首

同鄭相并歌姬小飲因以贈

戲贈姬人賦尖字韻

顧非熊 一首

秋日陝州道中作

袁不約 二首

長安夜遊

病宫人 重删去

吴商浩　八首

巫峽聽猨　　秋塘曉望

水樓感事　　長安春贈友人

宿山驛　　塞上即事

北邙山　　泊舟

梁鍠　一首

代征人妻喜夫還

賀知章　一首

嚴維 一首

秋夜舩行

韓翃 一首

寒食

熊皦 一首

早梅

張喬 三首

楊花落

送友人歸宜春

送進士許棠

陳陶　一首

寄兵部任畹郎中

張謂　一首

杜侍御送貢物戲贈

鄭常　一首

寄邢逸人

崔峒　一首

題崇福寺禪院

李洞 一首

喜鸞公自蜀歸

李端 一首

巫山高和皇甫拾遺

江為 一首

江行

裴度 一首

中書即事

陳上美　一首

咸陽懷古

姚合　七首

遊宣義池亭　遊陽河岍

邊詞　又

寄王度居士　寄王玄伯

聞蟬

楊牢　一首

贈舍弟

王昌齡　二首

出塞　少年行

于鵠　二首

送唐大夫讓節歸山

送宫人入道

陳羽　一首

冬晚送友人使西蕃

僧貫休　三首

野田黄雀行　夜夜曲

行路難

僧尚顔　二首

秋夜吟　贈村公

僧護國　一首

許州趙使君孩子

僧棲白　二首

八月十五夜月　哭劉得仁

僧無可　二首

金州陪姚員外遊南池

夏日送田中丞赴蔡州

僧清江　一首

贈淮西賈兵馬使

僧法照　一首

寄錢郎中

僧太易　二首

贈司空拾遺　宿天柱觀

僧惟審　一首

賦得聞黄鳥啼

僧滄浩　一首

留别嘉興知己

僧皎然　二首

才調集目録卷九終

才調集卷之九

□□劉商

□□□秋夜聽嚴紳巴童唱竹枝歌

巴人遠從荆江客，回首荆山楚雲隔。思歸夜唱竹枝歌，庭槐葉落秋風多。曲中歷歷敘鄉思，鄉思綿綿楚詞古。身騎吳牛不畏虎，手提蓑笠欺風雨。猿啼日暮江岓邊，綠蕪連山水連天。來時十三今十五，一成新衣已再補。鴻雁南飛報鄰伍，在家歡樂

亂家苦天晴露白鐘漏遲淚痕滿面看竹枝曲終

寒竹風裊裊西方日落東方曉

長孫佐輔二首

尋山家

獨訪山家歇還涉茅屋斜連隔松葉主人聞語未

開門繞籬野菜飛黄蝶

南中客舍對雨送故人歸北

猿聲啾啾雁聲苦卷簾相對愁不語幾年客吴君

在楚況送君歸我猶阻家書作得不忍封北風吹
斷階前雨

朱倣　二首

秣陵送客入京

秣陵春已至君去學歸鴻綠水琴聲切青袍草色
同鳥喧金谷樹花落夕陽宮日日相思處江邊楊
柳風

江上送別

浦邊新見柳摇時北客相逢只自悲惆悵空知思
後會艱難不敢料前期行看漢月愁征戰共折江
花怨别離向夕孤城分首處寂寥横笛為君吹

王表二首

清明日登城春望寄大夫使君

春城閑望愛晴天何處風光不眼前寒食花開千
樹雪清明日出萬家煙興来促席唯同舍醉後狂
歌盡少年聞説鶯啼却惆悵詩成不見謝臨川

成德樂

趙女乘春上画樓一聲歌發滿城秋無端更唱關山曲不是征人亦淚流

張安石二首

玉女詞

綺薦銀屏空積塵柳眉桃臉暗銷春不須更學陽臺女為雨為雲趂惱人

苦别

向前不信別離苦而今自到別離處兩行粉淚紅闌干一朶芙蕖帶殘露

張謂一首

還京

朱紱臨秦苑望皇華赴洛橋文章南渡越書奏北歸朝樹入江雲盡城銜海月遥秋風將客思川上晚蕭蕭

于濆三首

古宴曲

雉扇合蓬萊朝車回紫陌重門集嘶馬言宴金張宅燕娥奉卮酒低鬟若無力十戶手胼胝鳳皇釵一隻高樓齊下視日照羅衣色笑指負薪人不信生中國

思婦引

不畊南畝田為愛東堂桂身同樹上花一落又經歲交親日相薄知己恩潛替日開十二門自是無

歸計

苦辛吟

壠上扶犁兒手種腹長飢窗下擲梭女手織身無衣我願燕趙妹化為嫫母姿一笑不直錢自然家國肥

胡曾九首

寒食都門作

二年寒食住京華寓目春風萬萬家金絡馬銜原

上草玉顏人折路傍花軒車競出紅塵合冠蓋爭回白日斜誰念都門兩行淚故園寥落在長沙

薄命妾

阿嬌初失漢皇恩舊賜羅衣亦罷熏倚枕夜悲金屋雨卷簾朝泣玉樓雲宫前葉落鴛鴦瓦架上塵生翡翠裙龍騎不巡時漸久長門空掩綠苔紋

獨不見

玉關一自有氛埃年少從軍竟未回門外塵凝張

樂榭水邊香滅按歌臺窗殘夜月人何處簾卷春
風燕復来萬里寂寥音信絶寸心争忍不成灰

交河塞下曲

交河氷薄日遅遅漢将思家感别離塞北草生蘇
武泣隴西雲起李陵悲曉侵雉堞烏先覺春入關
山雁獨知何處疲兵心最苦夕陽樓上笛聲時

車遥遥

自從車馬出門朝便入空房守寂寥玉枕夜殘魚

信絶金鈿秋盡鴈書遥臉邊楚雨臨風落頭上春

雲向日銷芳草又衰還不至碧天霜冷轉無憀

早發濳水驛謁郎中員外

半床秋月一聲雞萬里行人費馬蹄青野霧銷凝

晉洞碧山煙散避秦溪樓臺稍辨烏城外更漏微

聞鶴桂西已是大仙憐後進不應来向武陵迷

贈漁者

不媿人間萬戸侯子孫相継老扁舟往来南越諳

鮫室生長東吳識蜃樓自為釣竿能遣悶不因萱草解銷憂羨君獨得逃名趣身外無機任白頭

自嶺下泛鷗到清遠峽作

乘舩浮鷗下韶水絶境方知在嶺南薜荔雨餘山自黛蒹葭煙盡島如藍旦遊蕭帝新松寺夜宿嫦娥桂影潭不為篋中書未獻便来茲地結茅菴

題周瑜将軍廟

共說前生國步難山川龍戰血湯湯交鋒魏帝旌

水釣本
誤江

旂退委任君王社稷安庭際雨餘春草長廟前風
起晚光殘功勛碑碣今何在不得當時一字看

李群玉二首

同鄭相幷歌姬小飲因以贈獻

裙拖八幅湘江水鬟聳巫山一片雲風格只應天
上有歌聲豈合世間聞胸前瑞雪燈斜照眼底桃
花酒半醺不是相如憐賦客肯教容易見文君

戲贈姬人賦尖字韻

骰子巡拋裹手拈無因得見玉纖纖但知謔道金釵落圖向人前露指尖

顧非熊一首

秋日陝州道中作

孤客秋風裏驅車出陝西關山午時路村落一聲雞樹勢標秦遠天形到岳低誰知我名姓来往自栖栖（一作淒淒　栖栖）

表不約二首〇向有病宫人一首查重第七巻張祜作今删去

長安夜遊

鳳城連夜九門通帝女皇妃出漢宫千乘寶車珠箔捲萬條銀燭碧紗籠歌聲緩過青樓月香靄潛来紫陌風長樂曉鐘歸騎後遺簪墮珥滿街中

吴商浩八首

此下有摘宫八首已見前矣不盡重出　皆目注重删去

巫峽聽猿

巴江猿嘯苦響入客舟中孤枕破殘夢三聲隨曉風連雲波潏潏和霧雨濛濛巫峽去家遠不堪魂

斷空

秋塘曉望

鐘盡疎桐散曙鴉故山煙樹隔天涯西風一夜秋塘曉零落幾多紅藕花

水樓感事

高柳蟬啼雨後秋年光空感淚如流滿湖菱荇東

歸晚閒倚南軒盡日愁

長安春贈友人

繁華堪泣帝城春粉蝶青樓勢礙雲花對玉鈎簾
外發歌飄塵土路邊聞幾多遠客魂空斷何處王
孫酒自醺各有歸程千萬里東風時節恨離群

宿山驛

文戰何堪功未圖人驅羸馬指天衢露華凝夜渚
蓮盡月彩滿輪山驛孤岐路辛勤終日有鄉關音
信隔年無好同范蠡扁舟興高挂一帆歸五湖

塞上即事

身似流星跡似蓬玉關孤望杳溟濛寒沙萬里平鋪月曉角一聲高捲風戰士殁邊魂尚哭單于獵處火猶紅兮明更想殘宵夢故國依然到甬東

北邙山

北邙山草又青青今日銷魂事可明綠酒醉来春未歇白楊風起栁初晴岡原旋葬松新長年代無人關半平堪取金爐九還藥不能隨夢向浮生

泊舟

身逐煙波魂自驚木蘭舟上一帆輕雲中有寺在
何處山底宿時聞磬聲

梁鍠一首

代征人妻喜夫還

征夫走馬發漁陽少婦含嬌開洞房千日廢臺還
挂鏡數年塵面再新粧春風喜出今朝户明月虚
眠昨夜床莫道幽閨音信隔還衣總是舊時香

賀知章一首

詠柳（或刻柳枝詞）

碧玉裝成一樹高萬條垂下緑絲絲不知細葉誰

裁出二月春風似剪刀

張蠙 四首

錢塘夜宴留别郡守

四方騷動一州安夜列罇罍伴客懽觱栗調高山

閣迥蝦蟆更促海城寒屏間佩響藏歌妓幕外刀

光立從官沈醉不愁帰棹遠曉帆吹上子陵灘

長安春望

明時不敢臥煙霞又見秦城換物華殘雪未銷雙鳳闕新春已發五侯家甘貧秪擬長緘酒忍病猶期強採花故國別来桑柘盡十年兵踐海西艖

敘懷

月裏路從何處上江邊身合幾時歸十年九陌寒風夜夢埽蘆花絮客衣

題嘉陵驛

嘉陵路惡石和泥行到長亭日已西獨倚闌干正

惆悵海棠花裏鷓鴣啼

劉象七首

春夜二首

幾處兵戈阻路岐憶山心切與山違時難何處披

懷抱日日日斜空醉歸

又

一别杜陵歸未期秪憑䰟夢接親知近来欲睡兼

難睡夜夜夜深聞子規

曉登迎春閣

未櫛憑欄眺錦城煙籠萬井二江明香風滿閣花盈戸樹樹樹梢啼曉鶯

早春池亭獨遊三首

春意送殘臈春晴融小洲蒲茸纔簇岍柳頰已遮樓便有盃觴與可攄羇旅愁晃鷺亦相狎盡日戲清流

又

清流環綠篠清景媚虹橋鶯刷初遷羽莎拳擬拆

苗細沙摧煖岍淑景動和飈倍憶同袍侶相歡倒

一瓢

又

一瓢歡自足一日興偏多幽意人先賞疎叢蝶未

過知音新句苦窺沼醉顏酡萬慮從相擬令朝欲

奈何

白髭

到處逢人求至藥幾囘染了又成絲素絲易染髭
難染墨翟當時合泣髭

戴司顔二首

江上雨

非不欲前去此情非自由星辰照何處風雨送涼
秋寒鎖空江夢聲隨黄葉愁蕭蕭猶未已早晚出
蘋洲

塞上

空磧晝蒼茫沙腥古戰場逢春多霰雪生計在牛羊冷角吹鄉淚乾榆落夢床從来山水客誰謂到漁陽

沈彬一首

秋日

秋含砧杵擣斜陽笛引西風顥氣涼薜荔惹煙籠蟋蟀芰荷翻雨潑鴛鴦當年酒賤何妨醉今日時

難不易狂腸斷舊遊從一別潘安惆悵滿頭霜

李賀一首

七夕

別浦今朝暗羅帷午夜愁鵲辭穿線月花入曝衣
樓天上分金鏡人間望玉鉤錢塘蘇小小更值一
年秋

嚴維一首

秋夜舩行

扁舟時屬暝月上有餘輝海燕秋還去漁人夜不

歸中流何寂寂孤棹也依依一點前村火誰家未

掩扉

韓翃一首

寒食

春城無處不飛花寒食東風御柳斜日暮漢宮傳

蠟燭青煙散入五侯家

熊皦一首

早梅

江南近臘時已亞雪中枝一夜欲開盡百花猶未知人情皆共惜天意不教遲莫訝無濃艷芳筵正好吹

張喬 三首

楊花落 一刺楊巨源

北斗南迴春物老紅英落盡綠尚早韶風澹蕩無所依偏惜垂楊作春好此時可憐楊柳花縈盈艷

曳滿人家人家女兒出羅幙淨埽玉除待花落寶環纖手捧更飛翠羽輕裙承不著歷歷瑶琴舞袖陳飛紅拂黛憐玉人東園桃李芳已歇猶有楊花嬌莫春

送友人歸宜春

落花兼柳絮無處不紛紛遠道空歸去流鶯獨自聞野橋喧磑水山郭入樓雲故里南陵曲秋期更送君

送進士許棠

離鄉積歲年歸路遠依然夜火山頭市春江樹杪
舩干戈愁鬢改瘴癘喜家全何處營甘旨潮濤浸
薄田

陳陶一首

寄兵部任畹郎中

常思劒浦别清塵荳蔻花紅十二春崑玉已成廊
廟器㵎松猶是薜蘿身雖同橘柚依南土終仰魁

罔近北辰好向明時薦遺逸莫教千古弔靈均

張謂一首

杜侍御送貢物戲贈

銅柱朱崖道路難伏波橫海舊登壇越人自貢珊瑚樹漢使何勞獬豸冠疲馬山中愁日晚孤舟江上畏春寒由来此貨稱難得多恐君王不忍看

鄭常一首

寄邢逸人

羡君無外事日與世情違地僻人難到溪深鳥自飛儒衣荷葉老野飯藥苗肥疇昔江湖意而今憶共歸

崔峒一首

題崇福寺禪院

僧家更無事掃地與焚香清磬度山翠閒雲來竹房身心塵外遠歲月座中長向晚禪堂閉無人空夕陽

李洞一首

喜鸞公自蜀歸

禁院閑生臺尋師到［別］緑槐寺高猿看講鐘動鳥知

齋埽石月盈篙濾泉花滿篩歸来逢聖節吟步上

堯階

李端一首

巫山高和「皇甫拾遺」御覽集作巫山高

巫山十二峰皆在碧虛中迴合雲藏日霏微雨帶

風猿聲寒過澗樹色暮連空愁向高唐去千秋見

楚宮

江爲一首

江行

越信隔年稀孤舟幾夢帰月寒花露重江晚水煙

微峰直帆相望沙空島自飛何時洞庭上春雨滿

簑衣

裴度一首

中書即事

有意效承平無功益聖明灰心緣忍事霜鬢爲論兵道直身還在恩深命轉輕鹽梅非擬議葵藿是平生白日長懸照蒼蠅謾發聲嵩陽舊田地終使謝帰耕

陳上美一首

咸陽懷古

山連河水碧氛氳瑞氣東移擁聖君秦苑有花空

笑日漢陵無主自侵雲古榥堤上鶯千囀遠渚沙
中鷺一群賴與淵明同把菊煙郊西望夕陽曛

姚合七首

遊宣義池亭

春入池亭好風光煖更鮮尋芳行不困逐勝坐還
遷細草亂如髮幽禽鳴似絃苔文翻古篆石色學
秋天花落能漂酒萍開解避船暫來猶愈疾久住
合成仙迸筍搘階起垂藤壓樹偏此生應借看自

計買無錢

遊陽河岸

終日遊山困今朝始傍河尋芳愁路盡逢景長人多鳥語催沽酒魚来似聽歌醉時眠石上肢體自婆娑

邊詞二首

将軍作鎮古汧州水膩山春節氣柔清夜滿城絲管散行人不信是邊頭

又

箭利弓調四鎮兵蕃人不敢近東行沿邊千里渾無事唯見平安火入城

寄王度居士

顯領王居士顛狂不稱時天公與貧病時輩復輕欺茅屋隨年賃盤餐逐日移棄嫌官似夢珍重酒如師無竹栽蘆看思山疊石為靜窗留客話古寺覓僧棋瘦馬寒来死羸童餓得癡唯應尋阮籍心

事遠相知

寄王玄伯

夜歸曉出滿衣塵轉覺才名帶累身莫見舊來終日醉世間盃酒屬閑人

聞蟬

未秋吟便苦半咽半隨風禪客心應亂愁人耳願（晴）聾雨情煙樹裏日晚古城中遠思應難盡誰當與我同

楊牢一首

贈舍弟

秦雲蜀浪兩堪愁爾養晨昏我遠憂千里客心難寄夢兩行鄉淚為君流旱驅風雨知龍聖餓食魚蝦覺虎羞袖裏鏌鋣光似水丈夫不合等閑休

王昌齡二首

出塞

秦時明月漢時關萬里長征人未還但使龍城飛

将在不教胡馬渡陰山

少年行

走馬遠相尋西樓下夕陰結交期一劒留意贈千金高閣歌聲遠重關柳色深夜闌（開）須盡醉莫負百年心

于鵠二首

送唐大夫讓節歸山「武刺」送唐中丞入道

年老功臣乞罷兵玉階匍匐進雙旌朱門鴛瓦為

仙觀白領狐裘出帝城侍女休梳官樣髻閽童新改道家名到時浸髮春泉裏猶夢紅樓簫管聲

送宮人入道

十載吹簫入漢宮看脩水殿種芙蓉自傷白髮辭金屋喜著黄衣向玉峰解語老猿開曉戶引雛飛鶴下高松定知别後宫中伴遥聽緱山半夜鐘

陳羽一首

冬晚送友人使西蕃

驛使向天西巡羌復入氐玉關情有雪砂磧雨無
泥落淚軍中笛驚眠塞上雞逢春鄉思苦萬里草
萋萋

僧貫休三首

野田黃雀行

高樹風多吹爾巢落蒿深葉熳宜爾依泊莫近鶵
類蛛網亦惡飲野田之清水食野田之黃粟深花
中睡埒土裏俗如此即全勝啄太倉之穀而穿人

「之」屋

夜夜曲

蟪蛄切切風騷騷芙容噴香蟠蜍高孤燈耿耿征

婦勞更深撲落金錯刀

行路難

君不見山高海深人不測古往今来轉清碧淺近

輕浮莫與交地卑只解生荊棘誰道黄金如糞壮

張耳陳餘斷消息行路難行路難君自看

僧尚顔二首

秋夜吟

梧桐雨畔夜愁吟抖擻衣裾蘚色侵枉道一生無繫著湘南山水別人尋

贈村公

袖衣木突此鄉尊白盡鬚眉眼未昏醉舞神筵隨鼓笛閑歌聖代和兒孫黍苗一頃垂秋日茅棟三間暎古原也笑長安名利處紅塵半是馬蹄翻

僧護國 一首

許州趙使君孩子

毛骨貴天生肌膚片玉明見人空解笑弄物不知

名國器嗟猶小門風望益清抱来芳樹下時引鳳

雛聲

僧棲白 二首

八月十五夜月 一刻中秋

尋常三五夜豈是不嬋娟及至中秋半還勝别夜

湘按仍以島字為是

圓清光凝有露皓色爽無煙自古人皆望年来復

一年

哭劉得仁

為愛詩名吟到此風魂雪魄去難招直教桂子落

墳上（土）生得一枝寃始銷

僧無可 二首

金州陪姚員外遊南池

柳暗清波漲衝萍復漱苔張筵白島（馬下）起掃岸使君

来洲島秋應浸荷花晚盡開高城吹角絶騶馭尚
徘徊

夏日送田中丞赴蔡州

出守汝南城應多戀闕情地遥人久望風起旆初
行楚廟繁蟬斷淮田細雨生賞心知有處蔣宅古
松平

僧清江一首

贈淮西賈兵馬使

破虜功成百戰場天書親拜漢中郎瞯門旌旆春
風起對客絃歌白日長階下鬬雞花乍折營南試
馬柳初黄由来呉楚多同調感激逢君共異鄉

僧法照一首

寄錢郎中

閑門深樹裏閑足為經過駟馬不為貴一僧誰奈
何藥苗家自有香飯乞時多寄語嬋娟客將心向

薛蘿

僧太易二首

贈司空拾遺

侍臣何事辭雲陛，江上微吟見雪花。望闕未承丹鳳詔，開門空對楚人家。陳琳草奏才還在，王粲登樓興尚賒。高館更容塵外客，仍令歸路奉瑶華。

宿天柱觀

石室初投宿，仙翁喜暫容。花原隔水見，洞府過山逢。泉湧階前地，雲生戶外峰。中宵人自定，不是欲

湘按當是入定之誤

降龍

僧惟審一首

賦得聞黃鳥啼

捲簾清夢後芳樹引流鶯隔葉傳春意穿花送曉

聲未調雲路翼空負桂林情莫盡關關興羈愁正

厭生

僧滄浩一首

留別嘉興知已

一坐東林寺從来未下山不因尋長者無事到人間宿雨愁為客寒禽散未還空懷舊山月童子誦經閑

僧皎然二首

訕崔侍御見贈

買得東山後逢君小隱時五湖遊未足柏署跡如遺儒服何妨道禪心不廢詩一從居士說長破小乘疑

尋陸鴻漸不遇

移家雖帶郭野徑入桑麻近種籬邊菊秋来未著花扣門無犬吠欲去問西家報道山中出歸時每日斜

僧無本 二首

行次漢上

習家池沼草萋萋嵐樹光中信馬蹄漢主廟前湘水碧一聲風角夕陽低

馬嵬

長川幾處樹青青孤驛危樓對翠屏一自上皇惆悵後至今来往馬蹄腥

才調集卷之九 第

才調集目録　卷十

送韓揆之江西　相思怨
感興　恩命追入留别廣陵
故人　八至
送閻二十六赴剡縣
寄朱放　得閻伯鈞書
劉雲 二首
有所思　婕妤怨
鮑君徽 一首

惜春花

崔仲容　二首

贈所思　贈歌姬

張文姬　二首

溪口雲　沙上鷺

女道士元淳　二首

寄洛中諸姊　秦中春望

蔣藴　二首

贈鄭女郎　古意

崔公遠一首

獨夜詞

女道士魚玄機九首

隔漢江寄子安　寓言

江陵愁望寄子安　寄子安

寄李億員外　送别

又　迎李近仁員外

獄中書情上使君　銅雀臺

春閨怨

梁瓊 三首

昭君怨　銅雀臺

宿巫山寄遠人

廉氏 二首

懷遠　寄征人

薛濤 三首

闔閭城懷古

妓常浩 二首

贈盧夫人　　　寄遠

葛鵶兒 一首

懷良人

薛媛 一首

寫真寄夫南楚材

聠聠 一首

燕子樓

崔鶯鶯 一首

酬張生

無名氏 三十七首

春　　又

夏　　秋

冬　　雞頭

紅薔薇　　斑竹簟

聽琴　石榴
秦家行　小蘇家
斑竹　宴李家宅
長信宫　驪山感懷
聽唱鷓鴣　遊朱坡故少保杜公
林亭　留贈偃師主人
長門　客有新豐館題怨别
之詞因詰傳吏盡得其實偶作四韵嘲

傷哉行

才調集目録卷十終

才調集卷之十

張夫人二首 戶部侍郎吉中孚妻

拜新月

拜新月拜月出堂前暗魄初籠桂虛弓未引弦拜新月拜月粧樓上鸞鏡未安臺蛾眉已相向拜新月拜月不勝情庭前風露清月臨人自老人望月長生東家阿母亦拜月一拜一悲聲斷絕昔年拜月逞容輝如今拜月雙淚垂回看眾女拜新月却

憶紅閨年少時

拾得韋氏花鈿以詩寄贈

今朝粧閣前拾得舊花鈿粉汚痕猶在塵侵色尚鮮曾經纖手裏拈向翠眉邊能助千金笑如何忍棄捐

劉媛一首

長門怨

雨滴梧桐秋夜長愁心和雨到昭陽淚痕不與君

恩斷拭却千行更萬行

女道士李冶九首〔○〕字季蘭

從蕭叔子聽彈琴賦得三峽流泉歌〔中興集小異〕

妾家本住巫山雲巫山流泉常自聞玉琴彈出轉寥敻真是當時夢裏聽三峽迢迢幾千里一時流入幽閨裏巨石崩崖指下生飛泉走浪絃中起初切疑憤怒含雷風又似嗚咽流不通迴湍曲瀨勢將盡時復滴瀝平沙中憶昔阮公為此曲能使仲容

聽不足一彈既罷復一彈願作流泉鎮相續

送韓揆之江西「或刻送閻伯均往江州」○「中興集小異」

相招折楊柳別恨轉依依萬里西江水孤舟何處帰溢城潮不到夏口信應稀唯有衡陽雁年年来去飛

相思怨

人道海水深不抵相思半海水尚有涯相思渺無畔攜琴上酒樓樓虗月華滿彈著相思曲絃腸一

時䜿

感興

朝雲暮雨鎮相隨去雁来人有返期玉枕祇知長下淚銀燈空照不眠時仰看明月翻含意俯盻流波欲寄詞却憶初聞鳳樓曲教人寂寞復相思

恩命追入留別廣陵故人

無才多病分龍鍾不料虛名達九重仰愧彈冠上華髮多慙拂鏡理衰容馳心非關隨芳草極目南

山望舊峰桂樹不能留野客沙鷗出浦謾相逢

八至

至近至遠東西至深至淺清谿至高至明日月至親至踈夫妻

送閻二十六赴剡縣

流水閶門外孤舟日復西離情遍芳草無處不萋萋妾夢經吳苑君行到剡溪歸来重相訪莫學阮郎迷

寄朱放「中興集同」

望水試登山山高湖又闊相思無曉夕相望經年月欝欝山木青綿綿野花發別後無限情相逢一時說

得閻伯鈞書

情来對鏡懶梳頭葬雨蕭蕭庭樹秋莫怪闌干垂玉箸只緣惆悵對銀鈎

劉雲二首

有所思

朝亦有所思莫亦有所思登樓望君處靄靄蕭關道掩淚向浮雲誰知妾懷抱玉井蒼苔青春院深桐花落盡無人埽

婕妤怨

君恩不可見妾豈如秋扇秋扇尚有時妾身永微賤莫言朝花不復落嬌容幾奪昭陽殿

鮑君徽一首

惜春花 一本作惜花吟 武刺

枝上花花下人可憐顔色俱青春昨日看花花灼灼今日看花花欲落不如盡此花下歡莫待春風總吹却鶯歌蝶舞媚韶光紅爐煮茗松花香粧成吟態恣遊樂獨把花枝歸洞房

崔仲容 二首

贈所思

所居幸接隣相見不相親一似雲間月何殊鏡裏

人丹誠空有恨腸斷不禁春願作梁間燕無由變

此身

贈歌姬

水剪雙眸霧剪衣當筵一曲媚春暉瀟湘夜瑟怨

猶在巫峽曉雲愁不稀皓齒乍分寒玉細黛眉輕

蹙遠山微渭陽朝雨休重唱滿眼陽關客未歸

張文姬二首「○」鮑
參軍妻

溪口雲

溶溶溪口雲纔向溪中吐不復歸溪中還作溪中

雨

沙上鷺

沙頭一水禽鼓翼揚清音只待高風便非無雲漢

心

女道士元淳二首

寄洛中諸姊

舊國經年別關河萬里思題詩憑雁翼望月想蛾

眉白鬢愁偏覺帰心夢獨知誰堪離亂處掩淚向南枝

秦中春望

鳳樓春望好宮闕一重重上苑雨中樹終南霽後峰落花行處徧佳氣晚来濃喜見休明代霓裳躡道蹤

蔣䋖二首○一作蘊字馥

贈鄭女郎（或刻鄭氏妹）

艷陽灼灼河洛神珠簾繡户青樓春能彈箜篌弄
纖指愁殺門前少年子笑開一面紅粉粧東園幾
樹桃花死朝理曲莫理曲獨坐窗前一片玉行也
嬌坐也嬌見之令人魂魄銷堂前錦褥紅地鑪緑
沈香榼傾屠蘇解佩時時歇歌管芙蓉帳裏蘭麝
满晚起羅衣香不斷滅燭每嫌秋夜短

古意

昨夜巫山中失却陽臺女朝来香閣裡獨伴楚王

語

崔公遠一首

獨夜詞

晴天霜落寒風急錦帳羅幃羞更入秦箏不復續

斷絃回身掩淚挑燈立

女道士魚玄機九首

隔漢江寄子安 六言

江南江北愁望相思相憶空吟鴛鴦煖臥沙浦鸂

瀨鷁閑飛橋林煙裏歌聲隱隱渡頭月色沈沈含情
咫尺千里況聽家家遠砧
寓言六言
紅桃處處春色碧柳家家月明樓上新粧待夜閨
中獨坐含情芙蓉葉下魚戲螮蝀天邊雀聲人世
悲歡一夢如何得作雙成
江陵愁望寄子安
楓葉千枝復萬枝江橋掩暎暮帆遲憶君心似西

江水日夜東流無歇時

寄子安

醉別千卮不浣愁離腸百結解無憂蕙蘭銷歇歸春圃楊柳東西絆客舟聚散已愁雲不定恩情須學水長流有花時節知難遇未肯厭厭醉玉樓

寄李億員外 集作贈隣女

羞日遮羅袖愁春嬾起粧易求無價寶難得有心郎枕上潛垂淚花間暗斷腸自能窺宋玉何必恨

王昌

送別二首

層城幾夜愜心期不料仙鄉有別離睡覺莫言雲

去處殘燈一盞野蛾飛

又

水柔逐器知難定雲出無心肯再歸惆悵春風楚

江莫鴛鴦一隻失羣飛

迎李近仁員外

今日喜時聞喜鵲昨宵燈下拜燈花焚香出戶迎
潘岳不羨牽牛織女家

賦得江邊樹

草色迷荒岍煙姿入遠樓葉鋪秋水面花落釣人
頭根老藏魚窟枝低繫客舟瀟瀟風雨夜驚夢復
添愁

張窈窕二首

寄故人

溶溶春風花落時不堪愁坐更相思無金可買長
門賦有恨空吟團扇詩

春思

門前梅柳爛春輝閉妾深閨繡舞衣雙燕不知腸
欲斷銜泥故故傍人飛

張琰二首

春詞二首

垂柳鳴黃鸝關關若求友春情不可耐愁殺閨中

婦日暮登高樓誰憐小垂手

又

昨日桃花飛今朝梨花吐春色能幾時那堪此愁

緒蕩子遊不歸春来淚如雨

趙氏二首

雜言寄杜羔

君從淮海遊再過蘭杜秋歸来未須臾又欲向梁

州梁州秦嶺西棧道與雲齊羌蠻萬餘落矛戟自

高低已念寡儔侶復慮勞攀躋丈夫重志氣兒女
空悲啼臨卭滯遊地肯顧濁水泥人生賦命有厚
薄君但遨遊我寂寞

聞夫杜羔登第

長安此去無多地鬱鬱蔥蔥佳氣浮良人得意正
年少今夜醉眠何處樓

程長文三首

獄中書情上使君

妾家本住鄱陽曲一片真心比孤竹當年二八盛
容儀紅牋草隸恰如飛盡日閑窗刺繡坐有時極
浦採蓮歸誰道居貧守都邑幽閨寂寞無人入海
燕朝歸衾枕寒山花夜落階墀濕強暴之男何所
為手持白刃向簾幃一命任從刀下死千金豈受
暗中欺我心匪石情難轉志奪秋霜意不移血濺
羅衣終不恨瘡粘錦袖亦何辭縣僚曾未知情緒
即便教人縶囹圄朱脣滴瀝獨銜寃玉筯闌干歎

非所十月寒更堪思人一聞擊柝一傷神高髻不梳雲已散蛾眉罷埽月仍新三尺嚴章難可越百年心事向誰說但看洗雪出圖扉始信白圭無玷

缺

銅雀臺

君王去後行人絶簫箏不響歌喉咽雄劒無威光彩沈寶琴零落金星滅玉階寂寞墜秋露月照當時歌舞處當時歌舞人不回化為今日西陵灰

春閨怨

綺陌香飄柳如線時光瞬息驚流電良人何處事

功名十載相思不相見

梁瓊三首

貽君怨

自古有和親貽災到妾身朔風嘶去馬漢月出行

輪衣薄狼山雪粧成虜塞春迴看父母國生死畢

胡塵

銅雀臺

歌扇向陵開齊行奠玉盃舞時飛燕列夢裡片雲来月色空餘恨松聲莫更哀誰憐未死妾掩袂下銅臺

宿巫山遠寄人

巫山雲巫山雨朝雲莫雨無定所南峰忽暗北峰晴空裏仙人語笑聲曾侍荊王枕席處直至如今如有靈春風溶溶白雲閒驚湍流水響千山一夜

此中對明月憶得此中與君別感物情懷如舊時
君今渺渺在天涯曉看襟上淚流處點點血痕猶
在衣

廉氏二首

懷遠

隟塵何微微朝夕通其輝人生各有託君去獨不
歸青林有蟬響赤日無鳥飛徘徊東南望雙淚空
沾衣

寄征人

凄凄北風吹鴛被娟娟西月生蛾眉誰知獨夜相思處淚滴寒塘蕙草時

薛濤三首

送友人

水國蒹葭夜有霜月寒山色共蒼蒼誰言千里自今夕離夢杳如關塞長

題竹郎廟

竹郎廟前多古木夕陽沉沉山更緑何處江村有笛聲聲聲盡是迎郎曲

栁絮詠

二月楊花輕復微春風揺蕩惹人衣他家本是無情物一向南飛又北飛

姚月華二首

古怨詩二首

春水悠悠春草緑對此思君淚相續羞将離恨向

東風理盡秦箏不成曲

又

與君形影分胡越玉枕終年對離別登臺北望煙

雨深𢌞身泣向寥天月

裴羽仙二首〇其夫征匈奴輕行入為利

鹿生擒帳下自爾一往音信斷絶

邊將二首

風卷平沙日欲曛狼煙遥認犬羊群李陵一戰無

歸日望斷胡天哭塞塵

又

良人平昔逐蕃渾力戰輕行出塞門從此不歸成萬古空留賤妾怨黄昏

劉瑶三首

暗别離

槐花結子桐葉焦單飛越鳥啼青霄翠軒輾雲輕遥遥燕脂淚迸紅線條瑶草歇芳心耿耿玉佩無聲画屏冷朱絃暗斷不見人風動花枝月中影青

鸞脉脉西飛去海闊天高不知處

古意曲

梧桐階下月團團洞房如水秋夜闌呉刀剪破機頭錦茱萸花墜相思枕綠窗寂寞背燈時暗數寒更不成寢

閶閭城懷古

五湖春水接遥天國破君亡不記年唯有妖娥曽舞處古臺寂寞起愁煙

常浩 二首

贈盧夫人

佳人惜顔色恐逐芳菲歇日暮出画堂下堦拜新月拜月如有詞傍人那得知帰来投玉枕始覺淚痕垂

寄遠

年年二月時十年期別期春風不知信軒盖獨遲遲今日無端捲珠箔始見庭花復零落人心一往

不復歸歲月来時未嘗錯可憐熒熒玉鏡臺塵飛

幕幕幾時開却念容華非惜好画眉猶自待君来

葛鵶兒一首

懷良人

蓬髩荊釵世所稀布裙猶是嫁時衣胡麻好種無

人種正是歸時不見歸

薛媛一首

寫真寄夫南楚材

欲下丹青筆先拈寶鏡端已驚顏索寞漸覺鬢凋

殘淚眼描將易愁腸寫出難恐君渾忘却時展畫

圖看

盻盻一首 ○張建封妾

燕子樓

樓上殘燈伴曉霜獨眠人起合歡床相思一夜情

多少地角天涯不是長

崔鶯鶯一首

會張生「武則月明三五夜」

待月西廂下迎風戸半開拂墻花影動疑是玉故人來

無名氏三十七首

春二首

裊裊東風吹水國金鴉影煖南山北蒲抽小劒割湘波柳拂長眉舞春色白銅堤下煙蒼蒼林端細蘸參差香緑桑枝下見桃葉廻看青雲空斷腸

又

烏足遲遲日宮裏天門擊鼓龍蛇起風師翦翠換
枯條青帝挼藍染江水蜂蝶繽紛抱香蕋錦鱗跳
擲紅雲尾繡衣白馬不歸来雙成倚檻春心醉

夏

赤帝旗迎火雲起南山石裂吳牛死繡楹夜夜箔
鰕鬚象榻重重簟湘水彤彤日脚燒氷井古陌塵
飛野煙静漢帝高堂汗若珠班姬明月無停影

秋

月色驅秋下穹旻梁間燕語辭巢蚤古苔疑紫貼

瑶堦露槿啼紅墮江草越客羈魂挂長道西風欲

揭南山倒粉娥恨骨不勝衣暎門楚碧蟬聲老

冬

蒼茫枯磧陰雲滿古木號空晝光短雲攡三峰嶽

色低氷堅九曲河聲斷浩汗霜風刮天地温泉火

井無生意澤國龍蛇凍不伸南山瘦栢銷殘翠

雞頭

湖浪參差疊寒玉水仙曉展鉢盤緑淡黃根老栗
皺圓染青刺短金罌熟紫羅小囊光緊蹙一掬真
珠藏蝟腹薮薮引背傍蓮洲滿川恐作天雞哭

紅薔薇

九天碎霞明澤國造化工夫潛剪刻淺碧眉長約
細枝深紅刺短鉤春色晴日當樓曉香歇錦帶盤
空欲成結謝豹聲催麥隴秋春風吹落猩猩血

斑竹簟

龍鱗滿床波浪溼血光點點湘娥泣一片晴霞凍
不飛深沉盡訝鮫人立百朶排花蜀纈明珊瑚枕
滑葛衣輕閑窗獨卧曉不起冷浸羈魂錦江裏

聽琴

六律鏗鏘間宮徵伶倫寫入梧桐尾七條瘦玉叩
寒星萬派流泉哭纖指空山雨脚隨雲起古木燈
青嘯山鬼田文墮淚曲未終子規啼血哀猿死

石榴

蟬嘯秋雲槐葉齊石榴香老庭枝低流霞色染紫罌粟黄蠟紙苞紅瓠犀玉刻氷壺含露溼斒斑似帶湘娥泣蕭娘初嫁嗜甘酸嚼破水精千萬粒

秦家行

彗孛飛光照天地九天瓦裂屯冤氣鬼哭聲聲怨趙高宫花滴盡扶蘇淚禍起蕭墻不知戢羽書催築長城急劒上忠臣血未乾沛公已向函關入

小蘇家

雙月謳誣輾秋碧細風斜掩神仙宅麥門冬長馬

鬣青茱萸蘸綻蠅頭赤流蘇斗帳懸高壁絲鳳盤

龍繳香額堂内月娥横剪波倚門腸斷鰕鬚隔

斑竹

濃綠疎莖遶湘水春風抽出蛟龍尾色挹霜花粉

黛光枝撐蜀錦紅霞起交戞敲歆無俗聲滿林風

曳刀槍横般痕苦雨洗不落猶帶湘娥淚血腥嫋

婀梢頭埽秋月影穿林下疑殘雪我今慚愧子猷
心解愛此君名不滅

宴李家宅

画屏深掩瑞雲光羅綺花飛白玉堂銀榼酒傾魚
尾倒金爐灰滿爇心香輕揺緑水青蛾飲亂觸紅
絲皓腕狂令日恩榮許同聽不辭沉醉一千觴

長信宮

細草侵堦亂碧鮮宮門深鎖緑楊天珠簾欲捲檯

秋水羅幌微開動冷煙風引漏聲過枕上月遷花
影到窗前獨挑殘焰魂堪斷却恨青蛾誤少年

驪山感懷

武帝尋仙駕海遊禁門高閉水空流深宮帶日年
年色翠栢凝煙夜夜愁鸞鳳影沉歸萬古歌鐘聲
斷夢千秋晚来惆悵無人會雲雨能飛傍玉樓

聽唱鷓鴣

金谷歌傳第一流鷓鴣清怨碧雲愁夜来省得曾

聞處萬里月明湘水流

遊朱坡故少保杜公林亭

杜陵池館洛城東孤島廻汀路不窮高岫乍疑三

峽近遠波初似五湖通梧桐葉暗蕭蕭雨菱荇花

香滃滃風還有昔時巢燕在飛來飛去畫堂空

留贈偃師主人

孤城漏未殘徒侶拂征鞍洛北去愁遠淮南歸夢

闌曉燈廻壁暗晴雪卷簾寒更盡主人酒出門行

路難

長門

悵望黄金屋恩衰似越逃花生針眼刺月送剪腸

刀地近歡娱遠天低雨露高時看廻輦處淚臉濕

天桃

客有新豐館題怨別之詞因詰傳吏盡得其

實偶作四韻嘲之

春風白馬紫絲繮正值蚕眠未採桑五夜有心隨

此下有三五七詩一首
秋風清秋月明落葉聚還散寒鵶棲復驚相思相見知何日此時此夜難為情

莫雨百年無節待秋霜重尋繡帶朱藤合更認羅

裙碧草長為報西遊減離恨阮郎纔去嫁劉郎

經漢武泉

芙容池苑起清秋漢武泉聲落御溝他日江山暎

蓬髩二年楊柳別漁舟竹間駐馬題詩去物外何

人識醉遊盡把帰心付紅葉晚来随水向東流

雜詩十首

近寒食雨草萋萋着麥苗風柳暎堤早是有家帰

未得杜鵑休向耳邊啼

又

春光冉冉歸何處更向尊前把一盃盡日問花花不語為誰零落為誰開

又

水紋珎簟思悠悠千里佳期一夕休從此無心愛良夜任他明月下西樓

又

數日相隨兩不忘郎心如妾妾如郎出門便是東
西路把取紅牋各斷腸

又

無定河邊暮角聲赫連臺畔旅人情函關歸路千
餘里一夕秋風白髮生

又

花落長川草色青暮山重疊雨冥冥逢春便覺飄
蓬苦今日分飛一涕零

「又」

洛陽才子鄰簫恨湘水佳人錦瑟愁今昔兩成惆悵事臨邛春盡𡖖江流

「又」

浙江輕浪去悠悠望海樓吹望海愁莫怪鄉心隨魄斷十年為客在他州

「雜詩」二篇見劉夢得集中

鸞飛遠樹遊何處鳳得新巢有去心紅粉尚留香

幕幕碧雲初斷信沉沉郵堪點污沉涯玉猶自經

營買笑金從此山頭似人石丈夫形狀淚痕深

又

折釵破鏡兩無緣魚在深潭月在天得意紫鸞辭

舞鏡墮松青鳥斷銜牋金瓶永覆難收水玉軫長

抛不續絃若到蘼蕪山下過空將狂淚滴黄泉

天竺國胡僧水晶念珠

天竺胡僧踏雲立紅精素貫鮫人泣細影疑隨爛

火銷圓光恐滴袈裟濕夜梵西天千佛聲指輪次
第驅寒星若非葉下滴秋露則是井底圓春氷淒
清妙麗應難玆眼界真如意珠靜碧蓮花下獨提
攜堅潔何如幻泡影

白雪歌

皇穹何處飛瓊屑散下人間作春雪五花馬踏白
雲衢七香車碾瑤墀月蘇岳乳洞攤山家澗藤古
粟盤銀虵寒郊複疊鋪柳絮古磧爛熳吹蘆花流

泉不下孤汀咽斷臂老猿聲欲絶鳥啄氷潭玉鏡
開風敲落溜水晶折拂戶初疑粉蝶飛看山又訝
白鷗歸孫康凍死讀書闈火井不煖温泉微

琵琶

粉胸繡臆誰家女香撥星星共春語七盤嶺上走
鸞鈴十二峰頭弄雲雨千悲萬恨四五絃絃中甲
馬聲駢闐山僧撲破瑠璃鉢壯士擊折珊瑚鞭珊
瑚鞭折聲交戛玉盤傾瀉真珠滑海神驅趂夜濤

回江娥蹙踏春氷裂滿坐紅粧盡淚垂望鄉之客
不勝悲曲終調絶忽飛去洞庭月落孤雲歸

傷哉行

兔走烏飛不相見人事依稀速如電王母夭桃一
度開玉樓紅粉千回變車馳馬走咸陽道石家舊
宅空荒草秋雨無情不惜花芙容一一驚顛倒勸
君莫謾栽荊棘秦皇虛費驅山力英風一去更無
言白骨沉埋葬山碧

憶戊午偕雨若於十五松下日焚香讀異書每忌倡調因而覓句相賞也時雨若饞購是集不亞鴻寶第惡煤墨濡無可著筆虆處稍稍點次遂投諸梓意殊未愜十年來偶于故楮中覓得舊本不覺爽然隨剔燭研露互參唐名賢舊集標格無不印合遂訂為完書以行斯無憾于作者益有洽于選人當世説詩者見海虞刻有二種以此戊辰端陽前一日

湖南毛晉記

訶集卷之第十 終

十二月初二日校畢 連日沉陰沍寒今晨乃見
朝旭晴窗研朱手柔心靜其樂可知

壬子除夕再校畢 沅叔

唐人選唐詩總跋

唐人選唐詩約十種餘于數載遍搜僅得八冊或選殿而奏丹陛或別調而秘青緗或流美於既湮或表章於復振三百年來風運文深已大備於斯編凡百類選盈案溢篋俱可束之高閣矣然有一人一詩錯見疊張不過往者鄙瓢相示偶定推敲選者中之遞

衡徵商思息固無侯熔異以標新亦何必强同所畫

一若乃癡龍未辨湯易刑天耆恐不能無媿於鼎來

叟有南薰又本諸集姑俟續刻戊辰竹醉日湖南毛

晉記

唐人選唐詩總跋 終

國家出版基金項目

詹福瑞　陳紅彦　主編

唐人選唐詩八種

國家圖書館藏汲古閣刻傅增湘校跋本

歷代唐詩珍稀選本彙編

（唐宋金元卷）

7

鳳凰出版社

目次

唐人選唐詩八種　二

（國家圖書館藏崇禎元年汲古閣刻本，傅增湘校跋並録何焯等批校、題識）

唐人選唐詩八種

二

河岳英靈集

搜玉小集

才調集（一）

國家圖書館藏崇禎元年汲古閣刻本，傅增湘校跋並録何焯等批校、題識

此本文以上尚有九行

河嶽英靈集序

唐英集謂之殷文學璠蓋終於布衣者
序中所謂旣因退迹得遂宿心也

唐丹陽進士殷璠

叙曰

夫文有神來氣來情來有雅體野體鄙體俗體編紀者能審鑒諸體委詳所來方可定其優劣論其取捨至如曹劉詩多直語少切對或五字並側或十字俱平而逸駕終存然挈瓶庸受之流責古人不辯宮商

此行上空六字下空三字

興象宋本作比興

徵羽詞句質素恥相師範於是攻異端妄穿鑿理則不足言常有餘都無興象但貴輕豔雖滿篋笥將何用之自蕭氏以還尤增矯飾武德初微波尚在貞觀末標格漸高景雲中頗通遠調開元十五年後聲律風骨始備矣寔由主上惡華好朴去僞從眞使海內詞場翕然尊古南風周雅稱闡今日璠不揆竊嘗好

荻本作三十五人詩一百七十首分爲上下卷起甲寅終乙酉則天寶四載也

事願删略群才贊聖朝之美爰因退跡得遂宿心粤若王維王昌齡儲光羲等二十四人皆河嶽英靈也此集便以河嶽英靈爲號詩二百三十四首分爲上中下卷起甲寅終癸巳論次于叙品藻各冠篇額如名不副實才不合道縱權壓梁竇終無取焉

集論

論曰昔伶倫造律蓋爲文章之本也是以氣因律而

生節律而明才得律而清焉寧預於詞場不可不知音律焉孔聖刪詩非代議所及自漢魏至於晉宋高唱十有餘人然觀其樂府猶有小失齊梁陳隋下品實繁專事拘忌彌損厥道夫能文者匪謂四聲盡要流美八病咸須避之縱不拈綴未為深缺即羅衣何飄飄長裾隨風還雅調仍在況其他句乎故詞有剛柔調有高下但令詞與調合首尾相稱中間不敗便是知音而沈生雖怪曹王曾無先覺隱侯言之更遠璠今所集頗異諸家既閑新聲復曉古體文質半取風騷兩挾言氣骨則建安為傳論宮體商則太康不逮將來秀士無致深憾

河嶽英靈集序

河嶽英靈集目錄（卷上）

春詞　又

古意　仙谷遇毛女意知是

秦時宮人　晦日馬鐙曲稍次中

添作

李白廿三首

戰城南　遠別離

野田黃雀行　蜀道難

行路難　夢遊天姥山別東魯

諸公　憶舊遊寄譙郡元參
軍　詠懷
詶東都小吏携斗酒雙魚見贈
荅俗人問　古意
将進酒　烏棲曲
王維廿五首
西施篇　偶然作
贈劉藍田　入山寄城中故人

淇上別趙仙舟　春閨
寄崔鄭二山人　息夫人怨
婕妤怨　魚山神女瓊智祠歌
二首　隴頭吟
少年吟　初出濟州別城中故
人　送綦毋潛落第還鄉
劉眘虚廿二首
「海上詩送薛文學歸東海

送東林廉上人還廬山

送韓平兼寄郭微　寄閻防

莫秋楊子江寄孟浩然

寄江滔求孟六遺文

潯陽陶氏別業　登廬山峰頂寺

尋東溪還湖中作　越中問海客

江南曲

張謂六首

讀後漢逸人傳　又

同孫構免官後登薊樓

贈喬琳　湖中對酒行

題長安主人壁

王季友六首

雜詩　代賀枝令謩贈沈千

運　觀于舍人壁画山水

滑中贈崔高士瓘　山中贈十四祕書兄

酬李十六岐

陶翰廿一首

古塞下曲　燕歌行

贈鄭員外　望太華贈盧司倉

晚出伊闕寄河南裴中丞

贈房侍御　經殺子谷

乘潮至漁浦作　宿天竺寺

早過臨淮　出蕭關懷古

李頎 廿四首

謁張果老先生　送暨道士還玉清觀

東郊寄萬楚　登首陽山謁夷齊廟

題綦毋校書所居　漁父歌

古意　送康洽入京進樂府

歌　送陳章甫

聽董大彈胡笳聲兼語弄寄房給事

緩歌行　鮫人歌

送盧逸人　埜老曝背
高適 廿三首
哭單父梁九少府　宋中遇陳兼
宋中　九日詶顧少府
見薛大臂鷹作　詶岑主簿秋夜見贈
送韋參軍　封丘作
邯鄲少年行　燕歌行
行路難　塞上聞笛

營州歌

河嶽英靈集目録卷上終

河嶽英靈集目録卷中

岑參七首

綦毋潛　六首

題鶴林寺　　題靈隱寺山頂禪院

送儲十二還莊城　　若耶溪逢孔九

孟浩然六首

過景空寺故融公蘭若

過融上人蘭若　　裴司戶員司士見尋

九日懷襄陽　　歸故園作

夜歸鹿門歌

崔國輔十三首

儲光羲廿二首

王昌齡廿六首

詠史　　觀江淮名山圖
香積寺禮拜萬迴平等二聖僧檜
齋心　　緱氏尉沈興宗置酒
南溪留贈　　江上聞笛
東京府縣諸公相送至白馬寺宿
趙十四兄見訪　　少年行
聽流人水調子　　長歌行
城傍曲　　塞下曲

河嶽英靈集目録卷中終

河嶽英靈集目録卷下

王灣八首

晚春詣蘇州敬贈武員外

哭補闕亡友綦毋學士

晚夜馬嵬卿叔池亭即事寄京都一二知

已　奉使登終南山

奉和賀監林月清酌

江南意　觀搨箏

閏月七日織女

祖詠六首

古意　又

遊蘇氏別業　清明宴司勲劉郎中

別業　宿陳留李少府廳

終南望餘雪

盧象七首

家叔徵君東溪草堂

又　送綦毋潛

送祖詠　　贈程祕書

贈張均員外　　追涼歷下古城西北

隅此地有清泉喬木

李嶷五首

林園秋夜作　　淮南秋夜呈同僚

少年行　　又

又

閻防五首

河岳英靈集目録

前空二行

此集所取不越齊
梁詩格但稍汰其
靡麗者耳唐天寶
以前詩人能建窺安
門徑者惟陳拾遺杜
拾遺李供奉元容州
諸人集中獨取供奉
又持擇未當他如常
建王維則古詩僅
能詩詠文辭近體
僅能詩何仲元孫
不足以傳建安氣
骨也　丁酉
此書多取警策
之句緣情言志理
或未盡　堂華

河嶽英靈集卷之上

唐丹陽進士殷璠集

常建　十四首

高才無貴仕誠哉是言曩劉楨死於文學
左思終於記室鮑昭卒於參軍今常建亦
淪於一尉悲夫建詩似初發通莊却尋野
徑百里之外方歸大道所以其旨遠其興
僻佳句輒來唯論意表至如松際露微月

清光猶為君又山光悅鳥性潭影空人心
此例十數句並可稱警策然一篇盡善者
戰餘落日黄軍敗鼓聲死今與山鬼鄰殘
兵哭遼水屬思既苦詞亦警絶潘岳雖云
能叙悲怨未見如此章

夢太白西峰

夢寐升九崖杳靄逢元君遺我太白峯寥寥辭垢
氛結宇在星漢宴林閑氤氳簷楹覆餘翠巾舄生

王將軍仙指王炑君奠將亦炑失守戰殁遼水是詩家借用字
作嘗言乃將軍平日自負其負勇旂唱伯末后傷悼意起

片雲時往裔落間孤亭晝仍曛松峰引天影石瀨清霞文恬目綬舟趣霽心投鳥群春風有搖櫂潭島花紛紛

吊王將軍墓　此詩極為雅健非只如虞羲出塞到不得鮑明遠也　丁卯

嫖姚北伐時深入強千里戰餘落日黃軍敗鼓聲死嘗聞漢飛將可奪單于壘今與山鬼隣殘兵哭遼水　此是效吴体庠體而反用之　強千里言千里有餘也　弄注有强弱字宋刻詩集亦作强彊字乃不學者妄改才調集作幾千里　山鬼隣所謂身死為國殤也

貽君墓

雪矩齋

趣但淫慕昔嘆与明妃曲不同但後六句淺薄

漢宮豈不死異域傷獨歿萬里駝黃金蛾眉為枯骨迴車夜出塞立馬皆不發共恨丹青人墳上哭明月

丹青畏化執政者之事也由來皆借明妃以發舒憤懣耳不用黃金致此也播第三陷陋

江上琴興

江上調玉琴一絃清一心泠泠七絃遍萬木澄幽陰（一作音）能使江月白又令江水深始知枯桐枝可以徽黃金

宿王昌齡隱處

清溪深不極，隱處惟孤雲。松際露微月，清光猶為君。茅亭宿花影，藥院滋苔紋。余亦謝時去，西山鸞鶴羣。

亦字應脈字

滋苔文言人迹不至也

送李十一尉臨溪

泠泠花下琴，君唱度江吟。天際一帆影，預懸離別心。以言神仙尉，因致瑤華音。回軫撫商調，越溪澄碧林。

此六朝遺調之最佳者

閑齋臥疾、行藥至山館、稍次湖亭作首

犀月表姪謂本是一篇，刻者誤分為二。後合之，則同袍四五人一聯文氣始覺暢得○○。不若仍作二篇為是。古人作詩章法，大抵數篇自為首尾，非如一篇即將題目說盡也。

宋本常建詩集亦作二篇

卯時結陰霖，簷外初白日。齋沐清病容，心魂畏虛室。開梅照前戶，明鏡悲舊質。同袍四五人，何不來問疾。

又

行藥至石壁，東風變萌芽。主人門外綠，小隱湖中花。時物堪獨往，春帆宜別家。辭君向滄海，爛熳從天涯。

題破山寺後禪院

作遇幽處亦佳

清晨入古寺初日照高林竹徑通幽處禪房花木深山光悅鳥性潭影空人心萬籟此俱寂但餘鐘磬音 此篇何減沈謝

鄂渚招王昌齡張僨

川蘆曠野中沙上飛黃雲天晦無精光茫茫悲遠君楚山隔湘水湖畔落日曛春雁又北飛音書固難聞謫君未為嘆讒枉何由分五日逐蛇龍宜為吊寃文翻覆古共然宦安足云貧士任枯槁捕

魚清江濆有時荷鋤犁曠野自畊耘不然春山隱
溪澗花氛氳山鹿自有揚賢達亦顧辭二賢歸去
来世上徒紛紛

春詞

菀菀黄柳絲濛濛雜花垂日高紅粧臥倚樹春風
遲寧知傍淇水驂褭黄金羈

又

䮖䮖陌上桑南枝交北堂美人金梯出手自提竹

筐非但畏蠶飢盈盈嬌路傍

古意（集作張公子行）

日出乘釣舟嫋嫋持釣竿涉淇傍荷花驄馬閑金鞍使客白雲中腰間懸轆轤出門事嫖姚為君西擊胡胡兵漢騎相馳逐轉戰孤軍海西曲百尺旌竿沉墨雲邊笳落日不堪聞

仙谷遇毛女意知是秦時宮人

溪口水石淺泠泠明藥叢入溪雙峰峻松栝疎幽

風巒嶺枝嫋嫋翳泉花濛濛夤緣霽人目路盡心
彌通盤石横陽崖前臨殊未窮廻潭清雲影瀰漫
長天空水邊一神女千歲為玉童羽毛經漢代珠
翠逃秦宮目覿神已寓鶴飛言未終祈君青雲秘
願謁黃仙翁當以畊玉田龍鳴西頂中金梯與天
接幾日来相逢

晦日馬鐙曲稍次中流作

夜来宿蘆葦曉色明西林初日在川上便澄遊子

心晴天無纖翳郊野浮春陰波靜隨釣魚舟小綠水深出浦見千里曠然諧遠尋扣船應漁父因唱滄浪吟

李白（十三首）

白性嗜酒志不拘檢常林棲十數載故其為文章率皆縱逸至如蜀道難等篇可謂奇之又奇然自騷人以還鮮有此體調也

氣骨固不奇古然特調不俗人

戰城南

太白歌行梁陳以來所未有也嚴氏獨以為稱稱最有見

去年戰桑乾源今年戰葱河道洗兵條支海上波
放馬天山雪中草萬里長征戰三軍盡衰老胡人
以殺戮為畊作古來唯見白骨黃沙田秦家築城
備
避胡處漢家還有烽火燃烽火燃不息長征無已
時野戰格鬭死敗馬號鳴向天悲烏鳶啄人腸啣
飛上挂枯樹枝士卒塗草莽將軍空爾為乃知兵
者是凶器聖人不得已而用之

才寡味短太白詩自有深厚者以貌取則狹矣　紫華

遠別離

古有皇英之二女乃在洞庭之南瀟湘之浦海水
直下萬里深誰人不言此離苦日慘慘兮雲冥冥
猩猩啼煙兮鬼嘯雨我縱言之將何補皇穹竊恐
不照余之忠誠雷憑憑兮欲吼怒堯舜當之亦禪
禹君失臣兮龍為魚權歸臣兮虎變鼠集有或言二字堯
幽囚舜野死九疑聯綿皆相似重瞳孤墳竟誰是
帝子降兮綠雲間隨風波兮去無還慟哭兮遠望
見蒼梧之深山蒼梧山崩湘水絕竹上之淚乃可滅

野田黄雀行

游莫逐炎洲翠棲莫近吳宮燕炎洲逐翠遭網羅吳宮火起焚巢窠瀟條兩翅蓬蒿下縱有鷹鸇奈爾何

点稍依彷明遠空城雀 紫筆

蜀道難

噫吁嚱危乎高哉蜀道之難難於上青天蠶叢及魚鳧開國何茫然爾来四萬八千歲不與秦塞通人煙西當太白有鳥道可以横絶峨眉巔地崩山

摧壯士死然後天梯石棧相勾連上有六龍回日
之高標下有衝波逆折之迴川黃鶴之飛尚不得
過猿猱欲度愁攀緣青泥何盤盤百步九折縈巖
巒捫參歷井仰脅息以手撫膺坐長歎問君西遊
何時還畏途巉嵓不可攀但見悲鳥號古木雄飛
雌從遶林間又聞子規啼夜月愁空山蜀道之難
難於上青天使人聽此凋朱顏連峰去天不盈尺
枯松倒挂倚絕壁飛湍瀑流爭喧豗砯崖轉石萬

壑雷其險也若此嗟爾遠道之人胡為乎来哉劒
閣崢嶸而崔嵬一夫當關萬人莫開所守或匪親
化為狼與豺朝避猛虎夕避長蛇磨牙吮血殺人
如麻錦城雖云樂不如早還家蜀道之難難於上
青天側身西望長咨嗟

行路難

金罍清酒價十千玉盤珍羞直萬錢停盃投筯不
能食拔劒四顧心茫然欲度黄河氷塞川將登太

行雲暗天關来垂釣坐溪上忽復乘舟夢日邊行路難道安在（本集行路難行路難多岐路今安在）長風破浪會有時直挂雲帆濟滄海

夢遊天姥山別東魯諸公

海客談瀛洲煙濤微茫信難求越人語天姥雲霓明滅如何覩天姥連天向天橫勢拔五嶽掩赤城天台四萬八千丈對此絶倒東南傾我欲因之夢吳越一夜飛度鏡湖月湖月照我影送我到剡溪

謝公宿處今尚在綠水蕩漾清猿啼脚穿謝公屐

身登青雲梯半壁見海日空中聞天雞千巖萬轉

路不定迷花倚石忽已暝熊咆龍吟殷巖泉慄深

林兮驚層巔楓青青兮欲雨水澹澹兮生煙列缺

霹靂丘巒崩摧洞天石扉訇然而中開青冥浩蕩

不見底日月照耀金銀臺霓為裳兮風為馬雲中

君兮紛紛而来下虎鼓琴兮鸞迴車仙之人兮列

如麻忽魂悸兮目奓怳驚起而長嗟惟覺時之枕

席失向来之煙霞世間行樂皆如是古来萬事東流水別君去兮何時還且放白鹿青崖間欲行即騎向名山何能摧眉折腰事權貴康樂酒色關朱顏一作使我不得開心顏

憶舊遊寄譙郡元參軍

憶昔洛陽董糟丘為余天津橋南造酒樓黃金白璧買歌笑一醉累月輕王侯四海賢豪青雲客就君與遇心莫逆迴山轉海不作難傾情倒意無所

惜我向淮南攀桂枝君留洛北愁夢思不忍別還
相隨相隨迢迢訪仙城三十六曲水迴縈一溪初
入千花明萬壑度盡松風聲銀鞍金絡到平地漢
東太守来相迎紫陽之真人邀我吹玉笙餐霞樓
上動仙樂嘈然宛似鸞鳳鳴袖長管催欲輕舉漢
東太守醉起舞手持錦袍覆我身我醉横眠枕其
股當筵意氣凌九霄星離雨散不終朝分飛楚關
山水遥余既還山尋故巢君亦歸家度渭橋君家

嚴君勇貔虎作尹并州遏戎虜五月相呼度太行
摧輪不道羊腸苦行来北京歲月深感君貴義輕
黄金瓊盃綺食青玉案使我醉飽無歸心時時出
向城西曲晉祠流水如碧玉浮舟弄水簫鼓鳴微
波龍鱗莎草緑與来攜妓恣經過其若楊花似雪
何紅粧欲醉宜斜日百尺清潭寫翠娥嬋娟初月
輝美人更唱舞羅衣清風吹歌入空去歌曲自繞
行雲飛此時歡樂難再遇西遊因獻長楊賦北闕

青雲不可期東山白首還歸去渭橋南頭一遇君鄴臺之北又離群問余別恨今多少落花春草爭紛紛言亦不可盡情亦不可極呼兒長跪緘此辭寄君千里遙相憶

詠懷（集作古風）

獨摘此篇吾所未喻

莊周夢蝴蝶蝴蝶為莊周一體更變易萬事良悠悠乃知蓬萊水復作清淺流青門種瓜人舊日東陵侯富貴固如此營營何所求

情素下有十字云酒來我飲之鱠作別離處最見手妙刪去則通篇索然後才亦殊嫌無鑑矣

酬東都小吏攜斗酒雙鱗見贈

魯酒琥珀色汶魚紫錦鱗山東豪吏有俊氣手攜此物贈遠人意氣相傾兩相顧斗酒雙魚表情素雙鰓呀呷鰭鬛張蹳剌銀盤欲飛去呼兒拂机霜刄揮紅腮花落白雪霏霏為君下筯一餐飽醉著金鞍上馬歸

答俗人問 一作山中問荅

問余何事栖碧山笑而不荅心自閑桃花流水杳

然去別有天地非人間

古意 一作南陵別兒童入京

白酒初熟山中歸黃雞啄黍秋正肥呼童烹雞酌白酒兒女嬉笑牽人衣高歌取醉欲自慰起舞落日爭光輝游說萬乘苦不早著鞭跨馬涉遠道會稽愚婦輕買臣余亦辭家西入秦仰天大笑出門去我輩豈是蓬蒿人

將進酒 是供奉平生游戲之作不爲豪也

其源為杪默

君不見黃河之水天上来奔流到海不復回君不見高堂明鏡悲白髮朝如青絲暮成雪人生得意須盡歡莫使金樽空對月天生我材必有用千金散盡還復来烹牛宰牛且為樂會須一飲三百盃岑夫子丹丘生將進酒君莫停與君歌一曲請君為我傾耳聽鐘鼎玉帛不足貴但願長醉不願醒古来聖賢皆寂寞惟有飲者留其名陳王昔時宴平樂斗酒十千恣讙謔主人何為言少錢徑須沽

酒對君酌五花馬千金裘呼兒將出換美酒與爾同銷萬古愁

烏棲曲 亦是梁陳風調

姑蘇臺上烏棲時吳王宮裏醉西施吳歌楚舞歡未畢青山欲銜半邊日銀箭金壺漏水多起看秋月墜江波東方漸高奈爾何 紂為長夜之飲而喪其甲子

王維（十五首）

維詩詞秀調雅意新理愜在泉爲珠著壁

永明以後清詞麗句摩詰殆集其成若陶謝風力則另限以拔俗之牆此事要須讓子美獨步也

成繪一句一字皆出常境至如落日山水好漾舟信歸風又澗芳襲人衣山月映石壁天寒遠山淨日暮長河急日暮沙漠陲戰聲煙塵裏詎肯慚于古人也

西施篇

艷色天下重西施寧久微朝爲越溪女暮作吳宮妃賤日豈殊衆貴來方悟稀要人傅香粉不自著羅衣君寵益嬌態君憐無是非當時浣紗伴莫得

同車歸寄諸隣家女效顰安可希

偶然作

陶潛任天真其性頗耽酒自從棄官來家貧不能有九月九日時菊花空滿手心中竊自思儻有人送否白衣攜觴來果不違老叟且喜得斟酌安問升與斗奮衣野田中今日嗟無負兀傲迷東西蓑笠不能守傾倒強行行酣歌歸五柳生事不曾問肯愧家中婦

此亦太率

贈劉藍田（或刻盧象）（百家選作）

籬間犬迎吠，出屋候荊扉。歲晏輸井稅，山村人夜歸。晚田始家食，餘布成我衣。詎肯無公事，煩君問是非。

無負於官無求於世則其人豈復可致也

入山寄城中故人（一作終南別業）

中歲頗好道，晚家南山陲。興來每獨往，勝事空自知。行到水窮處，坐看雲起時。偶然值林叟，談笑無還期。

淇上别趙仙舟 一作齊州送祖三

相逢方一笑相送還成泣祖席已傷離荒城復愁入天寒遠山淨日暮長河急解纜君已遥望君猶佇立

舍望字

春閨 一作晚春歸思

似陰鏗

新粧可憐色落日卷簾帷鑪氣清珎簟墻隂上玉墀春蟲飛網戶暮雀隱花枝向晚多愁思閑窗桃

李時

此篇集中不載

寄崔鄭二山人（本集崔皆作霍題中無字此乃濟上四賢詠之一）

翩翩京華子多出金張門幸有仙人業恩蒙明主恩童年且未學肉食驚華軒豈知中林士無人薦至尊鄭生老泉石崔子安丘樊賣藥不二價著書盈萬言息陰無惡木飲水必清源余賤不及議斯人竟誰論

息夫人怨（國秀集題息嬀怨小異）（當從本事詩書題云寧王坐中賦）

莫以今時寵能忘舊日恩看花滿眼淚不共楚王

若直詠古事何未之有

六朝辭賦雖多俱以四六體為之其去楚人之辭遠矣右丞此作固不足希風屈宋然非晉以後人所能也

言

婕妤怨

宫殿生秋草君王恩幸疎那堪聞鳳吹門外度金輿

漁山神女瓊智祠歌首

迎神

坎坎擊鼓魚山之下（古音户）吹洞簫望極浦女巫進紛屢舞陳瑤席湛清酤風淒淒兮夜雨不知神之來不

日少年日行人曰老將何其錯雜也

來使我心苦一作神之來兮不來使我心兮苦復苦

送神

紛進拜兮堂前目眷眷兮瓊筵來不語兮意不傳作暮雨兮愁空山悲急管思繁絃神之駕兮儼欲旋倏雲消兮雨歇山青青兮水潺湲

二語風致唐絕

隴頭吟

長安少年遊俠客夜上戍樓看太白隴頭明月迥臨關隴上行人夜吹笛關西老將不勝愁駐（驅）馬聽

之雙淚流身經大小百餘戰麾下偏裨萬戶侯蘇
武纔爲典屬國節旄落盡海西頭（落句却借他人致憤，婉而不迫。紫華）

少年行

一身能擘兩雕弧虜騎千重只似無偏坐金鞍調
白羽紛紛射殺五單于

初出濟州別城中故人（唐有齊州無濟州也）

微官易得罪謫去濟川陰執政方持法明君無此（照）
心閭閻河潤上井邑海雲深縱有歸來日多愁年

（集作無，然不逮照字遠矣）

髯侯

送綦毋潛落第還鄉　怎地委婉曲折

聖代無隱者英靈盡来歸遂令東山客不得顧採薇既至君門遠孰云吾道非江淮度寒食京洛縫春衣置酒臨長道同心與我違行當浮桂棹未幾拂荊扉遠樹帶行客孤樹當落暉吾謀適不用勿謂知音稀

劉眘虛（十一首）

宗仰二祐氣骨
亦復清峻

眘虛詩情幽興遠思苦語奇忽有所得便驚衆聽頊東南高唱者數人然聲律婉態無出其右唯氣骨不逮諸公自永明已還可傑立江表至如松色空照水經聲時有人又滄溟千萬里日夜一孤舟又歸夢如春水悠悠遠故鄉又駐馬渡江處望鄉待歸舟又道由白雲盡春與清溪長時有落花至遠隨流水香開門向溪路深柳讀書

堂幽暎每白日清暉照衣裳並方外之言也惜其不永天年隕碎國寶

海上詩送薛文學歸東海

何處歸且遠送君東悠悠滄溟千萬里日夜一孤舟曠望絕國所微茫天際愁有時近仙境不定若夢遊或見青色古孤山百里秋前心方杳眇此路勞夷猶離別惜吾道風波敬皇休春浮花氣遠思逐海水流日暮驪歌後永懷空滄洲

一刻王

送東林廉上人還廬山　昌齡

石溪流已亂，苕徑入漸微。日暮東林下，山僧還獨歸。常為鑪峰意，況與遠公違。道性深寂寞，世情多是非。會尋名山去，豈復無清機。

送韓平兼寄郭微

上客夜相過，小童能酤酒。即為臨水處，正值歸雁後。前路望鄉山，近家見門柳。到時春未暮，風景自應有。余憶東州人，經年別来久。殷勤為傳語，日夕

獨創臨水二字是歇後體

念攜手兼問前寄書書中復達否

寄閻防

防時在終南豐德寺讀書

青冥南山口君與緇錫隣深路入古寺亂花隨暮春紛紛對寂寞往往落衣巾松色空照水經聲時有人晚心復南望山遠情獨親應以修德業亦惟此與身深林度空夜煙月鎖清真莫嘆文明日彌年從隱淪

暮秋揚子江寄孟浩然

木葉紛紛下東南日煙霜林山相晚暮天海空青

蒼暝色變復久秋聲亦何長孤舟兼微月獨夜仍

越鄉寒笛對京口故人在襄陽詠思勞今夕江漢

遥相望 元暉仲言不復能過 嵩年

寄江滔求孟六遺文 温然

南望襄陽路思君情轉親偏知漢水廣應與孟家

鄰在日貧為善昨来聞更貧相如有遺草為一問

家人

潯陽陶氏別業　第四五句晚[illegible]

陶家習先隱，種柳長江邊。朝夕潯陽縣，白衣來幾年。霽雲明孤嶺，秋水澄寒天。物象自清曠，野情何綿聯。蕭蕭丘中賞，明宰非徒然。願守黍稷稅，歸畊東山田。

第四謂陶令子孫亦不以榮進為務，非白衣送酒故事。○非也。此句似以宰正用白衣送酒故事，未幾年見其非徒然也。

登廬山峰頂寺

孤峰臨萬象，秋氣何高清。庭際南郡出，林端西江明。山門二緇叟，振錫聞幽聲。心照有無累，業懸前

後生徒知真機靜尚與變網并方首金門路未遑
參道情

尋東溪還湖中作

出山更回首日暮清溪深東嶺新別處數猿叫空
林昔遊前有迹此路還獨尋幽興方在往歸懷復
為今雲峰勞前意湖水成遠心望望已超越坐鳴
舟中琴

越中問海客

風雨滄洲暮一帆今始歸自云發南海萬里速如飛初謂落何處永將無所依冥茫漸西見山色越中微誰念去時遠人經此路稀泊舟悲且泣使我亦沾衣浮海焉用說憶鄉難久違縱為魯連子山路有柴扉

江南曲

美人何蕩漾湖上風日長玉手欲有贈裴徊雙明璫歌聲隨綠水怨氣起青陽日暮還家望雲波橫

陽題楊

洞房

張謂六首

謂代北州老翁，畣及湖中對酒行，並在物情之外，但衆人未曾說耳，亦何必歷遐遠，探古迹，然後始為冥搜。

讀後漢逸人傳二首

子陵没已久，讀史思其賢，誰謂潁陽人，千秋如比

肩。嘗聞漢皇帝，曾是曠周旋，名位茍無心，對君猶

遯世無悶方透出無心名位數筆

可眠東過富春渚樂此佳山川夜同松下月朝看江上煙釣時如有待釣罷應忘筌生事在林壑悠悠經暮年于今七里瀨遺迹尚依然高臺竟寂莫流水空潺湲

又　此篇尤近自然

龐公南郡人家在襄陽里何處偏來往襄陽東陂是誓將業田種終得保妻子何言二千石乃欲勸吾仕鶺鴒巢茂林黿鼉穴深水萬物從所欲吾心

鶺鴒句乃本詞巷法川又摘變

疑臣言嘗在王忠嗣幕下

亦如此不見鹿門山朝朝白雲起采藥復采樵優
游終暮齒

同孫構免官後登薊樓懷歸作

昔在五陵時年少亦強壯嘗矜有奇骨必是封侯
相東走到營州投身事邊將一朝去鄉國十載履
亭障部曲皆武夫功成不相讓猶希虜塵動更取
林胡帳去年大將軍忽負樂生謗北別傷士卒南
遷死炎瘴濩落悲無成行登薊丘上長歎三千里

日夕西南望寒沙榆關沒秋水櫟河漲策馬從此
辭雲中保閑放 结語健

贈喬琳 或刻劉眘虛 語健而意淺

去年上第不見收今年寄食仍淹留羨君有酒能
便醉羨君無錢能不憂如今五侯不待客羨君不
問五侯宅如今七貴方自尊羨君不過七貴門丈
夫會應有知己世上悠悠何足論

湖中對酒作

周禮酒正注漢法酒有斝滿尊

紫筆

夜坐不厭湖上月，晝行不厭湖上山。眼前一罇又長滿，心中萬事如等閑。主人有黍百餘石，濁醪數斗應不惜。即今相對不盡歡，別後相思復何益。茱萸灣頭歸路賒，願君且宿黄翁家。風光若此人不醉，參差辜負東園花。

題長安主人壁

世人結交須黄金，黄金不多交不深。縱令然諾暫相許，終是悠悠行路心。

王季友（六首）

季友詩愛奇務險遠出常情之外然而白首短褐良可悲夫至如觀于舍人西亭壁画山水詩楚人宿在山家少朝見此山謂山曉半壁仍棲嶺上雲開簾放出湖中鳥甚有新意

季友力追古人而氣骨不副

雜詩

采山仍采隱在山不在深持斧事遠遊固悲匠者

（批注：舊客〻作之人也）

心翳翳青桐枝樵爨日所侵樵聲出巖壑回聽無
知音豈為鼎下薪當復堂上琴鳳鳥久不棲且與
枳棘林

代賀枝令譽贈沈千運（批：拔）（批：似欲力變沈宋舊體）

栁逢問姓名亦存別時無子今有孫山上雙松長（批：存字似誤）
不改百家惟有三家村村南村西車馬道一宿通
舟水浩浩瀰中磊磊十里石河上淤泥種桑麥平
坡冢墓皆我親滿田主人是舊客舉聲酸鼻問同

讀老杜堂上不合生楓樹十日畫一水篇覺此等都不復可觀

倒作前首始覺突兀戲筆

年十八七人歸下泉分手如何更此地迴頭不語淚潸然

觀于舍人壁画山水

野人宿在山家少朝見此山謂山曉半壁仍栖嶺上雲開簾放出湖中鳥獨坐長松是阿誰再三指手起来遲于公大笑向予說小弟丹青能爾為

滑中贈崔高士瓘

夫子保藥命外身得无咎日月不能老化腸為筋

不十年前見君甲子過我壽于何今相逢華髮在
我後迹而知其遠少見今白首遥信蓬莱宫不死
世世有玄石采盈擔神方秘其肘問家惟指雲變
氣常言酒攝生固如此履道當不朽未能太虛同
類亦天地久賓腹以芝术賤體仍芻狗自勉將勉
余良藥在苦口

山中贈十四秘書兄（篋中集作寄韋子春書情二聯倒置少末二聯）

出山秘雲署山木已再春食我山中藥不憶山中

入山中誰余容白髮日相親雀鼠晝夜無知我廚
廩貧有情盡損棄土石為同身依依舍北松不厭
吾南隣夫子質千尋天澤枝葉新余以不材壽非
智免斧斤

酬李十六岐

鍊丹文武火未成賣藥販履俱逃名出谷迷行洛
陽道乘流醉臥滑臺城城下故人久離怨一歡適
我兩家願朝飲杖懸沽酒錢暮餘囊有松花飯于

何車馬日憧憧李膺門館爭登龍千賓揖對若流
水五経發難如扣鐘下筆新詩行滿壁立談古人
坐在席問我草堂有卧雲知我山儲無檐石自畊
自刈食為天如鹿如麋飲野泉亦知世上公卿貴
且養丘中草木年

陶翰十一首

歷代詞人詩筆雙美者鮮矣今陶生實謂
實不愧此兩語
兼之既多興象復備風骨三百年以前方

可謂苦麗哉也

古塞下曲

進軍飛狐北。窮寇勢。將變。日落塵塵昏。背河更一戰。騂馬黄金勒。雕弓白羽箭。射殺左賢王。歸奏未央殿。欲言塞下事。天子不召見。東出咸陽門。哀哀淚如霰。

燕歌行

請君留楚調聽我吟燕歌家在遼水頭邊風意氣

多出身為漢将正值戎未和雪中凌天山氷上度
交河大小百餘戰封侯竟蹉跎帰来霸陵下故舊
無相過雄劒委塵匣空門惟雀羅玉簫還趙妹瑶
琴付齊娥昔日不為樂時哉今奈何

贈鄭員外

驄馬拂繡裳按兵遼水陽西分雁門騎北逐樓煩
王聞道五軍集相邀百戰場風沙暗天起虜陣森
已行儒服揖諸将雄謀吞八荒金門来見謁朱紱

生輝光數載侍御史稍遷尚書郎人生志氣立所
貴功業昌何必守章句終年事蒼黄同時獻賦客
尚在東陵傍

望太華贈盧司倉

作吏到西華乃觀三峰壯削成元氣中傑出天河
上如有飛動色不知青冥狀巨靈安在哉厥迹猶
可望方此顧行旅未由餝仙裝葱朧記星壇明滅
數雲障良友無真契宿心所微尚敢投歸山吟霞

徑一相訪

曉出伊關寄河南裴中丞

退無宴息資，進無當代策。冉冉時將暮，坐為周南容。前登關塞門，永眺伊城陌。長川黯已暮，千里寒氣白。家本渭水西，異日何所適。秉志師禽尚，微言祖莊易。一辭林壑間，共繫風塵役。才名忽先進，天道衡紛劇。豈念嘉遁時，依依偶沮溺。

贈房侍御 時房公在新安

忘人固不羈。與道常周旋。進則天下仰。已之能晏然。褐衣東府召。執簡南臺先。雄義每特立。犯顏豈圖全。謫居東南遠。逸氣吟芳荃。適會寡廓趣。清波更寅緣。扁舟入五湖。發纜洞庭前。浩蕩臨海曲。迨遥濟江壖。徵奇忽忘返。遇興將彌年。乃悟范生智。足明漁父賢。郡臨新安渚。佳氣此城偏。日夕對層岫。雲霞眹晴川。閑居變秋色。偃臥含貞堅。倚伏自相化。行藏亦推遷。君其振羽翮。歲晏將冲天。

經殺子谷

扶蘇秦帝子舉代稱其賢百萬猶在握可争天下權束身就一劒壯志皆棄捐塞下有遺跡千齡人共傳蹤蕪盡荒草寂歷空寒煙到此盡垂淚非我獨潸然　明皇一日殺三子此詩有為而作

乘潮至漁浦作　何減謝玄暉

艤棹早乘潮潮來如風雨樟臺（亭）忽已隱界峰莫及覩崩騰心為失浩蕩目無主疑（風傳）懼浪始聞漾漾入

莊子釋文栩栩喜貌

漁浦雲景共澄霽江山相吞吐偉哉造化靈此事從終古流沫誠足誡高歌調易苦頗因忠信全客心猶栩栩

宿天竺寺

松柏亂巖口山西微徑通天開一峰見宮闕生虛空正殿倚霞壁千樓標石藪夜來猿鳥靜鍾梵寒雲中岑翠暎湖月泉聲亂溪風心超諸境外了與懸解同明發惟候覲朝祖長崕東湖色濃蕩漾海

光漸曈曨葛仙迹尚在許氏道猶崇獨往古來事

幽懷期二公

早過臨淮

夜渫三渚風晨過臨淮島潮中海氣白城上楚雲早鱗鱗魚浦帆漭漭蘆洲草川路日浩蕩惄焉心如擣且言任倚伏何暇念枯槁范子名屢移蘧公志常保古人去已久此理今難道

出蕭關懷古

驅馬擊長劍、行役至蕭關、悠悠五原上、永眺關河前、北虜三十萬、此中常控弦、秦城亘宇宙、漢帝理旌旃、刁斗鳴不息、羽書日夜傳、五軍計莫就、三策議空全、大漠橫萬里、蕭條絕人煙、孤城當瀚海、落日照祁連、愴然苦寒奏、懷哉式微篇、更悲秦樓月、夜夜出胡天、

李頎　十四首

頎詩發調既清、修辭亦秀、雜歌咸善玄理

最長至如送暨道士云大道本無我青春長與君又聽彈胡笳聲云幽音變調忽飄洒長風吹林雨墮瓦迸泉颯颯飛木末野鹿呦呦走堂下足可歔欷震蕩心神惜其偉才只到黃綬故論其數家往往高於衆作

李頎歌行最為粗惡當云叢胡既浮偽詞復拙乃善刪裁耳

謁張果老先生

先生谷神者甲子焉能計自説軒轅師于今數千

歲寓遊城郭裏旅遊希夷際應物雲無心逢時舟
不繫霞飡斷火粒野服兼荷製白雲淨肌膚青松
養身世韜精殊豹隱鍊質同蟬蛻忽去不知誰俾
來亭有契二儀齊壽考六合隨休憩彭聃猶嬰孩
松期且微細嘗聞穆天子更憶漢皇帝親屈萬乘
尊將窮四海喬車徒徧草木錦帛舊談說八駿空
往遠三山轉靄蔽吾君感至德玄老欣來詣受籙
金殿開清齋玉堂閉笙歌迎拜首羽帳崇嚴衛禁

柳垂香爐宮花拂仙袂祈年寶祚廣致福蒼生息
何必待龍髯鼎成方取濟

送暨道士還玉清觀

仙宮有名籍度世吳江濆大道本無我青春長與
君中洲俄已到至理得而聞明主降黃屋時人看
白雲空山何窈窕三秀日氛氳此道留書客超遙
煙駕兮

東郊寄萬楚

此道一刻遂此

濩落久無用。隱身甘採薇。仍聞薄宦者。還事田家衣。潁水日夜流。故人相見稀。春山不可望。黃鳥東南飛。濯足豈長往。一樽聊可依。了然潭上月。適我胷中機。在昔同門友、如今出處非、優游白虎殿。偃息青瑣闈。且有薦君表。當看攜手歸。寄書不代面。蘭蕙空芳菲。

登首陽山謁夷齊廟

古人已、不見、喬木竟誰過。寂寞首陽山、白雲空復

多蒼苔歸地骨皓首採薇歌畢命無怨色成仁其
若何我來入遺廟時候微清和落日弔山鬼廻風
吹女蘿石隉血西谿引領望黃河千里一飛鳥孤
光東逝波驅車層城路惆悵此巖阿

題綦毋校書所居 潛

常稱掛冠吏昨日歸滄洲行客莫帆遠主人庭樹
秋宜伊得天命但欲為山遊萬物我何有白雲空
自幽蕭條江海上日夕是丹丘生事本漁鳥當心

非高格然饒有致

隨去留惜哉曠微月欲濟無軽舟倏忽令人老相思河水流

漁父歌

白頭何老人蓑笠蔽其身避世長不仕釣魚清江濵浦沙明濯足山月靜垂綸寓宿湍與瀨行歌秋復春持棹湘岸竹爇火蘆洲薪緑水飯香稻青荷包紫鱗於中還自樂所欲全吾真而笑獨醒者臨流多苦辛

古意

男兒事長征，生小幽燕客。賭勝馬蹄下，由來輕七尺。殺人莫敢前，鬚如蝟毛磔。黄雲隴底白雲飛，未得報恩不得歸。遼東小婦年十五，慣彈琵琶解歌舞。今為羌笛出塞聲，使我三軍淚如雨。

送康洽入京進樂府歌

識子十年何不遇，只愛歡遊兩京路。朝吟左氏嬌女篇，夜誦相如美人賦。長安春物舊相宜，小苑蒲菊花滿枝柳色偏濃九華殿鶯聲醉殺五陵兒曳裾此有從何所中貴由来盡相許白袷春衫仙吏贈烏皮隱几臺郎與新詩樂府唱堪愁御妓應傳鵁鶄樓西上雖因長公主終須一見曲陵侯

送陳章甫

四月南風大麥黃棗花未落桐陰長青山朝別暮還見嘶馬出門思舊鄉陳侯立身何坦蕩虬鬚虎眉仍大顙腹中貯書一萬卷不肯低頭在草莽東

門酤酒飲我曹，心輕萬事如鴻毛。醉臥不知白日暮，有時空望孤雲高。長河浪頭連天黑，津吏停舟渡不得。鄭國遊人未及家，洛陽行子空歎息。聞道故林相識多，罷官昨日今如何。

聽董大彈胡笳聲兼語弄寄房給事 董大綎庭蘭也（紫筆）

蔡女昔造胡笳聲，一彈一十有八拍。胡人落淚向邊草，漢使斷腸對歸客。古戍蒼蒼烽火寒，大荒陰沉飛雪白。先拂商絃後角羽，四郊秋葉驚摵摵。董夫子、通神明、深山竊聽来妖精、言遲更速皆應手。
將往復旋如有情。空山百鳥散還合。萬里浮雲陰
且晴。嘶酸雛鴈失群夜。斷絕胡兒戀母聲。川為靜
一句肆刻本事
其波、鳥亦罷其鳴。烏珠部落家鄉遠、邏逤沙塵哀
怨生、幽陰變調忽飄灑。長風吹林雨墮瓦。迸泉颯
颯飛木末。野鹿呦呦走堂下。長安城連東掖垣、鳳
寄房
皇池對青瑣門、高才脱略名與利。日夕望君抱琴
至、

亦復何異犯扶
蓋流俗胸次如此

緩歌行

小来託身攀貴遊，傾財破產無所憂。暮擬經過石渠署，朝將出入銅龍樓。結交杜陵輕薄子，謂言可生復可死。一沈一浮會有時，棄我翻然如脫屣。男兒立身須自強，十年閉戶穎水陽。業就功成見明主，擊鍾鼎食坐華堂。二八蛾眉梳墮馬，美酒清歌曲房下。文昌宮中賜錦衣，長安陌上退朝歸。五侯賓從莫敢視，三省官僚揖者稀。早知今日讀書是，

悔作從前狂俠兒

鮫人歌

鮫人潛織水底居側身上下隨龍魚輕綃文綵不
可識夜夜澄波連月色有時寄宿来城市海島青
冥無極已泣珠報恩君莫辭今年相見明年期始
知萬族無不有百尺深泉架戶牖鳥沒空山誰復
望一望雲濤堪白首

送盧逸人

洛陽為此別攜手更何時不復人間見秖應海上期青溪入雲木白首卧茅茨共惜盧敖去天邊望所思

埜老曝背

百歲老翁不種田惟知曝背樂殘年有時捫蝨獨搔首目送歸鴻籬下眠

高適 十三首

適性拓落不拘小節耻預常科隱迹博

徒才名自遠。然適詩多冐聴語兼有氣骨
故朝野通賞其文至如燕歌行等篇甚有
奇句且余所最深愛者未知肝膽向誰是
令人知憶平原君吟諷不厭矣

哭單父梁九少府

開篋淚沾臆見君前日書夜臺今寂寞猶是子雲
居疇昔貪靈部登臨賦山水同舟南浦下望月西
江裏契闊多别離綢繆到生死九泉知何在萬事

安 誤改

皆如此晉山徒嵯峨斯人已冥冥常時祿且薄歿
後家復貧妻子在遠道兄弟無一人十上多苦辛
一官恒自哂青雲將可致白日忽西盡惟獨身後
名空留無遠近 如話正妙於胸臆語也 紫筆

宋中遇陳兼

常忝鮑叔義所期王佐才如何守苦節獨自無良
媒離別十年內飄飄千里來誰知罷官後惟見柴
門閉窮巷隱東郭高堂詠南陔籬根長花草井口

生莓苔伊昔望霄漢于今倦蒿萊男兒須達命且

醉手中杯

宋中

梁苑白日暮梁園秋草時君王不可見修竹令人

悲九月桑葉落寒風鳴樹枝

九日酬顔少府

簷前白日應可惜籬下黄花為誰有客子迎霜未

授衣主人得錢始沽酒蘇秦憔悴時多厭蔡澤栖

遲世看醜縱使登高只斷腸不如獨坐空搔首

見薛大臂鷹作 〔又見李白集〕

寒楚十二月蒼鷹八九毛寄言燕雀莫相啅自有
雲霄萬里高

酬岑主簿秋夜見贈

舍下蛩亂鳴居然自蕭索緬懷高秋興忽枉清夜
作感物我心勞涼風生二毛池枯菡萏死月上梧
桐高如何異州縣復得交才彥汩沒嗟後時蹉跎

恥相見冀山別来久魏闕誰不戀獨有江海心悠
悠未嘗倦

送韋參軍

二十解書劒西遊長安城舉頭望君門屈指取公
卿國風沖融邁三五朝廷歡樂彌寰宇白辟皆言
賜近臣布衣不得干明主帰来洛陽無負郭東過
梁宋非吾土兎苑為農歲不登雁池垂釣心常苦
世人遇我同衆人惟君於我情相親且喜百年有

一作數

交態未曾一日辤家貧彈棊擊筑白日晚縱酒高
歌楊柳春歡娛未盡分散去使我惆悵驚心神丈
夫不作兒女別臨岐涕淚沾衣巾

封丘作

我本漁樵孟諸野一生自是悠悠者乍可狂歌草
澤中寧堪作吏風塵下秖言小邑無所為公門百
事皆有期拜迎官長心欲碎鞭撻黎庶令人悲悲
來向家問妻子舉家盡笑今如此生事應須南畝

酬〃湯會借兒女〃中刺訊當世生斯世也歎少報君恩孰能容之然為梅福〃孫遠上書不如學陶潛之不堪於腰有託而逝也

田世情付與東流水夢想舊山安在哉為銜君命日進廻早知梅福徒為爾轉憶陶潛歸去来

邯鄲少年行

邯鄲城南遊俠子自矜生長邯鄲裏千場縱博家仍富數處報讐身不死宅中歌笑日紛紛門外車馬如雲屯未知肝膽向誰是令人卻憶平原君君不見即今交態薄黃金用盡還疎索以茲感歎辭舊遊更於時事無所求且與少年飲美酒往來射

梁陳辭調卻自具風骨

獵西山頭

燕歌行 幷序

開元十六年客有從御史張公出塞而還者作燕歌行以示適感征戍之事因而和焉

此詩沈宋之所不逮

漢家煙塵在東北漢將辭家破殘賊男兒本自重橫行天子非常賜顏色摐金伐鼓下榆關旌旆逶迤碣石閒校尉羽書飛瀚海單于獵火照狼山山

川蕭條極邊土胡騎憑陵雜風雨戰士軍前半死
生美人帳下猶歌舞大漠窮秋塞草腓孤城落日
鬭兵稀身當恩遇常輕敵力盡關山未解圍鐵衣
遠戍辛勤久玉筯應啼別離後少婦城南欲斷腸
征人薊北空迴首邊庭飄颻那可度絕域蒼黃無
所有殺氣三時作陣雲寒聲一夜傳刁斗相看白
刃血紛紛死節從来豈顧勳君不見沙場征戰苦
至今猶憶李将軍

行路難

君不見富家翁舊時貧賤誰比數一朝金多結豪貴百事勝人健如虎子孫生長滿眼前妻能管絃妾能舞自矜一朝忽如此却笑傍人獨愁苦東鄰少年安所如席門窮巷出無車有才不肯學干謁何用年年空讀書

塞上聞笛（國秀集題作和王七玉門關聽吹笛）

胡人羌笛戍樓間樓上蕭條明月閑借問梅花何

處落。風吹一夜滿關山。

營州歌

營州少年厭原野。狐裘蒙茸獵城下。虜酒千鍾不醉人。胡兒十歲能騎馬。

丙辰正月晦日錄竟

嘉州五言宗何鮑照不屑為齊梁衰颯之語若時無李杜則碧海鯨魚當歸巨手集中采掇未盡其長也

河嶽英靈集卷之中

岑參 七首

參詩語奇體峻意亦造奇至如長風吹白茅野火燒枯桑可謂逸才又山風吹空林颯颯如有人宜稱幽致也

終南雙峰草堂作

斂跡歸山田息心謝時輩晝還草堂臥但與雙峰對興來恣佳遊事愜符勝槩著書高牕下日夕見

城内曩為世人誤遂負平生愛久與林壑辭及来杉松大偶兹精廬近數預名僧會有時逐漁樵盡日不冠帶崕口上新月石門破蒼藹色向群木深光揺一潭碎緬懷鄭生谷頗憶嚴子瀨勝事猶可追斯人邈千載

終南雲際精舍尋法澄上人不遇歸高冠東潭石淙望秦嶺微雨作貽友人（本集題無終南雲際等十七字）

昨夜雲際宿。逌從西嶺迴。不見林中僧。微雨潭上来。諸峰皆晴翠。秦嶺獨不開。石鼓有時鳴。秦王安在哉。水澴斷山口。吼沫相喧豗。本集無此水澴二句下有東南雲開處突兀獼猴臺崖口懸瀑流半空白皚皚四句噴壁四時雨。傍村終日雷。北瞻長安道。日夕生塵埃。若訪張仲蔚。衡門滿蒿萊。

戲題關門

来亦一布衣去亦一布衣羞見關城吏。還從舊路

歸 頗古直而無味殺君布衣者是故喜録之

觀釣翁 集作漁父

扁舟滄浪叟，心與滄浪清。不自道鄉里，無人知姓名。朝從灘上飯，暮向蘆中宿。歌竟還復歌，手持一竿竹。竿頭釣絲長丈餘，鼓枻乘流無定居。世人那得解深意，此翁取適非取魚。

戎葵花歌 戎一作蜀

昨日一花開，今日一花開。今日花正好，昨日花已

老始知人老不如花可惜落花君莫埽人生不得長少年莫惜床頭沽酒錢請君有錢向酒家君不見我葵花

昨日花已老下即接人生不得長少年旅健不特与東家花樹歌相類也

偃師東與韓樽同詣景雲暉上人即事

山陰老僧解楞伽潁陽歸客遠相過煙深草濕昨夜雨雨後秋風度漕河空山終日塵事少平郊遠見行人小尚書績上黃昏鐘別駕渡頭一歸鳥

春夢

上卷止此
下卷起

洞房昨夜春風起遥憶美人湘江水枕上片時春夢中行盡江南數千里

崔顥 十一首

顥年少為詩名陷輕薄晚節忽變常體風骨凜然一窺塞垣說盡戎旅至如殺人遼水上走馬漁陽歸錯落金鎖甲蒙茸貂鼠衣又春風吹淺草獵騎何翩翩插羽兩相顧鳴弓新繳可與鮑昭並驅也

屬意浮艷
從杜希望於隴右
江淹
一作鳴弓上新弦

贈王威古（此等詩頗得鮑照一鱗半甲）

三十羽林將，出身常事邊。春風吹淺草，獵騎何翩翩。插羽兩相顧，鳴弓上新絃。射麋入深谷，飲馬投荒泉。馬上共傾酒，野中聊割鮮。相看未及飲，雜虜寇幽燕。烽火去不息，胡山高際天。長驅救東北，戰解城亦全。報國行赴難，古來皆共然。

古遊俠呈軍中諸將（國秀集題少下五字○小異）

少年負膽氣，好勇復知機。杖劍出門去，孤城逢合

第二用月圓入配
兼寫一月三捷

圍殺人遠水上走馬漁陽歸錯落金鎖甲蒙茸貂
鼠衣還家行且獵弓矢速如飛地迥鷹犬疾草深
狐兔肥膂間帶兩綬轉聘生光輝顧謂今日戰何
如隨建威

送單于裴都護赴西河

第三句莫字虛用

征馬出翩翩秋城月正圓單于莫近塞都護欲臨
邊漢驛通煙火胡沙乏水泉功成須獻捷未必去
經年

可字崔亞與定字相應　紫華

殷氏嘗以長篇難於叙致，故錄此篇詩。然太白長篇不乏，崔者含健捷而策敝驢，何也。

江南曲

君家定何處，妾住在橫塘。停船暫借問，或可是同鄉。

崔公深得清商諸曲妙處，勝崔國輔。　紫華

贈懷一上人　俗華

法州東南秀，世實豪家子。削髮十二年，誦經峨眉裡。此照群蒙，卓然為道雄。觀生盡歸妄，悟有皆成空。洗意無衆染，若心歸妙宗。一朝勅書至，召入承明宮。說法金殿裏，焚香清禁中。傳燈徧都邑，杖

錫遊王公天子揖妙道群僚趨下風我本法無著
時來出林壑因心得化城隨病皆與藥上啓黃屋
心下除蒼生縛一從入君門說法無朝昏帝作轉
輪王師為持戒尊軒風灑甘露佛雨生慈根但有
滅度理而無開濟恩復聞江海曲好殺成風俗帝
曰我上人為除羶腥欲是日發西秦東南至蘄春
風將衡桂接地與吳楚鄰舊少清信士實多漁獵
人一聞吾師至捨網江湖濱作禮懺前惡潔誠期

清信士

不似陶而命意得建安體骨矣塞垣効吳庠村辭者味及短也 欽筆

後因因成日既久事濟身不守更出淮楚間復来荊河口荊河馬卿岑茲地近道林入講鳥常狎坐禪獸不侵都非緣未盡曾是教所任故我一来事永永微妙音竹房見衣鉢松宇清身心早悔業至淺晚成計可尋善共達公義清淨如黃金

結定襄郡獄 國秀集題下多効陶體三字○小異

我在河東時使往定襄里定襄諸小兒爭訟紛城市長老莫敢言太守不能理謗書盈几案文墨相

無追呼則農桑遍野矣結字意方到結四語垂戒方来慎勿再擾之也 紫年

塡委牽引肆中翁追呼田家子我来折此獄師聽

辨疑似小大必以情未嘗施鞭箠是時三月暮遍

埜農桑趣里巷鳴春鳩田園引流水此鄉多雜俗

戎夏殊音旨顧問邊塞人勞情曷云已

遼西

燕郊芳歳晩殘雪凍邊城四月青草合遼陽春水

生胡人正牧馬漢將日徵兵露重寶刀濕沙虛金

甲鳴寒衣著已盡春服誰為成寄語洛陽使為傳

邊塞情

孟門行

黄雀銜黄花，翩翩傍簷隙。本擬報君恩，如何反彈射。金罍美酒滿坐春，平原愛才多衆賓。滿堂盡是忠義士，何意得有讒諛人。諛言翻覆那可道，能令君心不自保。北園新栽桃李枝，根株未固何轉移。成陰結子君自取（一作借），若問傍人那得知。

霍将軍篇（或作長安道）

長安甲第高入雲，誰家居住霍將軍。日晚朝迴擁賓從，路傍揖拜何紛紛。莫言炙手手可熱，須臾火盡灰亦滅。莫言貧賤即可欺，人生富貴自有時。一朝天子賜顏色，世事悠悠應自知。

雁門胡人歌

高山代郡東接燕，雁門胡人家近邊。解放胡鷹逐塞鳥，能將代馬獵秋田。山頭野火寒多燒，霧裏孤峰濕作煙。聞道遼西無鬬戰，時時醉向酒家眠。

黃鶴樓（國秀集前半空闊 紫峯）小異

昔人已乘白雲去此地空餘黃鶴樓黃鶴一去不復返白雲千載空悠悠晴川歷歷漢陽樹春草萋萋鸚鵡洲日暮鄉關何處是煙波江上使人愁

薛據（十首）

據為人骨鯁有氣魄其文亦爾自傷不早達因著古興詩云投珠恐見疑抱玉但垂泣道在君不舉功成嘆何及怨憤頗深至

薛詩語多慷慨
而根據淺薄

如寒風吹長林。白日原上没。又孟冬時短
晷。日盡西南天。可謂曠代之佳句也

古興

日中望雙闕。軒蓋揚飛塵。鳴珮初罷朝。自言皆近
臣。光華滿道路。意氣安可親。帰来宴高堂。廣筵羅
八珎。僕妾盡綺紈。歌舞夜達晨。四時固相代。誰能
久要津。已看覆前車。未見易後輪。丈夫須兼濟。豈
獨樂一身。君今皆得志。肯顧憔悴人。

安得此長者之言

初去郡亝書懷

肅徒辭汝頼懷古獨悽然尚想文王化猶思巢父賢時移多讒巧大道竟誰傳況見疾風起悠悠旌旆懸征鴻無返翼歸流不停川已經霜雪下仍驗松柏堅迴首望城邑迢迢間雲煙志士不傷物小人皆自妍感時惟責已在道非怨天從此適樂土東歸得幾年

落第後口號

（九字墨釘）

十五能文西入秦，三十無家作路人。時命不將明主合，布衣空惹洛陽塵。（一本作綦毋潛詩）（俚淺）

題丹陽陶司馬廳（壁）

高鑒清洞徹，儒風人進難。詔書增寵命，才子益能官。門帶山光晚，城臨江水寒。唯餘好文客，時得詠幽蘭。（落句當即謂渚）

冬夜寓居寄儲太祝（或刻綦毋潛）

自爲洛陽客，夫子吾知音。愛義能下士，時人無以

心奈何離居夜巢鳥飛空林愁坐至月上復聞南
鄰砧

懷哉行

明時無廢人廣廈無棄材良工不我顧有用寧自
媒懷策望君門歲晏空遲迴秦城多車馬日夕飛
塵埃伐鼓千門啓鳴珂雙闕來我聞雷雨施天澤
罔不該何意斯人徒棄之如死灰主好臣必效時
禁權必開俗流實驕矜得志輕草萊文王賴多士

漢帝資群林一言並拜相片善咸居台夫君何不
遇爲泣黄金臺

泊震澤口

日落草木陰舟徒泊江汜蒼茫萬象開合沓聞風
水洞沿值漁翁窈窱逢樵子雲開天宇靜月明照
萬里早雁湖上飛晨鐘海邊起獨坐嗟遠遊登岍
望孤洲零落星欲盡朣朦氣漸收行藏空自秉智
識仍未周伍胥既伏劍范蠡亦乘流歌竟鼓楫去

三江多客愁

西陵口觀海

滄江漫湯湯近海勢彌廣在昔既混凝融為百川換地形失端倪天色潛滉瀁東南際萬里極目遠無象山影乍浮沉潮波忽來往孤帆或不見棹歌猶想像日暮長風起客心空振蕩浦口霞未收潭心月初上林嶼幾邅迴亭皐時偃仰歲晏訪蓬瀛真遊非外獎

謝詩請附任公言
自謂太公任非載
去子字也

登秦望山

南登秦望山，目極大海空。朝陽半蕩漾，晃朗天水紅。溪壑爭噴薄，江湖遞交通。而多漁商客，不悟歲月窮。振緡迎早潮，弭棹候遠風。余本萍泛者，乘流任西東。茫茫天際帆，棲泊何時同。將尋會稽迹，從此訪任公。載去子字不穩

出青門往南山下別業

舊居在南山，夙駕自城闕。榛莽相蔽虧，去爾漸超

忽散漫餘雪晴蒼茫季冬月寒風吹長林白日原上沒懷抱曠莫伸相知阻胡越弱年好棲隱鍊藥在嵩岺及此離垢氛興来亦因物末路期赤松斯言庶不伐

綦毋潛 六首○小序 與時剌不回

拾遺詩舉體清秀蕭蕭跨俗桑門之從于已獨能至如松覆山殿冷不可多得又如鐘聲和白雲歷代未有偕使若人加氣質

減雕飾則高視三百年外也

春泛若耶

幽意無斷絶此去隨所偶晚風吹行舟花路入溪
口際夜轉西壑隔山望南斗潭煙飛溶溶林月低
向後生事且瀰漫願為持竿叟

題招隱寺絢公房

開士度人久空山花霧深徒知燕坐處不見有為
心蘭若門對壑田家路隔林還言證法性歸去比

黄金

題鶴林寺

道門隱形勝。向背臨層霄。松覆山殿冷。花藏溪路遙。珊珊寶幡挂。焰焰明燈燒。遲日半空谷。春風連上潮。少憑水木興。暫忝身心調。願謝擕手客。茲山禪侶饒。

題靈隱寺山頂禪院

峭提此山頂。下界不相聞。塔影挂清漢。鐘聲和白

雲觀空靜室掩行道衆香焚且駐西来駕人天日未曛

送儲十二還莊城

西坂何繚繞青林問子家天寒噪野雀日晚度城鴉寂歷道傍樹曈曨原上霞茲情不可説長恨隱淪賖

若耶溪逢孔九

相逢此溪曲勝託在煙霞潭影竹間動嵓陰簷際

孟詩格調不高遠，語尤為淺率，老杜謬許為句句堪傳，而耳食者遂并稱王孟，為可笑也。然亦有佳者，此集都未采掇。

斜人言上皇代犬吠武陵家借問淹留日春風滿

若耶

孟浩然　六首

余嘗謂禰衡不遇趙壹無祿其過在人也

及覩襄陽孟浩然磬折謙退才名日高天

下籍甚竟淪落明代終於布衣悲夫浩然

詩文彩芊茸經緯綿密半遵雅調全削凡

凡語正多

體至如衆山遥對酒孤嶼共題詩無論興

象兼復故實又氣蒸雲夢澤波撼岳陽城

亦為高唱 建德江宿云移舟泊煙渚日暮客愁新野曠天低樹江清月近人

過景空寺故融公蘭若 此詩最為凡近 戊辰

池上青蓮宇林間白馬泉故人成異物過客獨潸然既禮新松塔還尋舊石筵平生竹如意猶挂草堂前 感愴存殁乃出僧情若出世間法不知有死生去來 後半是作哭方外人詩體 紫芝

過融上人蘭若

山頭禪室挂僧衣窗外無人溪鳥飛黃昏半在下 溪一作

山路却聽松聲戀翠微

裴司戶員司士見尋

府僚能枉駕，家醖復新開。落日池上酌，清風松下来。廚人具雞黍，稚子摘楊梅。誰道山翁醉，猶能騎馬迴。

九日懷襄陽

去國似如昨，倏焉經杪秋。峴山望不見，風景令人愁。誰採籬下菊，應閑池上樓。宜城多美酒，帰與葛

漸近自然　柴簃

永嘉上浦館逢張子容　逆旅相逢處，江村日暮時。衆山遥對酒，孤嶼共題詩。廨宇鄰鮫室，人煙接島夷。鄉關萬餘里，失路一相悲。

落句似是府僚，故借用襄陽故事。柴簃

不切

不似自家語

強遊

歸故園作

北闕休上書南山歸弊廬不才明主棄多病故人踈白髮催老年青陽逼歲除永懷愁不寐松月夜窗虛

夜歸鹿門歌

山寺鳴鐘晝已昏漁梁渡頭爭渡喧人隨沙路向江村余亦乘舟歸鹿門鹿門月照煙中樹忽到龐

定遠謂恰用字酸氣

遊俠任氣趣犯不顧此作恤艾之詞極得六義

公棲隱處巖扉松徑長寂寥唯有幽人夜來去

崔國輔 十三首

國輔詩婉孌清楚深宜諷味樂府數章古人不能過也

雜詩　妙在發端

逢著平樂兒論交鞍馬前與酤一斗酒恰用十千錢後余在關內作事多迍邅何肯相救援徒聞寶劍篇

石頭瀨作

悵矣秋風時余臨石頭瀨因髙見超遠望盡此州内羽山數點青海岈雜光碎離離樹木少漭漭波潮大日暮千里帆南飛落天外湏臾遂入夜楚色有微靄尋遠迹已窮遺榮事多昧一身猶未理安得濟時代且泛朝夕潮荷衣蕙為帶

魏宮詞

最深衣齋集

朝日點紅粧擬上銅雀臺画眉猶未竟魏帝使人

催　愈淺愈微畫眉擿去了所謂正伏睨時過也曾君稱帝　紫芝

怨詞

妾有羅衣裳秦王在時作為舞春風多秋来不堪著　一篇陳餘遺章邯書

少年行　國秀集同

遺却珊瑚鞭白馬驕不行章臺折楊柳春日路傍情　妙在更不說破正面一字　紫芝

長信草

長信宫中草年年，愁處生時侵珠履。跡不使玉堦行。草比趙李紫年

香風詞　或作白苧詞

洛陽梨花落如霰，河陽桃葉生復齊。坐怨玉樓春欲盡，紅綿粉絮裛粧啼。

對酒吟　無意味

行行日將夕，荒村古塚無人跡。蒙籠荊棘一鳥吟，屢勸提壺酤酒喫。古人不達酒不足，遺恨精靈傳

吟鳥勸提壺

他本作落為楚王
來者為善

此曲寄言世上諸少年平生且盡盃中綠

漂母岍

泗水入淮處南邊古岍存秦時有漂母於此飯王孫王孫初未遇寄食何足論後為淮陰侯書欲荅母恩事迹遺在此空傷千載魂蒲蕭集中渚上有一孤墩遙望淮南到蒼蒼霧樹昏幾年崩塚色莫日落潮痕古地多陻圮時哉不敢言向夕淚沾裳只宿蘆洲村

此首及下首在孟浩然夜歸鹿門歌後

湖南曲

湖南送君去湖北送君歸湖裏鴛鴦鳥雙雙他自飛

秦中感興寄遠上人　一刻下三首孟浩然作崔集亦不載

一丘常欲臥三徑苦無資北上非吾願東林懷我師黄金燃桂盡壯志逐年衰日夕涼風至聞蟬但益悲

夜渡湘江

客行貪利涉夜裡渡湘川露氣聞芳杜歌聲識採蓮榜人投岸火漁子宿潭煙行侶遥相問涔陽何處邊

渡淛江問舟中人

潮落江平未有風扁舟共濟與君同時時引領望天末何處青山是越中

儲光羲 十二首

儲公詩格高調逸趣遠情深削盡常言挾

豈即丹陽集耶

墨釘

清曉奏書生南山見高枝此篇已尊其清涼 紫峯

風雅之迹浩然之氣述華清宮詩云山開鴻濛色天轉招搖星又遊茅山詩云小門入松柏天路涵虚空此例數百句已略見荆楊集不復廣引璠嘗覩公正論十五卷九經外義疏二十卷言博理當實可謂經國之大才

雜詩二章 儲詩骨氣殊過右丞若吐屬清遠使讀之景如在目前恐爲不逮也

秋氣肅天地太行高崔嵬猿狖清夜吟其聲一何

哀寂寞掩圭蓽夢寐遊蓬萊琪樹遠亭亭玉堂雲
中開洪崕吹簫筦素女飄飄來雨師既洗後道路
無纖埃鄙哉楚襄王獨如雲陽臺　佳處不減太白

又

渾胚本無象未路多是非達士志寥廓所在能忘
機耕鑿時未至還山聊採薇虎豹對我蹲鸑鷟傍
我飛仙人空中來謂我勿復歸格擇（澤）為君駕雲霓
為君衣西遊崐崙墟可與世人違

反結憂時

效古二章

晨登涼風臺。暮走邯鄲道。曜靈何赫烈。四野無青草。大軍北集燕。天子西居鎬。婦人役州縣。丁男事征討。老劣相別離。哭泣無昏早。稼穡既殄絶。川澤復枯槁。曠哉遠此憂。冥冥商山皓。

又

東風吹大河。河水如倒流。河洲塵沙起。有若黃雲浮。頳霞燒廣澤。洪曜赫高丘。野老泣相語。無地可

儐休翰林有客卿獨負蒼生憂中夜起躑躅思欲
獻厥謀君門峻且深蹴足空夷猶

猛虎詞 道麗似鮑

寒亦不憂雪飢亦不食人人肉豈不甘所惡傷明
神太室為我宅孟門為我隣百獸為我膳五龍為
我賓蒙馬一何威浮江亦以仁綵章耀朝日牙爪
雄武臣高雲逐氣浮厚地隨聲震君能賈餘勇日
夕長相親 神武不殺則騶虞之仁也故作翻案

射雉詞

曙暗理新翳迎春射鳴雉原田遥一色臯陸曠千里遠聞咿喔聲時見雙飛起冪歷疎蒿下毿毿深麥裡顧𡡉仍忘生爭雄方決死仁心貴勇義豈復能傷此超遥下故墟迫灑回高軹大夫昔何苦取笑歡妻子

採蓮詞

淺渚荇花繁深塘芰葉疎獨往方自得恥邀淇上

姝廣江無術阡大澤絶方隅浪中海童語株下鮫
人居春廢時隱舟新蒲復滿湖釆釆乘日暮不思
賢與愚

牧童詞

不言牧田遠不道牧陂深所念牛馴擾不亂牧童
心圓笠覆我首長簑披我襟方將憂暑雨亦以懼
寒陰大牛隱層坂小牛穿近林同類相鼓舞觸物
成謳吟取樂須臾間寧問聲與音

田家即事

蒲葉日已長，杏花日已滋。老農要看此，貴不違天時。迎晨起飯牛，雙駕畊東菑。蚯蚓土中出，田烏隨我飛。群合亂啄噪，嗷嗷如道饑。我心多惻隱，顧此雨傷悲。撥食與田烏，日暮空筐歸。親戚更相笑，我心終不移。

寄孫山人

新林二月孤舟還，水滿清江花滿山。借問故園隱

君子時時来去在人間

訓綦毋校書夢遊耶溪見贈之作

校文在仙掖每有滄洲心況以北窗下夢遊清溪陰春看湖口湯夜入廻塘深往往纜垂蔦出舟望前林山人松下飲釣客蘆中吟小隱何足貴勝遊自可尋遠意由來過澹然若嚮琴中章欄藤意傳莫訓始卷（末五句集作長年尚可尋還車首東道惠言若南金以我採薇意傳之天姥岑）

使過彈箏峽作

當時儲王並稱者乃此二賢作右丞也

烏雀知天雪，群飛復群鳴。原田無遺粟，日暮滿空城。達士憂世務，鄙夫念王程。晨過彈箏峽，馬足凌兢行。雙壁隱靈曜，莫能知晦明。皚皚堅冰白，湯湯陰雲杳。始信故人言，苦節不可貞。

貼出峽字

王昌齡（十六首）

元嘉以還四百年内，曹劉陸謝風骨頓盡。頃有太原王昌齡、魯國儲光義，頗從厥迹。且兩賢氣同體別，而王稍聲峻，至如明堂

坐天子月朔朝諸侯清樂動千門皇風被
九州慶雲從東來泱漭抱日流又雲起太
華山雲山相明滅東峰始含景了了見松
雪又櫧柟無冬春柯葉連峰稠陰壁下蒼
黑煙含清江樓疊沙積為岡崩剝雨露幽
石脉盡橫亘潛潭何時流又京門望西嶽
百里見郊樹飛雨祠上來靄然關中暮又
奸雄乃得志遂使群心摇赤風蕩中原烈

火無遺巢一人計不用萬里空蕭條又百
泉勢相蕩巨石皆却立昏為蛟龍窟晴見
雲雨入又去時三十萬獨自還長安不信
沙場苦君看刀箭瘢又蘆荻寒蒼江石頭
岍邊飲又長亭酒未醒千里風動地天仗
森森練雪擬身騎鐵驄白鷹臂斯並驚耳
駭目今略舉其數十句則中興高作可知
矣余常覩王公長卒伏寃文弔枳道賦仁

二首同本集

有餘也奈何晚節不矜細行謗議沸騰再

歷遐荒使知音者歎惜

詠史 集本全是詠王景略事此則别有寄託但借項殊不可尋耳

荷畚至洛陽杖策遊北門天下盡兵甲豺狼滿中原明夷方遘患顧我徒崩犇自慙菲薄才誤蒙國士恩位重任亦重時危志彌敦西北未及終東南不可吞進則恥保躬退乃為觸藩嘆惜嵩山老而後知其尊 本集詠史云荷畚至洛陽胡馬屯北門天下裂其土豺狼滿中原明夷方濟世

歛翼黄埃昏披雲見龍顏始蒙國士恩位重謀亦深所舉無遺奔長策寄臨終東南不可吞賢智苟有時貧賤每所論惟然嵩山老而後知我言

觀江淮名山圖

頗近太白

剡意吟雲山尤愛丹青妙稜層列林巒微茫出海嶠而我高其人揮毫發幽眇持此尺寸圖益展千里眺淡掃霏素煙濃抹瞑殘照方溯江漢流忽見淮海徼湘纍謾興哀英皇復誰弔遐蹤既云滅獨往豈殊調感對懷拂衣胡寧事漁釣安期始遺舄

題仍同毛刻

千古謝榮耀。投迹庶可齊。滄浪有孤棹。本集作觀江淮名勝圖云剡意（宋本如此作）吟雲山尤知隱淪妙遠公何為者再詣臨海嶠而我高其風披圖得遺照接毫無逃境遂展千里眺淡掃荊門壁明標赤城燒青蔥林間嶺隱見淮海徼但指香爐頂無聞白猿嘯沙門既云滅獨往豈殊調感對懷拂衣胡寧事漁釣安期始遺舄千古謝榮耀投跡庶可齊滄浪有孤棹

香積寺禮拜萬迴平等二聖僧塔

真無御化來。借有乘花歸。如彼雙塔內。孰能知是非。愚也駭蒼生。聖哉為帝師。當為時世出。不由天地資。萬迴主此方。平等性無違。今我一禮心。億劫

同不移肅肅松柏下諸天来有時

齋心

女蘿覆石壁溪水幽濛朧紫葛蔓黄花娟娟寒露中朝飲花上露夜卧松下風雲英化爲水光彩與我同日月蕩精魄寥寥天府空

緱氏尉沈與宗置酒南溪留贈

林色與溪古深篁引幽翠山樽在漁舟棹月情已醉始窮清源口壑絶人境異春泉滴空崖萌草坼

陰地久之風榛寂遠聞樵聲奎海雁時獨飛永然

滄洲意古時青冥客滅迹淪一尉吾子躊躇心豈

其紛埃事緱岑信所尅濟北余乃遂齊物意色會

怠宥理猶未卷舒形性表脫略賢哲議秉月期角

巾飯僧嵩陽寺

江上聞笛

橫笛怨江月扁舟何處尋聲長楚山外曲遶胡關

深相去萬餘里遙傳此夜心寥寥浦溆寒響盡惟

樓高若出林外也

幽林不知誰家子復奏邯鄲音水客皆擁棹空霜
遂盈襟羸馬望北走遷人悲越吟何當邊草白旌
節隴城陰

東京府縣諸公與綦毋潛李頎相送至白馬
寺宿

鞍馬上東門徘徊入孤舟賢豪相追送即棹千里
流遠峰落日在空波微煙收宦薄忘機栝醉來却
淹留月明見古寺林外登高樓南風開長廊夏夜

如涼秋江月照吳縣西歸夢中遊

趙十四兄見訪 國秀集小異

客來舒長簟開閣延涼風但見無弦琴共君盡樽中晚來常讀易頃者欲還嵩世事何須道黃精且養蒙嵇康殊寡識張翰獨知終忽憶鱸魚膾扁舟往江東

少年行

西陵俠少年送客短長亭青槐夾兩路白馬如流

星關道羽書急單于寇井陘氣高輕赴難誰顧燕
山銘

聽流水調子

孤舟微月對楓林分付鳴箏與客心嶺色千重萬
重雨斷弦收與淚痕深

長歌行

曠野饒悲風颼颼黄蒿草繫馬倚白楊誰知我懷
抱所是同袍者相逢盡衰老北登漢家陵南望長

安道下有枯樹根上有鼯鼠窠高皇子孫盡千歲無人過寶玉頻發掘精靈其奈何人生須達命有酒且長歌

城傍曲

秋風鳴桑條草白狐兎驕邯鄲飲（一作飽）来酒未消城北原平掣皁鵰射殺空營兩騰虎廻身却月佩弓弰

塞下曲（國秀集作望臨洮小異）

飲馬度秋水水寒風似刀平沙日未沒黯黯見臨

洮當昔長城戰咸言意氣高黃塵是今古白骨亂
蓬蒿

長信官

奉帚平明金殿開暫將團扇共徘徊玉顏不及寒
鴉色猶帶昭陽日影来

鄭縣宿陶太公館中贈馮六元二

儒有輕王侯脱略當世務本家藍溪下非為漁弋
故無仲困躬畊且欲馳永路幽居與君近出谷同

所驚昨日辭石門五年變秋露雲龍未相感干謁
亦已屢子為黃綬羈余忝蓬山顧京門望西嶽百
里見郊樹飛雨祠上來靄然關中暮驅車鄭城宿
秉燭論往素山月出華陰開此河渚霧清光比故
人豁達展心悟馮公尚戢翼元子仍跼步拂衣易
為高論述難有趣張范善終始吾等豈不慕罷酒
當涼風屈伸備冥數

從軍行

烽火城西百尺樓黄昏獨坐海風秋更吹横笛關山月無那金閨萬里愁

賀蘭進明（七首）

員外好古博雅經籍滿腹其所著述一百餘篇頗究天人之際又有古詩八十首大體符於阮公又行路難五首並多新興

古意二章

秦庭初指鹿群盜滿山東忤意皆誅死所言誰肯

忠武關猶未啓兵入望夷宫為祟非涇水人君道自窮

又

崇蘭生澗底香氣滿幽林采采欲為贈何人是同心日莫徒盈抱（一作把）徘徊幽思深慨然紉雜佩重奏丘中琴

行路難五首 法明遠而不屈精微

君不見巖下井百尺不及泉君不見山上苗數寸

凌雲煙、人生相命亦如此何苦太息自憂煎但願

親友長含笑。相逢莫乏杖頭錢。寒夜邀歡須秉燭

豈不長思花柳年、

又

君不見門前柳、榮耀暫時蕭索久、君不見陌上花

狂風吹去落誰家鄰家思婦見之歎。蓬首不梳心

歷亂。盛年夫婿長別離。嵗莫相逢色凋換。

又

君不見芳樹枝，春花落盡蜂不窺。君不見梁上泥，
秋風始高燕不棲。蕩子從軍事征戰，蛾眉嬋娟守
空閨。獨宿自然堪下淚，況復時聞烏夜啼。

又

君不見雲間月，暫盈還復缺。君不見林下風，聲遠
意難窮。親故平生或聚散，歡娛未盡樽酒空。歎息
青青陵上柏，歲寒能有幾人同。

又

君不見東流水一去無窮已君不見西郊雲日夕空氛氳群雁徘徊不能去一雁驚鳴復失群人生結交在終始莫以升沉中路分

河嶽英靈集卷之中

河嶽英靈集卷之下

崔曙六首

曙詩多歎詞要妙情意悲涼送別登樓俱堪淚下

宿大通和尚墖敬贈如闍黎廣心長孫鑄二山人一作贈如上人兼呈常孫二山人

支公已寂滅墖影山上古更有真僧來道場救諸苦一承微妙法寓宿清淨土身心能自觀色相了

心骨俱清

無取森森松暎月漠漠雲近戶雲外飛電明夜來前山雨然燈見棲鴿作禮聞信鼓晚齋南軒開秋華淨天宇願言長出世謝爾及申甫

潁陽東溪懷古

靈溪氛霧歇皎鏡清心顏空色不暎水秋聲多在山世人久疎曠萬物皆自閑白鷺寒更浴孤雲晴未還昔時讓王者此地閉玄關無以躡高步淒涼岑壑間

途中晚發

晚霽長風裏勞歌赴遠期雲輕歸海疾月滿下山遲旅望因高盡鄉心遇物悲故林遙不見況在落花時

送薛據之宋州

無媒嗟失路有道亦乘流客處不堪別異鄉應共愁我生早孤賤淪落居此州風土至今憶山河皆昔遊一從文章士兩京春復秋君去問相識幾人

余白頭

早發交崖山還太室作

東林氣微白寒鳥急高翔吾亦自茲去北山歸草堂杪冬正三五日月遥相望蕭蕭過潁上朧朧辨少陽川氷生積雪野火出枯桑獨往路難盡窮陰人易傷傷此無衣客如何蒙雪霜

登木門樓見亡友張真期題望黃河詩因以感興（國秀集作登河陽斗門見張貞期題黃河詩因以感寄）

吾友東南美、昔聞登此樓、人隨川上逝、書在壁中留、嚴子好真隱、謝公耽遠遊、清風初作頌、暇日復消憂、時與文宋古、跡隨山水幽、已孤蒼生望、坐見黃河流、流落年將晚、悲涼物已秋、天高不可問、掩泣赴行舟

王灣 八首

灣詞翰早著、為天下所稱最者不過一二

遊吳中作江南意詩云、海日生殘夜江春

入舊年詩人已來少有此句張燕公手題
政事堂每示能文令為楷式又搗衣篇云
月華照杵空隨妾（一作悲）風響傳砧不到（一作見）君所有
衆製咸類若斯非張蔡之未曾見也覺顔
謝之彌遠乎

晚春詣蘇州敬贈武員外

蘇臺憶季常飛棹歷江鄉持此功曹掾尚稱華省
郎貴門生禮樂明代秉文章嘉郡位先進鴻儒名

殘春名句

重揚爰從姻婭聚豈失忠信防萬里汗馬足十年
暌鳳翔迴遷翼元聖入拜佇惟良別業對南浦群
書滿北堂意深投轄盛才重接筵光陋學叨鉛簡
弱齡詞翰揚神馳勞舊國顏展別殊方際曉雜氛
潑殘春衆物芳煙和疎樹滿雨續小溪長旅拙感
成慰通賢頗不忘從來琴曲罷開匣為君張

妙在先看此句

哭補闕亡友綦毋學士

明代資多士儒林得異材書從金殿出人向玉墀

熱詞學張平子風儀褚彥回崇儀希上德近侍接
元台曩契心期早今遊宴賞陪屢遷君擢桂兮尉
我從梅忽遇乘軺客云傾構厦材泣為洹水化歎
作太山頹冀善初將慰尋言半始猜位聯情易感
交密痛難裁遠日寒旌暗長風古輓哀寰中無舊
業行處有新砦反哭魂猶寄終喪子尚孩葬田門
吏給墳木路人栽遽洩悲成往俄傳寵令迴玄經
貽石室朱紱耀泉臺地古春長閉天明夜不開登

因渭濱之門後白渠之流乃有林靜潭深十字

山一臨哭揮淚滿蒿萊

晚夜馬嵬鄉叔池亭即事寄京都一二知已

忝職畿甸淹濫陪時俊後才輕策疲劣勢薄常駈走羣役勞風塵秉心在囂歎宗賢開別業形勝代希偶仵繞清渭濁泉流白渠口逡巡朝賞會揮忽變星斗逮此乘務閑因而訪幽叟入来殊景物行復洗紛垢林靜秋色多潭深月光厚盛香蓮近坼新味瓜初剖滯拙懷隱淪書之寄良友

奉使登終南山

常愛南山遊因而盡原隰數朝至林嶺百仞登嵬岌石狀馬徑窮苔色步緣入物奇春貌改氣遠天香集虛洞策杖鳴低雲拂衣濕倚嵓見廬舍入戶欣拜揖問姓矜勤勞示心教澄習玉英時共飯芝草為余拾境絕人不行潭深鳥空立一乘從此授九轉兼是給辭處若輕飛憩來唯吐吸閑襟超已勝迴路倏而及煙色松上深水流山下急漸乎逢

車騎向曉睍城邑峰在野趣繁塵飄宦情澁（一作緝）辛苦

久為吏榮進何妄執日暮懷此山悠然賦斯什

奉和賀監林月清酌

華月當秋滿朝軒假興同淨林新霽入規院小涼

通碎影行筵裏搖花落酒中清宵凝爽意併此助

文雄

江南意　國秀集作次北固山下首尾二聯不同

南國多新意東行伺早天潮平兩岸失風正數帆

懸海日生殘夜江春入舊年從来觀氣象惟向此中偏

五六開元治象也進乎雅矣 紫年

觀擲箏 國刺 祖詠

虛室有秦箏箏新月復清絃多弄委曲柱促語兮明曉怨凝繁手春嬌入愓聲近来惟此樂傳得美人情

閏月七日織女

耿耿曙河微神仙此夜稀今年七月閏應得兩廻

歸、

祖詠六首

詠詩剪刻省淨。用思尤苦。氣雖不高。調頗

凌俗。至如霽日園林好。清明煙火新。亦可

稱爲才子也。

古意二首

楚王意何去、獨自留巫山、偏使世人見、迢迢江水

間駐舟春潭裏、誓願拜靈顔、夢寐覩神女、金沙鳴

珮環閑艷絶世姿。令人氣力微。含笑默不語。化作朝雲飛。

又

夫差日淫放、舉國求妃嬪、自謂得王寵、代間無美人、碧羅象天閣、坐輦乘芳春、宫女數千騎、常遊江水濱、年深玉顔老、時薄花粧新、拭淚下金殿、嬌多不顧身、生前妬歌舞、死後同灰塵、冢墓令人哀、哀於銅雀臺、

十字一氣流出恰好

遊蘇氏別業 國秀集作劉門別業小異

別業居幽處到来生隱心南山當戶牖灃水映園林竹覆経冬雪庭昏未夕陰寥寥人境外閑坐聽春禽

清明宴司勳劉郎中別業

田家復近臣行樂不違親霽日園林好清明煙火新以文常會友唯德自成鄰池照窗陰晚盃香藥味春簷前花覆地竹外鳥窺人何必桃源裏深居

作隱淪

宿陳留李少府廳作

相知有叔卿訟簡夜彌清旅泊倦愁卧空堂聞曙更風簾摇燭影秋雨帶蟲聲歸思郵堪說悠悠恨洛城

終南望餘雪作

終南陰嶺秀積雪浮雲端林表明霽色城中增暮寒

盧象七首

象雅而不素有大體得國士之風曩在校書名充秘閣其靈越山最秀新安江甚清盡東南之數郡

家叔徵君東溪草堂二首

開山十餘里青壁森相倚欲識堯時天東溪白雲是雷聲轉幽壑雲氣香流水澗影生蟲蛇巖端翳檉梓大道終不易君恩曷能已鶴羨無老時龜言

山陳言非清言也

攝生理浮年笑六甲元化潛一指未暇埽雲梯空
慙阮家子

又

今朝共遊者得性閑未歸已到仙人家莫驚鷗鳥
飛水深巖子釣松挂巢久衣雲氣轉幽寂溪流無
是非名理未足羨腥臊詎所希自惟負貞意何歲
當食薇

送綦毋潛　空潤磊研

磊落

夫君不得意本自滄海來高足未云騁虛舟空復
迴淮南楓葉落灞岸桃花開出處暫為耳沈浮安
奈哉如何天覆物還遺世遺才欲識秦將漢嘗聞
王與裴離筵對寒食別雨乘春雷會有辟書至荷
衣莫湯裁

送祖詠

田家宜伏臘歲晏子言歸石路雪初下荒林雞共
飛東原多煙火北澗隱寒暉滿酌野人酒倦聞鄰

女機胡爲困樵採幾日罷朝衣

贈程校書

客自岐陽来吐音若鳴鳳孤飛畏不偶獨立誰見用忽從被褐中召入承明宮聖人借顔色言事無不通懸懃極黎庶感激論諸公将相猜賈誼圖書歸馬融頗余久寂寞一歲麒麟閣且共歌太平勿嗟名宦薄

贈張均員外

公門世業昌才子冠裴王出自平津邸還為吏部郎神仙餘氣色列宿動輝光夜直南宫静朝趨北禁長時人窺水鏡明主賜衣裳翰苑飛鸚鵡天池侍鳳皇承歡儔日顧末紀後時傷去去圖南遠微才幸不忘（末紀一作未記）

追涼歷下古城西北隅此地有清泉喬木

歷謝朓出華省王祥貽佩刀前賢真可慕衰疾意空勞貞悔不自卜遊隨共爾曹未能齊得喪時復誦

二語妙在一氣

離騷閑蔭七賢地醉餐三士桃蒼苔雲舜井喬木古城壕漁父偏相狎堯年不可逃蟬鳴秋雨霽雲白曉山高咫尺傳雙鯉吹噓借一毛故人皆得路誰肯念同袍

李嶷五首

嶷詩鮮潔有規矩其少年行三首詞雖不多翩翩然俠氣在目也

林園秋夜作

林臥避殘暑白雲長在天賞心既如醉對酒非徒然月色偏秋露竹聲兼夜泉涼風懷袖裏茲意與誰傳

淮南秋夜呈周偘

天淨河漢高夜閑砧杵發清秋忽如此離恨應難歇風亂池上萍露光竹間月與君共遊處勿作他鄉別

少年行三首

十八羽林郎，戎衣侍漢王。臂鷹金殿側，挾彈玉輿

傍。馳道春風起，陪遊出建章。

又

侍獵長楊下，承恩更射飛。塵生馬影滅，箭落雁行

稀。薄霧隨天仗，聯翩入瑣闈。

又 國秀集作遊俠小異

玉劍膝邊橫，金盃馬上傾。朝遊茂陵道，夜宿鳳皇

城。豪吏多猜忌，毋勞問姓名。

閻防（五首）

防為人好古博雅，其警策語多真素，至如荒庭何所有，老樹半空腹。又熊桂庭中樹龍蒸棟裏雲，皎然可信也。

晚秋石門禮拜

軖策凌絕壁，梠提謁金仙。舟車無遊徑，嶮嶠乃屬天。躑躅淹昃景，爽猶望新弦。石門變暝色。谷口生人煙。陽雁叫乎楚。秋風急寒川。馳暉苦代謝，浮脆

暫貞堅永欲臥丘壑息心依梵筵誓將歷劫願無以物牽

宿岸道人精舍

早歲叅道風放情已寥廓重因息心侶遂果嵩中諾歛迹辭人間杜門守寂寞秋風翦蘭蕙霜氣冷淙壑山牖見然燈竹房聞擣藥願言捨塵事所趣非龍蠖

夕次鹿門山作

何所有考隱本
程作何許

龎公嘉遁所浪迹難追攀浮舟暝始至抱杖聊自閑雙巖開鹿門百谷集珠灣噴薄湍上水舂容漂裏山焦原不足險梁壑未成艱我行自春仲夏鳥急綿蠻蕙草色已晚客心殊未還遠遊非避地訪道愛童顏安能狥機巧爭奪錐刀間

百丈溪新理茆茨讀書

浪迹棄人世還山自幽獨始傍巢由蹤吾其獲心曲荒庭何所有老樹半空腹秋蜩鳴北林暮鳥穿

我屋棲遲樂遵渚恬曠寓所欲開卦推盈虛散帙
攷節目養閑度人事達命知止足不學東國儒俟
時勞伐輻

與永樂諸公泛黃河作

煙深載酒入但覺暮川虛映水見山火鳴榔聞夜
漁愛兹山水趣忽與人世踈無暇燃官燭中流有
望舒　不似泛黄河

丁卯冬日閲

河嶽中興二集一選開元迄天寳名家一選

武德迄大曆名家相繼品騭真盛唐之大觀
也且每人各列小敘拈出警語但雄奇逸艷
不倫耳或病其論次厖雜或病其議論凡鄙
未敢據為定評云戊辰春盡日湖南毛晉記
丁丑仲夏承筐書塾閱 鄭都官子斂高二丁深致抑
揚然未足為商周也 焯
丙辰正月借本師所藏義門批本移寫三日而畢 原
本間有紫筆是丁丑所閱加圈以別之 沈炳記

搜玉小集目錄

翦綵　沈佺期
人日翦綵　余延壽
三日岐王宅　張諤
滿月　前人
太平公主山亭侍宴應制　李嶠
岐王席上詠美人　張諤
汾陰行　李嶠
代白頭吟　劉希夷

搜玉小集目録終

搜玉小集

此書集唐初人詩之不全者既鮮氣質復乏調態述作之手因而喪厖塲屈之志宜覆瓿也

奉和御製白鹿觀　或作鄭愔　崔湜

御旗探紫籙仙仗闢丹丘捧藥芝童下焚香桂女留鸞歌無歲月鶴語記春秋臣朔何其幸常陪漢武遊

奉和御製平胡　裴漼

先看此一聯便得體

玄漢聖恩通卤来書軌同忽聞窺月滿相聚寇雲中廟略占黃氣神兵出絳宮將軍行逐虜使者亦

雄偉

和戎一舉輳轀滅再麾沙朔空直將威禁暴非用武為雄歆至明軍禮疇勳錫武功干戈還載戢文德在唐風

同前　　韓休

南牧正紛紛長河起塞氛玉兵徵選士金鉞拜將軍疊鼓搖邊吹連旌暗朔雲妖星乘夜落害氣入朝分始見幽烽警俄看烈火焚功成奏凱樂戰罷策歸勳盛德陳清廟神謨屬大君叨榮逢偃伯率

舞詠時文

西征軍行遇風　崔融

北風捲塵沙左右不相識颯颯吹萬里昏昏同一色馬煩莫敢進人急未遑食草木春更悲天景晝相匿夙齡慕忠義雅尚存孤直覽史懷浸驕讀詩歎孔棘及兹戎旅地忝從書記職兵氣騰北荒軍聲振西極坐覺威靈遠行看祲氛息愚臣何以報倚馬申微力

塞垣行　崔湜

疾風捲溟海萬里揚沙礫仰望不見天昏昏竟朝夕是時軍兩進東拒復西敵蔽山張旗鼓間道潛鋒鏑精騎突曉圍奇兵襲暗壁十月邊塞寒四山江陰積雨雪雁南飛風塵景西迫昔我事討論未嘗怠經籍一朝棄筆硯十年操矛戟豈要黃河誓須勒燕然石可嗟牧羊臣海上久為客

大漠行　不成片段　前人

單于犯薊壖驃騎略蕭邊南山木葉飛下地北海
蓬根亂上天科斗連營太原道魚麗合陣武威川
三軍遙倚仗萬里相馳逐旌旆悠悠靜瀚源鼙鼓
喧喧動盧谷窮徼出幽陵吁嗟倦寢興馬蹄凍溜
石胡毳暖生氷雲沙泱漭天光閉河塞陰沈海色
凝崆峒異國誰能託蕭索邊心常不樂近見行人
畏白龍遙聞公主愁黃鶴陽春半岐路間瑤臺苑
玉門關百花芳樹紅將歇二月蘭皋綠未還陣雲

不散魚龍水雨雪猶飛鴻鴈山山障連綿不可極路遠辛勤夢顔色北堂萱草不寄來東園桃李長相憶漢將紛紜攻戰盈胡寇蕭條幽朔寧韓君拜節徧知遠鄭吉驅旌坐見迎火絶煙沈右西極谷靜山空左北平但使將軍能百戰不須天子築長城

將軍行　劉希夷

將軍闢轅門耿介當風立諸將欲言事逡巡不敢

入劍氣射雲天鼓聲破原隰黃塵塞路起走馬追
兵急彎弓從此去飛箭如雨集截圍一百重斬首
五千級代馬流血死胡兵抱鞍泣古来養甲兵有
事常討襲来我廟堂運坐使干戈戢獻凱還帝京
軍容何翕習

從軍行　散緩無力　賀朝

朔胡乘月寇邊城軍書插羽刺中京天子金壇拜
飛將單于玉塞振佳兵騎射先鳴推任俠龍韜決

豚佇時英聞有河湟客愔愔理帷帟常山啓霸圖
汜水先天策衡珠浴鐵向桑乾纛旗鼙鼓指烏丸
鳴雞已報關山曉來雁遙傳沙塞寒直為寸心從
苦節隴頭無水長鳴咽邊樹蕭蕭不覺春天山漠
漠長飛雪魚麗陣接塞雲平雁翼營通海月明始
看鼙幙飛鶴入旋聞齊壘啼烏聲自從一戍燕支
山春光幾度晉陽關金河未轉青絲騎玉筯應啼
紅粉顏鴻歸燕相逐池邊芳草綠已見氛清細柳

營莫更春歌落梅曲烽沈竈滅靜邊亭海晏山空

肅已寧行望鳳京旋凱捷重来麟閣画丹青

燕歌行　已見國秀集異同註明　屈同

漁陽八月塞草腓征人相對併思歸雲和朔氣連天暗蓬維驚沙散野飛此時天地陰埃徧瀚海龍城皆血戰兩軍鼓角暗相聞回面旌旗看不見昭君遠嫁已年多戎狄無厭尚不和漢兵候月秋防塞胡騎椉氷夜渡河河塞東西萬餘里地與京華

不相似，燕支山上少光輝。黃沙磧裡無流水，金戈玉劍十年征。紅粉青樓多怨情，厭得殊方久為別。秋来但聽擣衣聲。

塞外　点散緩

鄭愔

荒壘三秋夕，窮郊萬里平。海陰凝獨樹，日氣下連營。戍旆霜凝重，邊衆寒更輕。將軍猶轉戰，都尉不成名。折柳悲春曲，吹笳斷夜聲。明年漢使返，須築受降城。　趂連萬鈞力

從蘇林解空通也則爲平聲

紫騮　　楊烱

俠客重周遊金鞭控紫騮蛇弓白羽箭鶴轡赤茸鞦發跡來南海長鳴向北州匈奴今未滅畫地取封侯

胡無人行　　徐彥伯

十月繁霜下征人遠鑿空雲搖錦車節海照角端弓暗雪埋沙樹衝飈卷塞蓬方隨膜拜入歌舞玉門中

祇出無人

王昭君　盧照隣

不如不作

合殿恩中絶，交河使漸稀。肝腸隨玉輦，形影向金微。漢宮草應緑，胡庭沙正飛。願逐三秋雁，年年一度歸。

同前　東方虬

足抵人多許

漢道方全盛，朝廷足武臣。何須薄命妾，辛苦事和親。

視我呈更雄渾，唐初人力量如此

同前　郭元振

亦復凡近

闓有南河信傳言殺画師始知君念重更肯惜蛾
眉有為言之

晚度天山有懷京邑　駱賓王

忽上天山望依然想物華雲疑上苑葉雪似御溝
花行歎戎麾遠坐令衣帶賒交河浮絕塞弱水浸
流沙旅思徒漂梗歸期未及瓜寧知心斷絕夜夜
泣胡笳

送公主和戎　徐彥伯

鳳扆憐簫曲鸞帷念掌珍膺庭遥築館漢使遠和親星去銀河夕花移玉樹春聖情淒割愛駐驛望征塵

古意　崔顥

向誤
崔湜

十五嫁王昌盈盈出画堂自矜年正少復倚壻為郎舞愛前溪緑歌憐子夜長閑時鬭百草度日不成粧

酬杜麟臺春思　崔湜

春還上林苑花滿洛陽城鴛衾夜凝思龍鏡曉含情憶夢殘燈落離魂暗馬驚可憐朝與暮樓上獨盈盈

春閨　徐彦伯

戍客戍清波幽閨幽思多暗梁聞語燕夜燭見飛蛾寶匣藏脂粉金屏綴綺羅裁衣卷紋素織錦廢鳴梭有使通西極緘書寄北河年光只恐盡征戰莫蹉跎

怨情　劉允濟

玉關芳信斷，蘭閨錦字新。愁来不自抑，念切已含嚬。虗牖風驚夢，空床月厭人。歸期倘可促，勿度柳園春。

春怨　鄭愔

春朝物候妍，愁婦鏡臺前。風吹數蝶亂，露洗百花鮮。試出褰羅幌，還来著錦筵。曲中愁夜夜，樓上别年年。不及隨蕭史，高飛向紫煙。

春閨　沈佺期

汗馬三軍去，流鶯二月還。邊愁行上國，春夢度陽關。池水琉璃淨，園花玳瑁斑。歲華空自擲，憂思不勝顔。

秋閨　鄭情

征客向輪臺，幽閨寂不開。音書秋雁斷，機杼夜蛩催。虚幌風吹葉，閑階露濕苔。自憐愁思影，共作月徘徊。

此處亦為俗子改竄馮定遠先生云此是樂府不可作律詩

古意　沈佺期

盧家少婦鬱金堂海燕雙棲玳瑁梁九月寒砧催木葉十年征戍憶遼陽白狼河北音書斷丹鳳城南秋夜長誰為含愁獨不見使教明月照流黃

閨怨　國秀集作孤獨歎　徐彥伯

切切夜閨冷微微孤燭燃玉盤紅淚滴金燼彩光圓暖手縫輕素嚬蛾續斷絃相思咽不語回向錦屏眠

怨辭　向誤張炫 或刻張紘　張汯

去年離别雁初歸，今日裁縫螢已飛。征客未来音信斷，不知何處寄邊衣。

秋閨　喬知之

南庭結白露，北風掃黄葉。此時鴻雁来，驚鳴催思妾。曲房理針線，平砧擣紋練。鴛綺裁已成，龍鄉信難見。窈窕九重閨，寂寞十年啼。紗窗白雲宿，羅幌月光栖。雲月隱微微，夜上流黄機。玉霜凍珠履，金

吹薄羅衣漢家已得地君去將何事宛轉結蚕書
寂寥無雁使平生荷恩信本為容華進况復落紅
顏蟬聲催白鬢

擣衣篇　劉希夷

秋天瑟瑟夜漫漫夜白風清玉露團燕山遊子衣
裳薄秦地佳人閨閣寒欲向樓中縈楚練還来機
上裂齊紈攬紅袖兮愁徙倚眄青砧兮悵盤桓盤
桓徙倚夜已久螢火雙飛入簾牖西北風来吹細

腰東南月暎浮纖手此時秋月可憐明此時秋風別有情君看月下参差影為聽莎間斷續聲絳河轉兮青雲曉飛烏鳴兮行人少攢眉緝纉思紛紛對影穿針魂悄悄閨道還家未有期誰憐登隴不睞悲夢見形容亦舊日為許裁縫改昔時緘書遠寄交河曲須及明年春草緑莫嫌衣上有斑斑只為思君淚相續

題河邊枯柳　王泠然

隋家天子憶揚州厭坐深宮傍海陬穿地鑿山開
御路鳴笳疊鼓汎春流從鞏北河分口直到淮
南種官柳功成力盡人旋亡運謝年移樹空有當
時綵女侍君王帳殿旌門對柳行青葉交垂連幔
色白花飛散染衣香今日摧殘何用道數里曾無
一株好驛騎江帆損更多山精野鬼藏應老深秋
九月露爲霜日夜孤舟入帝鄉河畔時時聞落葉
客中無箇不霑裳

折柳篇　　許景先

春色東来渡灞橋青門垂柳百千條垂枊西連建章路漢家禁苑紛無數縈花始徧合歡枝遊絲半罥相思樹秦樓初日照南隅柔條垂綠暎金鋪寶釵新梳鬌鬢髻錦帶交垂連理襦自憐枊塞淹戍幕銀燭長啼愁夢著芳樹朝催玉管新春風夜染羅衣薄城頭楊枊已如絲今年花落去年時折芳遠寄相思曲為惜容華難再持

長信宮樹　　喬知之

阿娜當軒樹葦茸倚蘭殿葉暎九春華香摇五明扇餘花鳥哢盡新葉蟲書徧零落容自知芬芳君不見五六有齊梁風致

同蔡孚五亭詠　　徐晶

章奏中京罷雲容別業歸拂琴鋪野席牽柳挂朝衣翡翠巢書幌鴛鴦立釣磯幽栖可憐處春事滿林扉

阮公體　　前人

秦主按劒怒發卒戍龍沙雄圖尚未畢海内已紛拏黃塵暗天起白日歛精華唯見長城外僵屍如亂麻

贈蘇管記　　杜審言

北地寒應苦南庭戍不歸邊聲亂羌笛朔氣卷戎衣雨雪闇山暗風霜草木稀胡兵戰欲盡虜騎獵猶肥雁塞何時入龍城幾度圍據鞍雄劍動搖筆

羽書飛輿駕還京邑朋游滿帝畿方期來獻凱歌
舞共春暉

溫泉莊卧疾寄楊七炯　自是其少作　宋之問

移疾卧茲嶺寥寥倦幽獨賴有嵩高山高枕長在目茲山棲靈異朝夕翳雲旗是日濛雨晴反景入岩谷伊洛何悠漾川原信重複夏餘鳥獸蕃秋末禾黍熟秉願守樊圃歸閑欣藝牧惜無載酒人徒把涼潭菊　考反景句下有羃羃湖畔草青青山下木此意方無窮環顧悵林麓四句宜補

述懷　自覺磊落　魏徵

中原初逐鹿，投筆事戎軒。縱橫計不就，慷慨志猶存。杖策謁天子，驅馬出關門。請纓繫南越，憑軾下東藩。鬱紆陟高岫，出沒望平原。古木吟寒雁，空山啼夜猿。既傷千里目，還驚九逝魂。豈不憚艱險，深懷國士恩。季布無二諾，侯嬴重一言。人生感意氣，功名誰復論。

暮秋言懷　上二首向誤宋之問　前人

首夏別京輔杪秋滯三河沈沈蓬萊閣日久鄉思
多霜剪涼地蕙風捎幽渚荷歲芳坐淪歇感此式
微歌

白帝懷古　向誤宋之問　陳子昂

拾遺自以感遇高步一代不必以此等推之

日落滄江晚停橈問土風城臨巴子國臺沒漢王
宮荒服仍周甸深山尚禹功巖懸青壁斷地險碧
流通古木生雲際歸帆出霧中川途去無限客思
坐何窮

書懷　　劉幽求

心爲明時盡君門尚不容田園迷徑路歸去路何從

桂陽三日述懷　　宋之問

代業京華裏遠投魑魅鄉登高望不極雲海四茫茫伊昔槳休暇常爲人所羨兩朝賜顔色二紀陪歡宴昆明宿昔遇龍媒伊闕天泉復幾回西夏黄河水心劒東周清洛羽觴杯苑中落花掃還合河

畔垂楊撥不開千春萬壽多行樂柏梁和歌攀睿
作賜金分帛奉恩輝風舉雲搖入紫微晨趨北闕
朝天去夜出南宮把燭歸載筆儒林多歲月襆被
文昌事吳越越中山海高且深興来無處不登臨
永和九年佐海郡暮春三月醉山陰愚謂嬉遊長
似昔不言流寓歘成今始安繁華舊風俗帳飲傾
城沸江曲主人管絃清且悲客子肝腸斷還續荔
浦蘅臯萬里餘洛陽音信絶能疎故園今日應愁

思春水何人更祓除逐伴誰憐合浦葉思歸不食桂江魚不求漢吏金囊贈願得家人錦字書

九日升高　王勃

九月九日望鄉臺他席他鄉送客盃人今已厭南中苦鴻雁那從北地来

觀燈　蘇味道

火樹銀花合星橋鐵鎖開暗塵隨馬去明月逐人来遊伎皆穠李行歌盡落梅金吾不禁夜玉漏莫

相催

夜遊　沈佺期

今夕重門啓，遊春得夜芳。月華連晝色，燈影雜星光。南陌青絲騎，東鄰紅粉粧。管絃遥辨曲，羅綺暗聞香。人擁行歌路，車攢鬭舞場。經過猶未已，鐘鼓出長楊。

觀燈　王諲

暫得金吾夜，通看火樹春。停車傍明月，走馬入紅

收觀字蘊藉

壓妓雜歌偏勝場移舞更新應須盡記取說向不来人

夜光篇　王泠然

遊人夜到汝陽間夜色冥濛不解顏誰家暗起寒山燒因此明中得見山山頭山下須臾滿歷險緣深無暫斷焦聲散着群樹鳴炎氣傍臨一川暖是時西北多海風吹上連天光更雄濁煙熏月黑高熖爇雲紅初謂鍊丹仙竈裏還疑鑄劍神溪中劃

爲飛電来照物乍作流星併上空西山無草光已滅東頂熒熒猶未絶沸湯穹吞數道水融盖陰崖幾年雪雨京貧病若爲居四壁皆成鑿照餘未得貴遊同秉燭唯將半景借披書

催粧　徐璧

傳聞燭下調紅粉明鏡臺前別作春不須滿面渾粧却留著雙眉待画人

翦綵　沈佺期

宮女憐芳樹，裁花競早榮。寒依刀尺盡，春向綺羅生。弱蔕盤絲發，香雞結素成。纖枝幸不棄，長就玉階傾。

人日翦綵　余延壽

閨婦持刀坐，自憐裁翦新。葉催情綴色，花寄手成春。帖燕留粧戶，黏雞待餉人。擎來問夫壻，何處不如真。

三日岐王宅　張諤

玉女貴妃生嬰娩始發聲金盆浴未了綳子繡初成翡翠雕芳褥真珠帖小纓何時學健步鬬取落花輕

滿月　前人

社金沠茂祉庭玉表奇才竹似国談植蘭疑入夢裁烏将八子去鳳逐九雛来今夜明珠色當隨滿月開

太平公主山亭侍宴應制　李嶠

黃金瑞牓絳河隈白玉仙輿紫禁来碧樹青岑雲外聳朱樓画閣水中開龍舟下瞰鮫人室羽節高臨鳳女臺遽惜歡娛歌吹晚揮戈更却曜靈回

岐王席上詠美人　張諤

半額画雙蛾盈盈燭下歌玉盃寒意少金屋夜情多香豔王兮帖裙嬌勑賜羅平陽莫相妬喚出不如他

汾陰行　風調侭便　李嶠

君不見昔日西京全盛時汾陰后土親祭祠齋宫
宿寢設儲供撞鐘鳴鼓樹羽旗漢家四葉才且雄
賓延萬靈朝九戎柏梁賦詩高宴罷詔書法駕幸
河東河東太守親掃除奉迎至尊導鑾輿五營夾
道列容衛三河縱觀空里閭回旌駐蹕降靈場𢡖
栭奠桂邀百祥金鼎發色正焜煌明祇煒燁攘景
光埋玉陳牲禮神畢舉麾上帝乘輿出彼汾之曲
佳可遊木蘭爲檝桂爲舟棹歌微吟彩鷁浮簫鼓

哀鳴白雲秋歡娱宴賜洽群后家家復除户牛酒
聲明動天樂無有千秋萬歲南山壽自從天子向
南關玉輦金車不復還珠簾翠羽長寂寞鼎湖龍
髯何處攀千年人事一朝空四海為家此路窮雄
豪意氣今何在壇場宫觀盡蒿蓬道傍古老長歎
息世事回環不可識昔時青樓對歌舞今日黄埃
聚荊棘山川滿目淚霑衣富貴榮華能幾時不見
即今汾上水唯有年年秋雁飛

代白頭吟或刻宋之問集　　劉希夷

洛陽城東桃李花飛來飛去落誰家洛陽女兒惜顏色行逢落花長歎息今年花落顏色改明年花開復誰在已見松柏摧為薪更聞桑田變成海古人無復洛城東今人還對落花風年年嵗嵗花相似歳歳年年人不同寄言全盛紅顏子須憐半死白頭翁此翁白頭真可憐伊昔紅顏美少年公子王孫芳樹下清歌妙舞落花前光禄池臺文錦繡

將軍樓閣畫神仙一朝臥病無知己三春行樂在
誰邊宛轉蛾眉能幾時須臾鶴髮亂如絲但看古
來歌舞處唯有黄昏鳥雀悲

明河篇　　　　　　　　　　宋之問

八月凉風天氣晶萬里無雲河漢明昏見南樓清
且淺曉落西山縱復横洛陽城闕天中起長河夜
夜千門裏複道連甍共蔽虧畫堂瓊户特相宜雲
母帳前初泛濫水精簾外轉逶迤倬彼昭回如練

白復出東城接南陌南陌征人去不歸誰家今夜擣寒衣鴛鴦機上踈螢度烏鵲橋邊一雁飛雁飛螢度愁難歇坐見天河傾漸没已能舒卷任浮雲不惜光輝讓流月明河可望不可親願得乘槎一問津更將織女支機石還訪成都賣卜人

韋長史挽歌　崔融

日暮桑榆下寒生松柏中冥冥多苦霧切切有悲風京兆新阡合扶陽甲第空郭門從此去荊棘漸

蒙籠

度大庾嶺　宋之問

度嶺方辭國停軺一望家魂隨南翥鳥淚盡北枝花山雨初含霽江雲欲變霞但令歸有日不敢恨長沙

過蠻洞　前人

越嶺千重合蠻溪十里斜竹迷樵子徑萍匝釣人家林暗交楓葉園香覆橘花誰憐在荒外孤賞足

雲霞

登越王臺　　前人

江上越王臺登高望幾回南溟天外合北戶日邊開地濕煙常起山晴雨半来冬花埽盧橘夏果摘楊梅跡類虞翻枉人非賈誼才歸心不可度白髮重相催

詠寶劒 向誤宋之問　　崔融

寶劒出昆吾龜龍夾彩珠五精初獻術千戶競淪

都匯氣衝牛斗山形轉轆轤欲知天下貴持此問
風胡

按通志通考撰云搜玉一集延唐人選當時名士詩俱不載何人部署共計三十七人詩六十三首第其中先後不倫彼此相混如玄成諸君子互虛一二而延清華文為謬二三甚者名存詩逸胡鵠三人更可詫也間閱唐紀事諸書泊宋元舊冊因考其世次稍及章

句如十五嫁王昌一首於海叱爲小兒善禮至今喈喈通人久混崔澄瀾刁勳氏寧不叶屈詢如此類未及悉舉若迺張汯誤張紘徐晶誤徐畠其諸姓氏隨點次釐正謹列目次於首以俟覽古者再加詳焉戊辰上巳日湖南毛晉記

此集無稱僞託唐人藝文志自有搜玉集十卷在總集類中

甲寅閏月十四日假李椒微師藏義門評本迻寫一過當日而畢　沅叔

搜玉小集終

才調集序

唐蜀監察御史韋　縠撰

余少博羣言常取得志雖秋螢之照不遠而雕蟲之見自佳古人云自聽之謂聰内視之謂明也又安可受誚於愚鹵取譏於書厨者哉暇日因閱李杜集元白詩其間大海混茫風流挺特遂採摭奧妙并諸賢

達章句不可備錄各有編次或閒窗展卷或月榭行吟韻高而桂魄爭光詞麗而春色鬬美但貴自樂所好豈敢埀諸後昆今纂諸家歌詩共一千首每一百首成卷分之爲十目曰才調集庶幾來者不謂多言他代有人無嗤薄鑒云爾

才調集序

卷第一低一格
人名低二格每行分
上下排　單名中不
空格

才調集姓氏總目

卷第一

白居易十九首

薛　能七首

崔國輔六首

孟浩然二首

劉長卿六首

韋應物一首

王維二首

賈島七首

李廓十六首

常建一首

劉禹錫五首

宋濟二首

王建十三首

李端一首

崔塗六首

盧綸七首

無名氏十四首 三

卷第三

韋莊六十三首

李山甫八首

李洞五首

薛逢一首

卷第四

曹唐二十四首

施肩吾二首

趙光遠三首

孫棨（啓）四首

崔珏七首

司空曙三首

項斯一首

卷第五

元　稹五十七首
鄭　谷十一首
秦韜玉八首
紀唐夫一首
雍　陶一首
劉禹錫十二首
白居易八首
武元衡二首

卷第六

卷第七

岑　參四首

賈　曾一首

許　渾二十首

油　蔚一首

張　祐六首

来　鵬二首

施肩吾四首

劉得仁一首

高𫐓四首
李端一首
趙嘏十一首
朱絳一首
姚倫一首
劉方平二首
陳羽一首
薛能三首

景宋本脫崔峒一行

卷第八

景宋本朱慶餘下有崔峒一首一行下注云備文卷中

曹松三首
錢起一首
羅鄴九首
章碣一首
李益一首
王昌齡三首
李嘉祐四首
鄭準四首

卷第九

胡　曾九首
李群玉二首
顧非熊一首
袁不約二首
吴商浩八首
梁　鍠一首
賀知章一首
張　蠙四首

陳上美一首

姚合七首

楊牢一首

王昌齡二首

于鵠二首

陳羽一首

僧貫休三首

僧尚顏二首

卷第十

崔仲容二首

張文姬二首

女道士元淳二首

蔣　韞二首　蘊

崔公遠一首　逵

女道士魚玄機九首

張窈窕二首

張　琰二首

趙　氏二首
程長文三首
梁　瓊三首
廉　氏二首
薛　濤三首
姚月華二首
裴羽仙二首
劉　瑶三首

常浩二首
葛鵶兒一首
薛媛一首
聘聘一首
崔鶯鶯一首
無名氏三十七首

才調集姓氏總目 終

目録終

景宋本每卷無目

才調集目録卷一

秦中唫十首　三月三日袚禊洛濵
翫半開花贈皇甫郎中
題令狐家木蘭花
薛能七首
牡丹　蜀黄葵
贈歌妓　晚春
贈歌者　舞者
楊柳枝

赴潤州留別鮑侍御

北帰次秋浦界青谿館

登餘干古縣城　若耶苕溪詶梁耿別

後見寄　別宕子怨

韋應物　一首

滁州西澗

王維　二首

送元二使安西　隴頭吟

賈島 七首

寄遠　代舊将

春行　劒客

古意　上杜駙馬

早秋寄題天竺靈隱寺

李廓 一十六首

長安少年行　又

又　又

華清宮感舊　　宮前早春
宮中三臺詞　　又
江南三臺詞　　又
又　　又
宮中調笑詞　　又
又　　又
贈王樞密
李端　一首

蜀國偶題　送王郎中

未展芭蕉

李遠二首

失鶴　贈寫御真李長史

才調集目録卷一終

人名低二格題目低三格

才調集卷之一

□古律雜歌詩一百首　韋縠集

□□白居易十九首

□□□代書詩一百韻寄微之

憶在貞元歲初登典校司身名同日授心事一言知肺腑都無隔形骸兩不羈疎狂屬年少閑散為官卑分定金蘭契言通藥石規交賢方汲汲友直每偲偲有月多同賞無盃不共持秋風拂琴匣夜

雪卷書帷高上慈恩墖幽尋皇子陂唐昌玉蘂會
崇敬牡丹期笑勸迂辛酒閒吟短李詩儒風愛敦
質佛理尚玄師度日曾無悶通宵靡不為雙聲聯
律句八面對宮棊往往遊三省騰騰出九逵寒消
直城路春到曲江池樹暎枝條弱山晴彩翠奇峰
攢石緑點柳惹麴塵絲岸草煙鋪地園花雪壓枝
蚤光紅照曜新溜碧逶迤幄幙侵堤布盤筵占地
施徽伶皆絶藝選妓悉名姬鉛黛凝春艷金鈿耀

水嬉風流誇墮髻時世鬬啼眉密坐隨歡促華罇
逐勝移香飄歌袂動翠落舞釵遺籌插紅螺椀觥
飛白玉卮打嫌調笑易飲訝卷波遲殘席諠譁散
歸驂酩酊騎酡顏烏帽側醉袖玉鞭垂紫陌傳鐘
鼓紅塵塞路岐幾時曾蹔別何處不相隨荏苒星
霜換廻環節候推兩衙多請假三考欲成資運啓
千年聖天成萬物宜皆當少壯日同惜盛明時光
景嗟虛擲雲霄竊暗窺攻文朝矻矻講學夜孜孜

策目穿如札鋒毫銳若錐繁張獲鳥網堅守釣魚
坻並受夔龍薦齊陳晁董詞萬言經濟畧三策太
平基中第爭無敵專場戰不疲輔車排膝陣掎角
搴降旗雙闕分容衛千僚儼等衰恩隨紫泥降名
向白麻披既在高科選還從好爵縻東垣君諫諍
西邑我驅馳再喜登烏府多慙侍赤墀官班分內
外遊霧遂參差每列鵷鸞序偏瞻獬豸姿簡威霜
凜冽衣綵繡葳蕤正色摧強禦剛腸嫉喔咿常憎

持祿位不擬保妻兒養勇當除惡輸忠在滅私下韝鷙鸞雀當道懾狐狸南國人無怨東臺吏不欺理冤多定國切諫甚辛毘造次行於是平生志在茲道将心共直言與行兼危水暗波翻覆山藏路險巇未為明主識已被倖臣疑木秀遭風折蘭芳遇霰萎千鈞勢易壓一柱力難擔騰口因成痏吹毛遂得疵憂来吟貝錦謫去咏江蘺邂逅塵中遇慇勤馬上辭賈生離魏闕王粲向荊夷水度清源

寺山経綺季祠心揺漢皋珮淚墮峴亭碑驛路緣
雲際城樓枕水湄息鄉多繞澤望關獨登陴林晚
清蕭索江平緑渺瀰野秋鳴蟋蟀沙冷聚鸕鷀官
舍黃茅屋人家苦竹籬白醪充夜酌紅粟備晨炊
寡鶴摧風翮鰥魚失水鬐闇雛啼渴且涼葉墜相
思一點寒燈滅三聲曉角吹藍衫經雨故驄馬臥
霜羸念涸誰濡沫嫌醒自啜醨耳垂無伯樂舌在
有張儀負氣衝星劍傾心向日葵金言自銷鑠玉

性肯磷緇伸屈須看蠖窮通莫問龜定知身是患
應用道為醫想子今如彼嗟余獨在斯無憀當歲
杪有夢到天涯坐阻連襟帶行乖接履綦潤消衣
上霧香散室中芝念遠緣還貽驚時為別離素書
三往復明月七盈虧舊里非難到餘歡不易追樹
依興善老草傍靜安衰前事思如昨中懷寫向誰
非村尋古柏南宅訪辛夷此日空搔首何人共解
頤病多知夜永年長覺秋悲不飲長如醉加餐亦

似飢狂吟一千字因使寄微之

東南行一百韻寄通州元九侍御澧州李十一舍人果州崔二十二使君開州韋大員外庚三十二補闕杜十四拾遺李二十助教員外竇七校書

南去経三楚東来過五湖山頭看候館水面問征途地遠窮江界天低極海隅飄零同落葉浩蕩似椉桴漸覺鄉原異深知土産殊夷音語嘲哳蠻態

笑睢盱水市通闤闠煙村混舳艫吏徵漁戶稅人（魚）
納火田租亥日饒蝦蠏寅年足虎貙成人男作丱
事鬼女為巫樓暗攢娼婦堤喧簇販夫夜船論鋪
賃春酒斷瓶沽見果皆盧橘聞禽悉鷓鴣山歌猿
獨叫野哭鳥相呼嶺徼雲成棧江郊水當郛月移
翹桂鶴風汎颭檣烏鷔礙潮無信蛟驚浪不賓鼉
鳴泉窟室蜃結氣浮圖樹裂山魈穴沙含水弩樞（江櫑鼓　氣海）
喘牛犁紫芋羸馬放青菰繡面誰家婢鴉頭幾歲

奴浞中採菱芡燒後拾樵蘇鼎膩愁烹鼈盤腥厭
鱠鱸鍾儀徒戀楚張翰浪思吴氣序涼還熱光陰
旦復晡身方逐萍梗年欲近桑榆渭北田園廢江
西歲月徂憶帰恒慘澹懷舊忽踟躕自念咸秦客
常為鄒魯儒縕藏經國術[衛]輕弃度關繻賦力凌鸚
鵡詞鋒敵轆轤戰文重掉鞅射策一彎弧崔杜鞭
齊下元韋轡並驅名聲逼[敵]楊馬交分過蕭朱世務
經磨揣周行竊覬覦風雲皆會合雨露各霑[沾]濡共

遇昇平代偏懃固陋軀承明連夜直建禮拂晨趨
美服頒王府珎饈降御廚議高通白虎諫切伏青
蒲柏殿行陪宴花樓走看酺神旗張鳥獸天籟動
笙竽戈鋋星芒耀魚龍電策驅定場排漢旅促座
進吳歈縹緲疑仙樂嬋娟勝画圖歌鬟低翠羽舞
汗墜紅珠別選閒遊伴潛招小飲徒一盃愁已破
三盞氣彌麄軟美仇家酒幽閒葛氏姝十千方得
斗二八正當壚論笑杓胡律談憐鞏囁嚅李酣尤

短竇庚醉更蔫迁鞍馬呼敎佳骰盤喝遣輸長驅
波卷白連擲彩成盧籌併頻逃席觥嚴列置盂滿
危郵可灌頹玉不勝扶入視中樞草歸棄内廐駒
醉曾銜宰相騶不揖金吾日近恩雖重雲高勢却
孤翻身落霄漢失脚倒泥塗博望移門籍潯陽佐
郡符時情變寒暑世利算錙銖即日辭雙闕明朝
別九衢播遷分郡國次第出京都秦嶺馳三驛商
山上二邘峴陽亭寂寞夏口路崎嶇大道全生棘

中丁盡執殳江關未徹譬淮冠尚稽誅林對東西
寺山兮大小姑廬峰蓮刺削溢浦帶縈紆九派吞
青草孤城覆綠蕪黃昏鐘寂寂清曉角嗚嗚春色
辭門柳秋聲到井梧殘芳悲鶗鴂苒節感茱萸蕋
折金英菊花飄雪片蘆波紅日斜沒沙白月平鋪
幾見林抽笋頻驚鷰引雛歲華何倏忽年少不須
臾眇默思千古蒼茫想八區孔竅緣底事顏夭有
何辜龍智猶經醢龜靈未免刳窮通應已定聖哲

鐘誤鍾

不能踰況我身謀拙逢他厄運拘漂流從大海鎚

鍛任洪鑪險阻嘗之矣栖遲命也夫沉冥消意氣

窮餓耗肌膚防瘴和殘藥迎寒補舊襦書床鳴蟋

蟀琴匣網蜘蛛貧室如懸磬端憂劇守株時遭人

指點數被鬼揶揄兀兀都疑夢昏昏半似愚女驚

朝不起妻怪夜長吁萬里拋朋侶三年隔友于自

然悲聚散不是恨榮枯去夏徵之瘧今春席八殂

天涯書達否泉下哭知無諹寫詩盈卷空盛酒滿

壺只添新帳望豈復舊歡娛壯志因愁減衰容與
病俱相逢應不識滿頷白髭鬚

四不如酒 集作啄木曲

莫買寶剪刀徒費千金直我有心中愁知君剪不
得莫磨解結錐徒勞人氣力我有腸中結知君解
不得莫染紅絲線徒誇好顏色我有雙淚珠知君
穿不得莫近紅爐火炎氣徒相逼我有兩鬢雪知
君銷不得刀不能剪心愁錐不能解腸結絲不能

穿淚珠火不能銷鬢雪不如飲此神聖盃萬恨千
愁一時歇

江南喜逢蕭九徹因話長安舊遊戲贈五十
韻

憶昔嬉遊伴多陪歡宴場寓居同永樂幽會共平
康師子尋前曲聲兒出内坊花深態奴宅竹錯得
憐堂庭晚開紅藥門閑蔭緑楊經過悉同巷居處
盡連牆時世高梳髻風流澹作粧戴花紅石竹帔

暈紫檳榔鬢動懸蟬翼釵垂小鳳行拂胸輕粉絮
煖手小香囊選勝移銀燭邀歡舉玉觴鑪煙凝麝
氣酒色注鵞黃急管停還奏繁絃慢更張雪飛迴
舞袖塵起繞歌梁舊曲翻調笑新聲打義揚名情
推阿軟巧語許秋孃風暖春將暮星迴夜未央宴
餘添粉黛坐久換衣裳結伴歸深院分頭入洞房
綵帷開翡翠羅薦拂鴛鴦留宿爭牽袖貪眠各占
床綠窗籠水影紅壁背燈光索鏡收花鈿邀人解

袷襠暗嬌粧靨笑私語口脂香怕曉聽鐘坐羞明
聠緜藏眉殘蛾翠淺鬟解緑雲長聚散知無定憂
歡事不常離筵開夕宴別騎促晨裝去住青門外
留連滻水旁車行遥寄語馬駐共相望雲雨分何
處山川各異方野行初寂寞店宿乍恓惶別後嫌
宵永愁来厭歲芳幾看花結子頻見露為霜歲月
何超忽音容坐渺茫還書斷絶来去夢遊揚自
我辭秦地逢君客楚鄉常嗟異岐路忽喜共舟航

鐘誤鍾

話舊堪垂淚思鄉數斷腸愁雲接巫峽淚竹近瀟湘月落江湖濶天高節候涼浦深煙漠漠沙冷月蒼蒼紅葉江楓老青蕪驛路荒野風吹蟋蟀湖水浸菰蔣帝路何由見心期不可忘舊遊千里外往事十年強春晝提壺飲秋林摘橘嘗強歌還自感縱酒不成狂永夜長相憶逢君各共傷慇勤萬里意併寫贈蕭郎

楊柳枝二十韻

小妓攜桃葉新歌蹋柳枝粧成剪燭後醉起拂衫
時繡履嬌行緩花筵笑上遲身輕委廻雪羅薄透
凝脂笙引簧頻暖箏催柱數移樂童翻怨調才子
與妍詞便想人如樹先將髮比絲風條揺兩帶煙
葉貼雙眉口動櫻桃破鬟低翡翠垂枝柔腰嫋娜
荑嫩手葳蕤唳鶴晴呼伴哀猿夜叫兒玉敲音歷
歷珠貫字纍纍䄂為收聲點釵因赴節遺重重徧
頭別一一拍心知塞北愁攀折江南苦別離黃遮

金谷岍緑暎杏園池春惜芳華好秋憐翠色衰取
来歌裡唱勝向笛中吹曲罷都能別情多不自持
纏頭無別物一首斷腸詩

初與元九別後忽夢見之及寤而書適至兼
寄桐花詩悵然感懷因以此寄（元九初謫江陵）

永壽寺中語新昌坊北分歸来數行淚悲事不悲
君悠悠藍田路自去無消息計君食宿程已過商
山北昨夜雲四散千里同月色曉来夢見君應是

君相憶夢中握君手問君意何如君言苦相憶無
人可寄書覺来未及說扣門聲鼕鼕言是商州使
送君書一封枕上忽驚起顛倒着衣裳開緘見手
札一紙十三行上論遷謫心下說離別腸心腸都
未盡不暇敘炎涼云作此書夜夜宿商州東獨對
孤燈坐陽城山館中夜深作書畢山月向西斜月
前何所有一樹紫桐花桐花半落時復道正相思
慇勤書背後兼寄桐花詩桐花詩八韻思緒一何

深以我今朝意憶君此夜心一章三遍讀一句十
廻吟珎重八十字字字化為金

秦中唫 并序〔○序題與時刻稍異〕

貞元元和之際余在長安聞見之間有足
悲者因直歌其事命為秦中唫

〔議婚〕或刻貧家女

天下無正聲悅耳即為娛人間無正色悅目即為
妹顏色非相遠貧富則有殊貧為時所棄富為時

所趨紅樓富家女金縷繡羅襦見人不斂手嬌癡
二八初母兄未開口言嫁不須史緑窗貧家女寂
寞二十餘荊釵不直錢衣上無真珠幾迴人欲聘
臨日又躊躇主人會良媒置酒滿玉壺四座且勿
飲聽余歌兩途富家女易嫁嫁蚤輕其夫貧家女
難嫁嫁晚孝於姑聞君欲娶婦娶婦意何如

重賦或刻無名稅

厚地植桑麻所用濟生民生民理布帛所求活一

身身外充征賦上以奉君親國家定兩稅本意在憂人厥初防其淫明敕內外臣稅外加一物皆以枉法論奈何歲月久貪吏得因循役我以求寵斂索無冬春織絹未成疋繰絲未盈斤里胥逼我納不許蹔逡巡歲暮天地閉陰風生破村夜深煙火盡霰雪白紛紛幼者形不蔽老者體無溫悲啼與寒氣併入鼻中辛昨日輸殘稅因窺官庫門繒帛如山積絲絮似雲屯號為羨餘物隨月獻至尊奪

我身上煖買爾眼前恩進入瓊林庫歲久化為塵

傷大宅 長慶少一大字

誰家起甲第朱門大道邊豐屋中櫛比高墻外廻環縈縈六七堂簷宇相連延一堂費百萬鬱鬱起青煙洞房温且清寒暑不能干高亭虛且迥坐卧見南山繞廊紫藤架夾砌紅藥闌攀枝摘櫻桃帶花移牡丹主人此中坐十載為大官廚有臭敗肉庫有貫朽錢誰能將我語問爾骨肉間豈無貧賤

者忍不救飢寒如何奉一身直欲保千年不見馬

家宅今作奉誠園

傷友或刻膠漆契

陋巷孤寒士出門甚栖栖雖云志氣高豈免顏色

低平生同袍友通籍在金閨曩者膠漆契邇来雲

雨睽正逢下朝歸軒騎五門西是時天久陰三日

雨淒淒蹇驢避路立肥馬當風嘶迴頭望相識占

道上沙提昔年洛陽社貧賤相提攜今日長安道

對面隔雲泥近日多如此非君獨慘悽死生不變
者惟聞任與黎

合致仕 合長慶作不

七十而致仕禮法有明文何乃貪榮貴斯言如不
聞可憐八九十齒墮雙眸昏朝露貪名利夕陽憂
子孫挂冠顧翠緌懸車惜朱輪金章腰不勝傴僂
入君門誰不愛富貴誰不戀君恩年高須告老名
遂合退身少時共嗤笑晚歲多因循賢哉漢二疎

彼獨是何人寂寞東門路無人繼去塵

立碑 或刻古碑

勳德既下衰文章亦陵夷但見山中石立作路旁碑銘勳悉太公敘德皆仲尼復以多為貴千言宜萬貲為文彼何人想見下筆時但欲愚者悅不思賢者嗤豈獨賢者嗤仍傳後代疑古石蒼苔字安知是媿詞我聞望江縣麴令撫孤嫠在官有仁政名不聞京師身歿欲歸葬百姓遮路岐攀轅不得

去留葬此江湄至今道其名男女皆涕垂無人立
碑碣惟有邑人知

輕肥「或刻江南旱」

意氣驕滿路鞍馬光照塵借問何為者人稱是内
臣朱紱皆大夫紫綬悉将軍誇赴中軍宴走馬疾
如雲罇罍溢九醖水陸羅八珎果擘洞庭橘鱠切
天池鱗食飽心自若酒酣氣益振是歲江南旱衢
州人食人

五絃琴

清歌且停唱紅袂亦停舞趙叟抱五絃宛轉當胸撫大聲麤若散颯颯風和雨小聲細欲絶切切鬼神語又如鵲報喜轉作猿啼苦十指無定音顛倒宮商羽坐客聞此聲形神若無主行客聞此聲駐足不能舉嗟嗟俗人耳好今不好古所以北窗琴日日生塵土

歌舞　或刺傷閿鄉縣囚

秦中歲云莫大雪滿皇州雪中退朝者朱紫盡公
侯貴有風雪興富無飢寒憂所營惟第宅所務在
追遊朱門車馬客紅燭歌舞樓歡酣促密坐醉煖
脱重裘秋官為主人廷尉居上頭日中為樂飲夜
半不能休豈知閿鄉獄中有凍死囚

買花 或刻牡丹

帝城春欲莫喧喧車馬度共道牡丹時相隨買花
去貴賤無常價訓直看花數灼灼百朶紅戔戔五

束素上張帷幄庇旁織笆籬護水灑後泥封遷来色如故家家習為俗人人迷不悟有一田舍翁偶来買花處低頭獨長歎此歎無人諭一叢深色花十戸中人賦

三月三日祓禊洛濱

開成二年三月三日河南尹李待價以人和歳稔将禊於洛濱前一日啓留守裴令公公明日召太子少傅白居易太子賓客

蕭籍李仍叔劉禹錫前中書舍人鄭居中
國子司業裴惲河南少尹李道樞倉部郎
中崔晉司封員外郎張可續駕部員外郎
盧言虞部員外郎苗愔和州刺史裴儔淄
州刺史裴洽檢校禮部員外郎楊魯士四
門博士談弘謩等一十五人合宴于舟中
由斗亭歷魏堤抵津橋登臨泝沿自晨及
暮簪組交暎歌笑間發前水嬉而後妓樂

左筆研而右壺觴望之若仙觀者如堵盡
風光之賞極遊泛之娱美景良辰賞心樂
事盡得于今日矣若不記録謂洛無人晉
公首賦一章鏗然玉振顧謂四座繼而和
之居易舉酒抽毫奉十二韵以獻

三月草萋萋黄鶯歇又啼柳橋晴有絮沙路潤無
泥禊事脩初半遊人到欲齊金鈿耀桃李絲管駭
鳬鷖轉岸廻船尾臨流簇馬蹄閙翻楊子渡踏破

魏王堤妓湲謝公宴詩陪江令題舟同李膺汎醴
為穆生攜水引春心蕩花牽醉眼迷塵街從鼓動
煙樹任鴉栖舞急紅腰軟歌遲翠黛低夜歸何用
燭新月鳳樓西

翫半開花贈皇甫郎中

忽訝春来晚無嫌花發遲人憐全盛日我愛半開
時紫蠟黏為蔕紅酥點作蕤成都新夾纈梁漢碎
臙脂樹杪真珠顆墻頭小女兒淺深粧剰落高下

火糝差蝶戲爭香朶鶯啼選穩枝好教郎作伴合
共酒相隨醉詎無勝此狂嘲更讓誰猶殘少年與
不似老人詩西日憑輕照東風莫聯吹明朝應爛
熳後夜即離披枝下遥相憶尊前暗有期銜盃嚼
蕋思惟我與君知

題令狐家木蘭花

膩如玉指塗朱粉光似金刀剪紫霞從此時時春
夢裡應添一樹女郎花

薛能 七首

牡丹

去年零落暮春時淚濕紅牋怨別詩常恐便隨巫峽散何因重有武陵期傳情每向馨香得不語還應彼此知欲就欄邊安枕席夜深閑共說相思

黃蜀葵 一刻蜀黃葵

嬌黃初綻欲題詩盡日含毫有所思記得玉人春病後道家裝束厭禳時

贈歌妓　一刻贈解妓能詩
詩歌人

同有詩情自合親不須歌調更含嚬朝天御史非

韓壽莫竊香来帶累人

晚春

惡憐風景極交親每恨年年作瘦人卧晚不曾拋

好夜情多惟欲哭殘春陰成杏葉纔通日雨著楊

花已汙塵無限後期知有在只愁還作總戎身

贈歌者

一字新聲一顆珠轉喉疑是擊珊瑚聽時坐部音
中有唱後櫻花葉裏無漢浦蔑聞虛解珮臨卭爲
用枉當壚誰人得向青樓宿便是仙郎不是夫

舞者

緑毛釵動小相思一唱南軒日午時慢轂輕裙行
欲近待調諸曲起来遲筵停匕筯無非聽吻帶宫
商盡是詞爲問傾城年幾許更勝瓊樹是瓊枝

楊柳枝 一刻無楊字

吻误物

數首新詞帶恨成柳絲牽我我傷情柔娥幸有腰
肢穏試踏吹聲作唱聲

崔國輔六首

雜詩「英靈集小異」

逢著平樂兒論交鞍馬前與沽一斗酒恰用十千
錢後余在關内作事多迍邅何處肯相救徒聞寶
劍篇

魏宫詞「英靈集小異」

朝日點紅粧擬上銅雀臺画眉猶未了魏帝使人催

怨詞『英靈集同』

妾有羅衣裳秦王在時作為舞春風多秋来不堪著

少年行二『英靈國秀二集同』

遺却珊瑚鞭白馬驕不行章臺折楊柳春日路傍情

中流曲

歸時日尚蚤更欲向芳洲渡口水流急迴船不自由

對酒吟　英靈集　雜言　小異

行行日將夕荒村古塚無人迹朦朧荊棘一鳥吟屢唱提壺沽酒聲古人不達酒不足遺恨精靈傳此曲寄語當代諸少年平生且盡盃中醁

孟浩然　二首

春怨

佳閨人能画眉粧罷出簾幃照水空自愛折花將遺誰春情多艷逸逸艷春意倍相思愁心極楊柳一動種亂如絲

送杜十四之江南 集無之江南三字

荆吴相接水為鄉君去春江正淼茫日暮征帆泊何處天涯一望斷人腸

劉長卿 六首

楊州雨中張十七宅觀妓（或刻張謂）

夜色滞春煙燈花拂更燃殘粧添石黛艷舞落金鈿掩笑頻欹扇迎歌乍動絃不知巫峽雨何事海西邊

赴潤州（使院）留别鮑侍御（六言）

對水看山别離孤舟日莫行遲江南江北春草獨向金陵去時

北帰次秋浦界青谿館

無别字疑誤

無谿字

谿字疑脱

萬里猿啼斷孤村客暫依雁過彭蠡暮人向宛陵稀舊路青山在餘生白首歸漸知行近北不見鷓鴣飛

登餘干古縣城

孤城上與白雲齊萬古蕭條楚水西官舍已空秋艸綠女墻猶在夜烏啼平江渺渺來人遠落日亭亭向客低沙鳥不知陵谷變朝來暮去弋陽溪

若耶苕溪詶梁耿別後見寄 六言

晴川落日初低惆悵孤舟解攜鳥向平蕪遠近人
隨流水東西白雲千里萬里明月前溪後溪獨恨
長沙謫去江潭春草萋萋

別宕子怨

垂柳拂金堤蘼蕪葉正齊水溢芙容沼花飛桃李
蹊採桑秦氏女織錦竇家妻關山別宕子風月守
空閨恒歛千金笑長垂雙玉啼盤龍隨鏡隱舞鳳
逐雲低驚魂同埜鶴倦寢憶晨鷄暗牖懸蛛網空

梁落燕泥前年過岱北今歲逞遼西一去無還意

那能惜馬蹄

韋應物 一首

滁州西澗 御覽集作西澗

獨憐幽草澗邊生上有黃鸝深樹鳴春潮帶雨晚

来急野渡無人舟自横

王維 二首

送元二使安西

渭城朝雨裛輕塵客舍青青楊柳春勸君更盡一

盃酒西出陽關無故人

隴頭吟 英靈集 小異

長城少年遊俠客夜上戍樓看太白隴頭明月迥

臨關隴上行人夜吹笛關西老将不勝愁駈馬聽

之雙淚流身經大小百餘戰麾下偏裨萬戶侯蘇

武才為典屬國節旄空盡海西頭

賈島 七首

有此三句

有此二句

寄遠

别腸長鬱紆豈能肥肌膚始知相結密不及相結

疎疎别恨應少密别恨難袪門前南去水中有北

飛魚魚飛向北海可以寄遠書（别刻無此句多此情復何如欲剪衣）

（上襟書作寄遠書三句）不惜寄遠書故人今在無（别刻華山岧嶤形遥）

（望齊平燕二句）況此數尺身阻彼萬里途自非日月光難

以知子軀

代舊將

舊事説如夢誰當信老夫戰場幾處在部曲一人無落日収病馬晴天曬陣圖猶希聖朝用自鑷白髭鬚

春行

去去行人遠塵隨馬不窮旅情斜日後春色早煙中流水穿空館閑花發故宮舊鄉千里思池上綠楊風

劒客 述 或刻述劒

十年磨一劍霜刃未曾試今日把示君誰有不平
事

古意

碌碌復碌碌百年雙轉轂志士中夜心良馬白日
足俱為不等閒誰是知音目別来兩淚盡誰向荊
山哭（集本作眼中兩行淚曾吊三獻玉）

上杜駙馬悰（即杜悰也）

玉山突兀壓乾坤出得朱門入戟門妻是九重天

子女身為一品令公孫鴦鴛殿裏參皇后龍鳳堂

前賀至尊今日澧陽非久駐伫為霖雨拜新恩

蚤秋寄題天竺靈隠寺 一刻天台 靈應寺

峰前峰後寺新秋絕頂高窗見沃洲人在定中聞

蟋蟀鶴從栖處挂獼猴山鐘夜渡空江水汀月寒

生古石樓心憶挂帆身未遂謝公此地昔年遊

李廓 一十六首

長安少年行十首

金紫少年郎繞街鞍馬光身從左中尉官屬右春坊刻戴揚州帽重薫異國香垂鞭踏青草来去杏園芳

又

追逐輕薄伴閒遊不著緋長攏出獵馬數換打裘衣曉日尋花去春風帶酒歸青樓無晝夜歌舞歇時稀

又

日高春睡足帖馬賞年華倒揷銀魚袋行隨金犢
車還攜新市酒遠醉曲江花幾度歸伊（侵）黑金吾送
到家

又

好勝耽長夜天明燭滿樓留人看獨脚賭馬換偏
頭樂奏曾無歇盃巡不暫休時時遥冷笑怪客有
春愁

又

遨遊攜艷妓裝束似男兒盃酒逢花住笙歌簇馬吹鶯聲催曲急春色送歸遲不以聞街鼓華筵待月移

又

賞春惟逐勝大宅可曾歸不樂還逃席多狂慣衩衣歌人踏日起語燕卷簾飛婦好唯相妬倡樓不醉稀

又

戟門連日閑苦飲惜殘春開鎖通新客教姬舞醉人倩歌牽白馬自舞踏紅茵時輩皆相許平生不負身

又

新年高殿上始見有光輝玉雁排方帶金鵞立仗衣酒深和椀賜馬疾打珂飛朝下人争看香街意氣歸

又

遊市慵騎馬隨姬入坐車樓邊聽歌吹簾外見鶯花樂眼從人鬧帰心畏日斜簪頭来去報飲伴到倡家

又

小婦教鸚鵡頭邊喚醉醒犬嬌眠玉簟鷹掣撼金鈴碧地攢花障紅泥待客亭雖然長按曲不飲不曾聽

雞鳴曲

星稀月没入五更膠膠角角雞初鳴征人牽馬出門立辭妾欲向安西行再鳴引頸簷頭下月中角聲催上馬纔分曙色第二鳴旌旆紅塵已出城婦人上城亂招手夫壻不聞遥哭聲長恨雞鳴别時苦不遣雞棲近窗戶

鏡聽詞 古之鏡聽猶今之瓢卦也

匣中取鏡辭竈王羅衣掩盡明月光昔時長著照容色今夜潛將聽消息門前地黑人來稀無人錯

道朝夕歸更深弱體冷如鐵繡帶菱花懷裡熱銅片銅片如有靈頗照得見行人千里形

猛士行

戰鼓驚沙惡天色猛士虬鬚眼前黑單于衣錦日行兵陣頭走馬生擒得幽并少年不敢輕虎狼窟裏空手行

送振武將軍

葉葉歸邊騎風頭萬里乾金裝腰帶重鐵縫耳衣

寒蘆酒燒蓬煖霜鴻楸箭看黃河古城道秋雪白
湯湯

落第

牓前潛制淚衆裏自嫌身氣味如中酒情懷似別
人暖風張樂席晴日看花塵盡是添愁處深居乞
過春

贈商山東于嶺僧

商嶺東西路欲兮兩間茅屋一谿雲師言耳重知

師意人是人非不欲聞

常建一首

弔王将軍墓英靈集小異

嫖姚北伐時深入幾千里戰餘落日黃軍敗鼓聲死常聞漢飛将可奪單于壘今与山鬼鄰殘兵哭遼水

劉禹錫五首

臺城

臺城六代競豪華結綺臨春事最奢萬戶千門成
野草只緣一曲後庭花

烏衣巷

朱雀橋邊埜艸花烏衣巷口夕陽斜舊時王謝堂
前燕飛入尋常百姓家

石頭城

山圍故國周遭在潮打空城寂寞廻淮水東邊舊
時月夜深還過女墻来

生公講堂

生公說法鬼神聽身後空堂夜不扃高座寂寥塵漠漠一方明月可中庭

江令宅

南朝詞臣北朝客歸来惟見秦淮碧池臺竹樹三畝餘至今人道江家宅

宋濟二首

東鄰美女歌

花暖江城斜日陰鶯啼繡戶曉雲深春風不道珠
簾隔傳得歌聲與客心

和王七度玉門關上吹笛　高適

胡人吹笛戍樓閒樓上蕭條海月閒借問梅花何
處落風吹一夜滿關山

王建　十三首

華清宮感舊

塵到朝元邊使急千官夜發六龍迴輦前月照羅

衫淚馬上風吹蠟燭灰公主粧樓金鎖澁貴妃湯殿玉蓮開有時雲外聞天樂知是先皇沐浴来

宮前早春

酒幔高樓一百家宮前楊柳寺前花内園分得温湯水二月中旬已進瓜

宮中三臺詞二首

魚藻池邊射鴨芙蓉苑裏看花日色柘袍相似不著紅鸞扇遮

又

池北池南草緑殿前殿後花紅天子千年萬歲未央明月清風

江南三臺詞四首六言

楊柳橋邊少婦長安市裏商人三年不得消息各自拜鬼求神

又

青艸湖邊艸色飛猿嶺上猿聲萬里湘江客到有

風有雨人行

又

樹頭花落花開道上人去人来朝愁莫愁即老百

年幾度三臺

又

聞身強健且為頭白齒落難追準擬百年千歲能

得幾許多時

宮中調笑詞四首 雜言

團扇團扇美人病来遮面玉容憔悴三年誰復商
量管絃絃管絃管春草昭陽路斷

又

蝴蝶蝴蝶飛上金花枝葉君前對舞春風百葉桃
花樹紅紅樹紅樹燕語鶯啼日暮

又

羅袖羅袖暗舞春風已舊遥看歌舞玉樓好日新
粧坐愁愁坐愁坐一世浮生虚過

又

楊柳楊柳日裊白沙渡口船頭江水茫茫商人小婦斷腸腸斷腸斷鷓鴣夜啼失伴

贈王樞密

三朝行坐鎮相隨今上春宮見小時脫下御衣先賜著進来龍馬便教騎長承密旨歸家少獨奏邊庭出殿遲不是當家偏向說一本作自是姓同親向說九重爭得外人知

李端一首

蕪城懷古「極玄集同」

風吹城上樹草没城邊路城裏月明時精靈自来

去

耿緯二首

秋日「極玄集同」

返照入閭巷憂来與誰語古道無人行秋風動禾

黍

送王潤

相送臨寒水蒼然望故關江蕪連夢澤楚雪入商山話我他年舊看君此日還因將自悲淚一灑别離間

李華一首

長門怨

弱體鴛鴦薦啼粧翡翠衾鵶鳴秋殿曉人静禁門深每憶椒房寵那堪永巷陰日驚羅帶緩非復舊

来心

錢翊七首

客舍寓懷

灑灑灘聲晩霽時客亭風袖半披垂野雲行止誰相待明月襟懷秖自知無伴偶吟溪上路有花偷笑臘前枝牽情景物潛惆悵忽似傷春遠别離

春恨三首

負罪將軍在北朝秦淮芳草緑迢迢高臺憂妾魂

銷盡始得丘遲為一招

又

久戍臨洮報未歸篋香銷盡別時衣身輕願比蘭

堦蝶萬里還尋塞草飛

又

永巷頻聞小苑遊舊恩如淚亦難收君前願報新

顏色團扇須防白露秋

蜀國偶題

忽憶明皇西幸時，暗傷潛恨竟誰知。佩蘭應語宮
臣道，莫向金盤進荔枝。

送王郎中

惜别遠相送，却成惆悵多。獨歸回首處，争奈暮山
何。

未展芭蕉

冷燭無煙緑蠟乾，芳心猶巻怯春寒。一緘書札藏
何事，曾被東風暗拆看。

李遠二首

失鶴

秋風吹起九皐禽一片閒雲萬里心碧落有情應悵望瑶臺無路可追尋来時白雪翎猶短去日丹砂頂漸深華表柱頭留語後更無消息到如今

贈寫御真李長史

玉座煙消硯水清龍髯不動彩毫輕初分隆準山河秀再點重瞳日月明宫女巻簾皆暗認侍臣開

殿盡遥驚三朝供奉應無敵始覺僧繇浪得名

才調 小 卷之第一

十二月二十四日再校 沅叔

才調集目録卷二

温飛卿六十一首

送行歌
吴融　二首
渤東筵上有寄　富水驛東楹有人題
詩
崔塗　六首
夕次洛陽道中　巴南道中
巴陵夜泊　春夕旅遊
放鸂鶒　巫峽旅别

盧綸 七首

春詞　早春歸盩厔別業寄

耿拾遺湋李校書端

晚次鄂州　古豔詞

又　代表將軍罷戰歸舊

里贈朔北故人　逢南中使因寄嶺外

故人

無名氏 十三首

雜詩　又

又　又

又　又

又　又

雜調　雜詞

雜詞　又

又　秋思

才調集目録卷二終

才調集卷之二

古律雜歌詩一百首

□□温飛卿六十一首

□□□過華清宮二十二韻

憶昔開元日承平事勝遊貴妃專寵幸天子富春
秋月白霓裳殿風乾羯鼓樓鬬雞花蔽膝騎馬玉
搔頭繡轂千門妓金鞍萬戶侯薄雲欹雀扇輕雪
犯貂裘過客聞韶濩居人識冕旒氣和春不覺煙
暖霽難收澁浪涵瑤甃晴陽上綵斿卷衣輕鬢嬾

窺鏡淡蛾羞屛掩芙蓉帳簾褰玳瑁鈎重瞳分渭
曲纖手指神州御案迷萱草天袍妬石榴深嵓藏
浴鳳鮮隰媚潛虬不料邯鄲蝨俄成即墨牛劒鋒
揮太皞旗焰拂蚩尤內嬖陪行在孤臣預坐籌瑶
簪遺翡翠霜仗駐驊騮艷笑雙飛斷香魂一哭休
蚤梅悲蜀道高樹隔昭丘朱閣重霄近蒼崖萬古
愁至今湯殿水嗚咽縣前流
洞戶二十二韻

洞戶連蛛網方疏隱碧潯燭盤煙墜燼簾壓月通
陰粉白仙郎署霜清玉女砧醉鄉高窈窈棊陣靜
愔愔素手瑠璃扇玄髫玳瑁簪昔邪看寄迹梔子
咏同心樹列千秋勝樓懸七夕鍼舊詞翻白苧（紵）新
賦換黃金喉鶴調鑾鼓驚蟬應寶琴舞疑（擬）繁易慶
歌轉斷難尋露委花相妬風欹栁不禁橋彎雙表
迴池漲一篙深清蹕傳恢囿黃旗幸上林神鷹衆
翰苑天馬破蹄涔武庫方題品文園有（自有　一作）好音朱莖

殊菌蠢丹桂欲蕭森黼帳廻瑶席華燈對錦衾画
圖驚走〔畏 一作走〕獸書帖得来禽河曙秦樓暎山晴魏闕臨
緑囊逢趙后青瑣見王沉任達嫌孤憤踈慵倦九
箴若為南遁客猶作卧龍吟

握柘詞

楊柳縈橋緑玫瑰拂地紅繡衫金騕褭花髻玉瓏
璁宿雨香潛潤春流水暗通画樓初夢斷曉日照
湘風

碧澗驛曉思

香燈伴殘夢楚國在天涯月落子規歇滿庭山杏花

送人東遊

荒戍落黄葉浩然離故關高風漢陽渡初日郢門山江上幾人在天涯孤棹還何當重相見尊酒慰離顔

偶題

孔雀眠高閣櫻桃拂短簷画明金冉冉箏語玉纖纖細雨無妨燭輕寒不觸簾欲將紅錦段因夢寄江淹

贈知音

翠羽花冠碧樹雞未明先向短墻啼窗間謝女青蛾歛門外蕭郎白馬嘶星漢漸移庭竹影露珠猶綴野花迷景陽宮裏鐘初動不語垂鞭上栁堤

鄠杜郊居

槿籬芳援近樵家隴麥青青一徑斜寂寞遊人寒食後夜來風雨送梨花

送李億東歸 六言

黄山遠隔秦樹紫禁斜通渭城別路青青柳弱前溪漠漠苔生和風滌蕩歸客落月懸懃早鶯灞上金尊未飲讌歌已有餘聲

陳宮詞

雞鳴人草草香輦出宮花妓語細腰轉馬嘶金面

斜旱鶯隨絲仗驚雉避凝笳澌瀝湘風外紅輪䁔曙霞

春日野行

騎馬踏煙莎青春奈怨何蝶翎朝粉盡鴉背夕陽多柳艷欺芳帶山愁縈翠蛾別情無處說方寸是星河

西州詞 吳聲

悠悠復悠悠昨日下西州西州風色好遥見武昌

樓武昌何鬱鬱儂家定無匹小婦被流黃登樓撫瑶瑟朱弦繁復輕素手直淒清一彈三四解掩抑似含情南樓登且望西江廣復平艇子摇兩槳催過石頭城門前烏桕樹慘淡天將曙鸂鶒飛復還郎隨早帆去回頭語同伴定復負情儂去帆不安幅作抵使西風他日相尋索莫作西州客西州人不歸春草年年碧

春洲曲

韶光染色如蛾翠緑濕紅鮮水容媚蘇小慵多蘭渚閒融融浦日鵁鶄寐紫騮蹀躞金銜嘶岍上揚鞭煙草迷門外平橋連柳堤歸来晚樹黄鶯啼

陽春曲

雲母空窗曉煙薄香昏龍氣凝輝閣霏霏霧雨杏花天簾外春寒着羅幕曲欄伏檻金麒麟沙苑芳郊連翠茵廄馬何能嚙芳草路人不敢隨流塵

堂堂曲 或刻錢塘曲

錢塘岍上春如織淼淼寒潮帶晴色淮南遊客馬連嘶碧草迷人歸不得風飄客意如吹煙纖指慇勤傷雁絃一曲堂堂紅燭筵長鯨瀉酒如飛泉

春日將欲東歸寄新及第苗紳先輩

幾年辛苦與君同得喪悲歡盡是空猶喜故人先折桂自憐羈客尚飄蓬三春日照千山道十日花開一夜風知有杏園無路入馬前惆悵滿枝紅

經李徵君故居

露濃煙重草淒淒樹暎欄干柳拂堤一院落花無
客醉五更殘月有鶯啼芳筵想像情難盡故樹荒
涼路已迷惆悵羸驂往来慣每經門巷亦長嘶

經舊遊 一作懷真珠亭

珠箔銀鉤近絲橋昔年曾此見嬌嬈香燈悵望飛
瓊鬢涼月殷勤碧玉簫屏倚故窗山六扇柳垂寒
砌露千條短墻經雨蒼苔遍拾得當時舊翠翹

宿杜城亡友李羽處士故墅

柳不成絲草帶煙海槎東去鶴歸天愁腸斷處春何限病眼開時月正圓花若有情還悵望水應無事莫潺湲終知此恨難消遣辜負南華第一篇

夜看牡丹

高低深淺一欄紅把火慇勤照露叢希逸近來成嬾病不能容易向春風

池塘七夕

月出西南露氣秋綺寮河漢在鍼樓楊家繡作鴛

鴦幄張氏金為翡翠鈎銀燭有光妨宿燕画屏無
睡待牽牛萬家砧杵三篙水一夕横塘是舊遊

和友人悼亡歌姬

玉貌潘郎淚滿衣畫羅輕鬢雨霏微紅蘭委露愁
難盡白馬朝天望不歸寶鏡塵昏鸞影在鈿筝絃
斷雁行稀春来多少傷心事碧草侵堦粉蝶飛

和王秀才傷歌姬

月缺花殘莫愴然花須終發月終圓更能何事銷

芳念亦有濃華委逝川一曲艷歌留婉轉九原春
草妬嬋娟王孫莫學多情客自古多情損少年

春箕宴罷寄宋壽先輩

斜掩朱門花外鐘曉鶯時節好相逢窗間桃蘂宿
粧在雨後牡丹春睡濃蘇小丰姿迷下蔡馬卿才
調似臨邛誰憐芳草生三徑參佐橋西陸士龍

題柳

楊柳千條拂面絲綠煙金穗不勝吹香隨靜婉歌

鐘誤鍾

塵起影伴嬌娆舞袖垂羌管一聲何處曲流鶯百囀最高枝千門九陌花如雪飛過宫墻雨不知

春日偶成

西園一曲艷陽歌擾擾車塵負薜蘿自欲放懷猶未得不知經世竟如何夜聞猛雨判花盡寒戀重衾覺夢多鈎渚别来應更好春風還爲起微波

途中偶作

石路荒凉接野蒿西風吹馬利如刀小橋連驛楊

柳晚廢寺入門禾黍高雞犬夕陽喧縣市凫鷺秋水曝城壕故山有夢不帰去官樹陌塵何太勞

贈彈箏人

天寶年中事玉皇曾將新曲教寧王鈿蟬金鳳皆零落一曲伊州淚萬行

瑤瑟怨

氷簟銀床夢不成碧天如水夜雲輕雁聲還向瀟湘去十二樓中月自明

春日野行

日西塘水金堤斜碧草芊芊晴吐芽野岈明媚山
芍藥水田叫噪官蝦蟇鏡中有浪動菱蔓陌上無
風飄柳花何事輕橈向溪客緑萍方好不歸家

和友人溪居別業

積潤初銷碧草新鳳陽晴日帶雕輪風飄弱柳平
橋晚雪點寒梅小院春屏上樓臺陳后主鏡中金
翠李夫人花房透露紅珠落蛺蝶雙雙護粉塵

宿城南亡友別墅

水流花落歎浮生又伴遊人宿杜城還似昔年殘
夢裏透簾斜月獨聞鶯

偶遊

曲巷斜臨一水間小門終日不開關紅珠斗帳櫻
桃熟金尾屏風孔雀閑雲髻幾迷芳草蝶額黃無
限夕陽山與君便是鴛鴦侶休向人間覓往還

郭處士擊甌歌

佶栗金虬石潭古勺陂瀲灔幽脩語湘君寶馬上
神雲碎珮蕤鈴滿煙雨吾聞三十六宮花離離軟
風吹春星斗稀玉晨冷磬破昏夢天露未乾香著
衣蘭釵委墜雲垂髮小響丁當逐迴雪晴碧煙滋
重疊山羅屏半掩桃花月太平天子駐雲車龍鑪
勃鬱雙蟠拏宮中近臣抱扇立侍女低鬟落翠花
亂珠觸續正跳蕩傾頭不覺金烏斜我亦為君長
歎息緘情遠寄愁無色莫沾香夢緑楊絲千里春

風正無力

錦城曲

蜀山攢黛留晴雪簝笋蕨芽縈九折江風吹巧翦霞綃花上千枝杜鵑血杜鵑飛入岩下叢夜叫思歸山月中巴水漾情情不盡文君織得春機紅怨魄未歸芳草死江頭學種相思子樹成寄與望鄉人白帝荒城五千里

張靜婉採蓮曲 并序

靜婉羊侃妓也其容絕世侃自為採蓮二
曲令樂府所存失其故意因歌以俟採詩
者事具載梁史

蘭膏墜髮紅玉春燕釵拖頸拋盤雲城西楊柳向
嬌晚門前溝水波粼粼麒麟公子朝天客珂（一作珮）馬璫
璫渡春陌掌中無力舞衣輕剪斷鮫綃破春碧抱
月飄煙一尺腰麝臍龍髓憐嬌嬈（一作鐃）秋羅拂水碎光
動露重花多香不銷鸂鶒交交（一作膠膠）塘水滿綠萍如粟

蓮莖短一夜西風送雨来粉痕零落愁紅淺船頭
折藕絲暗牵藕根蓮子相留連郎心似月月易缺
十五十六清光圓

照影曲

景陽粧罷瓊窗暖欲照澄明香步嬾橋上衣多抱
彩雲金鱗不動春塘滿黄印額山輕為塵翠鱗紅
稺俱含頻桃花百媚如欲語曽為無雙今兩身

塞寒行

燕弓弦勁霜封瓦樸簌寒雕睇平野一點黄塵起
雁喧白龍堆下千蹄馬河源怒濁風如刀剪斷朔
雲天更高晚出榆關逐征北驚沙飛迸衝貂袍心
許凌煙名不滅年年錦字傷離別彩毫一畫竟何
榮空使青樓淚成血

湖陰詞并序

王敦舉兵至湖陰明帝微行視其營伍由
是樂府有湖陰曲而亡其詞因作而附之

祖龍黃鬚珊瑚鞭鐵驄金面青連錢虎髯拔劒欲成夢日壓賊營如血鮮海旗風急驚眠起甲重光搖照湖水蒼皇追騎塵外歸森索妖星陣前死五陵愁碧春萋萋灞川玉馬空中嘶羽書如電入青瑣雪腕如搥催畫鞞白虬天子金煌鋩高臨帝座迴龍章吳波不動楚山晚花壓欄干春晝長

晚歸曲

格格水禽飛帶波孤光斜起夕陽多湖西山淺似

相笑菱刺惹衣攢黛蛾青絲繫船向江木蘭芽出土吳江曲水極晴搖泛灔紅草平春染煙綿綠玉鞭騎馬楊叛兒刻金作鳳光參差丁丁暖漏滴花影催入景陽人不知彎堤弱柳遙相矚雀扇團團掩香玉蓮塘艇子帰不得柳暗桑穠聞布穀

湘東夜宴曲

湘東夜宴金貂人楚女含情嬌翠嚬玉管將吹揷鈿帶錦囊斜拂雙麒麟重城漏斷孤帆去惟恐瓊

籤報天曙萬戶沉沉碧樹圓雲飛雨散知何處欲上香車俱脉脉清歌響斷銀屏隔堤外紅塵蠟炬歸樓前溶月連江白

碌碌古詞

左亦不碌碌右亦不碌碌野草自根肥羸牛生健犢融蠟作杏蔕男兒不戀家春風破紅意女頰如桃花忠言未見信巧語翻咨嗟一鞘無兩刃徒勞油壁車

春野行 雜言

草淺淺春如剪花壓李孃愁飢蠢蠶欲成繭東城少年氣堂堂金丸驚起雙鴛鴦含羞更問衛公子月到枕前春夢長

醉歌

簷柳初黃燕新乳曉碧芊綿過微雨樹色深含臺榭情鶯聲巧作煙花主錦袍公子陳盃觴撥醅百甕春酒香入門下馬問誰在降堦握手登華堂臨

邛美人遠山眉低抱琵琶含怨思朔風繞指我先笑明月入懷君自知勸君莫惜金尊酒年少須臾如覆手辛勤到老慕簞瓢于我悠悠竟何有洛陽盧仝稱文房妻子脚禿舂黄糧阿耋光頭不識字指麾豪儁如驅羊天犀壓斷朱鼺鼠瑞錦驚飛金鳳皇其餘豈足沾牙齒欲用何能報天子駑馬垂頭搶暝塵驊騮一日行千里但有沉冥醉客家支頤瞪目持流霞惟恐南園風雨落碧蕪狼籍棠梨

花

織錦詞

丁冬細漏侵瓊瑟影轉高梧月初出簇簌金梭萬縷紅鴛鴦艷錦初成疋錦中百結皆同心蕊亂雲盤相間深此意欲傳傳不得玫瑰作柱朱絃琴為君裁破合歡被星斗迨迨共千里象齒薰爐未覺秋碧池已有新蓮子

蓮浦謠

鳴橈軋軋溪溶溶廢綠平煙吳苑東水清蓮媚兩
相向鏡裏見愁愁更紅白馬金鞭大堤上西江日
夕多風浪荷心有露似驪珠不是真圓亦搖蕩

達摩支曲 雜言

擣麝成塵香不滅拗蓮作寸絲難絕紅淚文姬洛
水春白頭蘇武天山雪君不見無愁高緯花漫漫
漳浦宴餘清露寒一旦臣僚共囚虜欲吹羌管先
汍瀾舊臣頭鬢霜華早可惜雄心醉中老萬古春

歸夢不歸鄴城風雨連天草

三洲詞

團圓莫作波中月潔白無為枝上雪月隨波動碎

潾潾雪似梅花不堪折李嬢十六青絲髮畫帶雙

花為君結門前有路輕別離惟恐歸来舊香滅

舞衣曲

藕腸纖縷䌷輕春煙機漠漠嬌娥嚬金梭淅瀝透

空薄剪落交刀吹斷雲張家公子夜聞雨夜向蘭

堂恩楚舞蟬衫麟帶壓愁香偷得鶯簧鏁金縷管
含蘭氣嬌語悲胡槽雪腕鴛鴦絲芙蓉力弱應難
定楊柳風多不自持迴嚬笑語西窗客星斗寨寨
波脉脉不逐秦王卷象床滿樓明月梨花白

惜春詞

百舌問花花不語低回似恨橫塘雨蜂爭粉蕋蝶
分香不似垂楊惜金縷願君留得常妖嬈莫逐東
風還蕩搖秦女含嚬向煙月愁紅帶露空迨迨

長
饒
一作寥寥

簧誤黃

春愁曲

紅絲穿露珠簾冷百尺啞啞下纖綆遠翠愁山入臥屏雨重雲母空烘影涼簪墜髮春眠重玉兔氤氳柳如夢錦疊空床委墜紅颸颸埽尾雙金鳳蜂喧蝶駐俱悠揚柳拂赤欄纖草長覺後梨花委平緑春風和雨吹池塘

蘇小小歌

買蓮莫破券買酒莫解金酒裏春容抱離恨水中

蓮子懷芳心　吳宮女兒腰似束家在錢塘小江曲
一自檀郎逐便風門前春水秊秊緑

春江花月夜詞

玉樹歌闌海雲黑花庭忽作青蕪國秦淮有水水
無情還向金陵漾春色楊家二世安九重不御華
芝嫌六龍百幅錦帆風力滿連天展盡金芙蓉珠
翠丁星復明滅龍頭劈浪哀笳發千里涵空澄水
魂萬枝破鼻團香雪漏轉霞高滄海西玻璃枕上

聞天雞鑾絃代寫曲如語一醉昏昏天下迷回方

（雁）

傾動煙塵起猶在濃香夢魂裏後主荒宮有曉鶯

飛来只隔西江水

懊惱曲

藕絲作線難勝針蘂粉染黄那得深玉白蘭芳不

相顧青樓一笑輕千金莫言自古皆如此健劍剌

（倡一作）

鐘鉛繞指三秋庭綠盡迎霜惟有荷花守紅死廬

（西一作）

江小吏朱斑輪柳縷吐芽香玉春兩股金釵已相

許不令獨作空成塵悠悠楚水流如馬恨紫愁紅
滿平野野土千年怨不平至今燒作鴛鴦瓦

邊笳曲 此後齊梁體七首

朔管迎秋動雕陰雁来早上郡隱黄雲天山吹白
草嘶馬渡寒磧朝陽照霜堡江南戍客心門外芙
蓉老

春曉曲

家臨長信往来道乳燕雙雙拂煙草油壁車輕金

犢肥流蘇帳曉春雞早籠中嬌鳥暖猶睡簾外落
花閒不埽衰桃一樹近前池似惜紅顏鏡中老

俠客行

欲出鴻都門陰雲蔽城闕寶劍黯如水微紅濕餘
皿白馬夜頻驚三更灞陵雪

春日

柳岸杏花稀梅梁乳燕飛美人鸞鏡笑嘶馬雁門
歸楚宮雲影薄臺城心賞違從来千里恨邊色滿

戎衣

咏嚬

毛羽歛愁翠黛嬌攢豔春恨容偏落淚低態定思人桃上夢随月扇邊歌繞塵玉鈎鸞不住波淺石磷磷

太子池二首

梨花雪壓枝鸎囀柳如絲嬾逐粧成曉春融夢覺遲鬢輕全作影嚬淺未成眉莫信張公子窗間斷

暗期

「又

花紅蘭紫莖愁草雨新晴柳占三春色鶯偷百鳥
聲日長嫌輦重風暎暖覺衣輕薄萛香塵起長楊落

照明

顧況十一首六首

悲歌并序〇以下六首或俱刻悲歌或每首
增題目章法顛倒不倫今依宋刻本集
詮次」

此首第二在臨春風後

情思發動聖賢所不免也故師乙陳其宜延陵審其音理亂之所經王化之所興信無逃於聲教豈徒文彩之麗耶遂作歌以悲之

邊城路今日耕田昔人墓岍上沙昔日江水今人家今人昔人共長歎四氣相催節迴換明月皎皎入華池白雲離離渡霄漢

思遠曲

此首第一

臨春風聽春鳥別時多見時少愁人一夜不得眠
瑶井玉繩相向曉

悲歌

我欲昇天天隔霄我欲渡水水無橋我欲上山山
路嶮我欲汲井井泉遥

又

越人翠被今何寂獨立江邊莎艸碧紫燕西飛欲
寄書白雲何處逢来客

又

新繫青絲百尺繩心在君家轆轤上我心皎潔君不知轆轤一轉一惆悵

又

何處風光驚曉幕江南綠水通朱閣美人二八顏如花泣向東風畏花落

梁廣畫花歌

王母欲過劉徹家飛瓊夜入雲軿車紫書分付與

青鳥却向人間求好花上元夫人最小女頭面端
正能言語手把梁生畫花看凝嚬掩笑心相許心
相許爲白阿孃從嫁與

送別日晚歌　別集無送別二字

日溟溟兮下山望佳人兮不還花落兮屋上草生
兮堦前日日兮春風芳菲兮欲滅老不可兮更少
君何爲兮輕別

行路難

君不見擔雪塞井空用力炊沙作飯豈堪食一生肝膽向人盡相識不如不相識冬青樹上挂淩霄歲晏花凋樹不凋凡物各自有根本種禾終不生荳苗行路難行路難何處是平道中心無事當富貴今日看君顏色好

棄婦詞 此詞李白集中亦有之比顧集更詳未知果誰作

古来有棄婦棄婦有歸處今日妾辭君遣妾何處去本家零落盡慟哭来時路憶昔未嫁君聞君甚

淩誤菱

周旋綺羅錦繡叚有贈黃金千十五許嫁君二十移所天結髮日未久「諸本俱作自從結髮日未幾七字一句」離君緬山川家家盡歡樂孤妾空自憐幽閨多沉思盛事無十年相思若循環枕席生流泉流泉咽不燥獨夢關山道及此見君歸君歸妾已老物華惡衰賤新寵方妍好掩淚出故房傷心劇秋草自妾為君妻君東妾在西羅帷到曉恨玉貌一生啼妾有嫁時服輕雲淡翠霞瑠璃作斗帳四角金蓮花「諸本無此

自從離別後不覺塵埃厚常嫌玳瑁孤猶羨鴛
鴦偶玉顏逐霜霰賤妾何能守寒沼落芙蓉秋風
散楊柳以此顛頓顏空持舊物還餘生亦何寄誰
肯相攀牽君恩既斷絕相見何年月悔傾連理盃
虛作同心結女蘿附青松貴在相依投浮萍共綠
水教作若為流不歎君棄妾自歎妾緣薄憶昔初
嫁君小姑纔倚床今日妾辭君小姑如妾長回頭
語小姑莫嫁如兄夫

送行歌

送行人歌一曲何者爲泥何者玉年華已向秋草裏春夢猶傳故山綠

吳融 二首

浙東筵上有寄 此首集中無。或見六一詞中調名瑞鷓鴣氣味亦不似唐人

襄王席上一神仙眼色相當語不傳見了又休真似夢坐來雖近遠于天隴禽有意猶能說江月無

心也解圓更被東風助惆悵落花時節蝶翩翩

富水驛東楹有人題詩 筆跡柔媚出自纖指

繡纓霞翼兩鴛鴦金島銀川是故鄉只合雙飛便雙死豈悲相失與相忘煙花夜泊紅蕖膩蘭渚春遊碧草芳何事遽驚雲雨別秦山楚水兩乖張

崔塗 六首

夕次洛陽道中

秋風吹故城城下獨吟行高樹鳥已息古原人尚

畊流年川暗度往事月空明不復歎岐路馬前塵
夜生

巴南道中

久客厭岐路出門吟且悲平生未到處落日獨行
時芳草不長緑故人難重期郵堪更南渡鄉國是
天涯

巴陵夜泊

家依楚塞窮秋别身逐孤舟萬里行一曲巴歌半

江月便應消得二毛生

春夕旅遊「或無旅遊二字」

水流花謝兩無情送盡東風過楚城蝴蝶夢中家萬里杜鵑枝上月三更故園書動經年絕華髮春移兩鬢生自是不歸歸便得五湖煙景有誰爭

放鸂鶒

秋入池塘風露微曉開籠檻看初飛滿身金翠畫不得無限煙波何處歸

巫峽旅別

五千里外三年客十二峰前一望秋多少別魂招不得夕陽西下水東流

盧綸 七首

春詞

北苑羅裙帶塵衢錦繡蹊醉眠芳樹下半被落花埋

蚤春歸盩厔別業寄耿拾遺「湋李校書端」

野日初晴麥隴分竹園相接鹿成群萬家廢井生新草一樹繁花對古墳引水忽驚氷滿澗向田空見石和雲可憐荒歲青山裡惟有松枝好寄君

晚次鄂州

雲開遠見漢陽城猶是孤帆一日程賈客晝眠知浪靜舟人夜語覺潮生三湘愁鬢逢秋色萬里歸心對月明舊業已隨征戰盡更堪江上鼓鼙聲

古豔詞二首

殘粧色淺髻鬟開笑暎珠簾覷客来推醉惟知弄
花鈿潘郎不敢使人催

又

自拈裙帶結同心暖處偏知香氣深愛捉狂夫問
閒事不知歌舞用黃金

代袁將軍罷戰帰舊里贈朔北故人

結髮事疆埸全生到海鄉連雲防鐵嶺同日破漁
陽牧馬胡天曉移軍磧路長枕戈眠古戍吹角立

繁霜帰老勛仍在酬恩虜未忘獨愁過邑里多病對農桑雄劒依塵素陰符寄藥囊空餘麾下士猶逐羽林郎

逢南中使因寄嶺外故人

見說南来處蒼梧接桂林過秋天更暖近海日長陰巴路緣雲出蠻鄉入洞深信廻人自老夢到月應沉碧水通春色青山寄遠心炎方難久客莫使鬢毛侵集作為爾一沾襟

無名氏 十三首○時刻詮次不倫依宋刻釐正

雜詩

青天無雲月如燭露泣梨花白如玉子規一夜啼到明美人獨在空房宿

又

空賜羅衣不賜恩一薰香後一銷魂雖然舞袖何曾舞常對春風裛淚痕

又

不洗残粧凭繡床却嫌鸚鵡繡鴛鴦廻鍼刺到雙飛處憶着征夫淚數行

又

眼想心忽夢裡驚無人知我此時情不如池上鴛鴦鳥雙宿雙飛過一生

又

一去遼陽繫夢魂忽傳征騎到中門紗窗不肯施紅粉徒遺蕭郎問淚痕

又

鶯啼露冷酒初醒罨画樓臺曉角鳴翠羽帳中人夢覺寶釵斜墜枕函聲

又

滿目笙歌一段空萬般離恨總随風多情為謝殘陽意與展晴霞片片紅

又

兩心不語暗知情燈下裁縫月下行行到堦前知

未睡夜深聞放剪刀聲

雜調

勸君莫惜金縷衣勸君須惜少年時有花堪折直須折莫待無花空折枝

雜詞

石沉遼海闊劍別楚山長會合知無日離心滿夕陽

雜詞

行人南北分征路流水東西接御溝終日坡前怨
離別謾名長樂是長愁

又

偏倚繡床愁不起雙垂玉筯翠鬟低卷簾相待無
消息夜合花開日又西

又

悔將淚眼向東開特地愁從望裡來三十六峰猶
不見況伊如燕這身材

「秋思」「或刻第十卷作三五七言詩○亦見李太白集中」

「秋風清秋月明落葉聚還散寒鴉棲復驚相思相見知何日此時此夜難為情」

才調集卷之二第

十二月二十五日再校一過

才調集目録 卷三

韋莊 六十三首

春日　對梨花贈皇甫秀才

立春　春陌

又　春愁

又　陪金陵府相中堂夜

宴　臺城

歲晏同左生作　夜雪泛舟遊南溪

謁巫山廟　鷓鴣

歲除對王秀才作　章江作

南昌晚眺　　衢州江上别李秀才

癸卯年下第獻新先輩

咸陽懷古　　綏州作

和同年韋學士華下途中見寄

丙辰年鄜州遇寒食城外醉吟

又　　又

又　　又

鄜州留别張員外　　汧陽縣閣

少年行　令狐亭

上元懷古　又

李洞　五首

終南山二十韻　鷩驢

贈麗練師　客亭對月

病猿

薛逢　一首

題昭華公主廢池館

閨月　閨怨

裴庭裕　一首

偶題

李昂　一首

戚夫人楚舞歌

沈佺期　二首

古意呈喬補闕知之

雜詩

何在十二玉樓無處尋

思歸

暖絲無力自悠揚牽引東風斷客腸外地見花終寂寞異鄉聞樂更淒涼紅垂野岸櫻還熟綠染廻汀草又芳舊里若為歸去好子期凋謝呂安亡

與東吳生相遇及第後出關作

十年身事各如萍白首相逢淚滿纓老去不知花有態亂來惟覺酒多情貧疑陋巷春偏少貴想豪

家月最明獨對一尊開口笑未衰應見泰階平

章臺夜思

清瑟怨遙夜遶絃風雨哀孤燈聞楚角殘月下章臺芳草已云暮故人殊未來鄉書不可寄秋雁又南迴

延興門外作

芳草五陵道美人金犢車緑奔穿內水紅落過墻花馬足倦遊客鳥聲歡酒家王孫歸去晚宮樹欲

棲鴉

關河道中作

槐陌蟬聲柳市風，驛樓高倚夕陽東。往来千里路長在，聚散十年人不同。但見時光流似箭，豈知天道曲如弓。平生志業匡堯舜，又擬滄浪學釣翁。

秋日蚤行

上馬蕭蕭襟袖涼，路穿禾黍遶宮牆。半山殘月露華冷，一岸野風蓮蕚香。煙外驛樓紅隱隱，渚邊雲

樹暗蒼蒼行人自是心如火兎走烏飛不覺長

歎落花

一夜霏微露濕煙曉来和淚喪嬋娟不隨殘雪埋芳草盡逐香風上舞筵西子去時遺笑靨謝娥行處落金鈿飄紅墮白堪惆悵少別穠華又隔年

灞陵道中

春橋南望水溶溶一桁晴山倒碧峰秦苑落花零露濕灞陵新酒撥醅濃青龍夭矯盤雙闕丹鳳[illegible]

褷隔九重萬古行人離別地、不堪吟罷夕陽鍾、

貴公子

大道青樓御苑東、玉欄仙杏壓枝紅、金鈴犬吠梧桐月、朱鬣馬嘶楊柳風、流水帶花穿巷陌、夕陽和樹入簾櫳、瑶池宴罷帰来醉、笑説君王在月宫、

憶昔

昔年曾向五陵遊、子夜清歌月滿樓、銀燭樹前長似畫、露桃花裡不知秋、西園公子名無忌、南國佳

人號莫愁今日亂離俱是夢夕陽惟見水東流

春日

忽覺東風（一作君）景漸遲野梅山杏暗芳菲落星樓上吹殘角偃月營中挂夕暉旅夢亂隨蝴蝶散離魂（一作情）漸逐杜鵑飛紅塵遮（一作望）斷長安陌芳草王孫莫不歸

對梨花贈皇甫秀才

林上梨花雪壓枝獨攀瓊豔不勝悲依前此地逢君處還是去年今日時且戀殘陽留綺席莫推紅

袖訴金巵騰騰戰鼓正多事須信明朝難重持

立春

青帝東来日馭遲煗煙輕逐曉風吹罽袍公子樽前覺錦帳佳人夢裏知雪圃乍開紅菜甲綵幡新剪緑楊絲殷勤為作宜春曲題向花牋帖繡楣

春陌二首

滿街芳草卓香車仙子門前白日斜腸斷東風各迴首一枝春雪凍梅花

又

嫩煙輕染柳絲黃勾引花枝笑凭墻馬上王孫莫
回首好風偏逐羽林郎

春愁二首

自有春愁正斷魂不堪芳草思王孫落花寂寂黃
昏雨深院無人獨倚門

春愁

寓思本多傷逢春恨更長露霑湘竹淚花墮越梅

粧睡怯交加夢開傾瀲灧觴後庭人不到斜月上松篁

陪金陵府相中堂夜宴

滿耳笙歌滿眼花滿樓珠翠勝吳娃因知海上神仙窟只似人間富貴家繡戶夜攢紅燭市舞衣晴曳碧天霞却愁宴罷青娥散楊子江頭月半斜

臺城

江雨霏霏江草齊六朝如夢鳥空啼無情最是臺

城柳依舊煙籠十里堤

歲晏同左生作

歲莫鄉關遠天涯手重攜雪埋江樹短雲壓夜城

低寶瑟湘靈怨清砧杕鳧啼不須臨鮫鏡年長易

淒淒

夜雪汎月遊南溪

大江西面小溪斜入竹穿松似若耶雨峤巖風吹

玉樹一灘明月矖銀砂因尋野渡逢漁舍更泊前

灣上酒家去去不知歸路遠棹聲煙裡獨嘔啞

謁巫山廟

亂猿啼處訪高唐路入煙霞草木香山色未能忘宋玉水聲猶似哭襄王朝朝暮暮陽臺下為雨為雲楚國亡惆悵廟前無限（多少，一作無限）柳春来空鬬画眉長

鷓鴣

南禽無侶似相依錦翅雙雙傍馬飛孤竹廟前啼暮雨汨羅祠畔弔殘暉秦人只解歌為曲越女空

能畫作衣懊惱澤家非有恨年年長憶鳳城歸

（一作皇　懊惱澤家鷓鴣之音也）

歲除對王秀才作

我惜今宵促君愁玉漏頻豈知新歲酒猶作異鄉身雪向寅前凍花從子後春到明追此會俱是隔年人

章江作

杜陵歸客正徘徊玉笛誰家叫落梅之子棹從天外去故人書自日邊來楊花慢惹霏霏雨竹葉閒

傾滿滿盃欲問維揚舊風月一江紅樹亂猿哀

南昌晚眺

南昌城郭枕江煙章水悠悠浪拍天芳草綠遮仙尉宅落霞紅襯賈人船霏霏閣上千山雨嘒嘒雲中萬樹蟬怪得地多章句客庾家樓在斗牛邊

衢州江上别李秀才

千山紅樹萬山雲把酒相看日又曛一曲離歌兩行淚更知何處再逢君

癸丑年下第獻新先輩

五更殘月省墻邊絳旆霓旌卓曉煙千炬火中鶯出谷一聲鐘後鶴沖天皆乘駿馬先歸去獨被羸童笑晚眠對酒暫時情豁爾見花依舊涕潸然未酬闕澤慵書債猶欠君平賣卜錢何事欲休休不得来年公道似今年

咸陽懷古

城邊人倚夕陽樓城上雲凝萬古愁山色不知秦

苑廢水聲空傍漢宫流李斯不向倉中悟徐福應
無物外遊莫怪楚吟偏斷骨野煙蹤跡似東周

綏州作

雕陰無樹水難流雉堞連雲古帝州帶雨晚駝鳴
遠戍望鄉孤客倚高樓明妃去日花應笑蔡琰歸
時鬢已秋一曲單于萛烽起扶蘇城上月如鈎

和同年韋學士華下途中見寄

綠楊城郭雨淒淒過盡千輪與萬蹄送我獨遊三

蜀路羨君新上九霄梯馬驚門外山如活花笑尊前客似泥正是清和好時節不堪離恨劍門西

丙辰年鄜州遇寒食城外醉吟七言五首

滿街楊柳緑絲煙画出清明二月天好是隔簾花樹動女郎撩亂送鞦韆

又

雕陰寒食足遊人金鳳羅衣濕麝薰腸斷入城芳草路淡紅香白一羣羣

又

開元坡下日初斜拜埽帰来走鈿車可惜數枝紅艷好不知今夜落誰家

又

馬驕風疾玉鞭長過去惟留一陣香閙客不須燒破眼好花皆屬冨家郎

又

雨絲煙柳欲清明金屋人閑煗（暖）鳳笙永（一作晝）日迢迢無

一事隔街聞蹴氣毬聲

鄜州留别張貞外

江南相送君山下塞北相逢朔漠中三楚故人皆是夢十年陳事只如風莫言身世他時異且喜琴罇數日同惆悵却愁明日别馬嘶山店雨濛濛

汧陽縣閣

汧水悠悠去似絣遠山如画翠眉横僧尋野渡帰吳嶽雁帶斜陽入渭城邉静不収蕃帳馬地貧惟

賣隴山鸚牧童何處吹羌笛一曲梅花出塞聲

傷灼灼 灼灼蜀之麗人也近聞貧且老殂落于城都酒市中因以四韻弔之

嘗聞灼灼麗于花雲髻盤時未破瓜桃臉慢長橫綠水玉肌香膩透紅紗多情不住神仙界薄命曾嫌富貴家流落錦江無處問斷魂飛作碧天霞

漢州

比儂初到漢州城郭邑樓臺觸目驚松桂影中旌旆色芰荷風裡管絃聲人心不似經離亂時運還

應卻太平十日醉眠金雁驛臨岐無恨臉波横

長安清明

蚤是傷春夢雨天可堪芳草更芊芊内官初賜清明火上相閒分白打錢紫陌亂嘶紅叱撥緑楊高映画鞦韆遊人記得承平事暗喜風光似昔年

秋霽晚景

秋霽禁城晚六街煙雨殘墻頭山色健林外鳥聲歡翹日樓臺麗清風劒佩寒玉人襟袖薄斜凭翠

闌干

和人春暮書事寄崔秀才

半掩朱門白日長晚風輕墮落梅粧不知芳艸情何限只怪遊人思易傷纔見早春鶯出谷已驚新夏燕巢梁相逢只賴如澠酒一曲狂歌入醉鄉

古離別 或刻多情

一生風月供惆悵到處煙花恨別離止竟多情何處好少年長抱少(長)年悲

邊上逢薛秀才話舊

前年同醉武陵亭絶倒閑譚坐到明也有絳唇歌白雪更憐紅袖奪金觥秦雲一散如春夢楚市千燒作故城今日皤然對芳草不勝東望涕交横

飲散呈主人

夢覺笙歌散空堂寂寞秋更聞城角弄煙雨不勝愁

使院黄葵花

薄粧新著淡黄衣對捧金爐侍醮遲向月似矜傾
國貌倚風如唱步虚詞乍開檀炷疑聞語試與雲
和必解吹為報同人看来好不禁秋露即離披
　　揺落
揺落秋天酒易醒淒淒長似别離情黄昏倚柱不
歸去腸斷緑荷風雨聲
　　奉和觀察郎中春草憶花言懷見寄四韵之
什

天畔峩嵋簇簇青楚雲何處隔重扃落花帶雪埋
芳草春雨和風濕画屏對酒莫辭衝䒦角望鄉誰
解倚高亭惟君信我多惆悵只願陶陶不願醒

奉和左司郎中春物暗慶感而成章

纔喜新春已䒦春夕陽吟綴倚樓人錦江風散霏
霏雨花市香飄漠漠塵今日尚追巫峽夢少年應
遇洛川神有時自患多情病莫是生前宋玉身

少年行

五陵豪客多買酒黄金賤醉下酒家樓美人雙翠幰揮劒邯鄲市走馬梁王苑樂事殊未央年華已云晚

令狐亭絶句

若非天上神仙宅須是人間将相家想得當時好煙月管絃吹殺後庭花

閨月

明月照前除煙華蕙蘭濕清風行處来白露寒蟬

急美人情易傷暗上紅樓立欲言無處言但向姮娥泣

閨怨

戚戚彼何人明眸利于月啼粧曉不乾素面凝香雪良人去淄右鏡破金簪折空藏蘭蕙心不忍琴中說

上春詞

曈曨赫日東方来禁城煙煖蒸青苔金樓美人花

屏開晨粧未罷車聲催幽蘭報暖紫芽折夭花愁
艷蝶飛廻五陵年少惜花落酒濃歌極翻如哀回
時輪環終又始百年不見南山摧遊人陌上騎生
塵顏子門前吹死灰

擣練篇

月華吐艷明燭燭青樓婦唱擣衣曲白袷絲光織
魚目菱花綬帶鴛鴦簇臨風縹緲疊秋雪月下丁
冬擣寒玉樓蘭欲寄在何鄉憑人與繫征鴻足

雜體聯錦

攜手重攜手夾江金線柳江上柳能長行人戀尊
酒尊酒意何深為郎歌玉簪玉簪聲斷續鈿軸鳴
雙轂雙轂去何方隔江春樹綠樹綠酒旗高淚痕
沾繡袍袍縫紫鵞濕重持金錯刀錯刀何燦爛使
我腸千斷腸斷欲何言簾動真珠繫真珠綴秋露
秋露沾金盤金盤湛瓊液仙子無歸跡無跡又無
言海煙空寂寂寂寂古城道馬嘶芳岍草岍草接

長堤長堤人解攜解攜忽已久緬邈空回首回首隔天河恨唱蓮塘歌蓮塘在何許日莫西山雨

長安春

長安二月多香塵六街車馬聲轔轔家家樓上如花人千枝萬枝紅艷新簾間笑語自相問何人占得長安春長安春色本無主古来盡屬紅樓女如今無奈杏園人駿馬輕車擁將去

撫盈謌

杏作古疑误

鳳轂兮駕鎖霞疎兮綺寮玉庭兮春晝金屋兮秋宵愁瞳兮月皎笑頰兮花嬌羅輕兮濃麝室煖兮香椒鑾輿去兮蕭屑七絲斷兮沈寡主久臥兮漳水君王幸兮雲軿鉛華宵寵兮穠姿棠公盻鑾兮靡依翠華長逝兮莫追晏相望門兮空悲

贈峨嵋山彈琴李處士 識者咸云數百歲有常建贈詩在

峨嵋山下能琴客似醉似狂人不測何須見我眼偏青未見我身頭已白茫茫四海本無家一片愁

雲颸秋碧壺中醉臥日月明世上長遊天地窄晉
朝叔夜舊相知蜀郡文君小来識後生常建彼何
人贈我篇章苦雕刻名卿名相盡知音遇酒遇琴
無間隔如今世亂獨翛然天外鴻飛招不得余今
正泣楊朱淚八月邊城風刮地霓旌絳旆忽相尋
為我罇前橫綠綺一彈猛雨隨手来再彈白雪連
天起淒淒清清松上風咽咽幽幽隴頭水吟蜂遶
樹去不来別鶴引雛飛又止錦麟不動惟側頭白

馬仰聽空豎耳廣陵故事無人知古人不説令人疑子期子野俱不見烏啼鬼哭空傷悲坐中詞客悄無語簾外月華庭欲午為君吟作聽琴歌為我留名係仙譜

江皋贈别

金管多情恨解攜一聲歌罷客如泥江亭繫馬緑楊短野岸維舟春草齊帝子夢魂煙水濶謝公詩思碧雲低風前不用頻揮手我有家山白日西

李山甫 八首

寒食二首

柳帶[凝]東風一向斜春陰洛潒蘸[濛]人家有時三點兩點雨到處十枝五枝花萬井樓臺疑繡畫九原珠翠似煙霞年年今日誰相問獨臥長安泣歲華

又

風煙放蕩花披猖鞦韆女兒飛出墻繡袍馳馬拾[掇]遺翠錦袖鬬雞喧廣場天地氣和融霽色池臺日

暖焼春光自憐塵土無他事空脱荷花泥醉鄉

牡丹

邀勒春風不蚤開衆芳飄後上樓臺數苞仙豔火中出一片異香天上来曉露精神妖欲動算煙情態恨成堆知君也解相輕薄斜凭欄干首重廻

寓懷

萬古交馳一片塵思量名利孰如身長疑好事皆虛事却恐閑人是貴人老逐少来終不放辱随榮

後直須匀勸君莫謾誇頭角夢裡輸贏總未真

公子家二首

曾是皇家幾世侯入雲高第照神州柳遮門戶横

金鎖花攤絃歌咽画樓錦袖妬姬争巧笑玉銜驕

馬索閑遊麻衣酷獻平生業醉倚春風不點頭

又

柳底花陰壓露塵瑞煙輕罩一園春鴛鴦占水能

嗔客鸚鵡嫌籠解罵人驕裹似龍隨日換輕盈如

燕逐年新不知買盡長安笑活得蒼生幾戶貧

上元懷古二首

南朝天子愛風流盡守江山不到頭總是戰爭收拾得却因歌舞破除休堯行道德終無敵秦把金湯可自由試問繁華何處在雨苔煙草古城秋

又

爭帝圖王德盡衰驟興馳霸亦何為君臣都是一場笑家國共成千載悲排岸遠檣森似槊落波殘

照爀如旗今朝城上難廻首不見樓舩索戰時

李洞五首

終南山二十韻

關内平田窄東西截杳冥雨侵諸縣黑雲破九門青暫看猶無暇長栖信有靈古苔秋漬斗積霧夜昏螢怒恐撞天漏深疑隠地形盤根連北岳轉影落南溟窮穴何山出遮巒上國寧殘陽高照蜀敗葉遠浮涇斷竹煙嵐凍偷湫雨雹腥閑房僧灌頂

俗澗鶴遺翎梯滑危緣索雲深靜唱經放泉驚鹿
聽聞磬得人醒踏著神仙宅敲開洞府扃棊殘秦
士局字缺晉公銘一谷嵡開午孤峰聳起丁遠平
丹鳳闕冷射五侯廳萬丈水聲折千尋樹影亭望
中仙島動行處月輪馨疊石移臨砌研膠潑上屏
明時獻君壽不假老人星

甃驢

蹇驢秋甃瘗荒田恐把敲吟舊竹鞭三尺桐軽背

殘月一條藤瘦蹔寒煙通呉白浪寛圍國倚蜀青
山峭入天如画海門揞肘看阿誰教賣釣魚舩

贈龎鍊師　女人

家住涪江漢語嬌一聲歌戛玉樓簫睡融春日柔
金縷粧發秋霞戰翠翹兩臉酒醺紅杏妬半胸酥
嫩白雲饒若能攜手隨仙令皎皎銀河渡鵲橋

客亭對月

遊子離魂隴上花風飄浪卷遶天涯一年十二度

圓月十一廻圓不在家

病猿

瘦纏金鎖惹朱樓一別巫山樹幾秋寒想蜀門清露滴暖懷湘岸白雲流羅抛落果沉僧井休㧌崖冰濺客舟啼過三聲應有淚画堂深不徹王侯

薛逢一首

題昭華公主廢池館

曾發簫聲水檻前夜蟠寒沿兩嬋娟徹波有恨終

帰海明月無情却上天白馬帶将簾外雪緑蘋枯

盡渚中蓮浮華不向莊周住湏讀南華齊物篇

裴庭裕一首

偶題

微雨微風寒食節半開半合木蘭花看花倚柱終

朝立却似淒淒不在家

李昂一首

戚夫人楚舞歌

定陶城中是妾家妾年二八顏如花閨中歌舞未
終曲天下死人如亂麻漢王此地因征戰未出簾
櫳入已薦風花菡萏落轅門雲雨徘徊入行殿日
夕悠悠非舊鄉飄飄處處逐君王玉閨門裏通歸
夢銀燭迎来在戰場從来顧恩不顧已何異浮萍
寄深水逐戰曽迷隻輪下隨君幾陷重圍裏此時
平楚復平齊咸陽宮闕到關西珠簾夕殿聞鐘鼓
白日秋天憶鼓鼙君王縱恣翻成誤呂后由来有

卷之三

深妬不奈君王容髩衰相存相顧能幾時黃泉白骨不可報雀釵翠羽從此辭君楚歌兮妾楚舞脉脉相看兩心苦曲未終兮袂更揚君流涕兮妾斷腸已見謀臣歸惠帝徒留愛子付周昌

沈佺期二首

古意呈喬補闕知之 搜玉小集作古意○小異

盧家少婦鬱金堂海燕雙栖玳瑁梁九月寒砧催木葉十年征戍憶遼陽白狼河北音書斷丹鳳城

南秋夜長誰為含愁獨不見更教明月照流黄

雜詩「搜玉小集作春閨○小異」

鐵馬三軍去金閨二月還邊愁歸上國春夢入陽關池水瑠璃淨園花玳瑁斑歲華空自擲愁黛不勝顏

王泠然一首

題河邊枯柳或刻汴河柳○「搜玉集小異」

隋家天子憶揚州厭坐深宮傍海遊穿地鑿山開

御路嗚笳疊鼓汎春流流從翠北分河口直到淮南種官柳功成力盡人旋亡運謝年移樹空有當時綵女侍君王帳殿旌門對柳行青葉交垂連幙色白花飛度染衣香今日摧殘何用道數里曾無一枝好驛騎征帆損更多山精野魅藏應老涼風八月露為霜日夜孤帆入帝鄉河畔時時聞落木客中無箇不沾裳

何扶 一首

送閬州妓人歸老

竹翠嬋娟草徑幽佳人歸老傍汀洲玉蟾露冷梁塵暗金鳳花開雲鬢秋十畝稻香新綠野一聲歌斷舊青樓芭蕉半卷西池雨日暮門前雙白鷗

汪遵一首

題李太尉平泉莊

平泉花木好高眠嵩少縱橫滿目前惆悵人間不平事今朝身在海南邊

高適 一首

燕歌行 并序〇英靈小序云開元二十六年客從御史張公出塞而還者下文同

開元三十六年客有從元戎出塞而還者作燕歌行以示適感征戍之事因而和焉

漢家煙塵在東北漢將辭家破殘賊男兒本自重横行天子非常賜顔色摐金伐鼓下榆關旌旆逶迤碣石間校尉羽書飛瀚海單于獵火照狼山山川蕭條極邊土胡騎憑陵雜風雨戰士軍前半死

生美入帳下猶歌舞大漠窮秋塞草腓孤城落日
鬬兵稀身當恩遇恒輕敵力盡關山未解圍鐵衣
遠戍辛勤久玉筯應啼別離後少婦城南欲斷腸
征人薊北空回首邊庭飄飄那可度絕域蒼茫無
所有殺氣三時作陣雲寒聲一夜傳刁斗相看白
刃血紛紛死節從来豈顧勳君不見沙場征戰苦
至今猶憶李將軍

孟郊一首

衰　節　肯

節字誤

古結愛或無古字

心心復心心結愛務在深一度欲離別千迴結衣襟結妾獨守志結君早還意始知結衣裳不如結心腸坐結行亦結結盡百年月

陸龜蒙五首

汝墳湖吳王葬女之所也

水平波淡遶迴塘鶴殉人沉萬古傷應是離魂雙不得至今沙上少鴛鴦

宿木蘭院

苦吟清漏迢迢極月過花西尚未眠猶憶故山欹
警枕夜来鳴咽似流泉

薔薇 或刺皮日休

濃似猩猩初染素輕于燕燕欲凌空可憐細麗難
賸日照得深紅作淺紅

春夕酒醒

幾年無事傍江湖醉倒黃公舊酒壚覺後不知新

月上滿身花影倩人扶

齊梁怨別

寥寥缺月看將落簷外霜華染羅幙不知蘭棹到

何山應倚相思樹邊泊

張籍七首

寄遠客或刻思遠人

野橋春水清橋上送君行去去人應老年年草自

生出門看遠道無路向邊城楊柳別離處秋蟬今

復鳴

宿溪中驛（或作宿臨江驛）

楚驛南渡口，夜深来客稀。月明見潮上，江靜覺鷗飛。旅宿今已遠，此行猶未帰。離家久無信，又聽搗寒衣。

惜別（集作春日留別）

遊人欲別離，半醉對花枝。看著春又晚，莫輕年少時。臨行記分處，回首是相思。各向天涯去，重来不

可期

襄國別人

晚色荒城下相看秋草時獨遊無定計不欲道来期別處去家遠愁中驅馬遲帰人渡煙水遥暎野棠枝

送蜀客

蜀客南行過碧溪木綿花發錦江西山橋日晚人来少時見猩猩樹上啼御覽集過作祭溪作雞人来作行人

送友人「盧處士」遊吳越

羨君東去見残梅惟有王孫獨未回吳苑夕陽明古堞越宮春草上高臺波生野水雁初下風滿驛樓潮欲来試問漁舟看雪浪幾多江燕荇花開

蘇州江岸留别樂天

銀泥裙暎錦障泥画舸停橈馬簇蹄清管曲終鸚鵡語紅旂影動薄寒嘶漸消酒色朱顏淺欲話離情翠黛低莫忘使君吟咏處女墳湖北武丘西

曹鄴二首

故人寄茶

劒外九華英緘題下玉京開時微月上碾處亂泉聲半夜招僧至孤吟對月烹碧沉霞脚碎香泛乳花輕六腑睡神去數朝詩思清月餘不敢費留伴肘書行

始皇陵下作

千金買魚燈泉下照孤兎行人上陵過却弔扶蘇

墓絫絫壙中物多于養生具若使山可移應將秦
國去舜歿雖在前今猶未封樹

才調集卷之三第

壬子十一月二十九日校時移居新宅已一旬矣

十二月二十五日再校

國家出版基金項目

詹福瑞 陳紅彦 主編

歷代唐诗珍稀選本彙編

（唐宋金元卷）

5

唐人選唐詩八種

國家圖書館藏汲古閣刻吴景恩校跋本

鳳凰出版社

目次

唐人選唐詩八種　三

（國家圖書館藏崇禎元年汲古閣刻本，吴景恩校跋並録葉奕等批校、題識）

唐人選唐詩八種　三

才調集

國家圖書館藏崇禎元年汲古閣刻本，吴景恩校跋並録葉奕等批校、題識

八種唐詩

才調集序

唐蜀監察御史韋縠撰

余少博羣言常取得志雖秋螢之照不遠而雕蟲之見自佳古人云自聽之謂聰内視之謂明也又安可受誚於愚鹵取譏於書厨者哉暇日因閱李杜集元白詩其間大海混茫風流挺特遂採摭奥妙并諸賢

逹章句不可備録各有編次或閒窗展卷或月榭行吟韻高而桂魄爭光詞麗而春色鬭美但貴自樂所好豈敢垂諸後昆今纂諸家歌詩共一千首每一百首成卷分之爲十目曰才調集庶幾來者不謂多言他代有人無嗤溥鑒云爾

才調集序終

才調集姓氏總目

卷一

王維二首

賈島七首

李廓十六首

常建一首

劉禹錫五首

宋濟二首

王建十三首

李端一首

卷二

卷三

陸龜蒙五首
張　籍七首
曹　鄴二首

卷四

杜　牧三十三首
張　泌十八首
戴叔倫四首
宋　邕一首

曹唐二十四首

施肩吾二首

趙光遠三首

孫棨四首

崔珏七首

司空曙三首

項斯一首

卷五

元　稹五十七首
鄭　谷十一首
秦韜玉八首
紀唐夫一首
雍　陶一首
劉禹錫十二首
白居易八首
武元衡二首

岑　參四首

賈　曾一首

許　渾二十首

油　蔚一首

張　祐六首

来　鵬二首

施肩吾四首

劉得仁一首

李郢一首

薛逢二首

崔塗一首

項斯一首

崔峒一首

李宣遠一首

陶翰二首

温憲三首

李　頻六首

王　駕一首

于　鵠三首

徐　寅一首

卷八

羅　隱十七首

李　頎一首

崔　顥一首

于武陵九首
李涉一首
戎昱四首
韓琮六首
李德裕一首
高蟾二首
高適二首
朱慶餘一首

曹　松三首

錢　起一首

羅　鄴九首

章　碣一首

李　益一首

王昌齡三首

李嘉祐四首

鄭　準四首

祖詠一首

吉師老四首

盧弼七首

竇鞏一首

韓偓五首

杜荀鶴八首

張喬二首

崔魯一首

卷九

胡　曾九首

李群玉二首

顧非熊一首

袁不約二首

吴商浩八首

梁　鍠一首

賀知章一首

張　𧕿四首

劉　象七首

戴司顔二首

沈　彬一首

李　賀一首

嚴　維一首

韓　翃一首

熊　皦一首

張　喬三首

僧護國一首
僧棲白二首
僧無可二首
僧清江一首
僧法照一首
僧太易二首
僧惟審一首
僧滄浩一首

崔仲容二首
張文姬二首
女道士元淳二首
蔣　藴二首
崔公遠一首
女道士魚玄機九首
張窈窕二首
張　琰二首

才調集姓氏總目終

才調集目録卷一

白居易十九首

崔國輔 六首

雜詩　魏宫詞

怨詞　少年行

中流曲　對酒吟

孟浩然 二首

春怨　送杜十四之江南

劉長卿 六首

揚州雨中張十七宅觀妓

赴潤州留別鮑侍御
北帰次秋浦界青谿館
登餘干古縣城　若耶沯溪訓棨耿別
後見寄　別宕子怨
韋應物　一首
滁州西澗
王維　二首
送元二使安西　隴頭吟

賈島 七首

寄遠　代舊將

春行　劒客

古意　上杜駙馬

早秋寄題天竺靈隱寺

李廓 一十六首

長安少年行　又

又　又

又　又

又　又

又　又

雞鳴曲　鏡聽詞

猛士行　送振武將軍

落第　贈商山東于嶺僧

常建　一首

弔王將軍墓

劉禹錫　五首

臺城　　烏衣巷

石頭城　　生公講堂

江令宅

宋濟　二首

東鄰美女歌　　和王七度玉門關上

王建　十三首

吹笛

華清宮感舊　宮前早春

宮中三臺詞　又

江南三臺詞　又

又　又

宮中調笑詞　又

又　又

贈王樞密

李端　一首

蕪城懷古

耿湋　二首

秋日　送王潤

李華　一首

長門怨

錢翊　七首

客舍寓懷　春恨

又　又

才調集目録卷一終

才調集卷之一

韋縠集

白居易　十九首

代書詩一百韻寄微之

憶在貞元歲初登典挍司身名同日授心事一言知肺腑都無隔形骸兩不羈疏狂屬年少閑散為官卑分定金蘭契言通藥石規交賢方汲汲友直每偲偲有月多同賞無盃不共持秋風拂琴匣夜

雪卷書帷高上慈恩墖幽尋皇子陂唐昌玉蘂會
崇敬牡丹期笑勸迂辛酒閒吟短李詩儒風爱敦
質佛理尚玄師度日曾無悶通宵靡不為雙聲聯
律句八面對宫棊往往遊三省騰騰出九逵寒消
直城路春到曲江池樹�枝條弱山晴彩翠奇峰
攢石緑點柳惹麴塵絲岸草煙鋪地園花雪壓枝
蚕光紅照曜新溜碧逶迤幄幙侵堤布盤筵占地
施徵伶皆絶藝選妓悉名姬鉛黛凝春豔金鈿耀

水嬉風流誇墮髻時拋鬭蛾眉密坐隨歡促華尊
逐勝移香飄歌袂動鬟落舞釵遺簪插紅螺椀觥
飛白玉卮打嫌調笑易飲訝卷波遲殘席諠譁散
帰鞍酩酊騎酡顏烏帽側醉袖玉鞭垂紫陌傳鐘
鼓紅塵塞路岐幾時曾暫別何處不相隨荏苒星
霜換迴環節候推兩衙多請假三考欲成資運啓
千年聖天成萬物宜皆當少壯日同惜盛明時光
景嗟虛擲雲霄竊暗窺攻文朝矻矻講學夜孜孜

策目穿如札鋒毫鋭若錐繁張獲鳥網堅守釣魚
坻茲受夔龍薦齊陳晁董詞萬言經濟略三策太
平基取第爭無敵專場戰不疲輔車排勝陣掎角
奪降旗雙闕分容衛千僚儼等衰恩隨紫泥降名
向白麻披既在高科選還從好爵縻東垣君諫諍
西邑我驅馳再喜登烏府多慙侍赤墀官班分內
外遊處遂參差每列鵷鸞序偏瞻獬豸姿簡威霜
凛冽衣綵繡葳蕤正色摧強禦剛腸嫉喔咿常憎

持祿位不擬保妻兒養勇鋤除惡輸忠在滅私下
鞲鷙鸞雀當道懾狐狸南國人無継東臺吏不欺
理寃多定國犯諫甚辛毘造次行於是平生志在
茲道將心共直言與行兼危水暗波翻覆山藏路
險巇未為明主識已被倖臣疑木秀遭風折蘭芳
遇霰萎千鈞勢易壓一柱力難撐騰口㝛成痏吹
毛遂得疵憂来吟貝錦謫去咏江蘺邂逅塵中遇
慇勤馬上辭賈生離魏闕王粲向荊夷水度清源

寺山經綺季祠心揺漢臯堀淚墮峴亭碑驛路緣
雲際城樓枕水淌息鄉多繞澤望闕獨登陴林晚
清蕭索江平緑渺瀰野秋鳴蟋蟀沙冷聚鶤鷄官
舍黄茅屋人家苦竹籬白醪充夜酌紅粟備晨炊
鳶鶚摧風翮鰥負失水鬐觸雛啼鶡旦涼葉墜相
思一點寒燈滅三聲曉角吹藍衫纏雨故騘馬臥
霜羸念涸誰濡沫嫌醒自啜醨耳垂憐伯樂舌在
蘇張儀負氣衝星劍傾心向日葵金言自銷鑠玉

性肯磷緇伸屈須看蠖窮通莫問龜定知身是患
應用道為醫想子今如彼嗟余獨在斯無慘當歲
杪有夢到天涯坐阻連襟帶行乖接履綦潤消衣
上霧香散室中芝念遠緣還貽驚時為別離素書
三往復明月七盈虧舊里非難到餘歡不易追樹
依興善老草傍靜安衰前事思如昨中懷寫向誰
北村尋古柏南宅訪辛夷此日空搔首何人共解
頤病多知夜永年長覺秋悲不飲長如醉加餐亦

似飢狂嗜一千字因使寄微之

東南行一百韻寄通州元九侍御澧州李十一舍人果州崔二十二使君開州韋大員外庾三十二補闕杜十四拾遺李二十助教員外竇七校書

南去經三楚，東来過五湖。山頭看候館，水面問征途。地遠窮江界，天低極海隅。飄零同落葉，浩蕩似乘桴。漸覺鄉原異，深知土産殊。夷音語嘲哳，蠻態

笑睢盱水市通闤闠煙村混舳艫吏徵漁戶稅人
納火田租亥日饒蝦蠏寅年足虎貙成人男作丱
事鬼女為巫樓暗攢娼婦堤喧簇販夫夜船論鋪
貰春酒斷瓶沽見果皆盧橘聞禽悉鷓鴣山歌猿
獨叫野哭鳥相呼嶺徼雲成棧江郊水當郛月移
翹柱鶴風汎颭檣烏鷟礙潮無信蛟驚浪不虞鼉
鳴梟橊螢蜃結氣浮圖樹裂山魈穴沙含水弩樞
喘牛犂紫芋羸馬放青菰繡面誰家婢鵶頭幾歲

奴泥中採菱芡燒後拾樵蘇鼎臟愁烹鼈盤腥厭
鱠鱸鍾儀徒戀楚張翰浪思吴氣序涼還熱光陰
旦復晡身方逐萍梗年欲近桑榆渭北田園廢江
西歲月徂憶歸恒慘澹懷舊忽踟躕自念咸秦客
常爲鄒魯儒藴藏經國術輕弃度關繻賦力凌鸚
鵡詞鋒敵轆轤戰文重掉鞅射策一彎弧崔杜鞭
齊下元韋轡竝驅名聲齊楊馬交分過蕭朱世務
經磨揣周行竊覬覦風雲皆會合雨露各霑濡共

遇昇平代偏憖固陋軀承明連夜直建禮拂晨趨

美服須王府珍饈降御厨議高通白虎諫切伏青

蒲栢殿行陪宴花樓走看酺神旗張鳥獸天籟動

笙竽戈鋋星芒耀魚龍電策驅定場排𢷬旅促座

進吳歈縹緲疑仙樂嬋娟胜画圖歌鬟低翠羽舞

汗墜紅珠別選閒遊伴潛招小飲徒一盃愁已破

三盞氣彌麄軟美仇家酒幽閒葛氏姝十千方得

斗二八正當壚論笑杓胡律談憐鞏囁嚅李酣尤

短賨庚醉更蔦迁鞍馬呼教佳骰盤喝遣輸梟驅
波卷白連擲彩成盧籌併頻逃席就嚴别置盂滿
卮郵可灌頹玉不勝扶入視中樞草歸棄内廐駒
醉曾衝宰相驕不揖金吾日近恩雖重雲高勢却
孤翻身落霄漢失脚倒泥塗博望移門籍潯陽佐
郡符時情變寒暑世利算錙銖䁥日辭雙闕明朝
别九衢播遷分郡國次第出京都秦嶺馳三驛商
山上二邪峴陽亭寂寞夏口路崎嶇大道全生棘

中丁盡執殳江關未徹警淮冠尚稽誅林對東西
寺山兮大小姑爐峰蓮刹舫溢浦帶縈紆九派吞
青草孤城覆綠蕪黃昏鐘寂寂清曉角嗚嗚春色
辭門柳秋聲到井梧殘芳悲鶗鴂茸節感茱萸
折金英菊花飄雪片蘆波紅日斜沒沙白月平鋪
幾見林抽筍頻驚鷰引雛歲華何倏忽年少不須
臾盻默息千古蒼茫想八區孔竅緣底事顔夭有
何辜龍蟄猶經醢龜靈未免刳窮通應已定聖哲

不能踰況我身謀拙逢他厄運拘漂流從大海鎚
鍛任洪鑪險阻嘗之矣棲遲命也夫沉冥消意氣
窮餓耗肌膚防瘴和殘藥迎寒補舊襦書床鳴蟋
蟀琴匣網蜘蛛貧室如懸磬端憂劇守株時遭客
指點數被鬼揶揄兀兀都疑夢昏昏半似愚女驚
朝不起妻怪夜長吁萬里離朋絶三年隔友于自
然悲聚散不是恨榮枯去夏徵之瘧今春席八殂
天涯書達否泉下哭知無謾寫詩盈卷空盛酒滿

壺只添新帳望豈復舊歡娱壯志因愁減衰容與
病俱相逢應不識滿頷白髭鬚

回不如酒集作啄木曲

莫買寳剪刀徒費千金直我有心中愁知君剪不
得莫磨解結錐徒勞費氣力我有腸中結知君解
不得莫染紅絲線徒誇好顔色我有雙淚珠知君
穿不得莫近紅爐火炎氣徒相逼我有兩鬢霜知
君銷不得刀不能剪心愁錐不能解腸結絲不能

穿淚珠火不能銷鬢雪不如飲此神聖盃萬恨千
愁一時歇
江南喜逢蕭九徹因話長安舊遊戲贈五十
韻
憶昔嬉遊伴多陪歡宴場寓居同永樂幽會共平
康師子尋前曲聲兒出内坊花深態奴宅竹錯得
憐堂庭晚開紅藥門閑蔭綠楊經過悉同巷居處
盡連墻時世高梳髻風流澹作粧戴花紅石竹帔

暈紫檳榔鬢動懸蟬翼釵垂小鳳行拂胸輕粉絮
煖手小香囊選勝移銀燭邀歡舉玉觴鑪煙凝麝
氣酒色注鵞黄急管停還奏繁絃慢更張雪飛迴
舞袖塵起繞歌梁舊曲翻調笑新聲打義揚多情
推阿軟巧語許秋孃風暖春將𦙍星迴夜未央宴
餘添粉黛坐久換衣裳結伴歸深院分頭入洞房
綵帷開翡翠羅薦拂鴛鴦留宿爭牽袖貪眠各占
床緑窗籠水影紅壁背燈光索鏡收花鈿邀人解

袷襠暗嬌粧靨笑私語口脂香怕曉聽鐘坐羞明
睽娚藏眉殘蛾翠淺鬟解綠雲長聚散知無定憂
歡事不常離筵開夕宴別騎促晨裝去住青門外
留連滻水旁車行遙寄語馬駐共相望雲雨分何
處山川各異方野行初寂寞店宿乍恓惶別後嫌
宵永愁来厭歲芳幾看花結子頻見露為霜歲月
何超忽音容坐渺茫嵳還書斷絕来去夢遊揚自
我辭秦地逢君客楚鄉常嗟異岐路忽喜共舟航

話舊堪垂淚思鄉數斷腸愁雲接巫峽淚竹近瀟
湘月落江湖濶天高節候涼浦深煙漠漠沙冷月
蒼蒼紅葉江楓老青蕪驛路荒野風吹蟋蟀湖水
浸菰蔣帝路何由見心期不可忘舊遊千里外往
事十年強春晝提壺飲秋林摘橘嘗強歌還自感
縱酒不成狂永夜長相憶逢君各共傷慇勤萬里
意併寫贈蕭郎

楊柳枝二十韻

小妓攜桃葉新歌蹋栁枝粧成剪燭後醉起拂衫
時繡履嬌行緩花筵笑上遲身輕委廻雪羅薄透
凝脂笙引簧頻暖箏催柱數移樂童翻怨調才子
與妍詞便想人如樹先将髪比絲風條搖兩帶煙
葉貼雙眉口動櫻桃破鬟低翡翠垂枝柔腰嫋娜
荑嫩手葳蕤唳鶴晴呼伴哀猿夜叫兒玉敲音歷
歷珠貫字纍纍袖為收聲點釵因赴節遺重重徧
頭別一一拍心知塞北愁攀折江南苦別離黄遮

金谷峴縁暎杏園池春惜芳華好秋憐翠色衰取
来歌裡唱幐向笛中吹曲罷郵能別情多不自持
纏頭無別物一首斷腸詩

初與元九別後忽夢見之及寤而書適至兼

寄桐花詩悵然感懷因以此寄元九初謫江陵

永壽寺中語新昌坊北分帰来數行淚悲事不悲
君悠悠藍田路自去無消息計君食宿程已過商
山北昨夜雲四散千里同月色曉来夢見君應是

君相憶夢中握君手問君意何如君言苦相憶無人可寄書覺來未及說扣門聲鼕鼕言是商州使送君書一封枕上忽驚起顛倒著衣裳開緘見手札一紙十三行上論遷謫心下說離別腸心腸都未盡不暇敘炎涼云作此書夜夜宿商州東獨對孤燈坐陽城山館中夜深作書畢山月向西斜月前何所有一樹紫桐花桐花半落時復道正相思慇勤書背後兼寄桐花詩桐花詩八韻思緒一何

深以我今朝意憶君此夜心一章三遍讀一句十
廻吟玦重八十字字化為金

秦中唫　并序○序題與時刻稍異

貞元元和之際余在長安聞見之間有足
悲者因直歌其事命為秦中唫

議婚　或刻貧家女

天下無正聲悅耳即為娛人間無正色悅目即為
姝顏色非相遠貧富則有殊貧為時所棄富為時

所趨紅樓富家女金縷繡羅襦見人不斂手嬌癡二八初母兄未開口言嫁不須臾綠窗貧家女寂寞二十餘荊釵不直錢衣上無真珠幾迴人欲聘臨日又蹰躇主人會良媒置酒滿玉壺四座且勿飲聽余歌兩途富家女易嫁嫁蚤輕其夫貧家女難嫁嫁晚孝於姑聞君欲娶婦娶婦意何如

重賦　或刻無名稅

厚地植桑麻所用濟生民生民理布帛所求活一

身身外充征賦上以奉君親國家有兩稅本意在
憂人厥初防其淫明敕内外臣稅外加一物皆以
枉法論奈何歲月久貪吏得因循後我以求寵斂
索無冬春織絹未成疋繅絲未盈斤里胥逼我納
不許蹔逡巡歲莫天地閉陰風生破村夜深煙火
盡霰雪白紛紛㓜者形不蔽老者體無温悲啼與
寒氣併入鼻中辛昨日輸殘稅因窺官庫門繒帛
如山積絲絮似雲屯號為羨餘物隨月獻至尊奪

我身上煖買爾眼前恩進入瓊林庫歲久化為塵

傷大宅　長慶少一大字

誰家起甲第朱門當道邊豐屋中櫛比高墻外廻環纍纍六七堂簷宇相連延一堂費百萬鬱鬱起青煙洞房温且清寒暑不能干高亭虚且迥坐卧見南山繞廊紫藤架夾砌紅藥闌攀枝摘櫻桃帶花移牡丹主人此中坐十載為大官廚有臭敗肉庫有貫朽錢誰能將我語問爾骨肉間豈無貧賤

者忍不救飢寒如何奉一身直欲保千年不見馬
家宅今作奉誠園

傷友 一作刺膠漆契

陋巷孤寒士出門甚棲棲雖云志氣高豈免顏色
低平生同袍友通籍在金閨囊者膠漆契邇來雲
雨睽正逢下朝歸軒騎五門西是時天久陰三日
雨淒淒蹇驢避路立肥馬當風嘶迴頭望相識占
道上沙提昔年洛陽社貧賤相提攜今日長安道

對面隔雲泥近日多如此非君獨慘悽死生不變

者惟聞任與黎

合致仕 合長慶作不

七十而致仕禮法有明文何乃貪榮貴斯言如不

聞可憐八九十齒墮雙眸昏朝露貪名利夕陽憂

子孫挂冠顧翠緌懸車惜朱輪金章腰不勝傴僂

入君門誰不愛富貴誰不戀君恩年高須請老名

遂合退身少時共嗤笑晚歲多因循賢哉漢二疎

彼獨是何人寂寞東門路無人繼去塵

立碑　或刺古碑

勛德既下衰文章亦陵夷但見南中石立作路旁

碑銘勛悉太公敍德皆仲尼復以多為貴千言直

萬貲為文彼何人想見下筆時但欲愚者悅不思

賢者嗤豈獨賢者嗤仍傳後代疑古石蒼苔字安

知是媿詞我聞望江縣麴令撫孤嫠在官有仁政

名不聞京師身歿欲歸葬百姓遮路岐攀轅不得

去留葬此江湄至今道其名男女皆涕垂無人立
碑碣惟有邑人知

輕肥（或刻江南旱）

意氣驕滿路鞍馬光照塵借問何為者人稱是內
臣朱紱皆大夫紫綬悉將軍誇赴中軍宴走馬疾
如雲罇罍溢九醞水陸羅八珍果擘洞庭橘鱠切
天池鱗食飽心自若酒酣氣益振是歲江南旱衢
州人食人

五絃琴

清歌且停唱紅袂亦停舞趙叟抱五絃宛轉當胸撫大聲麤（徂）若散颯颯風和雨小聲細欲絶切切鬼神語又如鵲報喜轉作猿啼苦十指無定音顛倒宮商羽坐客聞此聲形神若無主行客聞此聲駐足不能舉嗟嗟俗人耳好今不好古所以北窗琴日日生塵土

歌舞（或刻傷閿鄉縣囚）

秦中歲云莫大雪滿皇州雪中退朝者朱紫盡公
侯貴有風雪興富無飢寒憂所營惟第宅所務在
追遊朱輪車馬客紅燭歌舞樓歡酣促密坐醉煖
脫重裘秋官為主人廷尉居上頭日中為樂飲夜
半不能休豈知閿鄉獄中有凍死囚

買花 或刺牡丹

帝城春欲莫喧喧車馬度共道牡丹時相隨買花
去貴賤無常價詶直看花數灼灼百朶紅戔戔五

束素上張帷幄庇旁織笆籬護水灑後泥封遷来
色如故家家習為俗人人迷不悟有一田舍翁偶
来買花處低頭獨長歎此歎無人諭一叢深色花
十户中人賦

三月三日祓禊洛濵序與舊刻不同

開成二年三月三日河南尹李待價以人
和歲稔将禊於洛濵前一日啓留守裴令
公公明日召太子少傅白居易太子賔客

蕭籍李仍叔劉禹錫前中書舍人鄭居中
國子司業裴惲河南少尹李道樞倉部郎
中崔晉司封員外郎張可續駕部員外郎
盧言虞部員外郎苗愔和州刺史裴儔淄
州刺史裴洽撿校禮部員外郎楊魯士四
門博士談弘謩等一十五人合宴于舟中
由斗亭歴魏堤抵津橋登臨泝沿自晨及
暮簪組交暎歌笑間發前水嬉而後妓樂

左筆研而右壺觴望之若仙觀者如堵盡
風光之賞極遊泛之娱美景良辰賞心樂
事盡得于今日矣若氣龢錄謂洛無人晉
公首賦一章鏗然玉振頃謂四座繼而和
之居易舉酒抽毫奉十二韵以獻

三月草萋萋黄鶯歇亦啼柳橋晴有絮沙路潤無
泥禊事脩初半遊人到欲齊金鈿耀桃李絲管駭
鳧鷖轉岸廻船尾臨流簇馬蹄鬧翻揚子渡踏破

魏王堤妓溇謝公宴詩陪江令題舟同李膺汎醴
為穆生攜水引春心蕩花牽醉眼迷塵街從鼓動
煙樹任鵶栖舞急紅腰軟歌遲翠黛低夜歸何用
燭新月鳳樓西

翫半開花贈皇甫郎中

忽訝春来晚無嫌花發遲人憐全盛日我愛半開
時紫蠟黏為蔕紅酥點作蕤成都新夾纈梁漢碎
臙脂纈樹真珠顆墻頭小女兒淺深粧剝落高下

火敎差蝶戲爭香朶鶯啼選穩枝好敎郎作伴合

共酒相隨醉翫無賸此狂嘲更讓誰猶殘少年興

不似老人詩西日憑輕照東風莫𦖆吹明朝應爛

熳後夜即離披枝下遥相憶尊前暗有期銜盃嚼

蕋思惟我與君知

題令狐家木蘭花

膩如玉指塗朱粉光似金刀剪紫霞從此時時春

夢裡應添一樹女郎花

薛能 七首

牡丹

去年零落莫春時淚濕紅牋怨別詩常恐便隨巫峽散何因重有武陵期傳情每向馨香得不語還應彼此知欲就闌邊安枕席夜深閑共說相思

黃蜀葵 一刻蜀黃葵

嬌黃初綻欲題詩盡日含毫有所思記得玉人春病校道家裝束厭禳時

贈歌妓　一判贈解詩歌人

同有詩情自合親不須歌調更含嚬朝天御史非韓壽莫竊香来帶累人

晚春

惡憐風景極交親每恨年年作瘦人卧晚不曾抛好夜情多惟欲哭殘春陰成杏葉纔通日雨著楊花已汗塵無限後期知有在只愁還作總戎身

贈歌者

一字新聲一顆珠轉喉疑是擊珊瑚聽時坐部音

中有唱後櫻花葉裹無漢浦蔑聞虚解珮臨卭焉

用枉當壚誰人得向青樓宿便是仙郎不是夫

舞者

緑毛釵動小相思一唱南軒日午時愓皷輕裙行

欲近待調諸曲起来遲筵停匕筯無非聽吻帶宫

商盡是詞為問傾城年幾許更勝瓊樹是瓊枝

楊柳枝　一刻無楊字

數首新詞帶恨成柳絲牽我我傷情柔娥幸有腰肢穩試踏吹聲作唱聲

崔國輔 六首

雜詩 英靈集 小異

逢著平樂兒論交鞍馬前與沽一斗酒恰用十千錢後余在關内作事多迍邅何處肯相救徒聞寶劍篇

魏宮詞 英靈集 小異

朝日點紅粧擬上銅雀臺画眉猶未了魏帝使人
催

怨詞　英靈集同

妾有羅衣裳秦王在時作為舞春風多秋来不堪
著

少年行　英靈國秀二集同

遺却珊瑚鞭白馬驕不行章臺折楊柳春日路旁
情

中流曲

歸時日尚蚤更欲向芳洲渡口水流急迴舩不自由

對酒吟 英靈集 小異

行行日將夕荒村古塚無人迹朦朧荊棘一鳥吟屢唱提壺沽酒聲古人不達酒不足遺恨精靈傳此曲寄語當代諸少年平生且盡盃中醁

孟浩然 二首

春怨

佳人能画眉粧罷出簾幃照水空自愛折花將遺誰春情多艷逸春意倍相思愁心極楊柳一動亂如絲

送杜十四之江南 集無之江南三字

荊吴相接水為鄉君去春江正淼茫日莫征帆泊何處天涯一望斷人腸

劉長卿 六首

楊州雨中張十七宅觀妓 或刻張謂

夜色帶春煙燈花拂更燃殘粧添石黛艷舞落金鈿掩笑頻欹扇迎歌乍動絃不知巫峽雨何事海西邊

赴潤州留别鮑侍御

對水看山别離孤舟日莫行遲江南江北春草獨向金陵去時

北帰次秋浦界青谿館

萬里猿啼斷孤村客暫依雁過彭蠡暮人向宛陵稀舊路青山在餘生白首歸𣃁知行近北不見鷓鴣飛

登餘干古縣城

孤城上與白雲齊萬古蕭條楚水西官舍已空秋艸緑女墻猶在夜烏啼平江渺渺来人遠落日亭亭向客低沙鳥不知陵谷變朝来暮去弋陽溪

若耶菖溪詶梁耿別後見寄

晴川落日初低惆悵孤舟解攜鳥向平蕪遠近人
隨流水東西白雲千里萬里明月前溪後溪獨恨
長沙謫去江潭春草萋萋

別宕子怨　薛道衡作誤入

垂柳拂金堤蘼蕪葉正齊水溢芙容沼花飛桃李
蹊採桑秦氏女織錦竇家妻關山別宕子風月守
空閨恒斂千金笑長垂雙玉啼盤龍隨鏡隱舞鳳
逐雲低驚魂同埜鶴倦寢憶晨鷄暗牖懸蛛網空

梁落燕泥前年過代北今歲逆遼西一去無還意
那能惜馬蹄

韋應物　一首

滁州西澗　御覽集作西澗

獨憐幽草澗邊生上有黃鸝深樹鳴春潮帶雨晚
來急野渡無人舟自橫

王維　二首

送元二使安西

渭城朝雨裛輕塵客舍青青楊柳春勸君更盡一
盃酒西出陽關無故人

隴頭吟　英靈集 小異

長城少年遊俠客夜上戍樓看太白隴頭明月迥
臨關隴上行人夜吹笛關西老將不勝愁駐馬聽
之雙淚流身經大小百餘戰麾下偏裨萬戶侯蘇
武才為典屬國節旄空盡海西頭

賈島　七首

寄遠

別腸長鬱紆豈能肥肌膚始知相結密不及相結踈踈別恨應少密別恨難祛門前南去水中有北飛魚魚飛向北海可以寄遠書別刻無此句多此情復何如欲剪衣上襟書作寄遠書三句不惜寄遠書故人今在無別刻華山嵓嵬形遥望齊平燕二句況此數尺身阻彼萬里途自非日月光難以知子軀

代舊將

舊事說如夢誰當信老夫戰場幾處在部曲一人
無落日收病馬晴天曬陣圖猶希聖朝用自鑷白
髭鬚

春行

去去行人遠塵隨馬不窮旅情斜日後春色早煙
中流水穿空館開花發故宮舊鄉千里思池上綠
楊風

劒客　或刻赵勐

十年磨一劍霜刃未曾試今日把示君誰有不平事

古意

碌碌復碌碌百年雙轉轂志士中夜心良馬白日足俱為不等閑誰是知音目別来兩淚盡誰向荊山哭集本作眼中兩行淚曾吊三獻玉

上杜駙馬即杜悰

玉山突兀壓乾坤出得朱門入戟門妻是九重天

子女身為一品令公孫鴛鴦殿裏參皇后龍鳳堂
前賀至尊今日澧陽非久駐佇為霖雨拜新恩

蚤秋寄題天竺靈隱寺（一刻天台靈應寺）

峰前峰後寺新秋絕頂高窗見沃洲人在定中聞
蟋蟀鶴從棲處挂獼猴山鐘夜渡空江水汀月寒
生古石樓心憶挂帆身未遂謝公此地昔年遊

李廓　一十六首

長安少年行

金紫少年郎繞街鞍馬光身從左中尉官屬右春
坊刻戴揚州帽重薰異國香垂鞭踏青草来去杏
園芳

又

追逐輕薄伴閒遊不着緋長攏出獵馬數換打裘
衣曉日尋花去春風帶酒歸青樓無晝夜歌舞歇
時稀

又

日高春睡足帖馬賞年華倒插銀魚袋行隨金犢車還攜新市酒遠醉曲江花幾度歸伊黑金吾送到家

又

好勝耽長夜天明燭滿樓留人看獨脚賭馬換偏頭樂奏曾無歇盃巡不暫休時時遥冷笑怪客有春愁

又

遨遊攜艷妓裝束似男兒盃酒逢花住笙歌簇馬

吹鶯聲催曲急春色送歸遲不以聞街鼓華筵待

月移

又

賞春惟逐勝大宅可曾歸不樂還逃席多狂慣衩

衣歌人踏日起語燕卷簾飛婦好唯相妬倡樓不

醉稀

又

戟門連日閑苦飲惜殘春開鎖通新客教姬舞醉人請歌牽白馬自舞踏紅茵時輩皆相許平生不負身

又

新年高殿上始見有光輝玉雁排方帶金鵞立仗衣酒滐和椀賜馬疾打珂飛朝下人争看香街意氣歸

又

遊市慵騎馬隨姬入坐車樓邊聽歌吹簾外見鶯
花樂眼從人鬧歸心畏日斜蒼頭来去報飲伴到
倡家

又

小婦教鸚鵡頭邊喚醉醒犬嬌眠玉簟鷹掣撼金
鈴碧地攢花障紅泥待客亭雖然長按曲不飲不
曾聽

雞鳴曲

星稀月沒入五更膠膠角角雞初鳴征人牽馬出門立辭妾欲向安西行再鳴引頸簷頭下月中角聲催上馬纔分𦗟色第二鳴旌旆紅塵已出城婦人上城亂招手夫壻不聞遥哭聲長恨雞鳴别時苦不遣雞栖近窗戶

鏡聽詞　古之鏡聽猶今之瓢卦也

匣中取鏡辭竈王羅衣掩盡明月光昔時長著照容色今夜潛將聽消息門前地黑人來稀無人錯

十字係後人註語何校未刪

道朝夕歸更深弱體冷如鐵繡帶菱花懷裡熱銅
片銅片如有靈顧照得見行人千里形

猛士行

戰鼓驚沙惡天色猛士虬鬚眼前黑單于衣錦日
行兵陣頭走馬生擒得幽并少年不敢輕虎狼窟
裏空手行

送振武將軍

葉葉歸邊騎風頭萬里乾金裝腰帶重鐵縫耳衣

寒蘆酒燒蓬煖霜鴻揪箭看黄河古城道秋雪白
湯湯

落第

牓前潛制淚衆裏自嫌身氣味如中酒情懷似别
人暖風張樂席晴日看花塵盡是添愁處深居乞
過春

贈商山東于嶺僧

商嶺東西路欲分兩間茅屋一溪雲師言耳重知

師意人是人非不欲聞

常建 一首

弔王將軍墓 小異英靈集

嫖姚北伐時深入幾千里戰餘落日黃軍敗鼓聲死常聞漢飛將可奪單于壘今与山鬼鄰殘兵哭遼水

劉禹錫 五首

臺城

臺城六代競豪華結綺臨春事最奢萬户千門成野草只緣一曲後庭花

烏衣巷

朱雀橋邊埜艸花烏衣巷口夕陽斜舊時王謝堂前燕飛入尋常百姓家

石頭城

山圍故國周遭在潮打空城寂寞迴淮水東邊舊時月夜深還過女墻来

生公講堂

生公說法鬼神聽身後空堂夜不扃高座寂寥塵漠漠一方明月可中庭

江令宅

南朝詞臣北朝客歸来惟見秦淮碧池臺竹樹三畒餘至今人道江家宅

宋濟 二首

東鄰美女歌

花暖江城斜日陰鶯啼繡戶曉雲深春風不道珠簾隔傳得歌聲與客心

和王七度玉門關上吹笛 一刻高適 沈本作塞上聞笛

胡人吹笛戍樓間樓上蕭條海月閒借問梅花何處落風吹一夜滿關山

王建 十三首

華清宮感舊

塵到朝元邊使急千官夜發六龍迴輦前月照羅

衫淚舊袓風吹蠟燭灰公主粧樓金鎖澁貴妃湯

殿玉蓮開有時雲外聞天樂知是先皇沐浴来

宫前早春

酒幔高樓一百家宫前楊柳寺前花内園分得温

湯水二月中旬已進瓜

宫中三臺詞

魚藻池邊射鴨芙蓉苑裏看花日色柘襬相似不

著紅鸞扇遮

又

池北池南草緑殿前殿後花紅天子千年萬歲未央明月清風

江南三臺詞

楊柳橋邊少婦長安市裏商人三年不得消息各自拜鬼求神

又

青艸湖邊艸色飛猿嶺上猿聲萬里湘洲客到有

風有雨人行

又

樹頭花落花開道上人去人来朝愁莫愁即老百年幾度三臺

又

聞身強健且為頭白齒落難追準擬百年千歲能得幾許多時

宮中調笑詞

團扇團扇美人病来遮面玉容憔悴三年誰復商
量管絃絃管絃管春草昭陽路斷

又

蝴蝶蝴蝶飛上金花枝葉君前對舞春風百葉桃
花樹紅紅樹紅樹燕語鶯啼日暮

又

羅袖羅袖暗舞春風已舊遥看歌舞玉樓好日新
粧坐愁愁坐愁坐一世浮生虚過

又

楊柳楊柳日莫白沙渡口船頭江水茫茫商人小婦斷腸腸斷腸斷鷓鴣夜啼失伴

贈王樞密

三朝行坐鎮相隨令上春宫見小時脱下御衣先賜著進来龍馬便教騎長承密旨歸家少獨奏邊𢮎出殿遲不是當家偏向説一本作自是九重爭姓同親向説得外人知

李端 一首

蕪城懷古 極玄集同

風吹城上樹草沒城邊路城東月明時精靈自来去

耿湋 二首

秋日 極玄集同

返照入閭巷憂来與誰語古道無人行秋風動禾黍

宋本作邊城

送王潤

相送臨寒水蒼然望故關江蕪連夢澤楚雪入商山話我他年舊看君此日還因将自悲淚一灑别離間

李華一首

長門怨

弱體鴛鴦薦啼粧翡翠衾鵶鳴秋殿曉人静禁門深每憶椒房寵那堪永巷陰日驚羅帶緩非復舊

来心

錢珝　七首

客舍寓懷

灑灑灘聲晚霽時客亭風袖半披垂野雲行止誰相待明月襟懷秖自知無伴偶吟溪上路有花偷笑臘前枝牽情景物潛惆悵忽似傷春遠別離

春恨

負罪將軍在北朝秦淮芳草緑迢迢高臺夢妾魂

銷盡始得丘遲爲一招

又

久戍臨洮報未歸篋香銷盡別時衣身輕願比蘭

堦蝶萬里還尋塞草飛

又

永巷頻聞小苑遊舊恩如淚亦難收君前願報新

顔色團扇須防白露秋

蜀國偶題

忽憶明皇西幸時暗傷潛恨竟誰知佩蘭應語宮
臣道莫向金盤進荔枝

送王郎中

惜別遠相送却成惆悵多獨歸回首處爭奈暮山
何

未展芭蕉

冷燭無煙綠蠟乾芳心猶卷怯春寒一緘書札藏
何事會被東風暗拆看

李遠　二首

失鶴

秋風吹起九皐禽，一片閒雲萬里心。碧落有情應悵望，瑶臺無路可追尋。来時白雪翎猶短，去日丹砂頂漸深。華表柱頭留語後，更無消息到如今。

贈寫御真李長史

玉座煙消硯水清，龍髯不動彩毫輕。初分隆準山河秀，再點重瞳日月明。宮女卷簾皆暗認，侍臣開殿盡遥驚。三朝供奉應無敵。始覺僧繇浪得名。

才調集卷之一

才調集目録　卷二

西洲詞　春洲曲

陽春曲　堂堂曲

春日将欲東歸寄新及第苗紳先輩

經李徵君故居　經舊遊

宿杜城亡友李羽處士故墅

夜看牡丹　池塘七夕

和友人悼亡　和王秀才傷歌姬

春萛宴罷寄宋壽　題柳

春日　咏嚬

太子池　又

顧况十一首

悲歌　思遠曲

悲歌　又

又　又

梁廣画花歌　送別日晚歌

行路難　棄婦詞

送行歌

吳融 二首

淛東筵上有寄　　富水驛東楹有人題

詩

崔塗 六首

夕次洛陽道中　　巴南道中

巴陵夜泊　　春夕旅遊

放鸂鶒　　巫峽旅別

盧綸 七首

春詞　早春歸盩厔別業寄

耿拾遺湋李校書端

晚次鄂州　古豔詞

又　代表将軍罷戰歸舊

里贈朔北故人　逢南中使因寄嶺外

故人

無名氏 十三首

才調集目録卷二終

才調集卷之二

温飛卿　六十一首

過華清宫二十二韻

憶昔開元日承平事勝遊貴妃專寵幸天子富春
秋月白霓裳殿風乾羯鼓樓鬭雞花蔽膝騎馬玉
搔頭繡轂千門妓金鞍萬戶侯薄雲欹雀扇輕雪
犯貂裘過客聞韶濩居人識冕旒氣和春不覺煙
暖霽難收澁浪涵瑶甃晴陽上綵斿卷衣輕鬢嬾

窺鏡淡蛾羞屏掩芙蓉帳簾搴玳瑁鈎重瞳分渭

曲纖手指神州御案迷萱草天袍妬石榴深嵓藏

浴鳳鮮隰媚潛虬不料邯鄲蝨俄成即墨牛劒鋒

揮太皞旗焰拂蚩尤內孽陪行在孤臣預坐籌瑤

簪遺翡翠霜仗駐驊騮艷笑雙飛斷香魂一哭休

蚕梅悲蜀道高樹隔昭丘朱閣重霄近蒼崖萬古

愁至今湯殿水嗚咽縣前流

洞戸二十二韻

洞户連蛛網方疏隱碧潯燭盤煙墜燼簾壓月通
陰粉白仙郎署霜清玉女砧醉鄉高窈窈棊陣靜
愔愔素手瑠璃扇玄髫玳瑁簪昔邪看寄迹梔子
咏同心樹列千秋勝樓懸七夕鍼舊詞翻白苧新
賦換黃金喉鶴調鑾鼓驚蟬應寶琴舞疑繁易度
歌轉斷難尋露委花相妬風欹柳不禁橋彎雙表
迥池漲一篙深清蹕傳恢囿黃旗幸上林神鷹參
翰苑天馬破蹄涔武庫方題品文園有好音朱莖

殊菌蠢丹桂欲蕭森黼帳迴瑶席華燈對錦衾画
圖驚𧺆獸書帖得来禽河曙秦樓暎山晴魏闕臨
緑囊逢趙后青瑣見王沉任達嫌孤憤疎慵倦九
箴若為南遁客猶作卧龍吟

握柘詞

楊柳縈橋緑玫瑰拂地紅繡衫金騕褭花髻玉瓏
璁宿雨香潛潤春流水暗通画樓初夢𣂢曉日照

湘風

碧澗驛曉思

香燈伴殘夢楚國在天涯月落子規歇滿庭山杏花

送人東遊

荒戍落黄葉浩然離故關高風漢陽渡初日郢門山江上幾人在天涯孤棹還何當重相見尊酒慰離顔

偶題

孔雀眠高閣櫻桃拂短簷画明金冉冉箏語玉纖

纖細雨無妨燭輕寒不觸簾欲将紅錦段因夢寄

江淹

贈知音

翠羽花冠碧樹雞未明先向短墻啼窗間謝女青

蛾斂門外蕭郎白馬嘶星漢漸移庭竹影露珠猶

綴野花迷景陽宫裏鐘初動不語垂鞭上柳堤

鄠杜郊居

槿籬芳援近樵家隴麥青青一徑斜寂寞遊人寒
食後夜來風雨送梨花

送李億東歸

黃山遠隔秦樹紫禁斜通渭城別路青青柳弱前
溪漠漠苔生和風澹蕩歸客落月殷勤早鶯灞上
金尊未飲讌歌已有餘聲

陳宮詞

雞鳴人草草香輦出宮花妓語細腰轉馬嘶金面

斜早鶯隨緤仗驚雉避凝笳漸瀝湘風外紅輪暎曙霞

春日野行

騎馬踏煙莎青春奈怨何蝶翎朝粉盡鵶背夕陽多柳艷欺芳帶山愁縈翠蛾別情無處說方寸是星河

西州詞

悠悠復悠悠昨日下西州西州風色好遥見武昌

樓武昌何鬱鬱儂家定無匹小婦被流黄登樓撫

瑶瑟朱弦繁復輕素手直淒清一彈三四解掩抑

似含情南樓登且望西江廣復平艇子揺兩槳催

過石頭城門前烏相樹慘淡天將曙鸂鶒飛復還

郎隨早帆去囬頭語同伴定復負情儂去帆不安

幅作抵使西風他日相尋索莫作西州客西州人

不歸春草年年碧

春洲曲

韶光染色如蛾翠綠濕紅鮮水容媚蘇小慵多蘭

渚閶融融浦日鵁鶄寐紫騮蹀躞金銜嘶岍上揚

鞭煙草迷門外平橋連柳堤歸来晚樹黄鶯啼

陽春曲

雲母空窗曉煙薄香昏龍氣凝輝閣霏霏霧雨杏

花天簾外春寒着羅幕曲欄伏檻金麒麟沙苑芳

郊連翠茵㡡馬何能嚙芳草路人不敢随流塵

堂堂曲 或刻錢塘曲

錢塘岍上春如織淼淼寒潮帶晴色淮南遊客馬
連嘶碧草迷人歸不得風飄客意如吹煙纖指慇
勤傷雁絃一曲堂堂紅燭筵長鯨瀉酒如飛泉

春日將欲東歸寄新及第苗紳先輩

幾年辛苦與君同得喪悲歡盡是空猶喜故人先
折桂自憐羈客尚飄蓬三春日照千山道十日花
開一夜風知有杏園無路入馬前惆悵滿枝紅

經李徵君故居

露濃煙重草淒淒樹暎欄干柳拂堤一院落花無
客醉五更殘月有鶯啼芳筵想像情難盡故榭荒
涼路已迷惆悵羸驂往来慣每經門巷亦長嘶

經舊遊或作懷真珠亭

珠箔銀鈎近綵橋昔年曾此見嬌嬈香燈悵望飛
瓊鬢涼月殷勤碧玉簫屛倚故窗山六扇柳垂寒
砌露千條蟋蟀經雨蒼苔遍拾得當時舊翠翹

宿杜城亡友李羽處士故墅

柳不成絲草帶煙海槎東去鶴歸天愁腸斷處春
何限病眼開時月正圓花若有情還悵望水應無
事莫潺湲綠知此恨難消遣辜負南華第一篇

夜看牡丹

高低深淺一欄紅把火慇懃遶露叢希逸近来成
嬾病不能容易向春風

池塘七夕

月出西南露氣秋綺寮河漢在鍼樓楊家繡作鴛

鴦幄張氏金為翡翠鈎銀燭有光妨宿燕画屏無
睡待牽牛萬家砧杵三篙水一夕横塘是舊遊

和友人悼亡歌姬　一刺　喪

玉貌潘郎淚滿衣畫羅輕鬢雨霏微紅蘭委露愁
難盡白馬朝天望不帰寶鏡塵昏鸞影在鈿箏絃
斷雁行稀春来多少傷心事碧草侵堦粉蝶飛

和友秀才傷歌姬

月缺花残莫愴然花須終發月終圓更能何事銷

芳念亦有濃華委逝川一曲艷歌留婉轉九原春草妒嬋娟王孫莫學多情客自古多情損少年

春莫宴罷寄宋壽先輩

斜掩朱門花外鐘曉鶯時節好相逢窗間桃蘂宿粧在雨後牡丹春睡濃蘇小丰姿迷下蔡馬卿才調似臨邛誰憐芳草生三徑參佐橋西陸士龍

題柳

楊柳千條拂面絲綠煙金穗不勝吹香隨靜婉歌

塵起影伴嬌娆舞袖垂羌管一聲何處曲流鶯百
囀最高枝千門九陌花如雪飛過宫墻兩不知

春日偶成

西園一曲艷陽歌擾擾卓塵負薜蘿自欲放懷猶
未得不知經世竟如何夜聞猛雨判花盡寒戀重
衾覺夢多鈎渚别来應更好春風還為起微波

途中偶作

石路荒凉接野蒿西風吹馬利如刀英𩟬棲驛樓

柳曉廢寺入門禾黍高雞犬夕陽喧縣市凫鷺秋
水曝城壕故山有夢不歸去官樹陌塵何太勞

贈彈箏人

天寶年中事玉皇曾將新曲教寧王鈿蟬金鴈皆
零落一曲伊州淚萬行

瑶瑟怨

氷簟銀床夢不成碧天如水夜雲輕雁聲遠過瀟
湘去十二樓中月自明

春日野行

日西塘水金堤斜碧草芊芊晴吐芽野岍明媚山

芍藥水田叫噪官蝦蟇鏡中有浪動菱蔓陌上無

風飄柳花何事輕橈向溪客緑萍方好不帰家

和友人溪居别業

積潤初銷碧草新鳳陽晴日帶雕輪風飄弱柳平

橋晚雪點寒梅小院春屏上樓臺陳后主鏡中金

翠李夫人花房透露紅珠落蛺蝶雙雙護粉塵

宿城南亡友别墅

水流花落歎浮生又伴遊人宿杜城還似昔年殘夢裏透簾斜月獨聞鶯

偶遊

曲巷斜臨一水間小門終日不開關紅珠斗帳櫻桃熟金尾屏風孔雀閒雲髻幾迷芳草蝶額黄無限夕陽山與君便是鴛鴦侶休向人間覓往還

郭處士擊甌歌

佶栗金虬石潭古勺陂瀲灧幽脩語湘君寳馬上
神雲碎珮蕤鈴滿煙雨吾聞三十六宫花離離軟
風吹春星斗稀玉晨冷磬破昏夢天露未乾香著
衣蘭釵委墜雲垂髮小響丁當逐𢌞雪晴碧煙滋
重疊山羅屏半掩桃花月太平天子駐雲車龍鑪
勃欝雙蟠拏宫中近臣抱扇立侍女低鬟落翠花
亂珠觸續正跳蕩傾頭不覺金烏斜我亦為君長
歎息緘情遠寄愁無色莫沾香夢緑楊絲千里春

風正無力

錦城曲

蜀山攢黛留晴雪蓁笋蕨芽縈九折江風吹巧剪霞綃花上千枝杜鵑血杜鵑飛入岩下藂夜叫思歸山月中巴水漾情情不盡文君織得春機紅怨魄未歸芳草死江頭學種相思子樹成寄與望鄉人白帝荒城五千里

張靜婉採蓮曲 并序

静婉羊侃妓也其容絶世侃自爲採蓮二
曲令樂府所存失其故意因歌以俟採詩
者事具載梁史
蘭膏墜髮紅玉春燕釵拖頸抛盤雲城西楊柳向
嬌晚門前溝水波粼粼麒麟公子朝天客珂馬璫
璫渡春陌掌中無力舞衣輕剪斷鮫綃破春碧抱
月飄煙一尺腰麝臍龍髓憐嬌嬈秋羅拂水碎光
動露重花多香不銷鸂鶒交交塘水滿緑萼如粟

蓮莖短一夜西風送雨来粉痕零落愁紅淺船頭
折藕絲暗牽藕根蓮子相留連郎心似月月易缺
十五十六清光圓

照影曲

景陽粧罷瓊窗暖欲照澄明香步嬾橋上衣多抱
彩雲金鱗不動春塘滿黄印額山輕為塵翠鱗紅
稺俱含嚬桃花百媚如欲語曽為無雙今兩身

塞寒行

燕弓弦勁霜封瓦樸簌寒雕睇平野一點黃塵起
雁喧白龍堆下千蹄馬河源怒濁風如刀剪斷朔
雲天更高晚出榆關逐征北驚沙飛迸衝貂袍心
許凌煙名不滅年年錦字傷離別彩毫一畫竟何
榮空使青樓淚成血

湖陰詞并序

王敦舉兵至湖陰明帝微行視其營伍由
是樂府有湖陰曲而亡其詞因作而附之

祖龍黃鬚珊瑚鞭鐵驄金面青連錢虎髯拔劒欲成夢日壓賊營如血鮮海旗風急驚眠起甲重光搖照湖水蒼皇追騎塵外歸森索妖星陣前死五陵愁碧春萋萋灞川玉馬空中嘶羽書如電入青瑣雪腕如搥催畫鞞白虬天子金煌鍇高臨帝座迴龍章吳波不動楚山晚花壓闌干春晝長

晚歸曲

格格水禽飛帶波孤光斜起夕陽多湖西山淺似

相笑菱刺惹衣攢黛蛾青絲繫船向江木蘭芽出
土吴江曲水極晴摇泛灎紅草平春染煙綿綠玉
鞭騎馬楊叛兒刻金作鳳光參差丁丁暖漏滴花
影催入景陽人不知彎堤弱柳遥相矚雀扇團團
掩香玉蓮塘艇子歸不歸柳暗桑穠聞布穀

湘東夜宴曲

湘東夜宴金貂人楚女含情嬌翠嚬玉管將吹插
鈿帶錦囊斜拂雙麒麟重城漏斷孤帆去惟恐瓊

籖報天曙萬戸沉沉碧樹圓雲飛雨散知何處欲
上香車俱脉脉清歌響斷銀屏隔堤外紅塵蠟炬
歸樓前落月連江白

碌碌古詞

左亦不碌碌右亦不碌碌野草自根肥羸牛生健
犢融蠟作杏蔕男兒不戀家春風破紅意女頰如
桃花忠言未見信巧語翻咨嗟一覩無兩刃徒勞
油壁車

春野行

草淺淺春如剪花壓李孃愁飢蠶欲成繭東城少年氣堂堂金丸驚起雙鴛鴦含羞更問衛公子月到枕前春夢長

醉歌

簷柳初黃燕新乳曉碧芊綿過微雨樹色深含臺榭情鶯聲巧作煙花主錦袍公子陳盃觴撥醅百甕春酒香入門下馬問誰在降堦握手登華堂臨

卬美人遠山眉低抱琵琶含怨思翔風繞指我先
笑明月入懷君自知勸君莫惜金尊酒年少須臾
如覆手辛勤到老慕簞瓢于我悠悠竟何有洛陽
盧仝稱文房妻子脚禿舂黃糧阿婺光頭不識字
指麾豪儁如驅羊天犀壓斷朱鼴鼠瑞錦驚飛金
鳳皇其餘豈足沾牙齒欲用何能報天子駑馬垂
頭搶暝塵驊騮一日行千里但有沉冥醉客家支
頤瞪目持泒霞惟恐南園風雨落碧蕪狼籍棠梨

花

織錦詞

丁冬細漏侵瓊瑟影轉高梧月初出簇簌金梭萬縷紅鴛鴦艷錦初成疋錦中百結皆同心蕋亂雲盤相間深此意欲傳傳不得玫瑰作柱朱絃琴為君裁破合歡被星斗迢迢共千里象齒薰爐未覺秋碧池已有新蓮子

蓮浦謡

鳴橈軋軋溪溶溶廢綠平煙吳苑東水清蓮媚兩
相向鏡裏見愁愁更紅白馬金鞭大堤上西江日
夕多風浪荷心有露似驪珠不是真圓亦搖蕩

達摩支曲

擣麝成塵香不滅拗蓮作寸絲難絕紅淚文姬洛
水春白頭蘇武天山雪君不見無愁高緯花漫漫
漳浦晏餘清露寒一旦臣僚共囚虜欲吹羌管先
汍瀾舊臣頭鬢霜華早可惜雄心醉中老萬古春

归梦不归鄴城风雨连天草

三洲词

团圆莫作波中月洁白无为枝上雪月随波动碎
潾潾雪似梅花不堪折李嬢十六青丝发画带双
花为君结门前有路轻别离惟恐归来旧香灭

舞衣曲

藕肠纤缕抽轻春烟机漠漠娇娥嚬金梭淅沥透
空薄剪落交刀吹断云张家公子夜闻雨夜向兰

堂思楚舞蟬衫麟帶壓愁香偷得鶯簧鏁金縷管
含蘭氣嬌語悲胡槽雪腕鴛鴦絲芙蓉力弱應難
定楊柳風多不自持迴嚬笑語西窗客星斗寮寮
波脉脉不逐秦王卷象床滿樓明月梨花白

惜春詞

百舌問花花不語低回似恨橫塘雨蜂爭粉蕋蝶
分香不似垂楊惜金縷願君留得常妖嬈莫逐東
風還蕩搖秦女含嚬向煙月愁紅帶露空迢迢

春愁曲

紅絲穿露珠簾冷百尺啞啞下纖綆遠翠愁山入卧屏兩重雲母空烘影涼簪墜髮春眠重玉兔氤氳柳如夢錦疊空床委墜紅颸颸埽尾雙金鳳蜂喧蝶駐俱悠揚柳拂赤欄纖草長覺後梨花委平緑春風和雨吹池塘

蘇小小歌

買蓮莫破券買酒莫解金酒裏春容抱離恨水中

蓮子懷芳心　吴宫女兒腰似束家在錢塘小江曲
一自檀郎逐便風門前春水季季緑

春江花月夜詞

玉樹歌闌海雲黑花庭忽作青蕪國秦淮有水水
無情還向金陵漾春色楊家二世安九重不御華
芝嫌六龍百幅錦帆風力滿連天展盡金芙容珠
翠丁星復明滅龍頭劈浪哀笳發千里涵空澄水
魂萬枝破鼻團香雪漏轉霞高滄海西玻璃枕上

聞天雞鑾絃代寫曲如語一醉昏昏天下迷四方
傾動煙塵起猶在濃香夢魂裏後主荒宫有曉鶯
飛来只隔西江水

懊惱曲

藕絲作線難勝針蘂粉染黄那得深玉白蘭芳不
相顧青樓一笑輕千金莫言自古皆如此健劍刜
鍾鉛繞指三秋庭緑盡迎霜惟有荷花守紅死廬
江小吏朱斑輪柳縷吐芽香玉春兩股金釵已相

許不令獨作空成塵悠悠楚水流如馬恨紫愁紅
滿平野野土千年怨不平至今燒作鴛鴦瓦

邊笳曲

玥管迎秋動雕陰雁来早上郡隱黄雲天山吹白
草嘶馬渡寒磧朝陽照霜堡江南戍客心門外芙
蓉老

春曉曲

家臨長信往来道乳燕雙雙拂煙草油壁車輕金

犢肥流蘇帳曉春雞早籠中嬌鳥暖猶睡簾外落

花閑不埽衰桃一樹近前池似惜紅顔鏡中老

俠客行

欲出鴻都門陰雲蔽城闕寶劒黯如水微紅濕餘

血白馬夜頻驚三更灞陵雪

春日

柳峆香花稀梅梁乳燕飛美人鸞鏡笑嘶馬雁門

歸楚宫雲影薄臺城心賞違從来千里恨邊色滿

戎衣

詠嚬

毛羽斂愁翠黛嬌攢豔春恨容偏落淚低態定思

人枕上夢隨月扇邊歌繞塵玉鉤鸞不住波淺石

磷磷

太子池

梨花雪壓枝鶯囀柳如絲嬾逐粧成曉春融夢覺

遲鬢輕全作影嚬淺未成眉莫信張公子窗間斷

暗期

又

花紅蘭紫莖愁草雨新晴柳占三春色鶯偷百鳥聲日長嫌輦重風暖覺衣輕薄茸香塵起長楊落照明

顧況十一首

悲歌并序○以下六首或俱刻悲歌或每首增題目章法顛倒不倫今依宋刻本集詮次

情思發動聖賢所不免也故師乙陳其宜
延陵審其音理亂之所經王化之所興信
無逃於聲教豈徒文彩之麗耶遂作歌以
悲之
邊城路今日耕田昔人墓岍上沙昔日江水今人
家今人昔人共長歎四氣相催節廻換明月皎皎
入華池白雲離離渡霄漢

思遠曲

臨春風聽春鳥別時多見時少愁人一夜不得眠

瑶井玉繩相向曉

悲歌

我欲昇天天隔霄我欲渡水水無橋我欲上山山

路險我欲汲井井泉遥

又

越水翠被今何寂獨立江邊莎艸碧紫燕西飛欲

寄書白雲何處逢来客

又

新繫青絲百尺繩心在君家轆轤上我心皎潔君

不知轆轤一轉一惆悵

又

何處風光驚曉幕江南綠水通朱閣美人二八顏

如花泣向東風畏花落

梁廣畫花歌

王母欲過劉徹家飛瓊夜入雲軿車紫書分付與

青鳥却向人間求好花上元夫人㝡小女頭面端正能言語手把梁生畫花看凝嚬掩笑心相許心相許爲白阿孃從嫁與

送別日晚歌 集無送別二字

日瞑瞑兮下山望佳人兮不還花落兮屋上草生兮堦前日日兮春風芳菲兮欲滅老不可兮更少君何爲兮輕別

行路難

君不見擔雪塞井空用力炊沙作飯豈堪食一生
肝膽向人盡相識不如不相識冬青樹上挂淩霄
歲晏花凋樹不凋凡物各自有根本種禾終不生
萱茁行路難行路難何處是平道中心無事當富
貴今日看君顏色好

棄婦詞 此詞李白集中亦有之此顧集更詳未知果誰作

古来有棄婦棄婦有歸處今日妾辭君遣妾何處
去奉家零落盡慟哭来時路憶昔未嫁君聞君甚

周旋綺羅錦繡段有贈黃金千十五許嫁君二十移所天結髮日未久（諸本俱作自從結髮日未幾七字一句）離君緬山川家家盡歡樂賦妾空自憐幽閨多沉思盛事無十年相思若循環枕席生流泉流泉咽不燥獨夢關山道及此見君歸君歸妾已老物華惡衰賤新寵方妍好掩淚出故房傷心劇秋草自妾為君妻君東妾在西羅帷到曉恨玉貌一生啼妾有嫁時服輕雲淡翠霞瑠璃作斗帳四角金蓮花（諸本無此）

四　自從離別後不覺塵埃厚常嫌玳瑁孤猶羨鴛
鴦偶玉顏逐霜霰賤妾何能守寒沼落芙容秋風
散楊柳以此顦顇顏空持舊物還餘生亦何寄誰
肯相攀牽君恩既斷絶相見何年月悔傾連理盃
虛作同心結女蘿附青松貴在相依投浮萍失綠
水教作若為流不歎君棄妾自歎妾緣薄憶昔初
嫁君小姑纔倚床今日妾辭君小姑如妾長回頭
語小姑莫嫁如兄夫

送行歌

送行人歌一曲何者為泥何者玉年華已向秋草裏春夢猶傳故山綠

吳融　二首

淛東筵上有寄　此首集中無○或見六一詞中調名瑞鷓鴣氣味亦不似唐人

襄王席上一神仙眼色相當語不傳見了又休真似夢坐来雖近遠于天隴禽有意猶能說江月無

心也解圓更被東風助惆悵落花時節蝶翩翩

富水驛東楹有人題詩筆跡柔媚出自纖指

繡纓霞翼兩鴛鴦金島銀川是故鄉只合雙飛便雙死豈悲相失與相忘煙花夜泊紅蕖膩蘭渚春遊碧草芳何事遽驚雲雨别秦山楚水兩乖張

崔塗　六首

夕次洛陽道中

秋風吹故城城下獨吟行高樹鳥已息古原人尚

畊流年川暗度往事月空明不復歎岐路馬前塵

夜生

巴南道中

久客厭岐路出門吟且悲平生未到處落日獨行

時芳草不長綠故人難重期郴堪更南渡鄉國是

天涯

巴陵夜泊

家依楚塞窮秋別身逐孤舟萬里行一曲巴歌半

江月便應消得二毛生

春夕旅遊（或無旅遊二字）

水流花謝兩無情送盡東風過楚城蝴蝶夢中家萬里杜鵑枝上月三更故園書動經年絶華髮春移兩鬢生自是不歸歸便得五湖煙景有誰爭

放鸂鶒

秋入池塘風露微曉開籠檻看初飛滿身金翠畫不得無限煙波何處歸

巫峽旅別

五千里外三年客十二峰前一望秋多少別魂招不得夕陽西下水東流

盧綸 七首

春詞

北苑羅裙帶塵衢錦繡蹊醉眠芳樹下半被落花埋

蚤春歸盩厔別業寄耿拾遺湋李校書端

野日初晴麥壠分竹園相接鹿成群蕪家廢井生
新草一樹繁花對古墳引水忽驚氷滿澗向田空
見石和雲可憐荒歲青山裡惟有松枝好寄君

晚次鄂州

雲開遠見漢陽城猶是孤帆一日程賈客晝眠知
浪靜舟人夜語覺潮生三湘愁鬢逢秋色萬里歸
心對月明舊業已隨征戰盡更堪江上鼓鼙聲

古豔詞

残粧色浅髻鬟開笑暎珠簾覰客来推醉惟知弄
花鈿潘郎不敢使人催

又

自拈裙帶結同心暖處偏知香氣深愛捉狂夫問
閒事不知歌舞用黄金

代哀將軍罷戰歸舊里贈朔北故人

結髮事疆場全生到海鄉連雲防鐵嶺同日破漁
陽牧馬胡天曉移軍磧路長枕戈眠古戍吹角立

繁霜歸老勛仍在酬恩虜未忘獨愁過邑里多病
對農桑雄劒依塵橐陰符寄藥囊空餘麾下士猶
逐羽林郎

逢南中使因寄嶺外故人

見説南来處蒼梧接桂林過秋天更暖近海日長
陰巴路緣雲出蠻鄉入洞深信廻人自老夢到月
應沉碧水通春色青山寄遠心炎方難久客莫使
鬢毛侵一集作為爾一作禁

无名氏十三首。時刻詮次不倫依宋刺釐正

雜詩

青天無雲月如燭露泣梨花白如玉子規一夜啼到明美人獨在空房宿

又

空賜羅衣不賜恩一薰香後一銷魂雖然舞袖何曾舞常對春風裛淚痕

又

五
不洗残粧凭繡床却嫌鸚鵡繡鴛鴦廻鍼刺到雙
飛處憶着征夫淚数行

六
又
眼想心思夢裡驚無人知我此時情不如池上鴛
鴦鳥雙宿雙飛過一生

七
又。
一去遼陽繫夢魂忽傳征騎到中門紗窗不肯施
紅粉徒遣蕭郎問淚痕

八

又

鶯啼露冷酒初醒罨画樓臺曉角鳴翠羽帳中人

夢覺寶釵斜墜枕函聲

十二

又

滿目笙歌一段空萬般離恨總随風多情為謝殘

陽意與展晴霞片片紅

十三

又

兩心不語暗知情燈下裁縫月下行行到堦前知

未睡夜深聞放剪刀聲

雜調

一
勸君莫惜金縷衣勸君須惜少年時有花堪折直須折莫待無花空折枝

雜詞

三
石沉遼海闊劒別楚山長會合知無日離心滿夕陽

雜詞

九 行人南北分征路流水東西接御溝終日坡前怨

離別謾名長樂是長愁

十 又

偏倚繡床愁不起雙垂玉筯翠鬟低卷簾相待無

消息夜合花開日又西

十一 又

悔将淚眼向東開特地愁從望裡来三十六峰猶

不見況伊如燕這身村

秋思　或刻第十卷作三五七言詩○亦見李太白集中

秋風清秋月明落葉聚還散寒鴉棲復驚相思相見知何日此時此夜難爲情

秋風清秋月明落葉聚還散寒鴉棲復驚相思相見知何日此時此夜難爲情

無名氏詩十三首詮次與二馮本絶異未知何故豈汲閣所据之宋本非即臨安陳本耶但二馮校正此書不遺餘力倘毛氏果有宋本二馮豈弗借校之其是非不可知兩存其説俟覔得宋刻再正之可也乙丑寒食識　景思

才調集卷之二

八種唐詩

才調集目録　卷三

韋莊　六十三首

春日　對梨花贈皇甫秀才

立春　春陌

又　春愁

又　陪金陵府相中堂夜

宴　臺城

歲晏同左生作　夜雪泛舟遊南溪

謁巫山廟　鷓鴣

歲除對王秀才作　章江作

南昌晚眺　衢州江上別李秀才

癸丑年下第獻新先輩

咸陽懷古　綏州作

和同年韋學士華下途中見寄

丙辰年鄜州遇寒食城外醉吟

又　又

又　又

鄜州留別張員外　汧陽縣閣

傷灼灼　漢州

長安清明　秋霽晚景

和人春莫書事寄崔秀才

古離别　邊上逢薛秀才話舊

飲散呈主人　使院黄葵花

摇落　奉和觀察郎中春莫

憶花言懷見寄四韵之什

奉和左司郎中春物暗度感而成章

少年行　令狐亭

上元懷古　又

李洞　五首

終南山二十韻　㲲驢

贈龐練師　容亭對月

病猿

薛逢　一首

題貽華公主廢池館

公子家　又

上春詞　擣練篇

雜體聯錦　長安春

撫盈謌　贈峨嵋山彈琴李處

士　江皐贈別

李山甫八首

寒食　又

牡丹　寓懷

王泠然 一首

題河邊枯柳

何扶 一首

送閬州妓人歸老

汪遵 首

題李太尉平泉莊

高適 首

燕歌行

惜別　襄國別人
送蜀客　送友人盧處士遊吳
越　蘇州江岸留別樂天
曹鄴 二首
故人寄茶　始皇陵下作

才調集目録卷三終

才調集卷之三

韋莊 六十三首

出關 或刻闗山

馬嘶煙岸柳陰斜回首關山路轉賒到處因循緣嗜酒一生惆悵為判花危時袛合身無著白日那堪事有涯正是灞陵春酎綠仲宣何事獨辭家

長安舊里

滿目墻匡春草深傷時傷事更傷心車輪馬跡今

時益十二玉樓無處尋

思歸

暖絲無力自悠揚牽引東風斷客腸外地見花終寂寞異鄉聞樂更淒涼紅垂野岸櫻還熟綠染廻汀草又芳舊里若為歸去好子期凋謝呂安亡

與東吴生相遇

十年身事各如萍白首相逢淚滿纓老去不知花有態亂来惟覺酒多情貧疑陋巷春偏少貴想豪

家月偃明獨對一尊開口笑未衰應見泰階平

章臺夜思

清瑟怨遥夜遶絃風雨哀孤燈聞楚角殘月下章臺芳草已云暮故人殊未来鄉書不可寄秋雁又南廻

延興門外作

芳草五陵道美人金犢車緑奔穿内水紅落過墻花馬足倦遊客鳥聲歡酒家王孫歸去晚宫樹欲

棲鴉

關河道中

槐陌蟬聲柳市風驛樓高倚夕陽東往来千里路長在聚散十年人不同但見時光流似箭豈知天道曲如弓平生志業匡堯舜又擬滄浪學釣翁

秋日蚤行

上馬蕭蕭襟袖涼路穿禾黍遶宫墻半山殘月露華冷一岸野風蓮蕚香煙外驛樓紅隱隱渚邊雲

樹暗蒼蒼行人自是心如火兔走烏飛不覺長

歎落花

一夜霏微露濕煙曉来和淚喪嬋娟不隨殘雪埋芳草盡逐香風上舞筵西子去時遺笑靨謝娥行處落金鈿飄紅墮白堪惆悵少别穠華又隔年

灞陵道中

春橋南望水溶溶一桁晴山倒碧峰秦苑落花零露濕灞陵新酒撥醅濃青龍夭矯盤雙闕丹鳳褵

禁闈九重萬古行人離別地不堪吟罷夕陽鐘

貴公子

大道青樓御苑東玉闌仙杏壓枝紅金鈴犬吠梧桐院朱鬣馬嘶楊柳風流水帶花穿巷陌夕陽和樹入簾櫳瑤池宴罷歸来醉笑説君王在月宫

憶昔

昔年曾向五陵遊子夜清歌月滿樓銀燭樹前長似畫露桃花裡不知秋西園公子名無忌南國佳

人歸莫愁今日亂離俱是夢夕陽惟見水東流

春日

忽覺東風景漸遲野梅山杏暗芳菲落星樓上吹殘角偃月營中挂夕暉旅夢亂隨蝴蝶散離魂漸逐杜鵑飛紅塵遮斷長安陌芳草王孫莫不歸

對梨花贈皇甫秀才

林上梨花雪壓枝獨攀瓊豔不勝悲依前此地逢君處還是去年今日時且戀殘陽留綺席莫推紅

袖訴金巵騰騰戰鼓正多事須信明朝難重持

立春

青帝東来日馭遲煥煙輕逐曉風吹罽袍公子尊前覺錦帳佳人夢裏知雪圃乍開紅菜甲綵幡新剪綠楊絲殷勤為作宜春曲題向花牋帖繡楣

春陌

滿街芳草卓香車仙子門前白日斜腸斷東風各迴首一枝春雪凍梅花

又

嫩煙輕染柳絲黄，勾引花枝笑凭墻。馬上王孫莫回首，好風偏逐羽林郎。

春愁

自有春愁正斷魂，不堪芳草思王孫。落花寂寂黄昏雨，深院無人獨倚門。

春愁

寓思本多傷，逢春恨更長。露霑湘竹淚，花墮越梅

粧睚怯交加夢閒傾瀲灧觴後庭人不到斜月上
松篁

陪金陵府相中堂夜宴

滿耳笙歌滿眼花滿樓珠翠勝吳娃因知海上神
仙窟只似人間富貴家繡戶夜攢紅燭市舞衣晴
曳碧天霞却愁宴罷青娥散楊子江頭月半斜

臺城

江雨霏霏江草齊六朝如夢鳥空啼無情最是臺

城栁依舊煙籠十里堤

歲晏同左生作

歲莫鄉關遠天涯手重攜雪埋江樹短雲壓夜城低寶瑟湘靈怨清砧杜鵑啼不須臨皎鏡年長易淒淒

夜雪汎舟遊南溪

大江西面小溪斜入竹穿松似若耶兩岸嚴風吹玉樹一灘明月曬銀砂因尋野渡逢漁舍更泊前

灣上酒家去去不知歸路遠棹聲煙裡獨嘔啞

謁巫山廟

亂猿啼處訪高唐路入煙霞草木香山色未能忘
宋玉水聲猶似哭襄王朝朝暮暮陽臺下為雨為
雲楚國亡惆悵廟前無限柳春來空鬬畫眉長

鷓鴣

南禽無侶似相依錦翅雙雙傍馬飛孤竹廟前啼
暮雨汨羅祠畔弔殘暉秦人只解歌為曲越女空

能畫作衣懊惱澤家非有恨年年長憶鳳城歸

歲除對王秀才作

我惜今宵促君愁玉漏頻豈知新歲酒猶作異鄉身雪向寅前凍花從子後春到明追此會俱是隔年人

章江作

杕陵歸客正徘徊玉笛誰家叫落梅之子棹從天外去故人書自日邊來楊花惕惹霏霏雨竹葉閒

傾滿滿盃欲問維揚舊風月一江紅樹亂猿哀

南昌晚眺

南昌城郭枕江煙章水悠悠浪拍天芳草緑遮仙

尉宅落霞紅襯賈人船霏霏閣上千山雨嘒嘒雲

中萬樹蟬怪得地多章句客庾家樓在斗牛邊

衢州江上别李秀才

千山紅樹萬山雲把酒相看日又曛一曲離歌兩

行淚更知何處再逢君

癸丑年下第獻新先輩

五更殘月省墻邊絳旆霓旌卓曉煙千炬火中鶯出谷一聲鐘後鶴沖天皆乘駿馬先歸去獨被羸童笑晚眠對酒暫時情豁爾見花依舊涕潸然未酬闕澤傭書債猶欠君平賣卜錢何事欲休休不得来年公道似今年

咸陽懷古

城邊人倚夕陽樓城上雲凝萬古愁山色不知秦

苑廢水聲空傍漢宮流李斯不向倉中悟徐福應
無物外遊莫怪楚吟偏斷骨野煙蹤跡似東周

綏州作

雕陰無樹水難流雉堞連雲古帝州帶雨晚駞鳴
遠戍望鄉孤客倚高樓明妃去日花應笑蔡琰歸
時鬢已秋一曲單于暮烽起扶蘇城上月如鈎

和同年韋學士華下途中見寄

緑楊城郭雨淒淒過盡千輪與萬蹄送我獨遊三

蜀路羡君新上九霄梯馬驚門外山如活花笑尊

前客似泥正是清和好時節不堪離恨劍門西

丙辰年鄜州遇寒食城外醉吟

滿街楊柳綠絲煙画出清明二月天好是隔簾花

樹動女郎撩亂送鞦韆

又

雕陰寒食足遊人金鳳羅衣濕麝薰腸斷入城芳

草路淺紅香白一羣羣

又

開元坡下日初斜拜埽歸来走鈿車可惜數枝紅艷好不知今夜落誰家

又

馬驕風疾玉鞭長過去惟留一陣香閒客不須燒破眼好花皆屬富家郎

又

雨絲煙柳欲清明金屋人閒煗鳳笙永日迢迢無

一事隔街聞䶩氣毬聲

鄜州留别張貞外

江南相送君山下塞北相逢朔漢中三楚故人皆是夢十年陳事只如風莫言身世他時異且喜琴尊數日同惆悵却愁明日别馬嘶山店雨濛濛

汧陽縣閣

汧水悠悠去似絣遠山如画翠眉横僧寻野渡歸吴嶽雁帶斜陽入渭城邊静不收蕃帳馬地貧惟

賣隴山鸚牧童何處吹羗笛一曲梅花出塞聲

傷灼灼　灼灼蜀之麗人也近聞貧且老殂落于城都酒市中因以四韵弔之

嘗聞灼灼麗于花雲髻盤時未破瓜桃臉慢長橫綠水玉肌香膩透紅紗多情不住神仙界薄命曾嫌富貴家流落錦江無處問斷魂飛作碧天霞

漢州

北儂初到漢州城郭邑樓臺觸目驚松桂影中旌旆色芰荷風裡管絃聲人心不似經離亂時運還

應却太平十日醉眠金厓驛臨岐無恨臉波橫

長安清明

蚕是傷春夢雨天可堪芳草更芊芊内官初賜清明火上相閒分白打錢紫陌亂嘶紅叱撥緑楊高映画鞦韆遊人記得承平事暗喜風光似昔年

秋霽晚景

秋霽禁城晚六街煙雨残墻頭山色健林外鳥聲歡翅日樓臺麗清風劒佩寒玉人襟袖薄斜凭翠

闌干

和人春葺書事寄崔秀才

半掩朱門白日長晚風輕墮落梅粧不知芳艸情何限只怪遊人思易傷纔見早春鶯出谷已驚新夏燕巢梁相逢只賴如澠酒一曲狂歌入醉鄉

古離別 或刻多情

一生風月供惆悵到處煙花恨別離止竟多情何處好少年長抱長年悲

邊上逢薛秀才話舊

前年同醉武陵亭絕倒閒譚坐到明也有絳唇歌白雪更憐紅袖奪金觥秦雲一散如春夢楚市千燒作故城今日皤然對芳草不勝東望涕交橫

飲散呈主人

夢覺笙歌散空堂寂寞愁更聞城角弄煙雨不勝愁

使院黃葵花

薄粧新著澹黄衣對捧金爐侍醮遲向月似矜傾
國貌倚風如唱步虚詞乍開檀炷疑聞語試與雲
和必解吹為報同人看来好不禁秋露即離披

揺落

揺落秋天酒易醒凄凄長似别離情黄昏倚柱不
帰去腸斷緑荷風雨聲

奉和觀察郎中春葊憶花言懷見寄四韻之

什

天畔峩嵋簇簇青楚雲何處隔重扃落花帶雪埋
芳草春雨和風濕画屏對酒莫辭衝暮角望鄉誰
解倚高亭惟君信我多惆悵只願陶陶不願醒

奉和左司郎中春物暗度感而成章

纔喜新春已暮春夕陽吟殺倚樓人錦江風散霏
霏雨花市香飄漠漠塵今日尚追巫峽夢少年應
遇洛川神有時自患多情病莫是生前宋玉身

少年行

五陵豪客多買酒黄金賤醉下酒家樓美人雙翠幰揮劍邯鄲市走馬梁王苑樂事殊未央年華已云晚

令狐亭

若非天上神仙宅須是人間将相家想得當時好煙月管絃吹殺後庭花

閨月

明月照前除煙華蕙蘭濕清風行處来白露寒蟬

急美人情易傷暗上紅樓立欲言無處言但向姮

娥泣

閨怨

戚戚彼何人明眸利于月啼粧曉不乾素面凝香

雪良人去淄右鏡破金簪折空藏蘭蕙心不忍琴

中説

上春詞

曈曨赫日東方来禁城煙㬉蒸青苔金樓美人花

屏開晨粧未罷車聲催幽蘭報暖紫芽折夭花愁

艷蝶飛𢌞五陵年少惜花落酒濃歌極翻如哀回

時輪環終又始百年不見南山摧遊人陌上騎生

塵顔子門前吹死灰

擣練篇

月華吐艷明燭燭青樓婦唱擣衣曲白袷絲光織

魚目菱花綬帶鴛鴦簇臨風縹緲疊秋雪月下丁

冬擣寒玉樓蘭欲寄在何鄉憑人與繫征鴻足

雜體聯錦

攜手重攜手夾江金線柳江上柳能長行人戀尊
酒尊酒意何深為郎歌玉簪玉簪聲斷續鈿軸鳴
雙轂雙轂去何方隔江春樹綠樹綠酒旗高淚痕
沾繡袍袍縫紫鸞濕重持金錯刀錯刀何燦爛使
我腸千斷腸斷欲何言簾動真珠繁真珠綴秋露
秋露沾金盤金盤湛瓊液仙子無歸跡無跡又無
言海煙空寂寂寂寂古城道馬嘶芳岍草岍草接

長堤長堤人解攜解攜忽已久緬邈空回首回首
隔天河恨唱蓮塘歌蓮塘在何許日莫西山雨

長安春

長安二月多香塵六街車馬聲轔轔家家樓上如
花人千枝萬枝紅艷新簾間笑語自相問何人占
得長安春長安春色本無主古来盡屬紅樓女如
今無奈杏園人駿馬輕車擁將去

撫楹謌

鳳轂兮鴛鞘霞疎兮綺寮玉庭兮春晝金屋兮秋
宵愁曈兮月皎笑頻兮花嬌羅輕兮濃麝室煖兮
香椒鑾輿去兮蕭屑七絲斷兮泓寥主父臥兮漳
水君王幸兮雲軺鉛華宥寃兮穠姿棠公肹蠁兮
靡依翠華長逝兮莫追晏相望門兮空悲

贈峨嵋山彈琴李處士　識者咸云數百歲有常建贈詩在

峨嵋山下能琴客似醉似狂人不測何須見我眼
偏青未見我身頭已白茫茫四海本無家一片愁

雲颸秋碧壺中醉臥日月明世上長遊天地窄晉
朝叔夜舊相知蜀郡文君小来識後生常建彼何
人贈我篇章苦雕刻名卿名相盡知音遇酒遇琴
無間隔如今世亂獨翛然天外鴻飛招不得余今
正泣楊朱淚八月邊城風刮地霓旌絳旆忽相尋
為我尊前横綠綺一彈猛雨隨手来再彈白雪連
天起淒淒清清松上風咽咽幽幽隴頭水吟蜂遶
樹去不来别鶴引雛飛又止錦䲁不動惟側頭白

馬仰聽空豎耳廣陵故事無人知古人不説令人疑子期子野俱不見烏啼鬼哭空傷悲坐中詞客悄無語簾外月華庭欲午為君吟作聽琴歌為我留名係仙譜

江皋贈别

金管多情恨解攜一聲歌罷客如泥江亭繫馬緑楊短野岸維舟春草齊帝子夢魂煙水濶謝公詩思碧雲低風前不用頻揮手我有家山白日西

李山甫　八首

寒食

柳帶東風一向斜春陰漇漇蘂人家有時三點兩點雨到處十枝五枝花萬井樓臺疑繡畫九原珠翠似煙霞年年今日誰相問獨臥長安泣歲華

又

風煙放蕩花披猖鞦韆女兒飛出墻繡袍馳馬拾遺翠錦袖鬭雞喧廣場天地氣和融霽色池臺日

暖烧春光自憐塵土無他事空脫荷花泥醉鄉

牡丹

邀勒春風不蚤開衆芳飄後上樓臺數苞仙豔火中出一片異香天上来曉露精神妖欲動葛煙情態恨成堆知君也解相輕薄斜凭闌干首重迴

寓懷

萬古交馳一片塵思量名利孰如身長疑好事皆虛事却恐閒人是貴人老逐少来終不放辱隨榮

後直須勻勸君莫謾誇頭角夢裡輸贏總未真

公子家

曾是皇家幾世侯入雲高第照神州柳遮門戶横
金鎖花擁絃歌咽画樓錦袖妬姬争巧笑玉銜驕
馬索閒遊麻衣酷獻平生業醉倚春風不點頭

又

柳底花陰壓露塵瑞煙輕罩一園春鴛鴦占水能
嗔客鸚鵡嫌籠解駡人驟裹似龍隨日換輕盈如

燕逐年新不知買盡長安笑活得蒼生幾户貧

上元懷古

南朝天子愛風流盡守江山不到頭總是戰爭收
拾得却因歌舞破除休堯將道德終無敵秦把金
湯可自由試問繁華何處在雨苔煙草古城秋

又

爭帝圖王德盡衰驟興馳霸亦何爲君臣都是一
場笑家國共成千載悲排岸遠檣森似槩落波殘

照爀如旗今朝城上難廻首不見樓船索戰時

李log 五首

終南山二十韻

關内平田窄東西截杳冥雨侵諸縣黑雲破九門

青暫看猶無暇長栖信有靈古苔秋漬斗積霧夜

昏螢怒恐撞天漏深疑隱地形盤根連北岳轉影

落南溟窮穴何山出遮巒上國寧殘陽高照蜀敗

葉遠浮涇斷竹煙嵐凍偷湫雨雹腥閒房僧灌頂

浴澗鶴遺翎梯滑危緣索雲深靜唱經放泉驚鹿
睡聞磬得人醒踏著神仙宅敲開洞府扃棊殘秦
士局字缺晉公銘一谷勢開午孤峰聳起丁遠平
丹鳳闕冷射五侯廳萬丈水聲折千尋樹影亭望
中仙島動行處月輪馨疊石移臨砌研膠潑上屏
明時獻君壽不假老人星

贅驢

蹇驢秋贅瘞荒田恐把敲吟舊竹鞭三尺桐輕背

殘月一條藤瘦斷寒煙通吳白浪寬圍國倚蜀青山峭入天如画海門揩肘看阿誰教賣釣魚舡

贈麗鍊師 女人

家住涪江漢語嬌一聲歌戛玉樓簫聽融春日柔金縷粧發秋霞戰翠翹兩臉酒醺紅杏妬半胸酥嫩白雲饒若能攜手隨仙令皎皎銀河渡鵲橋

客亭對月

遊子離魂隴上花風飄浪卷遶天涯一年十二度

圓月十一迴圓不在家

病猿

瘦纏金鎖惹朱樓一别巫山樹幾秋寒想蜀門清
露滴暖懷湘岸白雲流罷攜落果沉僧井休㧕崖
氷濺客舟啼過三聲應有淚画堂深不徹王侯

薛逢　一首

題昭華公主廢池館

曾發簫聲水檻前夜蟠寒沼兩嬋娟微波有恨終

歸海明月無情却上天白馬帶將簾外雪緑蘋枯盡渚中蓮浮華不向莊周住須讀南華齊物篇

裴庭裕　一首

偶題

微雨微風寒食節半開半合木蘭花看花倚柱終朝立却似凄凄不在家

李昂　一首

戚夫人楚舞歌

定陶城中是妾家妾年二八顔如花閨中歌舞未
終曲天下死人如亂麻漢王此地因征戰未出簾
櫳入已薦風花菡萏落轅門雲雨徘徊入行殿日
夕悠悠非舊鄉飄飄處處逐君王玉閨門裏通歸
夢銀燭迎來在戰場從来顧恩不顧已何異浮萍
寄深水逐戰曾迷隻輪下隨君幾陷重圍裏此時
平楚復平齊咸陽宫闕到關西珠簾夕殿聞鐘鼓
白日秋天憶鼓鼙君王縱恣翻成誤呂后由来有

深妬不奈君王容髩衰相存相顧能幾時黄泉白

骨不可報雀釵翠羽從此辭君楚歌兮妾楚舞脉

脉相看兩心苦曲未終兮袂更揚君流涕兮妾斷

腸已見謀臣歸惠帝徒留愛子付周昌

沈佺期二首

古意呈喬補闕知之 搜玉小集作古意○小異

盧家少婦鬱金堂海燕雙棲玳瑁梁九月寒砧催

木葉十年征戍憶遼陽白狼河北音書斷丹鳳城

南秋夜長誰為含愁獨不見更教明月照流黃

雜詩　搜玉小集作春閨○小異

鐵馬三軍去金閨二月還邊愁歸上國春夢入陽關池水琉璃淨園花玳瑁斑歲華空自擲愁黛不勝顔

王泠然　一首

題河邊枯柳　或刻汴河柳○搜玉集小異

隋家天子憶揚州厭坐深宫傍海遊穿地鑿山開

御路嗚笳疊鼓沉春流流從罩北分河口直到淮
南種官柳功成力盡人旋亡運謝年移樹空有當
時緑女侍君王蠨蛸旋門對柳行青葉交垂連幰
色白花飛度染衣香今日摧殘何用道數里曾無
一枝好驛騎征帆損更多山精野魅藏應老涼風
八月露爲霜日夜孤帆入帝鄉河畔時時聞落木
客中無舊淚沾裳

何扶 一首

送閬州妓人歸老

竹翠嬋娟草徑幽佳人歸老傍汀洲玉蟠露冷梁
塵暗金鳳花開雲鬢秋十畝稻香新緑野一聲歌
斷舊青樓芭蕉半卷西池雨日暮門前雙白鷗

汪遵　一首

題李太尉平泉莊

平泉花木好高眠嵩少縱横滿目前惆悵人間不
平事今朝身在海南邊

高適　一首

燕歌行　并序○英靈小序云開元二十六年客從御史張公出塞而還者下文同

開元二十六年客有從元戎出塞而還者　御史大夫張公

作燕歌行以示適感征戍之事因而和焉

漢家煙塵在東北漢將辭家破殘賊男兒本自重
橫行天子非常賜顏色摐金伐鼓下榆關旌旆逶
迤碣石間校尉羽書飛瀚海單于獵火照狼山山
川蕭條極邊土胡騎憑陵雜風雨戰士軍前半死

生美人帳下猶歌舞大漠窮秋塞草腓孤城落日
鬬兵稀身當恩遇恒輕敵力盡關山未解圍鐵衣
遠戍辛勤久玉筯應啼別離後少婦城南欲斷腸
征人薊北空回首邊庭飄飄那可度絶域蒼茫無
所有殺氣三時作陣雲寒聲一夜傳刁斗相看白
刃血紛紛死節從来豈顧勲君不見沙場征戰苦
至今猶憶李将軍

孟郊　一首

古結愛 或無古字

心心復心心結愛務在深一度欲離別千迴結衣襟結妾獨守志結君早還意始知結衣裳不如結心腸坐結行亦結結盡百年月

陸龜蒙 五首

汝墳湖 吳王葬女之所

水平波淡遶迴塘鶴𦖈人沉萬古傷應是離魂雙不得至今沙上少鴛鴦

宿木蘭院

苦吟清漏迢迢極月過花西尚未眠猶憶故山欹警枕夜来鳴咽似流泉

薔薇 或刺皮日休

濃似猩猩初染素輕于燕燕欲凌空可憐細麗難勝日照得深紅作淺紅

春夕酒醒

幾年無事傍江湖醉倒黄公舊酒壚覺後不知新

月上滿身花影倩人扶

齊梁怨別

寥寥缺月看將落簷外霜華染羅幙不知蘭棹到何山應倚相思樹邊泊

張籍七首

寄遠客或刻思遠人

野橋春水清橋上送君行去去人應老年年草自生出門看遠道無路向邊城楊柳別離處秋蟬今

復鳴

宿溪中驛 或刻宿臨江驛

楚驛南渡口夜滘来客稀月明見潮上江静覺鷗飛旅宿今已遠此行猶未歸離家久無信又聽擣寒衣

惜別 集作春日留别

遊人欲别離半醉對花枝看著春又晚莫輕年少時臨行記分處回首是相思各向天涯去重来不

可期

襄國別人

晚色荒城下相看秋草時獨遊無定計不欲道来期別處去家遠愁中驅馬遲帰人渡煙水遥暝野棠枝

送蜀客

蜀客南行過碧溪木綿花發錦江西山橋日晚人来少時見猩猩樹上啼御覽集過作祭溪作雖人来作行人

送友人盧處士遊呉越

羨君東去見殘梅惟有王孫獨未回呉苑夕陽明
古堞越宫春草上高臺波生野水雁初下風滿驛
樓潮欲来試問漁舟看雪浪幾多江燕荇花開

蘇州江岸留别樂天

銀泥裙暎錦障泥画舸停橈馬簇蹄清管曲終鸚
鵡語紅旆影動薄寒嘶漸消酒色朱顔淺欲話離
情翠黛低莫忘使君吟咏處女墳湖北武丘西

曹鄴 二首

故人寄茶

劒外九華英緘題下玉京開時微月上碾處亂泉聲半夜招僧至孤吟對月烹碧沉霞脚碎香泛乳花輕六腑睡神去數朝詩思清月餘不敢費晋伴肘書行

始皇陵下作

千金買魚燈泉下照狐兔行人上陵過却弔扶蘇

墓穾穾壙中物多于養生具若使山可移應將秦
國去舜歿雖在前今猶未封樹

才調集卷之三

才調集目録　卷四

杜牧　三十三首

池州春日送人　長安送人

過華清宮　又

街西　江南春

寄人　寄遠

南陵道中　寄遠

赤壁　月

隋苑　遣懷

題水口草市　漢江

柳　傷友人悼吹簫妓

贈别　又

泊秦淮　代人寄遠

又

張泌　十八首

惜花　寄人

又　邊上

長安道中蚤行　洞庭阻風

春日旅泊桂州　晚次湘源縣

惆悵吟　秋晚過洞庭

題華嚴寺木塔　經舊遊

碧户　芍藥

春晚謡　所思

春夕言懷　春江雨

戴叔倫 四首

早行寄朱山人放　巡諸州漸次空霧戍

贈韓道士　　　　潭州使院書情寄江

夏賀蘭副端

宋邕　一首

春日

曹唐　二十四首

病馬五首呈鄭校書章三吳十五先輩

又　　又

又　　又

劉晨阮肇遊天台　劉阮洞中遇仙

仙子送劉阮出洞　仙子洞中有懷劉阮

劉阮再到天台不復見仙子

張碩重寄杜蘭香　玉女杜蘭香下嫁於

張碩　蕭史攜弄玉上昇

黄初平將入金華山

織女懷牽牛　漢武帝思李夫人

小遊仙　又

又

孫棨 四首

贈妓人　題妓王福娘墻

題北里妓人壁　又

崔珏 七首

和友人鴛鴦之什　又

又　有贈

又　和人聽歌

又

司空曙 三首

病中遣妓　　江村即事

峽口送友人

項斯 一首

咸陽送處士

才調集目録卷四終

才調集卷之四

杜牧 三十三首

題桐葉

去年桐落故溪上把葉因題歸燕詩江樓今日送歸燕正是去年題葉時葉落燕歸真可惜東流玄髮且無期笑筵歌席反惆悵朗月清風見別離莊叟彭殤同在夢陶潛身世兩相遺一丸五色成虗語石爛松薪更不疑哆侈不勞文似錦進趨何必

利如錐錢神任爾知無敵酒聖本集作量於吾亦庶幾

江畔秋光蟾閣鏡檻前山色茂陵眉尊香輕泛數

枝菊簾影斜侵半局棊休指宦遊論巧拙只將愚

直禱神祇三吴煙水平生念寧向閒人道所之

題齊安城樓

嗚軋江樓角一聲微陽瀲瀲落寒汀不用憑欄苦

回首故鄉七十五長亭

揚州

煬帝雷塘土迷藏有舊樓誰家唱水調明月滿揚州煬帝開汴渠成自作水調駿馬宜閑出千金好暗遊喧闐醉年少半脱紫茸裘

又

秋風放螢苑春草鬭雞臺金絡擎雕去鸞鬟拾翠来蜀船紅錦重越槖水沉堆處處皆華表淮王奈却迴

九日齊安登高

江涵秋影雁初飛與客攜壺上翠微塵世難逢開
口笑菊花須插滿頭歸但將酩酊酬佳節不用登
臨歎落暉古往今来只如此牛山何必獨沾衣

早雁

金河秋半虜絃開雲外驚飛四散哀仙掌月明孤
影過長門燈暗數聲来須知胡馬紛紛在豈逐春
風一一廻莫厭瀟湘少人處水多菰米岸莓苔

舊遊

閒吟芍藥詩悵望久嚬眉盼眄回眸遠纖衫整鬢遲重尋春晝夢笑把淺花枝小市長陵住非郎爭得知

村舍燕

漢宫一百四十五多下珠簾閉瑣窗何處營巢夏將半茅簷煙裡語雙雙

題宣州開元寺水閣　閣下宛溪夾溪居人

六朝文物草連空天淡雲閒今古同鳥去鳥来山

色裡人歌人哭水聲中深秋簾幙千家雨落日樓
臺一笛風惆悵無因見范蠡參差煙樹五湖東

為人題贈

我乏凌雲稱君無買笑金虛傳南國貌爭奈五陵
心桂席塵瑶珮瓊爐燼水沉凝魂輕蘤夢低耳悔
聽琴日落珠簾卷春寒錦幙深誰家樓上笛何處
月明砧蘭徑飛蝴蝶筠籠語翠禽和簪拋鳳髻將
淚入鴛衾的的添新恨迢迢絕好音文園終病渴

休咏白頭吟

又

綠樹鶯鶯語平江燕燕飛枕前聞雁去樓上送春
帰半月緗雙臉凝腰素一圍西墻苔漠漠南浦夢
依依有恨簪花嬾無憀鬪草稀雕籠長慘澹蘭畹
謾芳菲鏡斂青蛾黛燈拋皓腕肌避人匀迸淚拖
袖倚殘暉有貌雖桃李單栖足是非雲軿載馭去
寒夜看裁衣

池州春日送人　集作池州春送前進士蒯希逸

芳草復芳草斷腸還斷腸自然堪下淚何必更殘陽楚岍千萬里燕鴻三兩行有家歸未得况舉别君觴

長安送人　集作長安送友人遊湖南

子性極弘和愚衷深褊狷相捨囂譊中吾過何由鮮楚國饒風煙湘岸苦縈宛山密夕陽多人稀芳草遠青梅繁枝低斑笋新梢短奠哭葬魚人酒醒

且眠飯

過華清宮　山感舊　或刺驪

新豐綠樹起黄埃數騎漁陽探使廻霓裳一曲千峯上舞破中原始下来

又

長安廻望繡成堆山頂千門次第開一騎紅塵妃子笑無人知道荔枝来

街西

碧池新漲浴嬌鴉深鎖長安冨貴家遊騎偶同人
鬬酒名園相倚杏交花銀鍬騕褭嘶宛馬繡鞅璁
瓏走鈿車一曲将軍何處笛連雲芳樹日将斜

江南春

千里鶯啼緑暎紅水村山郭酒旗風南朝四百八
十寺多少樓臺煙雨中

寄人 集作寄揚州韓綽判官

青山隱隱水迢迢秋盡江南草木凋二十四橋明

月夜玉人何處教吹簫

寄遠三首

前山遠極碧雲合清夜一聲白雪微欲寄相思千里月傍溪殘照雨霏霏

南陵道中 或誤作寄遠

南陵水面謾悠悠風緊雲輕欲變秋正是客心孤迴處誰家紅袖倚江樓

寄遠

隻影隨驚雁單棲鎖画籠向春羅袖薄誰念舞臺

風

赤壁

折戟沉沙鐵未銷自将磨洗認前朝東風不與周

郎便銅雀春深鎖二喬

月

三十六宮秋夜深昭陽歌斷信沉沉惟應獨伴陳

皇后照見長門望幸心

隋苑　或刺定子注定子牛相小青

纈霞一抹廣陵春定子當筵睡臉新却笑平壚隋煬帝破家亡國為誰人

遣懷　或刺題揚州

落托江南載酒行楚腰纖細掌中輕十年一覺揚州夢贏得青樓薄倖名

題水口草市

倚溪侵嶺多高樹誇酒書旗有小樓驚起鴛鴦豈

無恨一雙飛去却回頭

漢江

溶溶漾漾白鷗飛綠淨春深好染衣南去北来人自老夕陽長送釣船歸

柳

日落水流西復東春光不盡柳何窮巫娥廟裏低含雨宋玉宅前斜帶風不将榆莢共爭翠深感杏花相暎紅灞上漢南千萬樹幾人遊宦别離中

傷友人悼吹簫妓

玉簫聲斷歿流年滿眼春愁隴上煙艷質已隨雲雨散鳳樓空鎖月明天

贈別

娉娉裊裊十三餘荳蔻梢頭二月初春風十里揚州郭卷上珠簾總不如

又

多情却似總無情但覺尊前笑不成蠟燭有心還

惜別替人垂淚到天明

泊秦淮

煙籠寒水月籠沙夜泊秦淮近酒家商女不知亡國恨隔江猶唱後庭花

代人寄遠二首一本作一首

河橋酒旆風軟候館梅花雪嬌宛陵樓上春晚我郎何處情饒

又

繡領任垂蓬髩丁香閒結春梢賸肯新年歸否江南綠草迢迢

張泌　十八首

惜花

蝶散鶯啼尚數枝日斜風定更離披看多記得傷心事金谷樓前委地時

寄人

別夢依依到謝家小廊廻合曲闌斜多情只有春

庭月猶為離人照落花

又

酷憐風月為多情還到春時别恨生倚柱尋思倍惆悵一場春夢不分明

邊上

戍樓吹角起征鴻獵獵寒旌背晚風千里算煙愁不盡一川秋草恨無窮山河慘澹關城閉人物蕭條市井空只此旅魂招未得更堪回首夕陽中

長安道中蚤行

客離孤館一燈殘牢落星河欲曙天雞唱未沉函谷月雁聲新度灞陵煙浮生已悟莊周蝶壯志仍輸祖逖鞭何事悠悠策羸馬此中辛苦過流年

洞庭阻風

空江浩蕩景蕭然盡日菰蒲泊釣船青草浪高三月渡綠楊花撲一溪煙情多莫舉傷春目愁極兼無買酒錢猶有漁人數家住不成村落夕陽邊

春日旅泊桂州

暖風芳草竟芊綿多病多愁負少年弱柳未勝寒食雨好花争柰夕陽天溪邊物色堪圖画林伴鶯聲似管絃獨有離人開淚眼強憑盃酒亦潸然

晚次湘源縣

煙郭遥聞向晚雞水平舟静浪聲齊高林帶雨楊梅熟曲岸籠雲謝豹啼二女廟荒汀樹老九疑山碧楚天低湘南自古多離怨莫動哀吟易慘悽

惆悵吟

秋風丹葉動荒城慘澹雲遮日半明晝夢却因惆
悵得晚愁多為別離生江淹彩筆空留恨莊叟玄
譚未及情千古怨寃銷不得一江寒浪若為平

秋晚過洞庭

征帆初挂酒初酣暮景離情兩不堪千里晚霞雲
夢北一洲霜橘洞庭南溪風送雨過秋寺磵石驚
龍落夜潭莫把羈魂弔湘鬼九愁疑絕鎖煙嵐

題華嚴寺木塔

六街晴色動秋光雨霽憑高只易傷一曲晚煙浮渭水半橋斜日照咸陽休將世路悲塵事莫指雲山認故鄉回首漢宮樓閣莽數聲鐘鼓自微茫

經舊遊

暫到高唐曉又還丁香結夢水潺潺不知雲雨歸何處應歷歷空留十二山

碧戶

碧戶扃魚鑠蘭窗掩鏡臺落花疑悵望歸燕自徘
徊咏絮知難敵傷春不易裁恨從芳草起愁為晚
風來衣惹湘雲薄眉分楚岫開香濃眠舊枕夢好
醉春盃小障明金鳳幽屏點翠苔寶箏橫塞雁怨
笛落江梅卓氏仍多酒相如正富才莫教琴上意
翻作鶴聲哀

芍藥

香清粉澹怨殘春蝶翅蜂鬚戀蕊塵閒倚晚風生

帳望静留遲日學因循休將薜荔爲青瑣好與玫

瑰作近鄰零落若教隨草雨又應愁殺别離人

春晚謡

雨微微煙霏霏小庭半拆紅薔薇鈿箏斜倚画屏

曲零落幾行金鴈飛蕭關夢斷無尋處萬疊春波

起南浦凌亂楊花撲繡簾晚窗時有流鶯語

所思

空塘水碧春雨微東風散漫楊柳飛依依南浦夢

猶在脉脉高唐雲不歸江頭日莫多芳草極目傷
心煙悄悄隔江紅杏一枝明似玉佳人俯情治休
向春臺更廻望銷魂自古因惆悵銀河碧海共無
情兩處悠悠起風浪

春夕言懷

風透疎簾月滿庭倚欄無事倍傷情煙垂柳帶纖
腰軟露滴花房怨臉明愁逐野雲銷不盡情隨春
浪去難平幽窗謾結相思夢欲化西園蝶未成

春江雨

雨溟溟風零零老松瘦竹臨煙汀空江冷落野雲重村中鬼火微如星夜驚溪上漁人起滴瀝蓬聲滿愁耳子規叫斷獨未眠罨岸春濤打船尾

戴叔倫 四首

早行寄朱山人放 或刻秋日行

山曉旅人去天高秋氣悲明河川上没芳草露中衰此別又千里少年能幾時青冥剡溪路卯與謝

荀期

巡諸州漸次空霧戍

寒盡鴻先至春回客未歸蚕知名是錦不敢繡爲衣霧積川原暗山多郡縣稀明朝下湘岸更逐鷓鴣飛

贈韓道士

日落秋風吹野花上清歸客意無涯桃源寂寂煙雲閑天路悠悠星漢斜還似世人生白髮定知仙

骨變黄芽東城南陌過相見應是壺中別有家

潭州使院書情寄江夏賀蘭副端

雲雨一蕭散悠悠關復河俱從泛舟役近隔洞庭波楚水去不盡秋風今又過無因得相見却恨寄書多

宋邕一首

春日

輕花細葉滿林端昨夜春風曉色寒黄鳥不堪愁

裏聽緑楊宜向雨中看

曹唐　二十四首

病馬五首呈鄭校書章三吳十五先輩

騄駬何年别渥洼病来顔色半泥沙四蹄不鑿金

砧裂雙眼慵開玉筯斜墮月兔毛乾觳觫失雲龍

骨瘦𧾷蹉平原好放無人放嘶向秋風苜蓿花

又

隴上沙葱葉正齊騰黄猶自跼羸蹄尾蟠夜雨紅

絲脆頭捽秋風白練低力憊未思金絡腦影寒空
望錦障涳階前莫怪垂雙淚不遇孫陽不敢嘶

又

不剪焦毛鬣半翻何人别是古龍孫霆侵病骨無
驕氣土蝕騘花見臥痕未噴斷雲歸漢苑曾追輕
練過吴門一朝千里心猶在誰肯曆施秣飼恩

又

空被秋風吹病毛無因濯浪刷洪濤臥来總怪龍

蹄距瘦盡誰驚虎口高追電有心猶欵段逢人相
骨強嘶號欲将鬐鬛重裁剪乞借新成利鈒刀

又

病久無人着意看玉華衫色欲凋殘飲驚白露泉
花冷喫怕清風苣葉寒長穃敢辭紅錦重舊韁寧
畏紫絲蟠王良若許相擡策千里追風也不難

劉晨阮肇遊天台

樹入天台石路新雲和草靜迴無塵煙霞不省生

前事水木空疑夢後身往往雞鳴岩下月時時犬
吠洞中春不知此地歸何處須就桃源問主人

劉阮洞中遇仙

天和樹色靄蒼蒼霞重嵐深路渺茫雲竇滿山無
鳥雀水聲沿澗有笙簧碧沙洞裏乾坤別紅樹枝
邊日月長願得花間有人出免令仙犬吠劉郎

仙子送劉阮出洞

慇懃相送出天台仙境那能却再来雲液既歸須

強飲玉書無事莫頻開花當洞口應長在水到人間定不迴惆悵溪頭從此別碧山明月照蒼苔

仙子洞中有懷劉阮

不將清瑟理霓裳塵夢那知鶴夢長洞裏有天春寂寂人間無路月茫茫玉沙瑶草連溪碧流水桃花滿澗香曉露風燈零落盡此生無處訪劉郎

劉阮再到天台不復見仙子

再到天台訪玉真青苔白石已成塵笙歌寂莫惟

深係雲鶴蕭條絶舊鄰草樹總非前度色煙霞不
似昔年春桃花流水依然在不見當時勸酒人

張碩重寄杜蘭香

碧落香銷蘭露秋星河無夢夜悠悠靈妃不降三
清駕仙鶴空成萬古愁皓月隔花追歎別瑞煙籠
樹省淹留人間何事堪惆悵海色西風十二樓

玉女杜蘭香下嫁於張碩

天上人間兩渺茫不知誰識杜蘭香来經玉樹三

山遠去隔銀河一水長怨入清塵愁錦瑟酒傾玄
露醉瑶觴遺情更説何珍重擘破雲鬟金鳳皇
簫史攜弄玉上昇
豈是丹臺歸路遥紫鸞煙駕不同飄一聲洛水傳
幽咽萬片宫花共寂寥紅粉美人愁未散清華公
子笑相邀緱山碧樹青樓月腸斷春風為玉簫
黄初平將入金華山
莫道真遊煙景賒瀟湘有路入金華溪頭鶴樹春

常在洞口人家自易斜一水暗鳴閒遶澗五雲長
往不還家白羊成隊難收拾喫盡溪邊巨勝花

織女懷牽牛

北斗佳人雙淚流眼穿腸斷為牽牛封題錦字凝
新恨抛擲金梭結舊愁桂樹三春煙漠漠銀河一
水夜悠悠欲將心向仙郎説借問榆花早晚秋

漢武帝思李夫人

惆悵朱顔不復歸晚秋黃葉滿天飛迎風細荇傳

香粉隔水残霞見画衣白玉帳寒鴛夢絶紫陽宫

遠雁書稀夜深池上蘭橈歇斷續歌聲徹太微

小遊仙

偷来洞口訪劉君緩步輕擡緑繡裙細掐桃花擲

流水更無言語倚彤雲

又

風動閒天清桂陰水精簾外冷沉沉西妃少女多

春思斜倚彤雲盡日吟

又

方士飛軒駐碧霞酒香風冷月初斜不知誰唱歸
春曲落盡溪頭白葛花

長安春舍敘部陵舊宴懷永門蕭使君

部陵佳樹碧葱蘢河漢西沉宴未終殘漏五更傳
海月清笳三會揭天風香薰舞席雲鬟緑光射頭

又

盤蠟燭紅今日却懷行樂處兩床絲竹水樓中

不知何路却飛翻虗受賢侯鄭重恩五夜清歌敲
玉樹三年洪飲倒金尊掐攜永感雙魚在報畣空
知一劒存狼籍梨花滿城月當時長醉信陵門

又

粉疊彤軒画障西水雲紅樹窣璇題鷓鴣欲絶歌
聲定鸜鵒初驚舞袖齊坐對玉山空甸線細聽金
石怕低迷東風夜月三年飲不省非時不似泥

又

木魚金鑰鎖重城夜上紅樓縱酒情竹葉水繁更
漏促桐花風軟管絃清百分散打銀船溢十指寬
催玉筯輕星斗斷稀賓客散碧雲猶戀艷歌聲

又

三年身逐漢諸侯賓榻容居最上頭飽聽笙歌陪
痛飲熟尋雲水縱閑遊朱門鎖閉煙嵐暮鈴閣清
泠水木秋月滿前山圓不動更邀詩客上高樓

施肩吾 二首

夜讌曲

蘭釭如晝買不眠玉爐夜起沉香煙青娥一行十二仙欲笑不笑桃花燃碧窗弄嬌梳洗晚戶外不知銀漢轉被郎嗔罰屠蘇盞酒入四肢紅玉軟

代征婦怨

寒窗羞見影相隨嫁得五陵輕薄兒長短豔歌君自解淺深更漏妾偏知畫裙多淚鴛鴦濕雲鬢慵梳玳瑁垂何事不看霜雪裏堅貞惟有古松枝

趙光遠　三首

題北里妓人壁

魚鑰獸環斜掩門萋萋芳草憶王孫醉凭青瑣窺
韓壽閒擲金梭惱謝琨不夜珠光連玉匣辟寒釵
影落瑤尊欲知腸斷相思處役盡江淹別後魂

咏手

粧成皓腕洗凝脂背接紅巾掬水時薄霧袖中拈
玉斝斜陽屏上撚青絲喚人急拍臨前檻摘杏高

揎近曲池好是琵琶絃畔見細圓無節玉參差、

又

撚玉磋瓊軟復圓綠窗誰見上琴絃慢籠彩筆閒書字斜指瑶堦笑打錢指面試香添麝炷舌頭輕

點貼金鈿象床珍簟宫棊處拈定文楸占角邊

孫棨　四首

贈妓人

綵翠仙衣紅玉膚輕盈年在破瓜初霞盃醉勸劉

郎賭雲髻慵邀阿母梳不怕寒侵緣帶寶毎憂風

舉倩持裾誘圖西子晨粧樣西子元来未得如

題妓王福娘墻（或混作題北里妓人壁三首）

移壁迴窗費幾朝指鐶偷解博紅椒無端鬪草輸

鄰女更被拈將玉步揺

題北里妓人壁

寒繡衣裳餉阿嬌新團香獸不禁燒東鄰起樣裙

腰闊剩蹙黄金線幾條

又

試共卿卿語笑初画堂連遣侍兒呼寒肌不耐金

如意白獺為膏郎有無

崔珏七首

和友人鴛鴦之什

翠鬣紅毛舞夕暉水禽情似此禽稀暫分煙島猶

回首只渡寒塘亦共飛暎霧盡迷珠殿瓦逐梭齊

上玉人機採蓮無恨蘭橈女笑指中流羨爾帰

又

寂寂春塘煙晚時兩心如影共依依溪頭日暖眠沙穩渡口風寒浴浪稀翡翠莫誇饒彩飾鸊鵜須羨好毛衣蘭深芷密無人見相逐相呼何處歸

又

舞鶴翔鸞俱別離可憐生死兩相隨紅絲毳落眠汀處白雪花成戲浪時琴上只聞交頸語窗前空展共飛詩何如相見長相對肯羨人間多所思

有贈

莫道粧成斷客腸粉胸綿手白蓮香煙分頂上三
層緑劒截眸中一寸光舞縢柳枝腰更軟歌嫌珠
貫曲猶長雖然不似王孫女解愛臨卭賣賦郎

又

錦里芬芳少佩蘭風流全占似君難心迷曉夢窗
猶暗粉落香肌汗未乾兩臉夭桃從鏡發一眸春
水照人寒自嗟此地非吾土不得如花歲歲看

和人聽歌

氣吐幽蘭出洞房樂人先問調宮商聲和細管珠纔轉曲度沉煙雪更香公子不随腸萬結離人須落淚千行巫山唱罷行雲過猶自微塵舞画梁

又

紅臉初分翠黛愁錦筵歌板拍清秋一樓春雪和塵落午夜寒泉帶雨流座上美人心盡死尊前旅客淚難收莫辭更送劉郎酒百斛明珠異日酬

司空曙　三首

病中遣妓

萬事傷心在目前一身垂淚對花眠黃金用盡教歌舞留與他人樂少年

江村即事

罷釣歸来不繫船江村月落正堪眠縱然一夜風吹去只在蘆花淺水邊

峽口送友人

峽口花飛欲盡春天涯去住淚沾巾來時萬里同
為客今日翻成送故人

項斯　一首

咸陽送處士

古道自迢迢咸陽離别橋越人無水處秦樹帶霜
朝駐馬言難盡分程望易遥秋來未相見此意各
蕭條

才調集卷之四

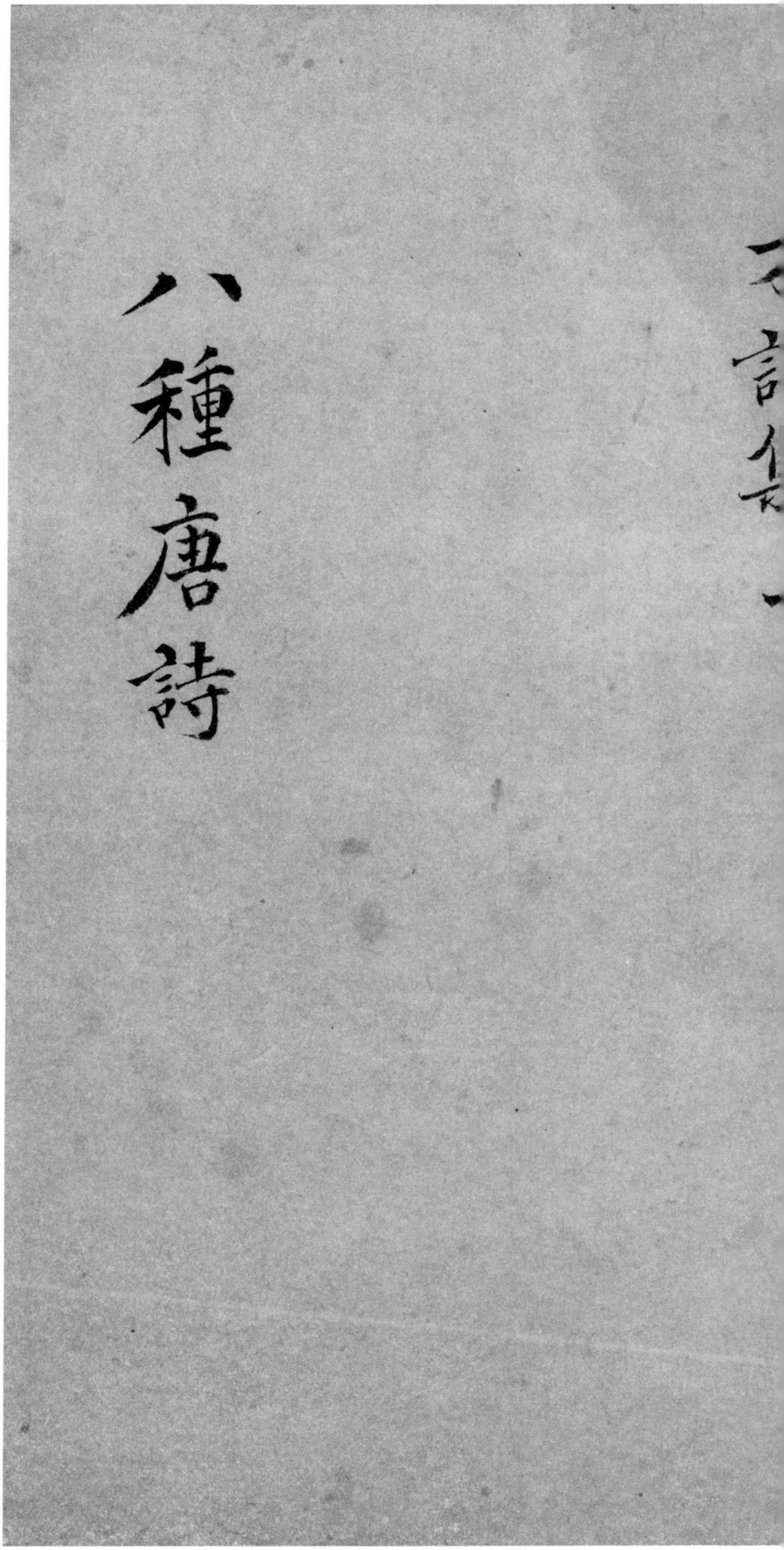
八種唐詩

才調集目録　卷五

又　　又

又　　雜憶詩

又　　又

又　　又

有所教　　襄陽為盧竇紀事

又　　又

又　　又

初除浙東妻有沮色因以四韵曉之

會真詩三十韻

鄭谷 十二首

登杭州城　曲江春草

十月菊　淮上漁者

弔故禮部韋員外　席上貽歌者

淮上與友人別　雪中偶題

鷓鴣　京師冬葺詠懷

趙璘郎中席上賦得蝴蝶

秦韜玉 八首

長安書懷　春雪

對花　貧女

鸚鵡　織錦女

獨坐吟　咏手

紀唐夫 一首

送温庭筠

雍陶 一首

和樂天送鶴

白居易 八首

送鶴與裴相臨別贈詩

王昭君　邯鄲冬至夜思家

題王侍御池　藍橋驛見元九詩

聞龜兒咏詩　同李十一醉憶元九

憶晦叔

武元衡 二首

詶嚴司空別萬見寄

送張諫議赴闕

才調集目録卷五終

才調集卷之五

元稹　五十七首

夢遊春七十韻

昔歲夢遊春夢遊何所遇夢入深洞中果遂平生
趣清泠淺漫流畫舫蘭篙渡過盡萬株桃盤旋竹
林路長廊抱小樓門牖相迴互樓下雜花叢叢邊
繞鴛鷺池光漾彩霞曉日初明煦未敢上堦行頻
移曲池步烏龍不作聲碧玉曾相慕漸到簾幙間

徘徊意猶懼閒窺東西閤奇玩參差布偶子碧油
糊驄鈎紫金鍍逡巡日漸高影響人將寤鸚鵡飢
亂鳴嬌娃睡猶怒簾開侍兒起見我遥相諭鋪設
繡紅茵施張鈿妝具濳褰翡翠帷瞥見珊瑚樹不
辨花貌人空驚香若霧迴身夜合偏斂態晨霞聚
睡臉桃破風汗粧蓮委露藂梳百葉髻金蹙重臺
屨紕軟鈿頭裙玲瓏合歡袴鮮妍脂粉薄闇淡衣
裳故最似紅牡丹雨来春欲暮夢魂良易驚靈境

難久寓夜夜望天河無由重泝泝結念心所期逈
如禪頓悟覺来八九年不向花迴顧雜合兩京春
喧闐衆禽護我到看花時但作懷仙句浮生轉經
歷道性尤堅固近作夢仙詩亦知勞肺腑一夢何
足云良時自婚娶當年二紀初嘉節三星度朝蕣
玉珮迎高松女蘿附韋門正全盛出入多歡裕甲
第漲清池鳴騶引朱輅廣榭舞萎蕤長筵賓雜厝
青春詎幾日華實潛幽蠹秋月照潘郎空山懷謝

傳紅樓嗟壞壁金谷迷荒戍石壓破闌干門摧舊
梐枑雖云覺夢殊同是終難駐悰緒竟何如棼絲
不成絢卓女白頭吟阿嬌金屋賦重壁盛姬臺青
塚明妃墓盡委窮塵骨皆隨流波注幸有古如今
何勞緗比素況余當盛時蚤歲諧如務詒冊冠賢
良諫垣陳好惡三十再登朝一登還一仆寵榮非
不蚤邅迴亦云屢直氣在膏肓氛氳日沉痼不言
意不快快意言多忤忤誠人所賊性亦天之付作

可沉爲香不能浮作瓠誠爲堅所守未爲明所措
事事身已經營營計何誤美玉琢文珪良金填武
庫徒謂自堅貞安知受龍鑄長絲羈野馬密網羅
陰兔物外各迨迨誰能遠相錮時来既若飛禍速
當如騖爨意自未精此行何所訴努力去江陵笑
言誰與晤江花縱可憐奈非心所慕石竹逞紆黠
蕙菁誇畝數一種薄地生淺深何足妬荷葉水上
生團團水中住瀉水置葉中君看不相汚

桐花落

莎草遍桐陰桐花滿莎落盖覆相團圓可憐無厚薄昔歲幽院中深堂下簾幙同在後門前因論花好惡君誇沉檀樣云是指撝作暗淴減紫花拘連戲金蕚都繡六七枝鬬成雙孔雀尾上稠疊花又将金解絡我雯看不已君煩睡先着我作繡桐詩繫君裙帶着别来苦脩道此意都蕭索今日竟相牵思量偶然錯

夢昔時

閒窗結幽夢此夢誰人知夜半初得處天明臨去時山川已久隔雲雨兩無期何事来相感又成新別離

恨粧成

曉日穿隙明開帷理粧點傅粉貴重重施朱憐冉冉柔鬟背額垂藂鬢随釵斂凝翠暈蛾眉輕紅拂花臉滿頭行小梳當面施圓靨最恨落花時粧成

獨拔掩

古決絕詞三首

乍可為天上牽牛織女星不願為庭前紅槿枝七月七日一相見故心終不移那能朝開莫飛去一任東西南北吹分不兩相守恨不兩相思對面且如此背面當何如春風撩亂伯勞語況是此時拋去時握手苦相問竟不言後期君情既決絕妾意亦參差借如死生別安得長苦悲

又

噫春氷之將泮何余懷之獨結有美一人於焉曠
絕一日不見比一日於三年況三年之曠別水得
風兮小而已波筍在苞兮高不見節矧桃李之當
春競衆人之攀折我自顧悠悠而若雲又安能保
君皚皚之如雪感破鏡之分明睹淚痕之餘血幸
他人之既不我先又安能使他人之終不我奪已
焉哉織女別黄姑一年一度暫相見彼此隔河何

事無

又

夜夜相抱眠幽懷尚沉結郳堪一年事長遣一宵說但感久相思何暇暫相悅虹橋薄夜成龍駕侵晨列生憎野鵲性遲廻死恨天雞識時節曙色漸曈曈華星欲明滅一去又一年一年何可徹有此迨遰期不如生死別天公何是妬相憐何不便教相决絶

櫻桃花

櫻桃花一枝兩枝千萬朶花塼曾立摘花人窣破羅裙紅似火

曹十九舞緑鈿

急管清弄頻舞衣纔攬結含情獨摇手雙袖參差列騕褭柳牵絲炫轉風迴雪凝眄嬌不移往往度繁節

閨晚

紅裙委鏄堦玉爪莠朱橘素臆光如硏明瞳艷凝
溢調絃不成曲學書徒弄筆夜色侵洞房香煙透
簾出

曉將別

風露曉淒淒月下西墻西行人帳中起思婦枕前
啼屑屑命僮御晨裝儼已齊將去復攜手日高方
解攜

薔薇架　清水驛

五色堦前架一張籠上被般紅稠疊花半緑鮮明地風蓦羅裙帶露英蓮臉淚多逢走馬郎可惜簾邊思

月暗

月暗燈殘面墻泣羅纓斗重知啼濕真珠簾斷蝙蝠飛燕子巢空螢火入深殿門重夜漏嚴柔□□

□□年急君王掌上容一人更有輕身何處立

新秋

旦葬已淒涼離人遠思忙夏衣臨曉薄秋影入簷長前事風隨扇歸心燕在梁殷勤寄牛女河漢正相望

贈雙文

艷極翻含怨憐多轉自嬌有時還暫笑閒坐更無聊曉月行看墮春酥見欲消何因肯垂手不敢望迴腰舞曲二名

春別

幽芳本未闌君去蕙花殘何漢秋期遠關山世路難雲屏留粉絮風幌引香蘭腸斷迴文錦春深獨自看

和樂天示楊瓊

我在江陵少年日知有楊瓊初喚出腰身瘦小歌圓緊依約年應十六七去年十月過蘇州瓊来拜問郎不識青衫玉貌何處去安得紅旗遮頭白我語楊瓊瓊莫語汝雖笑我我笑汝汝今無復小腰

身不似江陵時好女楊瓊為我歌送酒爾憶江陵縣中否江陵王令骨為灰車来嫁作尚書婦盧戡及第嚴澗在其餘死者十八九我今賀爾亦自多爾得老成亦白首

楊瓊本名播少為江陵酒妓去年姑蘇過瓊敘舊及今見樂天此篇因走筆追書此曲

魚中素

重疊魚中素幽緘手自開斜紅餘淚蹟知著臉邊来

代九九

昔年桃李月顔色共花宜迴臉蓮初破低蛾柳並
埀望山多倚樹弄水愛臨池遠被登樓識潛回倒
影窺隅林徒想像上砌轉透迤謌擲庭中果虗攀
墻外枝強持文玉珮求結麝香縭阿母憐金重親
兄要馬騎把將嬌小女嫁與冶遊兒自隱勤勤索
相要事事隨每常同坐卧不省暫參差纔學羞兼
妬何言寵便移青春来易皎白日誓先虧僻性嗔

来見邪行醉後知別床鋪枕席當面指瑕疵妾貌
應猶在君情遽若斯的成終世恨爲用此宵爲鸞
鏡燈前撲鴛衾手下隳參商半夜起琴瑟一聲離
努力新蔵艷狂風次第吹

盧十九子蒙吟盧七員外洛川懷古六韻命

余和

聞道盧明府閒行咏洛神浪圓疑靨笑波鬪憶眉
嚬蹀躞橋頭馬空濛水上塵草芽猶犯雪冰岸欲

消春寓目終無限通辞未有因子蒙将此曲吟似獨眠人

劉阮妻妻或作山

仙洞千年一度開等閑偷入又偷回桃花飛盡秋風起何處消沉去不来

又

芙蓉脂肉緑雲鬟罨画樓臺青黛山千樹桃花萬年藥不知何事憶人間

桃花

桃花淺深處似勻深淺粧春風助腸斷吹落白衣裳

蒪秋

看著墙西日又沉步廊迴合戟門深栖烏滿樹聲聲絕小玉上床鋪夜衾

壓墻花

野性大都迷里巷愛將高樹記人家春来偏認平

陽宅為見墻頭拂面花

舞腰

裙裾旋旋手迨迨不趂音聲自趂嬌未必諸郎知

曲悞一時偷眼為廻腰

白衣裳二首

雨濕輕塵隔院香玉人初着白衣裳半含惆悵閒

看繡一朶梨花壓象床

又

藕絲衫子柳花裙空著沉香慢火熏閒倚屏風笑周昉枉抛心力畫朝雲

憶事

夜深閒到戟門邊却遶行廊又獨眠明月滿庭池水淥桐花垂在翠簾前

寄舊詩與薛濤因成長句（序在別卷）

詩篇調態人皆有細膩風光我獨知月夜詠花憐暗澹雨朝題柳為欹垂長教碧玉藏深處總向紅

戕寫自隨老大不能収拾得與君聞似好男兒

友封體 黔府賓巠 字友封

雨送浮涼夏簟清小樓腰褥怕單輕微風暗度香囊轉朧月斜穿隔子明樺燭焰高黄耳吠柳堤風靜紫騮聲頻頻聞動中門鎖桃葉知嗔未敢迎

看花

努力少年求好官好花須是少年看君看老大逢花樹未折一枝心已闌

斑竹 得之湘流

一枝斑竹渡湘沅萬里行人感别魂知是娥皇廟前物遠隨風雨送啼痕

箏

莫愁私地愛王昌夜夜箏聲怨隔墻火鳳有凰求不得春鶯無伴囀空長急揮舞破催飛燕慢逐歌詞弄小娘死恨相如新索婦枉將心力為他狂

春曉

半欲天明半未明醉聞花氣睡聞鶯猧兒撼起鐘

聲動二十年前曉寺情

古豔詩 或刻春詞

深院無人草樹光嬌鶯不語趁陰藏等閒弄水浮

花片流出門前賺阮郎

所思二首

庾亮樓中初見時武昌春柳似腰肢相逢相失還

如夢爲雨爲雲今不知

又

鄂渚濛濛煙雨微女郎魂逐𦬆雲歸只應長在漢
陽渡化作鴛鴦一隻飛

鶯鶯詩 或混刻離思詩六首

殷紅淺碧舊衣裳取次梳頭闇淡粧夜合帶煙籠
曉月牡丹經雨泣殘陽依稀似笑還非笑彷彿聞
香不是香頻動橫波嬌不語等閑教見小兒郎

離思詩

自愛殘粧曉鏡中環釵謾篸緑絲䰐須臾日射燕
脂頰一朶紅蘇旋欲融

又

山泉散謾遶堦流萬樹桃花暎小樓閒讀道書慵
未起水晶簾下看梳頭

又

紅羅著壓逐時新杏子花紗嫩麴塵第一莫嫌材
地弱些ゝ紕縵㝡宜人

又

曾經滄海難爲水除却巫山不是雲取次花叢嬾

迴顧半緣脩道半緣君

又

尋常百種花齊發偏摘梨花與白人今日江頭兩

三樹可憐和葉度殘春

雜憶詩

今年寒食月無光夜色纔侵已上床憶得雙文通

内裏玉櫳深處暗聞香

又

花籠微月竹籠煙百丈絲繩拂地懸憶得雙文人

靜後潛教桃葉送鞦韆

又

寒輕夜淺繞迴廊不辨花叢暗辨香憶得雙文朧

月下小樓前後捉迷藏

又

山榴似火葉相兼亞拂低墻半拂簷憶得雙文獨
披掩滿頭花草倚新簾

又

春氷消盡碧波湖漾影殘霞似有無憶得雙文衫
子薄鈿頭雲映褪紅酥

有所教

莫画長眉画短眉斜紅傷豎莫傷垂人人總解爭
時勢都大須看各自宜

襄陽爲盧竇紀事

帝下真符召玉真偶逢遊女暫相親素書三卷留
爲贈從向人間説向人

又

風弄花枝月照堦醉和春睡倚香懷依稀似覺雙
環動潛被蕭郎卸玉釵

又

鶯聲撩亂曙燈殘暗覓金釵動曉寒猶帶春酲嬾

相送櫻桃花下隔簾看

又

瑠璃波面月籠煙暫逐蕭郎走上天今日帰時最

腸斷廻江還是夜来舩

又

花枝臨水復臨堤閒照江流亦照泥千萬春風好

撞舉夜来曾有鳳皇棲

初除浙東妻有沮色因以四韵曉之

嫁時五月歸巴地今日雙旌上越州興慶首行千
命婦余存中書日妻以郡君朝太后於興慶宫猥為班首會稽傍帶六諸侯
海樓翡翠閑相逐鏡水鴛鴦暖共遊我有主恩羞
未報君於此外更何求

會真詩三十韵

微月透簾櫳螢光度碧空遥天初縹緲低樹漸葱
朧龍吹過庭竹鸞歌拂井桐羅綃垂薄霧環珮響
輕風絳節隨金母雲心捧玉童更深人悄悄晨會

雨濛濛珠瑩光文履花明隱繡櫳寶釵行彩鳳羅
帔掩丹虹言自瑶華浦将朝碧帝宫因遊洛城北
偶向宋家東戲調初微拒柔情已暗通低鬟蟬影
動廻步玉塵蒙轉面流花雪登床抱綺叢鴛鴦文
頚舞翡翠合歡籠眉黛羞頻聚唇朱暖更融氣清
蘭蕊馥膚潤玉肌豊無力慵移腕多嬌愛斂躬汗
光珠點點髮亂綠鬆鬆方喜千年會俄聞五夜窮
留連時有限繾綣意難終慢臉含愁態芳詞誓素

衷贈環明運合留結表心同啼粉流清鏡殘燈遶
暗蟲華光猶冉冉旭日漸曈曈乘（警）鶩還歸洛吹蕭
亦上嵩衣香猶染麝枕膩尚殘紅冪冪臨塘草飄
飄思渚蓬素琴鳴怨鶴清漢望歸鴻海濶誠難度
天高不易冲行雲無處所簫史在樓中

鄭谷　十一首

登杭州城

故國江天外登臨返照間潮来無别浦木落見他

山沙島晴飛遠漁人夜唱閒嵗窮歸未得心逐片帆還

曲江春草

花落江堤簇𤓰煙雨餘草色遠相連香輪莫輾青青破留與遊人一醉眠

十月菊

節去蜂愁蝶不知曉庭還遶折殘枝自緣今日人心别未必秋香一夜衰

淮上漁者

白頭波上白頭翁家逐船移浦浦風一尺鱸魚新釣得兒孫吹火荻花中

弔故禮部韋貞外 有序別卷

臘雪初晴共舉盃便期攜手上春臺高情惟怕酒不滿長慟可悲花正開曉奠鶯啼殘漏在風幃燕覓舊巢来杜陵芳草年年緑醉魄吟魂無復廻

席上貽歌者

花月樓臺近九衢清歌一曲倒金壺座中亦有江南客莫向春風唱鷓鴣

淮上與友人别

楊子江頭楊柳春楊花愁殺渡江人數聲風笛離亭晚君向瀟湘我向秦

雪中偶題

亂飄僧舍茶煙溼密灑歌樓酒力微江上晚来堪画處漁人披得一簑帰

鷓鴣

暖戲平蕪錦翼齊品流應得近山雞雨昏青草湖邊過花落黄陵廟裏啼遊子乍聞征袖濕佳人纔唱翠眉低相呼相應湘江浦苦竹叢深春日西

京師冬暮詠懷

覓句干名秪自勞苦吟殊未補風騷煙開水國花期近雪滿長安酒價高舊業已荒青藹逐寒江空憶白雲濤不知春到情何限惟恐流年損鬢毛

趙璘郎中席上賦得蝴蝶

尋艷復尋香似閑還似忙暖煙沉蕙徑微雨宿花房書幌輕隨夢歌樓悮採粧王孫深屬意繡入舞衣裳

秦韜玉　八首

長安書懷

涼風吹雨滴寒更鄉思欺人撥不平長有歸心懸馬首可堪無寐枕蛩聲嵐收楚岫和空碧秋染湘

江到底清蚤晩身閒著簑去橘香深處釣舩橫

春雪

雲重寒空思寂寥玉塵如糝滿春朝片纔著地輕

輕陷力不禁風旋旋消惹砌任他香粉妬縈栽自

學小梅嬌誰家醉卷朱簾看絃管堂深暖易調

對花

長共韶光暗有期可憐蜂蝶却先知誰家促席臨

低樹何處横釵戴小枝麗日多情疑曲照和風得

路合偏吹向人雖道渾無語幾勸王孫到醉時

貧女

蓬門未識綺羅香擬託良媒益自傷誰愛風流高格調共憐時世儉梳粧敢將十指誇偏巧不把雙眉鬬画長最恨年年壓金線為他人作嫁衣裳

鸚鵡

每聞別雁競悲鳴却歎金籠寄此生蚤是翠衿爭愛惜可堪紅觜強分明雲湯隴樹魂應斷歌接秦

樓夢不成幸自禰衡人未識賺他為賦被時輕

織錦女

桃花日日覓新奇有鏡何曾及画眉秪恐輕梭難作疋豈辭纖手遍生胝合蟬巧間雙盤帶聯雁斜啣小折枝豪貴大堆酬曲徹豈知辛苦一絲絲

獨坐吟

客愁不盡本如水草色含情更無已又覺春愁似草生何人種在情田裏

詠手

一雙十指玉纖纖不是風流物不拈鸞鏡巧梳匀翠黛画樓閒望擘珠簾金盃有喜輕輕點銀鴨無香旋旋添因把剪刀嫌道冷泥人呵了弄人髯

紀唐夫一首

贈温庭筠

何事明時泣玉頻長安不見杏园春鳳皇詔下雖沾命鸚鵡才高却累身且盡綠醽銷積恨莫思黃

綬拂行塵方城若比長沙遠猶隔千山與萬津

雍陶 一首

咏雙白鷺

雙鷺應憐水滿池風飄不動頂絲垂立當青草人先見行傍白蓮魚未知一足獨拳寒雨裏數聲相叫蚤秋時林塘得爾須增價況是詩家物色宜

劉禹錫 十二首

自朗州至京戲贈看花諸君子

紫陌紅塵拂面来無人不道看花回玄都觀裏桃

千樹盡是劉郎去後栽

再遊玄都觀

百畝庭中半是苔桃花淨盡菜花開種桃道士歸

何處前度劉郎今後来

聽舊宫人穆氏唱歌

曾隨織女渡天河記得雲間第一歌休唱貞元供

奉曲當時朝士已無多

楊柳枝詞

花蕚樓前初種時美人樓上鬭腰肢如今抛擲長街裏露葉如啼欲向誰

又

煬帝行宫汴水濱數株殘柳不勝春晚来風起花如雪飛入宫墻不見人

又

城外春風吹酒旗行人揮袂日西時長安陌上無

窮樹惟有垂楊管别離

竹枝詞

城西門前灔澦堆年年波浪不曾摧懊惱人心不

如石少時東去復西来

又

瞿塘嘈嘈十二灘此中道路古來難長恨人心不

如水等閑平地起波瀾

又

楊柳青青江水平聞郎江上唱歌聲東邊日出西
邊雨莫道無晴還有晴

寄樂天

莫嗟華髮與無兒却是人生久遠期雪裏高山頭
白早海中仙果子生遲于公必有高門慶謝守何
煩曉鏡悲幸免如新分非淺祝君長咏夢熊詩

鸚鵡

隴西鸚鵡到江東養得經年嘴漸紅常恐思歸先

剪翅每因餧食暫開籠人憐巧語情雖重鳥憶高飛意不同應似朱門歌舞妓深藏牢閉在房中

和樂天送鶴

昨日看成送鶴詩高籠提出白雲司朱門乍入應迷路玉樹容棲莫揀枝雙舞庭中花落處數聲池上月明時三山碧海未歸去且向人間呈羽儀

白居易 八首

送鶴與裴相臨別贈詩

司空憐爾爾須知不信聽吟乞鶴詩羽翼勢高寧惜别稻粱恩厚莫愁飢夜棲莫共雞争樹曉浴先饒鳳占池穩上青雲莫廻顧的應賸在白家時

王昭君

漢使却回憑寄語黄金何日贖蛾眉君王若問妾顔色莫道不如宫裏時

邯鄲冬至夜思家

邯鄲驛裏逢冬至抱膝燈前影伴身想得家中夜

深坐還應說著遠行人

題王侍御池

朱門深鎖春池滿岸落薔薇水浸莎畢竟林塘誰是主主人来少客来多

藍橋驛見元九詩

藍橋春雪君帰日秦嶺秋風我去時毎到驛亭先下馬循墻繞柱覔君詩

聞龜兒咏詩

憐渠已解咏詩章搖膝支頤學二郎莫學二郎吟
太苦纔年四十鬢如霜

同李十一醉憶元九

花時同醉破春愁醉折花枝當酒籌忽憶故人天
際去計程今日到梁州

憶晦叔

遊山弄水攜詩卷看月尋花把酒盃六事盡思君
作伴幾時歸到洛陽来

武元衡二首

詶嚴司空別萬見寄 或刺 荊帥

金貂再入三公府，玉帳連封萬戶侯。簾卷青山巫峽曉，煙開碧樹渚宮秋。劉琨坐嘯風清塞，謝朓裁詩月滿樓。白雪調高歌不得，美人南望翠蛾愁。

送張諫議赴闕

詔書前日下丹霄，頭戴儒冠脫皁貂。笛怨柳營煙漠漠，雲愁江館雨蕭蕭。鵷鴻得路爭先翥，松檜凌

霜獨後凋歸去朝端有如問玉門關外老班超

才調集卷之

才調集目錄　卷六

李白　二十八首

李商隱 四十首

鏡檻　曉坐

碧城　又

又　飲席代官妓贈兩從

事　代元城吳令暗爲答

杏花　燈

代魏宮私贈　齊宮詞

銀河吹笙　題二首後重有戲贈

任秀才　春雨

富平少侯　促徧

江東　七夕

可嘆　曉起

賜　獨居有懷

代贈　又

宫辭　追代盧家人嘲堂内

訪人不遇留題别館

代應　　楚吟

龍池　　淚

即日　　水天閒話舊事

漢宫詞　　席上作

留贈畏之　　馬嵬

離亭賦得折楊柳　　又

深宫

李涉　十五首

才調集目録卷六終

才調集卷之六

李白　二十八首

長干行

妾髮初覆額折花門前劇郎騎竹馬来遶床弄青梅同居長干里兩小無嫌猜十四為君婦羞顏未嘗開低頭向暗壁千喚不一廻十五始展眉願同塵與灰常存抱柱信豈上望夫臺十六君遠行瞿唐灩澦堆五月不可觸猿聲天上哀門前遲行跡

一一生緑苔苔深不能埽落葉秋風蚤八月蝴蝶
来雙飛西園草感此傷妾心坐見紅顔老蚤晚下
三巴預将書報家相迎不道遠直至長風沙

又

憶妾深閨裏煙塵不曾識嫁與長干人沙頭候風
色五月南風興思君下巴陵八月西風起想君發
揚子去来悲如何見少别離多湘潭幾日到妾夢
越風波昨夜狂風度吹折江頭樹淼淼暗無邊行

人在何處好乘浮雲驄佳期蘭渚東鴛鴦綠蒲上翡翠錦屏中自憐十五餘顏色桃花紅那作商人婦愁水復愁風

古風 集中古風五十九首此首缺

泣與親友別欲語再三咽勗君青松心努力保霜雪世路多險艱白日欺紅顏分手各千里去去何時還

古風

秋露白如玉團圓下庭緑我行忽見之寒早悲歲促人生鳥過目胡乃自結束景公一何愚牛山淚相續物苦不知足得隴又望蜀人心若波瀾世路有屈曲三萬六千日夜夜當秉燭

又

燕趙有秀色綺樓青雲端眉目艷皎月一笑傾城歡常恐碧草晚坐泣秋風寒纖手怨玉琴清晨起長歎焉得偶君子共乘雙飛鸞

長相思

日色欲盡花含煙月明欲秦愁不眠趙瑟初停鳳
皇柱蜀琴欲奏鴛鴦絃此曲有意無人傳願隨春
風寄燕然憶君迢迢隔青天昔時橫波目今作流
淚泉不信妾腸斷歸来看取明鏡前

烏夜啼

黄雲城邊烏欲棲歸飛啞啞枝上啼機中織錦秦
川女碧紗如煙隔窗語停梭悵然憶遠人獨宿孤

房淚如雨一作停梭向人問故夫知在流沙淚如雨

白頭吟

錦水東流碧波蕩雙鴛鴦雄巢漢宮樹雌弄秦草芳相如去蜀謁武皇赤車駟馬生輝光一朝再覽大人作萬乘忽欲凌雲翔闡道阿嬌失恩寵千金買賦要君王相如不憶貧賤日位高金多聘私室茂陵姝子皆見求文君歡愛從此畢淚如雙泉水行墮紫羅襟五更雞三唱清晨白頭吟長吁不整

綵雲鬢仰訴青天哀怨深城崩杞梁妻誰道上無
心東流不作西歸水落花辭枝羞故林頭上玉燕
釵是妾嫁時物贈君表相思羅袖幸時拂莫卷龍
鬚席從他生網絲且留琥珀枕還有夢来時鸘鷫
裘在錦屏上自君一挂無由披妾有秦樓鏡照心
勝照井頽持照新人雙對可憐影覆水却收不滿
盃相如還謝文君迴古来得意不相負秪今惟有
青陵臺

贈漢陽輔録事

鸚鵡洲横漢陽渡水引寒煙没江樹南浦登樓不見君君今罷官在何處漢口雙魚白錦鱗令傳尺素報情人其中字數無多少只是相思秋復春

擣衣篇

閨裏佳人年十餘嚬蛾對影恨離居忽逢江上春歸燕銜得雲中尺素書玉手開緘長歎息狂夫猶戍交河北萬里交河水北流願為雙燕汎中洲君

邊雲擁青絲騎妾處苔生紅粉樓樓上春風日將
歇誰能攬鏡看愁鬟曉吹員管隨落花夜擣戎衣
向明月明月高高刺漏長真珠簾箔掩蘭堂橫垂
寶幄同心結半拂瓊筵蘇合香瓊筵寶幄連枝錦
燈燭熒熒照孤寢有便憑將金剪刀為君留下相
思枕摘盡庭蘭不見君紅巾拭淚生氤氳明年若
更征邊塞願作陽臺一段雲

大堤曲

漢水襄陽花開大堤暖佳期大堤下淚向南雲
滿春風復無情吹我夢魂亂不見眼中人天長音
信斷

對酒 或刺青山獨酌

蒲萄酒金巨羅吴姬十五細馬馱青黛画眉紅錦
靴道字不正嬌唱歌玳瑁筵中懷裏醉芙容帳底
奈君何

久别離

別来幾春未還家玉窗五見櫻桃花況有錦字書

開緘使人嗟此腸斷彼心絶雲鬟綠鬢罷梳結愁

如迴飇亂白雪去年寄書報陽臺今年寄書重相

催東風兮東風為我吹行雲使西来待来竟不来

落花寂寂委青苔

紫騮馬

紫騮行且嘶雙翻碧玉蹄臨流不肎渡似惜錦障

泥白雪關山遠黃雲海樹迷揮鞭萬里去安得念

沈本盧橘為秦樹寒雪梅中盡水綠南薰殿三首刻宮中行樂其五首刻紫宮樂

春閨

宮中行樂詞（或刻三首作宮中行樂又另五首作紫宮樂今從宋刻本集次）

小小生金屋盈盈在紫微山花插寶髻石竹繡羅衣每出深宮裏常隨步輦歸只愁歌舞散化作彩雲飛

又

柳色黃金嫩梨花白雪香玉樓巢翡翠金殿鎖鴛鴦選妓隨雕輦徵歌出洞房宮中誰第一飛燕在

昭陽

又

盧橘為秦樹蒲萄出漢宮煙花宜落日絲管醉春

風笛奏龍吟水簫鳴鳳下空君王多樂事還與萬

方同

又

玉樹春歸日金宮樂事多後庭朝未入輕輦夜相

過笑出花間語嬌来燭下歌莫教明月去留著醉

姮娥

又

繡户香風暖紗窗曙色新宫花争笑日池草暗生

春緑樹聞歌鳥青樓見舞人昭陽桃李月羅綺自

相親

又

今日明光裏還須結伴遊春風開紫殿天樂下珠

樓艷舞全知巧嬌歌半欲羞更憐花月夜宫女笑

藏鈎

又

寒雪梅中盡春風柳上歸宫鶯嬌欲醉簷燕語還

飛遲日明歌席新花艷舞衣晚来移綵仗行樂泥

光輝

又

水緑南薰殿花紅北闕樓鶯歌聞太液鳳吹遶瀛

洲素女鳴珠珮天人弄綵毬今朝風日好宜入未

大同以後詞人小賦多与歌行體製相襍録之見前人舊規也

央遊

愁陽春賦

東風歸来見碧草而知春蕩瀁惚恍何垂楊旖旎之愁人天光清而妍和海氣緑而芳新綵翠兮阡眠雲飄飄而相鮮演瀁兮貫緣窺青苔之生泉縹緲兮翩躚見遊絲之縈煙魂與此兮俱斷醉風光兮悽然若乃隴水秦聲江猿巴吟明妃玉塞楚客楓林試登高而望遠痛切骨而傷心春心蕩兮如

波春愁亂兮如雲兼萬情之悲歡茲一感於芳節
我所思兮湘水濱隔雲霓而見無因灑別淚於尺
波寄東流於情親若使春光可攬而不滅兮吾欲
贈天涯之佳人

寒女吟

昔君布衣時與妾同辛苦一拜五官郎便索邯鄲
女妾欲辭君去君心便相許妾讀蘼蕪書悲歌淚
如雨憶昔嫁君時曾無一夜樂不是妾無堪君家

婦難作起来強歌舞縱好君嫌惡下堂辭君去去

後悔遮莫

相逢行

相逢紅塵内高揖黄金鞭萬戶垂楊裏君家阿鄣

邊

會別離

結髮生別離相思復相保如何日已遠五變庭中

草渺渺天海途悠悠漢江島但恐不出門出門無

遠道道遠行寄難家貧衣復單嚴風吹雨雪晨起

鼻何酸人生各有志豈不懷所安分明天上日生

死誓同歡

江夏行

憶昔嬌小姿春心亦自持為言嫁夫壻得免長相

思誰知嫁商賈令人却愁苦自從為夫妻何曾在

鄉土去年下揚州相送黄鶴樓眼看帆去遠心逐

江水流只言期一載誰謂歷三秋使妾腸欲斷恨

君情悠悠東家西舍同時發北去南来不逾月未
知行李遊何方作箇音書能斷絶適来往南浦欲
問西江船正見當壚女紅粧二八年一種為人妻
獨自多悲悽對鏡便垂淚逢人只欲啼不如輕薄
兒旦暮長追随悔作商人婦青春長别離如今正
好同歡樂君去榮華誰得知

相逢行

朝騎五花馬謁帝出銀臺秀色誰家子雲車珠箔

開金鞭遥指點玉勒近遲迴夾轂相借問疑從天
上来邀入青綺門當歌共銜盃銜盃䁔歌扇似月
雲中見相見不得親不如不相見相見情已深未
語可知心胡為守空閨孤眠愁錦衾錦衾與羅帷
纏綿會有時春風正澹蕩莫雨来何遲願因三青
鳥更報長相思光景不待人須史髮成絲當年失
行樂老去徒傷悲持此道密意無令曠佳期一本無此六句

李商隱 四十首

鏡檻 或刻錦檻

鏡檻芙蓉入香臺翡翠過撥絃驚火鳳交扇拂天
鵞隱忍陽城笑喧傳郢市歌仙眉瓊作葉佛髻鈿
為螺五里無因霧三秋只見河月中供藥剩海上
得綃多玉集胡沙割犀留聖水磨斜門穿戲蝶小
閣鎖飛蛾騎褡侵韉卷車帷約幰鈋傳書兩行雁
取酒一封駝橋迥涼風壓溝橫夕照和待烏燕太

子駐馬魏東阿想像鋪芳縟依稀解醉羅散時簾
隔露臥後幙生波梯穩從攀桂弓調任射莎豈能
抛斷夢聽鼓事朝珂

曉坐 一云後閤

後閤罷朝眠前墀思黯然梅應未假雪柳自不勝
煙淚續淺深綆腸危高下絃紅顏無定所得失在
當年

碧城

碧城十二曲闌杆犀辟塵埃玉辟寒閬苑有書多附鶴女墻無樹不栖鸞星沉海底當窗見雨過河源隔座看若是曉珠明又定一生長對水精盤

又

對影聞聲已可憐玉池荷葉正田田不逢蕭史休迴首莫見洪崖又拍肩紫鳳放嬌銜楚珮赤鱗狂舞撥湘絃鄂君悵望舟中夜繡被焚香獨自眠

又

七夕来時先有期洞房簾箔至今垂玉輪頗兔初生魄鐵綱珊瑚未有枝撿與神方教駐景収將鳳紙寫相思武皇内傳分明在莫道人間總不知

飲席代官妓贈兩從事

新人橋上著春衫舊主江邊側帽簷隋獨孤信舉止風流曾風吹帽簷側觀者塞路願得化為紅綬帶許教雙鳳一時銜

代元城吴令暗為畣

背關歸藩路欲分水邊風物半西曛荊王枕上元

無夢莫枉陽臺一片雲

杏花

上國昔相值亭亭如欲言異鄉今暫賞脉脉豈無
恩援少風多力墻高月有痕為含無限意遂對不
勝繁仙子玉京路主人金谷園幾時辭碧落誰伴
過黄昏鏡拂鉛華膩爐藏桂燼溫終應催竹葉先
擬咏桃根莫學啼成血從教夢寄魂吴王採香逕
失路入煙村

燈

皎潔終無倦，煎熬亦自求。花時隨酒遠，雨夜背窗休。冷暗黄茅驛，暄明紫桂樓。錦囊名画掩，玉局敗棊收。何處無佳夢，誰人不隱憂。影隨簾押轉，光信簟文流。客自滕潘岳，儂今定莫愁。固應留半焰，廻照下幃羞。

代魏宮私贈 黄初三年已隔存沒追代其意何必同時亦廣子夜魏歌之流

来時西館阻佳期，去後漳河隔夢思。知有宓妃無

限意春蘭秋菊可同時

齊宮詞

永壽兵来夜不扃金蓮無復印中庭梁臺歌管三更罷猶自風摇九子鈴

銀河吹笙

悵望銀河吹玉笙樓寒院冷接平明重衾幽夢他年斷別樹羇雌昨夜驚月榭故香因雨發風簾殘燭隔霜清不須浪作緱山意湘瑟秦簫自有情

題二首後重有戲贈任秀才 或刻無二首二字

一丈紅薔擁翠筠羅窗不識繞街塵峽中尋覓常逢雨月裏依稀更有人虛為錯刀留遠客枉缘書札損文鱗遥知小閣還斜照羨殺烏龍臥錦茵

春雨

悵臥新春白袷衣白門寥落意多違紅樓隔雨相望冷珠箔飄燈獨自歸遠路應悲春晼晚殘宵猶得夢依稀玉璫緘札何由達萬里雲羅一雁飛

富平少侯

七國三邊未到憂十三身襲富平侯不收金彈抛林外却惜銀床在井頭綵樹轉燈珠錯落繡檀迴桃玉雕鎪當闕不（莫）報侵晨客新得佳人字莫愁

促漏

促漏遥鍾動静聞報章重疊杳難分舞鸞鏡匣收殘黛睡鴨香爐換夕薰歸去定知還向月夢来何處更為雲南塘漸暖蒲堪結兩兩鴛鴦護水紋

江東。

驚魚撥刺燕翩翾，獨自江東上釣船。今日春光太
飄蕩，謝家輕絮沈郎錢。

七夕

鸞扇斜分鳳幄開，星橋橫過鵲飛迴。爭將世上無
期別，換得年年一度來。

可嘆

幸會東城宴未迴，年華憂共水相催。梁家宅裏秦

宮入趙后樓中赤鳳来氷簟且眠金鏤枕瓊莚不
醉玉交盃宓妃愁坐芝田館用盡陳王八斗才

曉起

擬盃當曉起呵鏡有微寒隔箔山櫻熟褰帷桂燭
殘書長為報晚夢好更尋難影響輸雙蝶偏過舊
畹蘭

腸

有懷非惜恨不奈寸腸何即夕廻彌久前時斷固

多熱應翻急燒冷欲徹空波隔樹澌澌雨通池點

點荷倦程山向背望國關嵯峨故念飛書及新懽

借夢過槳�休伴淚繞雪莫追歌擬問陽臺事年

深楚語訛

獨居有懷

麝重愁風逼羅疎畏月侵怨魂迷恐斷嬌喘細疑

沉數急芙容帶頻抽翡翠簪柔情終未達遥妬已

先深浦冷鴛鴦去園空蛺蝶尋蠟花長遞淚筝柱

鎮移心覓使嵩雲茸廻頭灞峤陰只聞涼葉院露

井近寒砧

代贈二首

樓上黄昏欲望休玉梯横絶月中鈎芭蕉不展丁

香結同向春風各自愁

又

東南日出照高樓樓上離人唱石州總把春山埽

眉黛不知供得幾多愁

宮辭

君恩如水向東流得寵憂移失寵愁莫向尊前奏花落涼風只在殿西頭

追代盧家人嘲堂内

道却橫波字人前莫謗羞只應同楚水長短入淮流

訪人不遇留題别館

卿卿不惜瑣窗春去作長楸走馬身閒倚繡簾吹

柳絮日高深院斷無人

代應

本来銀漢是紅墻隔得盧家白玉堂誰與王昌報消息盡知三十六鴛鴦

楚吟

山上離宮宮上樓樓前宮畔暮江流楚天長短黄昏雨宋玉無愁亦有愁

龍池

龍池賜酒敞雲屏羯鼓聲高衆樂停夜半宴歸宮
漏永薛王沉醉壽王醒

淚

永巷長年怨綺羅離情終日思風波湘江竹上痕
無限峴首碑前灑幾多人去紫臺秋入塞兵殘楚
帳夜聞歌朝来灞水橋邊問未抵青袍送玉珂

即日

地寬樓已迥人更迥于樓紬思輕春物傷醒屬莫

愁望賒殊易斷恨久欲難收大執真無利多情豈
自由空園兼樹廢敗港攤花流書去青楓驛鴻歸
杜若洲單棲應分定辭疾索誰憂更替林鴉恨驚
頻去不休

水天閒話舊事　集刺 楚宮

月姊曾逢下彩蟾傾城消息隔重簾已聞珮響知
腰細更辨絃聲覺指纖算雨自歸山峭峭秋河不
動夜猒猒王昌且在墻東住未必金堂得免嫌

漢宫詞

青雀西飛竟未回君王長在集靈臺侍臣最有相如渴不賜金莖露一盃

席上作　一云予為桂州從事故府鄭公出家妓令賦高唐詩

淡雲輕雨拂高唐玉殿秋来夜正長料得也應憐宋玉一生惟事楚襄王　一作只為無奈楚襄王使不根矣

留贈畏之

待得郎来月已低寒暄不道醉如泥五更又欲向

何處騎馬出門烏夜啼

馬嵬

海外徒聞更九州（鄒衍云九州之外復有九州）他生未卜此生休空聞虎旅鳴宵柝無復雞人報曉籌此日六軍同駐馬當時七夕笑牽牛如何四紀為天子不及盧家有莫愁

離亭賦得折楊柳二首

暫憑尊酒送無憀莫損愁眉與細腰人世死前惟

有別春風爭擬惜長條

又

含煙惹霧毎依依萬緒千條拂落暉為報行人休

盡折半留相送半迎歸

深宮

金殿銷香閉綺櫳王壺傳點咽銅龍狂飈不惜蘿

陰薄清露偏知桂葉濃斑竹嶺邊無限淚景陽宮

裏及時鐘豈知為雨為雲處只有高唐十二峰

李涉　十五首

寄荊娘寫真

章華臺南莎草齊長河柳色連金堤青樓曈曨曙光蚤梨花滿巷鶯新啼章臺玉顏年十六小来能唱西梁曲教坊大使久知名郢上詞人歌不足少年才子心相許夜夜高唐夢雲雨五銖香帔結同心三寸紅牋替傳語綠池竝戲雙鴛鴦田田翠葉紅蓮香百年恩愛兩相許一夕不見生愁腸上清

仙女徵遊伴欲從湘靈住河漢只愁陵谷變人寰
空歎桑田歸海岏頫兮精魄芝形影永似銀壺挂
金井名得丹青絕世工寫真與身真相同忽然相
對兩不語疑是粧成来鏡中豈期人頫天不違雲
軿却駐從山歸画圖封裹寄箱篋洞房艷艷生光
輝良人翻作東飛翼却遣江頭問消息經年不得
一封書翠幕雲屏遶空壁結客有少年名總身姓
江征帆三十里前月發豫章知我別時言識我馬

王

沈本作王

上郎恨無羽翼飛使我徒怨滄波長開篋取画圖
寄我形影與客將如今憔悴不相似恐君重見生
悲傷蒼梧九疑在何處斑斑竹淚連瀟湘

與李渤新羅劒歌

我有神劒異人與暗中往往精靈語識者知從東
海來來時一夜因風雨長河臨曉北斗殘秋水露
背青螭寒胙夜大梁城下宿不借跌跌光顏看刃
邊颯颯塵沙鉠㾊痕半是蛟龍血雷煥張華久已

無沉寃知向何人說我有愛弟都九江一條直氣

今無雙青光好去莫惆悵必斬長鯨須少壯

六歎只書两首

綺羅香風翡翠車晴明獨傍芙容渠上有雲鬟洞

仙女垂羅掩縠煙中語風月頻驚桃李時滄波久

別鴛鴦侶獨傳一札孤飛翼山長水遠無消息却

鏁重門一院深半夜空庭明月色

又

深院梧桐夾金井上有轆轤青絲索美人清晝汲
寒泉寒泉欲上銀缾落迢迢碧甃千餘尺竟日倚
闌空歎息惆悵不来照明鏡却掩洞房抱寂寂

重過文上人院

南隨越鳥北燕鴻松月三年别遠公無限心中不
平事一宵清話又成空

潤州聽暮角

江城吹角水茫茫曲引邊聲怨思長驚起暮天沙

上雁海門斜去兩三行

再宿武關

遠別秦城萬里遊亂山高下出商州關門不鎖寒溪水一夜潺潺送客愁

鷓鴣詞二首

湘江煙水深沙岸隔楓林何處鷓鴣飛日斜斑竹陰二女空垂淚三閭枉自沉惟有鷓鴣啼獨傷行客心

又

越岡連越井越鳥更南飛何處鷓鴣啼夕煙東嶺

帰嶺外行人少天涯北客稀鷓鴣啼別處相對淚

沾衣

牧童詞

朝牧牛牧牛下江曲夜牧牛牧牛度村谷荷蓑出

林春雨細蘆管卧吹莎草緑亂插蓬蒿箭滿腰不

怕猛虎欺黄犢

竹枝詞

荊門灘急水潺潺兩岸猿啼煙滿山渡頭少年應
官去月落西陵望不還

又

巫峽雲開神女祠綠潭紅樹影參差不勞戍口初
相問無義灘頭剩別離

又

石壁千重樹萬重白雲斜掩碧芙容昭君溪上年

年月徧照嬋娟色㝡濃

又

十二峰頭月欲低空聆灘上子規啼孤舟一夜東歸客泣向東風憶建溪

京口送朱晝之淮南或刻寄贈奴人

兩行客淚愁中落萬樹山花雨後殘君到揚州見桃葉為傳風水渡江難

唐彥謙十七首

垂柳

絆惹春風別有情世間誰敢鬭輕盈楚王江畔無端種餓損宮娥學不成

牡丹

真宰多情巧思新故將能事送殘春為雲為雨徒虛語傾國傾城不在人開日綺霞應失色落時青帝合傷神嫦娥婺女曾相送留下鴟黄作蘤塵

春雨

綺陌夜来雨春樓寒望迷遠容迎燕戲亂響隔鶯
啼有恨開蘭室無言對李蹊花歆渾拂檻柳重欲
垂堤燈櫱昏魚目薰爐咽麝臍別輕天北鶴夢怯
汝南雞入戶侵羅幌梢篨潤繡題新豐樹已失長
信艸初齊亂蝶寒猶舞驚烏暝不栖庾郎盤馬地
却怕有春泥

秋晚高樓

松拂踈窗竹暎闌素琴幽怨不成彈清霄霽極雲

離岫紫禁風高露滿盤晚蝶飄零經宿雨葬鵯凌
亂報秋寒高樓瞪目歸鴻遠始信嵇康欲畫難

上巳日寄韓八一云寄韓八
上巳接寒食鶯花寨落晨微微潑火雨草草踏青
人涼似三秋景清無九陌塵與余同病者對此合
傷神

長溪秋望
柳螗莎長溪水流雨微煙暝立溪頭寒鵯閃閃前

山遠杜曲黄昏獨自愁

離鸞

聞道離鸞思故鄉也知情願嫁王昌塵埃一別楊朱路風月三年宋玉墻下疾不成雙點淚斷多難到九迴腸庭前佳樹名梔子試結同心寄謝孃

曲江春望

杏艷桃嬌奪晚霞樂遊無廟有年華漢朝冠盖皆陵墓十里宜春下苑花

柳

春思春愁一萬枝遠村遥岓寄相思西園有雨和
苔長南内無人拂檻垂遊客寂寥緘遠恨暮鶯啼
叫惜芳時晚来飛絮如霜鬢恐為多情管别離

春陰

一寸廻腸百慮侵旅愁危涕兩争禁天涯已有銷
魂别樓上寧無擁鼻吟感事不關河裏笛傷心應
倍雍門琴春雲更覺愁于我閒盖低村作暝陰

春深獨行馬上有作

日烈風高野草香百花狼籍柳披猖連天瑞靄千門遠夾道新陰九陌長衆飲不歡逃席酒獨行無味放遊韁年来與問閒遊者若个傷春向路旁

寄蔣二十四

鳥囀蜂飛日漸長旅人情味悔思量禪門澹泊無心地世事生疎欲面墻一月雲煙迷柳色九衢風上帶花香亦知高士禁愁寂試倚闌干莫斷腸

漢代

漢代金爲屋吳宮綺作寮艷詞傳靜婉新曲定妖

嬈簫響猶殘夢籤聲報早朝鮮明臨曉日迴轉度

春宵半袖籠清鏡前絲壓翠翹靜多如有待閒極

似無憀梓澤花猶滿靈和柳未凋障昏巫峽雨屏

掩浙江潮未信潘名岳應疑史姓蕭漏因歌暫斷

燈爲雨頻挑飲酒闌三雅投壺賽百嬌鈿蟬新翅

重金鴨舊香焦水淨疑澄練霞孤欲建標別隨秦

杜促愁為蜀絃么玄晏難瘳痺臨邛但發痟聯詩
徵弱絮思友咏甘蕉王氏憐諸謝周郎定小喬黼
幃翹綵雉波扇畫文鰩荇密妨垂釣荷欹欲度橋
不因衣帶水誰覺路迢迢

春殘

景為春時短愁隨別夜長暫碁寧號隱輕醉不成
鄉風雨曾通夕莓苔有衆芳落花如便去樓上即

河梁

小院

小院無人夜煙斜月轉明清宵易惆悵不必有離情

寄懷

有客傷春復怨離夕陽亭畔草青時淚從紅蠟無由制腸比朱絃恐更危梅向好風惟是笑柳因微雨不勝垂雙溪未去饒歸夢夜夜孤眠枕獨欹

玫瑰

䨴炷騰清燎鮫紗覆緑蒙宫粧臨暁日錦段落東
風無力春煙裏多愁莫雨中不知何事意深淺兩
般紅

才調集卷之六

才調集、

八種唐詩

才調集目録卷七

又　又

又　又

悼亡

岑參 四首

題首蓿峯寄家人　玉關寄長安李主簿

逢入京使　春夢

賈曾 一首

有所思

許渾 二十首

金谷園桃花　洛陽道中

塞下曲　放猿

郊園秋日寄洛中友人

南樓春望　頴州從事西湖亭讌

餞　南遊泊船江驛

題段太尉廟　寓懷

題潼關西蘭若　虞元長者永興公之

後工書屬文近從軍河中奉使宣歙因
贈　凌歊臺
咸陽城西樓晚眺　姑熟官舍
凌歊臺送韋秀才　南庭夜坐貽開元禪
定二道者　秋日早朝
題勤尊師歴陽山居
淮陰阻風寄楚州韋中丞
油蔚　一首

贈別營妓卿卿

張祐　六首

觀杭州柘枝　周員外出雙舞柘枝

妓　觀楊瑗柘枝

感王將軍柘枝妓歿

貴家郎　病宮人

来鵬　二首

宛陵送李明府罷任歸江州

清明日與友人遊玉塘莊

施肩吾　四首

夜宴曲　効古詞

山中得劉秀才京書

望夫詞

劉得仁　一首

悲老宮人

高駢　四首

江上逢王將軍

薛逢 二首

開元後樂　　漢武宫詞

崔塗 一首

讀庾信集

項斯 一首

蒼梧雲氣

崔峒 一首

江上書懷

李宣遠 一首

塞下作

陶翰 二首

古塞下曲　新安江林

温憲 三首

春鳩　郊居

杏花

李頎 六首

湖口送友人　送友人往太原

寄遠　鄂州頭陀寺上方

辭夏口崔尚書　古意

王駕 一首

古意

于鵠 三首

送客游塞　江南曲

題美人

徐寅　一首

初夏戲題

才調集目録卷七終

才調集卷之七

李宣古 一首

聽蜀道士琴歌

至道不可見正聲難得聞忽逢羽客抱綠綺西別
峨嵋峰頂雲初排□面躡輕響似擲細珠鳴玉上
忽揮素爪畫七絃蒼崖劈烈迸碎泉憤聲高怨聲
咽屈原叫天兩妃絕朝雉飛雙鶴離屬玉夜啼獨
鶩悲吹我神飛碧霄裏牽我心靈入秋水有如驅

逐太古来耶淫辟蕩貞心開孝為子忠為臣不獨

語言能教人前𠯾嘯後𠯾嚬一舒一慘非冬春從

朝至𦳝聽不足相將直説瀛洲宿更深彈罷背孤

燈窗雪蕭蕭打寒竹人間豈合値仙蹤此别多應

不再逢抱琴却上瀛洲去一片白雲千萬峰

王之渙十三首

惆悵詩十二首

八蠶薄絮鴛鴦綺半夜佳期並枕眠鐘動紅娘喚

帰去對人勻淚拾金鈿　鶯鶯

又

李夫人病已經秋漢武看来不舉頭得所穠華銷

歇盡楚魂湘血一生休　李夫人

又

謝家池館花籠月蕭寺房廊竹颭風半夜酒醒憑

檻立所思多在别離中　元稹

又

隋師戰艦欲亡陳國破應難保此身訣别徐郎淚
如雨鑑鸞分後屬何人　樂昌公主

又

七夕瓊筵隨事陳兼花連蔕共傷神蜀王殿裏三
更月不見驪山私語人　楊妃

又

夜寒春病不勝懷玉瘦花啼萬事乖薄倖檀郎斷
芳信驚嗟猶夢合歡鞋　小玉

又

嗚咽離聲管吹秋妾身今日為君休齊奴不說平生事忍看花枝謝玉樓 緑珠

又

青絲一路墮雲鬟金剪刀鳴不忍看持謝君王寄幽怨可能從此住人間 楊妃

又

陳宮興廢事難期三閣空餘緑草基狎客淪亡麗

華死他年江令獨来時　嚴華

又

晨肇重来路已迷碧桃花謝武陵溪仙山目斷無
尋處流水潺湲日漸西　劉阮

又

少卿降北子卿還朔野離觴慘别顔却到茂陵惟
一慟節旄零落鬢毛斑　蘇李

又

夢裏分明入漢宮覺来燈背錦屏空紫臺月落關山曉腸斷君恩信画工　明妃

悼亡

春来得病夏来加深掩粧窗臥碧紗為怯暗藏秦女扇怕驚愁度阿香車腰脂暗想風欺柳粉態難忘露洗花今日青門葬君處亂蟬衰草夕陽斜

岑參　四首

題苜蓿峰寄家人

首蓿峰邊逢立春胡蘆河上淚沾巾閨中只是空
相憶不見沙場愁殺人
玉關寄長安李主簿
東去長安萬里餘故人何惜一行書玉關西望腸
堪斷況復明朝是歲除
逢入京使
故園東望路漫漫雙袖龍鍾淚不乾馬上相逢無
紙筆憑君傳與報平安

春夢 英靈集同

洞房昨夜春風起，遥憶美人湘江水。枕上片時春夢中，行盡江南數千里。

賈曾 一首

有所思 宋之問害劉希夷，認此詩爲已作，故諸集錯見。兹又刻賈曾，削幾聯，恐誤。

洛陽城東桃李花，飛來飛去落誰家。幽閨女兒愛顔色，坐見落花長歎息。今歲花開君不待，明年花開復誰在。故人不共洛陽東，今来空對落花風。年

年歲歲花相似歲歲年年人不同

許渾 二十首

·金谷園桃花

花在舞樓空年年一度紅淚光停曉露愁態倚春風開日妾先死落時君亦終東流兩三片應到夜泉中

·洛陽道中

洛陽多舊跡一日幾堪愁風起林花晚月明宮樹

秋興亡不可問自古水東流

塞下曲

夜戰桑乾雪秦兵半不歸朝来有鄉信猶自寄征衣

放猿

殷懃解金鎖别夜雨淒淒山淺憶巫峽水寒思建溪遠尋紅樹宿深入白雲啼好覓南歸路煙蘿更莫迷

郊園秋日寄洛中友人

楚水西来天際流感時傷別思悠悠一尊酒盡青山莫萬里書迴碧樹秋日落遠波驚宿雁風吹輕浪起眠鷗嵩陽親友如相問潘岳閒居欲白頭

南樓春望

南樓春一望雲水共昏昏野店帰山路危橋帶郭村晴煙和草色夜雨漲溪痕下岍誰家住殘陽半掩門

潁州從事西湖亭讌餞

西湖清讌不知回一曲離歌酒一盃城帶夕陽聞
鼓角寺臨秋水見樓臺蘭堂客散蟬猶噪桂檝人
稀鳥自来獨想征帆去鞏洛此中霜菊繞潭開

南遊泊船江驛一作泊松江渡

漠漠故宫地月涼雲水幽雞鳴荒戍曉雁過古城
秋楊柳北歸路蒹葭南渡舟去鄉今已遠更上望
京樓

題段太尉廟

静想追兵緩翠華古碑荒廟閉松花紀生不向滎陽死豈有山河屬漢家

寓懷

南國浣紗伴盈盈天下姝盤金明繡帶動珮響羅襦素手怨瑤瑟清心悲玉壺春花坐搖落爭忍嫁狂夫一云未忍泣蘼蕪

題潼關西蘭若

来往幾經過前山桃大河遠帆春水濶高寺夕陽多蝶影下紅藥島聲喧緑蘿故山帰未得徒咏採薇歌

虞元長者永興公之後工書屬文近從軍河中奉使宣歙因贈（一作贈河東虞押衙）

吳門風水各萍流月滿花開嬾獨遊萬里山川分曉夢四鄰歌管送春愁昔年頤我長青眼今日逢君已白頭莫向尊前悲易水古来投筆盡封侯

一作行人莫問前朝事清水寒光晝夜流

凌歊臺 當塗縣西宋高鴞祖築今太平州

宋祖凌歊樂未回三千歌舞宿層臺湘潭雲盡莫煙出巴蜀雪消春水来行殿有基荒薺合寢園無主野棠開百年便作萬年計岩畔古碑空綠苔

咸陽城西樓晚眺

一上高城萬里愁蒹葭楊柳似汀洲溪雲初起日沉閣山雨欲来風滿樓鳥下綠蕪秦苑夕蟬鳴黄葉漢宮秋行人莫問當年事故國東来渭水流

、姑熟官舍

草生官舍似閒居雪照南窗滿素書貧後始知為

吏拙病来還喜識人踈青雲豈有窺梁燕濁水應

無避釣魚不待秋風便帰去紫陽山下是吾廬

凌歊臺送韋秀才

雲起高臺日未沉數村残照半巗陰野蠶成繭桑

柘盡溪鳥引雛蒲稗深帆勢依依投極浦鐘聲杳

杳隔前林故山迢遞故人去一夜月明千里心

南庭夜坐貽開元禪定二道者

茸茸焚香何處宿西巖一室暎疎藤光陰難駐跡如客寒暑不驚心是僧高樹有風聞夜磬遠山無月見秋燈身閒境靜日為樂若問其餘非我能

秋日早朝

宵衣應待絕更籌環珮鏘鏘月下樓井轉轆轤千樹曉鎖開閶闔冏山秋龍旗盡列趨金殿雉扇纔分拜玉旒虛戴鐵冠無一事滄江歸去老漁舟

題勤尊師歷陽山居并序

師即思齊之孫頃為故相國蕭公録用相

國致政尊師亦自邊將入道因贈是詩

三十知兵在羽林中年潛識子房心蒼鷹出塞胡

塵滅白鶴還鄉楚水深春坼酒瓶浮藥氣晚攜棊

局帶松陰雞籠山上雲多處自斸黄精不可尋

淮陰阻風寄楚州韋中丞

垂釣京江欲白頭江魚堪釣却西遊劉伶臺下稻

花晚韓信廟前楓葉秋淮月未明先倚檻海雲初起更維舟河橋有酒無人醉獨上高城望庾樓

油蔚 一首

贈別營妓卿卿 時為淮南幙職奉使塞北

憐君無鄣是多情枕上相看直到明日照綠窗人去住鴉鬟紅粉淚從横愁腸只向金閨斷白髮應從玉塞生為報花時少惆悵此生終不負卿卿

張祜 六首

觀杭州柘枝

舞停歌罷皷連催軟骨纖蛾暫起来紅罨画衫纏
腕出碧排方胯背腰束旁収拍拍金鈴擺却踏聲
聲錦袑摧看著遍頭香袖摺粉屏香帕又重隈

周貞外出雙舞柘枝妓

画鼓拖環錦臂攘小娥雙換舞衣裳金絲蹙霧紅
衫薄銀蔓垂花紫帶長鸞影乍迴頭並舉鳳聲初
歌翅齊張一時折腕招殘拍斜歛輕身拜玉郎

觀楊瑗柘枝

促疊蠻鼉引柘枝卷簷虛帽帶交垂紫羅衫宛蹲
身處紅錦靴柔踏節時微動翠蛾拋舊態緩遮檀
口唱新詞看看舞罷輕雲起却赴襄王夢裏期

感王將軍柘枝妓殁

寂寞春風舊柘枝美人休舞曲停吹鴛鴦鈿帶拋
何處孔雀羅衫付阿誰画鼓不聞招節拍錦靴虛
想挫腰肢今來座上翻如醉曾見梨園教徹時

貴家郎

二十便封侯名居第一流綠鬟深小院清管下高樓醉把金船擲閒敲玉鐙遊帶盤紅鼴鼠袍研紫犀牛碧瓦坊墻上朱橋柳巷頭眼前長少貴擲信有春愁

病宮人 或重見第九卷作袁不約今刪

佳人臥病動經秋簾幕繿縿不挂鉤四體強扶藤夾膝雙鬟慵插玉搔頭花顏有幸君王問藥餌無

徵待詔愁惆悵近来銷瘦盡淚珠時傍枕函流

来鵬二首

宛陵送李明府罷任歸江州

菊花村晚雁来天共把離盃向水邊官滿便尋垂釣侶家貧已用賣琴錢浪生盆浦千層雪雲起爐峰一炷煙儻見吾鄉舊知已為言憔悴過新年

清明日與友人遊玉塘莊

幾宿春山逐陸郎清明時節好風光歸穿緑荇船

頭滑醉踏殘花屐齒香風急嶺雲飄迴野雨餘田

水落方塘不堪吟罷東田首滿耳蛙聲正夕陽

施肩吾　四首

夜宴曲

蘭缸如晝買不眠玉堂夜起沉香煙青娥一行十

二仙欲笑不笑桃花燃碧窗弄嬌梳洗晚戶外不

知銀漢轉被郎嗔罰瑠璃盞酒入四肢紅玉軟

効古詞

姊妹無多兄弟少舉家鍾愛年㝡小有時繞樹山鵲飛貪看不待画眉了

山中得劉秀才京書

自笑家貧[窮]客到踈滿庭煙草不能鋤今朝誰料三千里忽得劉京一紙書

望夫詞

手爇寒燈向影頻回文機上暗生塵自家夫壻無消息却恨橋頭賣卜人

劉得仁　一首

悲老宮人

白髮宮娃不解悲滿頭猶自插花枝曾緣玉貌君王寵準擬人看似舊時

高駢　四首

步虛詞

清溪道士人不識上天下地鶴一隻洞門深鎖碧窗寒滴露研硃點周易

寫懷二首

漁竿消日酒消愁一醉忘情萬事休却恨韓彭興

漢室功成不向五湖遊

又

花滿西園月滿池笙歌摇曳画船移如今暗與心

相約不動征旗動酒旗

風箏

夜静絃聲響碧空宫商信任往来風依稀似曲纔

堪聽又被風吹別調中

李端　一首

代弃婦荅賈客　一刻妾薄命

五壘城邊争走馬銅堤市裏共檕舟鳴環動佩恩能盡掩袖低巾淚不流疇昔將歌邀客醉如今欲舞對君羞忍懷賤妾平生曲獨上襄陽舊酒樓

趙嘏　十一首

長安秋望

雲物淒清拂曙流漢家宮闕動高秋殘星幾點雁
橫塞長笛一聲人倚樓紫艶半開籬菊静紅衣落
盡渚蓮愁鱸魚正美不帰去空戴南冠學楚囚

長安月夜與友生話故山

宅邊秋水浸苔磯日日持竿去不帰楊柳風多潮
未落蒹葭霜在雁初飛重嘶匹馬吟紅葉却聽疎
鐘憶翠微今夜秦城滿樓月故人相見一沾衣

汾上宴別

雲物如故鄉山川知異路年来未歸客馬上春色
莫一尊花下酒殘日水西樹不待管絃終揺鞭背
花去

曲江春望懷江南故人

杜若洲邊人未歸水寒煙暖想柴扉故園何處風
吹柳一雁南来雪滿衣目極思随原草遍浪高書
到海門稀此時愁望情多少萬里春流遶釣磯

自遣

晚樹疎蟬起別愁遠人回首憶滄洲江連故國無窮恨日帶殘雲一片秋久客轉諳時態薄多情只共酒淹留到頭生長煙霞者須向煙霞老始休

新月

玉鈎斜傍畫簷生雲匣初開一寸明何事寂能傷少婦夜來依約落邊城

約宋本作釣應誤

東望

楚江横在草堂前楊柳洲邊載酒船兩見梨花歸

不得每逢寒食一潸然斜陽暎閣山當寺微綠含
風樹滿川同郡故人攀桂盡把詩吟向泬寥天

寄歸

三年辪盡化衣塵只見長戈不見春馬過雪街天
未曙客迷關路淚空頻桃花塢接啼猿寺野竹亭
通畫鷁津早晚相酬身事了水邊歸去一閑人

寒食新豐別友人

一百五日家未歸新豐雞犬獨依依滿樓春色傍

人醉半夜雨聲前計非繚繞溝塍含緑晚荒涼樹
石向川微東風吹淚對花落顫頷故交相見稀

·感懷 一刻江樓舊感

獨上江樓思渺然月光如水水如天同来翫月人
何處風景依稀似去年

渺一作悄不如渺字与下句相應

茅山道中

煙樹重重水亂流馬嘶殘雨晚程秋門前便是仙
山路目送歸鴻不得遊

朱絳　一首

、春女怨

獨坐紗窗刺繡遲紫荊花下囀黃鸝欲知無限傷

春意盡在停針不語時

姚倫　一首

感秋　中興集作感秋林

試向疎林望方知節候殊亂聲千葉下寒影一巢

孤不蔽秋天雁驚飛夜月烏霜風與春日幾度遣

崇柏中興集跡作東知作悲

劉方平二首

、秋夜泛舟御覽詩無秋夜二字

林塘夜泛舟蟲響荻颼颼萬影皆因月千聲各為秋歲華空復晚鄉思不勝愁西北浮雲外伊川何處流御覽詩泛作發勝作堪

、春怨

紗窗日落漸黃昏金屋無人見淚痕寂寞閒庭春

欲晚梨花滿院不開門御覽詩開作空院作地開作關

陳羽　一首

長安臥病秋夜言懷

九重門鏁禁城秋月過南宫漸暎樓紫陌夜深槐露滴碧空雲盡火星流風清刻漏傳三殿甲第歌鐘樂五侯楚客病来鄉思苦寂寥燈下不勝愁

薛能　二首

游嘉州後溪

山屐經過滿逕蹤隔溪遥見夕陽春當時諸葛成
何事只合終身作卧龍

老圃堂

邻平瓜地接吾廬穀雨乾時偶自鋤昨日春風欺
不在就床吹落讀殘書

銅雀臺

魏帝當時銅雀臺黄花深暎棘蓑開人生富貴須
回首此地豈無歌舞来

李郢　一首

江上逢王将軍

虬髯憔悴羽林郎曾入甘泉侍武皇鵰没夜雲知
御苑馬随春仗識天香五湖歸去孤舟月六國平
来兩鬢霜惟有桕伊江上笛卧吹三弄送殘陽

薛逢　二首

開元後樂

莫奏開元舊樂章樂中高曲斷人腸邠王玉笛三

更咽虢國金車十里香一自犬戎生薊北便從征
戰老汾陽中原駿馬搜求盡沙苑年来草又芳

漢武宫詞

武帝清齋夜築壇自斟明水醮仙官殿前童女移
香案庭際金人捧露盤絳節有時還入夢碧桃何
處更驂鸞茂陵煙雨埋冠劒石馬無聲蔓草寒

崔塗一首或不載姓名

讀庾信集

四朝十帝盡風流建業長安兩醉遊唯有一篇楊
柳曲江南江北為君愁

項斯一首

蒼梧雲氣

何年化作愁漠漠便難收數點山能遠平鋪水不
流濕連湘竹暮濃蓋舜墳秋亦有思歸客看来盡
白頭

崔峒一首

江上書懷

骨肉天涯别江山日落時淚流襟上血髮白鏡中

絲吴越書難到存亡夢豈知登高廻首處形影自

相隨

李宣遠　一首

塞下作　御覽集同

秋日并州路黄榆落故關孤城吹角罷數騎射鵰

還帳幙遥臨水牛羊自下山征人正垂淚烽火起

雲間

陶翰 二首

古塞下曲

進軍飛狐北窮寇勢將變日落沙塵昏背河更一戰駿馬黃金勒雕弓白羽箭射殺左賢王歸奏未央殿欲言塞下事天子不詔見西出咸陽門哀哀淚如霰

新安江林

江源南去永野飯暫維梢古戍懸漁網空林露鳥巢雪晴山脊見沙淺浪痕交自笑無謀者逢人作解嘲

温憲 三首

春鳩

村南微雨新平緑淨無塵散睡桑條煖閒鳴屋脊春遠聞和曉夢相應在諸隣行樂花時節追飛見亦頻

郊居

村前村後樹，寓賞有餘情。青麥路初斷，紫花田未

畊。雉聲聞不到，山勢望猶橫。寂寞春風裏，吟酣信

馬行。

杏花

團雪上晴梢，紅明映碧寥。店香風起夜，村白雨休

朝。静落猶和蒂，繁開正蔽條。澹然閑賞久，無以破

嬌饒。破一作那

李頻　六首

一湖口送友人

中流欲暮見湘煙葦岸無窮接楚天去雁遠衝雲
夢雪離人獨上洞庭船風波盡日依山轉星漢通
宵向水連零落梅花過殘臘故園歸去醉新年

送友人往太原

離亭聊把酒此路徹邊頭草白雁來盡時清人去
遊汾河流晉地塞雪滿并州明日相思起蕭條上

北樓集作別後相思夜遥看北斗愁

、寄遠

槐欲成陰分袂時君期十日復金扉槐今落葉已將盡君向遠鄉猶未歸化石早曾聞節婦沉湘何必獨靈妃須知此意同生死不學他人空寄衣

、鄂州頭陀寺上方　一四一

高寺上方無不見天涯行客思迢迢西江帆挂東風急夏口城衙楚塞遥沙渚漁歸多濕網桑林蚕

後盡空條感時歎物尋僧話惟向禪心得寂寥

辭夏口崔尚書

一飯仍難受淹留已半年終期身可報不擬骨空

鐫城晚風高角江春浪起船同來栖止地獨去塞

鴻前

古意

白馬遊何處青樓日正長鳳簫抛舊曲鸞鏡懶新

粧玄鳥空巢語飛花入戶香雖非竇滔婦錦字已

成章

王駕 一首

古意

夫戍蕭關妾在吳西風吹妾妾憂夫一行書信千

行淚寒到君邊衣到無

于鵠 三首

送客遊塞

若到并州北誰人不憶家塞深無去伴路盡有平

沙磧冷唯逢雁天春不見花莫隨邊將意垂老事輕車

一江南曲

偶向江邊採白蘋還隨女伴賽江神衆中不敢分明語暗擲金錢卜遠人

一題美人舊刻韋蘇州集中

秦女窺人不解羞攀花趂蝶出墻頭胸前空帶宜男草嫁得蕭郎愛遠游

徐寅　一首

初夏戲題

長養薰風拂曉吹，漸開荷芰落薔薇。青蟲也學莊周夢，化作南園蛺蝶飛。

卷之七

才調集目録卷八

羅隱十七首

憶夏口　龍丘東下却寄孫員

外　金陵夜泊

寄前宣州竇尚書　牡丹

柳　煬帝陵

李頎　一首

放歌行酓從弟墨卿

崔顥　一首

黃鶴樓

于武陵 九首

夜與故人別　洛陽道中

別友人　寄北客

洛陽晴望　東門路

長信愁　感懷

勸酒

李涉 一首

山中

曹松 三首

春日長安書事　九江莫春書事

古塚

錢起 一首

闕下贈裴舍人

羅鄴 九首

牡丹　巴南旅舍言懷

下第呈友人　登凌歊臺

下第　東歸

僕射陂晚望　芳州

聞子規

章碣　一首

焚書坑

李益　一首

同崔邠登鸛雀樓

王昌齡　三首

長信秋詞　採蓮

閨怨

李嘉祐　四首

送嚴員外　赴南中留别褚少府

湖上林亭　送陸澧還吴中

送王牧往吉州謁王使君

鄭準　四首

代寄邊人　題宛陵北樓

雲　寄進士崔魯範

祖詠一首

七夕

吉師老四首

題春夢秋歸故里　看蜀女轉昭君變

放猿　鴛鴦

盧綸七首

薄命妾　聞雁

秋夕寓居精舍書事

和李秀才邊庭四時怨四首

竇鞏一首

寄南遊兄弟

韓偓五首

小隱　贈易卜崔江處士

殘春旅舍　夜深

寄鄰莊道侶

崔魯　一首

算春對花

才調集目録卷八終

才調集卷之八

羅隱十七首

偶懷

白丁攘臂犯長安翠輦蒼黄路屈盤丹鳳有懷雲外遠玉龍無主渡頭寒静思貴族謀身易危覺文皇創業難不將不侯何計是釣魚舡上淚闌干

桃花

暖觸衣襟漠漠香間梅遮柳不勝芳數枝艷拂文

君酒半里紅欹宋玉墻盡日無人疑悵望有時經

雨乍淒涼舊山山下還如此回首東風一斷腸

中元夜泊淮口

木葉迎颷水面平偶停孤棹已三更秋涼霧露侵

燈下夜静魚龍逼岍行欹枕正牽題桂思隔樓誰

轉遶梁聲錦帆天子狂魂魄應過揚州看月明

西上（或刻所思）

〔指〕西上青雲未有期東降滄海一何遲酒闌夢覺不

稱意花落月明空所思長恐病侵多事日可堪貧

過少年時鬬雞走狗五陵道惆悵輸他輕薄兒

梅花

吴王醉處十餘里照野拂衣今正繁經雨不隨山

鳥散倚風疑共路人言愁憐粉艷飄歌席靜愛寒

香撲酒尊欲寄所思無好信為君惆悵又黄昏

登夏州城樓

寒蟀獵獵戍旗風獨倚危欄悵望中萬里山川唐

土地千年魂魄晉英雄離心不忍聽邊馬往事應須問塞鴻好脫儒冠從校尉一枝長戟六鈞弓

曲江春感

江頭日暖花又開江東行客心悠哉高陽酒徒半凋落終南山色空崔嵬聖代也知無棄物侯門未必用非才一船明月一竿竹家在五湖歸去来

西川與蔡十九同别子超

相歡雖則不多時相別那能不斂眉蜀客賦高君

解愛楚宫腰細我還知百年恩愛無終始萬里因
緣有夢恩腸斷門前舊行處不堪全屬五陵兒

春日獨遊禪智寺

遠樹連天水接空幾年行樂舊隋宫花開花謝長
如此人去人来自不同楚鳳調高何處酒吳牛蹄
健滿車風恩量只合騰騰醉煮海平陳一盡夢中

綿谷迴寄蔡氏昆仲

一年两度錦城遊前值東風後值秋芳草有情皆

礙馬好雲無處不遮樓山將別恨和心斷水帶離
聲入夢流今日因君試囬首洛煙喬木隔綿州

憶夏口

漢陽渡口蘭為舟漢陽城下多酒樓芳年不得盡
一醉別夢有時還重遊襟帶可憐吞楚塞風煙只
好狎江鷗月明更想曾行處吹笛橋邊木葉秋

龍丘東下却寄孫貟外

穀江東下幾多程每泊孤舟即有情山色已隨遊

子遠水紋猶認主人濤恩如海岳何時報恨似煙花觸處生百尺風帆兩行淚不堪迴首望崢嶸

金陵夜泊

泠煙輕雨傍衰叢此夕秦淮駐斷蓬棲雁遠驚沽酒火亂鴉高避落帆風地銷王氣波聲急山帶秋陰樹影空六代精靈人不見思量應在月明中

寄前宣州竇尚書 一作常侍

往年西謁謝玄暉尊酒留歡醉始歸曲檻柳濃鶯

未老小園花嫩蝶初飛噴香瑞獸金三尺舞雪佳人玉一圍今日亂離尋不得滿蓑風雨釣魚磯

牡丹 本集不同

艷多煙重欲開難紅蕋當心一抹檀公子醉歸燈下見美人朝插鏡中看當庭始覺春風貴帶雨方知國色寒日晚更將何所似太真無力凭闌干

柳

灞岸晴来送別頻相偎相倚不勝春自家飛絮猶

無定爭解垂絲絆路人

煬帝陵

入郭登橋出郭船紅樓日日柳年年君王忍把平

陳業只博雷塘數畝田

李頎　一首

放歌行荅從弟墨卿

小来好文恥學武世上功名不解取雖沾寸禄已

後時徒欲出身事明主柏梁賦詩不及宴長楸走

馬誰相數斂迹俛眉心自甘高歌擊莭聲半苦由
是蹉跎一老夫養雞牧豕東城隅空歌漢代蕭相
國肯事霍家馮子都徒爾當年聲籍籍濫作詞林
兩京客故人斗酒安陵橋黃鳥春風洛陽陌吾家
令弟才不羈五言破的人共推興来逸氣如濤湧
千里長江歸海時別離短景何蕭索佳句相思能
閒作舉頭遥望魯陽山木葉紛紛向人落

崔顥 一首

黄鶴樓 黄鶴乃人名也。英靈集國秀集小異

昔人已乘白雲去此地空餘黄鶴樓黄鶴一去不

復返白雲千載空悠悠晴川歷歷漢陽樹春草萋

萋鸚鵡洲日暮鄉關何處是煙波江上使人愁

于武陵 九首

夜與故人別

白日去難駐故人非舊容今宵一別後何處更相

逢過楚水千里到秦山幾重話来天未曉月落滿

城鐘

洛陽道中

浮世若浮雲千迴故復新旋添青草冢更有白頭
人歲暮客將老雪晴山欲春行行車馬客不盡洛
陽塵

別友人

行子與秋葉各隨南北風雖非千里別還阻一宵
同過盡少年日尚如長路蓬猶為布衣客蓋入故

關中

寄北客

窮邊足風慘何處醉樓臺家去數千里月圓十二
迴寒山隨日遠雪路向城開游子久無信年年空
雁来

洛陽晴望

九陌盡風塵囂囂晝復昏古今人不斷南北路長
存葉落上陽樹草衰金谷園亂鴉歸未巳斜日半

前軒

東門路

東門車馬路此路在浮沉白日不西落紅塵應更深從来名利地皆起是非心所以青青草年年生漢陰

長信愁

簟涼秋夜初長信恨如何拂黛月生指理鬟雲滿梳一從悲画扇幾度泣前魚坐聽南宫樂清風摇

翠裾

感懷　武剌 有感

青山長寂寞南望獨高歌四海故人盡九原薪壠多西沉浮世日東注逝川波不使年華駐此生看幾何

勸酒

勸君金屈巵滿酌不須辭花發多風雨人生足別離

李涉 一首

山中

無奈牧童何放牛喫我竹隔林呼不譍叫笑如生鹿欲報田舍翁更深不歸屋

戎昱 四首

中秋感懷

八月更漏長愁人起常早閉門寂無事滿院生秋草昨宵北窗夢夢入荊南道遠客歸去来在家貧

亦好

聞笛

入夜思帰切笛聲寒更哀愁人不願聽自到枕前
来風起塞雲斷夜深關月開平明獨惆悵飛盡一
庭梅

客堂秋夕

隔窗螢影滅復流北風微雨虚堂秋蟲聲竟夜引
鄉淚蟋蟀何知人自愁四時不得一日樂以此方

知客游惡寂寂江城無所聞梧桐葉上偏蕭索

霽雪

風捲寒雲暮雪晴江煙洗盡柳條輕簷前數片無人埽又得書窗一夜明

韓琮六首

春愁

金烏長飛玉兔走青髩長青古無有秦娥十六語如絃未解貪花惜楊柳吴魚嶺雁無消息水誓蘭

情別来久勸君年少莫遊春煖風遲日濃於酒

蓒春滻水送別

綠暗紅稀出鳳城蓒雲樓閣古今情行人莫聽宫

前水流盡年光是此聲

駱谷晚望

秦川如画渭如絲去國還家一望時公子王孫莫

来好嶺花多是斷腸枝

公子行

紫袖長衫色銀蟬半臂花帶裝盤水玉鞍繡坐雲

霞別殿承恩澤飛龍賜渥洼控羅青褭轡鏤象碧

熏葩意氣傾歌舞闌珊走鈿車袖彰雲縹緲釵轉

鳳欹斜珠卷迎歸箔紅籠晃醉紗唯無難夜日不

得似仙家

二月二日遊洛源

舊苑新晴草似苔人還香在踏青迴今朝此地成

惆悵已後逢春更莫来

題商山店

商山驛路幾經過未到仙娥見謝娥紅錦機頭抛皓腕綠雲鬟下送横波佯嗔阿母留賓客暗為王孫換綺羅碧澗門前一條水豈知平地有天河

李德裕　一首

長安秋夜

内官傳詔問戎機載筆金鑾夜始歸萬户千門皆寂寂月中清露點朝衣

高蟾 二首

下第後上永崇高侍郎

天上碧桃和露種日邊紅杏倚雲栽芙容生在秋江上不向東風怨未開

金陵晚眺

曾伴浮雲歸晚翠旋陪落日泛秋聲世間無限丹青手一片傷心画不成

高適 二首

封丘縣 英靈集刻封丘作攷 本集另有封丘作

我本漁樵孟諸野一生自是悠悠者乍事狂歌草澤中寧堪作吏風塵下秖言小邑無所為公門百事皆有期拜迎官長心欲碎鞭撻黎庶令人悲歸來向家問妻子舉家盡笑今如此生事應須南畝田世情付與東流水夢想舊山安在哉為銜君命日遲迴乃知梅福徒為爾轉憶陶潛歸去来

九月九日酧顏少府 英靈集小異

沈本此下更有朱慶餘悃悵詩一首印王之渙悃悵詞十二首中詠昭君作也

落前白日應可惜籬下黃花為誰有行子迎霜未授衣主人得錢始（喜）沽酒蘇秦顦顇時多厭蔡澤栖惶世看醜縱使登高秪斷腸不如獨坐空搔首

朱慶餘 一首

宮詞

寂寂花時閉院門美人相並立瓊軒含情欲說宮中事鸚鵡前頭不敢言

曹松 三首

春日長安書事

浩浩看花晨六街揚遠塵塵中一丈日誰是晏眠人御柳舞著水野鶯啼破春徒云還楚計猶自惜離秦

九江葺春書事

楊柳城初鎖歸愁不計重集作輪蹄息去聲春流無舊岍夜色失諸峰影動漁邊火聲遲語後鐘明朝廻去雁誰向北郊逢

古塚

代遠已難問纍纍次古城民田侵不盡客路踏還

平作穴虵分蟄依岡鹿遠行唯應風雨夕鬼火出

林明

錢起一首

闕下贈裴舍人中興集小異

二月黄鸝飛上林春城紫禁曉陰陰長樂鐘聲花

外盡龍池柳色雨中深陽和不散窮途恨霄漢長

曉陰陰含失路之人飛上林刈指舍人也倒錯真大謬鸝當如百家選作鸎

懸捧日心獻賦十年猶未遇羞將白髮對華簪

羅鄴 九首

牡丹

落盡春紅始著花花時比屋事豪奢買栽池館恐無地看到子孫能幾家門倚長衢攢繡轂幄籠輕日護香霞歌鍾滿座争歡賞誰信流年鬢有華

巴南旅舍言懷

萬浪千巘首未回無憀相倚上高臺家山如画不

歸去客舍似讐誰遣来紅淚罷窺連曉燭碧波休
引向風盃後時若有青雲望何事偏教羽翼摧

下第呈友人

清世誰能便陸沉相逢休作憶山吟若教仙桂在
平地更有何人肯若心去國漢妃還似玉亡家石
氏豈無金且安懷抱莫惆悵瑶瑟調高尊酒深

登凌歊臺

高臺今古境長閒因想興亡自慘顏四海已歸新

雨露六朝空謁舊江山槎翹獨鳥沙汀畔風遮連
檣雪浪間好是輪蹄来往便誰人不向此躋攀

下第

謾把青春酒一盃愁襟寧信酒能開江邊依舊空
歸去帝里還同不到来門掩殘陽鳴鳥雀花飛何
處好池臺此時惆悵便堪老何用人間歲月催

東歸

日日唯憂行役遲東歸可是有家歸都緣桂玉無

門住不算山川去路危秦樹夢愁黄鳥囀吴江釣
憶錦鱗肥桃夭杏艷清明近惆悵當年意盡違

僕射陂晚望

離人到此倍堪傷陂水蘆花似故鄉身事未知何
日了馬蹄唯覺到秋忙田園牢落東歸晚道路辛
勤北去長却羨無愁是沙鳥雙雙相趁下斜陽

芳州

廢苑墻南殘雨中似袍顏色正蒙茸微香暗惹遊

人步遠綠纔分鬭雉蹤三楚渡頭長恨見五侯門

外却難逢年年縱有春風便馬跡車輪一萬重

聞子規

蜀魄千年尚怨誰聲聲啼血向花枝滿山明月東

風夜正是愁人不寐時

章碣　一首

焚書坑

竹帛煙銷帝業虛關河空鎖祖龍居坑灰未冷山

東亂劉項元來不讀書

李益 一首

同崔邠登鸛雀樓

鸛雀樓西百尺墻，汀洲雲樹共茫茫。漢家簫鼓空流水，魏國山河半夕陽。事去千年猶恨速，愁來一日即爲長。風煙併是思歸望，遠目飛春亦自傷。

王昌齡 三首

長信秋詞 英靈集作長信宫，或誤作王建宫詞

奉帚平明金殿開且将團扇共徘徊玉顔不及寒
鴉色猶帶昭陽日影来

採蓮 集内作越女

越女作桂舟還将桂為檝湖上水瀰漫清江初可
涉摘取芙容花莫摘芙容葉将歸問夫壻顔色何
如妾

閨怨

閨中少婦不知愁春日凝粧上翠樓忽見陌頭楊

柳色憐教夫壻覓封侯

李嘉祐　四首

送嚴員外　一作吳中贈別嚴士元　或云劉長卿作

春風倚棹闔閭城水國春寒陰復晴細雨濕衣看不見閑花落地聽無聲日斜江上孤帆影草緑湖南萬里情君去若逢相識問青袍今日誤儒生

赴南中留別褚少府湖上林亭　一刻赴南巴留別褚少府　亦見劉長卿集中

種田東郭傍春陂萬事無情把釣絲綠竹放侵行
逕裏青山常對卷簾時紛紛花落門空閑寂寂鶯
啼日更遲從此別君千萬里白雲流水憶佳期

送陸澧還吳中

瓜步寒潮送客楊花草雨沾衣故鄉南望何處秋
水連天獨歸

送王牧往吉州謁王使君 中興間氣集作送王牧吉州謁使君

叔

細草緑汀洲王孫耐薄遊年華初冠帶文體舊弓裘野渡花争發春塘水亂流使君憐小阮應念倚門愁

鄭準 四首

代寄邊人

君去不来久悠悠昏又明才心因卜解殘夢過橋驚聖澤如垂餌沙場會息兵涼風當為我一一送砧聲

題宛陵北樓

雨来風静緑蕪鮮凭著朱闌思浩然人語獨畊燒

後嶺鳥飛斜沒望中煙松梢半露藏雲寺灘勢横

流出浦船若遣謝宣城不死必應吟盡夕陽川

雲

片片飛来静又閑樓頭江上復山前飄零盡日不

歸去貼破清光萬里天

寄進士崔魯範

疑作化

洛陽才子舊交知別後干戈積詠思百戰市朝千
里夢三年風月幾篇詩山高雁斷音書絕谷背鶯
寒變代遲會待路寧歸去得酒樓漁浦重相期

祖詠一首

七夕

閨女求天女更闌意未闌玉庭開粉席羅袖捧金
盤向月穿針易臨風整線難不知誰得巧明旦試
相看

吉師老　四首

題春夢秋歸故里

故國歸路賒春晚在天涯明月夜来夢碧山秋到家開窗聞落葉遠墅見晴鴉驚起曉庭際鶯啼桃杏花

看蜀女轉昭君變

妖姬未着石榴裙自道家連錦水濆檀口解知千載事清詞堪歎九秋文翠眉嚬處楚邊月画卷開

時塞外雲説盡綺羅當日恨昭君傳意向文君

放猿

放爾千山萬水身野泉晴樹好為鄰啼時莫向瀟

湘峽明月孤舟有旅人

鴛鴦

江島濛濛煙靄微綠蕪深處刷毛衣渡頭驚起一

雙去飛上文君舊錦機

盧綸 七首

薄命妾

君恩已斷盡成空追想嬌歡恨莫窮長為蕣花光
曉日誰知團扇送秋風黄金買賦心徒切清路飛
塵信莫通閒凭玉闌思舊事幾回春草泣殘紅

聞雁

秋風蕭瑟静埃氛邊雁迎風響咽群瀚海應嫌霜
下早湘川偏愛草初薰蘆洲宿處依沙岸榆塞飛
時度晚雲何處最添羇客恨竹窗殘月酒醒聞

秋夕寓居精舍書事

葉滿苔階杵滿城此中無限恨難平疏簾看織蟏蛸網暗牖愁聽蟋蟀聲醉卧欲抛羈客思夢歸偏動故鄉情覺来獨步長廊下半夜西風吹月明

和李秀才邊庭四時怨

春

春風昨夜到榆關故國煙花想已殘少婦不知歸不得朝朝應上望夫山

夏

盧龍塞外草初肥，雁乳平蕪曉不飛。鄉國近来音信斷，至今猶自著寒衣。

秋

八月霜飛柳遍黄，蓬根吹斷雁南翔。隴頭流水關山月，泣上龍堆望故鄉。

冬

朔風吹雪透刀瘢，飲馬長城窟更寒。半夜火来知

山字不當入寒韻

有敵、一時齊保賀蘭山

竇鞏 一首

寄南遊兄弟

書来不報幾時還知在三湘五嶺間獨立衡門秋水闊寒鴉飛去日銜山

韓偓 五首

小隱

借得茅齋嶽麓西擬將身世老鋤犁清晨向市煙

舍郭寒夜歸村月照溪爐為窗明僧偶坐松因雪

折鳥驚啼靈椿朝菌由来事却笑莊生始欲齊

贈易卜崔江處士

白首窮經通祕義青山養老度危時門傳組綬身

能退家學樵漁跡更奇四海盡聞龜策妙九霄堪

歎鶴書遲壺中日月将何用借與閑人試一窺

一殘春旅舍

旅舍殘春宿雨晴恍然心地憶咸京樹頭蜂抱花

鬢落池面魚吹柳絮行禪伏詩魔歸淨域酒衝愁

陣出奇兵兩梁免被塵埃汚拂拭朝簪待眼明

夜深

清江碧草兩悠悠各自風流一種愁正是落花寒

食雨夜深無伴倚空樓

寄鄰莊道侶

聞說經旬不啓關藥窗誰伴醉開顔夜來雪壓村

前竹剩見溪南幾尺山

杜荀鶴 八首

春宫怨

早被嬋娟誤欲粧臨鏡慵承恩不在貌教妾若為容風煖鳥聲碎日高花影重年年越溪女相憶採芙容

經九華費徵君墓

凡弔先生者多傷荆棘間不知三尺墓高卻九華山天地有何外子孫無亦閒當時若徵起未必得

身還

○冬末同友人泛瀟湘

殘臘泛舟何處好最多吟興是瀟湘就船買得魚

偏美踏雪沽來酒倍香猿到夜深啼嶽麓雁知春

近別衡陽與君剩採江山景裁取新詩入帝鄉

○山中寄詩友

山深長恨少同人覽景無時不憶君庭果自從霜

後熟野猿頻向屋邊聞琴臨秋水彈明月酒就東

山酌白雲仙桂算攀攀合得、平生心力盡於文、

溪興

山雨溪風卷釣絲，瓦甌篷底獨斟時。醉来賺着無人喚，流下前灘也不知。

馬上行

五里復五里，往時無住時。日將家漸遠，猶恨馬行遲。

春日山居寄先達

野吟何處最相宜、春景暄和好入詩高下、麥苗新雨後淺深山色晚晴時半、巖雲脚風牽斷平野花、枝鳥踏垂倒載干戈是何日、近来麋鹿欲相隨

旅館過雨 集作旅懷

月華星采坐来收、嶽色江聲暗結愁、半夜燈前十年事、一時和雨到心頭、

張喬 二首

、荊楚道中

前程曾未到岐路擬何為迓照行人急荒郊去鳥

遲春宵多旅夢夏閏遠相期處處牽愁緒無窮是

柳絲

、題終南山白鶴觀

上徹煉丹峰求玄意未窮古壇青草合往事白雲

空仙境日月外帝鄉煙霧中人間足煩暑欲去戀

清風

崔曙一首

葬春對花

病香無力被風欺多在青苔少在枝馬上行人莫回首斷君腸是欲殘時

才調集卷之八

八種唐詩

才調集目録　卷九

王表 二首

清明日登城春望寄大夫使君

成德樂

張安石 二首

玉女詞　　　　若别

張謣 一首

還京

于濆 三首

題周瑜将軍廟

李群玉　二首

同鄭相并歌姬小飲因以贈

戲贈姬人賦尖字韵

顧非熊　一首

秋日陜州道中作

袁不約　二首

長安夜遊

病宫人　重刪去

詠柳

張蠙 四首

錢塘夜宴留別郡守

長安春望　敘懷

題嘉陵驛

劉象 七首

春夜　又

曉登迎春閣　早春池亭獨遊

送進士許棠

陳陶　一首

寄兵部任畹郎中

張謂　一首

杜侍御送貢物戲贈

鄭常　一首

寄邢逸人

崔峒　一首

題崇福寺禪院

李洞 一首

喜鸞公自蜀歸

李端 一首

巫山高和皇甫拾遺

江為 一首

江行

裴度 一首

中書即事

陳上美　一首

咸陽懷古

姚合　七首

遊宣義池亭　遊陽河岍

邊詞　又

寄王度居士　寄王玄伯

聞蟬

冬晚送友人使西蕃

僧貫休　三首

野田黄雀行　夜夜曲

行路難

僧尚顔　二首

秋夜吟　贈村公

僧護國　一首

許州趙使君孩子

僧棲白　二首

八月十五夜月　哭劉得仁

僧無可　二首

金州陪姚員外遊南池

夏日送田中丞赴蔡州

僧清江　一首

贈淮西賈兵馬使

僧法照　一首

寄錢郎中

僧太易　二首

贈司空拾遺　宿天柱觀

僧惟審　一首

賦得聞黄鳥啼

僧滄浩　一首

留别嘉興知已

僧皎然　二首

訓崔侍御見贈　尋陸鴻漸不遇

僧無本 二首

行次漢上　馬嵬

才調集目録卷九 終

才調集卷之九

劉商 一首

秋夜聽嚴紳巴童唱竹枝歌

巴人遠從荆江客，回首荆山楚雲隔。思歸夜唱竹枝歌，庭槐葉落秋風多。曲中歷歷叙鄉思，鄉思綿綿楚詞古。身騎吴牛不畏虎，手提簑笠欺風雨。猿啼日暮江岍邊，綠蕪連山水連天。来時十三今十五，一成新衣已再補。鴻雁南飛報鄰伍，在家歡樂

亂家苦天晴露白鐘漏遲淚痕满面看竹枝曲終
寒竹風裊裊西方月落東方曉

長孫佐輔 二首

尋山家

獨訪山家歇還涉茅屋斜連隔松葉主人聞語未
開門繞籬野菜飛黄蝶

南中客舍對雨送故人歸北

猿聲啾啾雁聲苦卷簾相對愁不語幾年客吳君

在楚況送君歸我猶阻家書作得不忍封北風吹
斷階前雨

朱倣 二首

秣陵送客入京

秣陵春已至君去學歸鴻緑水琴聲切青袍草色
同鳥喧金谷樹花落夕陽宫日日相思處江邊楊
柳風

江上送别

浦邊新見柳摇時北客相逢只自悲惆悵空知思
後會艱難不敢料前期行看漢月愁征戰共折江
花怨別離向夕孤城分首處寂寥横笛為君吹

王表 二首

清明日登城春望寄大夫使君

春城閑望愛晴天何處風光不眼前寒食花開千
樹雪清明日出萬家煙興来促席唯同舍醉後狂
歌盡少年聞説鶯啼却惆悵詩成不見謝臨川

成德樂

趙女乘春上画樓一聲歌發滿城秋無端更唱關山曲不是征人亦淚流

張安石　二首

玉女詞

綺薦銀屏空積塵柳眉桃臉暗銷春不須更學陽臺女為雨為雲趂惱人

苦別

向前不信別離苦而今自到別離處兩行粉淚紅
闌干一朶芙蕖帶殘露

張謂　一首

還京
朱紱臨秦苑望皇華赴洛橋文章南渡越書奏北歸
朝樹入江雲盡城銜海月遥秋風將客思川上晚
蕭蕭

于濆　三首

古宴曲

雉扇合蓬萊朝車回紫陌重門集嘶馬言宴金張宅燕娥奉巵酒低鬟若無力十户手胼胝鳳皇釵一隻高樓齊下視日照羅衣色笑指負薪人不信生中國

思歸引

不畊南畝田爲愛東堂桂身同樹上花一落又經歲交親日相薄知己恩潛替日開十二門自是無

歸計

苦辛吟

壠上扶犁兒手種腹長飢窗下擲梭女手織身無衣我願燕趙姝化為嫫母姿一笑不直錢自然家國肥

胡曾　九首

寒食都門作

二年寒食住京華寓目春風萬萬家金絡馬銜原

上草玉顔人折路傍花軒車競出紅塵合冠盖争
回白日斜誰念都門兩行淚故園寥落在長沙

薄命妾

阿嬌初失漢皇恩舊賜羅衣亦罷熏倚枕夜悲金
屋雨卷簾朝泣玉樓雲宫前葉落鴛鴦瓦架上塵
生翡翠裙龍騎不巡時漸久長門空掩緑苔紋
獨不見

玉關一自有氛埃年少從軍竟未回門外塵凝張

樂榭水邊香減按歌臺窗残夜月人何處簾卷春
風燕復来萬里寂寥音信絶寸心争忍不成灰

交河塞下曲

交河冰薄日遲遲漢将思家感别離塞北草生蘇
武泣隴西雲起李陵悲曉侵雉堞烏先覺春入關
山雁獨知何處疲兵心最苦夕陽樓上笛聲時

車遥遥

自從車馬出門朝便入空房守寂寥玉枕夜残魚

信絶金鈿秋盡雁書遥臉邊楚雨臨風落頭上春雲向日銷芳草又衰還不至碧天霜冷轉無憀

早發潛水驛謁郎中員外

半床秋月一聲雞萬里行人費馬蹄青野霧銷凝晉洞碧山煙散避秦溪樓臺稍辨烏城外更漏微聞鶴柱西已是大仙憐後進不應来向武陵迷

贈漁者

不媿人間萬户侯子孫相繼老扁舟往来南越諳

鮫室生長東吳識蜃樓自為釣竿能遣悶不因萱
草解銷憂羨君獨得逃名趣身外無機任白頭

自嶺下泛鷁到清遠峽作

乘船浮鷁下韶水絶境方知在嶺南薜荔雨餘山
自黛蒹葭煙盡島如藍旦遊蕭帝新松寺夜宿嫦
娥桂影潭不為篋中書未獻便來兹地結茅菴

題周瑜將軍廟

共説前生國步難山川龍戰血漫漫交鋒魏帝旌

旂退委蕤君王社稷安庭除雨餘春草長廟前風

起晚光殘功勛碑碣今何在不得當時一字看

李群玉　二首

同鄭相并歌姬小飲因以贈

裙拖八幅湘江水鬟聳巫山一片雲風格只應天

上有歌聲豈合世間聞胸前瑞雪燈斜照眼底桃

花酒半醺不是相如憐賦客肯教容易見文君

戲贈姬人賦尖字韻

骰子巡抛裹手拈無因得見玉纖纖但知誰道金
釵落圖向人前露指尖

顧非熊　一首

秋日陜州道中作

孤客秋風裏驅車出陜西關山午時路村落一聲
雞樹勢標秦遠天形到岳低誰知我名姓来往自
棲棲

袁不約　二首〇向有病宫人一首查
重第七卷張祜作今刪去

長安夜遊

鳳城連夜九門通帝女皇妃出漢宫千乘寶車珠箔捲萬條銀燭碧紗籠歌聲緩過青樓月香靄潛来紫陌風長樂曉鐘歸騎後遺簪墮珥滿街中

吳商浩八首

巫峽聽猿

巴江猿嘯苦響入客舟中孤枕破殘夢三聲隨曉風連雲波澹澹和霧雨濛濛巫峽去家遠不堪魂

斷空

秋塘曉望

鐘盡疎桐散曙鴉故山煙樹隔天涯西風一夜秋塘曉零落幾多紅藕花

水樓感事

高柳螿啼雨後秋年光空感淚如流蒲湖菱荇東歸晚閒倚南軒盡日愁

長安春贈友人

繁華堪泣帝城春粉蝶青樓勢礙雲花對玉鈎簾外發歌飄塵土路邊聞幾多遠客魂空斷何處王孫酒自醺各有歸程千萬里東風時節恨離群

宿山驛

文戰何堪功未圖久驅羸馬指天衢露華凝夜渚蓮盡月彩滿輪山驛孤岐路辛勤終日有鄉關音信隔年無好同范蠡扁舟興高挂一帆歸五湖

塞上即事

酐字旧本缺疑作酧

身似流星跡似蓬玉關孤望杳溟濛寒沙萬里平鋪月曉角一聲高捲風戰士歿邊魂尚哭單于獵處烽猶紅分明更想殘宵夢故國依然到甬東

北邙山

北邙山草又青青今日銷魂事可明綠酒醉來春未歇白楊風起栁初晴岡原旋葬松新長年代無人關半平堪取金爐九還藥不能隨夢向浮生

泊舟

身逐煙波魂自驚木蘭舟上一帆輕雲中有寺在
何處山底宿時聞磬聲

梁鍠　一首

、代征人妻喜夫還

征夫走馬發漁陽少婦含嬌開洞房千日廢臺還
挂鏡數年塵面再新粧春風喜出今朝戶明月虛
眠昨夜床莫道幽閨音信隔還衣總是舊時香

賀知章　一首

宋本幽閨下抉三字

詠柳 或刻柳枝詞

碧玉裝成一樹高萬條垂下緑絲縧不知細葉誰裁出二月春風似剪刀

張蠙 四首

錢塘夜宴留别郡守

四方騷動一州安夜列罇罍伴客懽歗栗調高山閣迥蝦蟆更促海城寒屏間佩響藏歌妓幕外刀光立從官沈醉不愁歸棹遠曉帆吹上子陵灘

長安春望

明時不敢卧煙霞又見秦城換物華殘雪未銷雙
鳳闕新春已發五侯家甘貧秪擬長緘酒忍病猶
期強採花故國别来桑柘盡十年兵踐海西艖

敘懷

月裏路從何處上江邊身合幾時歸十年九陌寒
風夜夢掃蘆花絮客衣

題嘉陵驛

嘉陵路惡石和泥行到長亭日已西獨倚闌干正

惆悵海棠花裏鷓鴣啼

劉象七首

春夜二首

幾處兵戈阻路岐憶山心切與山違時難何處披

懷抱日日日斜空醉歸

又

一別杜陵歸未期秖憑魂夢接親知近来欲睡兼

難睡夜夜夜深聞子規

曉登迎春閣

未櫛憑欄眺錦城煙籠萬井二江明香風滿閣花盈戶樹樹樹梢啼曉鶯

早春池亭獨遊三首

春意送殘臘春晴融小洲蒲茸纔簇岸柳頰已遮樓便有盃觴興可攄羇旅愁鳧鷖亦相狎盡日戲清流

又

清流環綠篠清景媚虹橋鶯刷初遷羽莎拳擬拆
苗細沙摧煖岍淑景動和颸倍憶同袍侶相歡倒
一瓢

又

一瓢歡自足一日與偏多幽意人先賞疎叢蝶未
過知音新句苦窺沼醉顔酡萬慮從相擬令朝欲
奈何

、白髭

到處逢人求至藥幾回染了又成絲素絲易染髭難染墨翟當時合怭髭

戴司顏二首

、江上雨

非不欲前去此情非自由星辰照何處風雨送涼秋寒鎖空江夢聲隨黄葉愁蕭蕭猶未已早晚出蘋洲

塞上

空磧晝蒼茫沙腥古戰場逢春多霰雪生計在牛

羊冷角吹鄉淚乾榆落夢床從来山水客誰謂到

漁陽

沈彬　一首

秋日

秋含砧杵搗斜陽笛引西風顥氣涼薜荔惹煙籠

蟋蟀芰荷翻雨潑鴛鴦當年酒賤何妨醉今日時

難不易狂腸斷舊遊從一別潘安惆悵滿頭霜

李賀　一首

七夕

別浦今朝暗羅帷午夜愁鵲辭穿線月花入曝衣樓天上分金鏡人間望玉鈎錢塘蘇小小更值一年秋

嚴維　一首

秋夜舩行

扁舟時屬暝月上有餘暉海燕秋還去漁人夜不歸中流何寂寂孤棹也依依一點前村火誰家未掩扉

韓翃 一首

寒食

春城無處不飛花寒食東風御柳斜日暮漢宮傳蠟燭青煙散入五侯家

熊皦 一首

早梅

江南近臘時已亞雪中枝一夜欲開盡百花猶未知人情皆共惜天意不教遲莫訝無濃艷芳筵正好吹

張喬三首

楊花落一刻楊巨源

北斗南迴春物老紅英落盡緑尚早韶風潞蕩無所依偏惜垂楊作春好此時可憐楊柳花縈盈艷

曳滿人家人家女兒出羅幙淨埽玉除繡花落寶
環纖手捧更飛翠羽輕裾承不著歷歷瑤琴舞袖
陳飛紅拂黛憐玉人東園桃李芳已歇猶有楊花
嬌筭春

送友人歸宜春

落花兼柳絮無處不紛紛遠道空歸去流鶯獨自
聞野橋喧磴水山郭入樓雲故里南陵曲秋期更
送君

送進士許棠

離鄉積歲年歸路遠依然夜火山頭市春江樹杪船干戈愁鬢改瘴癘喜家全何處營甘旨潮濤浸薄田

陳陶一首

寄兵部任畹郎中

常思劒浦別清塵豈蔑花紅十二春崑玉已成廊廟器澗松猶是薜蘿身雖同橘柚依南土終仰魁

罔近北辰好向明時薦遺逸莫教千古弔靈均

張謂一首

杜侍御送貢物戲贈

銅柱朱崖道路難伏波横海舊登壇越人自貢珊瑚樹漢使何勞獬豸冠疲馬山中愁日晚孤舟江上畏春寒由来此貨稱難得多恐君王不忍看

鄭常一首

寄邢逸人

羨君無外事日與世情違地僻人難到溪深鳥自飛儒衣荷葉老野飯藥苗肥疇昔江湖意而今憶共歸

崔峒一首

題崇福寺禪院

僧家更無事埽地與焚香清磬度山翠閒雲来竹房身心塵外遠歲月坐中長向晚禪堂閉無人空夕陽

李涧　一首

喜鸞公自蜀歸

禁院閑生臺尋師到緑槐寺高猿看講鐘動鳥知齋埽石月盈箒濾泉花滿篩歸来逢聖節吟步上堯階

李端　一首

巫山高和皇甫拾遺　御覽集作巫山高

巫山十二峰皆在碧虛中迴合雲藏日霏微雨帶

風猿聲寒過獮樹色暮連空愁向高唐去千秋見

楚宮

江爲一首

江行

越信隔年稀孤舟幾夢歸月寒花露重江晚水煙

微峰直帆相望沙空島自飛何時洞庭上春雨䗍

簑衣

裴度一首

中書即事

有意效承平無功益聖明灰心緣忍事霜髩為論兵道直身還在恩深命轉輕鹽梅非擬議葵藿是平生白日長懸照蒼蠅謾發聲嵩陽舊田地終使謝歸耕

陳上美一首

咸陽懷古

山連河水碧氛氳瑞氣東移擁聖君秦苑有花空

笑日漢陵無主自侵雲古槐堤上鶯千囀遠渚沙中鷺一群賴與淵明同把菊煙郊西望夕陽曛

姚合　七首

、遊宣義池亭

春入池亭好風光煖更鮮尋芳行不困逐勝坐還遷細草亂如髮幽禽鳴似絃苔文翻古篆石色學秋天花落能漂酒萍開解避船暫来猶愈疾久住合成仙迸筍揩階起垂藤壓樹偏此生應借看自

計買無錢

遊陽河岍

終日遊山困今朝始傍河尋芳愁路盡逢景長人多鳥語催沽酒魚来似聽歌醉時眠石上肢體自婆娑

邊詞二首

将軍作鎮古汧州水膩山春節氣柔清夜滿城絲管散行人不信是邊頭

又

箭利弓調四鎮兵蕃人不敢近東行沿邊千里渾無事唯見平安火入城

寄王度居士

鶡頏王居士顛狂不稱時天公與貧病時輩復輕欺茅屋隨年賃盤餐逐日移棄嫌官似夢珍重酒如師無竹栽蘆看思山疊不爲静窗留客話古寺覓僧棋瘦馬寒来死羸童餓得癡唯應尋阮籍心

事遠相知

寄王玄伯

夜歸曉出滿衣塵轉覺才名帶累身莫覔舊来終日醉世間盃酒屬閑人

聞蟬

未秋吟便苦半咽半隨風禪客心應亂愁人耳願聾雨情煙樹裏日晚古城中遠思應難盡誰當與我同

楊牢　一首

贈舍弟

秦雲蜀浪雨堪愁爾養晨昏我遠憂千里客心難寄夢兩行鄉淚為君流旱驅風雨知龍聖餓食魚蝦覺虎羞袖裏鏌鋣光似水丈夫不合等閑休

王昌齡　二首

出塞　上行

秦時明月漢時關萬里長征人未還但使龍城飛

将在不教胡馬渡陰山

少年行

走馬遠相尋西樓下夕陰結交期一劒留意贈千金高閣歌聲遠重關柳色深夜闌須盡醉莫負百年心

于鵠 二首

送唐大夫讓節歸山 一本作送唐中丞入道

年老功臣乞罷兵玉階匍匐進雙旌朱門鴛瓦為

仙觀白領狐裘出帝城侍女休梳宮樣髻閣童新
改道家名到時浸髮春泉裏猶夢紅樓簫管聲

送宮人入道

十載吹簫入漢宮看脩水殿種芙容自傷白髮辭
金屋喜著黃冠向玉峰解語老猿開曉戶引雛飛
鶴下高松定知別後宮中伴遥聽緱山半夜鐘

陳羽　一首

冬晚送友人使西蕃

驛使向天西廵羌復入氐玉關情有雪砂磧雨無
涅落淚軍中笛驚眠塞上雞逢春鄉思苦萬里萋
萋

僧貫休 三首

野田黃雀行

高樹風多吹爾巢落蒿深葉燰宜爾依泊莫近鴟
類蛛網亦惡飲野田之清水食野田之黃粟深花
中睦埒土裏俗如此即全勝啄太倉之穀而穿人

之屋

夜夜曲

蟪蛄切切風騷騷芙容噴香蟠蜍高孤燈耿耿征婦勞更深擽落金錯刀

行路難

君不見山高海深人不測古往今来轉清碧淺近輕浮莫與交地卑只解生荊棘誰道黄金如糞土張耳陳餘斷消息行路難行路難君自看

僧尚顔 二首

秋夜吟

梧桐雨畔夜愁吟拌擻衣裾蘚色侵枉道一生無
繫著湘南山水別人尋

贈村公

袖衣木突此鄉尊白盡鬚眉眼未昏醉舞神筵隨
鼓笛閑歌聖代和兒孫黍苗一頃垂秋日茅棟三
間映古原也笑長安名利處紅塵半是馬蹄翻

僧護國 一首

許州趙使君孩子

毛骨貴天生肌膚片玉明見人空解笑弄物不知名國器嗟猶小門風望益清抱来芳樹下時引鳳雛聲

僧棲白 二首

八月十五夜月 一刺中秋

尋常三五夜豈是不嬋娟及至中秋半還勝别夜

圓清光疑有露皓色爽無煙自古人皆望年来復一年

哭劉得仁

為愛詩名吟到此風魂雪魄去難招直教桂子落墳上生得一枝寃始銷

僧無可二首

金州陪姚員外遊南池

柳暗清波漲衝萍復漱苔張筵白鳥起埽岸使君

来洲島秋應役荷花晚盡開高城吹角絶騶馭尚
徘徊

夏日送田中丞赴蔡州

出守汝南城應多戀闕情地遥人久望風起旆初
行楚廟繁蟬斷淮田細雨生賞心知有處蔣宅古
松平

僧清江 一首

贈淮西賈兵馬使

破虜功成百戰場天書親拜漢中郎映門旌旆春
風起對客絃歌白日長階下鬬雞花乍拆營南試
馬柳初黄由来呉楚多同調感激逢君共異鄉

僧法照一首

寄錢郎中

閑門深樹裏閑足為經過駟馬不為貴一僧誰奈
何藥苗家自有香飯乞時多寄語嬋娟客将心向

薜蘿

僧太易 二首

贈司空拾遺

侍臣何事辭雲陛江上微吟見雪花望闕未承丹鳳詔開門空對楚人家陳琳草奏才還在王粲登樓興尚賒高館更容塵外客仍令歸路奉瑶華

宿天柱觀

石室初投宿仙翁喜暫容花原隔水見洞府過山逢泉湧階前地雲生户外峰中宵人自定不是欲

降龍

僧惟審一首

賦得聞黄鳥啼

捲簾清夢後芳樹引流[涼]鶯隔葉傳春意穿花送曉

聲未調雲路翼空負桂林情莫盡關關興羈愁正

厭生

僧滄浩一首

留别嘉興知巳

署樹字不誤作樹者反為音同致譌也

一坐東林寺從来未下山不因尋長者無事到人間宿雨愁為客寒禽散未還空懷舊山月童子誦經閑

僧皎然 二首

詶崔侍御見贈

買得東山後逢君小隱時五湖遊未足柏樹跡如遺儒服何妨道禪心不廢詩一從居士説長破小乘疑

尋陸鴻漸不遇

移家雖帶郭野徑入桑麻近種籬邊菊秋来未着花扣門無犬吠欲去問西家報道山中出歸時每日斜

僧無本　二首

此當是閬仙未返初服時詩誤分兩人也

行次漢上

習家池沼草萋萋嵐樹光中信馬蹄漢主廟前湘水碧一聲風角夕陽低

馬嵬

長川幾處樹青青孤驛危樓對翠屏一自上皇惆悵後至今来往馬蹄腥

才調集卷之九

才調集目録　卷十

惜春花

崔仲容　二首

贈所思　　贈歌姬

張文姬　二首

溪口雲　　沙上鷺

女道士元淳　二首

寄洛中諸姊　　秦中春望

蔣藴　二首

贈鄰女郎　古意

崔公遠 一首

獨夜詞

女道士魚玄機 九首

隔漢江寄子安　寓言

江陵愁望寄子安　寄子安

寄李億員外　送別

又　迎李近仁員外

賦得江邊樹

張窈窕　二首

寄故人　春思

張琰　二首

春詞　又

趙氏　二首

雜言寄杜羔　聞夫杜羔登第

程長文　三首

獄中書情上使君　銅雀臺
春閨怨
梁瓊　三首
昭君怨　銅雀臺
宿巫山寄遠人
廉氏　二首
懷遠　寄征人
薛濤　三首

送友人　　題竹郎廟

柳絮

姚月華 二首

怨詩　　又

裴羽仙 二首

邊將　　又

劉瑶 三首

暗别離　　古意曲

闔閭城懷古

妓常浩 二首

贈盧夫人　　寄遠

葛鵶兒 一首

懷良人

薛媛 一首

寫真寄夫南楚材

眄眄 一首

燕子樓

崔鶯鶯一首

　　會張生

無名氏三十七首

　　春　　又

　　夏　　秋

　　冬　　雞頭

紅薔薇　　斑竹簟

之詞因詰傳吏盡得其實偶作四韵嘲

之　經漢武泉
雜詩　又
又　又
又　又
又　又
雜詩　又
天竺國胡僧水晶念珠
白雪歌　琵琶

傷哉行

才調集目録卷十終

沈本無三字

才調集卷之十

張夫人二首○戶部侍郎吉中孚妻

拜新月

拜新月，拜月出堂前。暗魄初籠桂，虛弓未引弦。拜新月，拜月粧樓上。鸞鏡未安臺，蛾眉已相向。拜新月，拜月不勝情。庭前風露清，月臨人自老，人望月長生。東家阿母亦拜月，一拜一悲聲斷絕。昔年拜月逞容輝，如今拜月雙淚垂。回看衆女拜新月，却

憶紅閨年少時

拾得韋氏花鈿以詩寄贈

今朝粧閣前拾得舊花鈿粉污痕猶在塵侵色尚鮮曾經纖手裏帖向翠眉邊能助千金笑如何忍棄捐

劉媛　一首

長門怨

雨滴梧桐秋夜長愁心和雨到昭陽淚痕不與君

恩斷拭却千行更萬行

女道士李冶九首○字季蘭

從蕭叔子聽彈琴賦得三峽流泉歌中興集小異

妾家本住巫山雲巫山流泉常自聞玉琴彈出轉寥敻真是當時夢裏聽三峽迢迢幾千里一時流入幽閨裏巨石崩崖指下生飛泉走浪絃中起初疑憤怒含雷風又似嗚咽流不通廻湍曲瀨勢將盡時復滴瀝平沙中憶昔阮公爲此曲能使仲容

聽不足一彈既罷復一彈願作流泉鎮相續

送韓揆之江西 或刻送閻伯均往江州○中興集小異

相招折楊柳別恨轉依依萬里西江水孤舟何處歸湓城潮不到夏口信應稀唯有衡（隨）陽雁年年來去飛

相思怨

人道海水深不抵相思半海水尚有涯相思眇無畔攜琴上酒樓樓虛月華滿彈著相思曲絃腸一

時斷

感興

朝雲䓵雨鎮相隨去雁来人有返期玉枕秖知長下淚銀燈空照不眠時仰看明月翻含意俯盻流波欲寄詞却憶初聞鳳樓曲教人寂寞復相思

恩命追入留别廣陵故人

無才多病分龍鍾不料虛名達九重仰愧彈冠上華髮多慙拂鏡理衰容馳心北闕隨芳草極目南

山望舊峰桂樹不能留野客沙鷗出浦謾相逢

八至

至近至遠東西至深至淺清谿至高至明日月至親至踈夫妻

送閻二十六赴剡縣

流水閶門外孤舟日復西離情遍芳草無處不萋萋妾夢經吳苑君行到剡溪歸来重相訪莫學阮郎迷

寄朱放 中興集同

望遠試登山山高湖又闊相思無曉夕相望經年月欝欝山木春綿綿野花發別後無限情相逢一時説

得閻伯鈞書

情来對鏡懶梳頭暮雨蕭蕭庭樹秋莫怪闌干垂玉箸只緣惆悵對銀鉤

劉雲 二首

有所思

朝亦有所思暮亦有所思登樓望君處靄靄蕭關

道掩淚向浮雲誰知妾懷抱玉井蒼苔春院深桐

花落盡無人埽

婕妤怨

君恩不可見妾豈如秋扇秋扇尚有時妾身永微

賤莫言朝花不復落嬌容幾奪昭陽殿

鮑君徽一首

惜春花 一作惜花吟

枝上花花下人可憐顏色俱青春昨日看花花灼灼今日看花花欲落不如盡此花下歡莫待春風總吹却鶯歌蝶舞媚韶光紅爐煮茗松花香粧成吟態恣遊樂獨把花枝歸洞房

崔仲容 二首

贈所思

所居幸接隣相見不相親一似雲間月何殊鏡裏

入丹誠空有恨腸斷不禁春傾作梁間燕無由變此身

贈歌姬

水剪雙眸霧剪衣當筵一曲媚春輝瀟湘夜瑟怨猶在巫峽曉雲愁不稀皓齒乍分寒玉細黛眉輕慼遠山微渭陽朝雨休重唱滿眼陽關客未歸

張文姬二首○鮑參軍妻

溪口雲

溶溶溪口雲纔向溪中吐不復歸溪中還作溪中
雨

沙上鷺

沙頭一水禽鼓翼揚清音只待高風便非無雲漢
心

女道士元淳 二首

寄洛中諸姊

舊國經年別關河萬里思題詩憑雁翼望月想蛾

眉白鬓愁偏覺帰心夢獨知誰堪離亂處掩淚向
南枝

秦中春望

鳳樓春望好宫闕一重重上苑雨中樹終南霽後
峰落花行處徧佳氣晚来濃喜見休明代霓裳躡
道蹤

蔣韞二首〇一作蘊字馥

贈鄭女郎或刻鄭氏妹

艷陽灼灼河洛神珠簾繡戶青樓春能彈箜篌弄
纖指愁殺門前少年子笑開一面紅粉粧東園幾
樹桃花死朝理曲莫理曲獨坐窗前一片玉行也
嬌坐也嬌見之令人魂魄銷堂前錦褥紅地鑪綠
沈香榼傾屠蘇解佩時時歇歌管芙容帳裏蘭麝
滿晚起羅衣香不斷滅燭每嫌秋夜短

古意

昨夜巫山東失却陽臺女朝來香閣裡獨伴楚王

語

崔公遠一首

獨夜詞

晴天霜落寒風急錦帳羅幃羞更入秦筝不復續

斷絃回身掩淚挑燈立

安道士魚玄機九首

隔漢江寄子安

江南江北愁望相思相憶空吟鴛鴦煖臥沙浦鸂

鸂鶒閑飛橋林煙裏歌聲隱隱渡頭月色沈沈含情
咫尺千里况聽家家遠砧

寓言

紅桃處處春色碧柳家家月明樓上新粧待夜閨
中獨坐含情芙容葉下魚戲螮蝀天邊雀聲人世
悲歡一夢如何得作雙成

江陵愁望寄子安

楓葉千枝復萬枝江橋掩暎暮帆遲憶君心似西

江水日夜東流無歇時

寄子安

酔別千危不浣愁離腸百結解無憂蕙蘭銷歇歸
春圃楊柳東西絆客舟聚散已愁雲不定恩情須
學水長流有花時節知難遇未肯厭厭醉玉樓

寄李億員外　集作贈隣女

羞日遮羅袖愁春懶起粧易求無價寶難得有心
郎枕上潛垂淚花間暗斷腸自能窺宋玉何必恨

王昌

送別二首

層城幾夜愜心期不料仙鄉有別離曙覺莫言雲

去處殘燈一盞野蛾飛

又

水柔逐器知難定雲出無心肯再歸惆悵春風楚

江莫鴛鴦一隻失羣飛

迎李近仁員外

今日喜時聞喜鵲昨宵燈下拜燈花焚香出户迎
潘岳不羨牽牛織女家

賦得江邊樹

草色迷荒岸煙姿入遠樓葉鋪秋水面花落釣人
頭根老藏魚窟枝低繫客舟蕭蕭風雨夜驚夢復
添愁

張窈窕 二首

寄故人

溚溚春風花落時不堪愁坐更相思無金可買長門賦有恨空吟團扇詩

春思

門前梅柳爛春輝閉妾深閨繡舞衣雙燕不知腸欲斷銜泥故故傍人飛

張琰二首

春詞二首

垂柳鳴黃鸝關關若求友春情不可耐愁殺閨中

婦日莫登高樓誰憐小垂手

又

昨日桃花飛今朝梨花吐春色能幾時那堪此愁

緒蕩子遊不歸春来淚如雨

趙氏 二首

雜言寄杜羔

君從淮海遊再過蘭杜秋歸来未須臾又欲向梁

州梁州秦嶺西棧道與雲齊羌蠻萬餘落矛戟自

高低已念寡儔侶復慮勞攀躋丈夫重志氣皃女
空悲啼臨卭滯遊地肯顧濁水泥人生賦命有厚
薄君但遨遊我寂寞

聞夫杜羔登第

長安此去無多地欝欝葱葱佳氣浮良人得意正
年少今夜醉眠何處樓

程長文 三首

獄中書情上使君

妾家本住鄱陽曲一片真心比孤竹當年二八盛
容儀紅牋草隸恰如飛盡日閑窗刺繡坐有時極
浦採蓮歸誰道居貧守都邑幽閨寂寞無人入海
燕朝歸衾枕寒山花夜落階墀濕強暴之男何所
為手持白刃向簾幃一命任從刀下死千金豈受
暗中欺我今匪石情難轉志奪秋霜意不移血濺
羅衣終不恨瘡粘錦袖亦何辭縣僚曾未知情緒
即便教人縶囹圄朱唇滴瀝獨銜寃玉筯闌干歎

非所十月寒更堪思人一聞擊柝一傷神高髻不
梳雲已散蛾眉罷埽月仍新三尺嚴章難可越百
年心事向誰說但看洗雪出圖扉始信白圭無玷
缺

銅雀臺

君王去後行人絕簫箏不響歌喉咽雄劍無威光
彩沈寶琴零落金星滅玉階寂寞墜秋露月照當
時歌舞處當時歌舞人不回化為今日西陵灰

春閨怨

綺陌香飄柳如線時光瞬息驚流電良人何處事
功名十載相思不相見

梁瓊 三首

昭君怨

自古有[無]和親貽灾到妾身朔風嘶去馬漢月出行
輪衣薄狼山雪粧成虜塞春迴看父母國生死畢

胡塵

銅雀臺

歌扇向陵開齊行奠玉盃舞時飛燕列夢裡片雲
来月色空餘恨松聲奠更哀誰憐未死妾掩袂下
銅臺

宿巫山遠寄人

巫山雲巫山雨朝雲䓁雨無定所南峰忽暗北峰
晴空裏仙人語笑聲曾侍荊王枕席處直至如今
如有靈春風潞潞白雲開驚湍流水響千山一夜

此中對明月憶得此中與君别感物情懷如舊時
君今渺渺在天涯曉看襟上淚流處點點血痕猶
在衣

廉氏二首

懷遠

隟塵何微微朝夕通其輝人生各有託君去獨不
帰青林有蟬響赤日無鳥飛徘徊東南望雙淚空
沾衣

寄征人

凄凄北風吹鴛被，娟娟西月生蛾眉。誰知獨夜相思處，淚滴寒塘蕙草時。

薛濤　三首

送友人

水國蒹葭夜有霜，月寒山色共蒼蒼。誰言千里自今夕，離夢杳如關塞長。

題竹郎廟

竹郎廟前多古木夕陽沉沉山更緑何處江村有
笛聲聲聲盡是迎郎曲

○栁絮

二月楊花輕復微春風揺蕩惹人衣他家本是無
情物一向南飛又北飛

姚月華二首

古怨詩

春水悠悠春草緑對此思君淚相續羞將離恨向

東風理盡秦箏不成曲

又

與君形影分胡越玉枕終年對離別登臺北望煙雨深迴身泣向寥天月

裴羽仙二首○其夫征匈奴輕行入為利鹿生擒帳下自爾一往音信斷絶

邊將二首

風卷平沙日欲曛狼煙遥認犬羊群李陵一戰無歸日望斷胡天哭塞塵

又

良人平昔逐蕃渾力戰輕行出塞門從此不歸成萬古空留賤妾怨黄昏

劉瑶 三首

暗别離

槐花結子桐葉焦單飛越鳥啼青霄翠軒轆雲輕遥遥燕脂淚迸紅線條瑶草歇芳心耿耿玉佩無聲画屏冷朱絃暗斷不見人風動花枝月中影青

鸞脉脉西飛去海闊天高不知處

古意曲

梧桐階下月團團洞房如水秋夜闌吳刀剪破機頭錦茱萸花墜相思枕綠窗寂寞背燈時暗數寒更不成寢

闔閭城懷古

五湖春水接遥天國破君亡不記年唯有妖娥曾舞處古臺寂寞起愁煙

常浩 二首

贈盧夫人

佳人惜顏色恐逐芳菲歇日暮出画堂下堦拜新月拜月如有詞傍人那得知歸来投玉枕始覺淚痕垂

寄遠

年年二月時十年期别期春風不知信軒盖獨遲遲今日無端捲珠箔始見庭花復零（見）落人心一往

不復歸歲月来時未嘗錯可憐熒熒玉鏡臺塵飛

幕幕幾時開却念容華非惜好画眉猶自待君来

葛鴉兒　一首

懷良人

蓬髩荆釵世所稀布裙猶是嫁時衣胡麻好種無

人種正是歸時不見歸

薛媛　一首

寫真寄夫南楚材

欲下丹青筆先拈寳鏡端已驚顔索寞漸覺髩凋
殘淚眼描將易愁腸寫出難恐君渾忘却時展画
圖看

眄眄一首○張建封妾

燕子樓

樓上殘燈伴曉霜獨眠人起合歡床相思一夜情
多少地角天涯不是長

崔鶯鶯一首

會張生　或刻月明三五夜

待月西廂下迎風戶半開拂墻花影動疑是玉人来

拂妙于隔

無名氏　三十七首

春二首

褭褭東風吹水國金鴉影煖南山北蒲抽小劒割湘波柳拂長眉舞春色白銅堤下煙蒼蒼林端細蕋參差香緑桑枝下見桃葉廻看青雲空斷腸

原本缺

又

烏足遲遲日宫裏天門擊鼓龍蛇起風師剪翠換

枯條青帝挼藍染江水蜂蝶繽紛抱香蕋錦鱗跳

擲紅雲尾繡衣白馬不歸来雙成倚檻春心醉

夏

赤帝旗迎火雲起南山石裂吳牛死繡楹夜夜箔

鰕鬚象榻重重簟湘水形形日脚燒氷井古陌塵

飛野煙静濮帝高堂汗若珠班姬明月無停影

秋

月色驅秋下穹昊梁間燕語辭巢蚤古苔凝紫貼

瑤堦露槿啼紅墮江草越客羈魂挂長道西風欲

揭南山倒粉娥恨骨不勝衣暎門楚碧蟬聲老

冬

蒼莽枯磧陰雲滿古木號空晝光短雲擁三峰嶽

色低氷堅九曲河聲斷浩汗霜風刮天地温泉火

井無生意澤國龍蛇凍不伸南山瘦栢銷殘翠

雞頭

湖浪參差疊寒玉水仙曉展鉢盤緑淡黄根老栗皺圓染青刺短金罌熟紫羅小囊光緊蹙一掬真珠藏蝟腹蕺蕺引𤔡傍蓮洲滿川恐作天雞哭

紅薔薇

九天碎霞明澤國造化工夫潛剪刻淺碧眉長約細枝深紅刺短鉤春色晴日當樓曉香歇錦帶盤空欲成結謝豹聲催麥隴秋春風吹落猩猩血

斑竹簟

龍鱗滿床波浪溼血光點點湘娥泣一片晴霞凍
不飛深沉盡訝鮫人立百朶排花蜀纈明珊瑚枕
滑葛衣輕閑窗獨卧曉不起冷浸羈魂錦江裹

聽琴

六律鏗鏘間宮徵伶倫寫入梧桐尾七條瘦玉叩
寒星萬派流泉哭纖指空山雨脚隨雲起古木燈
青嘯山鬼田文墮淚曲未終子規啼血哀猿死

石榴

蟬嘯秋雲槐葉齊石榴香老庭枝低流霞色染紫
罌栗黄蠟紙苞紅瓠犀玉刺水壺含露溼斕斑似
帶湘娥泣蕭娘初嫁嗜甘酸嚼破水精千萬粒

秦家行

彗孛飛光照天地九天瓦裂屯冤氣鬼哭聲聲怨
趙高宫花滴盡扶蘇淚禍起蕭墻不知戢羽書催
築長城急劒上忠臣血未乾沛公已向函關入

小蘇家　當作蘇小家

雙月謳謌輾秋碧細風斜掩神仙宅麥門冬長馬

鬣青茱萸葩綻蠅頭赤流蘇斗帳懸高壁絲鳳盤

龍繳香額堂内月娥横剪波倚門腸斷鰕鬚隔

斑竹

濃緑踈莖遶湘水春風抽出蛟龍尾色拖霜花粉

黛光枝撑蜀錦紅霞起交戛敲欹無俗聲滿林風

曳刀槍横般痕苦雨洗不落猶帶湘娥淚血腥嫋

娜梢頭埽秋月影穿林下疑殘雪我今慙愧子猷心解愛此君名不滅

宴李家宅

画屏深掩瑞雲光羅綺花飛白玉堂銀榼酒傾魚尾倒金爐灰滿蓺心香輕揺緑水青蛾飲亂觸紅絲皓腕狂今日恩榮許同聽不辭沉醉一千觴

長信宫

細草侵堦亂碧鮮宫門深鎖緑楊天珠簾欲捲擡

秋水羅幌微開動冷煙風引漏聲過枕上月遷花影到窗前獨挑殘焰魂堪斷却恨青蛾誤少年

驪山感懷

武帝尋仙駕海遊禁門高閉水空流深宮帶日年年色翠栢凝煙夜夜愁鸞鳳影沉歸萬古歌鐘聲斷夢千秋晚来惆悵無人會雲雨能飛傍玉樓

聽唱鷓鴣

金谷歌傳第一流鷓鴣清怨碧雲愁夜来省得曾

闡處萬里月明湘水流

遊朱坡故少保杜公林亭

杜陵池館洛城東孤島廻汀路不窮高岫乍疑三
峡近遠波初似五湖通梧桐葉暗蕭蕭雨菱荇花
香濬濬風還有昔時巢燕在飛来飛去畫堂空

留贈偃師主人

孤城漏未殘徒侶拂征鞍洛北去愁遠淮南歸夢
闌曉燈廻壁暗晴雪卷簾寒更盡主人酒出門行

路難
長門
悵望黄金屋恩衰似越逃花生針眼刺月送剪腸
刀地近歡娱遠天低雨露高時看廻輦處淚臉濕
夭桃
客有新豐館題怨別之詞因詰傳吏盡得其
實偶作四韵嘲之
春風白馬紫絲韁正值蚕眠未採桑五夜有心隨

莫雨百年無節待秋霜重尋繡帶朱藤合更認羅裙碧草長為報西遊減離恨阮郎纔去嫁劉郎

經漢武泉

芙容池苑起清秋漢武泉聲落御溝他日江山映蓬鬢二年楊柳別漁舟竹間駐馬題詩去物外何人識醉遊盡把帰心付紅葉晚来随水向東流

雜詩十首

近寒食雨草萋萋着麥苗風柳映堤早是有家帰

未得杜鵑休向耳邊啼

又

春光冉冉歸何處更向尊前把一盃盡日問花花不語為誰零落為誰開

又

水紋珍簟思悠悠千里佳期一夕休從此無心愛良夜任他明月下西樓

又

數日相隨兩不忘郎心如妾妾如郎出門便是東
西路把取紅戕各斷腸

又

無定河邊笳角聲赫連臺畔旅人情函關歸路千
餘里一夕秋風白髮生

又

花落長川草色青笳山重疊雨冥冥逢春便覺飄
蓬苦今日兮飛一涕零

又

洛陽才子鄰簫恨湘水佳人錦瑟愁今昔兩成惆

悵事臨邛春盡暮江流

又

浙江輕浪去悠悠望海樓吹望海愁莫怪鄉心隨

魄斷十年為客在他州

雜詩　二篇見劉夢得集中

鸞飛遠樹遊何處鳳得新巢有去心紅粉尚留香

幕幕碧雲初斷信沉沉邮堪點污沉涅玉猶自經

營買笑金從此山頭似人石丈夫形狀淚痕深

又

折釵破鏡兩無緣魚在深潭月在天得意紫鸞辭

舞鏡墮松青鳥斷銜牋金瓶永覆難收水玉軫長

抛不續絃若到蘼蕪山下過空將狂淚滴黃泉

天竺國胡僧水晶念珠

天竺胡僧踏雲立紅精素貫鮫人泣細影疑隨爛

火銷圓光恐滴袈裟濕夜梵西天千佛聲指輪次
第驅寒星若非葉下滴秋露則是井底圓春氷淒
清妙麗應難並眼界真如意珠靜碧蓮花下獨提
攜堅潔何如幻泡影

白雪歌

皇穹何處飛瓊屑散下人間作春雪五花馬踏白
雲衢七香車碾瑶墀月蘇嶺乳洞擁山家㵎藤古
粟盤銀虵寒郊複疊鋪柳絮古磧爛熳吹蘆花流

泉不下孤汀咽斷臂老猿聲欲絶鳥啄氷潭玉鏡
開風敲簮溜水晶折拂戸初疑粉蝶飛看山又訝
白鷗歸孫康凍死讀書闈火井不煖温泉微

琵琶

粉胸繡臆誰家女香撥星星共春語七盤嶺上走
鸞鈴十二峰頭弄雲雨千悲萬恨四五絃絃中甲
馬聲駢闐山僧撲破瑠璃鉢壯士擊折珊瑚鞭珊
瑚鞭折聲交戛玉盤傾瀉真珠滑海神驅趂夜濤

回江娥蹙踏春冰裂滿坐紅粧盡淚垂望鄉之容
不賸悲曲終調絶忽飛去洞庭月落孤雲歸

傷哉行

兔走烏飛不相見人事依稀速如電王母夭桃一
度開玉樓紅粉千回變車馳馬走咸陽道石家舊
宅空荒草秋雨無情不惜花芙容一一驚顛倒勸
君莫謾栽荊棘秦皇虛費驅山力英風一去更無
言白骨沉埋萆山碧

憶戊午偕雨若才一五松下日焚香讀異書
每思偶調因而覓句相賞也時雨若饒購是
集不亞鴻寶第惡煤墨瀋無可著筆輒屢稍
稍點次遂援諸梓意殊未愜十年來偶于故
楮中覓得舊本不覺爽然隨剞燭研露互參
唐名賢舊集釐校無不印合遂訂為完書以
行斯無憾于作者益有洽于選人當世說詩
者見海虞刻有二種以此戊辰端陽前一日

湖南毛晉記

從義山手校本校過比坊間所刊二馮批本其字頗有
異同二馮評語有刊本故未臨之
義門跋云乙丑四月在京師徐学士先生家借紫笥蓮中馮
定遠先生批閱本對臨○此書惟虞山錢氏所刻爲善本此則
多爲俗子改竄往往至於不可通矣○旁批小字大抵出于馮舒已
蒼鈍吟之兄也亦間有一二付以郵見

才調集卷之十　終

唐人選唐詩總跋

唐人選唐詩約十種餘予數載遍搜僅得八冊或選殽而奏丹陛或別調而祕青緗或遞美於既湮或表章於復振三百年來風遒文深已大備於斯編凡百類選盈案縹箋俱可束之高閣矣豈有一人一詩錯見叜張不過往者鄙甄目六易足推敲選者守之遥

衡徵商思息固無俟爚異以標新亦何必強同所畫

一若乃凝雜未辨湯易刑天者恐不能無媿於昂來

叟有南薰又命諸集姑俟續刻戊辰竹醉日湖南毛

晉言

唐人選唐詩總跋 終

國家出版基金項目

詹福瑞 陳紅彦 主編

唐人選唐詩八種

國家圖書館藏汲古閣刻吴景恩校跋本

歷代唐诗珍稀選本彙編

（唐宋金元卷）

④

鳳凰出版社

目次

唐人選唐詩八種 二

河岳英靈集
中興間氣集
搜玉小集
極玄集

國家圖書館藏崇禎元年汲古閣刻本，吴景恩校跋並録葉奕等批校、題識

河嶽英靈集

八種唐詩

文苑英華多此一百一字

河嶽英靈集序

唐丹陽進士殷璠

梁昭明太子撰文選後相效著述者十餘家咸自稱盡善高聽之士或未全許且大同至于天寶把筆者近千人除勢要及賄賂者中間灼然可尚者五分無二豈得逢時輒贊往往盈帙蓋身後立節當無詭隨其應詮揀不精玉石相混致令衆口銷鑠為知音所痛

夫文有神來氣來情來有雅體野體鄙體俗體編紀者能審鑒諸體委詳所來方可定其優劣論其取捨（安）至如曹劉詩多直語少切對或五字並側或十字俱（致）平而逸駕終存然挈瓶庸受之流責古人不辯宮商（價）

徵羽詞句質素恥相師範於是攻異端妄穿鑿理則
不足言常有餘都無興象但貴輕豔雖滿篋笥將何
用之自蕭氏以還尤增矯飾武德初微波尚在貞觀
末標格漸高景雲中頗通遠調開元十五年後聲律
風骨始備矣寔由主上惡華好朴去僞從眞使海内
詞場翕然尊古南風周雅稱闡今日璠不揆竊嘗好

事顧刪略群才贊聖朝之美爰因退跡得遂宿心粤若王維王昌齡儲光羲等二十四人皆河嶽英靈也此集便以河嶽英靈爲號詩二百三十四首分爲上中下卷起甲寅終癸巳論次于敘品藻各冠篇額如名不副實才不合道縱權壓梁竇終無取焉

英華云三十五人今僅存二十四詩二百七十今僅二百三十四

河嶽英靈集序終

論

昔伶倫造律蓋爲文章之本也是以氣因律而生節假律而明才得律而清焉寧預於詞場不可不知音律焉孔聖刪詩非代議所及自漢魏至于晉宋高唱者十有餘人然觀其樂府猶有小失齊梁陳隋下品實繁專事拘忌彌損厥道夫能文者匪謂四聲盡要

流美八病咸須避之縱不拈綴未爲深缺即羅衣何
飄飄長裾隨風還雅調仍在況其他句乎故詞有剛
柔調有高下但令詞與調合首末相稱中間不敗便
是知音而沈生雖怪曹王曾無先覺隱侯言之更遠
璠今所集頗異諸家既閑新聲復曉古體文質半取
風騷兩挾言氣骨則建安爲傳論宮商則太康不逮

將來秀士無致深憾

論 終

河嶽英靈集姓氏總目

卷上

陶　翰十一首

李　頎十四首

高　適十三首

卷中

岑　參七首

卷下

崔　顥十一首

薛　據十首

綦母潛六首

卷下

祖　詠六首

盧　象七首

李　嶷五首

閻　防五首

河嶽英靈集姓氏總目終

河嶽英靈集目録　卷上

常建　十四首

淇上別趙仙舟　春閨
寄崔鄭二山人　息夫人怨
婕妤怨　魚山神女瓊智祠歌
二首　隴頭吟
少年吟　初出濟州別城中故
人　送綦毋潛落第還鄉

劉眘虚　十一首

海上詩送薛文學歸東海

送東林廉上人還廬山

送韓平兼寄郭徵　寄閻防

葺秋楊子江寄孟浩然

寄江滔求孟六遺文

潯陽陶氏別業　登廬山峰頂寺

尋東溪還湖中作　越中問海客

江南曲

張謂 六首

讀後漢逸人傳　又

同孫搆免官後登薊樓

贈喬琳　湖中對酒行

題長安主人壁

王季友 六首

雜詩　代賀枝令謩贈沈千

運　觀于舍人壁画山水

滑中贈崔高士瓘　山中贈十四祕書兄

酬李十六岐

陶翰十一首

古塞下曲　燕歌行

贈鄭員外　望太華贈盧司倉

晚出伊闕寄河南裴中丞

贈房侍御　經殺子谷

乘潮至漁浦作　宿天竺寺

早過臨淮　出蕭關懷古

李頎十四首

謁張果老先生　送暨道士還玉清觀

東郊寄萬楚　登首陽山謁夷齊廟

題綦母校書所居　漁父歌

古意　送康洽入京進樂府

歌　送陳章甫

聽董大彈胡笳聲兼語弄寄房給事

緩歌行　鮫人歌

送盧逸人　楚老曝背

高適　十三首

哭單父梁九少府　宋中遇陳兼

宋中　九日詶顧少府

見薛大臂鷹作　詶岑主簿秋夜見贈

送韋參軍　封丘作

邯鄲少年行　燕歌行

行路難　塞上聞笛

營州歌

河嶽英靈集目録卷上終

河嶽英靈集卷之上

唐丹陽進士殷璠集

常建　十四首

高才無貴士、誠哉是言、曩劉楨死於文學、左思終於記室、鮑昭卒於參軍、今常建亦淪於一尉、悲夫、建詩似初發通莊、却尋野徑、百里之外、方歸大道、所以其旨遠、其興僻、佳句輒來、唯論意表、至如松際露微月

清光猶為君又山光悅鳥性潭影空人心
此例十數句並可稱警策然一篇盡善者
戰餘落日黄軍敗鼓聲死今與山鬼隣殘
兵哭遼水屬思既苦詞亦警絶潘岳雖云
能敘悲怨未見如此章

夢太白西峰

夢寐升九崖杳靄逢元君遺我太白岑寥寥辭垢
氛結宇在星漢宴林閑氤氲簷楹覆餘翠巾舄生

片雲時往谿谷間孤亭晝仍曛松峰引天影石瀨清霞文恬目緩舟趣霽心投鳥群春風有搖櫂潭島花紛紛

吊王將軍墓

嫖姚北伐時深入强千里戰餘落日黄軍敗鼓聲死嘗聞漢飛將可奪單于壘今與山鬼隣殘兵哭遼水

昭君墓

漢宫豈不死異域傷獨殁萬里駞黄金蛾眉為枯骨𢌞車夜出塞立馬皆不發共恨丹青人墳上哭明月

江上琴興

江上調玉琴一絃清一心泠泠七絃遍萬木澄幽音[一作陰]能使江月白又令江水深始知梧桐枝可以徽黄金

宿王昌齡隱處

清溪深不極隱處惟孤雲松際露微月清光猶為
君茅亭宿花影藥院滋苔紋余亦謝時去西山鸞
鶴群

送李十一尉臨溪

泠泠花下琴君唱度江吟天際一帆影預懸離別
心以言神仙尉因致瑤華音回軫撫商調越溪澄
碧林

閑齋臥疾行藥至山館稍次湖亭作

旬時結陰霖簷外初白日齋沐清病容心魂畏虚

室閑梅照前户明鏡悲舊質同袍四五人何不来

問疾

又

行藥至石壁東風變萌芽主人門外緑小隱湖中

花時物堪獨往春帆宜別家辭君向滄海爛熳從

天涯

題破山寺後禪院

清晨入古寺。初日照高林。竹徑通幽處。禪房花木深。山光悅鳥性。潭影空人心。萬籟此俱寂。但餘鐘磬音。

鄂渚招王昌齡張僨

刈蘆曠野中。沙上飛黃雲。天晦無精光。茫茫悲遠君。楚山隔湘水。湖畔落日曛。春雁又北飛。音書固難聞。謫居未為嘆。讒枉何由分。五日逐蛇龍。宜為吊冤文。翻覆古共然。名宦安足云。貧士任枯槁。捕

魚清江濆有時荷鋤犁曠野自畊耘不然春山隱

溪澗花氛氲山鹿自有揚賢達亦頗群二賢歸去

来世上徒紛紛

春詞二首

菀菀黄柳絲濛濛雜花垂日高紅粧卧倚樹春風

遲寧知傍淇水驔褭黄金羈

又

翳翳陌上桑南枝交北堂美人金梯出手自提竹

張公子連上古意字

筐非但畏蠶飢盈盈嬌路傍

古意　集作張公子行

日出乘釣舟嫋嫋持釣竿涉淇傍荷花驄馬閑金鞍俠客白雲中腰間懸轆轤出門事嫖姚爲君西擊胡胡兵漢騎相馳逐轉戰孤軍海西曲百尺旌竿沉墨雲邊笳落日不堪聞

仙谷遇毛女意知是秦時宫人

溪口水石淺泠泠明藥叢入溪雙峰峻松栝疎幽

風嵒嶺枝嫋嫋翳泉花濛濛夤緣霽人目路盡心
彌通盤石横陽崖前臨殊未窮廻潭清雲影瀰漫
長天空水邊一神女千歲為玉童羽毛經漢代珠
翠逃秦宮目覩神已寓鶴飛言未終祈君青雲秘
願謁黄仙翁嘗以畊玉田龍鳴西頂中金梯與天
接幾日来相逢

晦日馬鐙曲稍次中流作

夜寒宿蘆葦曉色明西林初日在川上便澄遊子

心晴天無纖翳郊野浮春陰波靜隨釣魚舟小綠
水深出浦見千里曠然諧遠尋扣舷應漁父因唱
滄浪吟

李白十三首

白性嗜酒志不拘撿常林棲十數載故其
為文章率皆縱逸至如蜀道難等篇可謂
奇之又奇然自騷人以還鮮有此體調也

戰城南

去年戰桑乾源今年戰蔥河道洗兵條支海上波放馬天山雪中草萬里長征戰三軍盡衰老胡人以殺戮為畊作古來唯見白骨黃沙田秦家築城避胡處漢家還有烽火然烽火然不息長征無已時野戰格鬬死敗馬號鳴向天悲烏鳶啄人腸嘀飛上挂枯桑枝士卒塗草莽將軍空爾為乃知兵者是凶器聖人不得已而用之

遠別離

古有皇英之二女乃在洞庭之南瀟湘之浦海水直下萬里深誰人不言此離苦日慘慘兮雲冥冥猩猩啼煙兮鬼嘯雨我縱言之將何補皇穹竊恐不照余之忠誠雷憑憑兮欲吼怒堯舜當之亦禪禹君失臣兮龍為魚權歸臣兮虎變鼠集有或言二字堯幽囚舜野死九疑聯綿皆相似重瞳孤墳竟誰是帝子降兮綠雲間隨風波兮去無還慟哭兮遠望見蒼梧之深山蒼梧崩湘水絕竹上之淚乃可滅

野田黄雀行

游莫逐炎洲翠棲莫近吴宫燕炎洲逐翠遭網羅
吴宫火起焚巢窠蕭條兩翅蓬蒿下縱有鷹鸇奈
若何

蜀道難

噫吁嚱危乎高哉蜀道之難難於上青天蠶叢及
魚鳧開國何茫然爾来四萬八千歲不與秦塞通
人煙西當太白有鳥道可以横絶峨眉巔地崩山

摧壯士死然後天梯石棧相勾連上有六龍回日
之高標下有衝波逆折之廻川黃鶴之飛尚不得
過猿猱欲度愁攀緣青泥何盤盤百步九折縈巖
巒捫參歷井仰脅息以手拊膺坐長歎問君西游
何時還畏途巉嵒不可攀但見悲鳥號古木雄飛
雌從遶林閒又聞子規啼夜月愁空山蜀道之難
難於上青天使人聽此彫朱顏連峰去天不盈尺
枯松倒挂倚絕壁飛湍瀑流爭喧豗砯崖轉石萬

壑雷其險也若此嗟爾遠道之人胡為乎來哉劍閣崢嶸而崔嵬一夫當關萬人莫開所守或匪人化為狼與豺朝避猛虎夕避長蛇磨牙吮血殺人如麻錦城雖云樂不如早還家蜀道之難難於上青天側身西望長咨嗟

行路難

金罍清酒價十千玉盤珎羞直萬錢停盃投筯不能食拔劍四顧心茫然欲度黄河氷塞川將登太

行雲暗天閒來垂釣坐溪上忽復乘舟夢日邊行路難道安在本集行路難行路難多歧路今安在長風破浪會有時直挂雲帆濟滄海

夢遊天姥山别東魯諸公

海客談瀛洲煙濤微茫信難求越人語天姥雲霓明滅如何覩天姥連天向天横勢拔五嶽掩赤城天台四萬八千丈對此絶倒東南傾我欲因之夢吴越一夜飛度鏡湖月湖月照我影送我到剡溪

謝公宿處今尚在淥水蕩漾清猨啼脚穿謝公屐
身登青雲梯半壁見海日空中聞天雞千嵒萬轉
路不定迷花倚石忽已暝熊咆龍吟殷岩泉慄深
林兮驚層巔楓青青兮欲雨水澹澹兮生煙列缺
霹靂丘巒崩摧洞天石扉訇然而中開青冥浩蕩
不見底日月照耀金銀臺霓為裳兮風為馬雲中
君兮紛紛而來下虎鼓瑟兮鸞回車仙之人兮列
如麻忽魂悸兮目驚怳驚起兮長嗟惟覺時之枕

席失向來之煙霞世間行樂皆如此古來萬事東流水別君去兮何時還且放白鹿青崖間欲行即騎向名山何能摧眉折腰事權貴暫樂酒色彫朱顏一作使我不得開心顏

憶舊遊寄譙郡元參軍

憶昔洛陽董糟丘為余天津橋南造酒樓黃金白璧買歌笑一醉累月輕王侯四海賢豪青雲客與君一遇心莫逆迴山轉海不作難傾情倒意無所

惜我向淮南攀桂枝君留洛北愁夢思不忍別還
相隨相隨迢迢訪仙城三十六曲水廻縈一溪初
入千花明萬壑度盡松風聲銀鞍金絡到平地漢
東太守来相迎紫陽之真人邀我吹玉笙餐霞樓
上動仙樂嘈然宛似鸞鳳鳴袖長管催欲輕舉漢
東太守醉起舞手持錦袍覆我身我醉橫眠枕其
股當筵意氣凌九霄星離雨散不終朝分飛楚關
山水遙余既還山尋故巢君亦西歸度渭橋君家

嚴君勇貔虎作尹并州過戎虜五月相呼度太行
摧輪不道羊腸苦行来北京歲月深感君貴義輕
黃金瓊盃綺食青玉案使我醉飽無歸心時時出
向城西曲晉祠流水如碧玉浮舟弄水簫鼓鳴微
波龍鱗莎草緑興来攜妓恣經過其若楊花似雪
何紅粧欲醉宜斜日百尺清潭寫翠娥嬋娟初月
輝美人更唱舞羅衣清風吹歌入空去歌曲自繞
行雲飛此時歡樂難再遇西游因獻長楊賦北闕

青雲不可期東山白首還歸去渭橋南頭一遇君
鄴臺之北又離群問余恨别今多少落花春草爭
紛紛言亦不可盡情亦不可極呼兒長跽緘此辭
寄君千里遥相憶

詠懷 集作古風

莊周夢蝴蝶蝴蝶為莊周一體更變易萬事良悠
悠乃知蓬萊水復作清淺流青門種瓜人昔日東
陵侯富貴茍如此營營何所求

詶東都小吏攜斗酒雙魚見贈

魯酒琥珀色汶魚紫錦鱗山東豪吏有俊氣手攜此物贈遠人意氣相傾兩相顧斗酒雙魚表情素雙鰓呀呷鬐鬣張蹳剌銀盤欲飛去呼兒拂几霜刄揮紅腮花落白雪霏為君下筯一餐罷醉著金鞍上馬歸

荅俗人問（一作山中問荅）

問余何事栖碧山笑而不荅心自閑桃花流水杳

然去別有天地非人間

古意 一作南陵別兒童入京

白酒初熟山中歸黃雞啄黍秋正肥呼童烹雞酌白酒兒女嬉笑牽人衣高歌取醉欲自慰起舞落日爭光輝游說萬乘苦不早著鞭跨馬涉遠道會稽愚婦輕買臣余亦辭家西入秦仰天大笑出門去我輩豈是蓬蒿人

将進酒

君不見黃河之水天上来奔流到海不復回君不
見高堂明鏡悲白髮朝如青絲暮成雪人生得意
須盡歡莫使金尊空對月天生我才必有用千金
散盡還復来烹牛宰牛且為樂會須一飲三百盃
岑夫子丹丘生將進酒君莫停與君歌一曲請君
為我傾耳聽鐘鼎玉帛不足貴但願長醉不願醒
古来聖賢皆寂寞惟有飲者留其名陳王昔日宴
平樂斗酒十千恣讙謔主人何為言少錢且須沽

周本無將進酒六字

酒對君酌五花馬千金裘呼兒將出換美酒與爾同消萬古愁

烏棲曲

姑蘇臺上烏棲時吴王宫裏醉西施吴歌楚舞歡未畢青山欲銜半邊日銀箭金壺漏水多起看秋月墜江波東方漸高奈爾何

王維十五首

維詩詞秀調雅意新理愜在泉成珠着壁

成繪一句一字皆出常境至如落日山水好漾舟信歸風又澗芳襲人衣山月映石壁天寒遠山淨日暮長河急日暮沙漠陲戰聲煙塵裏詎肯慙于古人也

西施篇

艷色天下重西施寧久微朝為越溪女暮作吴宫妃賤日豈殊衆貴来方悟稀要人傅香粉不自著羅衣君寵益嬌態君憐無是非當時浣紗伴莫得

同車歸寄言隣家女效顰安可希

偶然作

陶潛任天真其性頗耽酒自從棄官來家貧不能

有九月九日時菊花空滿手心中竊自思儻有人

送否白衣攜觴來果不違老叟且喜得斟酌安問

升與斗奮衣野田中今日嗟無負兀傲迷東西蓑

笠不能守傾倒强行行酣歌歸五柳生事不曾問

肯愧家中婦

贈劉藍田 盧象 一作劉眘虛

籬間犬迎吠出屋候荊扉歲晏輸井稅山村人夜歸晚田始家食餘布成我衣詎肯無公事煩君問是非

入山寄城中故人 一作終南別業

中歲頗好道晚家南山陲興来每獨往勝事空自知行到水窮處坐看雲起時偶然值林叟談笑無還期

淇上別趙仙舟 一作齊州送祖三

相逢方一笑相送還成泣祖席已傷離荒城復愁入天寒遠山淨日暮長河急解纜君已遥望君猶佇立

春閨 一作晚春歸思

新粧可憐色落日卷簾帷鑪氣清珎簟墻陰上玉墀春蟲飛網戶暮雀隱花枝向晚多愁思閑窗桃李時

寄崔鄭二山人

翩翩京華子多出金張門韋有仙人業息逢明主恩童年且未學肉食鶩華軒豈知中林士無人薦至尊鄭生老泉石崔子安丘樊賣藥不二價著書盈萬言息陰無惡木飲水必清源余賤不及議斯人竟誰論

息夫人怨　國秀集題息嬀怨　小巽

莫以今時寵能忘舊日恩看花滿眼淚不共楚王

言

婕妤怨

宮殿生秋草君王恩幸疎那堪聞鳳吹門外度金

輿

魚山神女瓊智祠歌

迎神

坎坎擊鼓魚山之下吹洞簫望極浦女巫進紛屢

舞陳瑤席湛清酤風淒淒而夜雨不知神之来不

来使我心苦一作神之来兮不来使我心兮苦復苦

送神

紛進拜兮堂前目眷眷兮瓊筵来不語兮意不傳作暮雨兮愁空山悲急管思繁絃神之駕兮儼欲旋倏雲消兮雨歇山青青兮水潺湲

隴頭吟

長安少年遊俠客夜上戍樓看太白隴頭明月迥臨關隴上行人夜吹笛關西老将不勝愁駐馬聽

之雙淚流身經大小百餘戰麾下偏裨萬户侯蘇
武纔爲典屬國節旄落盡海西頭

少年行

一身能擘兩雕弧虜騎千重只似無偏坐金鞍調
白羽紛紛射殺五單于

初出濟州別城中故人

微官易得罪謫去濟川陰執政方持法明君無此
心閭閻河潤上井邑海雲深縱有歸来日多愁年

綦毋潛

送綦毋潛落第還鄉

聖代無隱者英靈盡來歸遂令東山客不得顧採薇既至君門遠孰云吾道非江淮度寒食京洛縫春衣置酒臨長道同心與我違行當浮桂棹未幾拂荊扉遠樹帶行客孤城當落暉吾謀適不用勿謂知音稀

劉昚虛　十一首

脊虛詩情幽興遠思苦語竒忽有所得便
驚衆聽頃東南高唱者數人然聲律宛態
無出其右唯氣骨不逮諸公自永明已還
可傑立江表至如松色空照水經聲時有
人又滄溟千萬里日夜一孤舟又歸夢如
春水悠悠遶故鄉又駐馬渡江處望鄉待
歸舟又道由白雲盡春與清溪長時有落
花至遠隨流水香開門向溪路深柳讀書

堂幽暎每白日清暉照衣裳並方外之言
也惜其不永天年隕碎國寶

海上詩送薛文學歸東海

何處歸且遠送君東悠悠滄溟千萬里日夜一孤
舟曠望絕國所徼茫天際愁有時近仙境不定若
夢遊或見青色古孤山百里秋前心方杳眇此路
勞夷猶離別惜吾道風波敬皇休春浮花氣遠思
逐海水流日算驪歌後永懷空滄洲

送東林廉上人還廬山　一刻王昌齡

石溪流已亂苔徑入漸微日暮東林下山僧還獨
歸常為鑪峰意況與遠公違道性深寂寞世情多
是非會尋名山去豈復無清機

送韓平兼寄郭微

上客夜相過小童能沽酒即為臨水處正值歸雁
後前路望鄉山近家見門柳到時春未暮風景自
應有余憶東州人經年別來久慇勤為傳語日夕

念攜手兼問前寄書書中復達否

寄閻防 防時在終南豐德寺讀書

青冥南山口君與緇錫隣深路入古寺亂花隨暮春紛紛對寂莫往往落衣巾松色空照水經聲時有人晚心復南望山遠情獨親應以修德業亦惟立此身深林度空夜煙月鎖清真莫嘆文明日彌年從隱淪

暮秋揚子江寄孟浩然

木葉紛紛下東南日煙霜林山相晚暮天海空青蒼暝色況復久秋聲亦何長孤舟兼微月獨夜仍越鄉寒笛對京口故人在襄陽詠思勞今夕江漢遥相望

寄江滔求孟六遺文

南望襄陽路思君情轉親偏知漢水廣應與孟家隣在日貪為善昨来聞更貧相如有遺草為一問家人

野情周本作野荷
疑悮

潯陽陶氏別業

陶家習先隱種柳長江邊朝夕潯陽縣白衣来幾
年霽雲明孤嶺秋水澄寒天物象自清曠野情何
綿聯蕭蕭丘中賞明宰非徒然願守黍稷稅帰畊
東山田

登廬山峰頂寺

孤峰臨萬象秋氣何高清庭際南郡出林端西江
明山門二緇叟振錫聞幽聲心照有無界業懸前

後生徒知真機靜尚與夔綱并方首金門路未遑

叅道情

尋東溪還湖中作

出山更回首日暮清溪深東嶺新別處數猿叫空林昔遊有初迹此路還獨尋幽興方在往歸懷復為今雲峰勞前意湖水成遠心望望已超越坐鳴舟中琴

越中問海客

風雨滄洲暮一帆今始歸自云發南海萬里速如
飛初謂落何處永將無所依冥茫漸西見山色越
中微誰念去時遠人經此路稀泊舟悲且泣使我
亦沾衣浮海焉用說憶鄉難久違縱為魯連子山
路有柴扉

江南曲

美人何蕩漾湖上風日長玉手欲有贈裴徊雙明
璫歌聲隨綠水怨氣起青陽日暮還家望雲波横

洞房

張謂 六首

謂代北州老翁答及湖中對酒行並在物情之外但衆人未曾説耳亦何必厯遐遠探古迹然後始為冥搜

讀後漢逸人傳

子陵没已久讀史思其賢誰謂潁陽人千秋如比肩嘗聞漢皇帝曾是曠周旋名位苟無心對君猶

可眠東過富春渚樂此佳山川夜卧松下月朝看
江上煙釣時如有待釣罷應忘筌生事在林壑悠
悠經𦵏年于今七里瀨遺迹尚依然高臺竟寂莫
流水空潺湲

又二

龐公南郡人家在襄陽里何處偏来往襄陽東陂
是誓将業田種終得保妻子何言二千石乃欲勸
吾仕鸛鵲巢茂林黿鼉穴深水萬物從所欲吾心

亦如此不見鹿門山朝朝白雲起采藥復采樵優
游終弄齒

同孫構免官後登薊樓

昔在五陵時年少亦𧉸壯甞矜有奇骨必是封侯
相東走到營州投身事邊將一朝去鄉國十載履
亭障部曲皆武夫功成不相讓猶希虜塵動更取
林胡帳去年大將軍忽負樂生謗北别傷士卒南
遷死炎瘴濩落悲無成行登薊丘上長安三千里

日夕西南望寒沙榆關没秋水灤河漲策馬從此辭雲山保閑放

贈喬琳 或刻劉眘虚

去年上策不見收今年寄食仍淹留羨君有酒能便醉羨君無錢能不憂如今五侯不待客羨君不問五侯宅如今七貴方自尊羨君不過七貴門丈夫會應有知已世上悠悠何足論

湖中對酒行

夜坐不厭湖上月晝行不厭湖上山眼前一罇又
長滿心中萬事如等閑主人有黍百餘石濁醪數
斗應不惜即今相對不盡歡別後相思復何益茱
萸灣頭歸路賒願君且宿黄翁家風光若此人不
醉參差辜負東園花

題長安主人壁

世人結交須黄金黄金不多交不深縱令然諾暫
相許終是悠悠行路心

王季友　六首

季友詩愛奇務險遠出常情之外然而白首短褐良可悲夫至如觀于舍人西亭壁画山水詩埜人宿在山家少朝見此山謂山曉半壁仍棲嶺上雲開簾放出湖中鳥甚有新意

雜詩

采山仍采隱在山不在深持斧事遠遊固悲匠者

心翳翳青桐枝樵爨日所侵樵聲出巖壑四聽無知音豈爲鼎下薪當復堂上琴鳳鳥久不栖且與枳棘林

代賀枝令謩贈沈千運

相逢問姓名亦存别時無子今有孫山上雙松長不改百家惟有三家村村南村西車馬道一宿通舟水浩浩澗中磊磊十里石河上淤泥種桑麥平坡塚墓皆我親滿田主人是舊客舉聲酸鼻問同

年十八七八婦下泉分手如何更此地廻頭不語
淚潸然

觀于舍人壁画山水

野人宿在山家少朝見此山謂山曉半壁仍栖嶺
上雲開簾放出湖中鳥獨坐長松是阿誰再三招
手起来遲于公大笑向予說小弟丹青能爾為

滑中贈崔高士瓘

夫子保藥命外身得无咎日月不能老化腸為筋

不十年前見君甲子過我壽于何今相逢華髮在
我後近而知其遠少見今白首遥信蓬萊宮不死
世世有玄石采盈擔神方祕其肘閟家惟指雲夔
氣常言酒攝生固如此履道當不朽未能太玄同
頗亦天地久實腹以芝术賤體仍芻狗自勉將勉
余良藥在苦口

山中贈十四祕書兄　篋中集作寄韋子春有情二聯倒置少末二聯

出山祕芸署山木已再春食我山中藥不憶山中

人山中誰余密白髮日相親雀鼠晝夜無知我厨
廩貧有情盡捐棄土石為同身依依舍北松不厭
吾南隣夫子質千尋天澤枝葉新余以不材壽非
智免斧斤

酬李十六岐

鍊丹文武火未成賣藥販屨俱逃名出谷迷行洛
陽道乘流醉臥滑臺城城下故人久離怨一歡適
我兩家願朝飲杖懸沽酒錢暮飱囊有松花飯于

何車馬日憧憧李膺門館争登龍千賓揖對若泝
水五經發難如扣鐘下筆新詩行滿壁立談古人
坐在席問我草堂有卧雲知我山儲無儋石自畊
自刈食為天如鹿如麋飲野泉亦知世上公卿貴
且養丘中草木年

陶翰十一首

歷代詞人詩筆雙美者鮮矣今陶生實謂
兼之既多興象復備風骨三百年以前方

可論其體裁也

古塞下曲

進軍飛狐北窮寇勢將變日落塵沙昏背河更一戰騂馬黄金勒雕弓白羽箭射殺左賢王歸奏未央殿欲言塞下事天子不召見東出咸陽門哀哀淚如霰

燕歌行

請君留楚調聽我吟燕歌家在遼水頭邊風意氣

多出身為漢將正值戎未和雪中凌天山氷上度
交河大小百餘戰封侯竟蹉跎歸来灞陵下故舊
無相過雄劒委塵匣空門惟雀羅玉簾還趙妹瑶
琴付齊娥昔日不為樂時哉今奈何

贈鄭員外

驄馬拂繡裳按兵遼水陽西分雁門騎北逐樓煩
王聞道五軍集相邀百戰場風沙暗天起虜陣森
已行儒服揖諸將雄謀吞八荒金門来見謁朱紱

生輝光數載侍御史稍遷尚書郎人生志氣立所
貴功業昌何必守章句終年事蒼黃同時獻賦客
尚在東陵傍

望太華贈盧司倉

作吏到西華乃觀三峰壯削成元氣中傑出天河
上如有飛動色不如青冥狀巨靈安在哉厥迹猶
可望方此頤行旅末由飭仙裝葱朧記星壇明滅
數雲障良友垂真契宿心所微尚敢投歸山吟霞

徑一相訪

晚°出伊關寄河南裴中丞

退無宴息資進無當代策冉冉時將暮坐爲周南客前登闕塞門永眺伊城陌長川黯已暮千里寒氣白家本渭水西異日同何所適秉志師禽尚微言祖莊易一辭林壑間共繫風塵役才名忽先進天道何紛劇豈念嘉遁時依依偶沮溺

贈房侍御　時房公在新安

志人固不羈與道常周旋進則天下仰己之能晏
然褐衣東府召執簡南臺先雄義每特立犯顏豈
圖全謫居東南遠逸氣吟芳荃適會寡廓趣清波
更夤緣扁舟入五湖發纜洞庭前浩蕩臨海曲迢
遥濟江壖徵奇忽忘返遇興將彌年乃悟范生智
足明漁父賢郡臨新安渚佳氣此城偏日夕對層
岫雲霞暎晴川閑居戀秋色偃卧含貞堅倚伏自
相化行藏亦推遷君其振羽翮歲晏將冲天

經穀子谷

扶蘇秦帝子舉代稱其賢百萬猶在握可爭天下權束身就一劒壯志皆棄捐塞下有遺跡千齡人共傳踈蕪盡荒草寂歷空寒煙到此盡垂淚非我獨潸然

乘潮至漁浦作

艤棹早乘潮潮來如風雨樟臺忽已隱界峰莫及覩崩騰心為失浩蕩目無主豗㠞浪始聞漾漾入

漁浦雲景共澄霽江山相呑吐偉哉造化靈此事
從終古流沬誠足誠高歌調易苦頗因忠信全客
心猶栩栩

宿天竺寺

松柏亂峕口山西微徑通天開一峰見宮闕生虛
空正殿倚霞壁千樓標石巘夜來猿鳥靜鍾梵寒
雲中岑翠暎湖月泉聲亂溪風心超諸境外了與
懸解同明發惟改視朝日長崕東湖色濃蕩漾海
氣候改起視

光漸朣朦葛仙迹尚在許氏道猶崇獨往古来事

幽懷期二公

早過臨淮

夜来三渚風晨過臨淮島潮中海氣白城上楚雲

早鱗鱗魚浦帆漭漭蘆洲草川路目浩蕩愁爲心

如檮且言任倚伏何暇念枯槁范子名屢移蘧公

志常保古人去已久此理今難道

出蕭關懷古

驅馬擊長劒行役至蕭關悠悠五原上永眺關河
前北虜三十萬此中常控弦秦城亘宇宙漢帝理
旍旃刁斗鳴不息羽書日夜傳五軍計莫就三策
議空全大漠横萬里蕭條絶人煙孤城當瀚海落
日照祈連愴然苦寒奏懷哉式微篇更悲秦樓月
夜夜出胡天

李頎十四首

頎詩發調既新修辭亦秀雜歌咸善玄理

最長至如送暨道士云大道本無我青春
長與君又聽彈胡笳聲云幽音變調忽飄
洒長風吹林雨墮瓦迸泉颯颯飛木末野
鹿呦呦走堂下足可獻欷震蕩心神惜其
偉才只到黄綬故論其數家往往高於衆

作

謁張果老先生

先生谷神者甲子焉能計自説軒轅師于今數千

歲寓遊城郭裏浪迹希夷際應物雲無心逢時舟
不繫霞飡斷火粒野服兼荷製白雪淨肌膚青松
養身世韜精殊豹隱鍊質同蟬蜕忽去不知誰偶
来寧有契二儀齊壽考六合隨休憩彭聃猶嬰孩
松期且微細嘗聞穆天子更憶漢皇帝親屈萬乘
尊将窮四海裔車徒徧草木錦帛招談説八駿空
往還三山轉虧蔽吾君感至德玄老欣来詣受籙
金殿開清齋玉堂閉笙歌迎拜首羽帳崇嚴衛禁

柳垂香爐宫花拂仙袂祈年寶祚廣致福蒼生恵何必待龍髯鼎成方取齊

送曁道士還玉清觀

仙宫有名籍度世呉江濆大道本無我青春長與君中州俄已到至理得而聞明主降黄屋時人看白雲空山何窈窕三秀日氛氳此道留書客超遥煙駕分

東郊寄萬楚

濩落久無用隱身甘採薇仍聞薄宦者還事田家
衣潁水日夜流故人相見稀春山不可望黄鳥東
南飛濯足豈長往一樽聊可依了然潭上月適我
胷中機在昔同門友如今出處非優游白虎殿偃
息青瑣闈且有薦君表當看攜手歸寄書不代面
蘭蓬空芳菲

登首陽山謁夷齊廟

古人已不見喬木竟誰過寂寞首陽山白雲空復

多蒼苔帰地骨皓首採薇歌畢命無怨色成仁其
若何我来入遺廟時候微清和落日弔山鬼廻風
吹女蘿石㠊向西谿引領望黄河千里一飛鳥孤
光東逝波驅車層城路惆悵此巖阿

題綦毋校書所居

常稱挂冠吏昨日帰滄洲行客萛帆遠主人庭樹
秋豈伊得天命但欲為山遊萬物我何有白雲空
自幽蕭條江海上日夕見丹丘生事本魚鳥賞心

潛

是

霓
霓字
悞

隨去留惜哉曠徹月欲濟無輊舟倏忽令人老相
思河水流

漁父歌

白頭何老人蓑笠蔽其身避世長不仕釣魚清江
濆浦沙明濯足山月静垂綸寓宿湍與瀨行歌秋
復春持竿湘岸竹爇火蘆洲薪緑水飯香稻青荷
包紫鱗於中還自樂所欲全吾真而笑獨醒者臨
流多苦辛

古意

男兒事長征生小幽燕客賭勝馬蹄下由来輕七尺殺人莫敢前鬚如蝟毛磔黄雲隴底白雪飛未得報恩不得歸遼東小婦年十五慣彈琵琶解歌舞今為羌笛出塞聲使我三軍淚如雨

送康洽入京進樂府歌

識子十年何不遇只愛歡遊兩京路朝吟左氏嬌女篇夜誦相如美人賦長安春物舊相宜小苑蒲

蓟花滿枝柳色偏濃九華殿鶯聲醉殺五陵兒曳裾此日（夜）從何所中貴由来盡相許白袂春衫仙吏贈烏皮隱几臺郎與新詩樂府唱堪愁御妓應傳鳷鵲樓西上雖因長公主終須一見曲陵侯（一作一曲五陵侯）

送陳章甫

四月南風大麥黄棗花未落桐陰長青山朝别暮還見嘶馬出門思舊鄉陳侯立身何坦蕩虬鬚虎眉仍大顙腹中貯（著）書一萬卷不肯低頭在草莽東

門酤酒飲我曹心輕萬事如鴻毛醉卧不知白日
暮有時空望孤雲高長河浪頭連天黑津吏停舟
渡不得鄭國遊人未及家洛陽行子空歎息聞道
故林相識多罷官昨日今如何

聽董大彈胡笳聲兼語弄寄房給事

蔡女昔造胡笳聲一彈一十有八拍胡人落淚向
邊草漢使斷腸對歸客古戍蒼蒼烽火寒大荒陰
沈飛雪白先拂商絃後角羽四郊秋葉驚摵摵董

夫子通神明深山竊聽来妖精言遲更速皆應手
将往復旋如有情空山百鳥散還合萬里浮雲陰
且晴嘶酸雛鴈失群夜斷絶胡兒戀母聲川為靜
其波鳥亦罷其鳴烏珠部落家鄉遠邏逤沙塵哀
怨生幽音變調忽飄灑長風吹林雨墮瓦迸泉颯
颯飛木末野鹿呦呦走堂下長安城連東掖垣鳳
皇池對青瑣門高才脱略名與利日夕望君抱琴
至

緩歌行

小来託身攀貴遊傾財破産無所憂蓴擬經過石渠署朝将出入銅龍樓結交杜陵輕薄子謂言可生復可死一沈一浮會有時棄我翻然如脫屣男兒立身須自強十年閉戶潁水陽業就功成見明主擊鐘鼎食坐華堂二八蛾眉梳墮馬美酒清歌曲房（堂）下文昌宫中賜錦衣長安陌上退朝歸五侯賓從莫敢視三省官僚揖者稀早知今日讀書是、

悔作從前狂俠兒

鮫人歌

鮫人潛織水底居側身上下隨龍魚輕綃文彩不可識夜夜澄波連月色有時寄宿来城市海島青冥無極已泣珠報恩君莫辭今年相見明年期始知萬族無不有百尺深泉架户牖鳥没空山誰復望一望雲濤堪白首

送盧逸人

洛陽爲此別攜手更何時不復人間見秖應海上期青溪入雲木白首臥茅茨共惜盧敖去天邊望所思

埜老曝背

百歲老翁不種田惟知曝背樂殘年有時捫蝨獨搔首目送歸鴻籬下眠

高適 十三首

常侍性拓落不拘小節恥預常科隱迹博

徒才名自遠然適詩多胃臆語兼有氣骨
故朝野通賞其文至如燕歌行等篇甚有
奇句且余所最深愛者未知肝膽向誰是
令人却憶平原君

哭單父梁九少府

開篋淚沾臆見君前日書夜臺今寂寞猶是子雲
居疇昔貪靈奇登臨賦山水同舟南浦下望月西
江裏契濶多别離綢繆到生死九泉知何在萬事

皆如此晉山徒嵯峨斯人已冥冥常時禄且薄殁後家復貧妻子在遠道兄弟無一人十上多苦辛一官恒自哂青雲將可致白日忽西盡惟有身後名空留無遠近

宋中遇陳兼

常忝鮑叔義所期王佐才如何守苦節獨自無良媒離别十年内飄飄千里来安知罷官後惟見柴門開窮巷隱東郭高堂詠南陔籬根長花草井口

生莓苕伊昔望霄漢于今倦蒿萊男兒須達命且
醉手中盃

宋中

梁苑白日暮梁園秋草時君王不可見修竹令人
悲九月桑葉落寒風鳴樹枝

九日酬顔少府

簷前白日應可惜籬下黃花為誰有客子迎霜未
授衣主人得錢始沽酒蘇秦憔悴時多厭蔡澤栖

遲世看醜縱使登高只斷腸不如獨坐空搔首

見薛大臂鷹作

寒楚十二月蒼鷹八九毛寄言燕雀莫相啅自有

雲霄萬里高

詶岑主簿秋夜見贈

舍下蛩亂鳴居然自蕭索緬懷高秋興忽枉清夜

作感物我心勞涼風生二毛池枯菡萏死月上梧

桐高如何異州縣復得交才彥汩沒嗟後時蹉跎

恥相見南山別来久魏闕誰不戀獨有江海心悠
悠未嘗倦

送韋參軍

二十解書劒西遊長安城舉頭望君門屈指取公
卿國風冲融邁三五朝廷歡樂彌寰宇白璧皆言
賜近臣布衣不得干明主歸来洛陽無負郭東過
梁宋非吾土兎苑為農歲不登雁池垂釣心常苦
世人遇我同衆人惟君於我情相親且喜百年有

交態未曾一日歡家貧彈琴擊筑白日晚縱酒高
歌楊柳春歡娱未盡分散去使我惆悵驚心神丈
夫不作兒女別臨岐涕淚沾衣巾

封丘作

我本漁樵孟諸野一生自是悠悠者乍可狂歌草
澤中寧堪作吏風塵下秖言小邑無所為公門百
事皆有期拜迎官長心欲碎鞭撻黎庶令人悲悲
来向家問妻子舉家盡笑今如此生事應須南畝

田世情分付東流水夢想舊山安在哉為銜君命
日遲廻早知梅福徒為爾轉憶陶潛歸去来

邯鄲少行年

邯鄲城南遊俠子自矜生長邯鄲裏千場縱博家
仍冨幾處報讐身不死宅中歌笑日紛紛門外車
屯如雲
馬如雲屯未知肝膽向誰是令人却憶平原君君
不見即今交態薄黃金用盡還踈索以玆感歎辭
舊遊更於時事無所求且與少年飲美酒往来射

獵西山頭

燕歌行　并序

開元十六年客有從御史張公出塞而還者作燕歌行以示適感征戍之事因而和焉

漢家煙塵在東北漢將辭家破殘賊男兒本自重橫行天子非常借顏色摐金伐鼓下榆關旌旆逶迤碣石間校尉羽書飛瀚海單于獵火照狼山山

川蕭條極邊土胡騎憑陵雜風雨戰士軍前半死
生美人帳下猶歌舞大漠窮秋塞草腓孤城落日
鬬兵稀身當恩遇還輕敵力盡關山未解圍鐵衣
遠戍辛勤久玉筯應啼別離後少婦城南欲斷腸
征人薊北空回首邊風飄颻那可度絕域蒼黃何
所有殺氣三時作陣雲寒聲一夜傳刁斗相看白
刃血紛紛死節從来豈顧勳君不見沙場征戰苦
至今猶憶李将軍

行路難

君不見富家翁舊時貧賤誰比數一朝金多結豪貴百事勝人健如虎子孫生長滿眼前妻能管絃妾能舞自矜一朝忽如此却笑傍人獨愁苦東鄰少年安所如席門窮巷出無車有才不肯學干謁何用年年空讀書

塞上聞笛 國秀集題作和王七玉門關聽吹笛

胡人羌笛戍樓間樓上蕭條明月閑借問梅花何

處落風吹一夜滿關山

營州歌

營州少年厭原野狐裘蒙茸獵城下虜酒千鍾不醉人胡兒十歲能騎馬

河嶽英靈集卷之上

河嶽英靈集目録　卷中

题鶴林寺　題靈隱寺山項禪院
送儲十二還莊城　若耶溪逢孔九
孟浩然 六首
過景空寺故融公蘭若
過融上人蘭若　裴司戶員司士見尋
九日懷襄陽　歸故園作
夜歸鹿門歌
崔國輔 十三首

儲光羲　十二首

雜詩　又

効古　又

猛虎詞　射雉詞

採蓮詞　牧童詞

田家即事　寄孫山人

詶綦毋校書夢遊耶溪見贈之作

使過彈箏峽作

王昌齡　十六首

河嶽英靈集目録卷中終

河嶽英靈集卷之中

岑參　七首

參詩語奇體峻意亦造奇至如長風吹白茅野火燒枯桑可謂逸才又山風吹空林颯颯如有人宜稱幽致也

終南雙峯草堂作

歛跡歸山田息心謝時輩晝還草堂臥但與雙峯對興来恣佳遊事愜符勝槩著書高牕下日夕見

城内曩為世人誤遂負平生愛久與林壑辭及来杉松大偶兹精廬近數預名僧會有時逐漁樵永日不冠帶崕口上新月石門破蒼靄色向群木深光摇一潭碎緬懷鄭生谷頗憶嚴子瀨勝事獨可追斯人邈千載

終南雲際精舍尋法澄上人不遇歸高冠東潭石淙望秦嶺微雨作貽友人本集題無終南雲際等十七字

昨夜雲際宿旦從西嶺廻不見林中僧微雨潭上来諸峰皆青翠秦嶺獨不開石鼓有時鳴秦王安在狀水潨斷山口吼沫相喧豗本集無此水潨二句下有東南雲開處突兀獮猴臺崖口懸瀑流半空白皚皚四句噴壁四時雨傍村終日雷北瞻長安道日夕生塵埃若訪張仲蔚衡門滿蒿萊

戲題關門

来亦一布衣去亦一布衣羞見關城吏還從舊路

歸

觀釣翁 集作漁父

扁舟滄浪叟心與滄浪清不自道鄉理無人知姓名朝從灘上飯莫向蘆中宿歌竟還復歌手持一竿竹竿頭釣絲長丈餘鼓栧乘流無定居世人那得解深意此翁取適非取魚

戎葵花歌 戎一作蜀

昨日一花開今日一花開今日花正好昨日花已

老始知人老不如花可惜落花君莫掃人生不得
長少年莫惜床頭沽酒錢請君有錢向酒家君不
見戎葵花

偃°師東與韓樽同詣景雲暉上人即事

山陰老僧解楞伽潁陽歸客還相過煙深草濕昨
夜雨雨後秋風度漕河空山終日塵事少平郊遠
見行人小尚書磧上黄昏鐘别鴐渡頭一歸鳥

春°夢

洞房昨夜春風起遥憶美人湘江水枕上片時春
夢中行盡江南數千里
崔顥十一首
顥年少爲詩名陷輕薄晚節忽變常體風
骨凜然一窺塞垣説盡戎旅至如殺人遼
水上走馬漁陽歸錯落金鎖甲蒙茸貂鼠
衣又春風吹淺草獵騎何翩翩插羽兩相
頭鳴弓上新絃可與鮑昭並驅也一作鳴弓上新絃

贈王威古

三十羽林將出身常事邊春風吹淺草獵騎何翩翩插羽兩相顧鳴弓上新絃射麋入深谷飲馬投荒泉馬上共傾酒野中聊割鮮相看未及飲雜虜寇幽燕烽火去不息胡山高際天長駈救東北戰解城亦全鞹國行赴難古來皆共然

古遊俠呈軍中諸將　五字〇小異　國秀集題少下

少年負膽氣好勇復知機杖劒出門去孤城逢合

圍殺人遼水上走馬漁陽帰錯落金鎖甲蒙茸貂
鼠衣還家且行獵弓矢速如飛地逈鷹犬疾草深
狐兎肥腰間帶兩綬轉盻生光輝顧謂今日戰何
如隨建威

送單于裴都護赴西河

征馬出翩翩秋城月正圓單于莫近塞都護欲臨回
邊漢驛通煙火胡沙乏水泉功成須獻捷未必去
經年

周本亦無三字

江南曲

君家定何處妾住在横塘停船暫借問或可是同鄉

贈懷一上人

法師東南秀世實豪家子削髮十二年誦經峨眉裡自此照群蒙卓然為道雄觀生盡歸妄悟有皆成空洗意無衆染苦心歸妙宗一朝勅書至召入承明宫説法金殿裏焚香清禁中傳燈徧都邑杖

燭周仍作燈

錫遊王公天子揖妙道群僚趨下風我本法無著
時来出林壑因心得化城随病皆與藥上啓黄屋
心下除蒼生縛一從入君門説法無朝昏帝作轉
輪主師為持戒尊軒風灑甘露佛雨生慈根但有
滅度理而無開濟恩復聞江海曲好殺成風俗帝
曰我上人為除羶腥欲是日發西秦東南至蘄春
風將衡桂接地與呉楚鄰舊少清信士實多漁獵
人一聞吾師至捨網江湖濱作禮懺前惡潔誠期

周作非

周作達

後因因成日既久事濟身不守更出淮楚間復来
荊河口荊河馬卿岑茲地近道林入講鳥常狎坐
禪獸不侵都非〔作〕緣未盡曾是教所任故我一来事
永承微妙音竹房見衣鉢松宇清身心早悔業至
淺晚成計可尋善哉達〔遠〕公義清淨如黃金

結交襄郡獄　國秀集題下多劾陶體三字○小異

我在河東時使往交襄里交襄諸小兒諍訟紛城
市長老莫敢言太守不能理謗書盈几案文墨相

填委牽引肆中翁追呼田家子我来折此獄師聽
辨疑似小大必以情未嘗施鞭箠是時三月暮遍
埜農桑起里巷鳴春鳩田園引流水此鄉多雜俗
戎夏殊音旨頗問邊塞人勞情曷云已

遼西

燕郊芳歲晚殘雪凍邊城四月青草合遼陽春水
生胡人正牧馬漢將日徵兵露重寶刀濕沙虛金
甲鳴寒衣著已盡春服誰為成寄語洛陽使為傳

邊塞情

孟門行

黄雀銜黄花翩翩傍簷隙本擬報君恩如何反彈射金罍美酒滿坐春平原夔才多衆賓滿堂盡是忠義士何意得有讒諛人諛言翻覆那可道能令君心不自保北園新栽桃李枝根株未固何轉移成陰結子君自取若問傍（一作借）人那得知

霍將軍篇（或作長安道）

事周作上

長安甲第高入雲誰家居住霍將軍日晚朝廻擁
賓從路傍揖拜何紛紛莫言炙手手可熱須臾火
盡灰亦滅莫言貧賤即可欺人生富貴自有時一
朝天子賜顔色世上悠悠應始知

鴈門胡人歌

高山代郡東接燕鴈門胡人家近邊解放胡鷹逐
塞鳥能將代馬獵秋田山頭野火寒多燒霧裏孤
峰濕作煙聞道遼西無鬬戰時時醉向酒家眠

黃鶴樓　國秀集小異

昔人已乘白雲去此地空餘黃鶴樓黃鶴一去不復返白雲千載共悠悠晴川歷歷漢陽樹春草萋萋鸚鵡洲日暮鄉關何處是煙波江上使人愁

薛據　十首

據為人骨鯁有氣魄其文亦爾自傷不早達因著古興詩云投珠恐見疑抱玉但垂泣道在君不舉功成嘆何及怨憤頗深至

仙字从周本宋本作雙

如寒風吹長林白日原上没又孟冬時短

晷日盡西南天可謂曠代之佳句也

古興

日中望雙闕軒盖揚飛塵鳴珮初罷朝自言皆近

臣光華滿道路意氣安可親歸来宴高堂廣筵羅

八珎僕妾盡綺紈歌舞夜達晨四時固相代誰能

久要津已看覆前車未見易後輪丈夫須兼濟豈

能樂一身君今皆得志肯顧憔悴人

周作徒

初去郡坐書懷

肅徒辭汝頴懷古獨悽然尚想文王化猶思巢父賢時移多讒巧大道竟誰傳況見疾風起悠悠旌斾懸征鴻無返翼歸流不停川已經霜雪下仍驗松柏堅廻首望城邑迢迢間雲煙志士不傷物小人皆自妍感時惟責已在道非怨天從此適樂土東歸得幾年

落第後口號

九字宋本缺

十五能文西入秦三十無家作路人時命不將明主合布衣空惹洛陽塵 一本作綦毋潛詩

題丹陽陶司馬廳壁

高鑒清洞徹儒風人進難詔書增寵命才子益能官門帶山光晚城臨江水寒唯餘好文客時得詠幽蘭

冬夜寓居寄儲太祝 或刻綦毋潛

自為洛陽客夫子吾知音爱義能下士時人無此

心奈何離居夜巢鳥飛空林愁坐至月上復聞南
隣砧

懷哉行

明時無廢人廣厦無棄材良工不我顧有用寧自
媒懷策望君門歲晏空遲迴秦城多車馬日夕飛
塵埃伐鼓千門啓鳴珂雙闕来我聞雷雨施天澤
罔不該何意斯人徒棄之如死灰主好臣必効時
禁權必開俗流實驕矜得志輕草莱文王頼多士

漢帝資群材一言並拜相片善咸居台夫君何不
遇為泣黃金臺

泊震澤口

日落草木陰舟徒泊江汜蒼茫萬象開合沓聞風
水洄沿值漁翁窮窳逢樵子雲開天宇靜月明照
萬里早雁湖上飛晨鐘海邊起獨坐嗟遠遊登岈
望孤洲零落星欲盡朣朦氣漸收行藏空自秉智
識仍未周伍胥既伏劍范蠡亦乘流歌竟鼓楫去

周本作坯

三江多客愁

西陵口觀海

浙長
長江漫湯湯近海勢彌廣在昔坯混凝融為百川
泱地形失端倪天色潛滉瀁東南際萬里極目遠
無象山影乍浮沉潮波忽来往孤帆或不見棹歌
猶想像日暮長風起客心空振蕩浦口霞未収潭
心月初上林嶼幾邅廻亭皐時偃仰歲晏訪蓬瀛
真遊非外奬

周本漾

登秦望山

南登秦望山目極大海空朝陽半蕩漾晃朗天水紅溪壑爭噴薄江湖遞交通而多漁商客不悟歲月窮振緍迎早潮弭棹候遠風余本萍泛者乘流任西東茫茫天際帆栖泊何時同將尋會稽迹從此訪任公

出青門往南山下別業

舊居在南山夙駕自城闉榛莽相蔽虧去爾漸超

忽散漫餘雪晴蒼茫季冬月寒風吹長林白日原
上沒懷抱曠莫伸相知阻胡越弱年好棲隱鍊藥
在嵓窟及此離垢氛興来亦因物末路期赤松斯
言庶不伐

綦毋潛 六首○小序與時刻不同

拾遺詩舉體清秀蕭蕭跨俗桑門之役于
已獨能至如松覆山殿冷不可多得又如
鐘聲和白雲歷代未有借使若人加氣質

周作隨
周作風

減雕飾則高視三百年外也

春泛若耶

幽意無斷絶此去隨所偶晚風吹行舟花路入溪口際夜轉西壑隔山望南斗潭煙飛溶溶林月低向後生事且瀰漫願為持竿叟

題招隱寺絢公房

開士度人久空山花霧深徒知燕坐處不見有為心蘭若門對壑田家路隔林還言證法性歸去比

黃金

題鶴林寺

道門隱形勝向背臨層霄松覆山殿冷花藏溪路遥珊珊寶幡挂焰焰明燈燒遲日半空谷春風連上潮少憑水木興蹔忝身心調願謝攜手客兹山禪侶饒

題靈隱寺山頂禪院

搯提此山頂下界不相聞塔影挂清漢鐘聲和白

周作誦

周本無禪字

雲觀空靜室掩行道衆香焚且駐西来駕人天日未曛

送儲十二還莊城

西坂何繚繞青林問子家天寒噪野雀日晚度城鴉寂歴道傍樹曈曨原上霞兹情不可説長恨隱淪賒

若耶溪逢孔九

相逢此溪曲勝託在煙霞潭影竹間動喦陰落際

斜人言上皇代犬吠武陵家借問淹留日春風滿若耶

孟浩然 六首

余嘗謂禰衡不遇趙壹無祿其過在人也及觀襄陽孟浩然罄折謙退才名日高天下籍甚竟淪落明代終於布衣悲夫浩然詩文彩革茸經緯綿密半遵雅調全削凡體至如衆山遥對酒孤嶼共題詩無論興

（溪周作越）

（墳从周本宋本校）

象兼復故實又氣蒸雲夢澤波撼岳陽城

亦為高唱（建德江宿云移舟泊烟渚日暮客愁新野曠天低樹江清月近人）

過景空寺故融公蘭若

池上青蓮宇林間白馬泉故人成異物過客（愁）獨潸然既禮新松（墳）檜還尋舊石筵平生竹如意猶挂草堂前

過融上人蘭若

山頭禪室挂僧衣窗外無人溪（越）鳥飛黃昏半在下

山路却聽松聲戀翠微

裴司户員司士見尋

府僚能枉駕家醖復新開落日池上酌清風松下来厨人具雞黍稚子摘楊梅誰道山公醉猶能騎馬回

九日懷襄陽

去國似如昨倏焉經杪秋峴山望不見風景令人愁誰採籬下菊應閑池上樓宜城多美酒歸與葛

。永嘉江上浦館逢張子容

逆旅相逢處江村日暮時衆山遥對酒孤嶼共題詩廨宇隣蛟室人烟接島夷鄉関萬餘里失路一相思

強遊

歸故園作

北闕休上書南山歸弊廬不才明主棄多病故人

疎白髮催老年青陽逼歲除永懷愁不寐松月夜

窗虛

夜歸鹿門歌

山寺鳴鐘晝已昏漁梁渡頭爭渡喧人隨沙路向

江村余亦乘舟歸鹿門鹿門月照煙中樹忽到龐

公棲隱處嵓扉松徑長寂寞唯有幽人夜来去

崔國輔 十二首

國輔詩婉孌清楚深宜諷味樂府數章古人不及也

雜詩

逢著平樂兒論交鞍馬前與酤一斗酒恰用十千錢後余在關内作事多迍邅何肯相救援徒聞寶劒篇

有二首誤後

石頭瀨作

悵矣秋風時余臨石頭瀨因高見趍遠望盡此州內羽山數點青海岍雜光碎離離樹木少漭漭波潮大日莽千里帆南飛落天外須臾遂入夜楚色有微藹尋遠迹已窮遺榮事多昧一身猶未理安得濟時代且泛朝夕潮荷衣蕙為帶

魏宮詞

朝日點紅粧擬上銅雀臺画眉猶未竟魏帝使人

催

怨詞

妾有羅衣裳秦王在時作為舞春風多秋来不堪

著

少年行 國秀集同

遺却珊瑚鞭白馬驕不行章臺折楊柳春日路傍

情

長信草

長信宮中草年年愁處生時侵珠履跡不使玉階行

香風詞 或作白苧詞

洛陽梨花落如霰河陽桃葉生復齊坐怨玉樓春欲盡紅綿粉絮裛粧啼

對酒吟

行行日將夕荒村古塚無人迹蒙蘢荊棘一鳥吟屢勸提壺酤酒喫古人不達酒不足遺恨精靈傳

此曲寄言世上諸少年平生且盡盃中緑

漂母岍

泗水入淮處南邊古岍存秦時有漂母於此見王孫王孫初未遇寄食何足論後爲淮陰侯誓欲荅母恩事迹遺在此空傷千載魂萑萑水中渚上有一孤墩遥望不可到蒼蒼霧樹昏幾年崩塚色萛日落潮痕古地多陻圯時哉不敢言向夕淚沾裳只宿蘆洲村

周作多
周作貴宋本遺
周作阬

宋本是二首孟浩然詩在歸鹿門後

湖南曲

湖南送君去湖北送君歸湖裏鴛鴦鳥雙雙他自飛

秦中感興寄遠上人一刻下三首孟浩然作崔集亦不載

一丘常欲臥三徑苦無資北上非吾願東林懷我師黄金燃桂盡壯志逐年衰日夕涼風至聞蟬但益悲

夜渡湘江

客行貪利涉夜裡渡湘川露氣聞芳杜歌聲識採蓮榜人投岍火漁子宿潭煙行侶遥相問涔陽何處邊

渡浙江問舟中人

潮落江平未有風扁舟共濟與君同時時引領望天末何處青山是越中

儲光羲　廿二首

儲公詩格高調逸趣遠情深削盡常言挾

風雅之迹浩然之氣述華清宫詩云山開鴻濛色天轉招摇星又遊茅山詩云小門入松柏天路涵虚空此例數百句已略見荊揚集不復廣引璠嘗覩公正論十五卷九經外義疏二十卷言博理當實可謂經國之大才

雜詩二首

秋氣肅天地太行高崔嵬猿狖清夜吟其聲一何

哀寂寞掩圭蓽夢寐遊蓬萊琪樹遠亭亭玉堂雲中開洪崖吹簫笎素女飄飄来雨師既先後道路無纖埃鄗哉楚襄王獨如雲陽臺

又

渾胚本無象未路多是非達士志寥廓所在能忘機耕鑿時未至還山聊採薇虎豹對我蹲鸑鷟傍我飛仙人空中来謂我勿復歸格擇為君駕雲霓為君衣西遊崐崙墟可與世人違

效古二首

晨登涼風臺募走邯鄲道躍靈何赫烈四野無青草大軍北集燕天子西居鎬婦人役州縣丁男事征討老劣相别離哭泣無昏早穡穡既殄絶川澤復枯槁曠哉遠此憂冥冥商山皓

又

東風吹大河河水如倒流河洲塵沙起有若黄雲浮頳霞燒廣澤洪曜赫高丘野老泣相語無地可

蔭休翰林有客卿獨負蒼生憂中夜起躑躅思欲
獻厥謀君門峻且深跼足空夷猶

猛虎詞

寒亦不憂雪飢亦不食人人肉豈不甘所惡傷明
神太室為我宅孟門為我隣百獸為我膳五龍為
我賓蒙馬一何威浮江亦以仁綵章耀朝日牙爪
雄武臣高雲逐氣浮厚地隨聲震君能賈餘勇日
夕長相親

射雉詞

曝暄理新翳迎春射鳴雉原田遥一色皋陸曠千里遠聞咿喔聲時見雙飛起冪歷疎蒿下毰毸深麥裡顧敵仍忘生爭雄方決死仁心貴勇義豈復能傷此超遥下故墟迫遰回高畤大夫昔何恡赧笑歡妻子

採蓮詞

淺渚荇花繁深塘菱葉疎獨往方自得恥邀淇上

妹廣江無術阡大澤絶方隅浪中海童語林下鮫
人居春荻時隱舟新萍復滿湖采采乘日莫不思
賢與愚

牧童詞

不言牧田遠不道牧陂深所念牛馴擾不亂牧童
心圓笠覆我首長簑披我襟方將憂暑雨亦以懼
寒陰大牛隱層坂小牛穿近林同類相鼓舞觸物
成謳吟取樂須臾間寧問聲與音

田家即事

蒲葉日已長杏花日已滋老農要看此貴不違天時迎晨起飯牛雙駕畊東菑蚯蚓土中出田烏隨我飛群合亂啄噪嗷嗷如道饑我心多惻隱顧此兩傷悲撥食與田烏日莫空筐歸親戚更相笑我心終不移

寄孫山人

新林二月孤舟還水滿清江花滿山借問故園隱

宋本依注中刻

君子時時来去在人間

訓綦母校書夢遊耶溪見贈之作

校文在仙掖每有滄洲心況以北窗下夢遊清溪陰春看湖口湧夜入廻塘深往往纜垂葛出舟望前林山人松下飯釣客蘆中吟小隱何足貴勝遊在幽尋應茲山水間泠然若鳴琴申章謝来意愧莫訓知音（末五句集作長年固可尋還車首東道惠詒若黄金以我采薇意傳之天姥岑）

使過彈箏峽作

烏雀知天雪群飛復群鳴原田無遺粟日莫滿空
城達士憂世務鄙夫念王程晨過彈箏峽馬足凌
兢行雙壁隱靈曜莫能知晦明皚皚堅冰白（色）湯湯
陰雲平始信古人言苦節不可貞

王昌齡 十六首

元嘉以還四百年内曹劉陸謝風骨頓盡
頃有太原王昌齡魯國儲光羲頗從厥迹
且兩賢氣同體別而王稍聲峻至如明堂

坐天子月朔朝諸侯清樂動千門皇風被
九州慶雲從東来泱漭抱日流又雲起太
華山雲山相明滅東峰始含景了了見松
雪又檞柟無冬春柯葉連峰稠陰壁下蒼
黑煙含清江樓疊沙積為岡崩剥雨露幽
石脉盡横亘潛潭何時流又京門望西嶽
百里見郊樹飛雨祠上来靄然關中萛又
奸雄乃得志遂使群心揺赤風蕩中原烈

火無遺巢一人計不用萬里空蕭條又百
泉勢相蕩巨石皆却立昏為蛟龍窟時見
雲雨入又去時三十萬獨自還長安不信
沙場苦君看刀箭瘢又蘆荻寒蒼江石頭
岍邊飲又長亭酒未醒千里風動地天仗
森森練雪擬身騎駿馬白鷹臂斯並驚耳
駭目令略舉其數十句則中興高作可知
矣余常覩王公長平伏寃又弔枳道賦仁

有餘也奈何晚節不矜細行謗議沸騰垂

歷遐荒使知音者歎惜

詠史

荷畚至洛陽杖策遊北門天下盡兵甲豺狼滿中

原明夷方遘患頤我徒崩犇自慙菲薄才誤蒙國

士恩位重任亦重時危志彌敦西北未及終東南

不可吞進則恥保躬退乃為觸藩嘆惜嵩山老而

後知其尊本集詠史云荷畚至洛陽胡馬屯北門天下裂其土豺狼滿中原明夷方濟世

宋本刻此

斂翼黄埃昏披雲見龍顔始蒙國士恩位重謀亦深所舉無遺奔長策寄臨終東南不可呑賢智苟有時貧賤安所論惟然嵩山老而後知我言

觀江淮名山圖

刻意吟雲山尤瓊丹青妙稜層列林巒徴茫出海嶠而我髙其人揮毫發幽眇持此尺寸圖益展千里眺淡掃霏素煙濃抹曛殘照方溯江漢流忽見淮海徼湘纍謾興哀英皇復誰弔遐蹤既云滅獨往豈殊調感對懷拂衣胡寧事漁釣安期始遺舄

千古謝榮耀投迹庶可齊滄浪有孤棹本集作觀江淮名勝圖云刻意吟雲山尤知隱淪妙遠公何為者再詣臨海嶠而我高其風披圖得遺照援毫無逃境遂展千里眺淡掃荊門煙明標赤城燒青蔥林間嶺隱見淮海微但指香爐頂無聞白猿嘯沙門既云滅獨往豈殊調感對懷拂衣胡寧事漁釣安期始遺舄千古謝榮耀投跡庶可齊滄浪有孤棹

香積寺禮拜萬迴平等二聖僧塔

真無御化来借有乘化歸如彼雙塔内孰能知是非愚也駭蒼生聖哉為帝師當為時世出不由天地資萬廻主此方平等性無違今我一禮心億劫

宋本原題而詩刻此

同不移肅肅松柏下諸天来有時

齋心

女蘿覆石壁溪水幽濛籠紫葛蔓黄花娟娟寒露

中朝飲花上露夜臥松下風雲英化為水光彩與

我同日月蕩精魄寥寥天府空

緱氏尉沈興宗置酒南溪留贈

林色與溪古深篁引幽翠山樽在漁舟棹月情已

醉始窮清源口壑絶人境異春泉滴空崖萌草坼

陰地久之風榛寂遠聞樵聲至海雁時獨飛永然
滄州意古時青冥客滅迹淪一尉吾子躊躇心豈
其紛埃事維岑信所尅濟北余乃遂齊物意已會
息肩理猶未卷舒形性表脫略賢哲議秉月期角
巾飯僧嵩陽寺

江上聞笛

橫笛怨江月扁舟何處尋聲長楚山外曲遶胡關
深相去萬餘里遥傳此夜心寥寥浦溆寒響盡惟

幽林不知誰家子復奏邯鄲音水客皆擁棹空霜
遂盈襟羸馬望北走遷人悲越吟何當邊草白旌
節隴城陰

東京府縣諸公與綦毋潛李頎相送至白馬
寺宿

鞍馬上東門徘徊入孤舟賢豪相追送即棹千里
流遠峰落日在空波微煙收宦薄忘機括醉来却
淹留月明見古寺林外登高樓南風開長廊夏夜

如涼秋江月照吳縣西歸夢中遊

趙十四兄見訪 尋 國秀集 小異

客来舒長簟開閣延涼風但見無絃琴共君盡樽中晚来常讀易頃者欲還嵩世事何須道黄精且養蒙嵇康殊寡識張翰獨知終忽憶鱸魚膾扁舟往江東

少年行

西陵俠少年送客短長亭青槐夾兩路白馬如流

星聞道羽書急單于寇井陘氣高輕赴難誰顧燕
山銘
聽流人水調子
孤舟微月對楓林分付鳴箏與客心嶺色千重萬
重雨斷絃収與淚痕深
長歌行
曠野饒悲風颼颼黄蒿草繫馬倚白楊誰知我懷
抱所是同袍者相逢盡衰老北登漢家陵南望長

安道下有枯樹根上有鼯鼠窠高皇子孫盡千歲
無人過寶玉頻發掘精靈其奈何人生須達命有
酒且長歌

城傍曲

秋風鳴桑條草白狐兎驕邯鄲飲来酒未消城北
原平掣皁鵰射殺空營兩騰虎迴身却月佩弓弰

塞下曲 國秀集作望臨洮小異

飲馬度秋水水寒風似刀平沙日未沒黯黯見臨

洮當昔長城戰咸言意氣高黄塵是今古白骨亂蓬蒿

長信宫

奉帚平明金殿開蹔将團扇共徘徊玉顔不及寒鴉色猶帶昭陽日影来

鄭縣宿陶太公館中贈馮六元二

儒有輕王侯脱略當世務本家藍溪下非為漁弋故無犲困躬畊且欲馳永路幽居與君近出谷同

所鶩昨日辭石門五年變秋露雲龍未相感干謁
亦已屢子為黃綬羈余忝蓬山顧京門望西嶽百
里見郊樹飛雨祠上來靄然關中莽驅車鄭城宿
秉燭論往素山月出華陰開此河諸霧清光比故
人豁達展心悟馮公尚戢翼元子仍跼步拂衣易
為高淪迹難有趣張范善終始吾等豈不慕罷酒
當涼風屈伸備宴數

從軍行

周作論

烽火城西百尺樓黄昏獨坐海風秋更吹横笛關山月無郵金閨萬里愁

賀蘭進明 七首

員外好古博達經籍滿腹其所著述一百餘藹頗究天人之際又有古詩八十首大體符於阮公又行路難五首並多新興

古意二章

秦庭初指鹿群盜滿山東忤意皆誅死所言誰肯

忠武開猶未啓兵入望夷宫為祟非涇水人君道

自窮

又

祟蘭生澗底香氣满幽林采采欲為贈何人是同

心日萛徒盈把徘徊幽思深慨然紉雜佩重奏丘

中琴

行路難五首

君不見巖下井百尺不及泉君不見山上苗數寸

凌雲煙人生相命亦如此何苦太息自憂煎但願
親友長含笑相逢莫乏杖頭錢寒夜邀歡須秉燭
豈不長思花柳年

又

君不見門前柳榮耀暫時蕭索久君不見陌上花
狂風吹去落誰家鄰家思婦見之歎蓬首不梳心
歷亂盛年夫婿長别離歲莫相逢色凋換

又

君不見芳樹枝春花落盡蜂不窺君不見梁上泥
秋風始高燕不棲蕩子從軍事征戰蛾眉嬋娟守
空閨獨宿自然堪下淚況復時聞烏夜啼

又

君不見雲中月暫盈還復缺君不見林下風聲遠
意難窮親故平生或聚散歡娛未盡樽酒空歎息
青青陵上柏歲寒能有幾人同

又

君不見東流水一去無窮已君不見西郊雲日夕

空氣氳群雁排徊不能去一雁驚鳴復失群人生

結交在終始莫以升沉中路分

河嶽英靈集卷之中

河嶽英靈集目録卷下

崔曙六首

王灣 八首

晚春詣蘇州敬贈武員外

哭補闕亡友綦毋學士

晚夜馬嵬卿叔池亭即事寄京都一二知

已　奉使登終南山

奉和賀監林月清酌

江南意　觀擱箏

閏月七日織女

送祖詠　贈程祕書

贈張均員外　追凉應下古城西北

隅此地有清泉喬木

李嶷 五首

林園秋夜作　淮南秋夜呈同僚

少年行　又

又

閻防 五首

晚秋石門禮拜

宿岈道人精舍

夕次鹿門山作

百丈溪新理茅茨讀書

與永樂諸公泛黃河作

河嶽英靈集目録卷下終

河嶽英靈集卷之下

崔曙六首

曙詩多歎詞要妙情意悲涼送别登樓俱

堪淚下

宿大通和尚墖敬贈如闍黎廣心長孫錡二

山人一作贈如上人兼呈常孫二山人

支公已寂滅墖影山上古更有真僧来道場救諸

苦一承微妙法寓宿清淨土身心能自觀色相了

無取森森松暎月漠漠雲近戸雲外飛電明夜来
前山雨𦤺燈見棲鴿作禮聞信鼓曉齋南軒閑秋
華淨天宇願言長出世謝爾及申甫

頼陽東溪懷古

靈溪氛霧歇皎鏡清心顔空色下暎水秋聲多在
山世人久疎曠萬物皆自閑白鷺寒更浴孤雲晴
未還昔時讓王者此地閉玄關無以躡高步淒涼
岑壑間

途中晚發

晚霽長風裏勞歌赴遠期雲輕歸海疾月滿下山遲旅望因高盡鄉心遇物悲故林遥不見况在落花時

送薛據之宋州

無媒嗟失路有道亦乘流客處不堪别異鄉應共愁我生早孤賤淪落居此州風土至今憶山河皆昔遊一從文章士兩京春復秋君去問相識幾人

今白頭

早發交崕山還太室作

東林氣微白寒鳥急高翔吾亦自茲去北山歸草堂杪冬正三五日月遥相望蕭蕭過潁上朧朧辨少陽川冰生積雪野火出枯桑獨往路難盡窮陰人易傷傷此無衣客如何蒙雪霜

登木門樓見亡友張真期題望黄河詩因以感興

貞期題黄河詩因以感寄

國秀集作登河陽斗門見張

吾友東南美昔聞登此樓人隨川上逝書在壁中
留嚴子好真隱謝公耽遠遊清風初作頌暇日復
消憂時與文字古跡隨山水幽已孤蒼生望坐見
黄河流流落年将晚悲涼物已秋天高不可問掩
泣赴行舟

王灣 〇首

灣詞翰早著為天下所稱最者不過一二
遊吴中作江南意詩云海日生殘夜江春

入舊年詩人已來少有此句張燕公手題
政事堂每示能文令為楷式又搗衣篇云
月華照杵空隨妾風響傳砧不到君所有
衆製咸類若斯非張蔡之未曾見也覺顔
謝之彌遠乎

晚春詣蘇州敬贈武員外

蘇臺憶季常飛棹歷江鄉持此功曹掾務稱華省
郎貴門生禮樂明代秉文章嘉郡位先進鴻儒名

重揚爰從姻婭䮆豈失忠信防萬里汗馬足十年
睽鳳翔迴遷翼元聖入拜佇惟良别業對南浦群
書滿北堂意深投轄盛才重接筵光陋學叨鉛簡
弱齡詞翰場神馳勞舊國顔展别殊方際曉雜氛
散殘春衆物芳煙和疎樹滿雨續小溪長旅拙感
成慰通賢頗不忘從来琴曲罷開匣爲君張

哭補闕亡友綦毋學士

明代資多士儒林得異材書從金殿出人向玉墀

来詞學張平子風儀褚彦回崇儀希上德近侍接
元台曩契心期早令遊宴賞陪屢遷君擢桂兮尉
我從梅忽遇乘軺客云傾構厦材泣為洹水化歎
作太山頹冀善初將慰尋言半始猜位聯情易感
交密痛難裁遠日寒旌暗長風古挽哀寰中無舊
業行處有新苔反哭魂猶寄終喪子尚孩葬田門
吏給墳木路人栽遽洩悲成往俄傳寵令迴玄經
貽石室朱紱耀泉臺地古春長閉天明夜不開登

山一臨哭揮淚滿蒿萊

晚夜馬嵬卿叔池亭即事寄京都一二知已

忝職畿甸淹濫陪時俊後才輕策疲劣勢薄常驅走牽役勞風塵秉心在嵩藪宗賢開別業形勝代希偶竹繞清渭湄泉流白渠口逡廵期賞會揮忽變星斗逮此乘務閑因而訪幽叟入來殊景物行復洗紛垢林靜秋色多潭深月光厚盛香蓮近坼新味瓜初剖滯拙懷隱淪書之寄良友

奉使登終南山

常愛南山遊因而盡原隰數朝至林嶺百仞登嵬
岌石狀馬徑窮苔色步緣入物奇春貌改氣遠天
香集虛洞策杖鳴低雲拂衣濕倚嵓見廬舍入戶
欣拜揖問姓矜勤勞示心教澄習玉英時共飯芝
草爲余拾境絶人不行潭深鳥空立一乘從此授
九轉兼是給辭處若輕飛憩來唯吐吸開襟超已
勝廻路倏而及煙色松上深水流山下急漸乎逢

車騎向晚覗城邑峰在野趣繁塵飄宦情滋辛苦
久為吏榮進何妄執日暮懷此山悠然賦斯什
奉和賀監林月清酌
華月當秋滿朝軒假輿同淨林新霽入規院小涼
通碎影行筵裏搖花落酒中清宵凝爽意併此助
文雄
江南意　國秀集作次北固山下首尾二聯不同
南國多新意東行伺早天潮平兩岸失風正一帆

懸海日生殘夜江春入舊年從来觀氣象惟向此中偏

觀擲箏 或刻祖詠

虛室有秦箏箏新月復清絃多弄委曲柱促語分明曉怨凝繁手春嬌入愓聲近来惟此樂傳得美人情

閏月七日織女

耿耿曙河微神仙此夜稀今年七月閏應得兩廻

帰

祖詠 六首

詠詩剪刻省淨用思尤苦氣雖不高調頗凌俗至如霽日園林好清明煙火新亦可稱為才子也

古意二首

楚王竟何去獨自留巫山偏使世人見迢迢江水間駐舟春澤裏誓願拜靈顏夢寐覩神女金沙鳴

珮環閑艷絕世姿令人氣力微含笑默不語化作
朝雲飛

又

夫差日淫放舉國求妃嬪自謂得王寵代間無美
人碧羅象天閣坐輦乘芳春宮女數千騎常遊江
水濱年深玉顏老時薄花粧新拭淚下金殿嬌多
不顧身生前妬歌舞死後同灰塵塚墓令人哀哀
於銅雀臺

遊蘇氏別業 國秀集作薊門別業小異

別業居幽處到来生隱心南山當戶牖澧水暎園林竹覆經冬雪庭昏未夕陰寥寥人境外閑坐聽春禽

清明宴司勳劉郎中別業

田家復近臣行樂不違親霽日園林好清明煙火新以文常會友唯德自成鄰池照窗陰晚盃香藥味春簷前花覆地竹外鳥窺人何必桃源裏深居

作隱淪

宿陳留李少府廳作

相知有叔卿訟簡夜彌清旅泊倦愁臥空堂聞曙更風簾搖燭影秋雨帶蟲聲歸思鄉堪說悠悠恨洛城

終南望餘雪作

終南陰嶺秀積雪浮雲端林表明霽色城中增暮寒

盧象 七首

象雅而平素有大體得國士之風曩在校書名充秘閣其靈越山最秀新安江甚清盡東南之數郡

家叔徵君東溪草堂二首

開山十餘里青壁森相倚欲識堯時天東溪白雲是雷聲轉幽壑雲氣香流水澗影生蟲蛇嵓端翳樫梓大道終不易君恩曷能已鶴羨無老時龜言

攝生理浮年笑六甲元化潛一指未暇埽雲梯空

慙阮家子

又

今朝共遊者得性閑未歸已到仙人家莫驚鷗鳥

飛水深嚴子釣松挂巢父衣雲氣轉幽寂溪流無

是非名理未足羨腥臊詎所希自惟負貞意何歲

當食薇

送綦毋潛

夫君不得意本自滄海来高足未云騁虛舟空復
廻淮南楓葉落灞岓桃花開出處暫為耳沈浮安
繫哉如何天覆物還遺世遺才欲識秦将漢嘗聞
王與裴離筵對寒食別雨乘春雷會有辟書至荷
衣莫湯裁

送祖詠

田家宜伏臘歲晏子言帰石路雪初下荒村雞共
飛東原多煙火北澗隱寒暉滿酌野人酒倦聞鄰

女機胡爲因樵採幾日罷朝衣

贈程秘書

客自岐陽来吐音若鳴鳳孤飛畏不偶獨立誰見用忽從被褐中召入承明宫聖人借顔色言事無不通慇勤拯黎庶感激論諸公将相猜賈誼圖書歸馬融頌余久寂寞一歲麒麟閣且共歌太平勿嗟名宦薄

贈張均員外

公門世業昌才子冠裴王出自平津邸還爲吏部郎神仙餘氣色列宿助輝光夜直南宮靜朝趨北禁長時人窺水鏡明主賜衣裳翰苑飛鸚鵡天池待鳳皇承歡儔日顧未紀後時傷去去圖南遠微才幸不忘未紀一作未記

追涼歷下古城西北隅此地有清泉喬木

謝朓出華省王祥貽佩刀前賢真可慕衰疾意空勞貞悔不自卜遊隨共爾曹未能齊得喪時復誦

勿宋本作易

離騷閑蔭七賢地醉飡三士桃蒼苔雲舜井喬木古城壕漁父偏相狎堯年不可逃蟬鳴秋雨霽雲白曉山高咫尺傳雙鯉吹噓借一毛故人皆得路誰肯念同袍

李嶷　五首

嶷詩鮮潔有規矩其少年行三首詞雖不多翩翩然俠氣在目也

林園秋夜作

林臥避殘暑白雲長在天賞心既如此對酒非徒然月色偏秋露竹聲兼夜泉凉風懷袖裏兹意與誰傳

淮南秋夜呈周侶

天淨河漢高夜閑砧杵發清秋忽如此離恨應難歇風亂池上萍露光竹間月與君共遊處勿作他鄉别

少年行三首

十八羽林郎戎衣侍漢王臂鷹金殿側挾彈玉輿傍馳道春風起陪遊出建章

又

侍獵長揚下承恩更射飛麈生馬影滅箭落雁行稀薄莫隨天仗聯翩入瑣闈

又 國秀集作遊俠小異

玉劍膝邊橫金盃馬上傾朝遊茂陵道夜宿鳳皇城豪吏多猜忌毋勞問姓名

閻防五首

防為人好古博雅其警策語多真素至如荒庭何所有老樹半空腹又熊楏庭中樹龍蒸棟裏雲皎然可信也

晩秋石門禮拜

輕策凌絶壁揞提謁金仙舟車無遊徑崕嶠乃屬天鄭躅淹昃景夷猶望新弦石門變暝色谷口生人煙陽雁叫乎楚秋風急寒川馳暉苦代謝浮脆

暫貞堅永欲臥丘壑息心依梵筵誓將歷劫願無
以外物牵

宿岍道人精舍

早歲叅道風放情已寡廓重因息心侶遂果嵩中
諾歛迹辭人間杜門守寂寞秋風剪蘭蕙霜氣冷
淙壑山牖見然燈竹房閒擣藥願言捨塵事所趣
非龍蠖

夕次鹿門山作

龐公嘉遁所浪迹難追攀浮舟暝始至抱杖聊自
閑雙巖開鹿門百谷集珠灣噴薄湍上水舂容漂
裏山焦原不足險梁壑未成艱我行自春仲夏鳥
忽綿蠻蕙草色已晚客心殊未還遠遊非避地訪
道愛童顏安能狥機巧争奪錐刀間

百丈溪新理茅茨讀書

浪迹棄人世還山自幽獨始傍巢由蹤吾其獲心
曲荒庭何所有老樹半空腹秋蜩鳴北林暮鳥穿

我屋棲遲樂遵渚恬曠寘所欲開卦推盈虛散帙
攻節目養閑度人事達命知止足不學東國儒俟
時勞伐輻

與永樂諸公泛黄河作

煙深載酒入但覺莽川虛暎水見山火鳴榔聞夜
漁夔兹山水趣忽與人世疎無暇燃官燭中流有
望舒

河嶽中興二集一選開元迄天寶名家一選

至德迄大曆名家相繼品騭真盛唐一大觀
也且每人各列小敘指出警語但雄奇逸艷
不倫耳或病其詮次龐雜或病其議論瓦鄙
未敢擾為定評云戊辰春盡日湖南毛晉記

正月廿一日漏下從周公瑕本對完周本上卷賈蘭進明止下卷閻防止未分三卷其字多有佳處下半與宋刻差落與時刻無異也 林宗記

崇禎戊寅假得巳蒼馮氏本校過一次其書尾記云宋本自崔顥分下卷起臨安陳氏本如此壬申秋借錢氏殘本校過此書差悞頗多下卷今為完書其上卷未知何時得而校之也 林宗記

辛巳仲春十六日假葉林宗本勘過校正處頗多覩前二跋全卷既從周氏本校定之下卷復得錢氏本勘之抑又加詳矣 勅先識

道光丁亥四月八日假稽瑞樓所藏陸勅先手校本勘過

凋本宋本其誤處亦偶有之，讀者審擇焉可也

河嶽英靈集卷之下　終

八種唐詩

中興間氣集序

渤海高仲武

詩人之所作本諸心心有所感而形于言言合典謨則列於風雅暨乎梁昭明載述已往撰集者數家榷其風流正聲最備其餘著録或未至正焉何者英華失於浮游玉臺陷於淫靡珠英但紀朝士丹陽止録

何英華作吾
而英華作起
唐興提行
肅宗提行
皇帝提行

吳人此繇曲學專門何暇兼包衆善使夫大雅君子所以對卷而長嘆也唐興一百七十載屬方隅叛援戎事紛綸業文之人述作中廢粤若肅宗先帝以殷憂啓聖反正中興伏惟皇帝以出震繼明保安區宇國風雅頌蔚然復興所謂文明御時上以化下者也武不揆非陋輒罄謏聞博訪詞林采察謠俗起自至

德元年首終於大曆末年作者數千選者二十六人五言詩一百四十首七言詩附之列爲兩卷畧序品彙人倫命曰中興間氣集且夫微言雖絕大制猶存詳略其臧否尚可擬議古之作者因事造端敷弘體要立義以全其制因文以寄其心著王政之興衰國風之善否豈其苟悅權右取媚薄俗哉今之所收殆

此論云格律亦指
永明舊體而言然
如孟雲卿則所宗
又永明以上也

草斯弊。但使體格風雅。理致清新。觀者易心。聽者
竦耳。則朝野通載。格律兼收。自鄶以下。非所附麗。凡
百君子。幸詳至公。

仲武自謂至公故鄭守愚詩云何事中興高
仲武品題間氣未公心

仲武於大歷十才子中獨不取撰録耿緯雪綸真不可解

中興間氣集姓氏總目

卷上

卷下

郎士元十二首

崔峒九首

張繼三首

劉長卿九首

李季蘭六首

竇糸三首

道人靈一四首

姚倫二首

中興間氣集姓氏總目 終

中興間氣集目録卷上

錢起十二首

奉送劉相公催轉運

裴廸書齋翫月　廣德初見鑾駕出關

後愁望之作　太子李舍人城中别

業與文士逃暑　詠白油帽送客

東皐早春寄郎四校書

關下贈裴舍人　過温逸人舊居

送彈琴李長史赴洪州

宿畢侍御宅　　静夜詶通上人問疾

山中寄時校書

張衆父　三首

寄興園池鶴上劉相公

送李觀之宣州謁袁中丞賦得三洲渡

送李司直使吳

于良史　二首

冬日野望　隱居

鄭丹 二首

玄宗至道大聖大明皇帝挽歌

肅宗挽歌

李希仲 三首

東皇太乙祠　薊北行

又

李嘉祐 八首

發湓浦望廬山初晴直省賁勑催赴江陰

送王牧吉州謁使君叔

潤州王別駕宅送蔣九侍御收兵歸揚州

奉陪韋潤州遊鶴林寺

仲夏江陰官舍寄裴明府

送韋員外端公宣慰勸農畢赴洪州

登楚城驛路十里山村竹林交暎

和苗員外秋夜省直

章八元　一首

新安江行

戴叔倫　六首

呉明府自遠而来留宿

除夜宿石頭驛　客夜與故人偶集

送友人東歸　别友人

皇甫冉　十三首

廣陵送趙主簿自歸蜀

送王相公赴幽州　題裴固新園
酧袁補闕中天寺見寄
酧崔侍御期蘇道士不至
巫山高　和袁郎中破賊後經
剡中山水　送元晟還歸潛山所
居　獨孤中丞筵陪餞韋
使君赴昇州　同杜相公對山僧作
送林員外往江南　送李録事赴饒州

秋日東郊作　少室韋錬師昇仙歌

杜誦 一首

哭長孫侍御

朱灣 七首

秋夜宴王郎中宅賦得露中菊

奉使設宴戲擲籠籌

詠雙陸骰子　詠壁上酒瓢呈蕭明

府　詠玉

送陳優賦得白鳥翔翠微

題段上人院壁画古松

韓翃七首

送辰州李中丞　題薦福寺衡嶽禪師

房　奉送王相公赴幽州

題蘇許公林亭　送孫草及第後歸江

南　題僧房

送太常元博士歸江東

蘇渙　三首

變律

又

又

此集所録諸格畢浅殊未愜心殆出一時傳詠不見全集故耳若
云全詠別裁則如古調獨推孟雲卿爲著格律異門論及譜三
篇此中亦有深〻淺〻憒〻者惡足語此
坊本杜錢起誤一首李希仲誤分一首爲二首李嘉祐誤一首章
八元少一首戴叔倫多四首誤一首朱灣少一首皇甫曾誤二首
孟雲卿少二首今依宋抄本訂定　婷記

中興間氣集目録卷上終

二語雖右丞當之猶有慙色乃加之仲文宜鄭谷詆其未工也

中興間氣集卷之上

渤海高仲武集

錢起 十二首

員外詩體格新奇理致清贍粤從登第挺冠詞林文宗右丞許以高格右丞没後員外為雄芟齊宋之浮游削梁陳之靡嫚迥然獨立莫之與群且如鳥道挂疎雨人家残夕陽又牛羊上山小煙火隔林疎又長

樂鐘聲花外盡龍池栁色雨中深皆特出

意表標雅古今又窮達戀明主畊桑亦近

郊則禮義克全忠孝兼著足可弘長名流

為後楷式士林語曰前有沈宋後有錢郎

奉送劉相公催轉運

破題冠冕

國用資戎事臣勞為主憂將徵任土貢更發濟川

舟擁傳星還去回池鳳不留唯高飲氷節稍淺別

家愁落葉淮邊雨孤山海上秋遥知謝公興微月

興字與愁字反對獨字與幾字呼應

在高樓　落葉二句此心已與劉俱往然身則有所羈限也遥知二句言劉公之遲已時送時繾綣可以得之言外此最詩家妙處

裴迪書齋翫月　三四翫字神足

夜來詩酒興（一作獨）月上謝公樓影閉重門靜寒生獨樹秋鵲驚隨葉散螢遠入煙流今夕遥天末清暉幾處愁　仲文螢遠入烟流李後主詩深黃一點入烟流即襲用之然李詩乃賦晩鷺流螢皆不可移撥也

廣德初見鑾駕出關後愁望

愁看秦川色慘慘雲景晦乾坤暫運行品物遺覆載黃塵漲戎馬紫氣隨龍旆掩泣指關東日月祅

何不直用西風鮮
善也士衡吴趍行
泠泠鮮風过

氛外臣心寄遠水潮海去如帶周德更休明天衢
佇開泰

太子李舍人城中別業與文士逃暑

下車失炎暑重門深綠篁宮臣禮嘉客林表開蘭
堂兹席興難盡澄罍照墨場鮮風吹印綬密坐皆
馨香美景惜文會清吟遲羽觴東陵晚来好極目
趣何長鳥道掛疎雨人家殘夕陽城隅擁歸騎留
酌戀瓊芳

詠白油帽送客

薄盾慙加首。微陰幸庇身。卷舒無定日。行止必依人。已沐脂膏惠。寧辭雨露頻。雖同客衣色。不染洛陽塵。

東臯早春寄郎四校書

祿微賴學稼。歲起歸衡茅。窮達戀明主。畊桑亦近郊。夜來齋山雪。陽氣動林梢。萌蕙暖初吐。春鳩鳴欲巢。蓬萊時入夢。知子憶貧交。

閤下贈裴舍人

二月黃鸝飛上林春城紫禁曉陰陰長樂鐘聲花外盡龍池柳色雨中深陽和不散窮途恨霄漢常懸捧日心獻賦十年猶未遇羞將白髮對華簪

過温逸人舊居

此首誤入　宋本作送温逸人

反真難合道懷舊仍無弔浮俗漸澆淳斯人誰繼妙聲容心在耳寧覺阻言笑玄堂閉幾春拱木齊雲嶠鶴傳若士舞猿得蘇門嘯酹酒片陽徽空山

極元集善本作白髮若作白雪則与復字語脉不相應大抵俗學者因彈琴而妄改也

想埋照

送彈琴李長史赴洪州

抱琴爲傲吏孤棹復南行幾處秋江水皆添白雪聲佳期来客夢幽思緩王程佐牧無勞問心和政自平

宿畢侍御宅

交情頻更好子有古人風晤語清霜裏平生苦節同心惟二仲合室乃一瓢空落葉寄秋菊愁雲低

夜鴻薄寒燈影外殘漏雨聲中明發南昌去迴看

御史驄

靜夜訓通上人問疾

東林生早涼高枕遠公房大士看心後中宵清漏

長驚蟬出暗枥微月隱迴廊何事沉痾久含毫問

挽到上人俚俗

藥王

山中寄時按書

蓬萊紫氣温如玉唯予知爾陽春曲别来幾日芳

何校本有衆甫詩六首見後補遺今不重録

蓀綠百花酒滿不見君青山一望心斷續

張衆父 三首〇評 載卷首

寄興園池鶴上劉相公 雖係情之語还应稍見身分儿寄興誰鶩也

馴狎經時久襹褷短翮存不隨淮海變空愧稻粱恩獨立秋天浄單棲夕露繁欲飛還斂翼詎敢望乗軒

送李觀之宣州謁袁中丞賦得三洲渡

古渡大江濱西南距要津自當舟楫路應濟往来

梁抄本 檣

人翻浪驚飛鳥田風起緑蘋君看波上客歲晚獨
垂綸

送李司直使吴得家花斜沙依次韻　使字下宋本空一字。坊本作使吴

使君方擁傳王事遠辭家震澤逢殘雪新豐遇落
花水萍千葉散風柳萬條斜何處看離恨春江無
限沙

于良史　二首

侍御詩清雅、工於形似、如風兼殘雪起河（體；一語興在象外）

帶斷氷流吟之未終皎然在目

冬日野望

地際朝陽滿天邉宿霧收風兼殘雪起河帶斷氷流北闕馳心極南圖尚旅遊登臨思不已何處可消憂

裴端蓋指重收京闕次聯仍寓水深雪霏之歎所爲慼之靡騁目斷心憂者耶

閑居　坊本作閑居寄薛華

隱几讀黄老閑齋耳目明僻居人事少多病道心生雨洗山林濕蛙鳴池館晴褰簾暮雲起殘日上

高城 後四句自寓不能隨物拈謀潤身之言於閑居未嘗不細切也

鄭丹 二首

丹詩剪刻婉密寶曆中獻二帝兩后挽歌三十首詞旨哀楚得臣子之致雖不及事朝廷嘉之解褐任薊州錄事參軍今選尤者列於此集

玄宗至道大聖大明皇帝挽歌

律曆千年會車書萬里同固期常戴日豈謂厭觀

觀風謂狼狽幸蜀也

風地慘新疆理城摧舊戰攻山河寧不壯今夕盡

皆空　結句言歎代々後山河固非已有如何倦政失政致此喪亂耶諷刺正在言外

夕一作昔

肅宗挽歌

國以重明受天從諒闇移諸侯方北面白日忽西

馳龍影當泉落鴻名向廟垂永言青史上還是載

無為　方北面三字暗藏前此叛渙極蘊藉頗有良將獲成中興之功結尔色含有味

忽一作又　又字切諒闇

李希仲　三首　就薊北行評之則頗有氣質

李詩輕靡華勝於實此所謂才力不足務

為清逸然前軍飛鳥落格鬭塵沙昏亦出
塞實録疊疊不絶者可及于中兵

東皇太乙祠

去日初齋戒靈巫穆上皇焚香布瑶席鳴佩奠椒
漿緩舞花飛滿清歌水去長𤰞波送神曲雲雨過
瀟湘

薊北行

旄頭有精芒胡騎獵秋草羽檄南渡河邊庭用兵

早漢家愛征戰宿将今已老辛苦羽林兒從戎榆
關道

又

一身救邊速烽火連薊門前軍飛鳥落格鬬塵沙
昏寒入鼓聲急單于將夜奔當須徇忠節身死報
國恩

李嘉祐　八首

袁州自振藻天朝大收芳譽中興高流與

錢郎別為一體往往涉於齊梁綺靡婉麗

蓋吴均何遜之敵也如野渡花爭發春塘

水亂流又朝霞晴作雨濕氣晚生寒文章

之冠冕也又禪心超忍辱梵語問多羅假

使許詢更出孫綽復生窮極筆力未到此

境

發湓浦望廬山初晴直省賫勑催赴江陰

西望香爐雪千峰晚望新白頭悲作吏黄紙更催

人多負登山屐深藏漉酒巾傷心公府内手版日相親

送王牧吉州謁使君叔

細草緑汀洲王孫耐薄遊年華初冠帶文體舊弓裘野渡花争發春塘水亂流使君憐小阮應念倚門愁

潤州王别駕宅送蔣九侍御收兵歸揚州

沴氣清金虎兵威壯鐵冠揚旌川色瞑吹角水風

倖一作彩

多羅譯為高髴見猗覺寮記

寒人對轀輬醉花乗眲睨殘羨𡚁丞相府空望舊

雕欄

奉陪韋潤州遊鶴林寺

野寺江城近雙旌五馬過禪心超忍辱梵語問多

羅松竹閑僧老雲煙晚日和寒塘𡚁路轉清磬隔

微波

仲夏江陰官舍寄裴明府

萬室邊江次孤城對海安朝霞晴作雨濕氣晚生

書麓作詩

寒。苔色侵衣袂。潮痕上井欄。題書招茂宰。思爾欲辭官。

丞注阜茂爲令有聲故詩人用以比宰邑者

送韋負外端公宣慰勸農畢赴洪州

聖主臨前殿殷憂遣使臣氣迎天詔喜。恩發土膏春。草色催歸棹鶯聲爲送人龍沙多道里流水日相親

登楚城驛路十里山村竹林交暎

十里山村道。千峰櫟樹林。霜濃竹枝亞。歲晚荻花

深草市多樵客漁家足水禽幽居雖可羡無奈子年心

和苗員外秋夜省直　此首宋本無

久雨南宫夜仙郎寓直時漏長丹鳳闕秋老白雲司螢影侵階亂鴻聲出苑遲蕭條人吏散小謝有新詩

章八元　一首〇評載卷首

新安江行

章八元二首

八元嘗於云云見後補遺

寄都官李郎中

舊宅平津邸槐陰柢漢宫鳴驪馳道上見㶉月直廬中白雪歌麗青雲官早通悠然一逢掩千里恨清風

下句佳

江源南出永。野渡暫維梢。古戍懸漁網。空林露鳥巢。雪晴山脊見。沙淺浪痕交。自笑無媒者。逢人即作解嘲。

戴叔倫　六首○評載卷首○玆舊本目録有送夷甫宰鄞縣一詩坊刻不載亦附卷首

吴明府自遠而来留宿

出門逢故友。衣服滿塵埃。歲月不可問。山川何處来。綺城容弊宅。散職寄靈臺。自此留君醉。相懽得幾迴。

除夜宿石頭驛

旅館誰相問，寒燈獨可親。一年將盡夜，萬里未歸人。寥落悲前事，支離笑此身。愁顔與衰鬢，明日又逢春。

客夜與故人偶集

天秋月又滿，城闕夜千重。還作江南會，翻疑夢裏逢。風枝驚暗鵲，露草覆寒蛩。羈旅長堪醉，相留畏曉鐘。

送友人東歸

萬里楊栁色。出關送故人。輕煙拂流水。落日照行塵。積夢江湖濶。憶家兄弟貧。徘徊灞亭上。不語自傷春。

別友人

擾擾倦行役。相逢陳蔡間。如何百年内。不見一人閑。對酒惜餘景。問程愁亂山。秋風萬里道。又出穆陵關。

廣陵送趙主簿自歸蜀　原本目録作送趙主簿自蜀歸絳州覲省

將歸汾水上，遠省錦城來。已泛西江盡，仍隨北雁迴。暮雲征馬速，曉月故關開。漸向庭闈近，留君醉一杯。

皇甫冉　十三首

冉詩巧於文字，發調新奇，遠出情外。然而雲藏神女館，雨到楚王宫。與閉門白日晚，倚杖青山暮。及遠山重疊見，芳草淺深生

此公如今人許時文無人不以韓蘇相目

岸草知春晚沙禽好夜驚又燕知社日辭巢去菊爲重陽冒雨開可以雄視潘張平揖沈謝又巫山詩終篇奇麗自晉宋齊梁陳隋以来採掇者無數而補闕獨獲驪珠使前賢失步後輩卻立自非天假何以逮斯長轡未騁芳蘭早凋悲夫

送王相公赴幽州

自昔蕭曹任難兼衛霍功勤勞無遠近旌節屢西

落句言外有不於望其援引之云

東不還三河卒還令萬里通雁行緣古塞馬鬣起長風遮虜關山靜防秋鼓角雄徒思一攀送羸病華門中

題裴固新園

東郭訪先生西郊尋隱路久為江南客自有雲陽樹已得丘園心不知公府步閉門白日晚倚杖青山暮果熟任霜封籬疎從水渡窮年無牽綴往事惜淪誤惟見耦畊人朝朝自来去

起结未喻

酧袁補闕中天寺見寄

東林初結社已有晚鐘聲窗户皆流水房廊半架
城遠山重疊見芳草淺深生每與君攜手多煩長
老迎　為詩律所束又不能自出新意遂尔什出無聊

酧崔侍御期蘇道士不至

一心求妙道幾處候真師丹竈今何處白雲無定
期崐崘煙景絶汗漫往来遲君但焚香待人間到
有時

自是清穩以爲高
梁以降獨以驪珠
則未之敢信
此詩不知一時何以
推高只是停勻足
括

○

巫山高　御覽集同　三四善於點化

巫峽見巴東。迢迢出半空。雲藏神女館。雨到楚王宮。朝。暮。泉。聲。落。寒。暄。樹。色。同。清猿不可聽。偏在九秋中。宗校御覽集九秋作九霄。○作九霄方收得高字言足

和袁郎中破賊後經剡中山水

武庫分帷幄儒衣事鼓鼙兵連越徼外寇盡海氛西節比全疎勒功當雪會稽旌旗迴剡嶺士馬濯耶溪受律梅初發班師草未齊行看佩侯印豈得

訪丹梯

送元晟還歸潛山所居

深山秋事早君去復何如裛露收新稼迎霜葺舊

廬題詩即招隱作賦是閑居別後空相憶嵇康懶

寄書

獨孤中丞筵陪餞韋使君赴昇州

中司龍節貴上客虎符新地控吳襟帶才高漢縉

紳泛舟應度臘入境便行春何處歌来暮長江建

宋本作興

業人

同杜相公對山僧作

吏散重門掩僧来閉閤閒遠心馳北闕春興寄東山草長風光裏鶯喧静黙間芳晨不可住惆悵暮禽還

送林員外往江南

分務江南遠留懽幕下榮楓林緣楚澤水驛到湓城�草知春晚沙禽好夜驚風帆幾泊處處處暮

潮清。腹聯是比乃尔請教

送李錄事赴饒州

北人南去雪紛紛。雁叫汀沙不可聞。積水長天隨

遠道。荒城極浦足寒雲。山從建業千峰出。江至潯

陽九派分。借問督郵纔弱冠。府中年少不如君。

秋日東郊作

閒看秋水心無事。臥對寒松手自栽。廬岳高僧留

偈別。茅山道士寄書來。燕知社日辭巢去。菊為重

腹聯已含下收字

仙字穩

陽。󠄀月。雨。開。淺薄将何稱獻納。臨岐終日獨遲迴。

少室韋鍊師昇仙歌

紅霞紫氣晝氳氳絳節青幢迎少君忽從林下昇天去空使時人禮白雲

仙 天一作

杜誦 一首

杜君詩調不失文流如流水生涯盡浮雲世事空得生人始終之理故編之

哭長孫侍御

人 宋本 民

雅頌恐難對
詩書善奇作
賦頌也

道為詩書重名因雅頌雄禮闈曾擢桂憲府舊乘
驄流水生涯盡浮雲世事空唯餘舊臺栢蕭颯九
原中

朱灣七首

從事率履貞素放情江湖郡國交辟潛耀
不起有唐高人也詩體幽遠興用洪深因
詞寫意窮理盡性於詠物尤工如受氣何
曾異開花獨自遲所謂哀而不傷國風之

對蘇使君席咏箏柱字散木今何幸良工不棄捐力微懃一柱材薄仰群賢但願一作且喜声相應寧辭迹遷屬遷知音如見賞雅調為君傳

坊本作賦得露中菊不見宋本不知題誤

緋緋無取

深者也

秋夜宴王郎中宅賦得露中菊得時字

衆芳春競發寒菊露偏滋受氣何曾異開花獨自遲晚成猶待賞欲採未過時忍棄東籬下看他迭盛衰

奉使設宴戲擲籠籌　有分二字玄蜣

今日陪樽俎良籌復在兹獻酬君有禮賞罰我無私莫怪斜相向還將正自持一朝權入手看取令

行時

詠雙陸骰子

采采應緣白鑽心不為名掌中猶可重手下莫言

輕有對唯求敵無私直任爭君看一擲後當取擅

場聲

詠壁上酒瓢呈蕭明府

不是難提挈行藏固有期安身未得所開口欲從

誰應物心無倦當壚柄會持莫將成廢器還有對

首尾貫穿第三
必有爲言之此尔
秋卷也

樽時

詠玉　題是詠玉刻者因首句有玉字擅改爲詠玉何其愚也矣
從虞山錢孝脩之言改定首句歌字不誤并正之

獻

歌玉屢招疑終朝省復思既哀黄鳥輿還復白圭

詩請益先求友將行必擇師誰知不鳴者獨下董

生帷

送陳偃賦得白鳥翔翠微

不知鷗與鶴天畔弄晴暉背日分明見臨川相暎

微淨中雲一點回處雪孤飛正好南枝住翩翩何

所歸

題段上人院壁画古松

石上盤古根謂言天生有安知草木性變在画師手陰深方丈間眞趣幽且閑木紋離披勢槎椊中裂空心火燒出掃成三寸五寸枝便是千年萬年物莓苔濃淡色不同一面死皮生蠹蟲風霜未必来到此氣色杳在寒山中孤標可玩不可耶能使支公道場古

古字押得妙并
韻字亦不穿

韓翃七首

韓員外詩匠意近於史興致繁富一篇一詠朝士珍之多士之選也如星河秋一雁砧杵夜千家又客衣筒布潤山舍荔枝繁又踈簾看雪捲深戶映花關方之前載芙容出水未足多也其比興深於劉員外筋節成於皇甫冉也

○送辰州李中丞

白羽逐青絲翩翩南去時巴人迎道路蠻帥引旌旗暮雨山開少秋風葉落遲功成冀他日應見竹郎祠

五六自足此送中丞異於貶竄逐客若即失之矣

題薦福寺衡嶽禪師房得閑字

春城乞食還高論此中閑僧臘堦前樹禪心江上山疎簾看雪捲深户映花關晚送門人出鐘聲杳靄間

奉送王相公赴幽州

末句言方從之遊則歷解亦寓

如此結尚是開寶

黄閣開帷幄丹墀侍冕旒位高湯左相權總漢諸
侯不改周南化仍分趙北憂雙旌過易水千騎入
幽州塞草連天暮邊聲動地秋無因隨遠道結束
佩吴鈎

題蘇許公林亭得詩字

平津東閣在别是竹林期萬葉秋聲裏千家落照
時門隨深巷静窗過遠鐘遲客舍苔生處依依又
賦詩

送孫革及第後歸江南

過淮芳草歇千里又東歸野水吳山出家林越鳥
飛荷香隨去棹梅雨濕征衣無數滄洲客如君達
者稀

題僧房

披衣聞客至關鎖此時開鳴磬夕陽盡卷簾秋色
來名香連竹徑清梵出花臺身在心無住他方到
幾回

住一作字

送太常元博士歸江東

渡江秋色裹詩興與歸心客路緣楓岸家人掃橘林潮聲當晝起山翠近南深幾日華陽洞寒花獨自尋

蘇涣三首

涣本不平者善放白弩巴中號曰白跖賓人患之以比盗跖後自知非變節從學鄉賦擢第累遷至御史佐湖南幕崔中丞遇

害渙遂踰嶺扇動哥舒跋扈交廣此猶龍
蛇見而本質彰矣三年中作變律詩九首
上廣州李帥其文意長於諷刺亦有陳拾
遺一鱗半甲故善之或曰此子左右孽臣
侵敗王略今著其文可乎荅曰漢著蒯通
說詞皇史錄列祖君彥檄書此大所以容
細也夫善惡必書春秋至訓明言不廢孟
子格言渙者其殆類此乎但不可棄其善

奚字下宋本有
爵字

亦以深戒君子之意

變律詩

日月東西行寒暑冬夏易陰陽無停機造化獨莫
測開目爲晨光閉目爲夜色一開復一閉明晦無
休息居然六合外曠哉天地德天地且不言世人
浪喧喧

又

毒蜂一成窠高挂惡木枝行人百步外目斷魂亦

飛長安大道邊挾彈誰家兒右手持金丸引滿無
所疑一中紛下来勢若風雨隨身如萬箭攢宛轉
迷所之徒有疾惡心奈何不知幾

又　尔有氣

養蚕為素絲葉盡蚕不老傾筐對林樹此意向誰
道一女不得織萬夫受其寒一夫不得意四海行
路難禍亦不在大福亦不在先世路險孟門吾徒
當勉旃

中興間氣集卷之上

中興間氣集目録卷下

郎士元　十二首

送孫侍郎往容府宣慰

塞下曲

崔峒 九首

春日憶姚氏外甥　題崇福寺禪師院

江上書懷　送薛良友往越州謁

從叔　送真上人還蘭若

送丘二十二歸蘇州

初拜命後訓丘二十二見贈

題桐廬李明府官舍

清江曲内一絶

張繼 三首

送判官往陳留　感懷

夜泊松江

劉長卿 九首

題崔公庭竹　送朱山人越州賊退

帰山陰別業

謫居於越亭作　陪鄭中丞林園宴
送張繼司直適越　送駱三少府西山應
制　送李中丞之襄州
題鄭山人幽居　送郎士元
李季蘭　六首
湖上臥病喜陸鴻漸至
寄校書七兄　寄朱放
送韓揆之江西　道意寄崔侍郎

賦得三峽流泉歌

竇叅　三首

閒居湖上　　登潛山觀

遷謫江表久未歸

道人靈一　四首

酬皇甫冉赴無錫於雲門寺贈詩别

宿靈洞觀　　静林寺即武帝未遇

時隱居之所有鐘磬皆古物時時有聲

雨後欲尋天目山問元駱二公溪路

姚倫 二首

感秋林　過章秀才客舍

皇甫曾 五首

送雲門邕上人　送林中丞還京

贈別筌公　送杜中丞還京

早朝日寄所知

孟雲卿 四首

中興間氣集目録卷下終

中興間氣集卷之下

郎士元 十二首

員外河嶽英奇人倫秀異自家形國遂擁

大名右丞以往與錢更長自丞相已下更

出作牧二公無詩祖餞時論鄙之兩君體

調大抵欲同就中郎公稍更閑雅近於康

樂如荒城背流水遠雁入寒雲去鳥不知

倦遠帆生暮愁又蕭條夜靜邊風吹獨倚

營門向秋月可以齊衡古人掩暎時輩又暮蟬不可聽落葉豈堪聞古謂謝朓工於發端比之於今有慙沮矣

送楊中丞和蕃

錦車登隴日邊草正萋萋舊好隨君長新愁聽鼓鼙河源飛鳥外雪嶺大荒西漢壘今猶在遥知路不迷

時河湟弃未久也。甚為行者危之，却含蓄不露

送奚賈歸吳

能一作知

東南富春樹曾是謝公遊今日奚生去新安江正秋水容清過客楓葉落行舟遥想赤亭下聞猿應夜愁

別鄭礒　原題鄭礒宅送錢大　猶有王孟典刑

暮蟬不可聽落葉豈堪聞自是悲秋客那能此路分荒城背流水遠雁入寒雲陶令東籬菊餘花可贈君　陶令指鄭

送長沙韋明府之縣

前半是送者惜了結是明府自立

秋入長沙縣蕭條旅宦心煙波連桂水官舍䁱楓林雲日楚山暮沙汀白鷺深遥知訟堂裏佳政在鳴琴

送洪州李別駕之任

南去秋江遠孤舟興自多能將流水引更入洞庭波夏口帆初上潯陽雁正過知音在霄漢佐郡豈蹉跎

送裴補闕入河東幕

高門清貫從事戎幕如斗人為厥券歸其屈抑不得志甚矣落句言幸無地可依以慰其行也

皎然青瑣客，何事動行軒。苦節酬知己，清吟去掖垣。秋城臨海樹，寒月上營門。鄒魯詩書地，應無鼙鼓喧。五六四五作對

春日宴張舍人宅

懶尋芳草徑，来接侍臣筵。山色知殘雨，墻陰覺暮天。鶯歸漢宮柳，花隱杜陵煙。地與東城接，春光醉目前。

送陸員外赴潮州

三韻本高果

日南鄉云北窓月
結句從之

含香臺上客剖竹海邉州楚驛多歸信閩溪足亂流今朝永嘉後重見謝公遊

送王棼流雷州

昨日三峰尉今朝萬里人平生任孤直豈是不防身海霧多爲瘴山雷乍作鄰遥憐北窗月與子獨相親

題劉相公三湘圖

昔歲別衡霍邇来憶南州今朝平津邸兼得瀟湘

明宋本作月

遊稍辨郢門樹依然芳杜洲微明三巴峡咫尺萬里流去鳥不知倦遠帆生暮愁涔陽指天末北渚空悠悠枕上見漁父坐中常狎鷗誰言魏闕下自有東山幽

送孫侍郎往容府宣慰

春原獨立望湘川擊隼南飛上楚天奉詔不言空問俗清時曰得訪遺賢荆門晚色兼梅雨桂水春風過客船疇昔嘗聞陸賈説故人今日豈徒然

都去詩情

塞下曲 張王出而此等失步矣

寶刀塞下兒輕身百戰曾百勝壯心竟未嫖姚知

白草山頭日初沒黄沙戍下悲笳發蕭條夜静邊

風吹獨倚營門向秋月

崔峒九首

崔拾遺文彩炳然意思大雅如清磬度山

翠閑雲來竹房又流水聲中視公事寒山

影裡見人家斯亦披沙揀金往往見寶

次聯四五字

春日憶姚氏外甥

離亂人相失春秋雁自飛秪緣行路遠未必寄書稀二月花無數頻年意有違落暉看過後獨坐淚沾衣

題崇福寺禪師院

僧家竟何事掃地與焚香清磬度山翠閑雲来竹房身心塵外遠歲月坐中忘向晚禪堂掩無人空夕陽

江上書懷　言日落則望至竟日也

骨肉天涯別江山日落時淚流襟上血髮變鏡中絲胡越書難到存亡夢豈知登高回首罷形影自相隨

送薛良友往越州謁從叔

辭家日已久與子分仍深易得思鄉淚難為欲別心孤雲隨浦口幾日到山陰遥想蘭亭下清風滿竹林

送眞上人還蘭若

得道雲林久年深暫一歸出山逢世亂乞食覺人稀半偈初傳法中峰又掩扉夔憎應不染塵俗自依依

送丘二十二歸蘇州

積水與寒煙嘉禾路幾千孤猿鳴海嶠群雁起湖田曾見長洲苑嘗聞大雅篇却將封事去知爾得閑眠

初拜命後酬丘二十二見贈

江海久垂綸朝衣忽挂身丹墀方謁帝白髮免羞人才傑文章士名當諫諍臣空餘薦賢分不敢負交親

題桐廬李明府官舍

落句惜乎將代以足上美乎新政之意妙有餘韻

官舍起

訟堂寂寂對煙霞五柳門前晚聚鵶流水聲中視公事寒山影裡見人家移風共羡新爲政計日還知更觸邪却憶陶潜無限酒不逢籬菊正開花

三四直書即目而於己之潔與明之適皆具乎興象之妙後來罕倫

清江曲内一絶　折腰體

八月長江去浪平片帆一道帶風輕極目不分天
水色南山南是岳陽城

張繼　三首

員外累代詞伯積襲弓裘其於為文不雕
不飾及爾登第秀發當時詩體清迥有道
者風如女停襄邑杼農廢汶陽畊可謂事
理雙切又火燎原猶熱風揺海未平比興

標舉此詩蓋中
興至理在是序
中所云王政興

者也

貢賦不入徵發不供兆止云農夫輟耒紅女下機也

深矣

送判官往陳留

齊宋分巡地頻年此用兵女停襄邑杼農廢汶陽耕使者棄軺去諸藩擁節迎深仁佐君子薄賦恤黎甿火燎原猶熱風搖海未平應將否泰理一問魯諸生

魏都賦錦繡襄邑漢書地里志有服官

感懐　抄本此首在夜宿松江後

調與時人背心將静者論終年帝城裡不識五侯

霜夜客中愁寂故怨鐘聲之太早也夜半者狀其太早而甚怨之之詞說者不解詩人活語以爲實夜半鐘故多曲說

門

夜泊松江　原題楓橋夜泊　佇對之妙全在用遣

月落烏啼霜滿天江楓漁火對愁眠姑蘇城外寒山寺夜半鐘聲到客船

劉長卿九首

長卿有吏幹剛而犯上兩遭遷謫皆自取之詩體雖不新奇甚能鍊飾大抵十首已上語意稍同於落句尤甚思銳才窄也如

此其　宋本有此其二字

草色加湖緑松聲小雪寒又沙鷗驚小吏
湖色上高枝又細雨濕衣看不見閑花落
地聽無聲截長補短盖絲之類歟其得罪
風霜苦全生天地仁可謂傷而不怨亦足
以發揮風雅矣

題崔公庭竹

不學媚清灡能依上將壇朦朧低冕過青翠捲簾
看得地移根遠經霜抱節難紉花成鳳實嫩笋長

漁竿鷁鷁軍容靜蕭蕭郡宇寬細音和角響踈影
上門寒阮巷何人在梁園幾處殘空餘軒屏側歲
晚對任安

送朱山人越州賊退歸山陰別業

越中初戰罷江上送歸橈南渡無來客西陵自落
潮空城垂故柳舊業廢春苗閭里誰相見鶯花共
寂寥

謫居于越亭作

時淅中新有袁晁之難

天南愁望絶亭上柝條新落日獨歸鳥孤舟何處
人生涯投嶺徼世業陷邉塵江入千峰暮花迎百
越春秦臺憐白首楚水怨青蘋草色迷征路鶯聲
傍逐臣獨醒翻引笑直道不容身得罪風霜苦全
生天地仁青山數行淚滄海一窮鱗牢落機心盡
空憐鷗鳥親

陪鄭中丞林園宴

心遠親魚鳥功成厭鼓鼙林中阮家醉池上謝公

題門徑蒼苔合窗陰綠篠低夕陽山向背秋草水東西舊架懸藤老踈籬插槿齊風煙不可到誰羨武陵溪

送張繼司直遶越

時危身遶越事往任浮沉萬里江山去孤舟百戰心春風吴渚綠古木剡山深明月滄洲路歸雲不可尋

遶越一作赴敵
下句方可接

送駱三少府西山應制

汀洲芳草緑日暮更茫茫舊國無來信春江獨送君五言凌白雪六翮向青雲自是無機者沙鷗已可群

送李中丞之襄州

流落征南將曾驅十萬師罷歸無舊業老去戀明時獨立三邊静輕生一劍知茫茫漢江上日暮欲何之

題鄭山人幽居　一作寂寂孤鶯啼杏園寥寥一犬吠桃源

白首深藏谷口村春山犬吠武陵原落花芳草無
行處萬壑千峰獨閉門

按本此篇在送嚴士元詩後

送郎士元

春風倚棹闔閭城水國春深陰復晴細雨濕衣看
不見閑花落地聽無聲日斜江上孤帆影草緑湖
南萬里程東道若逢相識問青袍今已誤儒生

李季蘭　六首

士有百行女唯四德季蘭則不然形氣既

雕詩意亦蕩自鮑昭以下罕有其倫如遠
水浮仙棹寒星伴使車盖五言之佳境也
上傚班姬則不足下比韓莾則有餘不以
遲暮亦一俊嫗
湖上卧病喜陸鴻漸至
昔去繁霜月今来苦霧時相逢仍卧病欲語淚先
垂強勸陶家酒還吟謝客詩偶然成一醉此外更
何之

落句尔仲武所謂蕩也

寄校書七兄　宋本作十九兄

無事烏程縣，蹉跎歲月餘。不知芸閣吏，寂寞竟何如。遠水浮仙棹，寒星伴使車。因過大雷岸，莫忘幾行書。

寄朱放

望水試登山，山高湖又闊。相思無曉夕，相望經年月。鬱鬱山木榮，綿綿野花發。別後無限情，相逢一時說。

送韓揆之江西

相看指楊柳別恨轉依依萬里江西水孤舟何處歸湓城潮不到夏口信應稀唯有衡陽雁年年來去飛

道意寄崔侍郎

莫漫戀浮名應須薄宦情百年齊旦暮前事盡虛盈愁鬢行看白童顔學未成無過天竺國依止古先生

賦得三峽流泉歌

妾家本住巫山雲巫山流泉常自聞玉琴奏出轉寥敻直似當年夢裡聽三峽迢迢幾千里一時流入幽閨裏巨石崩崿指下生飛泉走浪絃中起初疑憤怒含雷風又似嗚咽流不通回湍曲瀨勢將盡時復滴瀝平沙中憶昔阮公為此曲能令仲容聽不足一彈既罷還一彈願似流泉鎮相續

竇參　三首

賓君詩亦祖沈千運比於孟雲卿尚在廊

廡間如萬丈水聲落四時松色寒又人生

年幾齊憂苦亦先老雖其羽翼未齊而筋

骨已具

閒居湖上

避影將息陰自然知音稀向来深林中偶亦有所

窺飛鳥口啣食引雛上高枝但各子其子寧知宜

不宜止止復何言物情方可知

登隮山觀

山勢欲相抱一條微徑盤攀蘿歇復行始得凌仙壇聞道葛夫子此中鍊還丹丹成五色光服之生羽翰靈草空自翠餘霞誰復餐至今步虛處猶有孤飛鸞幽幽古殿門下壓浮雲端萬丈水聲落回時松色寒既入無何鄉轉嫌人事難終當遠塵俗高卧從所安

宋本三字缺
坊本作遠塵俗

遷謫江表久未歸

一自經放逐徘徊無所從便為寒山雲不得隨飛龍名豈不欲保歸豈不欲早苦無三月資遠適萬里道離心與羈思終日苦草草人生年幾齊憂苦亦先老誰能假羽翼使我暢懷抱

道人靈一 四首

自齊梁以来道人工文多矣罕有入其流者一公乃能刻意精妙與士大夫更唱迭和不其偉歟如泉涌堦前地雲生戶外峰

則道猷寶月曾何及此

酬皇甫冉赴無錫於雲門寺贈詩別

湖南通古寺来往意無涯欲識雲門路千峰到若耶春山子猷宅古木謝敷家自可長偕隱那云相去賒

宿靈洞觀　宋本此篇在静林後

石室因投宿仙翁幸見容花原隔水見洞府過山逢泉涌堦前地雲生戶外峰中宵自入定非是欲

殊未刻意

綫乃收宿字

實庫有越雲
嘉古于闐鍾
鼓

降龍

靜林寺即武帝未遇時隱居之所有鍾磬皆古物時時有聲

靜林溪路遠蕭帝有遺蹤水擊羅浮磬山鳴于闐鍾燈傳三世火樹老萬株松無數煙霞色空聞昔

用水擊山鳴是日作聲之

沙精舍

卧龍　氣力有作

雨後欲尋天目山問元駱二公溪路

昨夜雲生天井東春山一雨幾回風林花併逐溪

流下欲上龍池通不通

姚倫 二首

姚子詩雖未弘深去凡已遠屬辭比事不失文流如亂聲千葉下寒影一巢孤篇什之秀也

感秋林

試向東林望方悲節候殊亂聲千葉下寒影一巢孤不蔽秋天雁驚飛夜月烏霜風與春日幾度遣

既有第四服連上乃重複

榮枯

過章秀才客舍

達人心自適旅舍當閑居不出来時徑重看讀了書晚山嵐色近斜日樹陰踈盡是忘言客聽君誦子虛

皇甫曾　五首

昔孟陽之與景陽詩德遠慙厥弟協居上品載處下流今侍御之與補闕文辭亦爾

體製清潔華不勝文然寒生五湖道春及萬年枝五言之選也其為士林所尚宜哉

送雲門邕上人

春山臨一室獨坐草萋萋身寂心成道花閑鳥自啼細泉松逕裡返照竹林西晚與門人别依依出虎溪

送林中丞還京

戰罷回龍節朝天見鳳池寒生五湖道春及萬年

枝郃化多遺愛胡清已畏知懷恩多感別墜淚向
旌旗

贈別筌公

贈鑒上人 ○龕龍來
遠國作寶龕經末劫

律儀傳教誘僧臘老煙霄樹色依禪誦泉聲入寂
寥龕龍來遠國画壁見南朝深戶風開合寒泉月
對搖息心居靜理愛道坐中宵更欲尋真去乘船
泛海潮

送杜中丞還京

上將還專席雙旌復出秦關河三晉路賓從五原人孤戍雲連海平沙雪度春酬恩看玉劒何處有煙塵

早朝日寄所知

長安雪後見歸鴻紫禁朝天拜舞同曙色漸分雙闕下漏聲遥在百花中爐煙乍起開仙仗玉珮成行引上公共荷發生同雨露不應黄葉久從風

孟雲卿　四首○評載卷首

鄴城懷古

朝發淇水南將尋北燕路魏家舊城闕寥落無人
住伊昔天地屯曹公獨中據群臣將北面白日忽
西暮三臺竟寂寥萬世難長固雄豪安在哉衰草
霑霜露崔嵬長河北尚見應劉墓古樹藏龍蛇荒
茅伏狐兔永懷故池館數子連章句逸興驅山河
雄詞變雲霧我行覩遺跡精爽如相遇斗酒將酹
君悲風白楊樹

傷情　曹劉風骨

為長心易憂早孤意常傷出門先躊躇入戶亦彷徨此生一何苦前事安可忘兄弟先我沒孤幼盈我傍舊居近東南河水新為梁松栢今在茲安恐息故鄉四時與日月萬物各有常秋風已一起草木無不霜行行當自勉不忍再思量

傷時　原題宋郊

徘徊宋郊上不見平生親獨立正傷心悲風来孟

此詩謂漁獵拾遺也

律大方載群物生死有常倫虎豹不相食哀哉人食人豈伊逢世運天道亮云云

又

太空流素月三五何明明光耀侵白日賢愚迷至精四時更變化天道有虧盈常恐今夜沒須臾還復生

西蜀劉灣 四首 劉詩尔雅古風

出塞曲

將軍在重圍音信絶不通羽書如流星飛入甘泉
宫倚是并州兒少年心膽雄一朝隨召募百戰爭
王公去年桑乾非今年桑乾東死是征人死功是
將軍功汗馬牧秋月疲卒卧霜風仍聞左賢王更
欲圍雲中

虹縣嚴孝子墓

至性教不及因心天所資禮聞三年喪汝獨終身
期下布骨肉恩上報父母慈禮聞哭有卒汝獨哀

無時前有松栢林荊棘結蒙籠墓門白日閉泣血
黄泉中草服蔽枯骨垢容載飛蓬舉聲哭蒼天萬
木皆悲風

李陵別蘇武

漢武愛邊功李陵提步卒轉戰單于庭身隨漢軍
没李陵不愛死心存歸漢闕誓欲還國恩不為匈
奴屈身辱家已無長居狼虎窟胡天無春風虜地
多積雪窮陰愁殺人況與蘇武别發聲天地哀執

李卿犯叛臣此篇不失本事

手肺腸絶白日為我愁陰雲為我結生為漢宮臣
死為胡地骨萬里長相思終身望南月

雲南曲行

百蠻亂南方群盗如蝟起騷然疲中原征戰從此
始白門大和城来往一萬里去者無全生十人九
人死岱馬卧陽山燕兵哭瀘水妻行求死夫父行
求死子蒼天滿愁雲白骨積空壘哀哀雲南行十
萬同已矣

此書始之以劉相公
催將運著中興之
維艱終之以雲南
行著禍亂之所自
其中錄鄭丹二
帝挽歌亦有微
旨

張南史

張君弈碁者中歲感激苦節學文數載間稍入詩境如已被秋風教憶鱠更聞寒雨勸飛觴可謂物理俱美情致兼深

送朱文北遊

歲暮欲為别江湖聊自寬且無人事戀誰謂客行難郢曲憐公子吳州憶伯鸞蒼蒼遠山際松栢獨宜寒

宜寒可作亭
子石

作强是詳韵
監匡課正俗

危堞不謂宋州
九拒二字當如
宋本缺

陸勝宅秋雨中探韻同作

同人永日自相將深竹閑園偶辟疆已被秋風教憶鱠更聞寒雨勸飛觴歸心莫問三江水旅服徒沾九日霜醉裏欲尋騎馬路蕭條幾處有垂楊

送司空十四遊宋州

九拒危城下蕭條送爾歸寒風聞画角暮雪犯征衣道里猶成間親朋重與違白雲愁欲斷看入大梁飛

渤海高氏選中興間氣集自序云二十六人
詩一百四十首今獨遺鄭常一人共逸八詩
亦頗無自訂補或又云吾友孫纂猶是元祐
戊辰苕氏子泓記

予家藏中興間氣集凡三本俱逸五人評語
勉爾考訂就梨殊未快也既從安東碓肆中
獲蠹餘半簏內簡得一舊抄本後有元祐曾
氏跋考覈甚確向所缺張衆父章八元戴叔

倫孟雲卿諸評具在獨劉灣無攷如既金題

玉躞不無絲緣殘縑敗素自有綾紋李仁云

縱不能讀盡世間好書惟身到處莫放過耳

戊辰佛日湖南毛晉記

康熙戊戌十月望以予往南海淀借宿蔣西谷寓舍

架上有抄本唐中興間氣集極元集一冊視云

行款字数以從宗雕影寫問之乃述古堂故物也

因借歸呵凍是正並成善本併其愛惜今哉更

倩善書者重録尤不負老子一再勘校以貽尔曹之

意也　焯記

道光丁亥四月五日臨義門何氏校本据原跋
知此本乃文肅藏書之青桐軒遺書散佚去
存幸以覩此尤足寶貴

余別有馮己蒼校本与此本大異同蓋俱從錢本勘校也合
二本參之可無誤矣又記

中興間氣集卷之下　終

中興間氣集補遺

卷上

張衆甫

衆又婉媚綺錯巧用文字工于興喻只如
不隨淮海變空婐稻粱恩盡陳謝之源又
自當舟檝路應濟往来人得諷興之要形
容體裁率皆如此文流之佳士也

章八元

八元嘗于郵亭偶題數句語氣益激楚元
必辭家維大異之遂親指踰數年堯賦擢
第至如雪晴山脊見沙淺浪痕交得山水
狀須也極矣

戴叔倫

叔倫為人温雅善舉止無賢不肖見皆盡
心在租庸幕數年夕惕靡怠吏部尚書劉
公與祠部員外張繼書云博訪選林揖對

賔客如戴叔倫其見推稱如此詩體雖不
中越格然廨宇經山火公田沒海潮亦指
事造形之工者其骨氣稍輕故詩亦少

送謝夷甫宰鄖梁

君去方為縣干戈尚未銷邑中殘老小亂後少官
僚廨宇經山火公田没海潮致時應變俗新政滿

餘姚

卷下

鄭常

常省靜婉靡雖未洪深已入文流如儒衣荷葉老野飯藥苗肥翩翩然有士氣又得道非真相頭陀是苦心直入禪定矣故録之

寄邢逸人

羨君無外事日與世情違地僻人難到谿深鳥自飛儒衣荷葉老野飯藥苗肥若問湖邊意而今憶

共歸

送頭陀赴廬山寺

僧家無住着早晚出東林得道非真相頭陀是苦
心持齋山果熟倚錫野雲深溪寺誰相待香花與
梵音

謫居漢陽白沙口阻雨因題驛亭

漢陽無遠近見說過湓城雲雨經春客江山幾日
程終隨鷗鳥去祇待海潮生前路逢漁父多愁問

姓名

孟雲卿

孟君詩祖述沈千運賊中十首又漁獵陳
拾遺調氣傷苦怨者之流如虎豹不相食
哀哉人食人方于七哀路有飢婦人抱子
棄草間則雲卿深矣雖較之于陳沈纔能
升堂猶未入室然當今古調無出其右者
一時之英也余感君平生好古著格律門

論及譜二篇以攝其體統

諸選逸詩頗多而茲集尤甚剞劂告成殊

悒悒也秋日養痾虎丘僧寮偕明伯文初

輩旁搜紀事品彙諸書得戴叔倫鄭常若

干篇亟錄之卷末聊以析疑匪云補亡也

戊辰中秋前三日湖南毛晉識

中興間氣集補遺終

[illegible]玉小集　極玄集

八種唐詩

搜玉小集姓氏總目 原本目録今訂正

鄭愔三首
楊炯一首
徐彦伯四首
盧照鄰一首
東方虬一首
郭元振一首
駱賓王一首
崔顥一首 向誤崔湜今訂入

劉允濟一首

喬知之二首

沈佺期四首

張炫一首宜作張泫今訂正

徐晶一首或誤徐畠。向多一首今仍之

王泠然二首

許景先一首

宋之問四首或刻十首攻誤入魏徵二首陳子昂一首崔融一首今悉

刪去存六首

王翰一首 向缺今亦無攷

杜審言一首

劉幽求一首

魏徵二首 向俱誤宋之問今訂入

陳子昂一首 向誤宋之問今訂入

王勃一首

蘇味道一首

王諲一首

徐璧一首

余延壽一首

張謂三首

李澄之一首向闕今亦無攷

李嶠二首

崔融五首向缺三首攷一首誤刻宋之問今訂入仍缺二首

凡三十七人共六十三首今三十四人共六十一首

搜玉小集姓氏總目　終

搜玉小集目録

從軍行　賀朝

燕歌行　屈同

塞外　鄭愔

紫騮　楊炯

胡無人行　徐彦伯

王昭君　盧照隣

同前　東方虬

同前　郭元振

晚度天山有懷京邑　駱賓王
送公主和戎　徐彦伯
古意　崔顥
酬杜麟臺春思　崔湜
春閨　徐彦伯
怨情　劉允濟
春怨　鄭愔
春閨　沈佺期

秋閨　鄭愔

古意　沈佺期

閨怨　徐彦伯

怨辭　張汯

秋閨　喬知之

擣衣篇　劉希夷

題河邊枯柳　王泠然

折柳篇　許景先

長信宮樹　喬知之

同蔡孚五亭詠　徐晶

阮公體　前人

贈蘇管記　杜審言

温泉莊臥疾寄楊七炯　宋之問

述懷　魏徵

荊秋言懷　前人

白帝懷古　陳子昂

書懷　劉幽求

桂陽三日述懷　宋之問

九日升高　王勃

觀燈　蘇味道

夜遊　沈佺期

觀燈　王諲

夜光篇　王泠然

催粧　徐璧

明河篇　宋之問

韋長史挽歌　崔融

度大庾嶺　宋之問

過蠻洞　前人

登越王臺　前人

詠寶劒　崔融

搜玉小集目録終

搜玉小集

奉和御製白鹿觀　或作鄭愔　崔湜

御旗探紫籙仙仗闢丹丘捧藥芝童下焚香桂女留鸞歌無歲月鶴語記春秋臣朔何其幸常陪漢武遊

奉和御製平胡　裴漼

玄漠聖恩通由來書軌同忽聞窺月滿相聚寇雲中廟略占黃氣神兵出絳宮將軍行逐虜使者亦

和戎一舉韇韞減再麾沙朔空直將威禁暴非用
武爲雄飲至明軍禮疇勲錫武功干戈還載戢文
德在唐風

同前　　　　　　　　　　　　韓休

南牧正紛紛長河起塞氛玉兵徵選士金鉞拜將
軍疊鼓揺邉吹連旌暗朔雲妖星乘夜落害氣入
朝分始見幽烽警俄看烈火焚功成奏凱樂戰罷
策歸勲盛德陳清廟神謨屬大君叨榮逢偃伯率

祆

抄本疇

舞詠時文

西征軍行遇風　　崔融

北風捲塵沙左右不相識颸颸吹萬里昏昏同一
色馬煩莫敢進人急未遑食草木春更悲天景晝
相匿夙齡慕忠義雅尚存孤直覽史懷浸驕讀詩
歎孔棘及茲戎旅地忝從書記職兵氣騰北荒軍
聲振西極坐覺威靈遠行看祲氣息愚臣何以報
倚馬申微力

勢料

塞垣行　　崔湜

疾風捲溟海萬里揚沙礫仰望不見天昏昏竟朝夕是時軍兩進東拒復西敵蔽山張旗鼓間道潛鋒鏑精騎突曉圍奇兵襲暗壁十月邊塞寒四山江陰積雨雪雁南飛風塵景西迫昔我事討論未嘗怠經籍一朝棄筆硯十年操矛戟豈要黃河誓須勒燕然石可嗟牧羊臣海上久為客

大漠行　　前人

科斗抄本有按云當是牛斗
恩意當是刀斗

單于犯薊壖驃騎略蕭邊南山木葉飛下地北海
蓬根亂上天科斗連營太原道魚麗合陣武威川
三軍遥倚仗萬里相馳逐旌旆悠悠静瀚源鼙鼓
喧喧動盧谷窮徼出幽陵吁嗟倦寢興馬蹄凍溜
石胡毳暖生氷雲沙泱漭天光閉河塞陰沉海色
凝崆峒異國誰能託蕭索邊心常不樂近見行人
畏白龍遥聞公主愁黄鶴陽春半岐路間瑶臺苑
玉門關百花芳樹紅將歇二月蘭皋緑未還陣雲

抄本解
溜抄本留
閉抄本閑

長子用易語

不散魚龍水雨雪猶飛鴻雁山山障連綿不可極
路遠辛勤夢顔色北堂萱草不寄来東園桃李長
相憶漢將紛紜攻戰盈胡寇蕭條幽朔寧晶韓君拜
節偏知遠鄭吉驅旌坐見迎火絶煙洮右西極谷
静山空左北平但使將軍能百戰不須天子築長
城

將軍行　劉希夷

將軍闢轅門耿介當風立諸將欲言事逡巡不敢

天子抄本作長子

抄本晶

入劍氣射雲天鼓聲破原隰黃塵塞路起走馬追
兵急彎弓從此去飛箭如雨集截圍一百重斬首
五千級代馬流血死胡兵抱鞍泣古來養甲兵有
事常討襲乘我廟堂運坐使干戈戢獻凱還帝京
軍容何翕習

從軍行　　賀朝

朔胡乘月寇邊城軍書插羽刺中京天子金壇拜
飛將單于玉塞振佳兵騎射先鳴推任俠龍韜决

朦佇時英聞有河湟客愔愔理帷帟常山啓霸圖
汜水先天策衘珠浴鐵向桑乾舋旗膏鼓指烏丸
鳴雞已報關山曉来雁遥傳沙塞寒直為寸心從
苦節隴頭無水長鳴咽邊樹蕭蕭不覺春天山漠
漠長飛雪魚麗陣接塞雲平雁翼營通海月明始
看晉幙飛鶴入旋聞齊壘啼烏聲自從一戍燕支
山春光幾度晉陽關金河未轉青絲騎玉筯應啼
紅粉顏鴻歸燕相逐池邊芳草緑已見氛清細栁

未抄本

營莫更春歌落梅曲烽沈竈滅靜邊亭海晏山空
肅已寧行望鳳京旋凱捷重来麟閣画丹青

燕歌行 已見國秀集 異同註明　屈　同

漁陽八月塞草腓征人相對併思歸雲和朔氣連
天暗蓬雜驚沙散野飛此時天地陰埃偏瀚海龍
城皆血戰兩軍鼓角暗相聞四面旌旗看不見昭
君遠嫁已年多戎狄無厭尚不和漢兵候月秋防
塞胡騎彝氷夜渡河河塞東西萬餘里地與京華

不相似燕支山上少光輝黄沙磧裡無流水金戈
玉劔十年征紅粉青樓多怨情厭得殊方久為别
秋来但聽擣衣聲

塞外　　　　鄭愔

荒壘三秋夕窮郊萬里平海隂凝獨樹日氣下連
營戎旆霜凝重邊裘寒更輕將軍猶轉戰都尉不
成名折柳悲春曲吹笳斷夜聲明年漢使返須築
受降城

抄本凝今從之

紫騮　楊炯

俠客重周遊金鞭控紫騮蛇弓白羽箭鶴轡赤茸鞦發跡来南海長鳴向北州匈奴今未滅畫地取封侯

胡無人行　徐彦伯

十月繁霜下征人遠鑿空雲摇錦車節海照角端弓暗雪埋沙樹衝飈卷塞蓬方隨膜拜入歌舞玉門中

王昭君　盧照隣

合殿恩中絶交河使漸稀肝腸隨玉輦形影向金微漢宫草應緑胡庭沙正飛願逐三秋雁年年一度歸

同前　東方虬

漢道方全盛朝廷足武臣何須薄命妾辛苦事和親

同前　郭元振

聞有南河信傳言殺畫師始知君念重更肯惜蛾眉

晚度天山有懷京邑　駱賓王

忽上天山望依然想物華雲疑上苑葉雪似御溝花行歎戎麾遠坐令衣帶賒交河浮絕塞弱水浸流沙旅思徒漂梗歸期未及瓜寧知心斷絕夜夜泣胡笳

送公主和戎　徐彥伯

鳳宸憐簫曲鸞帷念掌珍儛庭遥築館漢使遠和
親星去銀河夕花移玉樹春聖情凄割愛駐驛望
征塵

古意　向誤崔湜　　崔顥

十五嫁王昌盈盈出画堂自矜年正少子復倚壻為
郎舞愛前溪緑歌憐午夜長閑時鬭百草度日不
成粧

酬杜麟臺春思　　崔湜

抄本亦作崔湜　抄本亦作子

春還上林苑花滿洛陽城鴛衾夜凝思龍鏡曉含
情憶夢殘燈落離魂暗馬驚可憐朝與暮樓上獨
盈盈

春閨　　　　　　　　　　　　徐彦伯

戍客戍清波幽閨幽思多暗梁聞語燕夜燭見飛
蛾寶匣藏脂粉金屏綴綺羅裁衣卷紋素織錦廢
鳴梭有使通西極緘書寄非河年光只恐盡征戰
莫蹉跎

怨情　劉允濟

玉關芳信斷蘭閨錦字新愁来不自抑念切已含嚬虗牖風驚夢空床月厭人帰期倘可促勿度柳園春

春怨　鄭愔

春朝物候妍愁婦鏡臺前風吹數蝶亂露洗百花鮮試出褰羅幌還来著錦筵曲中愁夜夜樓上别年年不及随蕭史高飛向紫煙

春閨　沈佺期

汗馬三軍去流鶯二月還邊愁行上國春夢度陽關池水琉璃淨園花玳瑁斑歲華空自擲憂思不勝顔

秋閨　鄭愔

征客向輪臺幽閨寂不開音書秋雁斷機杼夜蛩催虛幌風吹葉閑階露濕苔自憐愁思影共作月徘徊

度抄本作夜

古意

沈佺期

盧家少婦鬱金堂海燕雙棲玳瑁梁九月寒砧催木葉十年征戍憶遼陽白狼河北音書斷丹鳳城南秋夜長誰爲含愁獨不見更教明月照流黄

閨怨 國秀集作孤獨歎

徐彦伯

切切夜閨冷微微孤燭燃玉盤紅淚滴金燼彩光圓暖手縫輕素嚬蛾續斷絃相思咽不語回向錦屏眠

怨辭　向誤張炫　或刻張紘　張紘

去年離別雁初歸今日裁縫螢已飛征客未来音信斷不知何處寄邊衣

秋閨　喬知之

南庭結白露北風掃黄葉此時鴻雁来驚鳴催思妾曲房理針線平砧擣紋練鴛綺裁已成龍鄉信難見窈窕九重閨寂寞十年啼紗窗白雲宿羅幌月光栖雲月隱微微夜上流黄機玉霜凍珠履金

吹薄羅衣漢家已得地君去將何事宛轉結蚕書
寂寥無雁使平生荷恩信本為容華進況復落紅
顏蟬聲催白鬢

擣衣篇　劉希夷

秋天瑟瑟夜漫漫夜白風清玉露團燕山遊子衣
裳薄秦地佳人閨閣寒欲向樓中縈楚練還来機
上裂齊紈攬紅袖兮愁徙倚盼青砧兮悵盤桓盤
桓徙倚夜已久螢火雙飛入簾牖西北風来吹細

腰東南月暎浮纖手此時秋月可憐明此時秋風別有情君看月下參差影為聽莎間斷續聲縫河轉兮青雲曉飛鳥鳴兮行人少攢眉緝縷思紛紛對影穿針魂悄悄聞道還家未有期誰憐登隴不勝悲夢見形容亦舊日為許裁縫改昔時緘書遠寄交河曲須及明年春草綠莫嫌衣上有斑斑只為思君淚相續

題河邊枯柳　王泠然

抄本無此首

隋家天子憶揚州厭坐深宮傍海遊穿地鑿山開
御路鳴笳疊鼓汎春流流從鞏北河分口直到淮
南種官柳功成力盡人旋亡運謝年移樹空有當
時綵女侍君王帳殿旌門對柳行青葉交垂連幔
色白花飛散染衣香今日摧殘何用道數里曾無
一株好驛騎江帆損更多山精野鬼藏應老深秋
九月露為霜日夜孤舟入帝鄉河畔時時聞落葉
客中無箇不霑裳

折柳篇　許景先

春色東來渡灞橋青門垂柳百千條垂栁西連建章路漢家禁苑紛無數縈花始徧合歡枝遊絲半罥相思樹秦樓初日照南隅柔條垂緑暎金鋪寶釵新梳鬟鬢髻錦帶交垂連理襦自憐栁塞淹戎幕銀燭長啼愁夢著芳樹朝催玉管新春風夜染羅衣薄城頭楊栁已如絲今年花落去年時折芳遠寄相思曲為惜容華難再持

宮

抄本西作宮

鬟鬢 二字抄本有校筆改

長信宮樹　喬知之

阿娜當軒樹葺茸倚蘭殿葉暎九春華香摇五明
扇餘花鳥哢盡新葉蟲書徧零落容自知芬芳君
不見

同蔡孚五亭詠　徐晶

章奏中京罷雲容別業歸拂琴鋪野席牽楞挂朝
衣翡翠巢書幌鴛鴦立釣磯幽栖可憐處春事滿
林扉

阮公體　前人

秦王按劒怒發卒戍龍沙雄圖尚未畢海内已紛拏黄塵暗天起白日歛精華唯見長城外僵屍如亂麻

贈蘇管記　杜審言

北地寒應苦南庭戍不歸邉聲亂羗笛朔氣卷戎衣雨雪關山暗風霜草木稀胡兵戰欲盡虜騎獵猶肥雁塞何時入龍城幾度圍據鞍雄劍動插筆

抄本伊作冪想原有冪
四句脫去之

羽書飛輿駕還京邑朋游滿帝畿方期棄獻凱歌

舞共春暉

溫泉莊卧疾寄楊七炯　宋之問

移疾卧兹嶺寥寥倦幽獨賴有嵩高山高枕長在

目兹山棲靈異朝夕翳雲族是日濛雨晴反景入

岩谷伊洛何悠湯川原信重複夏餘鳥獸蕃秋末

禾黍熟秉願守樊圃歸閑欣藝牧惜無載酒人徒

把涼潭菊考反景句下有冪羃澗畔草青青山下木此意方無窮環佪悵林麓四句宜補

晴抄本暗

伊抄本作冪

述懷　　魏徵

中原初逐鹿投筆事戎軒縱橫計不就慷慨志猶存杖策謁天子驅馬出關門請纓繫南越憑軾下東藩鬱紆陟高岫出沒望平原古木吟寒雁空山啼夜猿既傷千里目還驚九死魂豈不憚艱險深懷國士恩季布無二諾侯嬴重一言人生感意氣功名誰復論

苐秋言懷　上二首向誤宋之問　　前人

抄本二首作宋之問

首夏別京輔杪秋滯三河沇沇蓬萊閣日久鄉思
多霜剪涼地蕙風揹幽渚荷歲芳坐淪歌感此式
徽歌

白帝懷古向誤宋之問　陳子昂

日落滄江晚停橈問土風城臨巴子國臺沒漢王
宮荒服仍周甸深山尚禹功巖懸青壁斷地險碧
流通古木生雲際歸帆出霧中川途去無限客思
坐何窮

抄本亦無姓氏

仍抄本作來

書懷　劉幽求

心為明時盡君門尚不容田園迷徑路歸去路何從

桂陽三日述懷　宋之問

代業京華裏遠投魑魅鄉登高望不極雲海四茫茫伊昔襞休暇常為人所羨雨朝賜顏色二紀陪歡宴昆明宿昔遇龍媒伊關天泉復幾回西夏黄河水心劒東周清洛羽觴杯苑中落花掃還合河

畔垂楊撥不開千春萬壽多行樂柏梁和歌攀睿
作賜金分帛奉恩輝風舉雲搖入紫微晨趨北闕
朝天去夜出南宮把燭歸載筆儒林多歲月襆被
文昌事吳越越中山海高且深興来無處不登臨
永和九年佐海郡暮春三月醉山陰愚謂嬉遊長
似昔不言流寓歘成今始安繁華舊風俗帳飲傾
城沸江曲主人管絃清且悲客子肝腸斷還續荔
浦蘅皐萬里餘洛陽音信絶能疎故園今日應愁

越中抄本
空

似抄本作

息春水何人更祓除逐伴誰憐合浦葉思歸不食
桂江魚不求漢吏金囊贈願得家人錦字書

九日升高　王勃

九月九日望鄉臺他席他鄉送客盃人今已厭南
中苦鴻雁那從北地来

觀燈　蘇味道

火樹銀花合星橋鐵鎖開暗塵隨馬去明月逐人
来遊伎皆穠李行歌盡落梅金吾不禁夜玉漏莫

相催

夜遊　　沈佺期

今夕重門啓遊春得夜芳月華連晝色燈影雜星光南陌青絲騎東隣紅粉粧管絃遥辨曲羅綺暗聞香人擁行歌路車攢鬬舞塲經過猶未已鐘鼓出長楊

觀燈　　王諲

暫得金吾夜通看火樹春停車傍明月走馬入紅

壓妓雜歌偏勝場移舞更新應須盡記取說向不来人

夜光篇　王泠然

遊人夜到汝陽間夜色冥濛不解顏誰家暗起寒山燒因此明中得見山山頭山下須臾滿㢛險緣深無暫斷焦聲散着群樹鳴炎氣傍臨一川暖是時西北多海風吹上連天光更雄濁煙熏月黑高焰爇雲紅初謂鍊丹仙竈裏還疑鑄劒神溪中劃

為飛電来照物乍作流星併上空西山無草光已
滅東頂熒熒猶未絶沸湯穹呑數道水融盖盡陰崖
幾年雪兩京貧病若為居回壁皆成鑿照餘未得
貴遊同秉燭唯將半景借披書

催粧　徐璧

傳聞燭下調紅粉明鏡臺前別作春不須滿面渾
粧却留著雙眉待画人

翦綵　沈佺期

盡　抄本亦作盡

宫女憐芳樹裁花競早榮寒依刀尺盡春向綺羅生弱蔕盤絲發香鬚結素成纖枝幸不棄長就玉階傾

人日翦綵　　余延壽

閨婦持刀坐自憐裁翦新葉催情綴色花寄手成春帖燕留粧戸黏雞待餉人擎来問夫壻何處不如真

知貞

三日岐王宅　　張諤

本知貞　如真抄

玉女貴妃生騕嬝始發聲金盆浴未了綳子繡初成翡翠雕芳褥真珠帖小纓何時學健步鬭取落花輕

抄本步字空格

滿月　前人

社金流茂祉庭玉表奇才竹似囯談植蘭疑入夢栽烏将八子去鳳逐九雛来令夜明珠色當隨滿月開

太平公主山亭侍宴應制　李嶠

黃金瑞牓絳河隈白玉仙輿紫禁来碧樹青岑雲外聳朱樓画閣水中開龍舟下瞰鮫人室羽節高臨鳳女臺遽惜歡娛歌吹晚揮戈更却曜靈回

岐王席上詠美人　張諤

半額画雙蛾盈盈燭下歌玉盃寒意少金屋夜情多香豔王兮帖裙嬌勑賜羅平陽莫相妬喚出不如他

汾陰行　李嶠

君不見昔日西京全盛時汾陰后土親祭祠齋宮
宿寢設儲供撞鐘鳴鼓樹羽旗漢家四葉才且雄
賓延萬靈脤九戎栢梁賦詩高宴罷詔書法駕幸
河東河東太守親掃除奉迎至尊導鑾輿五營夾
道列容衛三河縱觀空里閭回旋駐蹕降靈場懷
栱奠桂邀百祥金鼎發色正焜煌明祇燁燁擒景
光埋玉陳牲禮神畢舉麾上帝乘輿出彼汾之曲
佳可遊木蘭為楫桂為舟棹歌微吟彩鷁浮簫鼓

抄本蹕作䟆

哀鳴白雲秋歡娛宴賜洽群后家家復除戸牛酒
聲明動天樂無有千秋萬歲南山壽自從天子向
南關玉輦金車不復還珠簾翠羽長寂寞鼎湖龍
髯何處攀千年人事一朝空四海為家此路窮雄
豪意氣今何在壇場宮觀盡蒿蓬道傍古老長歎
息世事回環不可識昔時青樓對歌舞今日黄埃
聚荊棘山川滿目淚霑衣富貴榮華能幾時不見
即今汾上水唯有年年秋鴈飛

斗　抄本亦作斗

代白頭吟或刻宋之問集　劉希夷

洛陽城東桃李花，飛来飛去落誰家。洛陽女兒惜顔色，行逢落花長歎息。今年花落顔色改，明年花開復誰在。已見松柏摧為薪，更聞桑田變成海。古人無復洛城東，今人還對落花風。年年歲歲花相似，歲歲年年人不同。寄言全盛紅顔子，須憐半死白頭翁。此翁白頭真可憐，伊昔紅顔美少年。公子王孫芳樹下，清歌妙舞落花前。光祿池臺文錦繡

將軍樓閣画神仙一朝臥病無知已三春行樂在誰邊宛轉蛾眉能幾時須臾鶴髮亂如絲但看古来歌舞處唯有黄昏鳥雀悲

明河篇　宋之問

八月涼風天氣晶萬里無雲河漢明昏見南樓清且淺曉落西山縱復横洛陽城闕天中起長河夜夜千門裏複道連甍共蔽虧画堂瓊戶特相宜雲母帳前初泛濫水精簾外轉透迤倬彼昭回如練

抄本精

白復出東城接南陌南陌征人去不歸誰家今夜
擣寒衣鴛鴦機上踈螢度烏鵲橋邊一雁飛雁飛
螢度愁難歇坐見天河傾漸沒已能舒卷任浮雲
不惜光輝讓流月明河可望不可親願得乘槎一
問津更將織女支機石還訪成都賣卜人

韋長史挽歌　崔融

日暮桑榆下寒生松柏中冥冥多苦霧切切有悲
風京兆新阡合扶陽甲第空郭門從此去荊棘漸

蒙籠

度大庾嶺　宋之問

度嶺方辭國停軺一望家魂隨南翥鳥淚盡北枝花山雨初含霽江雲欲變霞但令歸有日不敢恨長沙

過蠻洞　前人

越嶺千重合蠻溪十里斜竹迷樵子径萍匝釣人家林暗交楓葉園香覆橘花誰憐在荒外孤賞足

雲霞

登越王臺　前人

江上越王臺登高望幾回南溟天外合北戶日邊開地濕煙常起山晴雨半來冬花埽盧橘夏果摘楊梅跡類虞翻枉人非賈誼才歸心不可度白髮重相催

詠寶劒　向誤宋之問　崔融

寶劒出昆吾龜龍夾彩珠五精初獻術千戶競淪

抄本葉

都匯氣衝牛斗山形轉轆轤欲知天下貴持此問

風胡

按通志通考猥云搜玉一集廼唐人選當時

名士詩俱不載何人部署共計三十七人詩

六十三首第其中先後不倫彼此相混如玄

成諸君子互虛一二而延清筆叉名滐二三

甚者名存詩逸胡鵠三人更可訝也間閱唐

紀事諸書洎宋元舊冊因考其世次稍及章

向如十五娣王昌一首北海咲爲小兒無禮至今喈喈通人久混崔澄瀾刁勳氏寧不咲屈詢如此類未及患舉若延張汯誤張炫徐晶誤徐晶甚諸姓氏隨點次釐正謹列目次於首以便覽古者再加詳焉戊辰上巳日湖南毛晉記

辛巳仲春十七日假得葉氏本從柳僉本校者校過一次　敕先

從陸敕先校本校過續假舊抄本改正幾字陸本抄本俱陳子準所藏今歸瞿氏矣

搜玉小集　終

極玄集姓氏總目

卷上

極玄集姓氏總目　終

姚武功自題云此詩家射雕手也合於衆集中更選其極元者庶免非後來之非凡廿一人共百首今校諸本皆缺一首姜堯章云唐人詩措辭妥帖用意精切或譏其卑下非也當以唐人觀之又曰吾所不加點者亦非後世所能到

一本多右二跋

極玄集序

唐詩數千百家浩如淵海姚合以唐人選唐詩其識鑒精矣然所選僅若此何也蓋當是時以詩鳴者人有其集製作雖多鮮克全美譬之握珠懷璧豈得悉無瑕纇者哉武功去取之法嚴故其選精選之精故所取僅若此宋初詩人猶宗唐自蘇黃一出唐法幾

廢分甫選唐百家亦惟據宋次道所有本耳又玄粹
苑世已稀睹況其他乎易嘗采唐人詩幾千家萬有
餘首䙡此有愧葢閔作者之苦心悼後世之無聞故
凡一聯一句可傳誦者悉録不遺亦不以人廢固知
博而寡要勞而無功知我辠我一不敢計業欲竝鋟
諸梓而力有未逮姑先此集與言詩者共之時重紀

至元之五年三月既望建陽蔣易題

極玄集目録　卷上

王維　三首

送晁監歸日本　送丘為

觀獵

祖詠　五首

留别盧象　蘭峰贈張九皐

蘇氏别業　夕次圃田店

題韓少府水亭

李端 四首

贈苗員外　茂陵山行陪韋工部

雲際中峰　蕪城懷古

耿湋 八首

贈嚴維　贈朗公

早朝　秋日

書情逢故人　沙上雁

贈張將軍　訓暢當

盧綸 四首

領嶺南故人書　題興善寺後池

山下古木　送李端

司空曙 八首

耿湋就宿因傷故人

經廢寶慶寺　春日野望寄錢員外

喜外弟盧綸見宿　送王閏

新蟬　望水

哭麹象

錢起 八首

送僧歸日東　送僧自吳遊蜀

送張管書記　送征雁

寄郎士元　宿洞口館

裴廸書齋望月　送彈琴李長史赴洪

州

郎士元 八首

暢當 三首

極玄集目録卷上終

極玄集卷之上

唐諫議大夫姚合選

王維　字摩詰，河東人。開元九年進士，應拾遺、御史、天寶末給事中、肅宗時尚書右丞。

送晁監歸日本

積水不可極，安知滄海東。九州何處所，萬里若乘空。向國唯看日，歸帆但信風。鼇身暎天黑，魚眼射波紅。鄉樹扶桑外，主人孤島中。別離方異域，音信若爲通。

送丘爲

憐君不得意况復柳條春爲客黄金盡還家白髮新五湖三畝宅萬里一歸人知爾不能薦羞稱獻納臣

觀獵

風勁角弓鳴將軍獵渭城草枯鷹眼疾雪盡馬蹄輕忽過新豐市還歸細柳營迴看射鵰處千里暮雲平

祖詠開元十三年進士

留别盧象

朝来已握手，宿别更傷心。灞水行人渡，商山驛路深。故情君且足，謫宦我難任。直道皆如此，誰能淚滿襟。

蘭峰贈張九皐集作扈從御宿池

君王既巡狩，輦路入秦京。遠樹低蒼壘，孤山出幔城。寒疎清禁漏，夜警羽林兵。誰念迷方客，長懷魏

闗情

蘇氏别業　國秀集作薊門别業　英靈集作遊蘇氏别業

别業居幽處到来生隱心南山當戶牖灃水暎園林竹覆經冬雪庭昏未夕陰寥寥人境外閒坐聽春禽

夕次圃田店

前路入鄭郊尚經百餘里馬煩時欲歇客歸程未已落日桑柘陰遥村煙火起西還不遑宿中夜渡

涇水。本集路刻　程村封林

題韓少府水亭

梅福幽棲處。佳期不忘還。鳥啼。當。戶。竹。花。繞。傍。池。山。水氣侵堦冷。藤陰覆座閑。寧知武陵趣。宛在市朝間。

李端　字正已，趙郡人。大曆五年進士。與盧綸、吉中孚、韓翃、錢起、司空曙、苗發、崔洞、耿湋、夏侯審唱和，號十才子。應校書郎，終杭州司馬。

贈苗員外

朱戸敞高扉青槐礙落暉八龍承慶重三虎遞朝
歸坐竹人聲絶横琴鳥語稀花慙潘岳貌年稱老
萊衣葉暗新櫻熟絲長粉蝶飛應憐魯儒賤空與
故山違

茂陵山行陪韋工部

宿雨朝来歇空山天氣清盤雲雙鶴下隔水一蟬
鳴古道黄花落平蕪赤燒生茂陵雖有病猶得伴
君行

雲際中峰

自得中峰住深林亦閉關經秋無客到入夜有僧還暗澗泉聲小荒岡樹影閑高亭不可望星月滿空山本集岡作村亭作窗

蕪城懷古

風吹城上樹草沒城邊路城裏月明時精靈自来去

耿湋或作緯寶應二年進士官至左拾遺湋音爲

赠嚴維

許詢清論重寂寞住山陰野客投寒寺閑門當古林海田秋熟早湖水夜漁深世上窮通理誰能奈此心

當一作傍姜夔本作向 本集客作路投作接

贈朗公

来自西天竺持經奉紫微年深梵語變行苦俗人帰月上安禪久苔生出院稀梁間有馴鴿不去為無機

早朝

鍾鼓餘聲裏千官向紫微月寒人語少乘月燭来稀清漏聞馳道紅霞暎瑣闈猶看嘶馬處未啓掖垣扉紅一作輕

秋日

返照入閭巷憂来誰與語古道無人行秋風動禾黍

書情逢故人原題巴陵逢洛陽鄰舍

回君知此事流浪已忘機客久多人識年高衆病歸連雲湖色遠度雪雁聲稀又說家林盡淒傷淚滿衣

沙上雁

衡陽多道里弱羽復哀音還塞知何日驚弦亂此心夜陰前侶遠秋冷後湖深獨立汀沙意寧知雪霰侵（本集雪作霜）

贈張將軍

寥落軍城䇿重門返照閶鼓鞞經雨暗士馬過秋
閑慣守臨邊郡曾營近海山關西舊業在夜夜夢
中還

訓暢當

同遊漆沮後已是十年餘幾度曾相夢何時定得
書月高城影盡霜重柳條疎且對尊中酒千般想
未如

盧綸字允言河東人天寶末舉進士不第大
曆初王縉奏爲集賢學士終戸部郎中

領嶺南故人書 本集作夜中得循州趙司馬侍郎書因寄回使

瘴海寄雙魚，中宵達我居。兩行燈下淚，一紙嶺南書。地說炎蒸極，人稱老病餘。殷勤報賈誼，莫共酒盃疎。

題興善寺後池

隔窗栖白鳥，似與鏡湖隣。月照何年樹，花逢幾世人。岍莎青有路，苔徑綠無塵。願得容依止，僧中老此身。本集願得作永願

山下古木

高林已蕭索夜雨復秋風墜葉鳴荒竹斜根擁斷蓬半侵山影裏長在水聲中此地何人到雲門路亦通

送李端

故關衰草徧離別自堪悲路出寒雲外人歸暮雪時少孤爲客早多難識君遲掩淚空相向風塵何所期

司空曙 字文明，廣平人，舉進士，貞元中水部郎中，終虞部郎中

耿湋就宿因傷故人

舊時聞笛淚，此夜重霑衣。方恨同懷少，䣊堪相見稀。竹煙凝澗壑，林雪似芳菲。多謝勞車馬，應憐獨掩扉。䣊一作何

經廢寶慶寺

黄葉前朝寺，無僧寒殿開。池晴龜出曝，松暝鶴飛回。古砌碑横草，陰廊畫雜苔。禪宫亦消歇，塵世轉

堪哀

春日野望寄錢員外

草長花落樹羸病強尋春無復少年意空餘白髮

新青原高見水白社靜逢人寄語南宮客軒車不

可親本集白社作華社

喜外弟盧綸見宿

靜夜無四隣荒居舊業貧雨中黄葉樹燈下白頭

人以我獨沈久愧君相見頻平生自有分况是蔡

家親　蔡武　斛霍

送王閏

相送臨寒水蒼茫望故關江蕪連夢澤楚雪入商山話我他年舊看君此日還因將自悲淚一洒别離顔　顔集作間

新蟬

今朝蟬忽鳴遷客若為情漸覺一年謝能令萬感生微風初滿樹落日稍沉城為問同懷者凄涼聽

幾聲 本集漸作便謝作老

望水

高樓晴見水楚客靄相和野極空如練天遥不辨波永無人跡到時有鳥行過況是蒼茫外殘陽照最多

哭魏象

憶昔秋風起君曾歎逐臣何言芳草日自作九原人

錢起字仲文吴興人天寳十載進士
歷校書郎終尚書郎太清宫使

送僧歸日東

上國隨緣住東途若夢行浮雲滄海遠去世法舟輕水月通禪觀魚龍聽梵聲唯憐惠燈影萬里眼中明

送僧自吴遊蜀

隨緣忽西去何日返東林世路無期别空門不住心人煙一飯少山雪獨行深天外猿聲夜誰聞清

梵音本集無期作寧嗟不住作久息夜作處

送張管書記

邊事多勞役儒衣逐鼓鼙日寒關樹外峰盡塞雲西河廣蓬難度天遥雁漸低班超封定遠之子去思齊

送征雁

秋空萬里靜嘹唳獨南征風急翻霜冷雲開見月驚塞長怯去翼影減有餘聲悵望遥天外鄉愁滿

目生

寄郎士元

龍節知無事江城不掩扉詩傳過客遠書到故人稀坐嘯看潮起行春送雁歸望舒三五夜思盡謝玄暉

宿洞口觀 或作歌 津詩

野竹通溪冷秋蟬入戶鳴亂來人不到寒草上階生 本集蟬作泉寒作芳

裴迪書齋望月（中興集作裴迪書齋翫月○小異）

夜来詩酒興獨上謝公樓影閑重門静寒生獨樹秋鵲驚隨葉散螢遠入煙流今夕遥天末清輝幾處愁（本集獨上作月滿鵲作鶴）

送彈琴李長史赴洪州（中興集小異）

抱琴為傲吏孤棹復南征幾度秋江水皆添白雪聲佳期来客夢幽思緩王程佐牧無勞問心和政自平

郎士元　字君胄天寶十五年進士與錢起齊名歷拾遺終郢州刺史

送彭將軍　集作送李將軍赴定州

雙旌漢飛將萬里授橫戈春色臨關盡黃雲出塞
多鼓鼙悲絕漠烽戍隔長河莫斷陰山路天驕已
請和　本集關作邊戍作火第七句作想到山陰北

送孫願

悠然富春客憶與暮潮歸擢第人多羨如君獨步
稀亂流江渡淺遠色海山微若訪新安路嚴陵有

釣磯

贈張南史

雨餘深巷静獨酌送殘春車馬雖嫌僻鶯花不棄貧蟲聲黏戸網鼠迹印牀塵聞道山陽會如今有幾人（本集聞道作借問）

宿杜判官江樓

適楚豈吾願思歸秋向深故人江樓月永夜千里心落葉覺鄉夢鳥啼驚越吟寥寥更何有斷續空

城砧

送楊中丞和番 中興集同

錦車登隴日，邊草正萋萋。舊好尋君長，新愁聽鼓鼙。河源飛鳥外，雪嶺大荒西。漢壘今猶在，遥知路不迷。

送長沙韋明府之任

秋入長沙縣，蕭條旅宦心。烟波連桂水，官舍映楓林。雲日楚天暮，汀沙白露深。遥知訟堂裡，嘉政在

鳴琴

送奚賈歸吳　中興集小異

東南富春渚曾是謝公遊今日奚生去新安江正

秋水容清過客楓葉落行舟遥想青亭下聞猿應

夜愁　本集水容清作水清近楓作霜落作伴青作赤

送友人别　集作盩厔縣鄭礒宅送錢大中興集作别鄭礒○小異

草蟬不可聽落葉豈堪聞共是悲秋客那知此路

分荒城背流水遠雁入寒雲陶令門前菊餘花可

贈君

暢當字□□河東人進士及第貞元初太常博士終果州刺史

宿潭上

夜潭有仙舸與月當水中嘉賓夔明月遊子驚秋風

又

青蒲野陂水白露明月天中夜秋風起心事坐潛然

別盧綸

故交君獨在。又欲與君離。我有新秋淚。非關宋玉悲。

極玄集卷之上

極玄集目録　卷下

李嘉祐 一首

和苗員外秋夜省直

皇甫冉 八首

送韓司直　宿嚴維宅

途中送權曙二兄　西陵寄一公

九日寄鄭愣　訓崔侍郎期籍道士

不至兼寄　巫山高

送元晟帰潛山

送鄭十二歸廬山　長沙桓王墓下書事

別張南史　登思禪寺上方

過隱公故房　送李中丞歸漢陽

靈一　四首

訓皇甫冉西陵見寄

溪行即事　重還宜豐寺

棲霞山夜坐

法振　二首

送人遊閩越　疾愈寄友

皎然　四首

微雨　題廢寺

賦得啼猿送客　思歸示故人

清江　二首

長安臥疾　宿嚴維宅簡章八元

戴叔倫　七首

呉明府自遠而来留宿

極玄集目録卷下終

極玄集卷之下

韓翃　字君平南陽人天寶十三載進士以寒食詩受知德宗官至中書舍人

少年行

千點斕斒噴玉驄青絲結尾繡纏鬃鳴鞭曉出銅臺路葉葉春衣楊柳風　本集噴玉作玉勒晚作曉銅作章

羽林騎

驄馬牽来御栁中鳴鞭欲向渭橋東紅蹄亂踏春城雪花頷驕嘶上苑風　本集驄作駿

題薦福衡岳禪師房 中興集小異

春城乞食還，高論此中聞。僧臘階前樹，禪心江上山。疎簾看雪卷，深戶映花關。晚送門人去，鐘聲杳靄間。本集樹作草，去作出

送孫革及第歸 本集作送李秀才歸江南。◎中興集小異

過淮芳草歇，千里又東歸。野水吴山出，家林越鳥飛。荷香隨去棹，梅雨點行衣。無數滄洲客，如君達者稀。本集林作村，洲作江

皇甫曾　字孝常丹陽人天寶十二載進士
歷官監察御史與兄冉齊名一時

尋劉處士

幾年人不見林下掩柴關留客當清夜逢君話舊
山隔城寒杵急帶月早鴻還南陌雖相近其如隱
者閑

哭陸處士

從此無期見柴扉帶雪開二毛逢世難萬恨掩泉
臺返照空堂夕孤城吊客迴漢家偏訪道獨畏鶴

書来本集扉帶作門對

送人作使帰本集作送李中丞帰本道中興集作送杜中丞還京

上將還專席雙旌復出秦關河三晉路賔從五原
人孤成雲連海平沙雪度春酬恩看玉劒何處有
煙塵本集還專席作宜分閫出作去猶聯作碣石山通海滹沲雪度春

李嘉祐字從一袁州人天寶七載度春進士大曆中泉州刺史

和苗員外秋夜省直中興集同

久雨南宮夜仙郎寓直時漏長丹鳳闕秋老白雲

司螢影侵階亂鴻聲出苑遲蕭條人吏散小謝有新詩本集久作多寓作上老作令

皇甫冉字茂政丹陽人天寶十五載進士大曆中為左補闕

送韓司直此詩今但見皇甫曾集又見郎士元集又見劉長卿集

遊吳還適越來往任風波復送王孫去其如春草何山明殘雪在湖滿夕陽多季子留遺廟停舟試一過本集山作岸湖作潮

宿嚴維宅本集上多秋夜二字

昔聞玄度宅門向會稽峰君住東湖下清風繼舊蹤初秋臨水月半夜隔山鐘世路多離別良宵詎可逢本集路作故

途中送權曙二兄

淮海風濤起江關憂思長同悲鵲遶樹獨作雁隨陽山晚雲和雪汀寒月照霜由來濯纓處漁父愛滄浪

西陵寄一公此詩又見皇甫曾集

西陵遇風處自古是通津終日空江上雲山若待人汀沙寒事早魚鳥與同新南望山陰路吾心有所親本集沙作洲同作情吾心作心中

九日寄鄭愕本集愕作豐

重陽秋已晚千里信仍稀何處登高望知君正憶歸還當采時菊應未授寒衣欲識離居恨郊園書掩扉本集畫作正

酬崔侍郎期蘇道士不至本集中興集郎作御

一心求妙道幾歲候真師丹竈今何處白雲無定
期崐崘煙景絶汗漫往来遲君但焚香待人間到
有時本集處作在煙景作景致来作還

巫山高本集高作峽御覽集中興集同
巫峽見巴東迢迢出半空雲藏神女館雨到楚王
宮朝暮泉聲落寒暄樹色同清猿不可聽偏在九
秋中

送元晟盛歸潛山中興集作送元晟還歸潛山所居

深山秋事早歸去復何如褭露收新稼迎寒葺舊廬題詩即招隱作賦是閑居別後空相憶嵇康懶寄書

朱放 字長通襄州人隱居剡溪貞元初名拜拾遺不就

送張山人歸

知君住處足風煙古樹荒村在眼前便欲移家逐君去唯愁未有買山錢

送著公歸越

誰能愁此别到越會相逢長憶雲門寺門前千萬峰石牀埋積雪山路倒枯松莫學白道士無人知去蹤

嚴維 字正文山陰人至德一載進士歷諸暨及河南尉終校書郎

送薛尚書入朝

甲情不敢論拜手立轅門列郡諸侯長登朝八座尊凝笳臨水發行旆向風翻幾許遺民泣同懷父母恩 本集民作黎 一本敢作可

題一公院新泉

山下新泉出泠泠比法源落地才有響濺石未成痕獨瞑孤松色殊分衆鳥喧唯當清夜月觀此啟禪門本集濺作噴

哭靈一上人

一公何不住空有遠公名共說岑山路今時莫可行舊房松更老新墖草初生經論傳緇侶文章徧墨卿本集下更有四句云禪林枝榦折法宇棟梁傾誰復修僧史應知傳已成

自雲陽歸晚泊陸澧宅

雪天行易晚前路故人居孤棹所思久寒林相見初閑燈忘夜永清漏任更餘明後還須去離家歲欲除本集雪天作天陰寒林作冒寒餘作疎歲欲作幾歲

劉長卿字文房宣城人開元二十一年進士歷監察御史終隨州刺史

過張明府別業

寥寥東郭外白首一先生考滿孤琴在家移五柳成夕陽臨水釣春雨向田畊終日空林下何人識

此情本集考滿作解印家移作移家

餘干旅舍

摇落暮天迥青楓霜葉稀孤城向水閉獨鳥背人飛渡口月初上鄰家漁未歸鄉心正欲絶何處擣寒衣

送鄭十二歸廬山

潯陽數畒宅歸臥掩柴關谷口何人在門前秋草閑忘機賣藥罷不語杖藜還舊筍成寒竹空齋向

暮山水流過舍下雲去到人間桂樹花應發因行寄一攀忘一本作無

長沙桓王墓下書事別張南史

長沙千載後春草獨萋萋流水朝還暮行人東復西苔碑幾字滅山木萬株齊唯有年芳在相看惜解攜唯有年芳在一本作佇立傷今古

登思禪寺上方

西峰上方處臺殿隱朦朧晚磬秋山裏清猿古木

中衆溪連竹徑諸嶺共松風倘許栖林下甘成白
首翁本集西峰上方處作上方幽且慕

過隱公故房

自從飛錫去人到沃州稀林下期何在山中春獨
帰踏花尋舊徑暎竹掩空扉寥落東峰上猶堪靜
者依

送李中丞帰漢陽中興集作送李中丞之襄州○小異

流落征南將曾驅十萬師罷帰無别業老去戀明

時獨立三邊靜輕生一劍隨茫茫漢江上日暮欲何之本集邊靜作朝識隨作知欲作復

靈一

酬皇甫冉西陵見寄

西陵潮信滿島嶼沒中流越客依風水相思南渡頭寒光生極浦落日曠滄洲何事揚帆去空驚海上鷗

溪行即事

近夜山更碧。入林溪轉清。不知伏牛地（事）。潭洞何從
橫。埜（曲）岍煙初合。平湖月未生。孤舟屢失道。但聽秋
泉聲。

重還宜豐寺

再過招隱寺。重會息心期。樵客問歸日。山僧記別
時。埜雲陰遠甸。秋雨漲前陂。勿謂頻来此。吾今不
好奇（一作可）。

栖霞山夜坐

山頭戒壇路幽暎雲巘側四面青石牀一峰苔蘚色松風静復起月影開還黑何獨乗夜来殊非晝盡所得

法振

送人遊閩越

不須行借（偕）問爲爾話閩中海島春寒雨江帆来去風道遊玄度宅身寄朗陵公此别何傷遠如今關塞通

疾愈寄友　或刻皎然集

哀樂暗成疾，臥中方月移。西山有清士，孤嘯不可追。搗藥曙林靜，汲泉陰澗遲。微蹤與麋鹿，遠謝求羊知。

皎然

微雨

片雨拂簷楹，煩襟四座清。霏微過麥隴，蕭散傍莎城。靜愛和花落，幽聞入竹聲。朝觀趣無限，高詠寄

閑情

一　題廢寺

武原懽亂後真累積塵埃殘月照秋水悲風起古
臺居人今已盡栖鴿瞑還来不到無生理應堪賦
七哀

賦得啼猿送客

萬里巴山外三聲月峽深何年有此路幾客共霑
巾斷壁分重影流泉入苦吟淒涼離別後聞此更

傷心

思帰示故人

桐江秋信早憶在故山時静夜風鳴磬無人竹埽墀猿来觸淨水鳥下啄寒枝何必關吾事帰心自有期

請江

長安臥疾

身世足堪悲空房臥疾時卷簾花雨滴埽石竹陰

移已覺生如夢堪嗟壽不知未能通法性詎可見
支離

宿嚴維宅簡章八元

佳期曾不遠甲第即南隣惠愛偏相及經過豈厭
頻秋光林葉動夕霽月華新莫話羈栖事平原是
主人

戴叔倫字幼公潤州金壇人師蕭頴士爲門人冠大曆間撫州刺史容管經畧使

吴明府自遠而来留宿

出門逢故友衣服滿塵埃歲月不可問山川何處
来綺城容弊宅散職寄靈臺自此留君醉相歡得
幾廻

除夜宿石頭驛

旅館誰相問寒鐙獨可親一年將盡夜萬里未歸
人寥落悲前事支離笑此身愁顏與衰鬢明日又
逢春

客夜與故人偶集

天秋月又滿城闕夜千重還作江南會翻疑夢裏逢風枝驚暗鵲露草覆寒蟲羈旅長堪醉相留畏曉鐘

送友人東歸

萬里楊柳色出關送故人輕煙拂流水落日照行塵積夢江湖闊憶家兄弟貧徘徊灞亭上不語自傷春

別友人上五首俱與中興集同

擾擾倦行役。相逢陳蔡間。如何百年内。不見一人
閑。對酒惜餘景。問程愁亂山。秋風萬里道。又出穆
陵關。

贈李山人

此意静無事。閑門風景遲。柳條將白髮。相對共垂
絲。

廣陵送趙主簿 中興集作廣陵送趙主簿自歸蜀

將歸汾水上。遠省錦城來。已泛西江盡。仍隨非雁

迴暮雲征馬速曉月故關開漸向庭闈近留君醉一盃

按武功自題云此皆詩家鵰射手也凡廿一人共百首今已缺其一吉光片羽良可惜也向傳姜白石點本最善竟不行於世即當暑中近刻種擄其名于簡端雖徙劉須溪點次鴻文典册奚止什伯然爲坊間冒濫溷入耳目贋刻之行日以長僞何如原本之藏適以

存真也戊辰花朝湖南毛晉記

辛巳仲春二十日假趙清常手校坊本勘過一次 牧先

極玄集卷之下 終

國家出版基金資助項目

國家社會科學基金重大招標項目（16ZDA174）

國家出版基金項目

詹福瑞　陳紅彥　主編

唐人選唐詩八種

國家圖書館藏汲古閣刻傅增湘校跋本

歷代唐詩珍稀選本彙編

（唐宋金元卷）

⑥

鳳凰出版社

圖書在版編目（CIP）數據

唐人選唐詩八種：國家圖書館藏汲古閣刻傅增湘校跋本／詹福瑞，陳紅彦主編. -- 南京：鳳凰出版社，2025. 3. --（歷代唐詩珍稀選本彙編）. -- ISBN 978-7-5506-4401-4

Ⅰ. I222.742

中國國家版本館CIP數據核字第2025Y0Q435號

書　　名　唐人選唐詩八種（國家圖書館藏汲古閣刻傅增湘校跋本）
主　　編　詹福瑞　陳紅彦
責任編輯　李相東　姜　嵩
裝幀設計　姜　嵩
責任監製　程明嬌
出版發行　鳳凰出版社（原江蘇古籍出版社）
　　　　　發行部電話025-83223462
出版社地址　江蘇省南京市中央路165號，郵編：210009
照　　排　南京新華豐製版有限公司
印　　刷　金壇古籍印刷廠有限公司
　　　　　江蘇省金壇市晨風路186號，郵編：213200
開　　本　718 毫米×1005 毫米　1/16
印　　張　97.5
版　　次　2025年3月第1版
印　　次　2025年3月第1次印刷
標準書號　ISBN 978-7-5506-4401-4
定　　價　820.00圓（全三册）

目次

唐人選唐詩八種 一

國秀集
篋中集
御覽詩
極玄集
中興間氣集

國家圖書館藏崇禎元年汲古閣刻本，傅增湘校跋並録何焯等批校、題識

唐人選唐詩八種　見棠刻書目

國秀集二卷　芮挺章選

篋中集一卷　元結選

御覽集一卷　令狐楚選

極玄集二卷　姚合選

中興間氣集二卷　闕　高仲武選

河嶽英靈集三卷　闕　殷璠選

搜玉小集一卷

才調集十卷　韋縠選

國秀集序

此序是進士樓穎所作

此集播趣如此

昔陸平原之論文曰詩緣情而綺靡是彩色相宣煙
霞交暎風流婉麗之謂也仲尼定禮樂正雅頌采古
詩三千餘什得三百五篇皆舞而蹈之絃而歌之亦
取其順澤者也近祕書監陳公國子司業蘇公嘗從
容謂芮侯曰風雅之後數千載間詞人才子禮樂大

壞諷者溺於所譽志者乖其所之務以聲折爲宏壯
勢奔爲清逸此蒿視者之目聒聽者之耳可爲長太
息也運屬皇家否終復泰優游闕里唯聞子夏之言
惆悵河梁獨見少卿之作及源流浸廣風雲極致雖
發詞遣句未協風騷而披林擷秀揭厲良多自開元
以來維天寶三載譴謫蕪穢登納菁英可被管絃者

都爲一集芮候即探書禹穴求珠赤水取太冲之清
詞無嫌近溷得與公之佳句寧止擲金道苟可得不
棄於厮養事非適理何貴於膏粱其有巖壑孤貞市
朝大隱神珠匿耀剖巨蚌而寧鬫寶劒韜精望斗牛
而未獲目之縑素有愧遺才尚欲巡采風謡旁求側
陋而陳公已化爲異物堆案颯然無與樂成遂因絶

筆令略編次見在者凡九十人詩二百二十首爲之

小集成一家之言

國秀集序終

國秀集姓氏總目

卷上　凡二十四人　詩七十四首

京兆張敬忠一首
秘書監賀知章二首
太子賓客徐彦伯一首
仙州别駕王翰二首
中書舍人董思恭一首
新安丞杜儼一首
殿中少監崔滌一首
太子洗馬沈宇一首

徵文進士劉希夷三首

左丞相張九齡三首

禮部尚書席豫二首

靈昌太守李邕一首

吏部貟外郎盧僎十三首

司勳貟外張㟭二首今缺一首

刑部侍郎孫逖六首

兵部貟外趙良器一首今多一首

金部員外郎黄麟一首

太子尉郭向一首

卷中 凡二十四人 詩七十三首

金部員外郭良二首

考功員外蔣冽二首

西河長史劉廷琦三首 今缺一首

安定太守王喬一首

陳王掾張謂五首

進士樓穎五首
左補闕崔國輔六首
右武衛録事李嶷二首
校書郎王泠然一首
右武衛録事李収二首
會稽尉賀朝一首 今多二首
進士楊重玄一首
前進士常建一首

處士孟浩然七首 內混丁仙芝一首

進士程彌綸一首

餘杭尉丁仙芝一首

卷下 凡四十八人詩七十三首

進士范朝二首

魯郡録事徐晶三首

執戟梁鍠二首

千牛兵曹屈同仙二首

前崇玄生豆盧復二首

進士丘為二首

校書郎荊冬倩一首

晉陵尉張子容二首

新鄉尉李頎四首

進士褚朝陽二首

河内尉崔曙五首

校書郎王昌齡五首

進士梁洽一首

左拾遺蘇綰一首

進士嚴維一首今多二首

右補闕盧象二首

處士朱斌一首

永樂丞楊諫一首

右補闕王諲二首

進士張萬頃二首

四門助教梁德裕二首

無錫尉沈頌二首

進士苪挺章二首

大理司直包融二首

西河尉常非月二首今缺一首

長安尉張良璞一首

前進士樊晃一首

王之渙三首

薛維翰一首

絳郡長史高適一首

孫欣一首

進士萬楚二首（今多二首）

王羨門一首

侍御史于季子一首

洛陽尉王灣一首

武進尉鄭紹一首

校書郎吕令問一首 今缺

校書郎敬括二首 今缺

監察御史韋承慶一首 今缺

進士祖詠二首

國秀集姓氏總目 終

國秀集目録　卷上

李嶠　四首

侍宴甘泉殿　餞薛大夫護邊

送崔主簿赴滄州　送司馬先生

宋之問　六首

同姚給事寓直省中見贈

九日登慈恩寺浮圖應制

題大庾嶺　登總持寺閣

端州驛見杜審言王無競沈佺期閻朝隱
壁有題慨然成詠
登逍遥樓
杜審言　五首
春日江津遊望　秋夜宴臨津鄭明府
宅　夏日過鄭七山齋
九日宴江陰　贈蘇綰書記
沈佺期　五首

三日侍宴梨園　詶蘇員外夏晚寓直

省中見贈　壽陽王花燭

宿七盤嶺　遥同杜五過庾嶺

張説　五首

魏齊公元忠　蘇許公瓌

李趙公嶠　郭代公元振

趙耿公彦昭

徐安貞　六首

奉和聖制畣二相出雀鼠谷

從駕温泉宫

書殿侍宴

送王判官

送吕向補闕西岳勒碑

送丹陽採訪

張敬忠　一首

邊詞

賀知章　二首

送人之軍中

偶遊主人園

徐彦伯　一首

孤燭嘆

王翰　二首

涼州詞　　又

董思恭　一首

奉試昭君

杜儼　一首

客中作

崔滌 一首

望韓公堆

沈宇 一首

武陽送別

劉希夷 三首

覽鏡　　晚春

歸山

張九齡 三首

奉訓宋大使鼎　奉和五司馬折梅寄

京中兄弟　春燕寄懷

席豫二首

蒲津迎駕　奉和勑賜公主鏡

李邕一首

詠雲

盧僎十三首

十月梅花書贈　稍秋曉壘閣遇舟東

下揚州即事寄上族父江陽令

初出京邑有懷舊林

上幸皇太子新院應制

奉和李令扈從温泉宫賜遊驪山韋侍郎別業

送蘇八給事出牧徐州相國請出用芳韻

季冬送戶部郎中使黔府選補

讓帝挽歌詞

又

選　　　春日留别

途中口號

趙良器 二首

三月三日曲江侍宴

鄭國夫人挽歌詞

黃麟 一首

郡中客舍

郭向 一首

途中口號

國秀集目録卷上終

國秀集卷之上

芮挺章集

李嶠　四首

李令風流婉麗之詞尚多芮氏匪復還珠罥　盧

侍宴甘泉殿

月宇臨丹地，雲窗網碧紗。御筵陳桂醑，天酒酌榴花。水向浮橋直，城連禁苑斜。承恩恣歡賞，歸路滿煙霞。

餞薛大夫護邊

荒隅時未通副相下臨戎授律星芒動分兵月暈空犀皮擁青橐象齒飾形弓決勝三河勇長驅六郡雄登山窺代北屈指計遼東佇見燕然上抽毫頌武功

送崔主簿赴滄州

紫陌追隨日青門相見時宦遊從此去離別幾年期芳桂中罇酒幽蘭下調悲他鄉有明月千里照相思

作烏用顏氏説

送司馬先生

蓬閣桃源兩處分人間海上不相聞一朝琴裏悲黄鶴何日山頭望白雲

宋之問　六首　宋詩儘有佳者又其詩格与此集最合不知何以翻取此数篇

同姚給事寓直省中見贈

清論滿朝陽高才拜夕郎還從避馬路来接珥貂行寵就黄扉日戚回白簡霜栢臺遷烏茂蘭省得人芳禁靜鐘初徹更疎漏漸長曉河低武庫流火

慶文昌寓直恩光重棄秋藻翰揚暗投空欲報謅

下不成章

九日登慈恩寺浮圖應制

鳳刹尋雲半虹旌倚日邊散花多寶塔張樂布金

田時菊芳仙醞秋蘭動睿篇香街稍欲晚清蹕扈

歸天

題大庾嶺

陽月南飛雁傳聞到此回我行殊未已何日復歸

来江静潮初落林昏瘴不開明朝望鄉處應見嶺頭梅

登總持寺閣

梵宇出三天登茲望八川開襟俯城闕揮手拂雲煙函谷青山外昆池落日邊東京楊栁陌少别已經年

端州驛見杜審言王無竸沈佺期閻朝隱壁有題慨然成詠

逐臣北地承嚴譴謂到南中每相見豈意南中岐路多千山萬水分鄉縣雲摇雨散各翻飛海濶江長音信稀處處山川同瘴癘自憐能得幾人歸

登逍遥樓

逍遥樓上望鄉關渌水泓澄雲霧閒北去衡陽二千里無因雁足繫書還

杜審言　五首　山集序云始於開元而迄清死於先天之初必簡死於神龍之末皆不及明皇之代

春日江津游望

起句健

旅客搖邊思春江外晚晴煙消垂柳弱霧捲落花

十語是晚晴故壯而生動

輕飛棹棄空下回流向月平島啼移幾處蝶舞亂

相迎忽歎人皆濁隄防水至清谷王常不讓深可

戒中盈

秋夜宴臨津鄭明府宅

闡出無限清新

行止皆無地招尋獨有君酒中堪累月身外即浮

雲露白宵鐘徹風清曉漏聞坐攜餘興往還似未

離羣

疊用風雲月露四字而虛而實點化工處

夏日過鄭七山齋

共有罇中好言尋谷口來薜蘿山徑入荷芰水亭開日氣含殘雨雲陰送晚雷雒陽鍾鼓至車馬繫遲回

九日宴江陰

蟋蟀期歸晚茱萸節候新降霜青女月送酒白衣人高興要長壽卑栖隔近臣新沙即此地舊俗坐為鄰

贈蘇綰書記

知君書記本翩翩爲許從戎赴朔邊紅粉樓中應計日燕支山下莫經年　自然清麗

沈佺期　五首　未盡沈詩勝塲

三日侍宴梨園

九門馳道出三巳禊堂開画鷁中流動青龍上苑来野花飄御席河柳拂天盃日晚迎祥處笙鏞下帝臺

酬蘇員外夏晚寓直省中見贈

並命登仙閣分宵直禮闈大官供宿膳侍史護朝
衣卷幔天河入開窗月露微小池殘暑退高樹早
涼歸冠劒無時釋軒車待漏飛明朝題漢柱三署
有光輝

壽陽主花燭

仙媛乘龍夕天孫捧雁来可憐桃李樹更遶鳳皇
臺燭送香車入花臨寶扇開莫令銀漏曉為盡合

歡盃。

宿七盤嶺

獨遊千里外，高卧七盤西。曉月臨床近，天河入戶低。芳春平仲綠，清夜子規啼。浮客空留聽，褒城聞曙雞。

平仲子規用人名對，但平仲乃吳都賦中語，豈作者誤記為蜀都耶

遥同杜五過庾嶺

天長地濶嶺頭分，去國憂家見白雲。洛浦肝腸無用說，崇山瘴疫不堪聞。南浮漲海鳶何處，北望衡

陽雁幾群兩地春風萬餘里何時重謁聖明君

張説 五首

魏齊王元忠 五君詠

齊公生人表迴天聞鶴唳清論早揣摩玄心晚超

諳入相廊廟靜出軍沙漠霽見深呂禄憂舉後陳

平計甘心除君惡足以報先帝

蘇許公瓌

許公信國楨克美具瞻情百事資朝問三章廣世

程處高心不有臨節自爲名朱戶傳新戟青松拱

舊塋淒涼丞相府餘慶在玄成

李趙公嶠

李公寔神敏才華乃天授睦親何用心處貴不忘

舊故事遵臺閣新詩冠宇宙在人忠所奉惡我誠

將宥南浦去無歸嗟嗟蔑孫秀

郭代公元振

代公舉鵬翼懸飛摩海霧志康天地屯適與雲雷

遇興亡一言決安危萬心注大勛書王府寀命論

江路勢傾北夏門衰靡東平樹

趙耿公彦昭

耿公山嶽靈才傑心亦妙鷙鳥峻標立哀玉扣清

調協贊休明啓恩華日月照何意瑶臺雲風吹落

江徼相流下潯陽灑淚一投弔

徐安貞六首

奉和聖制答二相出雀鼠谷

兩臣初入夢二月扈巡邊澗非寒猶在山南春半傳頌聲先奉御辰象復回天雲日明千里旌旗照一川柳陰低輦路草色變新田還望汾陽近宸遊自賁然 結非佳语

從駕温泉宫

神女調温液年年待聖人試開臨水殿來洗屬車塵暵氣隨明主恩波浹近臣靈威自無極從此獻千春

書殿侍宴

校文常近日賜宴忽昇天酒正傳盃至饔人捧案前玉階鳴溜水清閣引歸煙共惜芸香暮春風度幾年

送王判官

明月開三峽花源出五溪城池青壁裡煙火綠林西不畏王程促唯愁仙路迷巴東下歸棹莫待夜猿啼

送呂向補闕西岳勒碑

聖作西山頌君其出使年勒碑懸日月驅傳接雲煙寒盡函關路春歸洛水邊別離能幾許朝暮玉墀前

送丹陽採訪

郡縣分南國皇華出聖朝為憐鄉棹近不道使車遥舊俗吳三讓遺風漢六條願言除瘵善天子聽謳謡

張敬忠　一首

邊詞

五原春色舊来遲二月垂楊未挂絲即今河畔氷
開日正是長安花落時

賀知章　二首

送人之軍中

常経絶脉塞復見斷腸遥子成今别令人起昔
愁隴雲晴半雨邊草夏先秋萬里長城寄無貽漢

國憂

邉草夏先秋段柯古所记朱景玄邉草人夏生更勝

偶遊主人園

主人不相識偶坐爲林泉莫謾愁酤酒囊中自有錢

徐彦伯　一首

孤燭嘆

切切夜閨冷微微孤燭然玉盤紅淚滴金井彩光圓轉手縫輕素嚬蛾續斷絃相思咽不語回向錦

屏眠

王翰 二首

涼州詞

蒲萄美酒夜光盃欲飲琵琶馬上催醉臥沙場君莫笑古来征戰幾人回

又

秦中花鳥已應闌塞外風沙猶自寒夜聽胡笳折楊柳教人氣盡憶長安

董思恭　一首

奉試昭君

琵琶馬上彈行路曲中難漢月正南遠燕山極北寒鬢鬟風拂亂眉黛雪霑殘斟酌紅顔趣何勞握鏡看

杜儼　一首

客中作

書劒催人不暫閑洛陽羇旅復秦關容顔歲歲愁

邊改鄉國時時夢裡還

崔滌　一首

望韓公堆

韓公堆上望秦川渺渺關山西接連孤客一身千里外未知歸日是何年

沈宇　一首

武陽送別

菊黃蘆白雁初飛羌笛胡笳淚滿衣送君腸斷秋

江水一去東流何日歸

劉希夷　三首

覽鏡

青樓挂明鏡臨照不勝悲白髮今如此人生能幾時秋風下山路明月上春期歎息君恩盡容顏不可息

晚春

佳人眠洞房回首見垂楊寒盡鴛鴦被春生玳瑁

床庭陰幙青靄簾影散紅芳寄語同心伴迎春且

薄粧

歸山

歸去嵩山道煙花覆青草草緑山無塵山青楊柳

春日暮松聲合空歌思殺人

張九齡　三首

奉詶宋大使鼎

時来不自意宿昔繆鈞衡翊聖負明主妨賢愧友

生罷歸猶右職待罪尚南荊政是留棠舊風因繫

組倩軒車問疾苦黎庶荷仁明衰廢時將薄祇應

僚舊情

奉和五司馬折梅寄京中兄弟

離別念同嬉芬榮欲共持獨攀南國樹遥寄北風

時林惜迎春早花愁去日遲仍聞折梅處更有棣

華詩

春燕寄懷

海燕何微眇乘春亦蹔来不知泥滓濺祇見玉堂開繡戸時雙入雕梁日幾回無心與物競鷹隼莫相猜

席豫二首

蒲津迎駕 次連非常名貴

回鑾下蒲坂飛旆指秦京雕上黄雲送關中紫氣迎霞朝看馬色月曉聽雞鳴防拒連山險長橋壓水平省方知化洽察俗覺時清天下長無事空餘

襟帶名

奉和勅賜公主鏡　泫半語壯而与賜公主少離意　取和者方秉銓耶

令節須龍鏡仙輝下鳳臺含靈萬象入寫照百花開色與皇明散光隨聖澤來妍媸氷鑑裏從此媿非才

李邕　一首

詠雲

綵雲驚歲晚繚繞孤山頭散作五般色凝爲一段

愁影雖沉澗底形在天際遊風動必飛去不應長

此留 骨氣奇峻

盧僎十三首

十月梅花書贈

君不見巴鄉冬候與華別年年十月梅花發上苑

今應雪作花寧知此地花爲雪自從遷播落黔巴

三見江上舞新花故園風光靈洛納窮峽凝雲度

歲華花情緫似河陽好客心倍傷邊候早春信颯

驚樓上梅霜威未落江潭草江水尋天去不還樓
花覆簾空坐攀一向花前看白髮幾回夢裡憶紅
顔紅顔白髮雲泥改何異桑田移碧海却想華年
故國時唯餘一片空心在空心吊影向誰陳雲臺
仙閣舊遊人儻知巴樹連冬發應憐南國氣長春
稍秋曉坐閣遇舟東下揚州即事寄上族父

江陽令

虎嘯山城晚猿鳴江樹秋紅林架落照青峽送歸

流歸流赴淮海征帆下揚州族父江陽令盛業繼
前修文擒崔亭伯德齊陳太丘時哉惜未與千載
且爲儔憶昔山陽會長懷東上遊稱觴阮林下賦
雪謝庭幽道濃禮自略氣舒文轉遒高情薄雲漢
酣態坐芳洲接席復連軫出入陪華輈獨善與兼
濟語默奉良籌歲月歡無已風雨暗颼颼掌憲時
持節爲邦邈海頭子人惠雖樹蒼生望且留徵躬
趨直道神甸忝清猷仙臺適西步鑾徼忽南浮宇

内皆安樂天涯獨遠投忠信徒堅仗神明豈默詶
觀生海漫漫稽命天悠悠雲昏巴子峽月遠吳王
樓懷昔明不寐悲今歲屬周喟無排雲翮暫得抒
離憂空灑霑江淚萬里逐行舟

初出京邑有懷舊林

賦生期獨得素業守微班外忝文學知鴻漸鵷鷺
間内傾水木趣築室依近山晨趨天日宴夕臥江
海閑松風生坐隅仙禽舞亭灣曙雲林下客霽月

釗啓稱名得體

池上顏雖曰坐郊園靜默非人寰時步蒼龍硤寧
異白雲關語濟豈時顧默善忘世攀世網余何觸
天涯謫南蠻回首思洛陽喟然悲貞艱舊林日夜
遠孤雲何時還

上幸皇太子新院應制

佳氣曉葱葱乾行入震宮前星迎北極少海被南
風視膳銅樓下吹笙玉座中訓深家以正義舉俗
爲公父子成釗合君臣禹啓同仰天歌聖道猶愧

之雕蟲

奉和李令扈從溫泉宮賜遊驪山韋侍郎別

業

風后軒皇佐雲峰謝客居承恩来翠嶺締賞出丹

除飛蓋松溪寂清笳玉洞虛窺巖詳霧豹過水略

泉奠鄉入無何有時還上古初伊臯羞過狹魏邴

朓麗踈白雪緣情降青霞落卷舒多懃郎署在輒

繼國風餘

送蘇八給事出牧徐州相國請出用芳韻

金鼎屬元方瑣闈連季常畏盈聊出守分命乃維良曉騎辭朝遠春帆向楚長賢哉謙自牧天下詠餘芳

季冬送戶部郎中使黔府選補

即所謂南選使

握鏡均荒服分衡得大同徵賢一臺上補吏五溪中雨露將天澤文章播國風漢庭聯亘諫楚峽望清通馬逐霜鴻漸帆沿曉月空還期鳳池拜照耀

〔季冬〕

列星宫

讓帝挽歌詞

泰伯玄風遠延州德讓行闔棺追大節樹羽冊鴻

名地戶迎天仗皇階失帝兄還聞漢明主遺劒泣

東平

又

朝天馳馬絕冊帝□宫祖恍惚陵廟新蕭條池館

古萬化一朝空哀樂此路同西園有明月修竹韵

悲風

題殿前桂

桂樹生南海芳香隔楚山今朝天上見疑是月中攀

歲晚還京臺望城闕成口號先贈交親

紫陌開行樹朱城出晚霞猶憐慣去國疑是夢還家風弱知催柳林青覺待花交親望歸騎鑾處欃年華

南樓望

去國三巴遠登樓萬里春傷心江上客不是故鄉人

臨川送別

秋郊日半隱野樹煙初暝風水正蕭條那堪動離詠

張鼎 一首

江南遇雨

江天寒意少冬半雨仍飛出户愁爲聽從風灑客
衣旅魂驚處斷鄉信意中微幾日應晴去孤舟且
欲歸

孫逖 六首

送趙大夫護邊

外域分都護中臺命職方欲傳清廟略先取劚曹
郎已佩登壇印猶懷伏奏香百壺開詔餞四牡誡
戎裝青海連西掖黄河帶北涼關山賒漢月戈劒

掖恐域字之誤

宿胡霜體國才先著論兵策復長果持文武術還
繼杜當陽

張丞相燕公挽歌詞

海内文章伯朝端禮樂英一言興寶運三入濟群
生命與才相偶年將位不并台星忽已坼流慟軫
皇情

又

甲第三重戟高門四列侯已成冠蓋里更有鳳皇

樓人世方爲樂生涯遽若休空餘掌綸地傳慶百千秋

送張環攝御史監南選

漢使得張綱威名攝遠方恩霑柱下史榮比選曹郎江帶黔中濶山連峽水長莫愁炎暑地秋至有嚴霜

春日留别

春路逶迤花柳前孤舟晚泊就人煙東山白雲不

可見西陵江月夜娟娟春江夜盡潮聲度征帆遥

從此中去越國山川看漸無可憐愁思江南樹

逘中口號

鄴城東北望陵臺珠翠繁華去不回無復新粧艷

紅粉空餘故壟滿青苔

趙良器　二首

三月三日曲江侍宴　二詩御無可采

聖祖發神謀靈符叶帝求一人光錫命萬國荷時

休雷解圜丘畢雲霈曲水遊岍花迎步輦仙仗擁
行舟膚藻天中降恩波海外流小臣同品物陪此
樂皇猷

鄭國夫人挽歌詞

淑德延公胄宜家接帝姻桂宫男掌僕蘭殿女昇
嬪恩澤昭前命盈虚變此辰百年今已矣彤管刻
何人

黄麟 一首

郡中客舍

蟲響亂啾啾更人正數籌魂歸洞庭夜霜臥洛陽秋微月有時隱長河到曉流起来還囑雁鄉信在吳洲

郭向　一首

途中口號

抱玉三朝楚懷書十上秦年年洛陽陌花鳥弄歸人

秀集卷之上　丙辰正月廿七日校

國秀集目録　卷中

王喬 一首

過故人舊宅

張謂 五首

東封山下宴群臣　岐王美人

贈吏部孫員外濟　岐王山亭

九日宴

鄭審 一首

酒席賦得匏甎

薛奇章 二首

擬古　和李起居秋夜之作

吳聲子夜歌

崔顥 七首

古遊俠　結定襄獄効陶體

贈輕車　岐王席觀妓

題沈隱侯八詠樓　贈梁州張都督

題黃鶴樓

徐九皋 五首

關山月　戰城南

詠史　途中覽鏡

送部四鎮人往單于別知故

閻寬 五首

松滋江北阻風　曉入宜都渚

古意　春宵覽月

秋懷

贈別江　送陳七還廣陵

樓穎 五首

伊水門　東郊納涼憶左威衛

李録事　又

又　西施石

崔國輔 六首

杭州北郭戴氏荷池送侯愉

宿法華寺　送韓十四被魯王推

遞往濟南府　少年行

古意　渭水西别李崙

李嶷　二首

讀前漢外戚傳　遊俠

王泠然　一首

淮南寄舍弟

李収　二首

和中書侍郎院壁画雲

幽情

賀朝 三首

宿香山閣　贈酒店胡妃

孤興

楊重玄 一首

正朝上左相張燕公

常建 一首

戲題湖上

孟浩然　七首

夏日宴衛明府宅遇北使

題榮二山池　江上思歸

過陳大水亭　渡浙江

長樂宫　渡楊子江

程彌綸　一首

懷魯

丁仙芝　一首

京中守歲

國秀集目録卷中終

國秀集卷之中

郭良　二首

題李將軍山亭

鳳轄將軍位龍門司隸家衣冠爲隱逸山水作繁華徑出重林草池摇兩岸花誰知貴公第亭院有煙霞

早行

早行星尚在數里未天明不辨雲林色空聞風水

聲月從山上落河入斗間横漸至重門外依稀見
洛城
蔣冽 二首
南溪別業
結宇依青嶂開軒對緑疇樹交花兩色溪合水重
流竹徑春来埽蘭罇夜不収逍遥自得意皷腹醉
中遊 作同流更無意味從詩人王屑改正
古意

岱當作代非用泰山之雲也

冉冉紅羅帳開君玉樓上画作同心鳥御花雨相向春風正可憐吹暎緑窗前妾意空相感君心何處邊

劉庭琦 二首

從軍

翔風吹寒塞胡沙千萬里陣雲出岱山孤月生海水決勝方求敵銜恩本輕死蕭蕭牧馬鳴中夜拔劍起

詠木槿樹題武進文明府廳

物情良可見人事不勝悲莫恃朝榮好君看暮落時

王喬一首

過故人舊宅

故人軒騎罷歸来舊宅園林閑不開唯餘挾瑟樓中婦哭向平生歌舞臺

張謂五首

東封山下宴群臣　不稱

萬里扈封巒群公遇此歡幔城連夜静霜仗滿空寒輦路宵煙合旗門曉月殘明朝陪聖主山下禮

圓壇

岐王美人

半額画雙蛾盈盈燭下歌玉盃寒意少金屋夜情多香艷王兮帖裙嬌勑賜羅平陽莫漫妬喚出不如他　落句非謂主家直是六宫無此人也

贈吏部孫員外濟

天子愛賢才星郎入拜來明光朝半下建禮直初
回名帶含香發文隨綺幙開披雲自有鏡從此照
仙臺

岐王山亭

王家傍緑池春色正相宜豈有樓臺好兼看草樹
奇石楅天上葉椰子目南枝出入千門裏年年樂
未移

九日宴

秋葉風吹黄颯颯晴雲日照白鱗鱗归来得問茱萸女今日登高醉幾人

鄭審　一首

酒席賦得匏瓢

華閣與賢開仙瓢自遠来幽林常伴許陋巷亦隨回挂影憐紅壁傾心向緑盃何曾斟酌處不使玉山頽

薛奇章 三首

擬古 有佳句却不甚相稱

沙塵朝蔽日失道還相遇寒影波上雲秋聲月前樹川氣生曉夕野陰乍煙霧沉沉滮池水人馬不敢渡吮癰世所薄挾纊恩難顧不見古時人中宵淚横注

寒影波上雲川氣生曉夕四句之中不免重複

和李起居秋夜之作

過庭聞禮日趨侍記言回獨卧玉窗前卷簾殘雨

来髙秋南斗轉涼夜北堂開水影入朱戶螢光生

緑䇺簡成良史筆年是洛陽才莫重白雲意時人

乃勸其會位忘覲耶　礼去

為人子者三賜不及車馬

許上台

吳聲子夜歌

淨埽黄金堦飛霜皓如雪下簾彈箜篌不忍見秋

月

崔顥　七首

古遊俠　亦擬鮑參軍

少壯有膽氣好勇復知機仗劒出門去孤城逢合
圍殺人遼水上走馬漁陽歸錯落金瑣甲蒙茸貂
鼠衣還家行且獵弓矢速如飛地迴鷹犬疾草深
狐兔肥腰間帶兩綬轉眄生光輝顧謂今川戰何
如隨建威

結定襄獄效陶體

此等枯直無味安得妄附陶體
雖不必陶命意殊適

我在河東時使至定襄里定襄諸小兒爭訟紛城
市長老莫敢言太守不能理謗書盈几案文墨相

填委牽引市井翁追呼田家子我來折此獄五聽
辨疑似小大必以情未嘗施鞭箠是時三月暮遍
野農畊起里巷鳴春鳩田園引流水此鄉多雜俗
戎夏殊音旨顧問邊塞人勞情曷云已

贈輕車

悠悠遠行歸經春涉長道幽冀桑始青洛陽蠶已
老憶昨戎馬地別時心草草烽火從北来邊城閉
當早平生少相遇未得展懷抱今日盃酒中見君

交情好。

岐王席觀妓

二月春来半，王家日漸長。柳垂金屋暖，花覆玉樓香。拂匣先臨鏡，調笙更炙簧。長將歌舞態，只擬奉君王。

題沈隱侯八詠樓

梁日東陽守，為樓望越中。緑窗明月在，青史古人空。江静聞山狖，川長數塞鴻。登臨白雲晚，留恨此

莊子華封人謂堯曰千歲厭世去而上仙乘彼白雲至於帝鄉作千載

第四言功高而主不知唯其乃心可信直与落句呼應

遺風

贈梁州張都督

聞君為漢將虜騎不南侵出塞清沙漠還家拜羽林風霜臣節苦歲月主恩深為語西河使知余報國心

英華作余

題黃鶴樓　里字比載字優

昔人已乘白雲去茲地空餘黃鶴樓黃鶴一去不復返白雲千里空悠悠晴川歷歷漢陽樹春草青

青鸚鵡洲日暮鄉關何處是煙波江上使人愁

徐九臯　五首

關山月

玉塞抵長城金徽㬠高關遥心萬餘里直望三邊月霜静影逾懸露晞光漸没思君不可見空歎將馬歌

戰城南

塞北狂胡旅城南敵漢圍巉喦一鼓氣拔刺五兵

感虜驕瞻山哭王師拓地飛不應須寵戰當遂勒
金徽

詠史

亡國秦韓代榮身劉項年金槌擊政後玉斗擗增
前聖主稱三傑明離保四賢已申黄石祭方慕赤
松仙

途中覽鏡

四海遊長倦百年愁半侵賴窺明鏡裏時見丈夫

心

送部四鎮人往單于別知故

天下今無事雲中獨未寧黍驅更戍卒方遠送邊庭馬飲長城水軍占太白星國恩行可報何必守經營

閻寬 五首

松滋江北阻風

江風久未歇山雨復相仍巨浪天涯起餘寒川上

疑憂人勞夕惕鄉事僊晨興遠聽知音駭誠哉不
可陵

曉入宜都渚

問俗周楚甸川行眇江潯興隨曉光發道會春言
深回眺佳氣象遠懷得山林佇應舟楫用曷務歸
閑心

古意

庭樹發華滋瑶草復葳蕤好鳥飛相從愁人深此

時天中有靈匹日夕嚬蛾眉頗逐飄風花千里入
遥帷心逝愛不見空歌悲莫悲

春宵覽月

月生東荒外天雲收夕陰愛見澄清景象吾虚白
心耳目静無譁神超道性深乘興得至樂寓言因
永吟

秋懷

下帷長日盡虚館早涼生芳草猶未薦如何蜻蛚

鳴秋風已振衣客土何時歸爲問當途者寧知心有違

康庭芝　一首

詠月　一刻沈佺期　一刻宋之問

天使下西樓光含萬里秋臺前疑挂鏡簾外似懸鈎張尹將眉學班姬取扇儔佳期應借問爲報在刀頭

陳脩陳言

王維　七首

河上送趙仙舟 集作齊州送祖三

相逢方一笑相送還成泣祖席已傷離荒城復愁入天寒遠山靜日暮長河急解纜君已遥望君猶佇立 天寒一聯連中葳一望字

初至山中 集作終南別業

中歲頗好道晚家南山陲興来每獨往勝事空自知行到水窮處坐看雲起時偶然見林叟談笑滯還期

途中口號　集作汜上寒食

廣武城邊逢暮春汶陽歸客淚霑巾落花寂寂啼山鳥楊柳青青渡水人

成文學　吴井庠體

寶劒千金裝登君白玉堂身爲平原客家有邯鄲娼使氣公卿坐論心遊俠場中年不得意謝病客遊梁

扶南曲　集作班婕妤

怪来粧閣閉朝卜不相迎總在春園裏花間笑語聲

息嬀怨　岐王席上賦

莫以今時寵能忘昔日恩看花滿眼淚不共楚王言

送殷四葬

送君返葬石樓山松柏蒼蒼賓馭還埋骨白雲長已矣空餘流水向人間

萬齊融　二首

贈別江

東南飛鳥處言是故鄉天江上風花晚君行定幾
千計程頻破月數別屢開年明歲潯陽水相思寄
採蓮

送陳七還廣陵

風流誰氏子雖有舊無雙歡酒言相送愁弦意不
降落花馥河道垂楊拂水窓海潮與春夢朝夕廣

馥道

陵江

樓潁 五首

伊水門

朝涉伊水門伊水入門流愜心乃成興澹然汎孤舟霏微傍青靄容與隨白鷗竹陰交前浦柳花媚中洲日落陰雲生彌覺茲路幽聊以恣所適此外知何求

東郊納涼憶左威衛李録事 收昆季太原崔參軍三首并序

僕三伏於通化門東北數里避暑之地地
即故倅天官顧公之舊林今貳冢宰君李
公之别業右抵禁籞斜界沁園空水相𨓆
步虹橋而下視竹木交暎弄仙棹而傍窺
足滌煩襟陶蒸暑獨往成興恨不與數公
共之率然有作因以見意

水竹誰家宅幽庭向苑門令知季倫洛舊是辟彊
園饑鷺窺魚靜鳴鵶帶子喧興成祇自適欲白反

齊梁句法類然且互文更覺生動

忘言

又

納涼每選地近得青門東林與繚垣接池將沁水通枝交帝女樹橋瞰美人虹想是忘機者悠悠在興中

又

林間求適意池上得清飇稍稍斜回織時時一度橋水光壁際動山影浪中搖不見李元禮神仙何

二句合掌

處要　水光浮動於石壁山影搖颺于輕浪二句乃畫所不到

西施石

西施昔日浣紗津石上青苔思殺人一去姑蘇不復返岸傍桃李爲誰春

崔國輔　六首

杭州北郭戴氏荷池送侯愉

秋近萬物肅況當臨水時折花贈歸客離緒斷荷絲誰謂江國永故人感在茲道存過北郭情極望

疑作笑

東菑喬木故園意鳴蟬窮巷悲扁舟竟何待中路無遲遲

宿法華寺

松雨時復滴寺門清且涼此心竟誰證回憩支公牀壁畫感靈跡龕經傳異香獨遊寄象外忽忽歸南昌

送韓十四被魯王推遞往濟南府

西候情何極南冠怨有餘梁王雖好士不察獄中

書

少年行

遺却珊瑚鞭白馬驕不行章臺折楊柳春日路傍情

趣向中已暗藏一半

古意

紅荷楚水曲彪炳爍晨霞未得兩回摘秋風吹却花時芳不待妾玉佩無處誇悔不盛年時嫁與青樓家

有情詩教

渭水西别李崙

隴外長亭候山深古塞秋不知嗚咽水何事向西流

李嶷二首

讀前漢外戚傳

人録尚書事家臨御路傍鑿池通渭水避暑借明光印綬妻封邑軒車子拜郎寵因宫掖裏勢極必先亡

遊俠

王劒滕旁橫金盃馬上傾朝遊茂陵道夜宿鳳皇城豪吏多猜忌無勞問姓名

作者其有戒心於羅鉗吉網耶

王泠然　一首

淮南寄舍弟

昔予從不調經歲旅淮源念爾長相失何時返故園寄書迷處所分袂隔涼溫遠道俱為客他鄉共在原歸情春伴雁秋泣夜隨猿愧見高堂上朝朝

獨倚門

李收 二首

和中書侍郎院壁畫雲

粉壁畫雲成，如能上太清。影從霄漢發，光照掖垣明。暎蓧多幽趣，臨軒得野情。獨思作霖雨，流潤及生靈。

幽情

幽人惜春暮，潭上折芳草。佳期何時還，欲寄千里

道

賀朝　三首

宿香山閣　或刻賈彥璋

暝上香山閣梯雲宿半空軒窗閉潮海枕席拂煙虹朱網防棲鴿紗燈護夕蟲一聞雞唱曉已見日曈曈

贈酒店胡妃　妃疑作姬

胡妃春酒店絃管夜鏘鏘紅毾鋪新月貂裘坐薄

霜玉盤初膾鯉金鼎正烹羊上客無勞散聽歌樂
世娘

孤興

晴日暖珠箔夭桃色正新紅粉清鏡中娟娟可憐
嚬君子在遐隃蕙心誰見珎羅幞空掩畫玉顔暗
移春江瑟語幽獨再三情未申黄鵠千里翅芳音

遲所因

楊重玄一首

正朝上左相張燕公

歲去愁終在春還命不来長吁問丞相東閣幾時

開

常建　一首

戲題湖上

湖上老人坐磯頭湖裏桃花水却流竹竿嫋嫋白

波際不知何者吞吾鉤

孟浩然　七首　山集所取孟詩都不可解

右軍鵞得自道士家對法最工於使事

夏日宴衛明府宅遇北使

言避一時暑池亭五日開喜逢金馬客同飲玉人盃舞鶴乘軒至遊魚擁釣來座中殊未起簫管莫相催

以此切衛宅可笑

題滎二山池

甲第開金穴滎期樂自多櫪嘶支遁馬池養右軍鵞竹引攜琴入花邀載酒過山公來取醉時唱接䍦歌

江上思歸

木落雁南度北風江上寒我家襄水曲遥隔楚山端鄉淚客中盡歸帆天外看迷津欲有問平海夕漫漫

過陳大水亭　三四乃落句所謂幽賞也

水亭涼氣多閑棹晚来過澗影見藤竹潭香聞芰荷野童扶醉舞山鳥助酣歌幽賞未云遍煙光奈夕何

渡浙江

潮落江平未有風歸舟共濟與君同時時引領望天末何處青山是越中

長樂宫

秦城舊来稱窈窕漢家更衣應不少紅粉邀君在何處青樓若夜長難曉長樂宫中鐘暗来可憐歌舞慣相催歡娱此事今寂寞唯有年年陵樹哀（句法不道）

渡揚子江　本集不載○或刻丁仙芝

桂檝中流望京江雨畔玥林開楊子驛山出潤州
城海盡邊陰靜江寒翔吹生更聞楓葉下淅瀝度
秋聲

程彌綸一首

懷魯

曲阜國尼丘山周公邈難問夫子猶啓闢履風雩
兮若見游夏與兮魯顔天孫天孫何為今兮學且
難負星明而東遊闕闕

疑有脱誤

丁仙芝 一首

京中守歲

守歲多然燭，通宵莫掩扉。客愁當暗滿，春色向明歸。玉斗巡初匝，銀河落漸微。開正獻歲酒，千里間庭闈。

國秀集卷之中

丙辰正月廿七日

國秀集目録　卷下

屈同仙　二首

燕歌行　烏江女

豆盧復　二首

吕年宫之作　落第帰鄉留劉長安

主人

丘為　二首

山行尋隱者不遇　題農廬舍

荊冬倩　一首

登少山寺　　奉上徐中書

崔曙　五首

登河陽斗門見張貞期題黄河詩因以感

寄　　奉試明堂火珠詩

對雨送鄭陵　　九日登望仙臺仍呈

劉明府容　　嵩山尋馮鍊師不遇

王昌齡　五首

趙十四兄見尋　　望臨洮

塞下曲　　從軍古意

古意

梁洽　一首

觀漢水

鄭絡　一首

遊越溪

嚴維　三首

贈別東陽客　　遊灞陵山

入唐溪

朱斌 一首

登樓

蘇綰 一首

奉和姚令駕幸温湯喜雪應制

王諲 二首

閨情　　夜坐看搊箏

盧象 二首

駕幸温泉　　贈廣川馬先生

梁德裕　二首

感寓　　又

楊諫　一首

長孫十一東山春夜見贈

苪挺章　二首

江南弄　　少年行

張萬頃　二首

包融 二首

和崔會稽詠王兵曹廳前湧泉勢成中字

賦得岸花臨水發

薛維翰 一首

怨歌

張良璞 一首

覽史

孫欣 一首

奉試冷井詩

王之渙 三首

凉州詞 又

宴詞

王羡門 一首

都中閑居

高適 一首

和王七度玉門關上吹笛

王灣　一首

次北固山下

萬楚　三首

題江潮莊壁　茱萸女

詠簾

于季子　一首

南行别弟

祖詠　二首

國秀集目録卷下終

國秀集卷之下

范朝　一首

寧王山池

水勢臨階轉峰形對路開槎從天上得石是海邊來瑞草分叢種祥花間色栽舊傳詞賦客唯見有

鄒校

題君瓮寺　原題題石甕寺

賸境宜長望遲春好散愁關連四塞起河帶八川

文賦云賦體物而瀏亮以劉登高句未穩

流襖磴承香閣重巖暎彩樓為臨溫液近偏美聖

君遊　此詩章法不佳

徐晶　三首

贈温駙馬汝陽王

疇昔承餘論文章幸濫推夜陪銀漢賞朝奉桂山

詞梁邸調歌日秦樓按舞時登高頻作賦體物屢

為詩連騎長楸下浮觴曲水湄北堂留上客南陌

送佳期憶昨陪臨汎于今阻宴私再看冬雪滿三

見夏花滋都尉朝青閣淮王侍紫墀寧知倦遊者
華髮老京師

蔡起居山亭

文史帰休日棲閑臥草亭薔薇一架紫石竹數重
青垂露和仙藥燒香誦道經莫將山水弄持與世
人聽

送友人尉蜀中

故友漢中尉請為西蜀吟人家多種橘風土愛彈

琴水向昆明濶山連大夏深理閑無別事時寄一

登臨

梁鍠 二首

觀美人卧 御覽詩刻美人春怨○章句稍有不同

妾家巫峽陽羅帳寢銀床曉日臨窗久春風引夢長落釵猶罥鬢微汗欲銷黄縱使朦朧覺魂猶逐

楚王

贈李中華

莫向嵩山去神仙多誤人不如朝魏闕天子重賢

臣

屈同仙　二首

燕歌行

君不見漁陽八月塞草腓征人相對併思歸雲和

朔氣連天黑蓬雜驚沙散野飛是時天地陰埃遍

瀚海龍城皆習戰兩軍鼓角暗相聞四面旌旗看

不見昭君遠嫁已年多戎狄無厭不復和漢兵候

月秋防塞胡騎桒氷夜渡河河塞東西萬餘里地
與京華不相似燕支山下少春暉黄沙磧裡無流
水金戈玉劍十年征紅粉青樓多怨情厭向殊鄉
久離別秋來愁聽搗衣聲搜玉小集作屈同少仙字習戰作皿戰不復和作尚不和春輝作光輝厭向作厭得愁聽作但聽宜各從長也

烏江女

越艷誰家女朝遊江岸傍青春猶未嫁紅粉舊来
娼錦袖盛朱橘銀鈎摘紫房見人羞不語回艇入

溪藏

豆盧復　二首

昌年宫之作

但有離宫處君王每不居旗門芳草合輦路小槐疎殿閉山煙滿窗凝野靄虛豐年多望幸春色待鑾輿

落第歸鄉留別長安主人

客裏愁多不記春聞鶯始歎柳條新年年下第東

歸去羞見長安舊主人

丘為 二首

山行尋隱者不遇

絶頂一茅茨直上三十里扣關無僮僕窺室唯案几既非巾柴車應是釣秋水蹉跎不相見黽勉空仰止草色新雨中松聲晚窗裏雖無賓主意頗得清淨理興盡方下山何必見夫子

題農廬舍

東風何時至已緑湖上山湖上春既早田家日不

閑溝塍流水處耒耜平蕪間薄暮飯牛罷歸来還

閑關

荆冬倩　一首

奉試詠青

路闢天光遠春還月道臨草濃河畔色槐結路邉

陰未暎君王史先標胄子襟經明如可拾自有致

雲心　所謂當時解

張子容 二首

除夜宿樂城逢孟浩然

遠客襄陽郡来過海畔家樽開柏葉酒燈發九枝花妙曲逢盧女高才得孟嘉東山行樂意非是競奢華

永嘉作

拙宦從江左投荒更海邊山将孤嶼近水共惡溪連地濕梅多雨潭蒸竹起煙未應悲晚髮炎瘴苦

華年

李頎 四首

望秦川

秦川朝望迥日出正東峰遠近山河淨逶迤城闕重秋聲萬戸竹寒色五陵松客有歸歟歎淒其霜露濃

塞下曲

黄雲雁門郡日暮風沙裏千騎黑貂裘皆稱羽林

子金笳吹朔雪鐵馬嘶雲水帳下飲蒲萄平生寸心是

遇劉五

洛陽一別梨花新黄鳥飛飛逢故人攜手當年共為樂無驚蕙草惜殘春

白花原　或作百花原或作白草原又見王昌齡集原題出塞行

白花原頭望京師黄河流水無已時秋天曠野人行絶馬首西来知是誰

褚朝陽　二首

登少室山寺

飛閣青霞裏先秋獨早涼天花臙𦜘近月桂拂簷

香華岳三峰小黄河一帶長空間指歸路煙霧有

垂楊

奉上徐中書

中禁仙池越鳳凰池邊詞客紫薇郎既能作頌雄

風起何不時吹蘭蕙香

崔曙 五首

登河陽斗門見張貞期題黄河詩因以感寄

吾友東南美昔聞登此樓人從川上去書在壁中留巖子好真隱謝公耽遠遊清風初作頌暇日復消愁時與文字古迹隨山水幽已辜蒼生望空貝黄河流榮樂春將晩悲涼物似秋天髙不可問掩泣赴行舟

奉試明堂火珠詩

正位開重屋淩空出火珠夜来雙月滿曙後一星
孤天淨光難滅雲生望欲無遥知太平代國寶在
此一聯不切
名都

對雨送鄭陵

別愁復兼雨別淚還如霰寄心海上雲千里長相
見

九日登望仙臺仍呈劉明府容

漢文皇帝有高臺此日登臨曙色開三晉雲山皆

北向二陵風雨自東来開門令尹誰能識河上仙公去不回我欲近尋彭澤宰陶然共醉菊花盃

嵩山尋馮鍊師不遇

青溪訪道凌煙曙王子仙成已飛去更値空山雷雨時雲林薄暮歸何處

王昌齡 五首

趙十四兄見尋

客来舒長簟開閤乘涼風但有無絃琴共君盡尊

申晚来常讀易頊者欲還嵩世事何須道黄精且
養蒙嵇康殊寡識張翰獨知終忽憶鱸魚膾扁舟
往江東

望臨洮

飲馬度秋水水寒風似刀平沙日未没黯黯見臨
洮當日長城戰咸言意氣高黄塵足今古白骨亂
蓬蒿

塞下曲

蟬鳴空桑林八月蕭關道出塞復入塞處處黄蘆
草從來幽并客皆向沙場老莫作游俠兒矜誇紫
騮好

從軍古意

青海長雲暗雪山孤城遥望玉門關黄沙百戰穿
金甲不破樓蘭終不還

古意

桃花四面發桃葉一枝開欲暮黄鸝囀傷心玉鏡

臺清箏向明月半夜春風来

梁洽　一首

觀漢水　此等詩宜在下科何以亦加採掇

發源自嶓冢東注經襄陽一道入溟渤別流為滄浪求思詠游女投弔悲昭王水濱不可問日莫空湯湯

鄭紹　一首

遊越溪

溪水碧悠悠猿聲斷客愁漁潭逢釣楫月浦值孤
舟訪泊隨煙火迷途視斗牛今宵越鄉意還取醉
忘憂

嚴維 三首

贈別東陽客

明月雙溪水春風八詠樓少年爲客處今日送君
遊

遊灞陵山

冒遠二字是始亭子名也

入山未盡意勝跡聊獨尋方士去在昔藥堂留至
今四隅白雲閑一路青溪深芳秀愜春目高閑宜
遠心潭分化丹水路遶昇仙林此道人不悟坐鳴
松下琴

入唐溪

嘯終萬籟起吹去當溪雲環嶼或明昧遠峰尚氛
氳雨新翠葉發夜早玄象分金澗流不盡入山深
更聞

朱斌　一首

登樓　或刻王之涣

白日依山盡黄河入海流欲窮千里目更上一重樓

蘇綰　一首

奉和姚令駕幸温湯喜雪應制

漢主新豐邑周王尚父師雲符沛童唱雪應海神期株鑾驚春早山洞訝夕遲迎逢温液霈恩重御

裘詩

王諲　二首

閨情

日暮裁縫歇深嫌氣力微纔能收篋笥嬾起下簾帷怨坐空燃燭愁眠不解衣昨来頻夢見夫壻莫應知

夜坐看搊箏

調箏夜坐燈光裏却挂羅帷露纖指朱絃一一聲

不同玉柱連連影相似不知何處學新聲曲曲彈
来未覩名應是石家金谷裏流傳未滿洛陽城

盧象 二首

駕幸温泉

傳聞聖主幸新豐清蹕鳴鑾出禁中細草終朝隨
步輦垂楊幾處遶行宮千官扈從驪山北萬國来
朝渭水東此日小臣徒獻賦漢家誰復重楊雄

雖有山自得仍能却温泉

中四句平平直叙其失自见

贈廣川馬先生

經書滿腹中吾識廣川翁年老甘無位家貧嬾發

蒙人歸洙泗學歌盛舞雩風願接諸生禮三年事

馬融

梁德裕　二首

感寓

彩雲呈瑞質五色發人寰獨作龍虎狀孤飛天地

間隱隱臨北極巖巖象南山恨在帝鄉外不逢枝

葉攀

又

幽澗生蕙若幽渚老江蘺榮落人不見芳香徒爾為不及緑萍草生君紅蓮池左右美人弄朝夕春風吹葉洗玉泉水珠清湛露滋心亦願如此託君君不知

楊諫 一首

長孫十一東山春夜見贈

故人謝城闕揮手碧雲期谿月照隱處松風生興

時舊林日云暮芳草歲空滋甘與子成夢請君同

所思

苪挺章二首

江南弄

春江可憐事最在美人家鸚鵡能言鳥芙蓉巧笑

花地銜金作埒水抱玉爲砂薄晚青絲騎長鞭赴

狹斜

少年行

任氣稱張放銜思在少年玉階朝就日金屋夜昇
天軒騎青雲際笙歌緑水邊建章明月好留醉伴
風煙

張萬頃 二首

東溪待蘇戶曹不至

洛陽城東伊水西千花萬竹使人迷臺上柳枝臨
岸低門前荷葉與橋齊日暮待君君不見長風吹
雨過青溪

登天目山下作

去歲離秦望今冬使楚關淚添天目水髮變海頭山別母烏南逝辭兄雁北還宦遊偏不樂長為憶慈顏

常非月　一首

詠談容娘

舉手整花鈿翻身舞錦筵馬圍行處匝人壓看場圓歌要齊聲和情教細語傳不知心大小容得許

多憐

沈頌二首

旅次灞亭

閑琴開旅思清夜有愁心圓月正當戶微風猶在林滄茫孤亭上歷亂多秋音言念待明發東山幽意深

春旦歌

常聞嬴女玉簫臺奏曲情深彩鳳來欲登此地銷

歸恨却羨雙飛去不回

樊晃　一首

南中感懷

南路蹉跎客未回常嗟物候暗相催四時不變江頭草十月先開嶺上梅

包融　二首

和崔會稽詠王兵曹廳前湧泉勢成中字

茂德来徵應流泉入詠歌含靈符上善作字表中

和有草恒垂露無風欲偃波為看人共水清白定

誰多 垂露偃波皆是形容字畫之意

賦得岸花臨水發

笑笑傍溪花叢叢逐岸斜朝開川上日夜發浦中

霞照灼如臨鏡芊茸勝浣紗春来武陵道幾樹落

仙家

薛維翰 一首

怨歌

百尺珠樓臨狹斜新粧能唱美人車皆言賤妾紅顏好要自狂夫不憶家

張良璞　一首

覽史

亨年八十已歷數窮蒼生七虎門源上咆哮闕內鳴建都甪鵠宿設險因金城舜曲煙火起汾河珠翠明海雲引天仗翔雪留邊兵作孽人怨久其亡鬼信盈素靈感劉季白馬從子嬰昏虐不務德百

疑有訛

代無芳聲

孫欣 一首

奉試冷井詩

仙闈井初鑿靈液沁成泉色湛青苔裏寒凝紫綆邊銅瓶向影落玉甃抱虚圓永願調神鼎堯時泰萬年

王之渙 三首

涼州詞

極怨却云何須怨，能書句其流及上矣

一片孤城萬仞山黄河直上白雲間羌笛何須怨楊柳春光不度玉門關　此本勝

又

單于北望拂雲堆殺馬登壇祭幾回漢家天子今神武不肯和親歸去来

宴詞

長堤春水緑悠悠畎入漳河一道流莫聽聲聲催去棹桃花浅處不勝舟

王羨門　一首

都中閑居

君王巡海内北關下明臺雲物天中少煙花歲後
来河從御苑出山向國門開寂寞東京裏空留賈
誼才

高適　一首

和王七度玉門關上吹笛

胡人吹笛戍樓間樓上蕭條海月閑借問落梅凢

幾曲從風一夜滿關山

王灣一首

次北固山下

客路青山外行舟緑水前潮平兩岸濶風正一帆懸海日生殘夜江春入舊年鄉書何處達歸雁洛陽邊

萬楚三首

題江潮莊壁

田家喜秋熟歲晏林葉稀禾黍積場圃樝梨垂戶暇野閑犬時吠日暮牛自歸時復落花酒茅齋堪解衣

滋縣佐菊

茱萸女

不能自出新意

山陰柳家女九日採茱萸復得東隣伴雙為陌上娣插枝著高髻結子置長裾作性常遲緩非關詑丈夫平明折林樾日入返城隅賈客要羅袖行人挑短書娥眉自有主年少莫踟躕

詠簾

玳瑁昔稱華玲瓏薄絳紗鈎銜門勢曲節亂水紋針日弄長飛鳥風揺不捲花自當分内外非是為驕奢

于季子 一首

南行別弟 或刋楊師道 或刻韋承慶

澹澹長江水悠悠遠客情落花相與恨到地一無聲

祖詠二首

蘇氏別業

別業在幽處，到来生隱心。南山當戶牖，灃水在園林。竹覆經冬雪，庭昏未夕陰。寥寥人境外，閑坐聽春禽。

前句亦以在字為佳

落句深渾，佳味在鹹酸之外

望薊門

燕臺一望客心驚，簫鼓喧喧漢將營。萬里寒光生積雪，三邊曙色動危旌。沙場烽火侵胡月，海畔雲

山擁薊城少小雖非投筆吏論功還欲請長纓

國秀集三卷唐人詩總二百二十篇天寶三載國子生芮挺章撰樓穎序之其詩之次自天官侍郎李嶠至進士祖詠凡九十人挺章亦存錄五篇焉在其內王灣一篇其海日生殘夜江春入舊年之句題作次北固山下他句殷璠所撰河嶽英靈集作於天寶十一載來月稍後於挺章編選託璠之此覽表句

隋以此集唐書藝文志洎宋館崇文總目皆
稱而不録理三館所豈浚儀劉柔文汪家得
之蜀中出者元祐戊辰季秋從景文借本録
之因識於後訛溪翁和說大觀戊子冬賀
方回借於曾氏名欠一士而詩增一篇
是集流傳定本懸之國門更無散帙廣之鄉
集篹文氏僕之賞之久陽亂流中覓唐言珠
詒我攀援曾氏跋云名欠一士並且露列三

人如呂令問敬括韋承慶是也又云詩增一
觜然且護俗樓序蕭伴集總和苟佚真面目
然非敢傳訛聊以存舊云爾戊辰寒食後一
日湖南毛晉記
此集疑亦後人偽託
丙辰正月廿八日早起錄訖原本義
門平点樹撥師所藏也　增湘記

篋中集序

元結作篋中集或問曰公所集之詩何以訂之對曰
風雅不興幾及千歲溺於時者世無人哉嗚呼有名
位不顯年壽不將獨無知音不見稱顯死而已矣誰
云無之近世作者更相沿襲拘限聲病喜尚形似且
以流易爲詞不知喪於雅正然哉彼則指咏時物會

詩傳云鮮我方將毛傳云將壯也

抄本題

諧絲竹與歌兒舞女生汙感之聲於私室可矣若令
方直之士大雅君子聽而誦之則未見其可矣吳興
沈千運獨挺於流俗之中強攘於已溺之後窮老不
惑五十餘年凡所爲文皆與時異故朋友後生稍見
師效能侶類者有五六人嗚呼自沈公及二三子皆
以正直而無祿位皆以忠信而久貧賤皆以仁讓（謙）而

汙鈔本淫　方鈔本正　獨挺一作挺拔　嗚呼鈔本作於戲

至喪亡異於是者顯榮當世誰爲辯士吾欲問之天下兵興於今六載人皆務武斯爲誰嗣已長逝者遺文散失方阻絶者不見近作盡篋中所有總編次之命曰篋中集且欲傳之親故冀其不忘於今凡七人詩二十四首時乾元三年也

吳興沈千運四首　太原王季友四首
孟雲卿五首　潁陽張彪二首

校庚詩紀事一過據楊惺吾所藏日本森立之校本也

康熙辛卯從汲古閣得見舊鈔篋中集後有曾慥端
伯背豹季貍及明初會稽唐肅〻之子志淳四跋脱誤甚
多四跋亦無所見非隹書也唯後序爲他本所無且於于
逖詩次序与荊公選異同乃手校一過存之何焯識
丙辰正月二十七日借樹徵師所藏義門批校本迻寫
一過距校鄴蘇老人本已一年有半矣　增湘記

篋中集序　終

篋中集目録

孟雲卿 五首

古樂府挽歌　今别離

悲哉行　古别離

傷懷贈故人

張彪 四首

雜詩　神仙

北遊還詶孟雲卿　古别離

趙微明 三首

篋中集目録　終

集中詩皆力回古風不雜永明以還格調西爛獨挺於流俗之中強攜於已溺之後真非妄歟也

遂世直貫自為外

驚心動魄

篋中集

元結　次山編

沈千運　四首

感懷弟妹

今日春氣暖東風杏花拆筋力久不如却羨澗中石神仙杳難準中壽稀滿百遂世多夭傷喜見鬢髮白栽蓺竹樹間宛宛行舊跡豈知林園主却是林園客兄弟可存半空為亡者惜冥冥無再期哀

抄本又

近字不通

非字曲折生動

抄本上下二句皆作園林

哀望松栢骨肉能幾人年大自疎隔性情誰免此
與我不相易唯念得爾輩時看慰朝夕平生歎已
矣無外盡非適

贈史修文

故人阻千里會面非前期握手於此地當歡遽成
悲念離宛猶昨俄已經數朞疇昔皆少年別来鬢
如絲不道舊姓名相逢知是誰曩游盡騫翥與君
仍布衣豈曰無其才命理應有時前路漸欲少不

覺生涕洟

濮中言懷

聖朝優賢良草澤無遺匿人生各有命在余胡不
敫一生但區區五十無寸祿衰退當棄捐貧賤招
毀讟棲棲去人世迍躓日窮迫不如守田園歲晏
望豐熟壯年失宜盡耄大無筋力始覺前計非將
貽後生福童兒新學稼少女未能織顧此煩知已
終日求衣食

山中作

栖隱非別事所願離風塵不辭城邑遊禮樂拘束
人邇來歸山林庶事皆吾身何者為形骸誰是智
者仁寂寞了閑事而後知天真咳唾矜崇華迂俯
相屈伸如何巢與由天子不得臣

王季友　二首

別李季友

栖鳥不戀枝喈喈在同聲行子遲出戶依依主人

情昔時霜臺鏡醜婦羞爾形閉匣三十年皎潔常獨明今日照離別前途白髮生（三十年心相知不以離居而改百年暮年益難爲別也）

寄韋子春

出山秋雲曙山木已再春食我山中藥不憶山中人山中誰余密白髮惟相親雀鼠晝夜無知我廚廩貧依依非舍松不厭吾南鄰有情盡棄捐土石爲同身

秋百家作社　曙作曙類　選雲作芸

于逖　二首

野外行

老病無樂事歲秋悲更長窮蹙目蕭索生意已蒼黃小弟髮亦白兩男俱不強有才且未達況我非賢良幸以朽鈍蒙野外老風霜寒鴉噪晚景喬木思故鄉魏人宅蓬池結網佇鱣魴水清魚不來歲暮空彷徨

憶舍弟

哀門少兄弟兄弟唯兩人饑寒各流浪感念傷我

神夏期秋未來安知無他日不怨別天長但願見
爾身茫茫天地間萬類各有親安知汝與我乖隔
同胡秦何時對形影憤懣當共陳

孟雲卿　五首

古樂府挽歌

草草門巷喧塗車儼成位冥冥何得盡戢我生人
意非卻路非遠此別終天地臨穴頻撫棺至哀反
無淚爾形未衰老爾息猶童稚骨肉安可離皇天

若容易房帷即靈帳庭宇為哀次薤露歌若斯人

生盡如寄

〔今〕別離曲

結髮生別離相思復相保如何日已遠五變中庭

草渺渺天海途悠悠吳江島但恐不出門出門無

遠道遠道行既難家貧衣裳單嚴風吹積雪晨起

鼻何酸人生為有志豈不懷所安分明天上日生

死誓同觀

悲哉行

孤兒去慈親遠客喪主人莫吟辛苦曲此曲誰忍聞可聞不可見去去無影迹行人念前程不待參辰沒朝亦常苦飢暮亦常苦飢飄飄萬餘里貧賤多是非少年莫遠遊遠遊多不歸

古別離

朝日上高臺離人愁秋草但見萬里天不見萬里道含酸欲誰訴轉轉傷懷抱君行本遙遠苦樂良

句法全本陳王

難保宿昔夢同衾心憂夢顛倒結髮年已遲征行
去何早寒暄有時謝憔悴亦難好人皆莫年壽死
者何曾老少壯無見期水深風浩浩

傷懷贈故人

稍稍晨鳥翔淅淅草上霜人生早艱苦壽命恐不
長二十學已成三十名不彰豈無同門友貴賤易
中腸驅車行萬里悠悠過帝鄉幸因弦歌末得上
君子堂衆樂亟喧奏獨子備笙簧坐中無知音安

得禆揚揚顧once高風起上感白日光

張彪　四首

雜詩

富貴多勝事貧賤無良圖上德兼濟心中才不如

愚商者多巧智農者爭膏腴儒生未遇時衣食不

自如久與故交别他榮我窮居到門懶入門何況

千里餘君子有褊性矧乃尋常徒行行任天地無

為强親疎

揚、頼選作洋、

遇一作乃

超得俊健

神仙

神仙可學無百歲名大約天地何茫茫人間半哀
樂浮生亮多感善事翻為惡爭先等驅驅中路苦
瘦弱長老息養壽後生笑寂寞五穀非長年四氣
乃靈藥列子何必待吾心滿寥廓

北遊還酬孟雲卿

忽忽望前事顧能相乖衣馬久羸弊誰肯棄與
才善道居貧賤潔服蒙塵埃行行無定心壞坎難

歸来慈母憂疢疹室家念栖栖與君宿姻親深見
中外懷俟余惜時節悵望臨髙臺

古别離

别離無遠近事歡情亦悲不聞車輪聲後會將何
時去日忘寄書来日乖前期縱知朙當返一息千
萬思

趙徵明 三首

回軍跛者

第三句言假木之助乃得南行，或者誤以爲謂跛者似枯木，使人笑耳

既老又不全，始得離邊城。一枝假枯木，步步向南
行。去時日一百，來時月一程。常恐道路旁，掩棄狐
兔塋。所願死鄉里，到日不願生。聞此哀怨詞，念念
不忍聽。惜無異人術，倏忽具爾形。

挽歌詞

寒日蒿上明，淒淒郭東路。素車誰家子，丹旐引將
去。原下荆棘叢，叢邊有新墓。人間痛傷别，此是常
别處。曠野復蕭條，青松白楊樹。

思歸

為别未幾日去日如三秋猶疑望可見日日上高

樓惟見分手處白蘋滿芳洲寸心寧死别不忍生

離憂

元季川　四首

泉上雨後作

風雨蕩繁暑雷息佳霽初衆峰帶雲雨清氣入我

廬颯颯鮮飈來臨窺愜所圖緑蘿長新蔓褭褭垂

雲雨一作雲色

渠一作蕖

坐隅流水復簷下丹砂發清渠養葛爲我衣種芋

爲我蔬誰是畹與畦彌漫連野蕪

登雲中

灌田東山下取藥在爾休清興相引行日日三回

周白鷗與我心不厭此中遊窮覽頗有適不極趣

無幽慘然歌采薇曲盡心悠悠

山中曉（晚）興

河漢降玄霜昨來節物殊娩無神仙姿豈（亦）有陰陽

豈有一作豈無

芋百家本刻茅　勳炎校作芳　是鈔作能

與靈鳥望不見慨然悲高梧華葉隨風揚珍條雜
榛蕪爲君寒谷吟歎息知何如

古遠行

悠悠遠行者羈獨當時思道與日月長人無茅舍
期出門萬里心誰不傷别離縱遠當白髮歲月悲
今時何况異形容安須與爾悲

漫士逢天寳之亂置身仕隱间自謂與世聱
牙不肯作綺靡章句先輩譬之古鐘磬不諧

手俚耳而可尋玩今讀其篋中七人詩亦皆
歡寡愁殷之語不類唐人諸選然磊砢一派
實中世所難宜刪以選錄不遺也或謂湯士
自作編入別集繆矣戊辰春分日湖南毛晉

後序記

浪士昔在高山藏山近五千卷及經迸亂全家蕩潰存者不過篋
篋中有李川所遺沈公等雜詩一卷不忍遺之遂編次為篋中集其遺
散七十餘首採奇篇四章存於集中為斯集已盡欲顯李川之所志存
尚寄李川於諸公下致之篋中此而已矣

篋中集 終

御覽詩姓氏總目

盧綸三十二首

李何一首

張起一首

鄭縱四首

司空曙五首

于鵠三首

顧況十首

韋應物六首

紇于著四首

楊凌十七首

楊凝二十九首

李宣遠一首

盧殷十四首

姚係一首

馬逢五首

劉皁四首

李益三十六首

李愿二首

張籍一首

霍揔六首

楊憑十八首

楊巨源十四首

梁鍠十首

御覽詩姓氏總目終

御覽詩目録

劉方平　十三首

代春怨

皇甫冉 十六首

江山留別　巫山高

長安路　送客

温湯即事　送節度赴朔方

帰渡洛水　賦得海邊樹

婕妤怨　雨雪

送客　班婕妤

秋怨　贈别

禁省梨花　春思

劉復　四首

春遊曲　春雨

雜曲　夏日

鄭鍚　十首

邯鄲少年行　隴頭别

度關山　千里思

襄陽樂　出塞
玉階怨　送客之江西
望月　出塞曲
柳中庸 九首
秋怨　春思贈人
幽怨早春　寒食戲贈
聽箏　河陽橋送別
征怨　涼州曲

又

李嘉祐 二首

鄱陽算秋　漢口春

李端 八首

山下泉　關山月

巫山高　送客赴荆州

江上逢司空曙　與鄭錫遊春

送友人　閨情

盧綸 三十二首

又　又
天長久詞　又
又　贈李果毅
春夜對月　長安春望
宮中樂　又
春日有懷　駙馬花燭
又　曲江看花
春日登樓　曲江春望

又　又

李何　一首

觀妓

張起　一首

春情

鄭嵎　四首

邯鄲俠少年　玉階怨

婕妤怨　入塞曲

白蘋洲送客　洛陽早春
送張衛尉　佳人贈別
憶故園　題葉道士山房
送李秀才入京　越中席上看弄老人
聽劉安唱歌　櫻桃曲
韋應物　六首
詠露珠　登樓
寄王卿送別　登樓寄王卿

送客之蜀　剡溪看花

江中風　詠破扇

賈客愁　即事寄人

早春雪中　北行留别

秋原晚望　春霽花萼樓南聞宫

鶯　明妃曲

楊凝二十九首

送别　送客東婦

唐昌觀玉蕋花　別李協
初次巴陵　上巳
春怨　送客歸常州
送別　送客入蜀
送別　殘花
戲贈友人
李宣遠一首
塞下作

盧隱 十四首

姚係　一首

古別離

馬逢　五首

新樂府　部落曲

從軍　宮詞

又

劉皁　四首

邊城柳　旅次朔方

李愿二首

張籍一首

送蜀客

霍揔六首

塞下曲　關山月

驄馬　雉朝飛

採蓮女　木芙容

楊憑十八首

長安春夜宿開元觀

晩泊江戍　巴江雨夜

楊巨源　十四首

胡姬詞　春日有贈

襄陽樂　關山月

長城聞笛　宫燕詞

賦得灞岸柳送客　贈崔駙馬

臨水看花　折楊柳

觀妓人入道　又

聽李憑彈箜篌　又

梁鍠 十首

戊子冬日従錢楚殷借得二馮手校本視昔年徐氏本又
詳加改正歲月如流遂二十年而余於六義仍無所窺爲
可歎耳

李木齋師藏義门手批校本兩窗無事對臨
終竟日而畢丹黄朱二色一仍其舊以便識別
甲寅閏月十六日沅叔記於京師白圜

御覽詩目録

此書所宋大都意凡文弱流後無味殆下當所稱淮勅選詩耶。唐人選唐詩猶之以今人選八股時文要當論其雅惡若概奉為圭臬書猶之以學山園八股選本謂其必傳乎後之矣題也 丁卯

唐御覽詩　此書又在間氣集之下大抵大曆以還選唐詩萃於是矣 丁卯寒夜呵凍書

翰林學士朝議郎守中書舍人賜紫令狐楚奉

勅纂進　戊辰冬日錢餉臣注其友徐聖陛借得前輩魏叔子馮定遠照宋刻校本從之改定數處其可疑者側注於旁 無勇生記

劉方平　十三首

秋夜思

旅夢何時盡征途望每賒晚秋淮水來新月楚人家猿嘯空山近鴻飛極浦斜明朝南岍去言折桂枝花　落句用淮南桂叢言倦遊思隱也

泛舟

林塘夜發舟蟲響荻颼颼萬影皆因月千聲各為秋歲華空復晚鄉思不堪愁西北浮雲外伊川何處流

折楊枝

空渡初楊柳風來亦動搖武昌行路好應為最長條葉暎黃鸝糸花繁白雪朝年年攀折意流恨入纖腰

朝集乃用借用改夕字則不通矣

多作擬結句纖腰

班婕妤

夕殿別君王，深宮月似霜。人幽在長信，螢出向昭陽。露浥紅蘭濕，秋凋碧樹傷。惟當合歡扇，從此篋中藏。

第二句有力

新春　此下第詩

南陌春風早，東隣曙色斜。一花開楚國，雙燕入盧家。眠罷梳雲髻，粧成上錦車。誰知如昔日，更浣越溪紗。

採蓮

落日晴江裏荆歌艷楚腰採蓮從小慣十五即乘潮

京兆眉

新作蛾眉樣誰將月裏同有来凡幾日相效滿城中

春雪

飛雪帶春風徘徊亂繞空君看似花處偏在洛陽

東　以洛陽花与卧雪二事雙關用

望夫石

佳人成古石蘚駁覆花黄猶有春山杏枝枝似薄

粧　清麗

送別

華亭霽色滿今朝雲裏檣竿去轉遥莫怪山前深

復淺清淮一日兩廻潮

夜月

鮮馮作蘚

更深月色半人家北斗闌干南斗斜今夜偏知春氣暖蟲聲新透緑窗紗

何 春日句爲有蟲聲

春怨

紗窗日落漸黄昏金屋無人見淚痕寂寞空庭春欲晚梨花滿地不開門

代春怨

朝日殘鶯伴妾啼開簾只見草萋萋庭前時有東風入楊柳千條盡向西

皇甫冉　十六首

江山留別（原題潤州南郭留別）

縈迴楓葉岍，留滯木蘭橈。吳岫新經雨，江天正落潮。故人勞見愛，行客自無聊。君問前程事，孤雲入剡遙。

巫山高　只是僔句包括

巫峽見巴東，迢迢出半空。雲藏神女館，雨到楚王宫。朝暮泉聲落，寒暄樹色同。清猿不可聽，偏在九

高，馮作峽

秋中　胥字方与高字相應不然則落句懈矣

長安路

長安九城路，戚里五侯家。結束趨平樂，聯翩抵狭斜。高樓臨積水，複道出繁花。惟有相如宅，蓬門度歲華。

送客

旗鼓軍威重，關山客路賖。待封甘度隴，迴首不思家。城上春風晚，營中瀚海沙。河源雖萬里，音信寄

誤字厚抵
疑作馮

来查

温湯即事

天仗星辰轉霜風景氣和樹含温液潤山入繚垣多丞相金錢賜平陽玉輦過魯儒求一謁無路獨如何

送節度赴朔方 原題作送常大夫加散騎常侍赴朔方

故壘煙塵後新軍河塞間金貂寵唐将玉節度蕭關散湯沙中雪依稀漢口山人知賓車騎計日勒

銘還

歸渡洛水

瞑色赴春愁歸人南渡頭渚煙空翠合灘月碎光
流澧浦鷁芳草滄浪有釣舟誰知放歌客此意正
悠悠

賦得海邊樹

歷歷緣荒岍冥冥入遠天每同莎草發長共水雲
連操落潮風早離披海雨偏故傷遊子意多在客

舟前

婕妤怨

由来詠團扇今已值秋風事逐年皆徃恩無日再中早鴻聞上苑寒露下深宫顔色年年謝相如賦豈工

与字則婕妤与團扇两遇一矣已字不通

雨雪

風沙悲久戍雨雪更勞師絶漠無人境將軍苦戰時山川迷向背氛霧失旌旗徒念天涯事年年芳

草期

送客

西塞雲山遠東風道路長人心勝潮水相送過潯
陽

班婕妤

花枝出建章鳳管發昭陽借問承恩者雙蛾幾許
長

秋怨

長信多秋氣昭陽惜月華鄣堪閶永巷聞道選良家

四字無惡天淵

贈別權三客舍原題贈寄

南橋春日莫楊柳帶青渠不得同攜手空成意有餘

禁省梨花詠

不切

巧解迎人笑偏能亂蝶飛春風時入戶幾片落朝衣

春思 本集不載

鶯啼燕語報新年馬邑龍堆路幾千家住秦城隣
漢苑心隨明月到胡天機中錦字論長恨樓上花
枝笑獨眠為問元戎竇車騎何時反旆勒燕然

劉復 四首

春遊曲

春風戲狹斜相見莫愁家細酌蒲桃酒嬌歌玉樹
花裁衫催白紵迎客走朱車不覺重城暮爭栖柳

須出細字非惡句也

上鴉

春雨

細雨度深閨鶯愁欲懶啼如煙飛漠漠似露濕萋

惡句

萋草色行看靡花枝暮欲低曉聽鐘鼓動早送錦

障泥

莫字乃真早也記曉上下氣脉斷矣

雜曲

五六用愛妾換馬兒女情長不覺英雄氣短正与上意氣二字相反也

寶劒飾文犀當風似切泥逢君感意氣貰酒杜陵

西趙女顔雖少宛駒齒正齊嬌多不肯别更待夜

今吳讀猶有時朝月節之語

烏啼

夏日　直似崑體

曉日紗窗深且閑，含桃紛日石榴殷。銀瓶綆轉桐

花井，沉水煙銷金博山。文簟象床嬌倚瑟，綵奩銅

鏡懶拈環。明（宋本作時）朝戲去誰相伴，年少相逢狹路間。

鄭錫十首

邯鄲少年行

霞鞍金口騮，豹袖紫貂裘。家住叢臺近，門前漳水（雖邯鄲但不可）

時馮注趙明節

倒仰一句淒斷

流喚人呈楚舞借客試吳鉤見説秦兵至甘心赴

國讐

隴頭別

秋盡初移幙霑裳一送君據鞍窺古堠開竈爇寒

雲登隴人迴首臨關馬顧群從來斷腸處皆向此

中分

度關山

象弭插文犀魚腸瑩鸊鵜水聲分隴咽馬色度關

按竈爇二 原刻作口爇 何校馮校改此

迷曉幕胡沙慘危烽漢月低仍聞數騎將更欲出
遼西

千里思

渭水通胡宛輪臺望漢關帛書秋海斷錦字夜機
閑旅夢蟲催曉邊心雁帶還惟餘兩鄉思一夕度
關山

襄陽樂

春生峴首東先帹習池風拂水初合緑鷩林未吐

紅渚邊遊漢女桑下問龎公磨滅懷中刺曾將示

孔融

出塞

關山落葉秋掩淚望營州遼海雲沙暮幽燕旌旆

愁戰餘能送陣身老未封侯去國三千里歸心紅

粉樓

玉階怨

長門寒水流高殿曉風秋昨夜鴛鴦夢還陪豹尾

遊前魚不解泣共輦豈闗羞郁及輕身燕雙飛上
玉樓

送客之江西

乘軺奉紫泥澤國渺天涯九派春潮滿孤帆暮雨
低草深鶯斷續花落水東西更有高堂處知君路
不迷

望月

高堂新月明虛殿夕風清素影紗窗霽浮涼羽扇

輕稍隨微露滴漸逐曉參横遥憶雲中詠蕭條空
復情

出塞曲

校尉徵兵出塞西别營分騎過龍溪沙平虜跡風
吹盡霧失烽煙道易迷玉靶半開鴻已落金河欲
渡馬連嘶會當繫取天驕入不使軍書夜刺閨

柳中庸　九首

秋怨

玉樹起涼煙凝情一葉前別離傷曉鏡揺落思秋

絃漢壘關山月胡笳塞北天不知腸斷夢空遶幾

山川

春思贈人

紅粉當三五青娥艷一雙綺羅迴錦陌絃管入花

江落鴈驚金彈抛盃瀉玉缸誰知褐衣客顦顇在

書窗　第五調落第前四句皆自比也

幽院早春

草短花初拆苔青柳半黃隔簾春雨細高枕曉鶯長無事含閑夢多情識異香欲尋蘇小小何處覓錢塘

寒食戲贈

春暮越江邊春陰寒食天杏花香麥粥柳絮伴鞦韆酒是芳菲節人當桃李年不知何處恨已解入箏絃

结句妙在不说破

聽箏

抽絃促柱聽秦箏無限秦人悲怨聲似逐春風知
柳態如隨啼鳥識花情誰家獨夜愁燈影何處空
樓思月明更入幾重離別恨江南歧路洛陽城

河陽橋送別

黄河流出有浮橋晉國歸人此路遥若傍闌干千
里望北風驅馬雨蕭蕭

征怨

歲歲金河復玉關朝朝馬策與刀環三春白雪歸

青塚萬里黄河遶黑山

涼州曲

關山萬里遠征人一望關山淚滿巾青海戍頭空

有月黄沙積裡本無春

又

高檻連天望武威窮陰拂地戍金微九城絃管聲

遥發一夜關山雪滿飛

李嘉祐　二首

鄱陽暮秋

宋玉悲三秋，張衡復四愁。思鄉雁北至，歎别水東流。倚樹看黃葉，逢人話白頭。佳期不可見，落日自登樓。

漢口春（原題春日淇上）

淇水春来漲，鴛鴦逆浪飛。清明桑葉小，度雨杏花稀。衛女紅粧薄，王孫白馬肥。相將踏青去，不解惜羅衣。

李端八首

山下泉

碧水暎丹霞濺濺露淺沙暗通山下草流出洞中花淨色和雲落喧聲遶石斜明朝更尋去應到阮郎家

關山月

露濕月蒼蒼關頭榆葉黄廻輪照海遠分彩上樓長水凍頻移幕兵疲數望鄉只應城影外萬里共

胡霜

巫山高

巫山十二峰皆在碧虛中迴合雲藏月霏微雨帶風猿聲寒過澗樹色暮連空愁向高唐去清秋見楚宮

送客赴荊州

草色隨驄馬悠悠共出秦水傳雲夢曉山接洞庭春帆影連三峽猿聲在四隣青門一分手難見杜

陵人

江上逢司空曙

一作李嘉祐

共有髫年故相逢萬里餘新春兩行淚故國一封書夏口帆初泊潯陽雁已踈唯當執盃酒暫食漢江魚

與鄭錫遊春

東門垂柳長迴首獨心傷日暖臨芳草天晴憶故鄉撲花鸎上下過水蝶飛揚借問同行客今朝淚

幾行

送友人

聞説湘川路，年年弔古多。猿聲巫峽夜，月照洞庭波。窮海人還去，孤城雁與過。青山不同賞，来往自蹉跎。

閨情　合前一首宋本俱作送友人

月落星稀天欲明，孤燈未滅夢難成。披衣更向門前望，不忿朝来鵲喜聲。

盧綸　三十二首

皇帝感詞

提劒風雷動垂衣日月明禁花星瑞色國老見星精發棹魚先躍窺巢鳥不驚山呼一萬歲直入九重城

又

天衣五鳳綵御馬六龍文雨露清馳道風雷翊上軍高旍花外轉行漏樂前聞時見金鞭舉空中指

馮無詞字

瑞雲

又

妙算干戈止神謀宇宙清兩階文物盛七德武功
成技獵長楊𩇕屯軍細柳營歸來獻明主歌舞滿
春城

又

天樂下天中雲軿儼在空鉛黄灔河漢笑語合笙
鏞已見長随鳳仍聞不避熊君王親試舞閶闔静

物作趙物 馮武作

長作趙今 馮金作總

無風

邊思（原題送邢官赴振武）

黄沙九曲流繚繞古邊州鴻雁初飛夜羌胡正事秋淒清金管思迢遞玉人愁七葉雖多慶須懷殺敵憂

送都護歸邊

好勇知名早争雄上將間戰多春入塞獵慣夜燒山陣合龍蛇動軍移草木閑今來部曲盡白首過

次連暗藏送字逆起叙字妙绝

兩句合來有味

蕭關

送道士

夢別一仙人霞衣滿鶴身旌幢天路遠梅杏海山春種玉非求稔燒金不為貧自憐頭向白誰與葛洪親

送劉判官赴天德軍

銜盃吹急管滿眼起風沙大漠山沉雪長城草發花策行須恥戰虜在敢言家餘本求燕者如何別

乘車

七夕　五六脫化清遠

涼風吹玉露，河漢有幽期。星彩光仍隱，雲容掩復離。長天愁曙早，閏歲怨秋遲。何事金閨子，空傳得網絲。

東齋花樹

綠砌紅花樹，狂風獨未吹。光中如有熖，密處似無枝。鳥動香輕發，人愁影屢移。今朝數片落，爲報漢

早字已藏得非真改草字即死句也

郎知

塞下曲　首〻雀

鷲翎金僕姑燕尾繡蝥弧獨立揚新令千營共一呼

又

林暗草驚風將軍夜引弓平明尋白羽沒在石稜中

早字便疑有虎至一字而雀惡相去懸絕如此

又

匈奴候月為攻戰鴈飛高即以單于遁也

月黑雁飛高單于夜遁逃欲將輕騎逐大雪滿弓
刀
又
野幕敞瓊筵羌戎賀勞旋醉和金甲舞雷鼓動山
川
又
調箭又呼鷹俱聞百中能奔猿將迸雛掃盡古丘
陵

偏發南枝可謂半開時也　虛含未久意

又

亭亭七葉貴，蕩蕩一隅清。他月題麟閣，唯應獨不名。

天長久詞

玉砌紅花樹，香風不散吹。春光解人意，偏發殿南枝。

天長久　萬年昌

又

虹橋千步廊，半在水中央。天子方清署，宮娃起曉

宋本馮作誰知獨有名　馮無久字　馮云署趙作曙

粧天長久萬歲昌

又

鮮輦復當熊傾心奉六宮君王若看貌甘在衆妃

中天長久萬歲昌

贈李果毅

向日磨金鏃當風着錦衣上城邀賊語走馬截鵰

飛

春夜對月

露如輕雨月如霜不見星河見雁行虚暈入池波自泛滿輪當苑桂偏長春臺幾望黃龍闕雲路寧分白玉郎是夜巴歌應金石豈殊衫影對清光

長安春望

東風吹雨過青山却望千門草色閑家在夢中何日到春來江上幾人還川原繚繞浮雲外宫闕參差落照間誰念為儒逢世難獨將衰鬢客秦關

宫中樂

雲日呈祥禮物殊形庭生獻五單于塞垣萬里無
飛鳥可在邊城用郅都

又

臺殿雲涼秋色微君王初賜六宮衣樓船泛罷歸
猶早行遣才人鬬射飛

春日有懷

桃李風多日欲陰伯勞飛處落花深貧居靜久難
逢信知隔春山不可尋

駙馬花燭

萬條銀燭引天人，十月長安半夜春。步障三千瑤
（務）斷，幾多珠翠落香塵。

又

比翼和鳴雙鳳皇，玉梅金帳滿城香。平明却入甘
泉裏，日氣曈曈五色光。

曲江看花　後讀《甬百家選》題云《賊中與嚴越卿曲江看花》，乃悟作者之意。

紅枝欲折紫枝繁，隔水連宮不用攀。會待長風吹

宋本作殿

玉樓金殿非是耶

落盡始能開眼向青山

此詩頗含思致不知何緣入選

春日登樓

花正濃時人正愁逢花却欲替花羞年来笑伴皆歸去今日春風獨上樓

曲江春望

菖蒲翻葉柳交枝暗上蓮舟鳥不知更到無花最深處玉樓金殿影參差

又

翠黛紅粧画鷁中共驚雲色帶微風簫管曲長吹
未盡花南水北雨濛濛　此句柔常北意
又
泉聲遍野入芳洲擁沫吹花上碧流落日行人漸
無路巢蜂乳燕滿高樓
李何一首（刻和非）○舊
觀妓
向晚小乘遊朝来新上頭從来許長袖未有客難

留

張起 一首

春情

畫閤餘寒在新年舊燕飛梅花猶帶雪未得試春衣

鄭鎰 四首

邯鄲俠少年

夜渡濁河津衣中劒滿身兵符劫晉鄙匕首刺秦

人﨟事非無賸高堂念有親昨緣秦苦趙来往大梁頻（後四句無限曲折）

玉階怨

昔日同飛燕今朝似伯勞情深爭擲果寵罷怨殘桃（借用不切）別殿春心斷長門夜樹高雖能不自悔誰見舊衣褒

婕妤怨

南國承歡日東方候曉時鄴能妬褒姒衹愛笑唐

皃寶葉隨雲髻珠絲鍜履綦不知飛燕意何事苦
相疑

入塞曲　定翁云腹連清新

留滯邊庭久歸思歲月賒黄雲同入塞白首獨還
家宛馬隨秦草胡入問漢花還傷李都尉獨自没
黄沙

司空曙　五首

翫花

雲一作沙

裹鬢千莖雪他鄉一樹花今朝與君醉忘却在長沙

別盧綸（本集不載○見盧允言集原題贈別司空文明）

有月多同賞無秋不共悲如何與君別又是菊黄時

登秦嶺　回環轉換得法極佳

南登秦嶺頭迴首始堪憂漢闕青門遠商山藍水流三湘遷客去九陌故人遊從此思鄉淚雙垂不

復收

江湖秋思（原題訓崔峒見寄）

趨陪禁掖雁行稀遷放江潭隺髮垂素浪遥疑八漢水清楓忽似萬年枝嵩南春遍傷魂夢湖口雲深隔路岐共望漢朝多霈澤蒼蠅早晚得先知

登峴亭

峴山廻首望秦關南向荊州幾日還今日登臨唯有淚不知風景在何山

于鵠 三首

送客遊邊（原題送張司直入單于）

若到并州北，誰人不憶家。寒深無伴侶，路盡有平沙。磧冷唯逢雁，天春不見花。莫隨邊將意，垂老事輕車。

江南意

偶向江邊採白蘋，還隨女伴賽江神。衆中不得分明語，暗擲金錢卜遠人。

寓意 原題襄陽看花○時因小蛮作

自小看花情不足，江邊尋得一株紅。黄昏人散春風起，吹落誰家明月中。

顧況 十首

白蘋洲送客

莫信梅花發由来，謾報春不才。充野客扶病，送朝臣。闕下摇青佩，洲邊採白蘋。臨流不痛飲，鷗鳥也欺人。

洛陽春暮

何地避春愁，終年憶舊遊。一家千里外，百舌五更頭。客路偏逢雨，鄉山不入樓。故園桃李月，伊水向東流。

送張衛尉

春色依依惜解攜，月卿今夜泊隋堤。白沙洲上江離長，綠樹村邊謝豹啼。遷客比来無倚仗，故人相去隔雲泥。越禽唯有南枝分，自送孤鴻飛向西。

佳人贈别

萬里行人欲渡溪，千行珠淚滴爲泥。已成殘夢隨君去，猶有驚烏半夜啼。

憶故園

惆悵多山人復稀，杜鵑啼處淚霑衣。故園此去千餘里，春夢猶能夜夜歸。

題葉道士山房

水邊垂柳赤欄橋，洞裏仙人碧玉簫。近得麻姑音

信否潯陽向上不通潮

送客秀才入京　宋本作送客入京

五湖秋葉滿行船八月靈槎欲上天君向長安余

適越獨登秦嶺望秦川　山秦嶺謂秦望山也

越州席上看弄老人

不到山陰十二春鏡中相見白頭新此生不復為

年少今日從他弄老人

聽劉安唱歌

午夜新聲何處傳悲翁更憶太平年即今法曲無

人唱已逐霓裳飛上天

櫻桃曲

百舌猶来上苑花遊人獨自憶京華遥知寢廟嘗

新後勑賜櫻桃向幾家

韋應物　六首

詠露珠

秋河一滴露淸夜墮玄天將来玉槃上不定始知

翁遇作歌

遇無露字

圓

登樓

茲樓日登眺流歲暗蹉跎坐厭淮南守秋山紅樹

宋本作江南子

多

酬王卿送別

六代家法

去馬嘶春草歸人立夕陽元知數日別要使兩情

傷

登樓寄王卿

詩柏舟傳云汎汎其流不以濟渡也鄭箋云舟載渡物者今不用而與眾物汎汎然俱流水中喻仁人之不見用而與群小人並列也 上幽草以比君子 潮急雨來國家非無事而兩閑臥舟橫非其可

踏閣攀枝恨不同，楚雲滄海思無窮。數家砧杵秋山下，一郡荊榛寒雨中。下二句即所謂身多疾病思田里邑有流亡愧俸錢也

西澗

獨憐幽草澗邊生，上有黃鸝深樹鳴。春潮帶雨晚来急，野渡無人舟自横。

寒食寄諸弟

雨中禁火空齋冷，江上流鶯獨坐聽。把酒看花想諸弟，杜陵寒食草青青。

馮無寄諸弟三字

紇干著 四首

賞殘花

零落多依草，芳香散著人。低簷一枝在，猶占滿堂春。

灞上

鳴鞭晚日禁城東，渭水晴煙灞岸風。都傍柳陰迴首望，春天樓閣五雲中。

古仙詞

珠幡絳節曉霞中漢武清齋待少翁不向人間戀

春色桃花自滿紫陽宫

感春詞

未得鳴珂謁漢宫江頭寂寞向春風悲歌一曲心

應醉萬葉千花淚眼中

楊凌　十七首　宋本作陵

梅里旅夕

滄洲東望路旅棹愴羈遊楓浦蟬隨岸沙汀鷗轉

流露天星且丹水國夜生秋誰忍持相憶南歸一
葉舟

鍾陵雪夜訓友人

窮臘催年急陽春怯和歌殘燈閃壁盡夜雪遶窗
多歸路山川險遊人夢寐過龍洲不可泊歲晚足
驚波

潤州水樓

歸心不可留雪桂一藂秋葉雨空江月螢飛白露

洲野蟬依獨樹水郭帶孤樓遥望山川路相思萬

里遊

江上秋月

隴雁送鄉心羈情屬歲陰驚秋黄葉遍愁暮碧雲

深月色吳江上風聲楚木林交親幾重别歸夢併

愁侵

閣前雙槿

群玉開雙槿丹榮對絳紗含煙疑出火隔雨怪舒

霞向晚爭辭蘂迎朝鬪發花非關後桃李為欲繼
年華

送客往睦州

水闊盡南天孤舟去渺然驚秋路傍客日暮數聲
蟬

送客之蜀

西蜀三千里巴南水一方曉雲天際斷夜月峽中
長

際　馮作霽

剡溪看花

花落千迴舞鶯聲百囀歌還同異方樂不稱客愁多

江中風

白浪暗江中南溇路不通高檣帆自滿出浦莫呼風

詠破扇

粉落空床弃塵生故篋留先来無一半情斷不勝

疑有訛字

愁

賈客愁

山水路悠悠逢灘即艓留西江風未便何日到荊州

即事寄人

中禁鳴鐘日欲高北窗欹枕望頻搔相思寂寞青苔合唯有春風啼伯勞

早春雪中

新年雨雪少晴時屢失尋梅看柳期鄉信憶隨回
雁早江春寒帶故陰遲

北行留别

日日山川烽火頻山河重起舊煙塵一生孤負龍
泉劒羞把詩書問故人

秋原晚望

客雁秋来次第逢家書頻寄兩三封夕陽天外雲
歸盡亂見青山無數峰

獨不見家院在鹹陵之外白法客照
妙畫

春霽花蕚樓南聞宮鶯

祥煙瑞氣曉来輕柳變花開共作晴黄鳥遠啼鳷鵲觀春風流出鳳皇城

明妃曲

漢國明妃去不還馬駄絃管對陰山匣中雖有菱花鏡羞對單于照舊顏

楊凝 二十九首

送別

罇酒郵亭暮雲帆驛使歸野鷗寒不起川雨凍難飛吳會家移遍軒轅夢去稀姓楊皆足淚非是強沾衣

送客東歸

君向古營州邊風戰地愁草青縵別路柳亞拂孤樓人意傷難醉鶯啼咽不添芳菲只合樂離思逐如秋

送客歸湖南

与登臨人回首臨閣鳥顧羣同一句法學宋人死對者不知也

宋本作使

思馮作設注云紅筆改思

湖南樹色盡了了辨潭州雨散今為別雲飛何處

遊情来偏似醉淚迸（送）不成流卌向蕭條路緣湘篁

竹愁　唐茂業下疾不成雙淚點本此送字乃迸字之訛

送客歸淮南

畫舫照河堤暄風百草齊行絲直網蝶去燕旋遺

泥都向高天近人從別路迷非關御溝上今日各

東西

春情

舊宅洛川陽曽遊遊俠場水添楊柳色花絆綺羅
香趙瑟多愁曲秦家足艷粧江潭遠相憶春夢不
勝長

秋夜聽搗衣

砧杵聞秋夜裁縫寄遠方聲微漸濕露響細未經
霜蘭牖唯遮樹風簾不礙涼雲中望何處聽此斷
人腸

從軍行

都尉出居延強兵集五千還將張博望直救范祁

連漢卒悲簫鼓胡姬濕来旆如今意氣盡流淚挹

流泉

和直禁省

宵直丹宮近風傳碧樹涼漏稀銀箭滴月度網軒

光鳳詔裁多暇蘭燈夢更長此時顏范貴十步舊

連行

留別

玉節隨東閣金閨別舊僚若為花滿寺躍馬上河
橋
送客往洞庭
九江歸路遠萬里客舟還若過巴江水湘東滿碧
煙
別友人
倦客驚危恐傷禽遶樹枝非逢暴公子不敢涕流
離
流離是鳥与傷禽傻囪

初渡淮北岸

別夢雖難覺悲䰟最易銷慇懃淮北岸鄉近去家遥

詠雨

麼逞多人路泥歸足燕家可憐繚亂點濕盡滿宫花

柳絮

河畔多楊柳追遊盡狹斜春風一廻送亂入莫愁

家

花枕

席上沉香枕樓中蕩子妻郵堪一夜裡長濕兩行

啼

送客往鄜州

新參將相事營卒錦帶騂弓結束輕曉上關城吟

画角暗馳羗馬發支兵迴中地近風常急鄜畤年

多草自生近喜扶陽係戎相從來衛霍笑長纓

送客往夏州

憐君此去過居延，古塞黄雲共渺然。沙闊獨行尋馬跡，路迷遥指戍樓煙。夜投孤店愁吹笛，朝望行塵避控弦。閫有故交今從騎，何須著論更言錢。

春霽曉望（亦刺風俗衰敝，儒者獨不得志）

細雨晴深小苑東，春雲開氣逐光風。雄兒走馬神光上，静女看花佛寺中。書劒學多心欲嬾，田園荒廢望頻空。南歸路極天連海，惟有相思明月同。

唐昌觀玉蕊花

瑤華瓊蕊種何年蕭史秦嬴向紫煙時控綵鸞過

舊邸摘花持獻玉皇前

別李協

江邊日暮不勝愁送客霑衣江上樓明月峽添明

月照蛾眉峰似兩眉愁

初次巴陵

西江浪接洞庭波積水遥連天上河鄉信為憑誰

寄去汀洲燕雁漸来多

上巳

帝京元巳足繁華細管清絃七貴家此日風光誰

不共紛紛皆是掖垣花

春怨

花滿簾櫳欲度春此時夫壻在咸秦綵窗瓶[illegible]雖

成寐紫燕雙飛似弄人

送客歸常州

元巳

行到河邊從此辭寒天目遠暮帆遲可憐芳草成
衰草公子歸時過緑時

送別

春愁不盡別愁来舊淚猶長新淚催相思倘寄相
思字君到揚州揚子廻

送客入蜀

閣劒迢迢夢想間行人歸路遶梁山明朝騎馬摇
鞭去秋雨槐花子午關

送別

仙花笑盡石門中石室重重掩綠空孌下雲峰能
幾日却迴煙駕馭春風

殘花

五馬踟躕在路岐南来只為看花枝鶯啣蝶弄紅
芳盡此日深閨那得知

戲贈友人

湘陰直與地陰連此日相逢憶醉年美酒非如乎

樂貴十升不用一千錢

李宣遠一首

塞下作（原題并州路）并州在唐爲北都故曰塞下

秋日并州路黄榆落故關孤城吹角罷數騎射鵰還帳幕遥連水牛羊自下山行人正垂淚烽火出雲間

盧殷十四首〇别本俱刻盧隱　殷卒於登封尉昌黎誌其墓所謂書無所不讀盡用以爲資爲詩者也

七夕

河耿月涼時牽牛織女期歡娛方在漏刻竟由

誰定不嫌秋駛唯當乞夜遲全勝客子婦十載泣

生離

刻佩體　都無诗意

金燈

疎莖秋擁翠幽艷夕添紅有月長燈在無煙燼火

同香濃初受露勢庳不知風應笑金臺上先隨曉

漏終

妾換馬

伴鳳樓中妾如龍檻上宛同年辭舊寵異地受新恩香閣更衣處塵蒙噴草痕連嘶將思淚俱戀王人門

欲銷雲

欲隱從龍質仍餘觸石文霏微依碧落髣髴誤非雲廢月光無隔傾河影不分如逢作霖處當爲起氤氳

仲夏寄江南

五月行將近三年客未迴夢成千里去酒醒百憂
來晚暮時看槿悲酸不食梅空將白團扇從寄復
徘徊

月夜

露下涼生簟無人月滿庭難聞逆河浪徒望白榆
星樹遶孤栖鵲窗飛就暗螢移時宿蘭影思共習
芳馨

遇邊使

累年無的信每夜夢邊城袖掩千行淚書封一尺

情　猶有六代風除非元和以後體也

移住別居

自到西川住唯君別有情常逢對門遠又隔一重

城　逢字將祀

塑口逢友人

艱難別離久中外往還深已改當時法空餘舊日

心　法當作髮今此誤入羅隱集中

雨霽登北原寄友人

稻黄㸌㸌黍油油野樹連山澗日流憶得年時馮翊郡謝郎相引上樓頭

長安親故

楚蘭不佩佩吴鈎帶酒城頭别舊遊年事已多筋力在試將弓箭到并州

悲秋

秋空雁度青天遠踈樹蟬嘶白露寒堦下敗蘭猶

有氣手中團扇漸無端

晚蟬

深藏高柳背斜暉能軫孤愁減昔圍猶是旅人頭

不自再三移樹帶聲飛

維揚郡西亭贈友人

萍颸風池香滿船楊花漠漠暮春天玉人此日心

中事何似乘羊入市年

姚係　一首

古別離　古淡得齊梁已前體格韻

涼風已嫋嫋霜重木蘭枝獨上高樓望行人遠不

知輕寒入洞戶明月滿秋池燕去鴻方至年年是

別離

戶　作口　馮

馬逢　五首

新樂府

溫谷春生至宸遊近甸榮雲隨天仗轉風入御筵

輕翠蓋浮佳氣朱樓倚（依）太清朝臣冠劍退宮女管

將疑作上

絃迎

部落曲

蕃渾傍塞遊代馬噴風秋老將垂金甲閼支著錦
裘琱戈蒙豹尾紅旆插狼頭日暮天山下鳴笳漢
使愁　突厥有狼頭纛

從軍

漢馬千蹄合一群單于鼓角隔山聞沙塠風起紅
樓下飛上胡天作陣雲

宫詞

金吾持戟護軒簷天樂傳教萬姓瞻樓上美人相

倚看紅粧透出水晶簾

又

玉樓天半起笙歌風送宫人笑語和月影殿開聞

曉漏水晶簾捲近秋河

劉皂 四首

邊城柳

一株新柳色十里斷孤城爲感東西路長懸離別情、

旅次朔方　向見賈閬仙集　原題渡桑乾

客舍并州數十霜歸心日夜憶咸陽無端又踱桑乾水却望并州似故鄉

長門怨　劉阜原有二首逸去其一反入女郎劉媛作今姑仍舊本附載原詩辨誤

蟬鬢慵梳倚㬉門蛾眉不埽慣承恩傍人未必知心事一面殘粧空淚痕

宋本不載☐不言第二首為劉媛作也

又　草原詩云宮殿沉沉月欲兮昭陽更漏不堪聞珊瑚枕上千行淚不是思君是恨君

雨滴長門秋夜長新愁和雨到昭陽淚痕不學君恩斷拭盡千行與萬行（此首劉媛作）

學字有情味

李益　三十六首

送客歸振武

駿馬事輕車軍行萬里沙胡山通嗢落漢節繞渾邪桂滿天西月蘆吹塞北笳別離俱報主路極不為賒

賦得垣上衣　垣上自喻塞垣也

漠漠復霏霏為君垣上衣昭陽輦下草應笑此時非菴藹青春暮蒼黄白露晞猶勝萍逐水流浪不相依　出入縱横

觀廻軍三韻　三韻本南朝

行行上隴頭隴水暗悠悠萬里將軍至廻旌隴樹秋誰令嗚咽水重入故營流　軍有回期身無名日落句觀者自喻也

題太原落漠驛西堠

征戍在桑乾年年薊北寒殷勤驛西㘯此路到長安

金吾子

繡帳博山爐銀鞍馮子都黄昏莫攀折驚起欲棲烏

鷓鴣詞

湘江斑竹枝錦翅鷓鴣飛處處湘雲合郎從何處歸

立秋前一日覽鏡

萬事銷身外生涯在鏡中惟將滿鬢雪明日對秋風

代人乞花

繡户朝眠起開簾滿地花春風解人意欲落妾西家

宿青山石樓

紫塞經年别黄龍磧路窮故山今夜宿明月在樓

未馮明在風注趙日
向作月秋下月作

中

上洛橋

洛下脫橋字

金谷園中柳春来似舞腰何堪笑風景獨上洛陽

橋

揚州懷古

故國歌鐘地長橋車馬塵彭城閣邊柳偏似不勝

春

水宿聞雁

早雁忽為雙鷩秋風水窗夜長人自起星月滿堂

江

揚州早雁

江上三千雁年年過故宮可憐江上月偏照斷根

蓬

下樓

話舊全應老逢春喜又悲看花行拭淚倍覺下樓

倍覺妙本自筋力衰怯於登降也

遲

過五原胡兒飲馬泉

綠楊著水草如煙舊是胡兒飲馬泉幾處吹笳明月夜何時倚劍白雲天從來凍合關山路今日分流漢使前莫遣行人照容鬢恐驚顦顇入新年

臨滹沱見入蕃使列名

漢南春草到滹沱邊柳青青塞馬過萬里關山今不閑漢家頻許郅支和

過降戶至統漢烽

統漢峰西降戶營黃沙白骨擁長城只今已勒燕
然石胡地無人空月明

避暑女冠

霧袖煙裾雲母冠碧花瑤簟井冰寒焚香欲降三
青鳥靜埽桐陰上玉壇

題宮苑花 原題宮怨

露濕晴花春殿香月明歌吹在昭陽似將海水添
宮漏共滴長門一夜長

送客歸幽州

惆悵秦城送獨歸薊門雲樹遠依依秋来莫射南

飛雁從遣椉春更北飛

拂雲堆

漢將新從虜地来旌旗半上拂雲堆單于每向沙

塲獵南望陰山哭幾廻

暮過廻樂烽

烽火高飛百尺臺黃昏遥見磧南来昔年征戰廻

乘馮作承

陰馮作雲

應樂今日從軍樂未迴

夜宴觀石將軍舞

微月東南上戍樓琵琶起舞錦纏頭更聞橫笛關
山遠白草胡沙西塞秋

楊州萬里送客 原題柳楊送客

青楓天半白蘋洲楚客傷離不待秋君見隋朝更
何事柳楊南渡水悠悠

春夜聞笛

寒山吹笛喚春歸遷客相逢淚落衣洞庭一夜無

窮雁不待天明向北飛

歸字中已画盖下二句

度破訥沙

眼見風来沙旋移經年不見草生時無論塞北無

春色縱有春来何處知

上隋堤

碧水東流無限春隋家宮苑盡成塵行時莫上長

堤望吹起楊花愁殺人

旋 馮作斛

舟行

柳花吹入正行舟臥引菱䑳信碧流聞道風光滿

楊子天晴共上望鄉樓

隋宮燕

燕語如傷舊國春宮花旋落已成塵自從一閉風

光後幾度飛来不見人

送人歸岳陽

煙草連天楓樹齊岳陽歸路子規啼春江萬里巴

陵戍落日看沉碧樹西

古瑟怨

破瑟悲秋已減絃湘靈沉怨不知年感君拂拭遺音在更奏新聲到月天

詠牡丹贈從兄正封

紫豔叢開未到家却教遊客賞繁華始知年少求名處滿眼空中別有花

（宋本作眷年華）

邊思

腰垂錦帶佩吳鈎走馬曾防玉塞秋莫笑關西將家子只將詩思入涼州

蜀川聽鶯

蜀道山川意易驚綠窗殘夢曉聞鶯分明自寫文君恨萬怨千愁絃上聲

此君虞有意言文　若作心易驚末二句便合不上

暖川

胡風凍合鸊鵜泉牧馬千群逐暖川塞外征行無盡日年年移帳雪中天

垂馮作長　行馮作人

逢歸信偶寄

無事將心寄柳條等閑書字滿芭蕉鄉關若有東

流信遣送揚州近驛橋

李愿 二首

觀翟玉妓

女郎閨閣春抱琵坐花茵艷粉宜斜燭羞蛾憐向

人寄情摇玉柱流眄整羅巾幸似芳香袖承君宛

轉塵

怨婦

良人久不至惟恨錦屏孤顦顇衣寬日空房問女巫

張籍 一首

送蜀客

蜀客南行際碧雞木綿花發錦江西山驛日晚存来少時有猩猩上樹啼

霍揔 六首

此書所刪三十一首疑從此脱簡

塞下曲

曽當一面戰頻出九重圍但見争鋒處長須得勝

歸雪沾旗尾落風斷節毛稀豈要銘燕石平生重

武威

關山月 定翁云此題正有誤　此有脱簡

珠瓏翡翠床白皙侍中郎五日来花下雙童問道

傍到門車馬狹連夜管絃長每笑東家子窺他宋

玉牆

驄馬

青驪八尺高俠客倚雄豪踏雪生珠汗障泥護錦袍路傍看驟影鞍底卷旋毛豈獨連錢貴酬恩更代勞

自指障泥護俠客袍耳

馬袍太青

雉朝飛

五色有名翬清晨挾兩雌群群飛自樂步步飲相隨覘葉逢人處驚媒妬寵時綵毛春鬬盡強敵願君知

採蓮女

舟中採蓮女兩兩催粧梳聞早渡江去日高来起

居

木芙容

本自江湖遠常聞霜露餘爭春候穠李潯水異紅

蕖孤秀曾無偶當門幸不鈕惟能政揺落繁絛照

堦除

楊憑十八首

穠馮作濃注云趙作穠

長安春夜宿開元觀

霓裳下晚煙留客杏花前徧問人寰事新從洞府天長松皆掃月老鶴不知年為說蓬瀛路雲濤幾處連

晚泊江戍

旅棹依遥戍清湘急晚流若為南浦宿逢此北風秋雲月孤鴻晚關山幾路愁年年不得意零露濕蒹洲

天字

疑誤

宋本作蒼

巴江雨夜

五嶺天無雁三巴客問津紛紛輕漢暮漠漠暗江
春青草連湖岍繁花憶楚人芳菲無限路幾夜月
明新

邊塞行

九原臨得水雙足是重城獨許為儒老相憐從騎
行細葼榆塞迥高黠雁山晴聖主啣炎漢無心自
勒兵

樂遊園望月

炎靈全盛地，明月半秋時。今古人同望，盈虧節暗移。彩凝雙闕迥，輪度八川遲。共惜鳴珂去，金波送酒卮。

千葉桃花

元相連昌宮辭云：又有墻頭千葉桃，紅則勝百花。當以其在中禁也。河源舊侶之語亦緣此。

千葉桃花勝百花，孤榮春晚駐年華。若教避俗秦人見，知向河源舊侶誇。

春中汎舟

遐作遇　闕作疑　月

秋日非復看花時矣於題作江曲便無可疑

仙郎歸奏過湘東正值三湘二月中惆悵滿川桃杏醉醉看還與曲江同

雨中怨秋

羇家遠客愴秋風千里寒雲與斷蓬日暮隔山投古寺鍾聲何處雨濛濛

秋日獨遊曲江

不如曲江

信馬閑過憶所親秋山行盡路無塵主人莫惜松陰醉還有千錢沽酒人

新疑雜

寄別

晚煙洲霧共蒼蒼河雁驚飛不作行迴旆轉舟行數里歌聲猶自逐清湘

邊情

新種如今屢請和玉關邊上幸無他欲知北海苦辛處看取節毛餘幾多

此詩有味在遂

早發湘中

棹節鳴笳中貴催紅旌白旆滿船開迎愁溢浦登

城望西見荊門積水来

海榴

海榴𣪠色透簾櫳看盛看衰意欲同若許二英隨五馬便将濃艶鬭繁紅

春情

暮雨朝雲幾日帰如絲如霧濕人衣三湘二月春光早莫逐狂風繚亂飛

送客往荊州

巴丘過日又登城雲水湘東一色平若變春秋繁
露學正逢元凱鎮南荊

贈馬錬師

心嫌碧落更何從月帔花冠氷雪容行雨若迷歸
處路近南惟見祝融峰

湘江泛舟

湘川洛浦三千里地角天涯南北遥除却同傾百
壺外不愁誰奈兩魂銷

送別

江岍梅花雪不如看君驛馭向南徐相聞不必回來雁雲裏飛軿落素書

楊巨源十四首

爐煙添柳重宫漏出花遲少尹佳句竄与此書相䄂

胡姬詞

不知何故不録

妍艷照江頭春風好客留當壚知妾慣送酒爲郎羞香渡傳蕉扇粧成上竹樓數錢憐皓腕非是不能留

春日有贈

堤暖柳絲斜風光屬謝家晚心應戀水春恨定因花步遠憐芳草歸遲見綺霞由来感情愳獨自惜年華

方回云中四句極細潤淩漫有意味定翁取其説

襄陽樂

開隨少年去試上大堤遊画角栖烏起清絃過客愁碑沉楚山石珠徹漢江秋處處風情好盧家更上樓

清鴻
作消

關山月

蒼茫臨故關，迢遞照秋山。萬里平蕪靜，孤城落葉閑。露濃棲雁起，天遠戍兵還。復暎征西府，光深組練間。

長城聞笛

孤城笛滿林，斷續共霜砧。夜月降羌淚，秋風老將心。靜過寒壘遍，暗入故關深。惆悵梅花落，山川不可尋。

宮燕詞

毛衣似錦語如絃日煖爭高綺陌天幾處野花留

不得雙雙飛向御爐屏（宋本作煙）

賦得灞岸柳送客

楊柳含煙灞岸春年年攀折為行人好風倘惜低

枝翼僕遣青絲埽路塵

贈崔駙馬

百尺梧桐画閣齊簫聲落處翠雲低平陽不惜黃

金埒細雨花驄踏作泥

臨水看花

一樹紅花暎綠波晴明騎馬好經過今朝幾許風
吹落聞道蕭郎最惜多

折楊柳

水邊楊柳麴塵絲立馬煩君折一枝惟有春風㝡
相惜殷勤更向手中吹

觀妓人入道

宋本作心最惜

荀令歌鍾北里亭翠娥紅粉敞雲屏舞衣施盡餘
香在今日花前學誦經　第三晴日分香

又

碧玉芳年事冠軍清歌空得隔花聞春来削髮芙
容寺蟬鬢臨風墮緑雲　冠軍司郭冠軍家

聽李憑彈箜篌

聽奏繁絃玉殿清風傳曲度禁林明君王聽樂梨
園暖翻到雲門第幾聲

又

花咽嬌鶯玉漱泉名高半在御筵前漢皇欲助人
間樂從遣新聲墜九天

梁鍠　十首

天長節

不通

日月生天久年年慶一廻時平祥不去壽遠節長
來連吹千家笛同朝百郡盃顒持金殿鏡處處照
遺才

落句因聖節故事而勸以蜀术後彥留迪後人也

崔駙馬宅賦詠画山水扇

画扇出秦樓誰家贈列侯小含呉剡縣輕帶楚揚州掩作山雲䒿揺成隴樹秋坐来傳與客漢水又迴流

觀王美人海圖障子

宋玉東家女常懷物外多自從圖瀲海誰為覓湘娥白鷺栖脂粉䞓魴躍綺羅仍憐轉嬌眼别恨一横波

結非拙句既倣傻面又收轉前字

聞百舌鳥

百舌聞他郡間關媚物華歛形藏一葉分響出千花坐愛時褰幌行藏或駐車不須（應）獨感三載已辭家

美人春怨（原題美人春臥）上有夢相隨故相怨也五六又如三四尋常點綴耳

妾家巫峽陽羅幌寢蘭堂曉日臨窗久春風引夢長落釵仍掛鬢微汗欲消黃縱使朦朧覺魂猶逐楚王

一作觀美人卧　次連極觀字極好　此州又成死句

狷氏子

杏梁初照日碧玉後堂開憶事臨粧笑春嬌滿鏡臺含聲歌扇舉顧影舞腰迴別有佳期處青樓客夜来

長門怨

妾命何偏薄君王去不歸欲令遥見悔樓上試春衣空殿看人入深宫羡鳥飛翻悲因買賦索鏡照空輝

人疑作螢

名姝詠

阿嬌年未多弱體性能和怕重愁拈鏡憐輕喜曳羅臨津雙洛浦對月兩姮娥獨有荊王殿時時慕雨過

艶女詞

露井桃花發雙雙燕並飛美人姿態裏春色上羅衣自愛頻開鏡時羞欲掩扉不知行路客遥惹五香歸

憲宗神武特命近臣采詩，當擇杜甫、鮑防、白居易、韓愈之徒而諷刺鑒誡者以導之，而令楚取此種輕靡軟昵者以進，甚矣其無遠識也。元稹李伸之佐也，抑何附政

戲贈歌者

白皙歌童子，哀音絕又連。楚妃臨扇學，盧女隔簾傳。曉燕喧喉裏，春鶯囀舌邊。若逢漢武帝，還是李延年。

令人動言唐人選唐詩，若以此書爲法則，鄙淺卑易，豈復成語，甚矣耳學之誤人也。丁卯寒夜岫瞻又記

右唐御覽詩一卷，凡三十人，二百八十九首。元和學士令狐楚所集也。按唐藝文志云：元和中，憲宗皇帝敕侍臣采詩第名家，得三百一十篇，公之章句奏御者居十之一。今御覽

所載詩止三十二篇所謂居十之一者也
據此則御覽為唐志所載然猶云三百十
一篇而此總二百八十九首蓋散逸多矣姑
存定說以俟定本御覽一名唐歌詩一名
選進集一名元和御覽云強與乙亥十一月
八日從影張游記
余去此時年三十有二後四十有三年已七十
有四燈下再觀恍如昨夢華髮盈頭十一

三十六體微妙祖述此書義山早將彭陽之門楹章奏外因及綠情後更擴而大之討源以出於徐庾耳

月吉堂學菴書

唐至元和間風會幾更章武帝命采新詩備
覽學士彙次名流選進妍艷短章三百有奇
至今缺軼頗多已無稽考間有頓易原題移
綴舊帙者甚過集柔翰以對宸嚴此令狐氏
引嫌避諱之微旨也寧曰改竄以立異覽斯
集者當自得之戊辰元春日湖南毛晉記

初余得聖階校本稍為改正汲古閣刻訛字而毛未余

季壁執虞山前輩皆未嘗有　校定康熙戊子

過虞山趙安成以孫岷自錄本見贈後題云馮定遠

空齋校本〻于趙清常後從半臨堂借臨安本校一

過定遠云臨安舊刻亦非佳本始兩存之始知聖階

非作偽欺人者次日訪之錢楚殷楚殷出馮已蒼家

寫本後有定遠觀　太歲戊寅元宵重勘是

為大曆間躬然後所疑書擇同詳記於卷末庶後

来得余此書者亦有可徵信也十月朔日燈下香案

唐御覽詩下 終　小吏何焯書

皆小字側注
抄本十行二十八字每行
四人名不載
幾首

唐詩

極玄集姓氏總目

唐諫議大夫姚合纂
宋白石先生姜夔點

卷上

王維三首
祖詠五首
李端四首
耿湋八首
盧綸四首
司空曙八首

錢起八首

郎士元八首

韓翃

暢當三首

右九人詩五十一首

卷下

韓翃四首

皇甫曾三首

李嘉祐一首

皇甫冉八首

抄本頂格

百篇乃舉成數非缺也

雖非後來所能到然不得謂之取法乎上也

武功自題云此當皆詩家射雕（之）手也合于衆集中更選其極玄者庶免後來之非凡廿一人共百首（蔣氏云今校諸本皆缺一首）姜堯章云唐人詩措詞安帖用意精切或識其卑下非也當以唐人觀之又云吾所不加點者亦非後世所能到

按元板建陽蔣氏師文所開雕極玄集其首列序詩人氏名次武功自題云云次姜白石云云最後則師文復題云云此書雖不為大雅然毛氏多藏書猶云不見白石點本則世人稀睹可知因以墨筆對臨斯本留之篋中

戊辰二月初十日燈下書

此書心友借之于虎丘一僧留二日即還之其字畫頗精緻元板之善者也

此書今歸心友毛文斧季極重之從心友借僂一本

抄本作二十一首

此篇原刻姜白石所題語後

極玄集序

唐詩數千百家浩如淵海姚合以唐人選唐詩其識鑒精矣然所選僅若此何也蓋當是時以詩鳴者人有其集製作雖多鮮克全美譬之握珠懷璧豈得悉無瑕纇者哉武功去取之法嚴故其選精選之精故所取僅若此宋初詩人猶宗唐自蘇黄一出唐法幾

粹苑不知何書豈即指文粹及英華耶

廢分甫四心唐百家亦惟據宋次道所有本耳又玄粹
苑世已稀睹況其他乎易嘗采唐人詩幾千家萬有
餘首視此有愧蓋閱作者之苦心悼後世之無聞故
凡一聯一句可傳誦者悉録不遺亦不以人廢固知
博而寡要勞而無功知我辠我一不敢計業欲竝鋟
諸梓而力有未逮姑先此集與言詩者共之時重紀

至元之五年三月既望建陽蔣易題

易字師文山書刊于白鶴書院

元板無目錄蓋已列序詩人氏名不當更重出也 抄本無目錄

極玄集目録 卷上

王維 三首

送晁監歸日本　送丘爲

觀獵

祖詠 五首

留别盧象　蘭峰贈張九皐

蘇氏别業　夕次圃田店

題韓少府水亭

李端　四首

贈苗員外　茂陵山行陪韋工部

雲際中峰　蕪城懷古

耿湋　八首

贈嚴維　贈朗公

早朝　秋日

書情逢故人　沙上雁

贈張將軍　詶暢當

盧綸 四首

領嶺南故人書　題興善寺後池

山下古木　送李端

司空曙 八首

耿湋就宿因傷故人

經廢寶慶寺　春日野望寄錢員外

喜外弟盧綸見宿　送王閏

新蟬　望水

哭麹象

錢起八首

送僧歸日東　送僧自吴遊蜀

送張管書記　送征雁

寄郎士元　宿洞口館

裴廸書齋望月　送彈琴李長史赴洪

州

郎士元八首

抄本不分上下卷詩即接寫秘監所題後

戊辰春日閱姚秘監集乃知其生平作詩體源全出於此錯所保不為高深要不似今人入門便錯雜不倫也

極玄集卷之上

此詩所採不越大曆以還詩格往往比之間氣集

唐諫議大夫姚合選

王維字摩詰河東人開元九年進士應拾遺御史天寶末給事中肅宗時尚書右丞

王維　三首

送晁監歸日本

積水不可極，安知滄海東。九州何處所，萬里若乘空。向國唯看日，歸帆但信風。鼇身映天黑，魚眼射波紅。鄉樹扶桑外，主人孤島中。別離方異域，音信若為通。

此篇四句便含音向莫通送遠傷離故是本色也

送丘為　大曆詩人宗右丞者僅到此種

憐君不得意，況復柳條春。為客黃金盡，還家白髮新。五湖三畝宅，萬里一歸人。知爾不能薦，羞稱獻納臣。

觀獵

風勁角弓鳴，將軍獵渭城。草枯鷹眼疾，雪盡馬蹄輕。忽過新豐市，還歸細柳營。迴看射鵰處，千里暮雲平。

第二聯破將軍便是他人旁觀矣，從容過市雖大不驚軍容之整亦可歎，若第六結住將軍，末二句收出竟日壯觀，神勢仍極寬展。

挽之觀字有餘動

輕字即帶起腹連，已含千里。

射鵰手正司邪子齋紀獵故事

祖詠　五首

祖詠　開元十三年進士

留別盧象

朝来已握手，宿别更傷心。灞水行人渡，商山驛路深。故情君且足，謫宦我難任。直道皆如此，誰能淚滿襟。

蘭峰贈張九皐　集作扈從御宿池

君王既巡狩，輦路入秦京。遠樹低蒼壘，孤山出幔城。寒疎清禁漏，夜警羽林兵。誰念迷方客，長懷魏

細尋詩意作樹与幔方得之，蒼字將作檐

兩句中但二字不同，而雅俗相去遠矣。戊辰春日再閱

抄本灞

抄本路作輅　抄本遠樹　草城

映字佳　戊辰春日再閲

在字佳

尚字即义理不通　戊辰春日再閲

闕情

蘇氏別業　國秀集作薊門別業　英靈集作遊蘇氏別業

別業居幽處，到来生隱心。南山當戶牖，灃水映園林。（映，一作在）竹覆經冬雪，庭昏未夕陰。寥寥人境外，閑坐聽春禽。

夕次圃田店

向字直貫至不遑，此篇體勢橫絶

前路入鄭郊，尚（向）經百餘里。馬煩時欲歇，客歸程未已。落日桑柘陰，遥村煙火起。西還不遑宿，中夜渡（鄭，郛）

國秀同在

國秀作國

京索間也
汪宁修甚

（京）渡水。本集路刺 程村刺抄 姚本勝

題韓少府水亭

梅福幽栖處，佳期不忘還。鳥啼當戶竹，花繞傍池山。水氣侵堦冷，藤陰覆座閑。寧知武陵趣，宛在市朝間。

（李端）字正已，趙郡人，大曆五年進士，與盧綸、吉中孚、韓翃、錢起、司空曙、苗發、崔洞、耿湋、夏侯審唱和，號十才子。歷校書郎，終杭州司馬。

贈苗員外

李端四首

宰相子自叙

朱戶敞高扉青槐礙落暉八龍承慶重三虎遞朝
歸坐竹人聲絶橫琴鳥語稀花慙潘岳貌年稱老
萊衣葉暗新櫻熟絲長粉蝶飛應憐魯儒賤空與
故山違

茂陵山行陪韋金部

宿雨朝來歇空山天氣清盤雲雙鶴下隔水一蟬
鳴古道黃花落平蕪赤燒生茂陵雖有病猶得伴
君行

行
蟬鳴附平無野燒
是西齋
落句不自然

雲際中峰

自得中峰住深林亦閑關經秋無客到入夜有僧還暗澗泉聲小荒岡樹影閑高亭不可望星月滿空山（林集岡作林亭作窗）

蕪城懷古

風吹城上樹草沒城邊路城裏月明時精靈自来去

耿湋（湋或作緯）寶應二年進士官至左拾遺（湋音爲）

耿湋八首

贈嚴維

許詢清論重，寂寞住山陰。野客投寒寺，閑門當古林。海田秋熟早，湖水夜漁深。世上窮通理，誰能奈此心。當一作傍，姜夔本作向。本集客作路，投作接。

贈朗公

来自西天竺，持經奉紫微。年深梵語變，行苦俗流歸。月上安禪久，苔生出院稀。梁間有馴鴿，不去為無機。

尚未入朝故只叙早字結句鈎勒甚清題無大臣官字不自執要拄王岑識大寒伧也

早朝　此自寒伧未足為准　戊辰

鐘鼓餘聲裏，千官向紫微。月寒人語少，乘月燭来稀。清漏闌馳道，輕霞暎瑣闈。猶看嘶馬處，未啓掖垣扉。（紅一作輕）

僃次如畫偶記即目非謂朝有體當若斯也

秋日

返照入閭巷，憂来誰共語。古道無人行，秋風動禾黍。

書情逢故人（原題巴陵逢洛陽隣舍）

国君知此事，流浪已忘機。客久多人識，年高衆病歸。連雲湖色遠，度雪雁聲稀。又説家林盡，淒傷淚滿衣。

姚合有「万愁生雨夜，百病凑衰年」句，較此更警。此詩渾成，姚不如也。

沙上雁

衡陽多道里，弱羽復哀音。還塞知何日，驚弦亂此心。夜陰前侶遠，秋冷後湖深。獨立汀沙意，寧知霜霰侵。（本集「霜」作「霜」）

五六始入沙上本債

意字狀得渾成，中四句皆是寫意如此，雖不急出沙上，不根丈寛矣。

非着題詠物，觧正不在急旋沙上

贈張将軍

寥落軍城暮重門返照間鼓鼙經雨暗士馬過秋
閑慣守臨邊郡曾營近海山關西舊業在夜夜夢
中還

訓暢當

同遊漆沮後已是十年餘幾度曾相夢何時定得
書月高城影盡霜重柳條疎且對尊中酒千般想
未如

盧綸　字允言河東人天寶末舉進士不第大曆初王縉奏爲集賢學士終戶部郎中

嶺南故人書（本集作夜中得循州趙司馬侍郎書因寄回使）

瘴海寄雙魚，中宵達我居。兩行燈下淚，一紙嶺南書。地説炎蒸極，人稱老病餘。殷勤報賈誼（一作傅），莫共酒盃疎。

題興善寺後池

隔窗栖白鳥，似與鏡湖隣。月照何年樹，花逢幾世人。岸莎青有路，苔徑緑無塵。願得（本集願得作永願）容依止，僧中老此身。

山下古木

高林已蕭索夜雨復秋風墜葉鳴荒竹斜根擁斷蓬半侵山影裏長在水聲中此地何人到雲門路亦通

送李端

故關衰草徧離别自堪悲路出寒雲外人歸暮雪時少孤為客早多難識君遲掩淚空相向風塵何所期

司空曙　字文明，廣平人。舉進士，貞元中水部郎中，終虞部郎中。

司空曙八首

耿湋就宿因傷故人

舊時聞笛淚，此夜重霑衣。方恨同懷少，聊堪相見稀。竹煙凝澗壑，林雪似芳菲。多謝勞車馬，應憐獨掩扉。（聊一作何）

經廢寶慶寺

黃葉前朝寺，無僧寒殿開。池晴龜出曝，松暝鶴飛回。古砌碑橫草，陰廊画雜苔。禪宮亦消歇，塵世轉

抄本下空二字

堪哀

春日野望寄錢員外　起

草長花落樹羸病強尋春無復少年意空餘白髮

新青原晴見水白社靜逢人寄語南宮客軒車不

可親（本集白社一作華社）

喜外弟盧綸見宿

靜夜無四隣荒居舊業貧雨中黃葉樹燈下白頭

人以我獨沈久愧君相見頻平生自有分況是蔡

家親（蔡武 刻霍）　結句用羊祜是蔡邕外孫故事刻霍亦非

送王閏

相送臨寒水蒼茫望故關江蕪連夢澤楚雪入商
山話我他年舊看君此日還因將自悲淚一灑別
離顏（顏集 作闓）

新蟬

今朝蟬忽鳴遷客若為情漸覺一年謝能令萬感
生微風初滿樹落日稍沉城為問同懷者淒涼聽

青原晴兄
求句法雷同
戊辰春日弄
閲

幾聲（本集漸作便謝作老）不如訛本

望水

高樓晴見水楚客靄相和野極空如練天遥不辨波永無人跡到時有鳥行過泥是蒼茫外殘陽照最多

似極刻畫却失之拙

哭魏象

憶昔秋風起君曾歎逐臣何言芳草日自作九泉人

錢起字仲文吳興人天寶十載進士
歷校書郎終尚書郎太清宮使

送僧歸日東

上國隨緣住東途若夢行浮雲滄海遠去世法舟
輕水月通禪觀魚龍聽梵聲唯憐惠燈影萬里眼
中明

送僧自吳遊蜀

隨緣忽西去何日返東林世路無期別空門不住
心人煙一飯少山雪獨行深天外猿聲夜誰聞清

第六六倒叙法對最工處大曆才子好用之上二句恬其勞來二句復振起此一定之法但用字險耳

梵音（本集無期作寧嗟 不如本集便都不切切）（住作久息夜作處）

送張管書記

邊事多勞役，儒衣逐鼓鼙。日寒關樹外，峰盡塞雲西。河廣蓬難度，天遙雁漸低。班超封定遠，之子去思齊。

送征雁

秋空萬里靜，嘹唳獨南征。風急翻霜冷，雲開見月驚。塞長憐去翼，影滅有餘聲。悵望遙天外，鄉愁滿

抄本蓬

書字 抄本同

目生

寄郎士元

龍節知無事，江城不掩扉。詩傳過客遠，書到故人

此句女原本書帶起末二句

無本

稀。坐嘯看潮起，行春送雁歸。望舒三五夜，思盡謝

玄暉。

中仍收足詩字

絕不拘起承轉合而照應甚密

宿洞口觀或作歌潭詩

館

野竹通溪冷，秋蟬一作泉入戶鳴。亂來人不到，寒草上階

生。本集蟬作泉，寒作苦。

第二句泉字隹改蟬字當以犯上句通溪故也

若苦字則不可通矣

裴迪書齋望月（中興集作裴迪書齋翫月。小異）

夜来詩酒興，獨上謝公樓。影閑重門靜，寒生獨樹秋。鵲驚隨葉散，螢遠入煙流。今夕遙天末，清輝幾處愁。（本集獨上作月滿，鵲作鸖）

送彈琴李長史赴洪州（中興集小異）

抱琴為傲吏，孤棹復南徊。幾度秋江水，皆添白雪聲。佳期来客夢，幽思緩王程。佐牧無勞問，心和政自平。

（作想到陰山北自佳所謂不戰而屈人之兵也）

郎士元 字君胄天寶十五年進士與錢起齊名歷拾遺終郢州刺史（郎士元 八首）

送彭將軍（集作送李將軍赴定州）

雙旌漢飛將萬里授橫戈春色臨關盡黃雲出塞多鼓鼙悲絕漠烽戍隔長河莫斷陰山路（一作想到陰山北）天驕已請和 本集關作邊戍作火第七句作想到山陰北

送孫顗

悠然富春客憶與暮潮歸擢第人多羨如君獨步稀亂流江渡淺遠色海山微若訪新安路嚴陵有（富春）

釣磯、

贈張南史

雨餘深巷靜獨酌送殘春車馬雖嫌僻鶯花不棄貧蟲聲黏戶網鼠迹印牀塵闇道山陽會如今有幾人〔本集闇道作借問　印字元板作映山誤也當以今本為是〕

宿杜判官江樓

適楚豈吾願思歸秋向深故人江樓月永夜千里心落葉覺鄉夢鳥啼驚越吟寥寥更何有斷續空

姚監錫居詩便是此種格調　戊辰春日再閱

交互對

城礎

送楊中丞和蕃（中興集同）

錦車登隴日，邊草正萋萋。舊好尋君長，新愁聽鼓鼙。河源飛鳥外，雪嶺大荒西。漢壘今猶在，遥知路不迷。

甚爲行者危之，却含蓄不露。

送長沙韋明府之任

秋入長沙縣，蕭條旅宦心。煙波連桂水，官舍映楓林。雲日楚天暮，汀沙白露深。遥知訟堂裡，嘉政在

前半是送，若惜之，結是明府自立。

不以卑遠而紬樹，雅政第之所以高於庸人，而嘗達之以詩也。落句收轉前意爲有味。

鳴琴

送奚賈歸吳（中興集小異）

東南富春渚曾是謝公遊今日奚生去新安江正

秋水容清過客楓葉落行舟遙想青亭下聞猿應

夜愁（本集水容清作水清迥楓作霜落作伴青作迹）

送友人別（集作盩厔縣鄭礒宅送錢大中興集作別鄭礒○小異）

暮蟬不可聽落葉豈堪聞共是悲秋客那知此路

分荒城背流水遠雁入寒雲陶令門前菊餘花可

抄本韓翃詩
在暢當前

贈君

暢當 字□□河東人進士及第貞元初太常博士終果州刺史

宿潭上　暢當三首

夜潭有仙舸與月當水中嘉賓愛明月遊子驚秋

風

又

青蒲野陂水白露明月天中夜秋風起心事坐潛

然

別盧綸

故交君獨在又欲與君離我有新秋淚非關秋氣悲

元板無

極玄集目録　卷下

韓翃　四首

少年行　羽林騎

題薦福衡岳禪師房

送孫草及第歸

皇甫曾　三首

尋劉處士　哭陸處士

送人作使歸

李嘉祐　一首

和苗員外秋夜省直

皇甫冉　八首

送韓司直　宿嚴維宅

途中送權曙二兄　西陵寄一公

九日寄鄭愕　訓崔侍郎期籍道士

不至蕪寄　巫山高

送元晟歸潛山

朱放　二首

送張山人歸　送著公歸越

嚴維　四首

送薛尚書入朝　題一公院新泉

哭靈一上人　自雲陽歸晚泊陸澧

宅

劉長卿　七首

過張明府別業　餘干旅舍

送鄭十二歸廬山　長沙桓王墓下書事

別張南史　登思禪寺上方

過隱公故房　送李中丞歸漢陽

靈一 四首

訓皇甫冉西陵見寄

溪行即事　重還宜豐寺

栖霞山夜坐

法振 二首

送人遊閩越　疾愈寄友

皎然 四首

微雨　題廢寺

賦得啼猿送客　思歸示故人

清江 二首

長安臥疾　宿嚴維宅簡章八元

戴叔倫 七首

吴明府自遠而来留宿

極玄集目録卷下終

極玄集卷之下

韓翃　字君平南陽人天寶十三載進士以寒食詩受知德宗官至中書舍人

少年行　　韓翃四首

千點斕斒噴玉驄青絲結尾繡纏鬃鳴鞭曉出銅臺路葉葉春衣楊柳風（本集噴玉作玉勒　曉作晚銅作章）

羽林騎　當有脫字

驄馬牽來御柳中鳴鞭欲向渭橋東紅蹄亂踏春城雪花頜驕嘶上苑風（本集驄作駿）

抄本無脫字

題薦福衡岳禪師房（中興集小異）

春城乞食還高論此中關僧臘階前樹禪心江上山疎簾看雪卷深戶映花關晚送門人去鐘聲杳靄間（本集樹作草去作出）

定遠云三滕四肘人多不解

出字不通

送孫革及第歸（本集作送李秀才歸江南〔一〕中興集小異）

過淮芳草歇千里又東歸野水吳山出家林越鳥飛荷香隨去棹梅雨點行衣無數滄洲客如君達者稀（本集林作村洲作江）

抄本幯當在此

皇甫曾　字孝常丹陽人天寶十二載進士歷官監察御史與兄冉齊名一時

皇甫曾三首

尋劉處士

幾年人不見林下掩柴關留客當清夜逢君話舊山陽城寒柝急帶月早鴻還南陌雖相近其如隱者閑

哭陸處士

從此無期見柴扉帶雪開二毛逢世難萬恨掩泉臺返照空堂夕孤城弔客迴漢家偏訪道獨畏鶴

書來（本集扉帶作門對）

送人作使歸（本集作送李中丞歸本道）（〇）（中興集作送杜中丞還京）

上將還專席雙旌復出秦關河三晉路賓從五原人孤成雲連海平沙雪度春酬恩看玉劒何處有煙塵（本集還專席作宜分閫出作去后聯作碣石山通海滹沲雪度春）

李嘉祐（李嘉祐字從一袁州人天寶七載進士大曆中袁州刺史）

和苗員外秋夜省直（中興集同）　李嘉祐一首

久雨南宫夜仙郎寓直時漏長丹鳳闕秋卷白雲

省直只在南省中耳

司螢影侵階亂鴻聲出苑遲蕭條人吏散小謝有

不類

新詩（本集久作多嵩 作上老作迩）

皇甫冉 字茂政丹陽人天寶十五載進士大曆中為左補闕

送韓司直 此詩今但見皇甫曾集郎士元集又見劉長卿集

皇甫冉集見八首

遊吳還適越來往任風波復送王孫去其如春草

何岸明殘雪在湖滿夕陽多季子留遺廟停舟試

一過（本集山作岸湖作遡）

集本作

宿嚴維宅（本集上多秋夜二字）

抄本岸

昔聞玄度宅、門向會稽峯、君住東湖下、清風繼舊蹤、初秋臨水月、半夜隔山鐘、世路多離別、良宵詎可逢。（本集「路」作「故」）

途中送權曙二兄

淮海風濤起、江關憂思長、同悲鶺遶樹、獨作雁隨陽、山晚雲和雪、汀寒月照霜、由来濯纓處、漁父愛滄浪。

雨陵寄一公（此詩又見皇甫曾集）

由抄本作猶

西陵遇風處自古是通津終日空江上雲山若待
人汀沙寒事早魚鳥興同新南望山陰路吾心有
所親（本集沙作洲同作情吾心作心史）

九日寄鄭愕（本集愕作豐）

重陽秋已晚千里信仍稀何處登高望知君正憶
歸還當采時菊應未授寒衣欲識離居恨郊園書
掩扉（本集書作正）

酬崔侍御期蘇道士不至見寄（中興集郎作御）

故訛 時菊曜巖阿江淹雜擬 殆非訛也

居抄本作居

三四就雲雨二字點化破也在後作有去間用意超妙

一心求妙道幾歲候真師丹竈今何處白雲無定
期崛崙煙景絶汗漫往来遲君但焚香待人間到
有時 本集處作在　煙景作景致　来作還

巫山高 本集高作峽 御覽集中興集同

此詩不解一兩何以推高

巫峽見巴東迢迢出半空雲藏神女館雨到楚王
宮朝暮泉聲落寒暄樹色同清猿不可聽偏在九
秋中

破高字

落句九秋當從御覽集作九霄方收乃高字意足

送元歲歸潛山 中興集作送元晟還歸潛山所居

深山秋事早歸去復何如裛露收新稼（一作稼）迎寒葺舊廬題詩即拾隱作賦是閑居別後空相憶嵇康懶寄書

朱放（字長通襄州人隱居剡溪貞元初名拜拾遺不就）　朱放二首

送張山人歸

知君住處足風煙古樹（一本樹作寺）荒村在眼前便欲移家逐君去唯愁未有買山錢

送著公歸越

樹字得之

誰能愁此別到越會相逢長憶雲門寺門前千萬
峰石牀埋積雪山路倒枯松莫學白道士無人知
去蹤

嚴維 字正文山陰人至德二載進士
歷諸暨及河南尉終校書郎

嚴維四首

送薛尚書入朝

柳塘春水慢花塢夕陽遲 正文一生名句此集何以不採

卑情不敢論拜手立轅門列郡諸侯長登朝八座
尊凝笳臨水發行旆向風翻幾許遺民泣同懷父
母恩（本集民作黎 一本敢作可）

題一公院新泉

山下新泉出，泠泠比法源。落池纔有響，濺石未成痕。獨瞑孤松色，殊分衆鳥喧。唯當清夜月，觀此啟禪門。（本集濺作噴）

哭靈一上人

一公何不住，空有遠公名。共說岑山路，今時莫可行。舊房松更老，新塔草初生。經論傳緇侶，文章徧墨卿。（本集下更有四句云：禪林枝榦折，法宇棟梁傾。誰復修僧史，應知傳已成。）

自雲陽歸晚泊陸澧宅　直如話耳

雪天行易晚前路故人居孤棹所思久寒林相見初閑燈忘夜永清漏任更餘明後還須去離家歲欲除（本集雪天作天陰寒林作冒寒餘作疎歲欲作幾歲）　姚本佳

劉長卿字文房宣城人開元二十一年進士應監察御史終隨州刺史　劉長卿七首

過張明府别業

寥寥東郭外白首一先生考滿孤琴在家移五柳成夕陽臨水釣春雨向田畊終日空林下何人識

此情（本集考滿作解印家移作移家）

餘干旅舍

摇落暮天迥，青楓霜葉稀。孤城向水閉，獨鳥背人飛。渡口月初上，鄰家漁未歸。鄉心正欲絶，何處擣寒衣。

送鄭十二歸廬山

歸陽數畝宅，歸臥掩柴關。谷口何人在，門前秋草閑。無機賣藥罷，不語杖藜還。舊筍成寒竹，空齋向

自此至賦得喘猿送客十三首元板本皆已失去

暮山水流過舍下雲去到人間桂樹花應發因行

寄一攀（忘一本作無）

長沙桓王墓下書事別張南史

長沙千載後春草獨萋萋流水朝還（一作將）暮行人東復

西哲碑幾字滅山木萬株齊唯有年芳在（一作佇立傷今古）相看惜

解攜（唯有年芳在一本作佇立傷今古）少味

登思禪寺上方

西峰上方處臺隱朦朧晚磬秋山裏清猿古木

中衆溪連竹徑諸嶺共松風倘許栖林下甘成白

首翁（本集西峰上方處作上方幽且慕）

過隱公故房

自從飛錫去人到沃洲稀林下期何在山中春獨

歸踏花尋舊徑暎竹掩空扉寒落東峰上猶堪靜

者依

送李中丞歸漢陽別業（中興集作送李中丞之襄州○小異）

流落征南將曾驅十萬師罷歸無舊業老去戀明

抄本隨下注一作知

時獨立三邊靜輕生一劍知芊芊漢江上日暮欲何之（本集邊靜作朝識　隨作知　欲作復）

隨不還知

靈一

酬皇甫冉西陵見寄　靈一四首

西陵潮信滿島嶼沒中流越客依風水相思南渡頭寒光生極浦落日映滄洲何事揚帆去空驚海上鷗

淒斷

溪行即事

近夜山更碧入林溪轉清不知伏牛𡍼潭洞何從
橫𦭘峤煙初合平湖月未生孤舟屢失道但聽秋
泉聲

重還宜豐寺

再過怡隱寺重會息心期樵客問帰日山僧記别
時埜雲陰遠甸秋雨漲前陂勿謂頻来此吾今不
好奇

栖霞山夜坐

抄本失道下闕一字

栖抄本作西

山頭戒壇路幽暎雲巘側四面青石牀一峰苔蘚
色松風靜復起月影開還黑何獨乘夜來殊非書
所得

法振

送人遊閩越　法振二首

不須行借問為爾話閩中海島春寒雨江帆來去
風道遊玄度宅身寄朗陵公此別何傷遠如今關
塞通

疾愈寄友人 皎然集 或刻皎 起佳甚但世外人不應爾

哀樂暗成疾，臥中方月移。西山有清士，孤嘯不可追。擣藥𤓰林靜，汲泉陰澗遲。微蹤與麋鹿，遠謝求羊知。

皎然

微雨 皎然 四首

片雨拂簷楹，煩襟四座清。霏微過麥隴，蕭散傍莎城。靜愛 切微 和花落，幽聞入竹聲。朝觀趣無限，高詠寄

嘯抄本作笑

閑情

題廢寺

武原僧亂後真累積塵埃殘月照秋水悲風起古

臺[illegible]人今已盡栖鴿暝還來不到無生理應堪賦

七哀

賦得啼猿送客

萬里巴江外三聲月峽深何年有此路幾客共霑

襟斷腸分重影流泉入苦吟淒涼離別後聞此更

傷心

思歸示故人

桐江秋信早憶在故山時靜夜風鳴磬無人竹埽

壣猿來觸淨水鳥下啄寒枝何必關吾事歸心自

有期

清江

長安臥疾

身世足堪悲空房臥疾時卷簾花雨滴埽石竹陰

移已覺生如夢堪嗟壽不知未能通法性詎可見
支離

宿嚴維宅簡章八元

佳期曾不遠甲第即南隣惠愛偏相及經過豈厭
頻秋光林葉動夕霽月華新莫話羈棲事平原是
主人

戴叔倫 字幼公潤州金壇人師蕭穎士為門人冠大曆間撫州刺史容管經畧使

戴叔倫 七首

呉明府自遠而来留宿

信城 符信郎

自此首至末元板本此失去

出門逢故友衣服滿塵埃歲月不可問山川何處來綺城容弊宅散職寄靈臺自此留君醉相歡得幾迴

除夜宿石頭驛

旅館誰相問寒燈獨可親一年將盡夜萬里未歸人寥落悲前事支離笑此身愁顏與衰鬢明日又逢春

客夜與故人偶集

第六言非不憶家，其弟兄弟衣食皆付一身乎，曲折温厚，其味無窮。

天秋月又滿，城闕夜千重。還作江南會，翻疑夢裏逢。風枝驚暗鵲，露草覆寒蛩。羈旅長堪醉，相留畏曉鐘。

送友人東歸

萬里楊柳色，出關送故人。輕煙拂流水，落日照行塵。積夢江湖闊，憶家兄弟貧。徘徊灞亭上，不語自傷春。

別友人（上五首俱興集同）

擾擾倦行役相逢陳蔡間如何百年内不見一人閑對酒惜餘景問程愁亂山秋風萬里道又出穆陵關

贈李山人

此意靜無事閉門風景遲柳條將白髮相對共垂絲

廣陵送趙主簿 中興集作廣陵送趙主簿自歸蜀

將歸汾水上遠省錦城來已泛西江盡仍隨非雁

抄本無此首

送謝夷甫宰鄮縣
君去方爲縣，兵戈尚未銷。邑中殘老小，亂後少官僚。廨宇經兵火，公田没海潮。到時應變俗，新政滿餘姚。

極玄集終

廻暮雲征馬速曉月故關開漸向庭闈近留君醉一盃

去取大不可解詩多寒瘠唐風由選者所微

抄本此首居末　鄮當作鄮　中興集作劉　字亦非

丁卯十二月初八日閱

按武功自題云此皆詩家鵰射手共凡廿一人共百首今已缺其一吉光片羽良可惜也向傳著句在點本最善竟不行誰過即留署中近刻種擔共名于簡端隨就劉須溪點次鴻文典冊矣止仟伯焉爲坊間肖濫淵入耳因廣刻之行目以長僞何如原東之藏適以

存真也戊辰花朝湖南毛晋記

康熙戊戌十月望日借蔣西谷架上述古堂宋本影抄極工
集勘校始知戴叔倫詩中亦誤一首前此所見之板姜白石
點本非完書今段庶幾為善本矣 焯記

鈔本二十行∶∶十八字

中興間氣集序

渤海高仲武述

詩人之所作本諸心心有所感而形乎言言合典謨則列於風雅暨乎梁昭明載述已往撰集者數家榷其風流正聲最備其餘著錄或未至正焉何者英華失於浮游玉臺陷於淫靡珠英但紀朝士丹陽止錄

奚入此繇曲學專門何暇兼包衆善使夫大雅君子
所以對卷而長嘆也唐興一百七十載屬方隅叛援
戎事紛綸業文之人述作中廢粤若肅宗先帝以殷
憂啓聖反正中興伏惟皇帝以出震繼明保安區宇
國風雅頌蔚然復興所謂文明御時上以化下者也
武不揆菲陋輒罄謏聞博訪詞林采察謠俗起自至

德元年首終於大曆末年作者數千選者二十六人
五言詩一百四十首七言詩附之列爲兩卷畧敘品
彙人倫命曰中興間氣集且夫微言雖絕大制猶存
詳略其臧否尚可擬議古之作者因事造端敷弘體
要立義以全其制因文以寄其心著王政之興衰國
風之善否豈其苟悅權右取媚薄俗哉今之所收殆

此所云格律亦指
永明舊體而言然
外孟雲卿則所深
又永明以上也

草斯弊但使體格風雅理致清新期觀者易心聽者
竦耳則朝野通載（一作截）格律兼收自鄶以下非所附麗（敢隸焉）凡
百君子幸詳至公

仲武自謂至公故鄭守愚詩云何事中興
高仲武品題閒氣未公心

此集所錄詩格卑淺殊未饜心殆出一時傳詠不見全集
故耳若云全昧別裁則如古謫獨推孟雲卿為著格律
異門論及譜三篇此中亦有深工後之憒憒者烏足語此

抄本無目録

中興間氣集目録 卷上

錢起 十二首

奉送劉相公催轉運

裴廸書齋翫月　廣德初見鑾駕出關

後愁望之作　太子李舍人城中別

業與文士逃暑　詠白油帽送客

東皐早春寄郎四校書

關下贈裴舍人　過温逸人舊居

送彈琴李長史赴洪州

宿畢侍御宅　　静夜訓通上人問疾

山中寄時校書

張衆父　三首

寄興園池鶴上劉相公

送李觀之宣州謁袁中丞賦得三洲渡

送李司直使吴

于良史　二首

發湓浦望廬山初晴直省賫勑催赴江陰

送王牧吉州謁使君叔

潤州王别駕宅送蔣九侍御収兵歸揚州

奉陪韋潤州遊鶴林寺

仲夏江陰官舍寄裴明府

送韋員外端公宣慰勸農畢赴洪州

登楚城驛路十里山村竹林交暎

和苗員外秋夜省直

章八元　一首

新安江行

戴叔倫　六首

吴明府自遠而来留宿

除夜宿石頭驛　客夜與故人偶集

送友人東歸　别友人

廣陵送趙主簿自歸蜀

皇甫冉　十三首

送王相公赴幽州　題裴固新園
酧袁補闕中天寺見寄
酧崔侍御期蘇道士不至
巫山高　和袁郎中破賊後經
剡中山水　送元晟還歸潛山所
居　獨孤中丞筵陪餞韋
使君赴昇州　同杜相公對山僧作
送林員外往江南　送李録事赴饒州

秋日東郊作　少室韋錬師昇仙歌

杜誦一首

哭長孫侍御

朱灣七首

秋夜宴王郎中宅賦得露中菊

奉使設宴戲擲籠籌

詠雙陸骰子　詠壁上酒瓢呈蕭明府

詠玉

送陳偃賦得白鳥翔翠微
題叚上人院壁画古松
韓翃七首
送辰州李中丞　題薦福寺衡嶽禪師
房　奉送王相公赴幽州
題蘇許公林亭　送孫草及第後歸江
南　題僧房
送太常元博士歸江東

蘇渙　三首

變律　　　　　　　　　又

又

中興間氣集目録卷上終

中興間氣集目録　卷下

送孫侍郎往容府宣慰

塞下曲

崔峒九首

春日憶姚氏外甥　題崇福寺禪師院

江上書懷　送薛良友往越州謁

從叔　送真上人還蘭若

送丘二十二歸蘇州

初拜命後訓丘二十二見贈

題桐廬李明府官舍

清江曲内一絶

張繼 三首

送判官往陳留　感懷

夜泊松江

劉長卿 九首

題崔公庭竹　送朱山人越州賊退

歸山陰别業

謫居於越亭作　陪鄭中丞林園宴

送張繼司直適越　送駱三少府西山應

制　送李中丞之襄州

題鄭山人幽居　送郎士元

李季蘭 六首

湖上臥病喜陸鴻漸至

寄校書七兄　寄朱放

送韓揆之江西　道意寄崔侍郎

賦得三峽流泉歌

竇叅　三首

閒居湖上　　登潛山觀

遷謫江表久未歸

道人靈一　四首

酬皇甫冉赴無錫於雲門寺贈詩別

宿靈洞觀　　靜林寺即武帝未遇

時隱居之所有鐘磬皆古物時時有聲

雨後欲尋天目山問元駱二公溪路

姚倫 二首

感秋林　過章秀才客舍

皇甫曾 五首

送雲門邕上人　送林中丞還京

贈別筌公　送杜中丞還京

早朝日寄所知

孟雲卿 四首

錢起誤一首　李希仲誤分一首爲二首　李嘉祐誤一首

章八元少一首　戴叔倫多四首誤一首 刻卷末者是 皇甫曾

誤一首　孟雲卿少二首

中興間氣集目録卷下

終

空二字為第二行

空一字為第三行

二語雖右丞當之猶有愧色乃輒加之仲文平宜鄭谷誠其末也

唐

中興閒氣集卷之上

渤海高仲武集

口口錢起十二首

員外詩體格新奇理致清贍（一作澹）粵從登第挺冠詞林文宗右丞許以高格右丞沒後員外為雄（沒一作）齊宋之浮游削梁陳之靡嫚迥然獨立莫之與群且如鳥道挂疎雨人家殘夕陽又牛羊上山小煙火隔雲疎又長

樂鐘聲花外盡龍池柳色雨中深皆特出

意表標雅古今又窮達戀明主畊桑亦近

郊則禮義克全忠孝兼著足可弘長名流

為後楷式士林語曰前有沈宋後有錢郎

奉送劉相公催轉運

國用資戎事臣勞為主憂將徵任土貢更發濟川

舟擁傳星還去回池鳳不留唯高飲氷節稍淺別

家愁落葉淮邊雨孤山海上秋遥知謝公興微月

落句言劉公之遅已則送時遣遂可知以得之言表此最詩家妙處

上句尤工

在高樓（一作江）

裴廸書齋翫月之作　三四玩字神足

夜來詩酒興月上謝公樓影閑重門靜寒生獨樹

秋鵲驚隨葉散螢遠入煙流今夕遥天末清輝幾

處愁　仲文詩螢遠入煙流李後主詩深黄一點入煙流即龍用之孫李詩乃賦晚鸎流鸎流螢皆不可移掇也

廣德初鑾駕出關後愁望之作

愁看秦川色慘慘雲景晦乾坤暫運行品物遺覆

載黄塵漲戎馬紫氣隨龍旆掩泣指關東日月祇

抄本 字一二字

何不直用西風鮮善也士衡吴趋吟泠泠鮮風過

氛外臣心寄遠水潮海去如帶周德更休明天衢

佇開泰

太子李舍人城中別業與文士逃暑

下車失炎暑重門深緑篁宫臣禮嘉客林表開蘭

堂兹席興難盡澄罍照墨塲鮮風吹印綬密坐皆

馨香美景惜文會清吟遲羽觴東陵晚来好極目

趣何長鳥道挂踈雨人家殘夕陽城隅擁埽騎留

酌戀瓊芳

疑是質字

詠白油帽送客

薄質甃加首微陰幸庇身卷舒無定日行止必依人已沐脂膏惠寧辭雨露頻雖同客衣色不染洛陽塵

東皐早春寄郎四校書

祿微賴學稼歲起歸衡茅窮達戀明主畊桑亦近郊夜來齊山雪陽氣動林梢萌蕙暖初吐春鳩鳴欲巢蓬萊時入夢知予憶貧交

送温逸人
身白無名者何年
山陸沈丘園應得
性婚嫁不嬰心歲
計因山薄霞栖在
谷深結廬（一作設筵）連
草色曬藥背松陰
觸興雲生岫隨耕
鳥下林支頤笑來

闕下贈裴舍人

二月黄鸝飛上林春城紫禁曉陰陰長樂鐘聲花外盡龍池柳色雨中深陽和不散窮途恨霄漢常懸捧日心獻賦十年猶未遇羞将白髮對華簪

抄本倒轉

一作樹

過温逸人舊居

反真難合道懷舊仍無弔淳俗漸澆淳斯人誰繼妙聲容心在耳寧覺阻言笑玄堂閑幾春拱木齊雲嶠鶴傳若士舞猿得蘇門嘯酧酒片陽微空山

抄本乃書頂一篇

客頭上有朝簪

想埋照

送彈琴李長史赴洪州

抱琴為傲吏孤棹溯南行幾處秋江水皆添白雪
聲佳期来客夢幽思緩王程佐牧無勞問心和政
自平

宿畢侍御宅

交情頻更好子有古人風晤語清霜裏平生苦節
同心惟二仲合室乃一瓢空落葉寄秋菊愁雲低

夜鴻薄寒燈影外殘漏雨聲中明發南昌去迴看

御史驄

靜夜詶通上人問疾

東林生早涼高枕遠公房大士看心後中宵清漏

長驚蟬出暗柳微月隱迴廊何事沉痾久含毫問

藥王

山中寄時校書

蓬萊紫氣溫如玉唯予知爾陽春曲別來幾日芳

衆甫詩婉媚綺錯巧用文字工於興喻如不隨淮海變空愧稻粱恩盡陳謝之源又自當舟檝路應濟往来人得諷興之要形容體裁皆如此文流佳士也

蘩綠百花酒滿不見君青山一望心斷續

張衆甫 三首 ○評 載卷首

寄興園池鶴上劉相公

馴狎經時久襹褷短翮存不隨淮海變空愧稻梁恩獨立秋天静單棲夕露繁欲飛還斂翼詎敢望乘軒

粱抄本作糧

送李觀之宣州謁袁中丞賦得三洲渡

古渡大江濱西南距要津自當舟檝路應濟往来

人翻浪驚飛鳥迴風起綠蘋君看波上客歲晚獨垂綸

送李司直使吳

使君方擁傳王事遠辭家震澤逢殘雪新豐遇落花水萍千葉散風柳萬條斜何處看離恨春江無限沙

于良史二首

侍御詩清雅工於形似如風兼殘雪起河

帶斷冰流吟之未終皎然在目

冬日野望長安寄李賛府

地際朝陽滿天追宿霧收風兼殘雪起河帶斷冰流北闕馳心極南圖尚旅遊登臨思不已何處可銷憂

閑居

隱几讀黃老閑齋耳目明僻居人事少多病道心生雨洗山林濕蛙鳴池館晴褰簾暮雲起殘日上

高城

落四句自寓不能澤物姑謀潤身之意於閑居未嘗不細切也

鄭丹二首

丹詩剪刻婉密寶曆中獻二帝兩后挽歌三十首詞旨哀楚得臣子之致雖不及事朝廷嘉之解褐任蘄州錄事參軍今選尤者列於此集

玄宗至道大聖大明皇帝挽歌

律曆千齡會車書萬里同固期常戴日豈謂厭觀

觀風謂狼狽幸蜀也

天字切諒闇破題獨切

風地慘新疆理城摧舊戰攻山河寧不壯今夕盡皆空

結句言歷代之後山河固非已有如何倦勤失圖致此喪亂勢裂耶諷刺已在言外

肅宗挽歌武德大聖大寧孝皇帝挽歌

國以重明受天從諒闇移諸侯方北面白日忽西馳龍影當泉落鴻名向廟垂永言青史上還是載無為

方北面三字暗藏前此叛渙極蘊藉賴有良將獲成中興之功結亦包含有味

闇下有一作暗三字　抄本

李希仲二首

就蓟北行評之則頗有氣質

李詩輕靡華勝於實此所謂才力不足務

為清逸然前軍飛鳥落格鬬塵沙昏赤出
塞實録疊疊不絶者可及于中兵

東皇太乙祠

吉日初齋戒靈巫穆上皇焚香布瑤席鳴佩奠椒
漿緩舞花飛滿清歌水去長迴波送神曲雲雨過
瀟湘

薊北行 似吳妹庠

旄頭有精芒胡騎獵秋草羽檄南渡河邊庭用兵

袁州詩莫優於
遠峰晴更近殘
柳雨還新又如
暮色催人別秋風

早漢家愛征戰宿將今已老辛苦羽林兒從戎榆
關道

又

一身救邊速烽火連薊門前軍飛鳥落格鬬塵沙
昏寒日鼓聲急單于將夜奔當須徇忠節身死報
國恩

李嘉祐八首

袁州自振藻天朝大收芳譽中興高流與

錢郎別為一體往往涉於齊梁綺靡婉麗蓋吳均何遜之敵也如野渡花爭發春塘水亂流又朝霞晴作雨濕氣晚生寒文章之冠冕也又禪心超忍辱梵語問多羅假使許詢更出孫綽復生窮極筆力未到此境

發湓浦望廬山初晴直省賫勑催赴江陰

西望香爐雪千峰晚望新白頭悲作吏黃紙更催

人多負登山屐深藏漉酒巾傷心公府内手版日
相親

送王牧吉州謁使君叔

細草緑汀洲王孫耐薄遊年華初冠帶文體舊弓
裘野渡花争發春塘水亂流使君憐小阮應念倚
門愁

潤州王别駕宅送蔣九侍御收兵歸揚州

沴氣清金虎兵威壯鐵冠揚旌川色暝吹角水風

多羅譯為高貴
見猗覺寮記

寒人對輜軿醉花番睥睨殘羨歸丞相府空望舊
雕欄

奉陪韋潤州遊鶴林寺

野寺江城近雙旌五馬過禪心超忍辱梵語問多
羅松竹閑僧老雲煙晚日和寒塘歸路轉清磬隔
微波

南史盤盤國王遣使南國王食器形如圓盤又如瓦垝名為多羅受五升又如椀若受一升

仲夏江陰官舍寄裴明府

萬室邊江次孤城對海安朝霞晴作雨濕氣晚生

寒苔色侵衣袂潮痕上井欄題書招茂宰思爾欲辭官

送韋貟外端公宣慰勸農畢赴洪州幕

聖主臨前殿殷憂遣使臣氣迎天詔喜恩發上膏春草色催歸棹鶯聲為送人龍沙多道里流水自相親

登楚城驛路十里山村竹林交暎

十里山村道千峰櫟樹林霜濃竹枝亞歲晚荻花

送從弟永任饒州録事參軍
一官萬里向千溪。水宿水行漁浦西。日晚長煙高岸（一作嶺）近，天寒積雪遠峰低。蘆花渚上鴻相叫，苦竹叢（一作橋）邊猿暗啼。聞道慈親倚門待（一作望），到時蘭葉正萋萋。
元嘗在都亭偶題數言，蓋激楚之音也。會稽嚴維到

深草市多樵客漁家足水禽幽居雖可羡無奈子
年心

和苗員外秋夜省直

久雨南宮夜仙郎寓直時漏長丹鳳闕秋老白雲
司螢影侵階亂鴻聲出苑遲蕭條人吏散小謝有
新詩

蕭條字却不類　冷

章八元二首 ○評

藏本首

新安江行

抄本非此詩

江源南去永野渡暫維梢古戍懸漁網空林露鳥巢雪晴山脊見沙淺浪痕交自笑無媒者逢人作解嘲

戴叔倫 六首○評載卷首○攷舊本目錄有送夷甫宰鄭縣一詩坊刻不載亦附卷首

吳明府自遠而來留宿

出門逢故友衣服滿塵埃歲月不可問山川何處來綺城容敝宅散職寄靈臺自此留君醉相懽得幾迴

戴容州詩宋本所載与此全不同

容州詩大抵晚年愈進評者未見其止

客如姚倫有一見稱心其詩體格雖不趣中
舒一廨字經山火公田沒海潮六指事造形具骨氣稍軟故詩家少之

送謝夷甫宰剡縣
君去方為縣兵戈尚未銷邑中殘老小亂後少官寮廨宇經山火公田沒海湖到時應變俗新譽（一作滿餘姚改）

除夜宿石頭驛

旅館誰相問，寒燈獨可親。一年將盡夜，萬里未歸人。寥落悲前事，支離笑此身。愁顏與衰鬢，明日又逢春。

客夜與故人偶集

天秋月又滿，城闕夜千重。還作江南會，翻疑夢裏逢。風枝驚暗鵲，露草覆寒蛩。羈旅長堪醉，相留畏曉鐘。

送友人東歸

萬里楊柳色出關送故人輕煙拂流水落日照行塵積夢江湖濶憶家兄弟貧徘徊灞亭上不語自傷春

別友人

擾擾倦行役相逢陳蔡間如何百年內不見一人閑對酒惜餘景問程愁亂山秋風萬里道又出穆陵關

廣陵送趙主簿自歸蜀原本目録作送趙主簿自蜀歸絳州觀省

將歸汾水上遠省錦城来已泛西江盡仍随北雁

廻暮雲征騎速曉月故關開漸向庭闈近留君醉

一杯

皇甫冉十三首

冉詩巧於文字發調新奇遠出情外然而

雲蔵神女舘雨到楚王宫與閑門白日晚

倚杖青山暮及遠山重疊見芳草淺深生

岸草知春晚沙禽好夜驚又燕知社日辭巢去菊為重陽冒雨開可以雄視潘張平揖沈謝又巫山詩終篇奇麗自晉宋齊梁陳隋以来採掇者無數而補闕獨獲驪珠使前賢失步後輩郤立自非天假何以逮斯長轡未騁芳蘭早凋悲夫

送王相公赴幽州

自昔蕭曹任難兼衛霍功勤勞無遠近旌節屢西

此句言外有不能畢其援引之意

東不選三河卒還令萬里通雁行緣古塞馬鬣起

長風遮虜關山靜防秋鼓角雄徒思一攀送羸病一作老

華門中

題裴迪新園一作題裴回新園　完往右丞

東郭訪先生西郊尋隱路久為江南客自有雲陽

樹已得丘園心不知公府步閑門白日晚倚杖青

山暮果熟任霜封籬疎從水渡窮年無牽綴往事

惜淪缺惟見耦畊人朝朝自耒去

序云芳草早凋，老字白誤

抄本渡

起結未喻

酬裴補闕中天寺見寄

東林初結社，已有晚鐘聲。窗户皆流水，房廊半架城。遠山重疊見，芳草淺深生。每與君攜手，多煩長老迎。

酬崔侍御期蘇道士不至兼見寄

一心求妙道，幾處候真師。丹竈今何處，白雲無定期。崐崘煙景絶，汗漫往還遲。君但焚香待，人間到有時。

為詩律所束又不能自出新意遂爾計出無聊

抄本蘇

間合雲藏日霏微雨帶風雖工巧要不如此二句

巫山高　御覽、集同　自是清穩，以為齊梁以降獨得驪珠則未之敢信

巫峽見巴東迢迢出半空雲藏神女館雨到楚王
宮朝暮泉聲落寒暄樹色同清猿不可聽偏在九
秋中（一作霄）

宋板御覽集九秋作九霄　三四善於點化

清抄本青誤

和袁郎中破賊後經剡中山水

武庫分帷幄儒衣事鼓鼙兵連越徼外寇盡海氛
西節比全疎勤功當雪會稽旌旗廻剡嶺士馬濯
耶溪受律梅初發班師草未齊行看佩侯印豈得

訪丹梯

送元晟還(歸)潛山(所)居

深山秋事早君去復何如裛露收新稼迎霜葺舊廬題詩即招隱作賦是閑居別後空相憶嵇康懶寄書

獨孤中丞筵(陪)餞韋使君赴昇州

中司龍節貴上客虎符新地控吳襟帶才高漢縉紳泛舟應度臘入境便行春何處歌來暮長江建

業人

同杜相公對山僧作

吏散重門掩僧来閉閣閑遠心馳北闕春興寄東山草長風光裏鶯喧靜默閒芳晨不可駐惆悵暮禽還

送林員外往江南幕

分務江南遠留懽幕下榮楓林緣楚澤水驛到湓城岸草知春晚沙禽好夜驚風帆幾處處處暮

潮清

送李錄事赴饒州

北人南去雪紛紛雁叫汀沙不可聞積水長天隨遠道荒城極浦足寒雲山從建業千峰出江至潯陽九派分借問督郵纔弱冠府中年少不如君

秋日東郊作

閑看秋水心無事臥對寒松手自栽廬岳高僧留偈別茅山道士寄書來燕知社日辭巢去菊為重

陽昌雨開淺薄将何稱獻納臨岐終日獨遲迴

少室韋錬師昇仙歌

紅霞紫氣晝氳氳絳節青幢迎少君忽從林下昇天去空使時人禮白雲

杜誦一首

杜君詩調不失文流如流水生涯盡浮雲世事空得生人始終之理故編之是集

哭長孫侍御

道爲詩書重名因雅頌雄禮闈曾擢桂憲府舊乘

驄流水生涯盡浮雲世事空唯餘舊臺栢蕭颯九

原中

朱灣八首

從事率履貞素放情江湖郡國交辟潛耀

不起有唐高人也詩體幽遠興用洪深因

詞寫意窮理盡性於詠物尤工如受氣何

曾異開花獨自遲所謂哀而不傷國風之

對蘇使君席詠爭柱子
散木今何幸良工不棄捐力微慙一柱材薄群賢但願一作得聲相應林盃韓跡屢遷知音如見賞雅調爲君傳

深者也

秋夜宴王郎中宅賦得露束菊

衆芳春競發寒菊露偏滋受氣何曾異開花獨自遲晚成猶待賞欲採未過時忍棄東籬下看隨秋盛衰

韻脚凄涼

露中二字只啟䟦一見通首絕少岀擇洪本得爲合格 戊辰

奉使設宴戲擲籠籌得茲字

李得陪樽俎良籌復在茲獻酬君有禮賞罰我無私莫怪斜相向還將正自持一朝權入手看取令

當作賦寒菊得時字

有乃二字虛䏛

不見抄本不知題誤

行時

詠雙陸骰子

采采應緣白鑽心不為名掌中猶可重手下莫言輕有對唯求敵無私直任爭君看一擲後當取擅場聲

詠壁上酒瓢呈蕭明府

不是難提挈行藏固有期安身未得所開口欲從誰應物心無倦當壚柄會持莫將成廢器還有對

祝巨山何如詩极一卒那可易逗

首尾貫穿第三必有為言之此亦秋春也

樽時

詠玉　題是詠玉刻者因首句獻玉字輒改為詠玉何其愚也今從虞山錢孝脩之言改定首句歌字亦誤并正之

獻玉屢招疑終朝省復思既哀黄鳥興還復白圭

詩請益先求友將行必擇師誰知不鳴者獨下董

鍔帷　孝脩按此詩時甲子冬日也時僮惺嵯詹事寓齋彈指十餘年孝脩此歲復客死析津矣朋好中又亡有一眺書人惜哉

送陳優賦得白鳥翔翠微

不知鷗與鶴天畔弄晴暉背日分明見臨川相暎

微淨中雲一點過（一作迴）雪孤飛正好南枝住翩翩何

所歸

題遐上人院壁画古松歌

石上盤古根謂言天生有安知草木性變在画師手陰森方丈間眞趣幽且閑木紋離披勢槎枿中裂空心火燒出掃成三寸五寸枝便是千年萬年物莓苔濃淡色不同一畫死皮蘆蠹風霜未必來到此氣色香在寒山中孤標可玩不可取能使支公道場古

井字押得妙并壁字皆不犯窠

韓翃七首

韓員外詩匠意近於史興致繁富一篇一詠朝士珍之多士之選也如星河秋一鴈砧杵夜千家又客衣筒布潤山舍荔枝繁又疎簾看雪捲深戶映花關方之前載芙容出水未足多也其比興深於劉員外筯節成於皇甫冉也

送辰州李中丞

末句言已方從之將
則毀鮮点寓

白羽逐青絲翩翩南去時巴人迎道路蠻帥引旌
旗暮雨山開少秋風葉落遲功成冀他日應見竹
郎祠

五六自足送中丞異於貽㝢過尔危苦即失之矣

題薦福寺衡嶽禪師房得開字

春城乞食還高論此中聞僧臘階前樹禪心江上
山疎簾看雪捲深戶映花關晚送門人出鐘聲杳
靄間

奉送王相公赴幽州

黄閤開帷幄丹墀侍冕旒位高湯左相權總漢諸侯不改周南化仍分趙北憂雙旌過易水千騎入幽州塞草連天暮邊聲動地秋無因隨遠道結束佩吴鈎

題蘇許公林亭得字詩

平津東閣在别是竹林期萬葉秋聲裏千家落照時門隨深巷静窗過遠鐘遲客舍苔生處依依又賦詩

抄本公上有二字蓋誤

送孫革及第後歸江南

過淮芳草歇，千里又東歸。野水吳山出，家林越鳥飛。荷香隨去棹，梅雨濕征衣。無數滄洲客，如君達者稀。

題僧房

披衣聞客至，關鎖此時開。鳴磬夕陽盡，卷簾秋氣來。名香連竹徑，清梵出花臺。身在心無住，他方到幾回。

送太常元博士歸潤東

渡江秋色裏詩興與歸心客路緣楓岸家人掃橘林潮聲當晝起山翠近南深幾日華陽洞寒花獨自尋

蘇渙三首

渙本不平者善放白弩巴中號曰白跖賓人患之以比盜跖後自知非變節從學鄉賦擢第累遷至御史佐湖南幕崔中丞遇

害漁遂踰嶺扇動哥舒跋扈交廣此猶龍
蛇見血本質彰矣三年中作變律詩九首
上廣州連帥其文意長於諷刺亦有陳拾
遺一鱗半甲故善之或曰此子左右夔臣
侵敗王略今著其文可乎答曰漢著蒯通
説詞皇史録（列）祖君彥檄書此大所以容
細也夫善惡必書春秋至訓明言不廢孟
子格言漁者其殆顛蛾乎但不可棄雖

亦以深箴君子之意

變律詩

日月東西行寒暑冬夏易陰陽無停機造化誰莫測開目為晨光閉目為夜色一開復一閉明晦無休息居然六合內曠哉天地德天地且不言世人浪喧喧

又

毒蜂一成窠高挂惡木枝行人百步外目斷魂亦

飛長安大道邉挾彈誰家兒右手持金丸引滿無所疑一中紛下來勢若風雨隨身如萬箭攢宛轉迷所之徒有疾惡心奈何不知幾

又

養蠶為素絲葉盡蠶不老傾筐對株樹此意向誰道一女不得織萬夫受其寒一夫不得意四海行路難禍亦不在大福亦不在先世路險孟門吾徒當勉旃

中興間氣集卷之下

郎士元十二首

員外河嶽英奇人倫秀異自家形國遂擁大名右丞以往與錢更長自丞相已下更使作牧二君無詩祖餞時論鄙之兩君體調大抵欲同就中郎公稍更閑雅近於康樂如荒城背流水遠雁入寒雲去鳥不知倦遠帆生暮愁又蕭條夜靜邊風吹獨倚

營門向秋月可以齊衡古人掩暎時輩又暮蟬不可聽落葉豈堪聞古謂謝朓工於發端比之於今有慙沮矣

送楊中丞和蕃

錦車（一作輪）登隴日邉草正萋萋舊好隨君長（一作壽）新愁聽鼓鼙河源飛鳥外雪嶺大荒西漢壘今猶在遥知路不迷

時河湟棄未久也

送奚賈歸吳

抄本隨

東南富春樹，曾是謝公遊。今日奚生去，新安江正秋。水容清過客，楓葉落行舟。遥想赤亭下，聞猿應夜愁。

別鄭儀

暮蟬不可聽，落葉豈堪聞。自是悲秋客，那能此路分。荒城背流水，遠雁入寒雲。陶令東籬菊，餘花可贈君。

送長沙韋明府之縣

秋入長沙縣蕭條旅宦心煙波連桂水官舍䑛楓林雲日楚西暮沙汀白鷺深遥知訟堂裏佳政在鳴琴

送洪州李别駕之任洪州

南去秋江遠孤舟興自多能將流水引更入洞庭波夏口帆初上潯陽雁正過知音在霄漢佐郡豈蹉跎

送裴補闕入河東幕

高门清貫從事戎幕非古人為厭卷歸其屈抑不得志甚矣落句言幸其地可依以展其行也

皎然青瑣客何事動行軒苦節酬知己清吟去掖垣秋城臨海樹寒月上營門鄒魯詩書地應無鞞鼓喧　五六一作對

春日宴張舍人宅

懶尋芳草徑来接侍臣筵山色知殘雨墻陰覺暮天鶯婦漢宮柳花隱杜陵煙地與東城接春光醉目前　隱一作

送陸員外赴潮州　三韻本齊集

日南却云北窗月
結句脱句

含香臺上客剖竹海邉州楚驛多歸信閩溪足亂
流今朝永嘉後重見謝公遊

送王棼流雷州

昨日三峰尉今朝萬里人平生任孤直豈是不防
身海霧多為瘴山雷乍作鄰遥憐北窗月與子獨
相親

題劉相公三湘圖

昔歲別衡霍邇來憶南州今朝平津邸兼得瀟湘

兼字不通

遊稍辨郢門樹依然芳杜洲微明三巴峽咫尺萬
里流去鳥不知倦遠帆生暮愁涔陽指天末北渚
空悠悠枕上見漁父坐中常狎鷗誰言魏闕下自
有東山幽

送孫侍郎往容府宣慰

春原獨立望湘川擊隼南飛上楚天奉詔不言空
問俗清時回得訪遺賢荆門晚色兼梅雨桂水春
風過客船疇昔嘗聞陸賈說故人今日豈徒然

塞下曲　張王出而此等詩失步矣

寶刀塞王見轉戰曾百勝壯心竟未嫖姚知
白草山頭日初沒黃沙戍下悲笳發蕭條夜靜邊
風吹獨倚營門向秋月

崔峒九首

崔拾遺文彩炳然意思大雅如清磬度山
翠閑雲來竹房又流水聲中視公事寒山
影裡見人家斯亦披砂揀金往往見寶一

春日憶姚氏猶里

離亂人相失春秋雁自飛秖緣行路遠未必寄書
稀二月花無數頻年意有違落暉看過後獨坐淚
沾衣

題崇福寺禪師院

僧家竟何事掃地與焚香清磬度山翠閑雲來竹
房身心塵外遠歲月坐中忘向晚禪堂掩無人空
夕陽

江山書懷

骨肉天涯別江山日落時淚流襟上血髮變鏡中絲胡越書難到存亡夢豈知登高迴首罷形影自相隨

送薛良友往越州謁從叔

辭家年已久與子分仍深易得思鄉淚難為欲別心孤雲隨浦口幾日到山陰遥想蘭亭下清風滿竹林

送眞上人還蘭若

得道雲林久年深暫一歸出山逢世亂乞食覺人稀半偈初傳法中峰又掩扉憂憎應不染塵俗自依依

送丘爲十二歸蘇州

積水與寒煙嘉禾路幾千孤猿鳴海嶠群雁起湖田曾是長洲苑嘗聞大雅篇却將封事去知爾得閑眠

初拜命後酬丘二十二見贈

江海久垂綸朝衣忽挂身丹墀方謁帝白髮免羞人才傑文章士名當諫諍臣空餘薦賢分不敢負交親

題桐廬李明府官舍

訟堂寂寂對煙霞五柳門前晚聚鵶流水聲中視公事寒山影裡見人家移風共美新為政計日還知便觸邪和惜陶潛無限酒不逢籬菊正開花

一

靖江樹内一絶　折腰體

八月長江萬里晴片帆一道帶風輕極目不分天
水色南山南是岳陽城

張繼　三首

員外累代詞伯積龔弓裘其於為文不雕
飾及爾登第秀發當時詩體清迥有道
者風如女停襄邑杼農廢汶陽畊可謂事
理雙切又火燎原猶熱風搖海未平比興

貢不入，徵賦不供，非止云農夫輟耒、紅女下機也

深矣

送判官往陳留

齊宋分巡地，頻年此用兵。女停襄邑杼，農廢汶陽畊。使者乘軺去，諸藩擁節迎。深仁佐君子，薄賦卹黎甿。火燎原猶熱，風搖海未平。應將否泰理，一問魯諸生。

猶有開寶氣韻

魏都賦錦繡襄邑，漢書地理志有服官

抄本此首在宿松後

感懷

詠與時人背，心將靜者論。終年帝城裡，不識五矦

門

夜泊松江　題楓橋夜泊

月落烏啼霜滿天江楓漁火對愁眠姑蘇城外寒山寺夜半鐘聲到客船

劉長卿九首

長卿有吏幹剛而犯上兩遭遷謫皆自取其詩體雖不新奇甚能鍊飾大抵十首已上語意稍同於落句尤甚思鋭才窄也如

草色加湖綠鶯聲傍雪寒又沙鷗驚小吏
湖色上高枝又細雨濕衣看不見閑花落
地聽無聲截長補短盖綵之類歟其得罪
風霜苦全生天地仁可謂傷而不怨亦足
以發揮風雅矣

藝文志但載其五注中檢校祠部員外郎為轉運使判官知淮西鄂岳轉運留後鄂岳觀察使吳仲孺奏貶睦州司馬度遷謫不復可尋矣

奉和鄂岑謚令

題崔公庭竹

不學媚清灡能依上將壇朦朧低冕過青翠捲簾
看得地移根遠經霜抱節難綷花成鳳實嫩笋長

漁竿藹藹軍容靜蕭蕭郡守寬細音和角響疎影

上門寒阮巷何人在梁園幾處殘空餘軒屏側歲

晚對任安

送朱山人越州賊退歸山陰別業

越中初戰罷江上送歸橈南渡無來客西陵自落

潮空城垂故柳舊業廢春苗閭里誰相見鶯花共

寂寥

謫居于越亭作

天南愁望絶亭上柃條新落日獨歸鳥孤舟何處
人生涯投嶺徼世業陷邊塵江入千峰暮花迎百
越春秦臺憐白首楚水怨青蘋草色無征路鶯聲
傍逐臣獨醒翻取笑直道不容身得罪風霜苦全
生天地仁青山數行淚滄海一窮鱗牢落機心盡
空憐鷗鳥親

陪鄭中丞林園宴

心遠親魚鳥切成厭鼓鞞林中阮家醉池上謝公

題門徑蒼苔合窗陰綠篠低夕陽山向背秋草水
東西舊架懸藤老疎籬插槿齊風煙不可到誰羨
武陵溪

送張繼司直遷越

時危身適越事往任浮沉萬里江山在孤城百戰
心春風吳渚綠古木剡山深明月滄洲路歸雲不
可尋

送駱三少府西山應制

汀洲芳草緑日暮更蒹葭舊國無來信春江獨送
君五言淩白雪六翮向青雲自是無機者沙鷗已
可群

送李中丞歸漢陽別業

流落征南將曾驅十萬師罷歸無舊業老去戀明
時獨立三邊靜輕生一劍知茫茫漢江上日暮欲
何之

題鄭山人幽居　一作寂寂孤鶯啼杏園寥寥一犬吹桃源

白首深藏谷口村春山犬吠武陵源落花芳草無
行處萬壑千峰獨閉門

送郎士元

春風倚棹闔閭城水國春深陰復晴細雨濕衣看
不見閑花落地聽無聲日斜江上孤帆影草綠湖
南萬里情東道若逢相識問青袍今已誤儒生

李季蘭　六首

士有百行女唯四德季蘭則不然形氣既

雄詩意亦蕩自鮑昭以下罕有其倫如遠水浮仙棹寒星伴使車蓋五言之佳境也上比班姬則不足下比韓英則有餘不以遲暮亦一俊嫗

湖上臥病喜陸鴻漸至

昔去繁霜月今來苦霧時相逢仍臥病欲語淚先垂強勸陶家酒還吟謝客詩偶然成一醉此外更何之

五六承寂寞起寄書風韵絶世

寄校書七兄　山寄李端诗

無事烏程縣蹉跎歲月餘不知芸閣吏寂寞竟何如遠水浮仙棹寒星伴使車因過大雷澤莫忘幾行書

下句死事活用只形影相吊之意復化得妙

寄朱放閻子不至　（不）作朱放寄

望遠試登山山高湖水濶相思無曉夕相望經年月欝欝山木榮綿綿野花發別後無限情相逢一時說

結乃佳句不必緊毅其蕩

抄本一

抄本二

送韓揆之江西

相看指楊栁别恨轉依依萬里江西水孤舟何處歸湓城潮不到夏口信應稀唯有衡陽雁年年來去飛

道意寄崔侍郎

莫漫戀浮名應須薄宦情百年齊旦暮萬事盡虚盈愁鬢行看白童顔學未成無過天竺國依止古先生

賦得三峽流泉歌

妾家本住巫山雲巫山流泉常自聞玉琴奏出轉寥敻直似當年夢裡聽三峽迢迢幾千里一時流入幽閨裏巨石崩崖指下生飛泉走浪絃中起初疑憤怒含雷風又似嗚咽流不通迴湍曲瀨勢將盡時復滴瀝平沙中憶昔阮公為此曲能令仲容聽不足一彈既罷還一彈願似流泉鎮相續

賓參

賓君詩亦祖沈千運比於孟雲卿尚在廊
廡間如萬丈水聲落四時松色寒又人生
年幾齊憂苦耶先老雖其羽翼未齊而筋
骨已具也

閑居湖上之作

避影將息陰自然知音稀向来深林中偶亦有两
窺飛鳥口啣食引雛上高枝但各子其子寧知宜
不宜止止復何言物情方可知

登潛山觀　于集中覺風流挺特

山勢欲相抱一條微徑盤攀蘿歇復行始得凌仙壇聞道葛夫子此中鍊還丹丹成五色光服之生羽翰靈草空自翠餘霞誰復餐至今步虚處猶有孤飛鸞幽幽古殿門下壓浮雲端萬丈水聲落回時松色寒既入無何鄉轉嫌人事難終當遠塵俗高卧從所安

抄本闕三字

遷謫江表久未歸而作

一公詩如溪行即事云近夜山更碧入林溪轉清不知伏牛路潭洞何縱橫曲岸煙已合平湖月未生孤舟屢失道但聽秋泉聲 題之暉盡幽趣也

一自經放逐徘徊無所從便為寒山雲不得隨飛
龍名豈不欲保歸豈不欲早若無三月資遠適萬
里道離心與羇思終日苦草草人生年幾齊憂苦
亦先老誰能假羽翼使我暢懷抱

道人靈一 四首

自齊梁以来道人工文多矣罕有入其流
者一公乃能刻意精妙與士大夫更唱迭
和不其偉歟如泉涌堦前地雲生戶外峰

則道猷寶月曾何及此

酬皇甫冉赴無錫於雲門寺贈詩別

湖南通古寺来往意無涯欲識雲門路千峰到若耶春山子猷宅古木謝敷家自可長偕隱那云相去賖

宿靈洞觀

石室因投宿仙翁幸見容花原隔水見洞府過山逢泉涌階前地雲生戸外峰中宵自入定非是欲

降龍

靜林寺即武帝未遇時隱居之所有鐘磬皆古物時時有聲

靜林溪路遠蕭帝有遺蹤水擊羅浮磬山鳴于闐鐘燈傳三世火樹老萬株松無數煙霞色空聞昔臥龍

雨後欲尋天目山問元駱二公溪路

昨夜雲生天井東春山一雨幾迴風林花併逐溪

張南史三首

流下欲上龍池通不通

姚倫二首

姚子詩雖未弘深去凡已遠屬辭比事不失文流如亂聲千葉下寒影一巢孤篇什之秀也

感秋林

試向東林望方悲節候殊亂聲千葉下寒影一巢孤不簌秋天雁驚飛夜月烏霜風與春日幾度遣

榮枯

過章秀才客舍　洛陽

達人心自適旅舍當閑居不出来時經重看讀了
書晚山嵐色近斜日樹陰疎盡是忘言客聽君誦
子虚

皇甫曾　五首

昔孟陽之與景陽詩德遠懸厥弟協居上
品載處下流今侍御之與補闕文辭亦爾

體製清潔華不勝文然寒生五湖道春及
萬年枝五言之選也其爲士林所尚宜哉

送雲門邕上人

春山臨一室獨坐草萋萋身寂心成道花開鳥自
啼細泉松逕裡返照竹林西晚與門人别依依出
虎溪

送林中丞還京

戰罷回龍節朝天見鳳池寒生五湖道春及萬年

枝留化多遺愛胡清已畏知懷恩多感別懷淚向旌旗

贈別鑒公

律儀傳教誘僧臘老煙霄樹色依禪誦泉聲入寂寥龕龍來遠國畫壁見南朝深竹風開合寒潭月動搖息心居靜理愛道坐中宵更欲尋真去乘船泛海潮

送杜中丞還京

上將還專席雙旌復出秦關河三晉路賓從五原人孤戍雲連海平沙雪度春酬恩看玉劒何處有煙塵

早朝日寄所知

長安雪後見歸鴻紫禁朝天拜舞同曙色漸分雙闕下漏聲遥在百花中爐煙乍起開仙仗玉珮成行引上公共荷發生同雨露不應黄葉久從風

孟雲卿四首○評

孟雲卿載卷首

漢陽[?]知遠，近見[?]

益城雲雨經春客，江山幾日程。終隨鷗鳥去，秖待海潮生。前路逢漁父，多慙問姓名。

送頭陀上人自廬山往東溪蘭若

僧家無住着，早晚出東林。道非真相頭，陀是苦心。持齋山果熟，倚錫野雲深。溪寺誰相待，香花與梵音。

孟雲卿

祖述沈千運，漁獵陳拾遺。詞意傷怨，如虎豹不相食，哀哉人食人。方千七哀，路有婦人抱子棄草間，則雲卿之句深矣，雖效於沈

鄴城懷古

朝發淇水南，將尋北燕路。魏家舊城闕，寥落無人住。伊昔天地屯，曹公獨中據。群臣將北面，白日忽西暮。三臺竟寂寥，萬世難襄固。雄圖安在哉，衰草霑霜露。崔嵬長河北，尚見應劉墓。古樹藏龍蛇，荒茅伏孤兔。永懷故池館，數子連章句。逸輿驅山河，雄詞變雲霧。我行睹遺跡，精爽如相遇。斗酒將酹君，悲風白楊樹。

陳纔得升堂，猶未入室。然當今古調無出其右，一時之英也。余感孟君好古，著格律異門論及譜三篇，以攝其體統焉。

格詩與律相對言之，則古詩也。其曰半格詩者，有謂病而仍殊沈宋之變律則爾異也。然則白樂天集中何以不書謂古調然為格詩乎？帝臯列諷諭閑適感傷諸體，蓋

傷情　曹劉風骨

為長心易憂，早孤意常傷。出門先躊躇，入戶亦彷

徨。此生一何苦，前事安可忘。兄弟先我殁，孤幼盈

我傍。舊居近東南，河水新為梁。松栢今在茲，安

息故鄉回。時與日月萬，物各有常。秋風已夕起，草

木無不霜。行行當自勉，不忍再思量。

傷時　蔡題

徘徊宋郊上，不見平生親。獨立正傷心，悲風來孟

乎古也

夏去田園觀雨兼晴

稼作

留賊行情欲備荒

種南陂我非老農圃

安得良土宜秋成不廉

俟歲倉多飢饑顧視

息塵門有糧不成炊

晨望南原上雨歇清

蟬悲早麥苗既芃芃晚

田尚離離五行孰堪萬

物常及時哉數夫子

開翅情莫違（一作何如 愼勿違）

汴河阻風

清晨自梁宋挂席之

楚城出浦風斷帆傍

津大方載群物生死有常倫虎豹不相食哀哉人

食人豈伊逢世運天道亮云云

又

太虛流素月三五何明明光耀侵白日賢愚迷至

精回時更變化天道有虧盈常恐今夜没須臾還

復生　此所謂漁陽摻撾還也

西蜀劉灣四首　灣蜀人也性卑多直屬文比事尤得邊塞之思如死是征人死功是將軍功悲而且訐又興聲哭蒼天萬木皆悲風猶若李陵不愛死心存歸漢關逆之賊臣聞之宜乎皆改節矣

出塞曲

灘舟欲橫大河海東
注犀動皆冥白
霧魚龍氣黃龜虎
形蒼茫迷所適危懼
安暫寧信此天地內孰
於身命輕丈夫苟未
達所向須存誠前路
捨舟去東南鴈晚晴
此篇見文苑英華
倒有間氣集作
其字若七眼人不加
攙插尔

將軍在重圍音信絶不通羽書如流星飛入甘泉
宮倚是并州兒少年心膽雄一朝隨召募百戰爭
王公去年桑乾北今年桑乾東死是征人死功是
將軍功汗馬牧秋月疲卒卧霜風仍聞左賢王更
欲圍雲中

虹縣嚴孝子墓作

至性教不及因心天所資禮聞三年喪爾獨終身
期下帝骨肉恩上報父母慈禮聞哭有卒爾獨哀

無時前衡松栢林荊榛結蒙籠墓門白雪開泣血
黄泉中草服薇枯骨垢容載飛蓬舉聲哭蒼天萬
木皆悲風

李陵別蘇武

漢武愛邊功李陵提步卒轉戰單于庭身隨漢軍
没李陵不愛死心存歸漢闕誓欲還國恩不為匈
奴屈身辱家已無長居狼虎窟胡天無春風虜地
多積雪窮陰愁殺人泥與蘇武別發聲天地哀執

手肺腸絶白日為我愁慘雲為我結生為漢宮臣

死為胡地骨萬里長相思終身望南月

雲南曲

百蠻亂南方群盜如蝟起騷然疲中原征戰（一作騷然疲中原）從此

始白門大和城來往一萬里去者無全生十人九

人死伐馬卧陽山燕兵哭瀘水妻行求死夫父行

求死子蒼天滿愁雲白骨積空（一作空）壘哀哀雲南行（一作河津行）十

萬同已矣

張南史三首

張君弈碁者中歲感激苦節學文數載間稍入詩境如已被秋風教憶鱠更聞寒雨勸飛觴可謂物理俱美情致兼深也

送朱文北遊

歲暮欲為別江湖聊自寬且無人事戀誰謂客行難郢曲憐公子吴州憶伯鸞蒼蒼遠山際松栢獨宜寒

作強是詳顏監匡謬正俗

漢書律歷志大火中房五度霜降於夏為九月作日者文義殊舛

危城不謂宋州九拒二字當如抄本闕

陸滕宅秋雨中探韻同作

同人永日自相將深竹閑園偶辟疆已被秋風教憶鱠更聞寒雨勸飛觴歸心莫問三江水旅服從霑九月霜醉裏欲尋騎馬路蕭條幾處有垂楊

送司空十四遊宋州

九拒危城下蕭條送爾歸寒風闻画角暮雪犯征衣道里猶成間親朋重與違白雲愁欲斷看入大梁飛

抄本三　抄本一　抄本闕二字

渤海高氏選中興間氣集自序云二十六人
詩一百四十首今獨選鄭常一人其逸八詩
亦殊無自訂補或又云原本纂於元祐
戊辰黄氏子泓記
予家藏中興間氣集凡三本俱逸五人評語
勉爾考訂銖絫銖未快也既從婁東書肆中
獲蠹餘本籠内簡得一舊抄本後有元祐曾
氏跋考覈甚確向所缺張衆甫章八元藏上人

倫孟雲卿諸評具在獨劉灣無攷焉厥玉題

玉麟不無紕繆殘缺脫落自有綾紋李仁之

緒不能讀盡世間好書惟身到處莫放過耳

戊辰佛日湖南毛晉記

中興間氣集亡友長史曾云家有元人舊刻他時見仲友當訪求精校之丁丑皋月承匡塾中雨窗書煒

康熙戊戌十月望以事往南海旋借宿荷西石寓舍架上有抄本唐中興間氣集極立集一冊秘其行數字數似從宋雕影寫向之乃述古堂故書也因借歸以冰堇臣遂成善本餘見他日其珍惜之或更倩善者重錄尤不負老子一再勘以貽不曹之意也煒記

是冊蓋義门評校秘本壬寅夏余弟亮直自京師歸余得其本渡此亡何而先生卤聞至矣讀書種子已绝豈不哀哉